GOLDMANN

Buch

Blumen der Nacht, das sind Cathy, Chris und die Zwillinge Carrie und Cory. Sie hätten nie gedacht, daß sie ihre Kindheit im Halbdunkel eines verlassenen Dachbodens verbringen würden...
Nicht das ihre Mutter sie nach dem Tod des Vaters weniger geliebt hätte – aber es stand ein Vermögen auf dem Spiel: das Erbe des Großvaters, der vom Vorhandensein der Enkel nichts erfahren durfte, da er die Ehe seiner Tochter nie gebilligt hatte.
Nur für eine kleine Weile sollten die Kinder, versteckt in einem Seitentrakt des riesigen Hauses und versorgt von einer abergläubischen Großmutter, auf den Tod des Großvaters warten.
Doch die wenigen Tage werden zu furchtbaren Jahren. Von der Außenwelt abgeschlossen, vergessen von der Mutter, kämpfen die Vier ums Überleben.

Von V. C. Andrews sind außerdem bei Goldmann erschienen:

DAS ERBE VON FOXWORTH HALL:
Gärten der Nacht. Roman (9163)
Dornen des Glücks. Roman (6619)
Wie Blüten im Wind. Roman (6618)
Schatten der Vergangenheit. Roman (8841)

DIE CASTEEL-SAGA:
Dunkle Wasser. Roman (8655)
Schwarzer Engel. Roman (8964)
Gebrochene Schwingen. Roman (9301)
Nacht über Eden. Roman (9833)
Dunkle Umarmung. Roman (9882)

DIE CUTLER-SAGA:
Zerbrechliche Träume. Roman (9881)

und:
Das Netz im Dunkel. Roman (6764)

V.C. Andrews

Blumen der Nacht

Roman

Aus dem Amerikanischen von
Michael Görden

GOLDMANN VERLAG

Ungekürzte Ausgabe
Titel der Originalausgabe: Flowers in the Attic
Originalverlag: Pocket Books, New York

Für meine Mutter

Der Goldmann Verlag
ist ein Unternehmen der Verlagsgruppe Bertelsmann

Made in Germany · 2. Auflage · 12/91
Sonderausgabe

Wir danken für die freundliche Genehmigung des Abdrucks
des Lieds »Ballerina« Cromwell Music, Inc., und Harrison Music
(Text: Bob Russel, Music: Carl Sigman)
Umschlagentwurf: Design Team München
Illustration: Tilman Michalski, München
Druck: Elsnerdruck, Berlin
Verlagsnummer: 41142
Lektorat: SN
Herstellung: Klaus Voigt/SC
ISBN 3-442-41142-4

ERSTER TEIL

Spricht denn der Ton
zu dem, der ihn formet,
was machest du da?

JESAJA 45, 9

Prolog

Es scheint mir angemessen, der Hoffnung die Farbe Gelb zu geben – gelb wie die Sonne, die wir so selten zu Gesicht bekamen. Und wie ich jetzt beginne, unsere Geschichte aus den alten Tagebüchern abzuschreiben, die ich so lange aufbewahrt habe, kommt mir so etwas wie eine Inspiration zu einem Titel: *Reiß die Fenster auf und bade im Licht!* Doch zögere ich, unsere Geschichte so zu nennen. Denn ich denke an uns eigentlich immer als *Blumen der Nacht*, künstliche Blumen, Papierblumen. Einst mit leuchtenden Farben geschmückt, die dann blasser und blasser wurden, während jener langen, grimmigen, bösen Tage, den Alptraumtagen, in denen wir Gefangene der Hoffnung waren und Geiseln der Habgier. Und selbst von unseren Papierblüten war nie eine gelb.

Charles Dickens begann seine Romane oft mit der Geburt der Hauptperson, und weil er einer von meinen und von Chris' Lieblingsautoren ist, würde ich gerne genauso schreiben – wenn ich nur könnte. Aber Dickens war ein Genie, zum Schreiben geboren, ich dagegen mühe mich unter Tränen mit jedem Wort ab, das ich niederschreibe. Mit Tränen schreibe ich, mit der saueren Galle der Wut, mit bösem Blut, alles wohl vermischt mit Scham und Schuldgefühlen. Ich dachte einmal, ich würde mich nie beschämt oder schuldig fühlen, daß solche Bürden nur für andere bestimmt wären. Inzwischen sind viele Jahre vergangen, und ich bin älter und weiser geworden. Ich habe gelernt, die Dinge zu akzeptieren. Meine Wut, die einmal so furchtbar in mir gelodert hat, kühlte ab, so daß ich heute mit weniger Haß und Vorurteilen schreiben kann als noch vor einigen Jahren. Ich hoffe es jedenfalls.

So werde ich mich also wie Charles Dickens in diesem ›fiktiven‹ Bericht hinter einem falschen Namen verstecken und die Orte der Handlung zur Unkenntlichkeit verfälschen. Aber ich bete zu Gott, daß die, denen diese Geschichte den Schlaf rauben soll, sie erkennen und von ihr verletzt werden. Sicher wird Gott in seiner unermeßlichen Güte dafür sorgen, daß sich ein Verleger findet, der meine Geschichte zu einem Buch macht und mir so hilft, das Messer zu führen, mit dem ich unsere Peiniger treffen will.

Leb wohl, Daddy

Damals, als ich noch sehr jung war, früh in den fünfziger Jahren, da glaubte ich wirklich, das ganze Leben wäre nichts anderes als ein langer, wunderbarer Sommertag. Für uns hat es jedenfalls so angefangen. Es gibt nicht viel, was ich über unsere früheste Kindheit sagen könnte, außer daß sie sehr schön war, und dafür werde ich immer dankbar sein. Wir waren nicht reich, wir waren nicht arm. Wenn es uns an irgend etwas Notwendigem gefehlt haben sollte, könnte ich es nicht nennen. Aber ich könnte auch keinen besonderen Luxus nennen, den wir gehabt hätten, ohne uns mit anderen zu vergleichen, und in unserer Mittelklassegegend gab es keine großen Unterschiede im Lebensstil. Mit anderen Worten, wir waren schlicht und einfach ganz gewöhnliche Kinder von nebenan.

Unser Vater arbeitete als PR-Mann für einen großen Computerhersteller in Gladstone, Pennsylvania, Einwohnerzahl: 12602. Er hatte Erfolg in seinem Job, unser Vater, denn sein Chef aß oft bei uns zu Abend und pries ihn in den höchsten Tönen. »Es ist dein uramerikanisches, gesundes, so verwünscht gutaussehendes Gesicht zusammen mit deiner charmanten Art, worauf die Leute bei dir hereinfallen. Gott im Himmel, Chris, wer kann einem Burschen wie dir schon widerstehen?«

Ich kann dem nur aus vollem Herzen zustimmen. Unser Vater war perfekt. Einsfünfundachtzig groß, fünfundsiebzig Kilo schwer, das Haar dicht und flachsblond, gerade so viel gewellt, daß es wirklich perfekt wirkte. Seine Augen schimmerten porzellanblau, und immer funkelte ein Lachen in ihnen, das seine Lust am Leben und an jedem Spaß erkennen ließ. Seine Nase war gerade und weder zu lang noch zu schmal oder zu dick. Er spielte Golf und Tennis wie ein Profi und schwamm so viel, daß er das ganze Jahr über tief gebräunt aussah. Immer war er auf dem Sprung zu seinem nächsten Flugzeug, das ihn nach Kalifornien trug, nach Florida, nach Arizona oder nach Hawaii, manchmal sogar ins Ausland, wo sein Job ihn eben hinführte, während wir zu Hause in der Obhut unserer Mutter zurückblieben.

Wenn er spät am Freitagnachmittag zur Tür hereinkam – wie es jeden Freitag geschah, denn er sagte, er könne es nicht länger als fünf Tage aushalten, von uns getrennt zu sein –, dann ging für uns die Sonne auf, ob es draußen regnete oder schneite. Wir badeten uns im Schein seines breiten, fröhlichen Lachens.

Sein Begrüßungsruf schallte durch das ganze Haus, kaum daß er Koffer und Aktentasche abgesetzt hatte: »Kommt in meine Arme, damit ich euch liebhaben kann.«

Mein Bruder und ich hatten uns immer irgendwo in der Nähe der Vordertür versteckt, und sobald er seinen Ruf erschallen ließ, stürzten wir uns hinter einem Sessel oder einem Sofa hervor in seine weit aufgerissenen Arme, die uns drückten und festhielten, und er wärmte unsere Lippen mit seinen wunderbaren Küssen. Freitage – das waren die besten Tage von allen, denn sie brachten uns unseren Daddy wieder nach Hause. In seinen Anzugtaschen brachte er kleine Geschenke für uns mit; in seinem Koffer warteten die größeren Sachen darauf, ausgepackt zu werden, nachdem er unsere Mutter begrüßt hatte, die geduldig wartete, bis er mit uns fertig war.

Wenn wir unsere kleinen Begrüßungsgeschenke aus den Jakkentaschen in den Händen hielten, zogen Christopher und ich uns zurück, um zuzusehen, wie Mammi langsam auf Daddy zuschwebte, ein wunderbares Willkommenslächeln auf den Lippen, das seine Augen strahlen ließ. Er nahm sie in die Arme und blickte ihr ins Gesicht, als habe er sie mindestens ein Jahr nicht mehr gesehen.

An den Freitagen verbrachte Mammi den halben Tag in ihrem Schönheitssalon, ließ sich die Haare waschen und die Fingernägel polieren, und wenn sie nach Hause kam, nahm sie noch ein langes Bad mit parfümierten Ölen. Ich schlich mich gerne in ihr Ankleidezimmer und wartete darauf, sie dort in ihrem durchsichtigen Negligé erscheinen zu sehen. Sie setzte sich an ihren Schminktisch und legte mit faszinierender Sorgfalt das Make-up auf. Und ich, wild, jede Einzelheit zu lernen, verschlang jede ihrer Bewegungen mit den Augen, wenn sie sich aus einer hübschen Frau in ein Wesen von so atemberaubender Schönheit verwandelte, daß es der Alltagswirklichkeit ganz entrückt schien. Am unglaublichsten an dieser Verwandlung war aber, daß unser Vater glaubte, sie trüge überhaupt kein Make-up! Er dachte, sie wäre von Natur immer eine solche hinreißende Schönheit.

Liebe war ein Wort, mit dem bei uns zu Hause verschwenderisch umgegangen wurde. »Liebst du mich? – Ich habe dich ganz furchtbar lieb. Habe ich dir gefehlt? – Bist du glücklich, daß ich wieder zu Hause bin? – Hast du an mich gedacht, als ich nicht da war? Jede Nacht? Hast du dich hin und her gewälzt und dir gewünscht, ich wäre bei dir und hielte dich im Arm? Wenn du das nicht mehr wünschen würdest, Corrina, dann müßte ich sterben.«

Mammi wußte genau, wie man solche Fragen beantwortete – mit den Augen, mit einem weichen Flüstern und mit Küssen.

Eines Tages kamen Christopher und ich aus der Schule nach Hause gerannt, und der Winterwind blies uns zur Vordertür herein. »Zieht euch die Stiefel in der Garderobe aus!« rief Mammi uns aus dem Wohnzimmer zu, wo wir sie vor dem Feuer sitzen sehen konnten. Sie strickte an einem kleinen weißen Jäckchen, das einer Puppe gepaßt hätte. Ich dachte mir, es müßte ein Weihnachtsgeschenk für mich sein, für eine meiner Puppen.

»Und zieht euch auch die nassen Stiefelsocken aus, bevor ihr hier hereinkommt«, fügte sie noch hinzu.

Wir streiften unsere Stiefel ab, warfen unsere Anoraks in die Garderobe und liefen dann auf Socken ins Wohnzimmer mit seinem flauschigen weißen Teppich. Dieser pastellfarbene Raum, die ganze Einrichtung auf die Schönheit unserer Mutter abgestimmt, war die meiste Zeit verbotenes Terrain für uns. Es war unser Gesellschaftszimmer, Mammis Reich, und wir fühlten uns auf dem aprikosenfarbenen Brokatsofa oder den samtbezogenen Stühlen nie recht wohl. Wir mochten viel lieber Daddys Zimmer mit seiner dunklen Holztäfelung und der stabilen Ledercouch, auf der wir unsere Kämpfe austragen konnten, ohne je fürchten zu müssen, irgendwelche bleibenden Schäden anzurichten.

»Es friert draußen, Mammi!« keuchte ich atemlos und ließ mich zu ihren Füßen auf den Boden fallen, um die Beine am Feuer aufwärmen zu können. »Aber der Nachhauseweg auf dem Fahrrad war einfach toll. Alle Bäume sind mit diamantenen Eiszapfen behangen, und die Büsche glitzern wie Schmuckkästen. Es ist wie im Märchenland da draußen, Mammi. Für gar nichts auf der Welt möchte ich irgendwo unten im Süden leben, wo es nie schneit!«

Christopher sagte nichts zum Wetter und seiner eisigen Schönheit. Er war zwei Jahre und fünf Monate älter als ich und wußte schon viel mehr; aber das weiß ich jetzt erst. Er wärmte sich die eisigen Füße wie ich, doch dabei sah er zu Mammis Gesicht hinauf und zog in einem beunruhigten Stirnrunzeln die dunklen Augenbrauen zusammen.

Ich blickte deshalb auch zu ihr hin und wunderte mich, was meinen Bruder so beunruhigen mochte. Sie strickte schnell und geschickt, während sie hin und wieder einen Seitenblick auf ein Strickmuster warf.

»Mammi, ist alles in Ordnung mit dir?« fragte Christopher.

»Natürlich«, antwortete sie und schenkte ihm ein zartes, liebevolles Lächeln.

»Ich finde, du siehst ein bißchen müde aus.«

Sie legte das Jäckchen zur Seite. »Ich war heute beim Doktor, weißt du«, erklärte sie und streichelte Christopher die rosige, kalte Wange.

»Mammi!« rief er besorgt. »Bist du krank?«

Sie lachte leise und fuhr ihm mit den langen, schlanken Fingern durch seine strubbeligen blonden Locken. »Christopher Dollanganger, du solltest mich doch eigentlich besser kennen. Ich habe schon eine Weile beobachtet, wie du mich mit mißtrauischen Gedanken in deinem kleinen Kopf anschaust.« Sie nahm unsere Hände und legte sie auf die Wölbung ihres Bauches.

»Fühlt ihr was?« fragte sie, wieder mit diesem geheimnisvollen, vergnügten Gesichtsausdruck.

Schnell zog Christopher mit blutrotem Kopf die Hand weg. Aber ich ließ meine, wo sie war, und wartete.

»Was fühlst du, Cathy?«

Unter meiner Hand, unter ihren Kleidern ging etwas Unheimliches vor. Kleine, sachte Bewegungen liefen durch ihren Bauch. Ich sah zu ihrem Gesicht auf, und bis auf den heutigen Tag kann ich mich genau daran erinnern, wie lieblich es damals für mich aussah – wie das der Madonna von Raffael.

»Mammi, ich spüre dein Mittagessen. Hast du Bauchweh?« Ihre Augen funkelten vor Lachen, und sie sagte, ich solle noch einmal raten.

Ihre Stimme war weich und doch entschieden, als sie uns endlich ihre Neuigkeit verkündete. »Meine lieben Kleinen, ich bekomme Anfang Mai ein Baby. Ja, der Doktor hat mir heute sogar gesagt, daß er in meinem Bauch zwei Herzen schlagen hört. Und das heißt, ich bekomme Zwillinge... oder, was der liebe Gott verhüten möge, vielleicht Drillinge. Noch nicht einmal euer Daddy weiß das bis jetzt. Verratet ihm nichts, bevor ich ihn damit überraschen kann.«

Völlig überrascht schielte ich zu Christopher hinüber, um zu sehen, wie er diese Sache aufnahm. Er schien amüsiert zu sein, aber auch noch immer aufgeregt. Ich sah wieder in Mammis schönes, vom Feuer beschienenes Gesicht. Dann sprang ich auf und rannte in mein Zimmer.

Ich warf mich auf mein Bett und heulte los, ich schwamm regelrecht weg! Babys – und gleich zwei oder mehr! *Ich* war doch das Baby! Ich wollte keine jammernden, schreienden Winzlinge, die mir meinen Platz streitig machten! Ich schluchzte und verprügelte mein Kopfkissen, um wenigstens irgend jemanden meine Wut spüren zu lassen.

Schließlich setzte ich mich auf und überlegte, ob ich nicht besser fortlaufen sollte.

Jemand klopfte leise an meine Tür, die ich hinter mir abgeschlossen hatte. »Cathy«, sagte meine Mutter, »darf ich nicht reinkommen und mit dir darüber reden?«

»Geh weg!« schrie ich. »Ich hasse deine Babys jetzt schon!«

Ja, ich wußte genau, was jetzt auf mich zukam. Ich würde das mittlere Kind sein, das, um das sich niemand kümmerte, das den Eltern egal war. Sie würden mich vergessen. Keine Geschenke mehr freitagnachmittags. Daddy würde nur noch an Mammi denken, an Christopher und diese ekelhaften Babys, die an meine Stelle treten sollten.

Am Abend kam mein Vater zu mir, direkt nachdem er zu Hause angekommen war. Ich hatte die Tür wieder aufgeschlossen, nur für den Fall, daß er mich sehen wollte. Ich schielte verstohlen nach seinem Gesicht, denn ich liebte ihn ja so furchtbar. Er sah traurig aus, und er hatte eine große, in Silberpapier verpackte Schachtel mit einer riesigen rosa Seidenschlaufe darauf bei sich.

»Wo steckt denn meine Cathy?« fragte er zärtlich, während ich unter vorgehaltenen Händen hervorspähte. »Du bist mir ja gar nicht entgegengelaufen, als ich nach Hause kam. Du hast nicht hallo gerufen, du hast mich nicht mal angesehen. Cathy, ich werde furchtbar traurig, wenn du mir nicht in die Arme gelaufen kommst und mir einen Kuß gibst. Das tut mir richtig weh.«

Ich antwortete nichts, rollte mich aber auf den Rücken und blickte ihm direkt und wütend in die Augen. Wußte er denn nicht, daß ich das ganze Leben lang sein Liebling sein wollte? Warum mußten er und Mammi sich auch noch mehr Kinder bestellen? Reichten ihnen zwei denn nicht?

Er seufzte. Dann setzte er sich auf meine Bettkante. »Weißt du was? Das ist das erstemal in deinem Leben, daß du mich wütend anstarrst. Das ist der erste Freitag, daß du nicht in meine Arme gelaufen bist. Du glaubst es mir vielleicht nicht, aber ich lebe gar nicht wirklich, bevor ich nicht am Wochenende nach Hause gekommen bin.«

Ich schmollte. So leicht war ich nicht zu haben. Er brauchte mich ja jetzt nicht mehr. Er hatte seinen Sohn, und eine Fuhre schreiender Babys war schon unterwegs. Bei diesen Kindermassen würde man mich einfach vergessen.

»Weißt du was?« begann er wieder und beobachtete mich genau. »Ich habe auch immer geglaubt – vielleicht habe ich es mir auch nur eingebildet –, daß, wenn ich eines Tages einmal heimkommen würde und nicht ein einziges Geschenk für deinen Bruder und dich dabei hätte ... ich dachte, ihr würdet mir auch dann ganz verrückt um den Hals fallen und euch freuen, daß ich wieder da bin. Ich dachte, ihr habt mich lieb und nicht meine Geschenke. Ich habe irrtümlich geglaubt, daß ich ein guter Vater bin und daß ihr mich irgendwie sehr liebhaben würdet. Und daß ihr wüßtet, daß ihr immer ganz viel Platz in meinem Herzen haben werdet, selbst wenn eure Mutter und ich einmal ein ganzes Dutzend Kinder hätten.« Er hielt inne, seufzte, und seine blauen Augen verdunkelten sich. »Ich dachte, meine Cathy würde immer wissen, daß sie immer ein ganz besonderes Mädchen für mich bleiben wird – mein erstes.«

Ich warf ihm einen wütenden, verletzten Blick zu. Dann schluchzte ich: »Aber wenn Mammi erst ein anderes kleines Mädchen hat, dann sagst du dem das gleiche!«

»Würde ich das tun?«

»Klar«, heulte ich und hätte am liebsten bereits vor Eifersucht laut losgebrüllt. »Du würdest sie sogar lieber haben als mich, denn sie wäre bestimmt kleiner und ganz raffiniert.«

»Ich würde sie vielleicht genauso liebhaben, aber bestimmt nicht mehr.« Er streckte mir seine Arme entgegen, und ich konnte ihm nicht länger widerstehen. Ich warf mich hinein und klammerte mich an ihn, als ginge es um Leben oder Tod. »Sssst«, summte er mir tröstend zu, während ich weinte. »Wein doch nicht, sei nicht eifersüchtig. Wir haben dich doch deshalb nicht weniger lieb. Und denk doch mal, Cathy, richtige lebendige Babys, das ist was anderes als deine Puppen. Deine Mutter wird mehr Arbeit haben, als sie alleine schafft, und dann ist sie auf deine Hilfe angewiesen. Wenn ich dann unterwegs bin, würde ich mich viel besser fühlen, wenn ich wüßte, daß eine liebe große Tochter Mammi hilft und alles tut, damit das

Leben für uns leichter wird.« Seine warmen Lippen drückten sich auf meine tränennassen Wangen. »Komm, pack jetzt dein Geschenk aus, und sage mir, wie es dir gefällt.«

Erst mußte ich ihm mal das Gesicht abküssen und immer wieder drücken, damit er nicht mehr traurig schaute. Ich sah ja, wie sehr er darauf wartete. In dem wunderbaren Paket war eine silberne englische Spieluhr. Die Musik spielte, und eine rosa angezogene Ballerina drehte sich langsam vor einem herrlichen verzierten Spiegel. »Es ist auch ein Schmuckkasten«, erklärte Daddy mir und schob mir einen winzigen Goldring mit einem roten Stein, den er einen Granat nannte, auf den Finger. »Als ich die Spieluhr sah, wußte ich sofort, daß du sie haben mußtest. Und mit diesem Ring schwöre ich dir für immer, daß ich meine Cathy ein ganz kleines bißchen lieber habe als jede andere Tochter auf der Welt – solange wie sie das niemandem anderen sagt als sich selbst.«

Dann kam ein sonniger Dienstag im Mai; Daddy war zu Hause. Seit zwei Wochen trieb er sich schon von morgens bis abends bei uns herum und wartete darauf, daß diese Babys sich endlich blicken ließen. Mammi machte einen unruhigen, ungemütlichen Eindruck, und Mrs. Bertha Simpson hatte sich in unserer Küche eingenistet, kochte uns das Essen und warf Christopher und mir betont aufheiternde Blicke zu. Sie war unser verläßlichster Babysitter. Sie wohnte ein Haus weiter und sagte immer, unsere Eltern sähen mehr wie Bruder und Schwester als wie Mann und Frau aus. Sie war eine grimmige, verkniffen wirkende Person, die selten etwas Nettes über jemanden von sich gab. Und sie kochte immer Gemüseeintopf. Ich haßte Gemüse.

Als es auf das Abendessen zuging, stürmte Daddy plötzlich ins Wohnzimmer, um meinem Bruder und mir zu sagen, daß er Mammi jetzt ins Krankenhaus fahren müßte. »Macht euch keine Sorgen. Alles geht gut aus. Hört auf Mrs. Simpson und macht eure Hausaufgaben. In ein paar Stunden wißt ihr dann vielleicht schon, ob ihr Brüder oder Schwestern habt... oder beides.«

Er kehrte nicht vor dem nächsten Morgen zurück. Er war

unrasiert und müde, der Anzug zerknittert, aber er strahlte uns glücklich entgegen. »Na, jetzt ratet mal! Jungen oder Mädchen?«

»Jungen!« schrie Christopher los, der sich zwei Brüder wünschte, denen er das Fußballspielen beibringen konnte. Ich wollte auch Jungen ... keine kleinen Mädchen, die Daddy von seiner ersten Tochter ablenken konnten.

»Ein Junge *und* ein Mädchen«, verkündete Daddy stolz. »Die hübschesten kleinen Dinger, die ihr je gesehen habt. Kommt, zieht euch an, dann fahr' ich euch hin, und ihr könnt sie euch selber ansehen.«

Ich ging nur widerstrebend mit und zögerte sogar noch hinzusehen, als Daddy mich hochhielt, damit ich durch das Sichtfenster des Babyraums auf zwei Säuglinge starren konnte, die eine Schwester auf dem Arm trug. Sie waren so winzig! Ihre Köpfe waren nicht größer als kleine Äpfel. Kleine rote Fäuste zappelten umher. Eins schrie, als habe man es mit einer Nadel gepiekt.

»Oh«, seufzte Daddy, küßte mich und drückte mich an sich. »Der liebe Gott meint es gut mit mir, daß er mir noch eine Tochter und noch einen Sohn geschickt hat, die so gesund und perfekt sind wie das erste Paar.«

Erst dachte ich noch, ich würde sie beide hassen, besonders den Schreihals, der Carrie hieß und zehnmal lauter weinte und brüllte als der stille Cory. Es wurde bald unmöglich, eine Nacht durchzuschlafen, solange die beiden im Zimmer gegenüber von meinem schrien. Und doch, als sie anfingen größer zu werden und zu lächeln und ihre Augen aufleuchteten, wenn ich sie auf den Arm nahm, verdrängte etwas Warmes und Mütterliches meinen Neid. Plötzlich merkte ich, daß ich nach Hause rannte, um *sie* zu sehen, mit *ihnen* zu spielen, die Windeln zu wechseln, die Flasche zu geben und zwei herrliche Babys auf den Armen zu wiegen. Sie machten wirklich mehr Spaß als Puppen.

Ich merkte auch bald, daß Eltern tatsächlich in ihrem Herzen Platz für mehr als zwei Kinder haben, und ich hatte dann auch Raum in meinem Herzen, sie liebzuhaben – selbst die kleine

Carrie, die genauso hübsch war wie ich oder vielleicht sogar noch ein bißchen hübscher. Sie wuchsen so schnell. Wie Unkraut, meinte Daddy. Doch Mammi sah sie sich oft besorgt an, denn sie wuchsen nicht so schnell, wie Christopher und ich im gleichen Alter gewachsen waren. Der Doktor wurde zu Rate gezogen, versicherte ihr aber schnell, daß Zwillinge oft in der Größe hinter Einzelkindern zurückblieben.

»Sieh mal, Mammi«, sagte Christopher, »Doktoren wissen einfach alles.«

Daddy sah von seiner Zeitung auf und lächelte. »Da hörst du meinen Sohn, den angehenden Doktor – nein, Chris, niemand weiß alles.«

Daddy war der einzige, der meinen älteren Bruder Chris nannte.

Wir hatten einen verdammt komischen Nachnamen, der höllisch schwer zu buchstabieren war: Dollanganger. Aber weil wir alle so blond waren, mit sehr hellem Haar und heller Haut (außer Daddy mit seiner nie verblassenden Bräune), nannte Jim Johnston, Daddys bester Freund, uns die ›Meißners‹. Er sagte, wir sähen wie diese deutschen Porzellanfiguren aus, die man zur Zierde auf Kaminsimse oder Wohnzimmerschränke stellt. Bald nannte uns die halbe Nachbarschaft »Meißners«; das war erheblich leichter auszusprechen als Dollanganger.

Als die Zwillinge vier waren, Christopher vierzehn und ich gerade meinen zwölften Geburtstag gefeiert hatte, erlebten wir einen ganz besonderen Freitag. Es war Daddys sechsunddreißigster Geburtstag, und wir bereiteten eine Überraschungsparty für ihn vor. Mammi sah mit ihrem frisch frisierten Haar wie eine Märchenprinzessin aus. Ihre Nägel schimmerten frisch lackiert, ihr langes Abendkleid war von zartestem Blau, und ihre Perlenkette baumelte sacht, während sie hin und her huschte, um den Tisch im Eßzimmer perfekt für Daddys Geburtstag herzurichten. Die vielen Geschenke für ihn türmten sich auf der Anrichte. Es sollte eine kleine, intime Feier werden, nur für die Familie und ein paar von unseren engsten Freunden.

»Cathy«, sagte Mammi und warf mir einen von ihren schnellen Seitenblicken zu, »würde es dir etwas ausmachen, wenn du schnell noch einmal die Zwillinge für mich in die Wanne stecktest? Ich habe sie vor dem Mittagsschlaf noch gebadet, aber sobald sie wach wurden, sind sie zum Sandkasten gerannt, und jetzt brauchen sie noch ein Bad.«

Es machte mir nichts. Mammi sah viel zu elegant aus, um zwei schmutzigen Vierjährigen ein schaumspritzendes Bad zu verabreichen. Es hätte ihre Haare, ihre Nägel und ihr Kleid ruiniert.

»Und wenn du mit ihnen fertig bist, dann geht ihr beide, Christopher und du, auch eben schnell noch in die Wanne und macht euch frisch. Zieh dir dein neues rosa Kleid an, Cathy, und mach dir die Haare zurecht. Und, Christopher, heute bitte keine Blue jeans. Ich möchte, daß du ein weißes Hemd und Krawatte trägst. Dazu ziehst du deine hellblaue Sportjacke an und die beigen Hosen.«

»Ach nein, Mammi, ich hasse diese Anzieherei«, maulte Christopher.

»Tu bitte, was ich sage, Christopher. Es ist für deinen Vater. Du weißt, daß er auch eine Menge für dich tut. Das mindeste, was du ihm schuldest, ist, daß er an seinem Geburtstag stolz auf seine Familie sein kann.«

Er schlurfte davon und überließ es mir, die Zwillinge im Garten einzusammeln. Sie begannen sofort zu heulen. »Einmal baden am Tag ist genug!« schrie Carrie. »Wir sind schon ganz sauber! Nein! Aufhören! Wir vertragen keine Seife. Wir hassen das Haarewaschen! Wenn du das noch mal mit uns machst, sagen wir es Mammi!«

»Hah!« rief ich. »Was meint ihr wohl, wer mich hergeschickt hat, euch schmutzige kleine Monster in die Wanne zu stecken? Meine Güte, wie schafft ihr zwei das nur immer wieder, in kurzer Zeit so dreckig zu werden?«

Sobald sie erst mal warmes Wasser auf der nackten Haut hatten, die kleinen gelben Gummienten und Plastikboote in den Fluten schwammen und die große Schwester kräftig naßgespritzt worden war, ließen die beiden sich ohne allzu großen Widerstand von Kopf bis Fuß säubern. Anschließend gab es frische Sachen, denn auch die Kleinen gingen schließlich gleich zu einer Party – heute war einer der berühmten Freitage, und Daddy kam heim.

Cory steckte ich in einen hübschen weißen Anzug mit kurzen Hosen. Erstaunlicherweise schaffte er es immer, sich ein weniger sauberer zu halten als seine Zwillingsschwester. Trotz verzweifelter Bemühungen schaffte ich es dann wieder einmal nicht, seine widerspenstige Stirnlocke zu bändigen. Sie ringelte sich immer wieder wie ein raffiniertes Schweineschwänzchen in die falsche Richtung. Und, ob man es glaubt oder nicht, Carrie wollte ihr Haar unbedingt ganz genauso geringelt haben!

Als ich sie beide endlich angezogen hatte und sie wie zwei lebendig gewordene Porzellanpuppen aussahen, gab ich sie in Christophers Obhut, nicht ohne ihn nachdrücklichst zu ermahnen, sie ja keine Minute mehr aus den Augen zu lassen.

Die Zwillinge maulten und jammerten, während ich selbst dann schnell ein Bad nahm, die Haare wusch und auf Lockenwickler drehte. Zwischendurch schielte ich aus der Badezimmertür nach den Zwillingen, die Christopher versuchte mit Mutter-Gans-Versen bei Laune zu halten.

»Hallo!« meinte Christopher, als ich in meinem rosa Kleid mit den Faltenärmeln erschien, »du siehst ja gar nicht so schlecht aus.«

»Nicht so schlecht? Mehr fällt dir zu mir nicht ein?«

»Na, für eine Schwester ist das mein höchstes Lob.« Er sah auf seine Uhr, klappte das Kinderbuch zu, nahm die Zwillinge an den Händen und rief: »Daddy muß jede Minute hiersein – schnell, Cathy!«

Es wurde fünf Uhr und später, aber wir hielten vergeblich nach Vaters grünem Cadillac Ausschau. Unter den Wagen, die unsere lange Auffahrt bevölkerten, war nichts von ihm zu entdekken. Die geladenen Gäste trudelten nach und nach ein, saßen im Wohnzimmer herum und gaben sich alle Mühe, gute Laune zu verbreiten, während Mammi immer nervöser auf und ab lief. Normalerweise riß Daddy spätestens um vier die Tür auf, manchmal sogar noch früher.

Sieben Uhr, und wir warteten immer noch.

Das herrliche Essen, mit dem Mammi sich soviel Mühe gemacht hatte, verschmorte im Ofen. Um sieben kamen sonst die Zwillinge ins Bett, und sie wurden jetzt immer hungriger, müder und quengeliger. Alle paar Minuten riefen sie: »Wann kommt Daddy endlich?«

»Tja, Corrina«, versuchte Jim Johnston einen Scherz, »sieht aus, als habe sich Chris anderswo sein Abendessen besorgt.«

Seine Frau verpaßte ihm einen vernichtenden Blick für die Taktlosigkeit.

Mein Magen knurrte und ich begann mir genausoviel Sorgen zu machen wie Mammi. Sie lief immer wieder zu unserem großen Panoramafenster und starrte die Auffahrt hinunter.

»Da!« rief ich plötzlich, denn ich hatte einen Wagen einbiegen sehen. »Vielleicht ist er das endlich.«

Aber das Auto, das dann vor unserer Tür hielt, war weiß, nicht grün. Und auf dem Dach hatte es eines von diesen roten Lichtern. An den Türen stand unübersehbar *Autobahn-Polizei.*

Mammi unterdrückte ein Stöhnen, als zwei Polizisten in blauen Uniformen bei uns klingelten.

Sie schien einen Augenblick lang wie versteinert. Ihr Herzschlag schien auszusetzen, und ihre Augen weiteten sich. Etwas Wildes, Furchterregendes griff nach meinem Herzen, als ich sie so sah.

Jim Johnston öffnete schließlich die Tür und ließ die beiden Polizisten herein. Sie sahen sich unsicher um und erkannten sicher zu ihrem eigenen Entsetzen sofort, daß sie bei uns auch noch ausgerechnet auf einer Geburtstagsfeier gelandet waren. Ein Blick auf den Bescherungstisch im Eßzimmer genügte.

»Mrs. Christopher Garland Dollanganger?« erkundigte sich der Ältere der beiden, während er die anwesenden Frauen musterte.

Unsere Mutter nickte knapp und steif. Ich rückte näher zu

ihr, Christopher genauso. Die Zwillinge spielten auf dem Boden mit ihren kleinen Autos. Das unerwartete Auftauchen von zwei Polizisten interessierte sie nicht weiter. Sie warteten auf Daddy.

Der freundlich aussehende Mann in Uniform mit dem tiefroten Gesicht trat näher zu Mammi. »Mrs. Dollanganger«, begann er mit einer eigentümlich flachen Stimme, die mir eine Gänsehaut über den Rücken jagte, »es tut uns furchtbar leid, aber es hat einen Unfall auf der Greenfield-Autobahn gegeben.«

»Oh ...«, hauchte Mammi und zog Christopher und mich an sich. Ich spürte, daß sie am ganzen Körper zitterte, genau wie ich selbst. Meine Augen waren von den kupfernen Uniformknöpfen des Polizisten gefangen. Ich starrte unentwegt darauf, wie hypnotisiert.

»Ihr Mann war in diesen Unfall verwickelt, Mrs. Dollanganger.«

Mammi stöhnte und wäre zusammengebrochen, wenn Chris und ich sie nicht gestützt hätten.

»Wir haben bereits eine Reihe Autofahrer als Unfallzeugen vernommen, und es steht einwandfrei fest, daß Ihr Mann nicht daran schuld war, Mrs. Dollanganger«, fuhr die Stimme fort, ohne irgendein Gefühl zu verraten. »Nach den vorliegenden Aussagen hatte der Fahrer eines blauen Ford, offenbar in betrunkenem Zustand, die Kontrolle über sein Fahrzeug verloren. Er wechselte in Schlangenlinien von einer Spur zur anderen und raste schließlich auf die Gegenfahrbahn, wo er frontal mit dem Fahrzeug Ihres Mannes kollidierte. Es scheint, daß Ihr Mann noch ein Ausweichmanöver versucht hat, denn es gelang ihm noch, den Wagen zur Seite zu reißen. Aber ein von einem anderen Fahrzeug, vermutlich einem Lastwagen, gefallenes Maschinenteil, muß Ihren Mann daran gehindert haben, dieses Manöver, das ihm das Leben gerettet hätte, zu Ende zu bringen. Deshalb erwischte ihn der Ford an der Seite, und der Wagen Ihres Mannes überschlug sich mehrfach. Er hätte auch jetzt noch eine gute Chance gehabt, aber dabei geriet er auf die andere Fahrbahn, und ein entgegenkommender Lastwagen raste in seinen Wagen. Der Cadillac überschlug sich wieder ... und dann ... dann fing er Feuer.«

Noch nie war ein Zimmer mit so vielen Leuten so schlagartig still gewesen. Selbst die Zwillinge sahen von ihrem ahnungslosen Spiel auf und starrten die Polizisten an.

»Mein Mann?« flüsterte Mammi so schwach, daß ihre Stimme kaum noch zu verstehen war. »Er ist nicht ... nicht ... er ist nicht tot ...?«

»Madam«, sagte der rotgesichtige Polizist sehr würdevoll, »es schmerzt mich außerordentlich, Ihnen an einem Festtag schlechte Nachrichten bringen zu müssen.« Er blickte in die Runde und atmete tief durch. »Es tut mir sehr leid, Madam, Ihnen diese Mitteilung machen zu müssen ... man hat sofort alle Rettungsmaßnahmen eingeleitet ... aber, Madam, ja ... er muß sofort tot gewesen sein, nach dem, was der Arzt festgestellt hat.«

Hinter uns schrie jemand auf.

Mammi schrie nicht. Ihre Augen blickten leer, dunkel und gequält. Die Verzweiflung wischte ihr die strahlenden Farben vom Gesicht und verwandelte es in eine Totenmaske. Ich sah zu ihr auf, versuchte ihr mit meinen Augen zu erklären, daß nichts davon wahr sein könne. Nicht Daddy! Nicht mein Daddy! Er konnte nicht tot sein ... er konnte einfach nicht! Tod, das war etwas für alte Leute, für kranke Leute ... nicht für jemanden, der so geliebt und gebraucht wurde, der so jung war.

Doch da war meine Mutter mit ihrem grauen Gesicht, ihrem starren Blick, den Händen, die ein unsichtbares nasses Tuch auszuwringen schienen. Jede Sekunde, die ich sie beobachtete, schienen ihre Augen tiefer in die Höhlen zu sinken.

Ich begann zu weinen.

»Madam, wir haben hier ein paar Dinge, die beim ersten Zusammenstoß aus dem Wagen geschleudert wurden. Wir haben Ihnen mitgebracht, was noch zu retten war.«

»Gehen Sie weg!« schrie ich den Polizisten an. »Raus hier! Das ist nicht mein Daddy! Ich weiß, daß Sie lügen! Er hat nur eben bei einem Drugstore angehalten, um Eis zu kaufen. Er kommt gleich. Verschwindet!« Ich stürzte auf den Polizisten los und hämmerte ihm die kleinen Fäuste auf die Brust. Er versuchte mich behutsam abzuwehren, und dann kam Christopher und zog mich von ihm fort.

»Bitte«, sagte der Beamte, »könnte sich nicht jemand von Ihnen um das Kind kümmern?«

Der Arm meiner Mutter legte sich um meine Schulter. Sie zog mich eng an sich. Hinter uns murmelten die Leute erschüttert durcheinander – aufgeregtes Geflüster, und dazu gesellte sich ein angebrannter Geruch aus der Küche.

Ich wartete darauf, daß irgend jemand meine Hand nahm und mir erklärte, der liebe Gott würde niemals das Leben eines Mannes, wie unser Vater einer war, fortnehmen. Aber niemand kam zu mir. Nur Christopher legte mir den Arm um die Hüfte, und so standen wir alle drei aneinandergedrückt – Mammi, Christopher und ich.

Es war Christopher, der schließlich seine Stimme wiederfand, eine so fremde, heisere Stimme: »Sind Sie absolut sicher, daß es unser Vater war? Wenn der grüne Cadillac Feuer gefangen hat, muß der Mann am Steuer furchtbar verbrannt gewesen sein. Es könnte also auch jemand anderes als unser Daddy gewesen sein.«

Aus Mammis Kehle rang sich ein tiefes, dumpfes Schluchzen, doch in ihren Augen standen keine Tränen. Sie glaubte es! Sie glaubte, daß diese beiden Männer die Wahrheit gesagt hatten!

Die Gäste, die sich auf eine fröhliche Geburtstagsfeier eingerichtet hatten, umringten uns und sagten diese tröstenden Sachen, die man von sich gibt, wenn eigentlich die passenden Worte fehlen.

»Das tut uns ja so furchtbar leid, Corrina, wir sind erschüttert ... wie schrecklich ...«

»Daß Chris so etwas Furchtbares passieren mußte.«

»Jedem ist der Tag vorbestimmt ... von Geburt an sind wir in Gottes Hand.«

Weiter und weiter plätscherten die Worte dahin, und langsam, wie Wasser in Beton sickert, machte sich die Wahrheit in unseren Köpfen breit. Daddy war wirklich tot. Wir würden ihn nie wiedersehen. Nicht lebend, nur in einem Sarg, in einer Holzkiste, die man eingraben würde und dann darüber einen marmornen Grabstein errichten, auf dem sein Name, sein Geburtsdatum und sein Todestag stehen würden. Es würde beides das gleiche Datum sein, bis auf die Jahreszahl.

Ich sah mich nach den Zwillingen um, denen ähnliche Gefühle erspart werden sollten. Ein freundlicher Nachbar hatte sie Gott sei Dank bereits mit in die Küche genommen, wo ihnen jemand eine Kleinigkeit zu essen machte, damit sie anschließend ins Bett gesteckt werden konnten. Mein Blick traf auf Christophers. Er schien genauso in diesem Alptraum gefangen wie ich selbst, das junge Gesicht bleich und erschüttert; ein leerer Ausdruck des Schmerzes stand in seinen Augen und verdunkelte sie.

Einer der Polizisten war inzwischen draußen beim Wagen gewesen und kam jetzt mit einem Bündel Sachen zurück, die er sorgfältig auf dem Wohnzimmertisch ausbreitete. Ich sah versteinert zu, während vor uns Daddys Tascheninhalt auftauchte: eine krokodillederne Brieftasche, die Mammi ihm zu Weihnachten geschenkt hatte; sein lederbezogenes Notizbuch und der Terminkalender; seine Armbanduhr; sein Trauring. Alles war rußgeschwärzt und vom Feuer teilweise angekohlt.

Zuletzt kamen die pastellfarbenen Stofftiere für Cory und Carrie, die über die Straße verstreut gelegen haben mußten, wie uns der Polizist erzählte. Ein blauer Plüschelefant mit rosa Ohren und ein braunes Pony mit rotem Sattel und goldenem Zügel – das mußte für Carrie gewesen sein. Aber der traurigste Anblick waren Daddys Kleider, die aus dem aufgerissenen Koffer auf die Straße geschleudert worden waren, als der Wagen sich mehrfach überschlug.

Ich kannte diese Anzüge, diese Hemden, Krawatten, Socken. Da lag die Krawatte, die ich ihm letztes Jahr zum Geburtstag geschenkt hatte.

»Jemand muß die Leiche identifizieren«, erklärte der Polizist.

Jetzt wußte ich es sicher. Es war die Wahrheit. Daddy wäre nie ohne Geschenke für uns nach Hause gekommen – selbst an seinem eigenen Geburtstag nicht. Es mußte unser Vater gewesen sein.

Ich stürzte aus dem Zimmer! Rannte fort von den Dingen, die da ausgebreitet lagen und mir das Herz aus dem Leibe rissen, mir mehr weh taten als jeder Schmerz, den ich bisher empfunden hatte. Ich lief aus dem Haus in den Garten und schlug meine Fäuste gegen den alten Ahornbaum. Ich schlug so lange, bis sie mir weh taten und Blut aus vielen kleinen Schrammen lief. Dann warf ich mich auf den Rasen und heulte Tränenmeere für Daddy, der nicht tot sein durfte. Ich weinte für uns, die ohne ihn weiterleben mußten. Und für die Zwillinge, die nun nicht einmal die Chance hatten, zu erfahren, was für ein wunderbarer Vater Daddy war – gewesen war. Und als meine Tränen alle verbraucht waren, meine Augen rot und verschwollen schmerzten, weil ich ständig daran rieb, hörte ich weiche Schritte auf mich zukommen – meine Mutter...

Sie setzte sich neben mich auf den Rasen und nahm meine Hand in die ihre. Am Himmel stand eine schmale Mondsichel, umgeben von Millionen Sternen. Ein süßer Geruch nach Frühling hing in der leichten Brise. »Cathy«, sagte meine Mutter schließlich, als das Schweigen zwischen uns so lang geworden war, daß es niemals mehr aufzuhören schien, »dein Vater ist jetzt dort oben im Himmel und sieht auf dich herab, und du weißt, daß er sich eine tapfere Tochter wünscht.«

»Er ist nicht tot, Mammi!« Ich bestritt das Furchtbare noch immer wild.

»Du bist sehr lange hier draußen im Garten gewesen. Vielleicht hast du gar nicht gemerkt, daß es inzwischen schon zehn Uhr ist. Jemand mußte die Leiche identifizieren, und obwohl mir Jim Johnston anbot, diese Pflicht zu übernehmen, um mir den Schmerz zu ersparen, konnte ich es nur selbst tun. Ich mußte ihn selbst sehen, denn, weißt du, für mich war es auch schwer, daran zu glauben. Dein Vater *ist tot*, Cathy. Christopher liegt auf seinem Bett und weint. Die Zwillinge schlafen. Sie können noch nicht richtig verstehen, was das heißt – tot sein.«

Sie legte ihren Arm um mich und zog meinen Kopf sanft gegen ihre Schulter.

»Komm«, sagte sie, stand auf und hielt mich dabei fest an sich gepreßt. »Du bist schon zu lange hier draußen. Ich dachte, du wärst mit den anderen im Haus, und die anderen dachten, du wärst bei mir oder in deinem Zimmer. Es ist nicht gut, allein zu sein, wenn man so etwas Schlimmes erlebt hat. Es ist besser, wenn du mit Menschen zusammen bist, die deine Trauer teilen.«

Sie sagte das mit trockenen Augen, ohne eine einzige Träne, aber irgendwo, tief in ihr, weinte etwas und schrie verzweifelt. Ich spürte das an ihrem Ton, sah es an der Leere in ihrem Blick.

Mit dem Tod unseres Vaters begann sich der Schatten eines Alptraums über unser Leben zu legen. Ich starrte Mammi oft vorwurfsvoll an und dachte mir, sie hätte uns auf den Tod vorbereiten sollen, denn wir durften nie Haustiere halten, die hätten sterben können und uns etwas davon vermittelt hätten, was es heißt, durch den Tod etwas Geliebtes zu verlieren. Jemand, ein Erwachsener, hätte uns warnen müssen, daß die Jungen, die Schönen und die, die gebraucht werden, genauso sterben wie die Alten und Kranken.

Aber wie kann man so etwas zu einer Mutter sagen, die aussieht, als habe das Schicksal ihr jede Lebenskraft bis auf das Mark ausgesogen? Kann man ernsthaft mit jemandem umgehen, der nicht reden, nicht essen will, einer Frau, die sich nicht mehr frisiert und keines der schönen Kleider mehr anzieht, die ihre Schränke füllen? Nicht einmal um uns kümmerte sie sich. Glücklicherweise übernahmen das ein paar freundliche Nachbarinnen. Sie sahen immer wieder mal herein und brachten uns etwas von ihrem Essen mit. Unser Haus füllte sich zum Überlaufen mit Blumen, mit hausgemachten Kuchen und Pasteten, Schinken, Gebäck und Fertiggerichten.

Sie kamen in Scharen, all die Leute, die unseren Vater geliebt, bewundert und geachtet hatten, und selbst ich war überrascht, wie gut er bekannt gewesen sein mußte. Doch ich haßte es jedesmal, wenn ich die Frage hörte, wie er denn gestorben sei, und was es für ein Jammer sei, daß Daddy in so jungen Jahren von uns gehen mußte, wo doch so viele nutzlose und lebensunfähige Menschen weiterlebten, die der Gesellschaft nur zur Last fielen.

Nach allem, was man mir sagte oder ich mitbekam, schien das Schicksal ein grimmiger Sensenmann zu sein, nie freundlich und ohne jeden Respekt davor, ob jemand geliebt und gebraucht wurde.

Aus dem Frühling wurde der Sommer. Und der Schmerz, wie sehr man sich der Traurigkeit auch hingibt, läßt irgendwann langsam nach. Die Person, die einmal so real, so geliebt war, wird zu einem blassen, nicht mehr deutlich erkennbaren Schatten.

Eines Tages saß Mammi da und machte ein so trauriges Gesicht, daß sie aussah, als habe sie für immer vergessen, wie man lacht. »Mammi«, sagte ich strahlend, in der Hoffnung, sie ein bißchen aufzuheitern, »ich tue jetzt einfach so, als ob Daddy noch lebt und nur auf einer seiner Geschäftsreisen wäre, und bald wird er zurück sein, und dann reißt er die Tür auf und ruft wie immer ›Kommt in meine Arme‹. Siehst du, wir alle fühlen uns dann besser, als wäre er irgendwo noch am Leben, irgendwo, wo wir ihn nicht sehen können, aber von wo wir ihn jeden Moment zurückerwarten.«

»Nein, Cathy«, brach es heftig aus meiner Mutter hervor, »du mußt die Wahrheit akzeptieren. Du wirst keinen Trost finden, wenn du anfängst, dir etwas vorzumachen. Hörst du! Dein Vater ist tot, und seine Seele ist im Himmel, und in deinem Alter mußt du begreifen, daß niemals jemand aus dem Himmel zurückgekommen ist. Was uns angeht, wir müssen jetzt versuchen, das Beste aus einem Leben ohne ihn zu machen – und das kann nicht heißen, daß wir vor der Wirklichkeit fortlaufen, statt ihr entgegenzutreten.«

Ich beobachtete sie, wie sie aufstand und begann, den Frühstückstisch zu decken.

»Mammi ...«, begann ich wieder und versuchte vorsichtig, einen Weg zu ihr zu ertasten, damit sie nicht hart und wütend wurde. »Können wir das denn, weitermachen ohne ihn?«

»Ich werde versuchen, mein Bestes zu tun, damit wir überleben«, antwortete sie geistesabwesend.

»Wirst du jetzt arbeiten gehen müssen wie Mrs. Johnston?«

»Vielleicht, vielleicht aber auch nicht. Das Leben hält alle möglichen Überraschungen bereit, Cathy. Und einige davon sind sehr unschön, wie du gerade herausgefunden hast. Aber denk immer daran, daß du fast zwölf Jahre lang das Gottesgeschenk hattest, einen Vater zu haben, der dich für etwas ganz Besonderes hielt.«

»Weil ich aussehe wie du«, sagte ich und fühlte jenen seltsamen Neid, den ich immer ihr gegenüber verspürt hatte, weil ich an zweiter Stelle nach ihr gekommen war.

Sie warf mir einen Seitenblick zu, während sie aus dem Kühlschrank die Zutaten für das Frühstück zusammensuchte. »Ich werde dir jetzt etwas sagen, Cathy, was ich dir noch nie vorher gesagt habe. Du siehst sehr so aus, wie ich in deinem Alter ausgesehen habe, aber von deiner Persönlichkeit her bist du ganz anders. Du bist viel aggressiver und viel entschlossener. Dein Vater sagte oft, du wärst wie seine Mutter, und er hat seine Mutter geliebt.«

»Liebt nicht jeder seine Mutter?«

»Nein«, sagte sie mit einem seltsamen Gesichtsausdruck, »es gibt einige Mütter, die man einfach nicht lieben kann, denn sie wollen nicht geliebt werden.«

Sie hatte Schinken und Eier zusammengesucht, legte sie neben den Herd, schloß den Kühlschrank und nahm mich in den Arm. »Liebe Cathy, du und dein Vater, ihr hattet eine ganz besondere, sehr enge Beziehung zueinander, und ich glaube, daß du ihn deshalb viel mehr vermißt, mehr als Christopher oder die Zwillinge.«

Ich schluchzte an ihrer Schulter. »Ich hasse Gott dafür, daß er ihn mir weggenommen hat! Er hätte leben und ein alter Mann werden müssen! Jetzt kann er nicht mehr dabeisein, wenn ich tanzen werde und Christopher Arzt wird. Alles ist jetzt egal, wo er nicht mehr bei uns ist.«

»Manchmal«, begann sie mit fester Stimme, »ist der Tod nicht so schrecklich, wie er dir jetzt vorkommt. Dein Vater wird niemals alt oder krank werden. Er wird immer jung bleiben. Du wirst dich so an ihn erinnern – jung, schön, stark. Weine nicht mehr, Cathy, wie dein Vater immer gesagt hat, es gibt für alles einen Grund und für jedes Problem eine Lösung, und ich versuche mein Bestes, mein Allerbestes, für uns eine gute Lösung zu finden.«

Wir waren vier Kinder, die in ihrer Trauer und ihrem Schmerz umherstolperten wie zwischen zerbrochenem Spielzeug. Wir spielten im Garten, versuchten im Sonnenschein ein wenig Trost zu finden und ahnten dabei nicht, daß sich unser Leben bald so drastisch verändern würde, so dramatisch, daß Worte wie »Garten« oder »Hinterhof« für uns gleichbedeutend mit Himmel wurden – und etwas ebenso Fernliegendes.

Es war an einem Nachmittag kurz nach Daddys Beerdigung gewesen, und Christopher und ich waren mit den Zwillingen auf dem Hof hinter dem Haus zum Spielen. Die Kleinen saßen mit ihren Schaufeln und Förmchen im Sandkasten. Ständig schaufelten sie den Sand von einer Ecke in die andere und kicherten dabei in der seltsamen Kindersprache, die nur sie selbst verstanden. Cory und Carrie waren keine eineiigen Zwillinge. Sie sahen sich nicht völlig ähnlich, aber sie bildeten eine Einheit und hatten an sich selbst immer genug. Jetzt bauten sie Sandmauern um sich herum, so daß sie zu Burgherren wurden und ihre verborgenen Schätze voreinander beschützen konnten. Sie hatten einander, und das reichte ihnen.

Es wurde Zeit zum Abendessen, aber nichts rührte sich. Wir bekamen Angst, daß es jetzt nicht einmal mehr etwas zu essen geben würde, deshalb schnappten wir uns die schmutzigen kleinen Hände der Zwillinge und zogen sie ins Haus, obwohl Mammi uns nicht gerufen hatte. Schließlich entdeckten wir unsere Mutter hinter Daddys großem Schreibtisch. Sie schrieb etwas, das, nach den vielen umherliegenden zerknüllten Anfängen zu schließen, ein sehr schwieriger Brief sein mußte. Ihre Stirn war gerunzelt, und sie hielt häufig beim Schreiben inne, um ins Leere zu starren.

»Mammi«, sprach ich sie an, »es ist fast sechs Uhr. Die Zwillinge werden hungrig.«

»In einer Minute, in einer Minute«, antwortete sie abwesend.

»Ich schreibe an eure Großeltern in Virginia. Die Nachbarn haben uns genug zu essen für eine ganze Woche gebracht – du kannst eine von den Pasteten in den Ofen schieben, Cathy.«

Es war das erste Abendessen, das ich fast ganz alleine anrichtete. Ich hatte den Tisch gedeckt, die Pastete angewärmt und die Milch eingeschüttet, als Mammi kam, um mir zu helfen.

Es schien mir, als hätte unsere Mutter seit Vaters Tod täglich Briefe zu schreiben und irgendwo hinzugehen, um etwas zu erledigen, während wir der Obhut der Nachbarn überlassen wurden. Nachts saß Mammi dann vor Vaters Schreibtisch und hatte eine grüne Ledermappe vor sich aufgeschlagen, die Bündel von Dokumenten und Rechnungen enthielt. Nichts schien mehr in Ordnung zu sein, gar nichts. Oft badeten mein Bruder und ich die Zwillinge, zogen ihnen die Schlafanzüge an und brachten sie ins Bett. Anschließend lief Christopher in sein Zimmer, um zu lernen, während ich zu meiner Mutter ging, um zu versuchen, sie wenigstens wieder ein bißchen aufzuheitern.

Einige Wochen später kam ein Antwortbrief auf die vielen Schreiben, die unsere Mutter an ihre Eltern geschickt hatte. Sofort begann Mammi zu weinen – bevor sie den dickgefütterten, cremefarbenen Umschlag überhaupt geöffnet hatte, weinte sie schon. Ungeschickt hantierte sie mit dem Brieföffner herum und hielt dann drei Blätter in den zitternden Händen, die sie dreimal durchlas. Während sie las, liefen ihr langsam Tränen die Wange herab und verschmierten mit langen, bleichen, schimmernden Streifen ihr Make-up.

Sie hatte uns aus dem Garten gerufen, als sie die Post aus dem Briefkasten durchsah, und nun saßen wir vier ihr auf dem großen Wohnzimmersofa gegenüber. Während ich ihr beim Lesen zusah, bemerkte ich, wie ihr weiches, helles Porzellanpuppengesicht etwas Kaltes, Hartes und Resolutes annahm. Mir lief eine Gänsehaut über den Rücken. Vielleicht, weil sie uns nach dem Lesen so lange anstarrte – zu lange. Dann sah sie wieder auf die Bögen in ihren zitternden Händen und von dort zum Fenster, als ob sie dort eine Antwort auf die Fragen des Briefes finden könnte.

Mammi benahm sich sehr seltsam. Es machte uns alle unbehaglich und ungewöhnlich still, denn wir fühlten uns in einem plötzlich vaterlosen Heim schon verschreckt genug, ohne diesen drei Seiten langen Brief, der unserer Mutter die Zunge lähmte und ihre Augen so hart werden ließ. Warum sah sie uns nur so komisch an?

Endlich räusperte sie sich und begann zu sprechen, aber mit einer kalten Stimme, die völlig anders klang als ihr gewohnter weicher, warmer Tonfall. »Eure Großmutter hat endlich meine Briefe beantwortet«, erklärte sie mit dieser furchtbar kalten Stimme. »All die Briefe, die ich ihr geschrieben habe ... ja ... sie hat zugestimmt. Sie ist einverstanden, daß wir zu ihr ziehen und bei ihr leben.«

Gute Neuigkeiten! Genau das, was wir zu hören erwarteten – und wir hätten glücklich darüber sein sollen. Aber Mammi verfiel wieder in dieses düstere Schweigen. Sie saß einfach da und starrte uns an. Was war los mit ihr? Wußte sie nicht mehr, daß wir ihre Kinder waren und nicht vier Fremde, die hier aufgereiht hingen wie Vögel auf einer Leimrute?

»Christopher, Cathy, mit vierzehn und mit zwölf solltet ihr alt genug sein, die Sache zu begreifen, und alt genug, dabei mitzuarbeiten, um eurer Mutter aus einer verzweifelten Lage herauszuhelfen.« Sie unterbrach sich und fingerte nervös an ihrer Perlenkette herum, dann seufzte sie schwer. Sie schien dicht davor zu stehen, in Tränen auszubrechen. Und ich hatte soviel Mitleid mit ihr, soviel Mitleid mit der armen Mammi, die jetzt ohne Mann dastand.

»Mammi«, sagte ich, »ist alles in Ordnung?«

»Natürlich, Schatz, natürlich.« Sie versuchte zu lächeln. »Euer Vater, Gott sei seiner Seele gnädig, hat sich vorgestellt, bis ins reife Alter zu leben und sich bis dahin ein ansehnliches Vermögen zu erarbeiten. Er stammt aus einer Familie, die weiß, wie man Geld verdient, so daß es für mich gar keine Zweifel gibt, daß er auch erreicht hätte, was er sich vorgenommen hatte, wenn ihm nur die Zeit dazu geblieben wäre. Aber sechsunddreißig Jahre, das ist zu früh, um zu sterben. Auf eine bestimmte Art glaubt man einfach immer, daß einem selbst nie etwas Schreckliches passieren wird. Schreckliche Dinge passieren immer nur den anderen. Wir rechnen nicht mit Unfällen, und wir erwarten nicht, jung zu sterben. Darum dachten euer Vater und ich auch immer, wir würden gemeinsam alt werden, und hofften, noch gemeinsam unsere Enkelkinder aufwachsen zu sehen, bevor wir beide am gleichen Tag sterben würden. Dann wäre keiner von uns übrig, der den anderen betrauern müßte.«

Wieder seufzte sie. »Ich muß gestehen, daß wir weit über unsere gegenwärtigen Verhältnisse gelebt und auf Vaters zukünftiges Einkommen Kredite aufgenommen haben. Wir gaben Geld aus, was wir noch gar nicht hatten. Gebt ihm keine Schuld dafür, es war mein Fehler. Er wußte, was es heißt, arm zu sein. Ich habe davon keine Ahnung gehabt. Ihr wißt, daß er deshalb manchmal mit mir schimpfte. Deshalb meinte er auch, als wir dieses Haus kauften, daß wir nur drei Schlafzimmer brauchen würden. Aber ich wollte vier. Selbst vier schienen mir noch zu klein. Seht euch um, auf dem ganzen Haus hier liegt eine dreißigjährige Hypothek. Nichts hier gehört wirklich uns: nicht die Möbel, nicht die Autos, nicht die Küchengeräte – kein einziges Ding hier drinnen ist vollständig abgezahlt.«

Sahen wir erschrocken aus? Verängstigt? Sie unterbrach sich. Ihr Gesicht überzog sich mit einer tiefen Röte, und ihre Augen wanderten unruhig durch den Raum, dessen Einrichtung nur zur Unterstreichung ihrer Schönheit ausgewählt worden war. Ihre delikaten Augenbrauen verzogen sich in einem besorgten Stirnrunzeln. »Auch wenn euer Vater ein wenig mit mir geschimpft hat, wollte er diesen Luxus doch im Grunde genauso wie ich. Er verwöhnte mich, weil er mich liebte, und ich glaube, am Ende habe ich ihn überzeugt, daß Luxus für mich eine absolute Notwendigkeit war. Er gab nach, denn wir beide hatten die Angewohnheit, zu sehr an dem zu hängen, was wir unbedingt haben wollten. Das war eine andere von unseren Gemeinsamkeiten.«

Ihr Ausdruck wurde für einen Moment nachdenklich, aber dann fuhr sie mit ihrer fremden Stimme fort: »All unsere schönen Sachen werden uns jetzt fortgenommen. Man nennt das Eigentumsvorbehalt. Nichts gehört dir wirklich, bevor du es nicht vollständig bezahlt hast. Nehmt das Sofa zum Beispiel. Vor drei Jahren kostete es achthundert Dollar. Inzwischen ist es bis auf hundert Dollar abbezahlt. Aber trotzdem werden sie es abholen, weil wir den Rest nicht bezahlen können. Wir werden nicht nur die Möbel hergeben müssen und das Haus, sondern auch die Autos – alles wird weggeholt außer unseren Kleidern und euren Spielsachen. Sie haben mir jedenfalls erlaubt, den Trauring zu behalten, und ich habe meinen Verlobungsdiamanten versteckt – sagt also bitte niemandem, daß ich einen Verlobungsring gehabt habe, wer auch immer euch danach fragen könnte.«

Wer »sie« waren, fragte keines von uns Kindern. Ich kam gar nicht darauf, daß hier etwas zu fragen gewesen wäre. Damals jedenfalls nicht. Und später schien es einfach keine Rolle mehr zu spielen.

Christophers Blick kreuzte sich mit meinem. Ich versuchte zu verstehen und kämpfte doch gleichzeitig dagegen an, nicht in diesem Verständnis zu ertrinken. Schon versank ich, ertrank in dieser Erwachsenenwelt des Todes und der Zweifel. Mein Bruder griff nach meiner Hand und drückte sie mir in einer Geste ungewohnter brüderlicher Hilfe.

War ich ein aufgeschlagenes Buch, in dem man so leicht lesen konnte? So leicht zu durchschauen, daß selbst er, der Erzquälgeist, versuchte, mich zu trösten? Ich versuchte zu lächeln, um ihm klarzumachen, wie erwachsen ich schon war und wie weit ich eigentlich über dem zitternden kleinen Ding stand, das losschluchzen wolltc, weil »sie« nun bald alles wegholen würden. Ich wollte nicht, daß ein anderes kleines Mädchen in meinem pfefferminz-rosa tapezierten Zimmer wohnte, in meinem Bett schlief und mit meinen Sachen spielte – meinen kleinen Puppen in ihren Kartonzimmern, meiner silbernen Spieluhr mit der rosafarbenen Ballerina – würden sie die auch wegnehmen?

Mammi beobachtete den Blickwechsel zwischen meinem Bruder und mir sehr genau. Als sie weitersprach, kam wieder ein kleines Stück von ihrer früheren lieben Art zum Vorschein. »Schau nicht so niedergeschlagen drein. Es ist nicht wirklich so schlimm, wie ich es vielleicht habe aussehen lassen. Du mußt mir verzeihen, wenn ich gedankenlos war und vergessen habe, wie jung du noch bist. Ich habe euch die schlechte Nachricht zuerst erzählt und die gute bis zum Schluß aufgehoben. Haltet jetzt die Luft an! Ihr werdet mir nicht glauben, was ich euch gleich erzähle – denn meine Eltern sind reich! Nicht reich, wie man in der Mittelklasse reich ist oder in der Oberklasse, nein, sehr, sehr reich! Schmutzig, unglaublich, verboten reich! Sie leben in einem herrlichen, großen Haus in Virginia – einem Haus, wie ihr noch nie eins gesehen habt. Ich kenne es, denn ich bin dort geboren und aufgewachsen. Wenn ihr dieses Haus erst gesehen habt, wird euch unser Haus hier wie eine Hundehütte dagegen vorkommen. Und habe ich euch nicht gesagt, daß wir mit ihnen zusammenwohnen werden – mit meiner Mutter und mit meinem Vater?«

Sie bot uns diese Aufmunterung mit einem schwachen, nervös zuckenden Lächeln, das nicht ausreichte, um mich von den Zweifeln zu befreien, in die ihr Verhalten und ihre Informationen mich gestürzt hatten. Ich mochte die Art nicht, mit der ihre Augen schuldbewußt meinen Blicken auswichen. Ich dachte mir, daß sie etwas vor uns verheimlichte.

Aber sie war meine Mutter.

Und Daddy gab es nicht mehr.

Ich nahm Carrie auf den Schoß und preßte ihren warmen, kleinen Körper eng an mich. Ich streichelte die verschwitzten blonden Löckchen, die ihre Stirn einrahmten. Sie schloß die Augen, und ihre vollen rosigen Lippen summten leise. Ich sah zu Cory hinüber und stieß Christopher an. »Die Zwillinge sind müde, Mammi. Sie brauchen ihr Abendessen.«

»Dafür ist noch genug Zeit«, fuhr sie mich ungeduldig an. »Wir haben jetzt zu planen, was wir tun. Wir müssen unsere Sachen packen, denn wir fahren noch heute nacht mit dem Zug. Die Zwillinge können essen, während wir packen. Alles, was ihr an Kleidung braucht, müßt ihr irgendwie in zwei Koffer packen. Ich will, daß ihr nur eure Lieblingskleider mitnehmt und ein paar kleine Spielsachen, von denen ihr euch nicht trennen möchtet. Und nur eins von den Spielen. Ich kaufe euch viele neue Spiele, wenn wir erst da sind. Cathy, du suchst die Kleider raus und sammelst das Spielzeug ein, von dem du meinst, die Zwillinge haben es am liebsten. Aber nicht zuviel. Wir können nicht mehr als vier Koffer mitnehmen, und ich brauche zwei für meine eigenen Sachen.«

Himmel! Es war alles wahr! Wir mußten wirklich hier weg, mußten alles aufgeben! Ich mußte alles in zwei Koffer quetschen, alle Sachen, die mir wichtig waren, und den Kram von Christopher und den Zwillingen noch dazu. Meine große Anziehpuppe würde schon einen Koffer füllen! Wie sollte ich sie nur hier zurücklassen können, meine Lieblingspuppe, die Daddy mir zum dritten Geburtstag geschenkt hatte. Tränen standen mir in den Augen.

Da saßen wir vier und starrten Mammi schockiert an. Sie mußte sich unter unseren Blicken sehr unwohl fühlen, denn sie sprang auf und begann im Zimmer hin und her zu laufen.

»Wie ich euch schon gesagt habe, meine Eltern sind ungeheuer reich.« Sie warf Christopher und mir einen abschätzenden Blick zu und wandte sich dann schnell ab, so daß wir ihr Gesicht nicht mehr sehen konnten.

»Mammi«, fragte Christopher, »stimmt irgendwas nicht?«

Ich fand es erstaunlich, wie er so eine Frage stellen konnte, wo doch mehr als klar war, daß *alles* nicht stimmte.

Sie lief weiter durchs Zimmer. Ihre langen, schönen Beine blitzten unter ihrem dünnen schwarzen Negligé hervor. Selbst in ihrer Trauer und in Schwarz sah sie wundervoll aus – trotz der Schatten um die Augen, der hohlen Wangen und alldem. Sie war so schön, und ich liebte sie – oh, wie ich sie damals liebte!

Wie wir alle sie damals liebten!

Direkt vor dem Sofa drehte unsere Mutter sich plötzlich herum, und das schwarze Chiffon ihres Negligés wirbelte hoch wie das Kleid einer Tänzerin, so daß ihre wunderbaren Beine von den Knöcheln bis zur Hüfte zu sehen waren.

»Ihr Lieben«, begann sie, »was könnte schon daran nicht stimmen, in einem so vornehmen, schönen Haus leben zu dürfen, wie meinen Eltern eines gehört? Ich bin dort geboren. Ich bin dort aufgewachsen, abgesehen von den Jahren, in denen ich auf ein Internat geschickt wurde. Es ist ein riesiges, herrlich gebautes Haus, und sie bauen noch immer neue Räume und Flügel an, obwohl sie wahrhaftig genug davon haben.«

Sie lächelte, aber an ihrem Lächeln stimmte irgend etwas nicht. »Es gibt allerdings eine Kleinigkeit, die ich euch erklären muß, bevor ihr meinen Vater trefft – euren Großvater.« Hier hielt sie wieder vorsichtig inne und lächelte wieder dieses eigenartige, fast düstere Lächeln. »Vor vielen Jahren, als ich achtzehn war, habe ich etwas sehr Ernstes getan, was euer Großvater nicht billigen konnte, und meine Mutter hat es ebenfalls abgelehnt, aber sie würde mich unter keinen Umständen aufgeben, egal, wie, deshalb zählt sie nicht. Aber, weil ich diese Sache tat, ließ mein Vater mich aus seinem Testament streichen, und deshalb bin ich heute enterbt. Euer Vater nannte das auf seine galante Art, ich sei ›in Ungnade gefallen‹.«

In Ungnade gefallen? Was sollte das heißen? Ich konnte mir beim besten Willen nicht vorstellen, daß meine Mutter irgend etwas tun könnte, was ihren eigenen Vater veranlassen würde, ihr das Erbe wegzunehmen.

»Klar, Mammi, ich verstehe exakt, was du meinst«, rief Christopher. »Du hast etwas getan, was deinem Vater nicht gefallen hat, und deshalb hat er dich, obwohl du eigentlich in seinem Testament als Erbin eingesetzt warst, von seinem Rechtsanwalt daraus entfernen lassen, ohne sich die Sache noch einmal zu überlegen, und nun wirst du nichts von seinen weltlichen Gütern erben, wenn er diese Welt verläßt.« Er grinste, zufrieden mit sich selbst, weil er wieder mehr wußte als ich. Er hatte immer für alles eine Antwort. Er steckte seine Nase ständig in irgendwelche Bücher, wenn er zu Hause war. Draußen, unter freiem Himmel, war er genauso wild und frech wie die anderen Kinder unserer Gegend. Aber drinnen, wenn er nicht vor dem Fernseher saß, war mein Bruder ein richtiger Bücherwurm.

Natürlich hatte er recht.

»Ja, Christopher. Nichts von dem Vermögen eures Großvaters wird an mich übergehen bei seinem Tode, oder durch mich an euch. Darum mußte ich so viele Briefe schreiben, immer wieder, auch als meine Mutter zunächst nicht antwortete.« Wieder lächelte sie, diesmal voll bitterer Ironie. »Aber da ich nun der einzige überlebende Erbe bin, kann ich mir berechtigte Hoffnung machen, Vaters Gunst zurückzugewinnen. Ihr müßt wissen, ich hatte zwei ältere Brüder, aber sie starben beide bei Unfällen, und nun bin nur noch ich übrig.« Sie unterbrach ihre rastlose Wanderung durch das Zimmer. Sie schüttelte den Kopf und fuhr dann mit einer neuen, gekünstelt munteren Stimme fort: »Ich glaube, ich erzähle euch besser etwas anderes. Euer richtiger Nachname ist nicht Dollanganger – er ist Foxworth. Und Foxworth ist ein sehr wichtiger Name in Virginia.«

»Mammi«, rief ich schockiert. »Ist das denn überhaupt erlaubt? Ich meine, macht ihr euch nicht strafbar, wenn ihr einfach euren Namen verändert und auf unsere Geburtsurkunden einen falschen Namen setzen laßt?«

Ihre Stimme wurde ungeduldig. »Um Himmels willen, Cathy, man kann Namen ganz legal ändern lassen. Und der Name Dollanganger gehört ja auch zu uns, mehr oder weniger jedenfalls. Euer Vater hat sich diesen Namen von seinen entfernteren Vorfahren ausgeliehen. Er dachte, es wäre ein amüsanter Name, ein Scherz, und er hat seinen Zweck ja auch gut genug erfüllt.«

»Welchen Zweck?« wollte ich wissen. »Warum wollte Daddy denn seinen Namen von einem wie Foxworth, den man so leicht aussprechen kann, in so etwas Langes und schwer zu Buchstabierendes wie Dollanganger ändern?«

»Cathy, ich bin müde«, sagte Mammi und ließ sich in den nächststehenden Sessel fallen. »Es gibt soviel für mich zu tun, diese ganzen juristischen Einzelheiten. Ihr werdet früh genug alles erfahren. Ich werde es euch erklären. Ich schwöre, daß ich dann ganz ehrlich sein werde. Aber, bitte, laßt mich jetzt erst mal zum Atmen kommen.«

Oh, was war das für ein Tag. Erst mußten wir hören, daß die mysteriösen »sie« kommen würden, um uns all unsere Sachen wegzunehmen, selbst unser Haus. Und dann erfuhren wir auch noch, daß uns nicht einmal unser Nachname wirklich gehörte.

Die Zwillinge, die sich auf unseren Knien zusammengekauert hatten, schliefen schon fast. Sie waren noch zu jung, um etwas davon zu verstehen. Selbst ich, die ich jetzt zwölf Jahre alt war und nach eigener Einschätzung fast eine Frau, konnte nicht begreifen, warum Mammi nicht wirklich glücklich aussah bei dem Gedanken, jetzt nach Hause zurückkehren zu dürfen zu ihren Eltern, die sie seit fünfzehn Jahren nicht gesehen hatte. Geheimgehaltene Großeltern, die wir schon lange für tot gehalten hatten! Dazu hatten wir auch noch von zwei unbekannten Onkeln erfahren müssen, die beide verunglückt waren. Es dämmerte mir zum ersten Mal, daß unsere Eltern ja schon ihr eigenes Leben gelebt hatten, bevor wir auf die Welt gekommen waren, und daß wir am Ende gar nicht so wichtig sein könnten.

»Mammi«, begann Christopher langsam, »dein schönes, tolles Zuhause in Virginia hört sich gut an, aber uns gefällt es hier gut. Unsere Freunde wohnen hier, jeder kennt uns, mag uns, und ich weiß ganz bestimmt, daß ich hier nicht weg möchte. Kannst du nicht mit Daddys Anwalt sprechen, ob er uns nicht helfen kann, einen Weg zu finden, wie wir hierbleiben und unsere Sachen behalten können?«

»Ja, Mammi, bitte, laß uns hierbleiben!« fiel ich ein.

Sofort sprang Mutter von ihrem Sessel auf und kam zu uns. Sie ließ sich vor dem Sofa in die Knie fallen, so daß ihre Augen in gleicher Höhe mit unseren waren und sie uns direkt ansehen konnte. »Jetzt hört mal zu«, befahl sie und griff nach meiner Hand und der meines Bruders, die sie an ihre Brust zog. »Ich habe nachgedacht, und ich habe auch darüber nachgedacht, ob wir es nicht schaffen könnten, hier weiterzuleben, aber es gibt keine Möglichkeit – überhaupt keine. Denn wir haben kein Geld, die monatlichen Raten abzubezahlen. Und ich habe nicht die Fähigkeiten, um im Monat genug Geld zu verdienen, das für vier Kinder und mich ausreicht. Seht mich an!« verlangte sie und breitete die Arme weit aus. Sie sah so verwundbar, so schön und so hilflos aus. »Wißt ihr, was ich bin? Ich bin ein hübsches, nutzloses Schmuckstück. Ich habe immer gedacht, daß ich einen Mann haben würde, der sich um mich kümmert.

Ich kann alleine überhaupt nichts. Ich kann nicht mal Schreibmaschine schreiben. Ich kann nicht gut rechnen. Ich kann nette Stickereien machen und raffinierte Pullover stricken, aber damit kann man kein Geld verdienen. Ohne Geld kann man nicht leben. Die Welt lebt nicht von der Liebe – sie lebt vom Geld. Und mein Vater hat mehr Geld, als er selbst gebrauchen kann. Er hat nur einen lebenden Erben – mich! Früher habe ich ihm mehr bedeutet als seine beiden Söhne, deshalb kann es nicht so schwer sein, seine Zuneigung zurückzugewinnen. Dann wird er seinen Anwalt ein neues Testament aufsetzen lassen, und ich werde erben, alles erben! Er ist sechsundsechzig Jahre alt, und er leidet an einer tödlichen Herzkrankheit. Nach dem, was meine Mutter mir auf einem getrennten Blatt geschrieben hat, das euer Großvater nicht lesen durfte, hat er höchstens noch zwei oder drei Monate zu leben. Doch das gibt mir genug Zeit, ihn so zu bezaubern, daß er mich wieder liebt, wie er mich früher geliebt hat – und wenn er stirbt, gehört sein ganzes Vermögen mir! *Mir! Uns!* Wir werden für immer von allen finanziellen Sorgen frei sein. Frei, dahin zu gehen, wo immer wir hinwollen! Frei, zu reisen, frei, zu kaufen, was immer wir haben wollen – alles, was unsere Herzen begehren! Ich rede nicht von einer Million oder zwei, nein, von vielen, vielen Millionen – vielleicht sogar Milliarden! Leute mit solchen Vermögen wissen nicht einmal, was es wirklich wert ist, denn es ist überall verstreut investiert, ihnen gehört dies und das, eingeschlossen Banken, Fluggesellschaften, Hotels, Kaufhausketten und Schiffahrtslinien. Oh, ihr könnt euch einfach nicht vorstellen, was für ein Finanzimperium euer Großvater kontrolliert, selbst jetzt noch, wo er auf dem Sterbebett liegt. Er ist ein Genie, was das Geldmachen angeht. Alles, was er anfaßt, verwandelt sich in Gold.«

Ihre blauen Augen blitzten. Die Sonne schien durch das große Wohnzimmerfenster und warf ein glitzerndes Diamantennetz über ihr Haar. Schon jetzt schien sie unschätzbar reich zu sein. Mammi, Mammi, warum erfuhren wir das alles bloß jetzt erst, nachdem unser Vater tot war?

»Christopher, Cathy, hört ihr mir zu und versucht euch das

einmal vorzustellen? Könnt ihr verstehen, was man mit einem großen Berg Geld machen kann? Die Welt und alles, was darinnen ist, gehört euch! Ihr werdet Macht haben, Einfluß und Respekt. Vertraut mir. Schon bald habe ich das Herz meines Vaters wiedererobert. Er wird nur einen Blick auf mich werfen, um zu begreifen, daß all die fünfzehn Jahre, die wir voneinander getrennt waren, verschwendete Zeit gewesen sind. Er ist alt, krank, er verläßt sein Zimmer im ersten Stock nicht mehr, einen kleinen Raum hinter der Bibliothek. Er hat Krankenschwestern, die Tag und Nacht nach ihm sehen, und Hausangestellte, die nur für ihn da sind. Aber nur dein eigenes Fleisch und Blut bedeutet wirklich etwas, und ich bin alles, was ihm geblieben ist, ich allein. *Eines Nachts,* da werde ich ihn darauf vorbereiten, euch zu sehen, und dann werde ich euch in sein Zimmer bringen, und er wird begeistert, verzaubert von dem sein, was er sieht: vier wunderschöne Enkelkinder, die in jeder Beziehung perfekt sind – er muß euch lieben, jedes einzelne von euch. Glaubt mir, es wird genauso kommen, wie ich es mir vorstelle! Ich verspreche euch, daß ich alles tun werde, was immer mein Vater auch von mir verlangt. Bei meinem Leben, bei allem, was mir lieb und teuer und heilig ist – und das seid ihr Kinder, die ihr aus meiner Liebe zu eurem Vater entstanden seid –, schwöre ich euch, daß ich bald ein unvorstellbar großes Vermögen erben werde und daß durch mich alle eure Träume in Erfüllung gehen werden.«

Mein Mund stand offen. Ich war von der Leidenschaft in diesen Worten überwältigt. Ein Seitenblick zu Christopher zeigte mir, daß er Mammi fassungslos anstarrte. Die Zwillinge waren inzwischen beide fest eingeschlafen. Sie hatten nichts von alledem mitbekommen.

Wir würden also in einem Haus so groß und so reich wie ein Palast leben.

In diesem grandiosen Palast, wo man von vorne bis hinten bedient wurde, würden wir König Midas vorgestellt werden, der bald sterben würde, und dann würden *wir* sein ganzes Geld bekommen, mit dem uns die Welt zu Füßen lag. Wir würden reicher sein, als man sich vorstellen konnte! Ich würde leben wie eine Prinzessin!

Aber warum fühlte ich mich nicht wirklich wohl bei dem Gedanken?

»Cathy«, sagte Christopher und schenkte mir ein breites, glückliches Lächeln, »du kannst noch immer eine Ballerina werden. Ich glaube nicht, daß man sich Talent für Geld kaufen kann oder daß Geld aus einem Playboy einen guten Arzt macht. Aber bis die Zeit kommt, in der wir uns ernsthaft für etwas entscheiden müssen, Mensch, bis dahin können wir noch toll einen draufmachen!«

Ich konnte die silberne Spieluhr mit der Ballerina nicht mitnehmen. Die Spieluhr war wertvoll und von »ihnen« zu den pfändbaren Sachen auf die Liste genommen worden. Es gab kaum etwas bei den Sachen, die ich von Daddy geschenkt bekommen hatte, das ich behalten konnte, mit Ausnahme des kleinen Ringes an meinem Finger mit dem herzförmigen Halbedelstein.

Aber – wie Christopher gesagt hatte, nachdem wir erst so reich wurden, würden wir unser Leben erst einmal genießen können. So leben die reichen Leute – glücklich von nun an bis an das Ende ihrer Tage, ihr Geld zählend und sich neue Vergnügen ausdenkend.

Spaß, Spiele, Partys, Reichtum, den man sich nicht vorstellen konnte, ein Haus, groß wie ein Palast, mit Dienern, die über einer großen Garage wohnten, in der wenigstens neun oder zehn der teuersten Autos eingestellt waren. Wer hätte je gedacht, daß meine Mutter aus einer solchen Familie kam? Warum hatte Daddy sich so oft mit ihr über verschwenderische Geldausgaben gestritten, wenn sie einfach nur nach Hause hätte zu schreiben brauchen und sich ein bißchen Geld hätte erbetteln können?

Langsam ging ich auf mein Zimmer, wo ich vor der silbernen Spieluhr stehenblieb. Der Deckel war aufgeklappt, und die rosafarbene Ballerina drehte sich auf ihre wunderliche Art und Weise, wobei sie sich immer in dem Spiegel des Deckels bewundern konnte. Ich hörte die klimpernde Musik dazu spielen: »Tanze, Ballerina, tanze...«

Ich hätte sie gestohlen, wenn ich bloß einen Platz gewußt hätte, um sie zu verstecken.

Leb wohl, rosa-weißer Raum mit den pfefferminzfarbenen Tapeten. Leb wohl, kleines weißes Bett mit der geblümten Steppdecke, unter der ich Masern, Mumps und Windpocken ausgeschwitzt habe.

Leb wohl, Daddy, noch einmal, denn wenn ich von hier fort bin, dann werde ich mir nicht mehr vorstellen können, wie du an meinem Bett sitzt und meine Hand hältst, und ich werde dich nicht mehr im Geiste sehen können, wie du mir aus dem Badezimmer ein Glas Wasser holst. Ich möchte wirklich gar nicht gerne weg hier, Daddy. Ich würde lieber hier weiterleben und die Erinnerung an dich ständig um mich herum haben.

»Cathy« – Mammi stand in der Tür – »steh nicht da und weine. Ein Zimmer ist doch auch nur ein Zimmer. Du wirst noch in vielen Zimmern leben, bevor du stirbst, also beeil dich, pack deine Sachen und die von den Zwillingen zusammen. Ich pack' inzwischen meine.«

Vor meinem Tod werde ich in tausend oder mehr Zimmern gelebt haben, flüsterte eine leise Stimme mir ins Ohr... und ich glaubte es.

Die Straße zum Reichtum

Während Mammi packte, warfen Christopher und ich unsere Sachen in zwei Koffer, zusammen mit Spielzeug und einem Gesellschaftsspiel. Noch bevor es dunkel wurde, fuhr ein Taxi uns zum Bahnhof. Wir mußten uns regelrecht davonschleichen wie auf der Flucht, ohne unseren Freunden auf Wiedersehen sagen zu dürfen, und das tat weh. Ich wußte nicht, wozu das gut sein sollte, aber Mammi bestand darauf. Unsere Fahrräder mußten in der Garage zurückbleiben, wie all die anderen Sachen, die man nicht in ein paar Koffern mitschleppen konnte.

Der Zug rumpelte durch eine dunkle, sternenerfüllte Nacht auf einen fernen Besitz in den Bergen von Virginia zu. Wir kamen an vielen schlafenden Städten und Dörfern vorbei. Goldene Lichtvierecke huschten in der Ferne vorüber. Die einzigen Anzeichen für einsame Farmhäuser, die dort irgendwo verloren in der Nacht lagen. Mein Bruder und ich wollten nichts von dieser Fahrt verpassen und blieben deshalb entschlossen wach. Schließlich hatten wir auch eine Menge, über das wir uns unterhalten mußten. In erster Linie galten unsere Spekulationen dem großen, reichen Haus, in dem wir von nun an wohnen sollten. Ich stellte mir vor, daß ich mein eigenes Kindermädchen haben würde. Es würde mir die Kleider heraussuchen, mein Bad einlassen, mir das Haar bürsten und auf mein Kommando durch die Gegend springen. Aber ich würde nicht zu hart mit ihm sein. Ich würde nett und verständnisvoll sein, die Art von Herrin, die von jeder Dienerin geliebt wird – außer wenn sie etwas zerbrach, an dem ich wirklich hing! Dann würde ich ihr die Hölle heiß machen – ich würde einen urplötzlichen Wutanfall bekommen und mit ein paar Sachen schmeißen, die mir nicht ganz so wichtig waren.

Wenn ich mich an diese nächtliche Zugfahrt heute zurückerinnere, dann erkenne ich, daß es eigentlich diese Nacht war, in der ich begann, erwachsen zu werden und über das Leben zu philosophieren. Mit allem, was man verliert, gewinnt man auch etwas. Also gewöhnte ich mich besser daran und machte das Beste daraus, dachte ich mir damals.

Als mein Bruder und ich gerade überlegten, wie wir das ganze Geld ausgeben sollten, wenn wir es erst hatten, kam der glatzköpfige, dickliche Schaffner in unser Abteil und ließ seinen Blick bewundernd von Kopf bis Fuß über unsere Mutter wandern, bevor er leise sagte: »Mrs. Patterson, in einer Viertelstunde sind wir an Ihrem Haltepunkt.«

Nanu, wunderte ich mich, warum nennt er sie denn »Mrs. Patterson«? Ich warf Christopher einen fragenden Blick zu, aber der schien genauso überrascht wie ich.

Aus ihrem Halbschlaf gerissen, offensichtlich verwirrt und desorientiert, riß Mammi die Augen weit auf. Ein verzweifelter Ausdruck trat in ihre Augen, als sie von dem über sie gebeugten Schaffner zu uns und den Zwillingen hinübersah. Tränen liefen ihr über die Wangen, und sie zog ein Taschentuch aus ihrer Handtasche, mit dem sie sich sachte die Augen abtupfte. Dann folgte ein Seufzer, so schwer und voller Kummer, daß mir das Herz bis zum Hals zu schlagen begann. »Ja, vielen Dank«, erwiderte sie dem Schaffner, der sie noch immer mit großem Respekt und Bewunderung ansah. »Machen Sie sich keine Sorgen. Wir sind jederzeit fertig auszusteigen.«

»Madam«, meinte er mit einem zutiefst besorgten Blick auf seine Taschenuhr, »es ist drei Uhr morgens. Werden Sie von jemandem abgeholt?« Sein sorgenvoller Blick streifte uns Kinder.

»Das geht alles in Ordnung«, versicherte ihm unsere Mutter.

»Madam, es ist sehr dunkel draußen.«

»Ich würde meinen Weg nach Hause auch im Schlaf finden.«

Dem großväterlichen Schaffner schien das keineswegs zu genügen, um uns aus seiner Fürsorge zu entlassen. »Lady«, fuhr er fort, »bis nach Charlottesville ist es eine Stunde mit dem Auto. Ich lasse Sie und Ihre Kinder hier mitten in der Nacht meilenweit von jeder Ortschaft aussteigen. Dieser Haltepunkt ist nur eine leere Wellblechhütte.«

Um sich jede weitere Frage zu verbitten, antwortete Mammi auf ihre arroganteste Art. »Wir werden erwartet.« Toll, daß sie dieses Benehmen wie einen Hut auf- und absetzen konnte.

Wir kamen an dem einsamen Haltepunkt an, und man ließ uns aussteigen. Niemand erwartete uns.

Es war rabenschwarze Dunkelheit, in die wir hinauskletterten. Allein standen wir meilenweit von jeder Siedlung entfernt an den Gleisen und winkten dem freundlichen Schaffner zum Abschied zu. Sein Gesichtsausdruck sagte nur zu deutlich, daß er sich nicht recht wohl dabei fühlte, uns hier am Ende der Welt abzusetzen – »Mrs. Patterson« mit ihrer Truppe von vier verschlafenen Kindern, die auf ein weit und breit nicht sichtbares Auto warten wollten. Ich sah mich um. Alles, was ich ausmachen konnte, war ein Wellblechdach auf vier Holzpfosten. Unser Bahnhof. Daneben eine morsche grüne Bank. Wir setzten uns nicht auf die Bank, sondern standen einfach da und sahen zu, wie der Zug in der Nacht verschwand. Ein einziges, fernes Pfeifen hörten wir noch von ihm, als wünschte er uns viel Glück und Lebewohl.

Um uns lagen Wiesen und Felder. Aus den dunklen Wäldern hinter dem »Bahnhof« klang ein unheimlicher Laut. Ich fuhr zusammen, und Christopher lachte natürlich gleich über mich. »Das war doch nur eine Eule! Dachtest du, das wäre ein Gespenst?«

»So was gibt es hier absolut nicht«, meinte Mammi scharf. »Ihr braucht auch nicht zu flüstern. Niemand ist hier in der Nähe. Das hier ist Farmland, meistens für Milchvieh genutzt. Die Bauern hier leben davon, den reichen Leuten auf dem Hügel alles ganz frisch zu liefern.«

In der Ferne erkannte ich viele Hügel, nachdem meine Augen sich an die Dunkelheit gewöhnt hatten. Schwarze Baumreihen unterteilten auf seltsame Art die Hänge in Sektionen, als stünden dort riesenhafte Wächter der Nacht Spalier. Mammi erklärte uns, daß die vielen Baumreihen als Windschutz dienten und im Winter die Schneeverwehungen niedrig hielten. Schnee, das war das Schlüsselwort für Christopher, der sich sofort daran begeisterte. Er liebte alle Arten von Wintersport, und er hatte befürchtet, daß ein südlicher Bundesstaat wie Virginia gar keine größeren Schneefälle kennen würde.

»O ja«, erzählte Mammi, »es schneit hier kräftig, darauf kannst du wetten. Wir sind hier am Fuß der Blue Ridge Berge, und es wird hier sehr, sehr kalt, mindestens genauso kalt wie in Gladstone. Aber im Sommer ist es tagsüber wärmer. Nachts ist es immer kühl genug, wenigstens unter einer leichten Decke zu schlafen. Wenn die Sonne jetzt scheinen würde, hättet ihr eine hinreißende Landschaft vor euch, eine ländliche Gegend, wie euch keine auf der Welt besser gefallen würde. So, jetzt müssen wir uns aber beeilen. Es ist ein langer, langer Weg zu meinem Elternhaus, und wir müssen vor dem Morgengrauen dasein, bevor das Personal aufsteht.«

Eigenartig. »Warum?« erkundigte ich mich. »Und warum hat der Schaffner dich Mrs. Patterson genannt?«

»Cathy, ich habe im Augenblick wirklich keine Zeit, dir das zu erklären. Wir müssen zügig losmarschieren.« Sie nahm die beiden Koffer auf und befahl uns mit fester Stimme, ihr zu folgen. Christopher und ich mußten die Zwillinge auf den Arm nehmen, denn sie waren zu verschlafen, um zu laufen.

»Mammi!« rief ich, als wir gerade losgehen wollten. »Der Schaffner hat vergessen, uns deine beiden Koffer mitzugeben.«

»Das hat schon seine Richtigkeit, Cathy«, erwiderte sie atemlos, als wären schon die beiden Koffer, die sie gerade trug, beinahe zuviel für ihre Kräfte. »Ich habe den Schaffner gebeten, meine Sachen nach Charlottesville mitzunehmen und dort bei der Gepäckaufbewahrung abzuliefern, damit ich sie mir morgen dort abholen kann.«

»Warum das denn?« fragte Christopher scharf.

»Na, zunächst einmal kann ich ja wohl kaum vier Koffer gleichzeitig schleppen. Oder? Und außerdem möchte ich gerne mit meinem Vater allein sprechen können, bevor er etwas von meinen Kindern erfahren hat. Es sähe sicher auch nicht gut aus, wenn ich mitten in der Nacht nach Hause zurückkehre, nachdem ich mich fünfzehn Jahre dort nicht habe blicken lassen, was meinst du?«

Das klang vernünftig, schien mir, denn wir hatten mit den Zwillingen genug zu tragen. Die beiden weigerten sich strikt, auf ihren müden Beinen auch nur einen eigenen Schritt zu tun. Also marschierten wir hinter unserer Mutter her über holperige Feldwege. Dornenranken zerrten an unseren Jacken. Wir liefen und liefen, und die Zwillinge wurden immer schwerer und schwerer. Die Arme begannen uns weh zu tun. Das nächtliche Abenteuer hatte bald jeden Reiz verloren. Wir begannen zu maulen, wir blieben zurück, wir wollten eine Pause einlegen. Wir wollten zurück nach Gladstone, in unseren eigenen Betten liegen, mit unseren alten Sachen um uns herum. Das war besser, als hier durch die Einöde zu keuchen – besser als das große alte Haus mit Dienerschaft und Großeltern, die wir nicht einmal kannten.

»Weckt die Zwillinge!« fuhr uns Mutter an, die über unsere Einwände immer ungehaltener wurde. »Stellt sie auf die Füße und zwingt sie zu laufen, ob sie wollen oder nicht.« Dann murmelte sie noch etwas leise in ihren Pelzkragen, das meine neugierigen Ohren gerade noch aufschnappen konnten. »Weiß der Himmel, sie laufen besser an der frischen Luft herum, soviel sie noch können.«

Ein Schauer der Vorahnung lief mir den Rücken herab. Ich spähte schnell zu meinem älteren Bruder, der sich im selben Moment zu mir umwandte. Er lächelte, und ich lächelte zurück.

Morgen, wenn Mammi zu angemessener Zeit ihre offizielle Ankunft inszenierte, mit dem Taxi natürlich, würde sie zu unserem Großvater gehen und ihn anlächeln und mit ihm sprechen, und er würde bezaubert von ihr sein. Nur ein Blick auf ihr liebes Gesicht und ein einziges Wort von ihrer schönen Stimme, und er mußte die Arme ausstrecken und ihr vergeben, was immer sie auch getan haben mochte, um bei ihm »in Ungnade zu fallen«.

Nach dem, was sie uns bereits erzählt hatte, war ihr Vater ein gebrechlicher alter Mann, denn sechsundsechzig Jahre schienen mir als Zwölfjähriger ein unglaublich hohes Greisenalter zu sein. Und ein Mann am Rande des Todes konnte sich sicher nicht mehr leisten, seinem einzigen überlebenden Kind gegenüber nachtragend zu sein, der Tochter, die er einmal so besonders geliebt hatte. Er mußte ihr vergeben, damit er friedlich und gesegnet aus dem Leben scheiden konnte und wußte, daß er es auf die richtige Weise abgeschlossen hatte. Und dann, wenn sie ihn erst einmal mit ihrem Zauber umgarnt hatte, würde sie uns aus unserem Schlafzimmer herunterholen, und wir würden uns bemühen, den besten Eindruck zu machen, und er würde sofort sehen, daß wir nicht häßlich waren und wirklich nicht das Schlechteste. Niemand, absolut niemand, der ein Herz besaß, war imstande, die Zwillinge nicht auf den ersten Blick liebzuhaben. Und wenn Großvater erst merken würde, was Christopher für ein intelligenter Bursche war! Ein Einser-Kandidat in allen Fächern! Und noch bemerkenswerter war, daß er nicht einmal pauken und nochmals pauken mußte wie ich. Alles flog ihm regelrecht zu. Er warf nur einen Blick auf eine Buchseite und vergaß den Inhalt nie wieder. Oh, wie ich ihn um dieses phantastische Gedächtnis beneidete.

Aber ich hatte auch eine besondere Begabung. Ich hatte meine Art, alle Dinge genau zu betrachten. Ich suchte bei jeder Sache nach dem Haken. Wir hatten nur sehr spärliche Informationen über diesen Großvater von Mutter erhalten, aber daraus hatte ich mir bereits ein Bild von ihm gemacht, das mir sagte, er gehörte nicht zu den Menschen, die leicht etwas verzeihen. Sonst hätte er nicht fünfzehn Jahre lang eine früher geliebte Tochter von sich gewiesen. Doch konnte er wirklich so hart sein, daß er dem Charme unserer Mutter für längere Zeit widerstand? Ich zweifelte daran. Bei Daddy hatte sie sich immer mit einem Lächeln, einem Augenzwinkern durchsetzen können.

»Cathy«, sagte Christopher, »nimm diesen kummervollen Ausdruck aus dem Gesicht. Kummerfalten stehen dir nicht. Wenn Gott die alten Leute nicht sterben ließe, könnte er auch nicht zulassen, daß neue Babys geboren werden.«

Ich fühlte Christophers Blick auf mir ruhen, so eindringlich, als lese er meine Gedanken, was mich rot werden ließ. Er grinste aufmunternd. Er war der beständige, hoffnungsfrohe Optimist, nie düster, zweifelnd oder mißlaunig wie ich.

Wir befolgten Mammis Anweisung, die Zwillinge aufzuwecken. Wir stellten sie auf die Beine und erklärten ihnen, daß sie jetzt auf diesen eigenen Beinen zu laufen hätten, müde oder nicht. Schließlich mußten wir sie unter Weinen und Protestgeschrei hinter uns herziehen. »Ich will nicht laufen. Ich will nicht dahin, wo ihr hinlauft«, schluchzte Carrie.

Cory weinte noch lauter.

»Ich mag nicht im Dunkeln im Wald spazieren!« schrie Carrie und versuchte sich von mir loszureißen. »Ich geh' nach Hause! Laß mich los, Cathy, ich will nach Hause in mein Bett!«

Cory weinte immer lauter.

Ich wollte Carrie wieder auf den Arm nehmen, aber meine Muskeln schmerzten einfach zu sehr, um es noch mal damit zu versuchen. Dann lief Christopher auch noch vor, um Mammi mit den beiden schweren Koffern zu helfen, und ich hatte allein die widerspenstigen, jammernden Zwillinge durch die Nacht zu zerren.

Wir erreichten schließlich eine Ansammlung von sehr vornehm wirkenden großen Häusern, die sich an einen steilen Hügelhang schmiegten. Mühsam schleppten wir uns zu dem weitläufigsten und bei weitem prächtigsten dieser schlafenden Berganwesen. Mammi flüsterte uns gedämpft zu, daß ihr Elternhaus Foxworth Hall heiße und mehr als zweihundert Jahre alt sei!

»Gibt es hier in der Nähe einen See zum Schwimmen und Schlittschuhlaufen?« fragte Christopher. Er zeigte größtes Interesse an unserer neuen Bergumgebung. »Fürs Skilaufen ist das hier keine gute Gegend, zu viele Bäume und Felsen.«

»Ja«, erwiderte Mammi leise. »Es gibt einen kleinen See, keine Viertelmeile von hier.« Sie wies in eine bestimmte Richtung.

Wir gingen langsam um das große Haus herum. Beinahe auf Zehenspitzen. An der Hintertür ließ uns eine alte Lady herein.

Sie mußte uns erwartet und kommen gesehen haben, denn sie öffnete sofort die Tür, ohne daß wir uns bemerkbar zu machen brauchten. Wie Diebe in der Nacht stahlen wir uns schweigend über die Schwelle. Sie sagte kein Wort zur Begrüßung. Gehörte sie zum Hauspersonal? Irgendwie hatte ich mir unseren Empfang anders vorgestellt.

Die alte Frau führte uns schnell in das Innere des dunklen Hauses. Sie scheuchte uns eine steile, enge Hintertreppe hinauf, ohne uns zu erlauben, auch nur eine Sekunde stehenzubleiben, um einen Blick in die großen Räume und Hallen zu werfen, die wir auf unserem lautlosen Weg mehr erahnen als sehen konnten. Wir wurden durch viele Flure geführt, Türen wurden vor uns auf- und hinter uns abgeschlossen, und schließlich kamen wir zu einem Raum, der den Abschluß eines der Flure bildete. Die Frau schwang die Tür weit auf und gestikulierte uns hinein. Es war eine echte Erleichterung, endlich unsere nächtliche Wanderung hinter uns gebracht zu haben und in einem großen Schlafzimmer angekommen zu sein, in dem eine kleine Lampe brannte. Die alte Frau in ihrem grauen Kleid wandte sich zu uns und musterte uns eindringlich, nachdem sie die Tür hinter uns geschlossen und sich dagegen gelehnt hatte.

Dann sagte sie etwas, das mich zusammenzucken ließ: »Wie du behauptet hast, Corinna, deine Kinder sind wirklich hübsch.«

Da erhielten wir von ihr ein Kompliment, das uns eigentlich das Herz hätte für sie erwärmen können, aber statt dessen wurde mir eiskalt. Ihre Stimme klang kalt und gleichgültig, als wären wir gar nicht in der Lage, sie zu hören, und unfähig, die deutliche Abneigung hinter diesem Lob zu spüren. Ihre nächsten Worte schon bestätigten meine Aversion.

»Aber bist du sicher, daß sie auch intelligent sind? Haben sie irgendwelche äußerlich nicht erkennbaren Mißbildungen?«

»Nichts dergleichen!« rief unsere Mutter, die wie ich in Abwehrhaltung gegangen war. »Meine Kinder sind perfekt – physisch und psychisch in Ordnung. Das kannst du sehen!« Sie starrte die alte Frau in Grau kurz an, fuhr dann auf dem Absatz herum und begann Carrie auszuziehen, die im Stehen eingeschlafen war. Ich kniete vor Cory und knöpfte ihm die kleine blaue Jacke auf, während Christopher einen der Koffer auf ein Bett hob, aufklappte und zwei kleine Schlafanzüge mit Füßen heraussuchte.

Als ich Cory für das Bett fertigmachte, hatte ich Gelegenheit, verstohlen diese hochgewachsene, starkknochige Frau zu betrachten, von der ich annahm, daß sie unsere Großmutter war. Bei genauerem Hinsehen entdeckte ich in ihrem Gesicht viel weniger Falten und Krähenfüße, als ich erwartet hatte, und kam zu dem Schluß, daß sie noch gar nicht so alt sein konnte, wie ich zuerst gedacht hatte. Ihr Haar hatte eine kräftige stahlblaue Farbe und war streng und sehr fest nach hinten zusammengebunden, was ihren Augen etwas Langgezogenes und Katzenhaftes gab. Man konnte deutlich sehen, wie die Haare die Haut am Haaransatz hochzerrten, so fest waren sie zurückgekämmt. Und gerade während ich hinsah, entwischte ein einzelnes Haar und kräuselte sich zusammen.

Ihre Nase glich einem Adlerschnabel, ihre Schultern waren breit, und ihr Mund wirkte wie ein dünner, krummer Messerschnitt in ihrem Gesicht. Ihr graues, langes Kleid wurde an der Kehle mit einer Diamantbrosche geschlossen, die auf einem hohen, strengen Kragen saß. Nichts an ihr wirkte weich oder freundlich. Selbst ihre Brüste sahen aus wie zwei Hügel aus Beton. Dieser Frau würden wir nie komisch kommen dürfen. Späße wie mit Vater und Mutter gab es hier nicht, das sah man ihr sofort an.

Ich mochte sie nicht. Ich wollte heim. Meine Lippen zitterten. Ich wollte, daß Daddy wieder am Leben war. Wie konnte eine solche Frau ein so liebevolles, weiches Wesen zur Welt bringen wie unsere Mutter? Von wem hatte unsere Mutter ihre Schönheit, ihre heitere Art geerbt? Mich fröstelte, und ich versuchte die Tränen zurückzuhalten, die sich in meinen Augen zu sammeln begannen. Mammi hatte uns auf einen lieblosen, gleichgültigen und hartherzigen Großvater vorbereitet, aber die Großmutter, die doch unsere Reise arrangiert hatte, sie wurde zu einer harschen, bösen Überraschung für uns. Ich blinzelte, um die Tränen zu verscheuchen, damit Christopher sie nicht sah und mich nachher damit aufzog. Zu meiner Beruhigung stand da unsere Mutter mit einem warmen Lächeln. Sie hob Cory liebevoll in eines der beiden breiten Betten und legte Carrie dann neben ihn. Wie lieb die beiden Kleinen aussahen! Wie zwei große Babypuppen mit rosigen Wangen lagen sie da. Mammi beugte sich über sie, hauchte ihnen Küsse auf die Nasen, strich ihnen die blonden Löckchen aus der Stirn und zog ihnen dann die Decke bis unter das Kinn. »Schlaft schön, meine Schätzchen«, flüsterte sie mit der liebevollen Stimme, die wir so gut kannten.

Die Zwillinge hörten sie nicht mehr. Sie schliefen bereits tief und fest.

Trotzdem erregte irgend etwas das ausgesprochene Mißfallen der Großmutter, die fest und starr wie ein angewachsener Baum von der Tür her ihre kalten Blicke von den Zwillingen im Bett zu Christopher und mir wandern ließ. Wir drängten uns eng zusammen und lehnten müde aneinander. Unübersehbare Mißbilligung glitzerte uns aus den steingrauen Augen entgegen. Sie zog die Augenbrauen scharf hoch, auf eine Art, die Mammi genau zu kennen und zu verstehen schien, ganz im Gegensatz zu uns. Mammi lief rot an, als die Großmutter schließlich sagte: »Deine beiden älteren Kinder können nicht zusammen in einem Bett schlafen.«

»Sie sind doch nur Kinder«, gab Mammi mit einer bei ihr ungewohnten Heftigkeit zurück. »Mutter, du hast dich nicht im geringsten verändert! Du hast noch immer nur schmutzige Verdächtigungen im Kopf! Christopher und Cathy sind noch ganz unschuldig!«

»Unschuldig?« schnappte die Großmutter zurück. Ihr Blick war so scharf, daß man sich daran hätte schneiden können. »Genau das haben dein Vater und ich auch immer von dir und deinem Halbonkel gedacht!«

Ich sah mit weit aufgerissenen Augen von einem zum anderen. Ich warf meinem Bruder einen Seitenblick zu. Er schien um Jahre jünger zu werden. Hilflos, verwundbar stand er neben mir wie ein Kind von sechs oder sieben. Er verstand das alles nicht besser als ich.

Unsere Mutter bekam jetzt einen regelrechten Wutanfall, der alle Farbe aus ihrem Gesicht weichen ließ. »Wenn du solche Gedanken hast, dann gib ihnen gefälligst zwei getrennte Räume und getrennte Betten! Dieses Haus hat, weiß Gott, genug Zimmer!«

»Das ist nicht möglich«, erwiderte die Großmutter mit ihrer Stimme aus Feuer und Eis. »Dies hier ist das einzige Schlafzimmer mit separatem Bad, in dem mein Mann sie nicht über sich herumlaufen oder die Toilette spülen hören kann. Wenn sie getrennt werden und hier oben überall herumrennen, wird er ihre Stimmen hören oder ihre Schritte. Und wenn nicht er, dann auf jeden Fall das Hauspersonal. Nein, ich habe mir diese Sache genauestens überlegt. Das ist der einzige sichere Raum hier.«

Sicherer Raum? Wir sollten alle zusammen in einem einzigen Zimmer schlafen? In einem riesigen, reichen Haus mit zwanzig, dreißig, ja vielleicht vierzig Zimmern sollten wir nur eins davon bekommen? Als ich es mir etwas genauer überlegte, war ich allerdings auch gar nicht so wild darauf, in diesem Ungeheuer von Haus allein in einem Zimmer schlafen zu müssen.

»Leg die beiden Mädchen in ein Bett und die beiden Jungen in das andere«, befahl die Großmutter.

Mammi hob Cory in das verbliebene Doppelbett und legte so mehr zufällig die Schlafordnung fest, die von nun an für uns gelten sollte. Die Jungen im Bett neben der Badezimmertür und die Mädchen in dem am Fenster.

Die alte Frau fixierte erst mich, dann Christopher mit ihrem harten Blick. »Jetzt hört genau her!« begann sie dann in einem Ton, wie ich ihn mir bei einem Feldwebel vorgestellt hätte. »Ihr beiden Älteren habt dafür zu sorgen, daß die beiden Kleinen leise sind. Ihr seid verantwortlich, wenn sie auch nur eine der strikten Regeln nicht befolgen, die ich euch geben werde. Haltet euch eins immer im Gedächtnis: Wenn euer Großvater zu früh von eurer Existenz erfährt, dann wirft er euch alle raus – ohne einen roten Heller und nachdem er euch furchtbar dafür bestraft hat, daß es euch überhaupt gibt! Ihr werdet dieses Zimmer sauber, aufgeräumt und ordentlich halten, das Bad genauso, ganz so, als ob hier oben niemand leben würde. Und ihr werdet leise sein. Ihr werdet nicht rufen, nicht schreien und nicht laut auftreten, damit eure Schritte nirgendwo zu hören sind. Wenn eure Mutter und ich euch gleich alleine lassen, werde ich die Tür hinter uns abschließen. Ich will euch nicht hier oben herumlaufen haben oder gar in anderen Teilen dieses Hauses. Bis zu dem Tag, an dem euer Großvater stirbt, bleibt ihr hier. Aber so, als gäbe es euch gar nicht.«

O Gott! Ich starrte Mammi an. Das konnte doch nicht wahr sein! Diese furchtbare alte Frau mußte lügen. Sie wollte uns nur Angst einjagen. Ich drängte mich noch enger an Christopher, schmiegte mich kalt und zittrig an seine Seite. Die Großmutter zog wieder die Augenbraue hoch, und ich trat schnell einen Schritt von ihm weg. Ich versuchte einen Blick von unserer Mutter aufzufangen, aber sie hatte uns ihren Rükken zugewandt. Sie stand da mit gesenktem Kopf und zuckenden Schultern, als würde sie lautlos weinen.

Panik packte mich, und ich hätte laut losgebrüllt, wenn Mammi sich nicht zu uns umgedreht, sich auf ein Bett gesetzt und ihre Arme nach uns ausgestreckt hätte. Wir liefen zu ihr, dankbar für ihre Arme, die uns nahe an sie zogen, und ihre Hände, die uns sanft streichelten und die vom Nachtwind zerzausten Haare glattstrichen. »Es ist alles in Ordnung«, flüsterte sie uns zu. »Vertraut mir. Ihr braucht nur eine Nacht hier drinnen zu bleiben, dann wird mein Vater euch in seinem Haus willkommen heißen, euch sagen, daß ihr euch wie zu Hause fühlen sollt, daß alle Zimmer und die Gärten euch gehören.«

Dann sah sie zu ihrer Mutter auf, die dort so groß, so hart und so gnadenlos stand. »Mutter, hab doch ein wenig Gefühl für die Kinder. Sie sind auch dein Fleisch und Blut, und sie brauchen Platz, zu spielen und herumzurennen. Erwartest du wirklich von ihnen, daß sie sich nur flüsternd unterhalten? Die Kleinen sind erst vier. Es genügt doch, wenn du die Tür am anderen Ende des Flurs abschließt. Warum können sie nicht den ganzen Nordflügel hier oben für sich allein haben? Ich weiß, daß dir dieser alte Teil des Hauses doch nie sehr am Herzen gelegen hat.«

Die Großmutter schüttelte entschieden den Kopf. »Corinna, ich treffe die Entscheidungen hier – nicht du! Meinst du etwa, ich könnte einfach die Tür zu einer ganzen Etage eines Flügels abschließen, ohne daß man sich beim Personal Gedanken darüber macht und Fragen stellt? Alles muß bleiben, wie es immer gewesen ist. Die Dienstboten wissen, daß ich diese hinterste Tür schon immer abgeschlossen gehalten habe, weil man von diesen Räumen aus Zugang zum Dachboden hat, und ich habe nie erlaubt, daß vom Personal jemand dort oben herumwühlt und am Ende noch etwas mitgehen läßt. Sehr früh morgens werde ich den Kindern Milch und zu essen bringen – noch bevor die Mädchen und der Koch in der Küche sind. Dieser Nordflügel wird nie betreten außer am letzten Freitag eines jeden Monats, wenn hier gründlich saubergemacht wird. An solchen Tagen werden die Kinder sich auf dem Dachboden verstecken, bis die Mädchen mit ihrer Arbeit fertig sind. Und bevor das Putzen anfängt, komme ich selbst her, um nachzusehen, ob es keine Spuren gibt, die darauf hinweisen könnten, daß hier jemand lebt.«

Mammi fuhr mit ihren Einwänden fort. »Das ist unmöglich! Das kann man Kindern in diesem Alter nicht zumuten. Mutter, laß ihnen wenigstens die anderen Zimmer an diesem Flur.«

Die Großmutter zog die Luft scharf durch die Zähne. »Corinna, laß mir Zeit. Mit der Zeit wird mir ein Grund einfallen, warum das Personal diesen Flügel überhaupt nicht mehr betreten darf, nicht einmal zum Saubermachen. Aber ich muß diese Sache vorsichtig in die Wege leiten, damit sie keinen Verdacht schöpfen. Die Mädchen mögen mich nicht. Sie würden sofort mit der Geschichte zu deinem Vater rennen, weil sie sich Hoffnung auf eine Belohnung von ihm machen. Verstehst du nicht? Ich darf diesen Flügel keinesfalls gleichzeitig mit deiner Ankunft abschließen.«

Mammi nickte. Sie gab nach. Dann schmiedete sie mit ihrer Mutter zusammen einen Plan nach dem anderen, während Christopher und ich immer müder wurden. Es schien ein Tag zu sein, der niemals enden wollte. Ich wollte endlich neben

Carrie liegen und schlafen. Im Schlaf konnte ich unsere Probleme wenigstens vorübergehend vergessen.

Endlich, als ich schon jede Hoffnung aufgeben wollte, merkte Mammi doch, wie müde wir beide waren. Wir durften ins Bad, uns ausziehen und dann, tatsächlich, ins Bett.

Mammi kam noch einmal an mein Bett. Sie sah mich müde und besorgt an. Tiefe Schatten lagen um ihre Augen. Sie drückte mir ihre warmen Lippen sanft auf die Stirn. In ihren Augenwinkeln entdeckte ich Tränen, die vom Make-up getrübt über ihre Wangen zu ziehen begannen.

»Mammi« – ich runzelte verängstigt die Stirn – »warum weinst du soviel?«

Mit hastigen Bewegungen rieb sie sich die Tränen fort und versuchte zu lächeln. »Cathy, ich fürchte, es wird länger als einen Tag dauern, die Zuneigung meines Vaters zurückzugewinnen. Es könnten zwei Tage werden oder mehr.«

»Mehr?«

»Vielleicht, vielleicht sogar eine Woche, aber nicht länger, bestimmt nicht. Ich weiß es nur einfach nicht genau ... aber es ist bald vorbei. Darauf kannst du dich verlassen.« Ihre weiche Hand strich mir übers Haar. »Liebe, süße Cathy, dein Vater hat dich so sehr geliebt, und ich liebe dich genauso.« Sie huschte zu Christopher hinüber, um ihm auch die Stirn zu küssen und das Haar zu streicheln, aber was sie zu ihm sagte, konnte ich nicht hören.

An der Tür drehte sie sich noch einmal um und meinte: »Schlaft gut und erholt euch. Ich sehe morgen bei euch vorbei, sobald ich kann. Ihr wißt, was ich vorhabe. Ich muß zu Fuß zurück zu diesem Haltepunkt und dort den Zug nach Charlottesville nehmen, wo meine zwei Koffer auf mich warten. Morgen früh fahre ich dann mit dem Taxi hier vor und stehle mich zu euch hinauf, wenn ich nur eine Minute unbeobachtet bin.«

Die Großmutter schob unsere Mutter gnadenlos aus dem Zimmer, aber Mammi entwand sich ihrem Griff und sah noch einmal über die Schulter zu uns zurück. Die leeren Augen flehten uns stumm an, noch bevor sie wieder sprach: »Seid bitte brav. Bitte. Benehmt euch, macht keinen Lärm. Gehorcht eurer

Großmutter und ihren Regeln, und gebt ihr niemals Anlaß, euch zu bestrafen. Bitte, bitte, haltet euch daran. Und sorgt auch dafür, daß die Zwillinge gehorchen. Laßt sie nicht laut weinen und tröstet sie darüber weg, daß ich nicht bei euch bin. Versucht alles, was ihr könnt, sie zu unterhalten, bis ich mit Spielzeug für euch alle zurück bin. Morgen bin ich bestimmt wieder da, und jede Sekunde, die ich nicht bei euch bin, denke ich an euch – und liebe euch.«

Wir versprachen, so gut wie solides Gold zu sein und so leise wie die Mäuschen und in der Befolgung aller Regeln der Großmutter, wie immer sie auch lauten mochten, so eifrig wie Engel. Wir würden uns nach allen Kräften um die Zwillinge kümmern; ich hätte alles getan, wirklich alles, damit nur Mammi nicht mehr so besorgt dreinsah.

»Gute Nacht, Mammi!« wisperte ich zusammen mit Christopher, während sie zusammengesunken draußen im Flur stand, die grausamen Hände der Großmutter auf den Schultern. »Mach dir keine Sorgen wegen uns. Wir kommen prima klar. Wir wissen, wie man mit den Zwillingen zurechtkommt und wie wir uns allen die Zeit vertreiben können. Wir sind keine kleinen Kinder mehr.« Die letzten Sätze kamen von meinem Bruder.

»Wir sehen uns morgen früh«, sagte die Großmutter, zerrte unsere Mutter hinter sich her und zog die Tür zu. Der Schlüssel drehte sich leise im Schloß.

Mir war nicht geheuer, so eingeschlossen zu werden, nur wir Kinder allein! Was, wenn es ein Feuer gab? Feuer. Ich dachte, wo ich auch war, immer daran, daß es brennen könnte und wie man dann fliehen müßte. Wenn wir hier eingeschlossen waren, würde uns niemand hören, falls wir um Hilfe schrien. Wer *konnte* uns überhaupt hier in diesen abgelegenen, verbotenen Zimmern hören, auf dem zweiten Stock eines unbewohnten Flügels, den nie jemand betrat, außer einmal im Monat zum Putzen?

Gott sei Dank war unser Aufenthalt hier nur eine vorübergehende Geschichte – eine Nacht. Morgen würde Mammi ihren sterbenden Vater zurückgewinnen, seine Verzeihung erhalten.

Und wir waren alleine hier eingeschlossen. Alle Lampen waren ausgeschaltet. Um uns, über uns schien das riesige Haus ein Ungeheuer zu sein, ein Monster, das uns in seinem Maul zwischen den scharfen Zähnen hielt. Wenn wir uns bewegten, wenn wir auch nur zu flüstern wagten, würden wir verschlungen werden.

Schlafen wollte ich endlich, als ich so dalag, nicht diese große, lange Stille, die sich endlos um uns herum auszubreiten schien. Zum erstenmal in meinem Leben träumte ich nicht sofort tief schlafend drauflos, sobald mein Kopf das Kissen berührt hatte. Christopher brach das Schweigen, und wir begannen flüsternd unsere Lage zu diskutieren.

»Es wird schon nicht so schlimm werden«, sagte er beruhigend. Seine Augen schimmerten hell und feucht durch die Dunkelheit. »Diese Großmutter – sie kann nicht wirklich so gemein sein, wie sie heute nacht gewirkt hat.«

»Du willst sagen, sie wäre gar keine freundliche alte Dame?«

Er kicherte. »Klar, freundlich und lieb, freundlich wie eine Boa Constrictor.«

»Sie ist furchtbar groß. Wie groß, meinst du, ist sie?«

»Puh, das kann man schwer schätzen. Vielleicht einsfünfundachtzig, und achtzig Kilo schwer.«

»Zwei Meter fünfzig und mindestens zweihundert Kilo schwer.«

»Cathy, eins mußt du langsam lernen – hör auf damit, immer so zu übertreiben. Mach nicht immer aus einer Mücke einen Elefanten. Überleg doch unsere Lage hier mal in Ruhe: Wir sind einfach in einem Zimmer von einem sehr großen Haus. Nichts ist da, vor dem wir Angst haben müßten. Eine Nacht werden wir es schon aushalten, und dann kommt Mammi zurück.«

»Christopher, hast du gehört, was diese Großmutter von einem Halbonkel gesagt hat? Hast du verstanden, was sie damit meinte?«

»Nein, aber ich nehme an, Mammi wird uns morgen alles genau erklären. Jetzt schlaf und sprich vorher noch dein Gebet. Was Besseres kann man sowieso nie machen.«

Ich stand noch einmal auf, kniete neben dem Bett und faltete die Hände unter dem Kinn. Ich schloß die Augen ganz fest und betete, betete zu Gott, daß er Mammi helfen möge, so bezaubernd und gewinnend und lieb zu sein, wie eine Tochter eben kann. »Und, lieber Gott, laß diesen Großvater nicht so haßerfüllt und böse sein wie seine Frau.«

Dann sprang ich erschöpft und ausgelaugt zurück ins Bett. Ich spürte keine Ängste mehr, keine Sorgen, gar nichts. Ich kuschelte Carrie an mich und fiel sofort, wie ich es mir gewünscht hatte, in tiefsten Schlaf.

Großmutters Haus

Der Tag dämmerte grau hinter den schweren zugezogenen Vorhängen, die aufzuziehen uns streng verboten war. Christopher setzte sich als erster auf, reckte sich gähnend und grinste zu mir herüber. »Hallo, Wuschelkopf«, begrüßte er mich. Sein Haar war dabei mindestens so wuschelig wie meins, ja, eigentlich war er derjenige mit den meisten Locken. Ich werde nie begreifen, warum Gott Christopher und Cory so ausgeprägte Locken mitgab, während das Haar von Carrie und mir nur stark gewellt war. So sehr Christopher mit dem Stolz des echten Jungen versuchte, sich diese »weibischen« Locken glattzukämmen, so sehr versuchte ich, mir welche hineinzudrehen, und hoffte, Christophers Lockenpracht würde einfach eines Tages zu meinem Kopf hinüberspringen.

Ich setzte mich auf und sah mir das Zimmer an. Es war etwa fünf mal fünf Meter groß. Geräumig eigentlich, aber mit den beiden Doppelbetten, einer hohen Kommode, einem großen Kleiderschrank, zwei dick gepolsterten Stühlen, einem Ankleidetisch zwischen den beiden Fenstern mit einem eigenen kleinen Stuhl davor und noch einem Mahagoni-Tisch mit vier Stühlen dazu wirkte der Raum eher klein. Überfüllt. Zwischen den beiden Betten stand noch ein anderer Tisch mit einer Lampe darauf. Insgesamt befanden sich vier Lampen im Zimmer. Dieses schwere, dunkle Mobiliar stand auf einem verblaßten roten Orientteppich mit goldenen Fransen. Er mußte einmal prächtig ausgesehen haben, aber jetzt war er alt und abgetreten. Die Wände waren cremefarben tapeziert, mit weißem Muster. Die Tagesdecken der Betten waren goldfarben und aus einem schweren Stoff, den ich für gesteppten Seidensatin hielt. An den

Wänden hingen drei Gemälde. Und man muß schon sagen, da blieb einem die Luft weg! Groteske Dämonen jagten nackte Menschen durch rotglühende Höhlen. Teuflische Ungeheuer verschlangen andere arme Seelen. Mit noch zappelnden Beinen hingen sie in den geifernden Höllenmäulern, von langen, gelblich schimmernden Fängen durchbohrt.

»Vor dir siehst du dort die Hölle, wie manche Künstler sie sich vorstellen«, informierte mich mein allwissender Bruder. »Zehn zu eins, daß unser Engel von Großmutter diese Drucke aufgehängt hat, damit wir eine Vorstellung haben, was uns blüht, falls wir einmal wagen sollten, ihr nicht zu gehorchen. Vom Stil her könnte das Goya sein.« Auch an Kunstverstand ließ mein Bruderherz sich nicht so leicht überbieten.

Er wußte alles. Direkt nach dem Wunsch, Arzt zu werden, war Künstler sein zweites Traumziel. Er besaß ein ungewöhnlich ausgeprägtes Zeichentalent und konnte dazu wunderbar mit Aquarellfarben, Öl, allem, was es gab, umgehen. Er war einfach in allem gut, außer darin, sich irgendwo zurückzuhalten oder sein Licht unter den Scheffel zu stellen.

Kaum machte ich die erste Bewegung, um aufzustehen, sprang mein Bruder aus dem Bett und war vor mir im Bad. Warum mußten Carry und ich auch das Bett haben, das am weitesten von der Badezimmertür entfernt stand? Ungeduldig saß ich auf dem Bettrand, baumelte mit den Beinen und wartete darauf, daß Christopher wieder herauskam.

Unter vielem Recken und Strecken und Herumgekrabbel wachten Carrie und Cory in den fremden Betten auf. Schließlich setzten sie sich gleichzeitig auf und gähnten simultan, als wären sie ihre eigenen Spiegelbilder. Dann verkündete Carrie in definitivem Ton: »Mir gefällt es hier nicht.«

Das war absolut keine Überraschung. Carrie war schon mit einer festen Meinung zu allem auf die Welt gekommen. Schon bevor sie sprechen lernte, wußte sie genau, was sie mochte und was sie nicht mochte. Und sie wußte, wie man das anderen deutlich machte. Für Carrie gab es dabei nie den Mittelweg – entweder himmelhoch jauchzend oder todtraurig. Wenn sie vergnügt war, hatte sie die niedlichste, hübscheste kleine Stimme der Welt. Es klang fast wie Vogelgezwitscher. Das Problem war nur, daß sie den ganzen Tag lang zwitscherte, solange sie nicht gerade schlief. Carrie redete mit Puppen, Teetassen, Teddybären und anderen Stofftieren. Alles, was stumm blieb und ihr nicht davonlaufen konnte, war ihr eine umfassende Unterhaltung wert. Irgendwann hatte ich aufgehört, ihr beständiges Geschnatter noch bewußt wahrzunehmen. Es wurde einfach zu einem vertrauten Hintergrundgeräusch.

Cory war völlig anders. Während Carrie drauflosschwatzte, saß er still und aufmerksam lauschend da. Ich erinnere mich, daß Mrs. Simpson von ihm sagte, er sei »eines von den stillen Wassern, die tief sind«.

»Cathy«, zwitscherte meine kleine Schwester, »hast du gehört, daß ich gesagt habe, daß es mir hier nicht gefällt?«

Als Cory das hörte, sprang er aus seinem Bett und rannte zu uns. Er schlüpfte unter die Bettdecke und kuschelte sich eng an Carrie, die Augen weit aufgerissen und verängstigt. Auf seine ruhige Art fragte er: »Wie sind wir hierhergekommen?«

»Letzte Nacht. Wir sind mit dem Zug gefahren. Weißt du nicht mehr?«

»Nein, ich weiß gar nichts mehr.«

»Wie wir durch den Mondschein gewandert sind? Über die Hügel? Es war sehr schön.«

»Wo ist die Sonne? Ist noch Nacht?«

Die Sonne war hinter den Vorhängen versteckt. Aber wenn ich das Cory erzählt hätte, wäre er sofort zum Fenster gerannt, um die Vorhänge aufzureißen. Und wenn er erst einmal nach draußen gucken würde, dann würde er auch hier raus wollen. Ich wußte nicht, was ich sagen sollte.

Im Flur machte sich jemand an unserem Türschloß zu schaffen. Das ersparte mir die Antwort. Unsere Großmutter trug ein großes Tablett, bedeckt von einem weißen Tuch, herein. Auf sehr brüske, geschäftsmäßige Art erklärte sie, daß sie nicht den ganzen Tag über mit Tabletts in der Hand die Treppen herauflaufen könne. Einmal am Tag, nicht mehr. Wenn sie zu oft käme, würde das Personal etwas merken.

»Von nun an werde ich besser einen Picknick-Korb benutzen«, sagte sie, als sie das Tablett auf dem kleinen Tisch absetzte. Sie wandte sich mir zu, als sei ich die Verantwortliche für das Essen hier. »Du hast dafür zu sorgen, daß ihr mit diesen Sachen den ganzen Tag auskommt. Teile es in drei Mahlzeiten ein. Eier, Schinken, Toast und Corn Flakes sind für das Frühstück. Die belegten Brote und die heiße Suppe in der kleinen Thermosflasche eßt ihr mittags. Das gebratene Hähnchen, der Kartoffelsalat und die Bohnen sind das Abendessen. Das Obst könnt ihr zum Nachtisch essen. Und wenn ihr bis heute abend artig seid und euch gut benommen habt, bringe ich euch vielleicht noch etwas Eis oder Kuchen. Süßigkeiten gibt es keine. Nie. Wir dürfen nicht zulassen, daß ihr Zahnschmerzen bekommt, denn es sind keine Zahnarztbesuche möglich, bevor euer Großvater gestorben ist.«

Christopher kam vollständig angezogen aus dem Bad und starrte genau wie ich unangenehm berührt unsere Großmutter an, die so gleichgültig über den Tod ihres Mannes sprach. Es klang, als rede sie über irgendeinen Goldfisch in China, der über kurz oder lang in seinem Goldfischglas eingehen mußte. »Und putzt euch deshalb nach jeder Mahlzeit die Zähne«, fuhr sie fort. »Und kämmt euch anständig die Haare, wascht euch sauber und sorgt dafür, daß ihr immer vollständig angezogen seid. Ich ertrage keine Kinder mit schmutzigen Händen, ungewaschenen Gesichtern und laufenden Nasen.«

Gerade als sie das sagte, begann Cory die Nase zu laufen. Fast automatisch wischte ich sie ihm mit einem Papiertaschentuch, das ich noch bei mir hatte. Armer Cory, er hatte im Sommer immer Heuschnupfen, und sie haßte Kinder mit laufenden Nasen.

»Und benehmt euch anständig im Badezimmer«, sagte sie und warf besonders Christopher und mir einen strengen Blick zu. Christopher lehnte jetzt provozierend lässig an der Badezimmertür. »Jungen und Mädchen dürfen niemals zusammen das Bad benutzen.«

Ich fühlte, wie mir die Wangen heiß wurden! Wofür hielt uns diese Frau eigentlich?

Danach bekamen wir etwas zu hören, das uns von nun an immer wieder zu Ohren kam – wie eine kaputte Schallplatte. »Und denkt daran, Kinder, Gott sieht alles! Gott sieht alles Böse, was ihr hinter meinem Rücken tut! Und Gott wird es sein, der euch strafen wird, wenn ich es einmal versäumen sollte!«

Aus einer Tasche ihres Taftkleides zog sie ein Blatt Papier. »So! Auf diesem Blatt habe ich euch die Regeln aufgeschrieben, die ihr strikt zu befolgen habt, solange ihr unter meinem Dach weilt.« Sie legte die Liste mit den Regeln auf den großen Tisch und erklärte, daß wir das alles zu lesen und auswendig zu lernen hätten. Dann wirbelte sie herum, um hinauszustürmen ... nein, doch nicht, sie steuerte auf eine zweite Tür neben dem Bad zu, die wir bis jetzt noch nicht hatten inspizieren können. »Kinder, hinter dieser Tür ist eine Abstellkammer, an deren Rückseite sich eine weitere kleine Tür befindet. Von dort führt die Treppe auf den Dachboden. Oben auf dem Dachboden gibt es genug Platz für euch, um zu spielen, herumzulaufen und in angemessenen Grenzen laut zu sein. Aber ihr geht niemals dort hinauf, solange es nicht zehn Uhr morgens ist. Vor zehn sind die Mädchen im zweiten Stock zum Bettenmachen, und sie könnten eure Schritte hören. Nach zehn ist es den Dienstboten verboten, sich im zweiten Stock aufzuhalten. Irgendeiner von ihnen stiehlt. Solange ich diesen Dieb nicht eigenhändig erwischt habe, auf frischer Tat, bleibt der zweite Stock nach dem Bettenmachen gesperrt, und ich bin ständig anwesend, solange vom Personal jemand dort arbeitet. In diesem Haus gelten unsere eigenen Regeln, Regeln, die wir aufgestellt haben und für die wir auch harte Strafen haben, falls jemand sie nicht befolgt. Wie ich letzte Nacht schon erklärt habe, müßt ihr jeden letzten Freitag im Monat sehr früh auf den Boden und dort still sitzen, ohne einen Laut von euch zu geben oder mit den Füßen zu scharren – habt ihr mich verstanden?« Sie starrte uns der Reihe nach eindringlich an, um ihren Worten mit diesem bösen Blick den rechten Nachdruck zu verleihen. Die Zwillinge sahen sie mit einer eigenartigen Faszination an, fast ehrfürchtig. Zuletzt informierte sie uns noch einmal darüber, daß sie an den bewußten Freitagen diesen Raum und das Bad gründlichst begutachten würde, ob wir auch keine Spuren unserer Anwesenheit hinterlassen hatten.

Nachdem alles gesagt war, ging sie. Wieder wurden wir eingeschlossen. Nun konnten wir wenigstens Luft holen.

Mit grimmiger Entschlossenheit versuchte ich das Ganze zu einem Spiel zu machen. »Christopher Meißner, ich ernenne dich hiermit zum Vater.«

Er lachte und meinte sarkastisch: »Wen sonst? Als der Mann und als Haupt der Familie tue ich hiermit kund, daß man mich zu bedienen hat zur Tages- und zur Nachtzeit wie einen König. Weib, als die mir Untergeordnete und zur Sklavin gegeben nach Recht und Gesetz, decke den Tisch, trage das Essen auf und bereite das Mahl für deinen Herrn und Meister.«

»Sag das noch mal, *Bruderherz*!«

»Von nun an bin ich nicht mehr dein Bruder, sondern dein Herr und Meister. Du hast mir zu gehorchen, was immer ich auch von dir verlange!«

»Und wenn ich nun nicht gehorche – was machst du dann, Herr und Meister?«

»Dein Ton gefällt mir nicht. Ich bitte mir Respekt aus, wenn du mit mir sprichst.«

»Hohoho und dideldum! Der Tag, an dem ich respektvoll zu dir spreche, mein lieber Christopher, das wird der Tag sein, an dem du dir meinen Respekt verdient hast. Und das ist der Tag, an dem du ein Meter neunzig groß bist und der Mond am Mittagshimmel steht und ein Schneesturm ein Einhorn heranfegt, auf dem ein Reiter in strahlender, weißer Rüstung sitzt, der den Kopf eines grünen Drachen auf seine Lanze gespießt hat!« Zutiefst zufrieden mit seinem langen Gesicht rauschte ich mit Carrie an der Hand hoheitsvoll ins Bad, wo wir uns in aller Ruhe wuschen und anzogen, während der arme Cory ständig rief, er müsse mal.

»Bitte, Cathy! Laß mich rein! Ich guck' auch nicht!«

Irgendwann wird auch ein Badezimmer langweilig, und als wir wieder herauskamen, war Cory tatsächlich vollständig angezogen. Und, was mich noch mehr überraschte, er mußte auf einmal überhaupt nicht mehr.

»Warum?« fragte ich. »Wag ja nicht, mir zu erzählen, du hättest ins Bett gepinkelt!«

Cory wies nur still auf eine große leere blaue Vase.

Christopher lehnte selbstzufrieden mit verschränkten Armen an der Kommode. »Das wird dich lehren, einen Mann zu ignorieren, den ein körperliches Bedürfnis peinigt. Wir Männer sind nicht wie ihr Weiber. Uns genügt im Notfall jeder kleinste Behälter.«

Bevor ich irgend jemand erlaubte, mit dem Frühstück zu beginnen, leerte ich die blaue Vase in die Toilette und spülte sie gründlich aus. Es war wahrscheinlich gar keine schlechte Idee, die Vase an Corys Bett immer griffbereit zu haben.

Wir setzten uns an den kleinen Tisch am Fenster. Die Zwillinge bekamen zusammengefaltete Kopfkissen untergelegt, damit sie wenigstens sehen konnten, was sie aßen. Alle vier Lampen brannten, aber es war ein deprimierendes Gefühl, hinter zugezogenen Vorhängen zu frühstücken, während draußen die Sonne schien.

»Kopf hoch, Schwester«, sagte mein unnachahmlicher großer Bruder. »Ich habe nur Spaß gemacht. Du brauchst keine Sklavin zu sein. Ich mag nur so gerne, wie du dich aufführst, wenn man dich ärgert. Dann gibst du die wunderbarsten Ergüsse von dir. Ich gebe zu, daß ihr Frauen an Beredsamkeit uns Männern um einiges voraus seid, so wie wir Männer damit gesegnet sind, auch in kleinste Gefäße urinieren zu können.« Und um mir deutlich zu zeigen, daß er gar kein so schlimmer Kerl war, half er sogar, den Zwillingen die Milch einzugießen, wobei er, wie ich zuvor, die Erfahrung machen konnte, daß aus einer riesigen Thermosflasche Milch in Gläser zu befördern, ohne dabei allzuviel zu verschütten, keine leichte Aufgabe ist.

Carrie warf auf die Spiegeleier und den Schinken nur einen Blick und begann zu jammern. »Wiiiir mögen keine Eier mit Schinken! Wiiiir mögen nur Müsli! Müsli mit Haferflocken! Wo ist mein Müsli? *Müsli mit Nüssen!*« Sie brüllte los: »Ich will mein *Müsli mit Nüssen und Rosinen!* Ich will kaltes Frühstück.«

»Jetzt hör mal zu«, erklärte ihr der neue Mini-Vater, »du ißt, was du auf den Teller bekommst, und maulst nicht rum. Und du weinst nicht, schreist nicht und kreischst nicht! Hast du das verstanden? Das ist auch kaltes Essen. Du kannst Corn Flakes haben, und die Eier sind im übrigen auch schon kalt.«

Im Handumdrehen hatte Christopher sein kaltes Ei mit Schinken heruntergeschlungen, zusammen mit den kalten Toasts. Die Zwillinge aßen aus Gründen, die ich nie verstehen werde, ohne jeden weiteren Kommentar ebenfalls alles auf. Ich bekam allerdings das ungute Gefühl, daß unser Glück mit den Zwillingen nicht mehr lange anhalten konnte. Für einen Augenblick waren sie von einem strengen älteren Bruder beeindruckt, aber das würde sich bald ändern.

Nachdem wir mit dem Essen fertig waren, räumte ich die Teller wieder ordentlich auf das Tablett. Und erst in diesem Moment fiel mir ein, daß wir das Tischgebet vergessen hatten. Schnell stellten wir uns an den Tisch, griffen uns bei den Händen, verbeugten uns dann und legten schließlich die Hände vor der Brust zusammen.

»Herr, vergib uns, daß wir gegessen haben, ohne dich vorher um Erlaubnis zu bitten. Laß es bitte nicht die Großmutter erfahren. Wir schwören, daß es nicht wieder vorkommen soll. Amen.« Nachdem ich das Gebet beendet hatte, nahmen Christopher und ich uns die Liste mit Großmutters Geboten vor. Sie war in Großbuchstaben getippt, als ob wir zu dumm wären, Handschrift zu lesen.

Und damit die Zwillinge, die gestern nacht zu müde gewesen waren, um unsere Lage zu verstehen, nun mitbekamen, was uns hier erwartete, begann mein Bruder die Liste der niemals zu übertretenden Gesetze laut vorzulesen – Regeln, Gesetze, was immer das sein sollte. Er schaffte es dabei, die Großmutter so überzeugend zu imitieren, als würde sie selbst die Anweisungen geben.

»Erstens« – er las mit kalter, flacher Stimme – »ihr habt *immer* vollständig bekleidet zu sein.« O Junge, wie er es schaffte, dieses »immer« überzeugend klingen zu lassen!

»Zweitens: Ihr führt niemals ohne Grund den Namen des Herrn im Mund und erbittet zu *jeder* Mahlzeit seinen Segen.

Und wenn ich auch nicht immer im Zimmer sein werde, um zu sehen, ob ihr dies tut, so wird Er dort oben immer zuhören und aufpassen.

Drittens: Ihr öffnet niemals die Vorhänge oder schaut auch nur zwischen ihnen hindurch.

Viertens: Ihr sprecht niemals zu mir, ohne daß ich euch vorher angesprochen habe.

Fünftens: Ihr werdet dieses Zimmer immer aufgeräumt und ordentlich halten und *immer* nach dem Aufstehen sofort die Betten machen.

Sechstens: Ihr gebt euch niemals dem Müßiggang hin. Ihr werdet euch fünf Stunden am Tag der Schulbildung widmen und den Rest der Zeit dazu nutzen, eure Fähigkeiten und besonderen Talente auf sinnvolle Weise zu üben. Falls ihr keine besonderen Talente, Fähigkeiten oder Begabungen besitzt, werdet ihr die Bibel lesen, und falls ihr nicht lesen könnt, dann werdet ihr still dasitzen und die Bibel ansehen und durch die pure Konzentration eurer Gedanken die Wege des Herrn zu begreifen versuchen.

Siebtens: Ihr putzt euch jeden Tag nach dem Frühstück die Zähne und jeden Abend, bevor ihr zu Bett geht.

Achtens: Sollte ich jemals Jungen und Mädchen dabei erwischen, daß sie gemeinsam im Badezimmer sind, werde ich euch ohne zu zögern und ohne Erbarmen die Haut in Fetzen prügeln.«

Mein Herz schien mir auszusetzen. Himmel, was für eine Großmutter hatten wir da erwischt?

»Neuntens: Ihr werdet alle vier *immer* sittsam und höflich sein – in eurem Benehmen, euren Worten und euren Gedanken.

Zehntens: Ihr werdet niemals die intimen Teile und Stellen eures Körpers befühlen oder damit spielen, noch werdet ihr sie im Spiegel ansehen, noch werdet ihr an sie denken, nicht einmal, wenn ihr euch wascht.«

Unerschütterlich las Christopher weiter. Nur ein Funkeln seiner Augen verriet, daß er innerlich lachen mußte.

»Elftens: Ihr werdet keinen bösen, sündigen oder lüsternen

Gedanken erlauben, in eurem Kopf zu verweilen. Ihr werdet eure Gedanken immer sauber, ehrlich und fern von allem, was euch verderben könnte, halten.

Zwölftens: Ihr werdet euch jeden Blickes auf ein Mitglied des anderen Geschlechtes enthalten, der nicht absolut notwendig ist.

Dreizehntens: Diejenigen von euch, die lesen können, und ich hoffe, das sind wenigstens zwei, werden jeder abwechselnd eine Seite aus der Bibel vorlesen, und zwar täglich, so daß die jüngeren Kinder von den Worten des Herrn erfahren und ihren Nutzen daraus ziehen.

Vierzehntens: Ihr werdet jeder täglich baden und sorgfältig den Rand der Wanne abwischen, so daß das Bad zu jeder Zeit so fleckenlos sauber ist, wie ihr es bei eurem Einzug hier vorgefunden habt.

Fünfzehntens: Ihr werdet jeder, auch die Zwillinge, mindestens einen Bibelspruch pro Tag auswendig lernen. Und wenn ich es verlange, werdet ihr mir diese Bibelsprüche aufsagen, genau wie ich auch darüber wachen werde, daß ihr eure Bibelseiten gründlich lest.

Sechzehntens: Ihr werdet das Essen, das ich euch täglich bringe, bis auf den letzten Bissen aufessen, so daß nichts vergeudet wird, und ihr werdet nichts davon wegwerfen oder verstecken. Es ist eine Sünde, gutes Essen zu verschmähen, solange so viele Menschen auf der Welt verhungern.

Siebzehntens: Ihr werdet niemals nur in euren Nachtkleidern durch das Zimmer laufen, nicht einmal vom Bett zum Bad oder vom Bad zum Bett. Ihr werdet immer einen Bade- oder Hausmantel darüber tragen und natürlich auch über eurer Unterwäsche, falls ihr jemals schnell das Bad verlassen müßt, weil ein anderes Kind die Toilette benutzen will. Ich verlange, daß jeder, der unter diesem Dach lebt, sich zu jeder Zeit gesittet und anständig verhält – in allen Dingen und bei jeder Gelegenheit.

Achtzehntens: Ihr werdet in Habachtstellung treten, sobald ich in dieses Zimmer komme, die Arme gerade an die Seiten gepreßt und aufrecht. Ihr werdet nicht die Fäuste ballen, um damit stummen Widerstand auszudrücken, noch ist es euch erlaubt, mir in die Augen zu sehen, noch werdet ihr versuchen, mir gegenüber Zeichen der Zuneigung zum Ausdruck zu bringen, noch werdet ihr hoffen, meine Freundschaft, mein Mitleid, meine Liebe oder meine Zuneigung zu gewinnen. Dies ist für immer unmöglich. Weder euer Großvater noch ich können zulassen, daß wir jemals irgend etwas fühlen für solche, die nicht den rechten Zwecken dienen.«

Ohhh! Diese Worte sollten weh tun, und das taten sie auch. Selbst Christopher stockte, und in seinen Augen flackerte so etwas wie Verzweiflung, das er aber schnell mit einem Grinsen überspielte. Er griff nach Carrie und kitzelte sie, bis sie laut kicherte. Dann zwickte er Cory in die Nase, so daß er in Carries Kichern einstimmte.

»Christopher«, rief ich alarmiert. »So wie sich das anhört, wird es unserer Mutter niemals gelingen, die Zuneigung ihres Vaters zurückzugewinnen! Und noch viel weniger wird er jemals einen Blick auf uns werfen wollen! Warum? Was haben wir getan? Es gab uns doch noch gar nicht, als unsere Mutter in Ungnade fiel, weil sie diese schreckliche Sache machte, wegen der Großvater sie enterben mußte. Warum haßt man uns hier so?«

»Bleib ganz ruhig«, erwiderte Chris und ließ den Blick noch einmal über die lange Liste wandern. »Du darfst nichts von diesem Zeug ernst nehmen. Diese alte Frau spinnt, sie hat einfach nicht mehr alle Tassen im Schrank. Niemand, der so clever ist wie unser Großvater, kann so verrückte Vorstellungen haben wie seine Frau – wie könnte er sonst Milliarden Dollar verdient haben?«

»Vielleicht hat er das Geld gar nicht selbst verdient, sondern nur geerbt.«

»Ja, Mammi hat uns erzählt, daß er etwas geerbt hat, aber das hat er verhundertfacht, also muß er irgendwo auch etwas Hirn im Kopf haben. Aber irgendwie hat er bei seiner Frau offenbar eine erwischt, die nicht ganz richtig im Kopf ist – so was soll auch bei reichen Leuten schon mal vorkommen.« Er grinste und fuhr mit der Liste fort.

»Neunzehntens: Wenn ich in dieses Zimmer komme, um euch Milch und Essen zu bringen, werdet ihr mich nicht ansehen, mich nicht ansprechen, noch irgendwie respektlos von mir denken oder von eurem Großvater, denn Gott wacht über uns, und Er liest jeden unserer Gedanken. Mein Mann ist ein starker Mann, und selten hat ihn jemand hintergehen können. Er hat eine Armee von Ärzten und Schwestern und Technikern, die sich um alle seine Bedürfnisse kümmern, und er hat Maschinen, die die Funktion jedes seiner Organe übernehmen können, falls ihn eines im Stich lassen sollte. Glaubt also nicht, daß etwas so Nebensächliches wie das Herz einen Mann aus Stahl zu Fall bringen kann.«

Puh! Ein Mann aus Stahl als Gegenstück zu dieser Großmutter. Seine Augen mußten auch grau sein. Böse, harte, stahlgraue Augen – denn wie unser Vater und unsere Mutter bewiesen, ziehen sich ähnliche Menschen an.

»Zwanzigstens:«, las Christopher weiter, »Ihr werdet nicht springen, nicht schreien, nicht rufen und nicht laut sprechen, damit euch das Hauspersonal in den unteren Etagen nie hören kann. Und ihr werdet immer weiche Pantoffeln tragen und niemals Schuhe mit harten Sohlen.

Einundzwanzigstens: Ihr werdet sparsam mit dem Toilettenpapier umgehen, ebenfalls mit der Seife, und ihr werdet selbst die Toilette säubern, falls sie jemals verstopft sein sollte. Gelingt es euch nicht, selbst einen solchen Schaden zu beheben, wird die Toilette unbenutzbar bleiben, solange ihr hier seid, und ihr werdet die Nachttöpfe benutzen müssen, die dann eure Mutter für euch zu leeren hat.

Zweiundzwanzigstens: Die Jungen waschen ihre Sachen in der Badewanne, desgleichen die Mädchen. Eure Mutter wird sich um das Bettzeug und die Handtücher kümmern. Die Matratzenbezüge werden einmal in der Woche gewechselt, und sollte ein Kind das Bett nässen, werde ich eure Mutter anweisen, euch Gummiunterlagen zu bringen und das Kind, das seine Blase nicht kontrollieren kann, streng zu bestrafen.«

Ich stöhnte und legte meinen Arm um Cory, der sich wimmernd an mich kuschelte, als er das hörte. »Psssst! Du brauchst keine Angst zu haben. Sie wird nie davon erfahren, wenn dir nachts mal was passiert. Wir werden dich schützen. Irgendwie verstecken wir einfach das nasse Bettzeug, so daß niemand was merken kann.«

Chris kam zum Schluß. »Hier ist noch ein abschließender Absatz, der nicht zu den Regeln gehört, sondern wohl als Warnung gedacht sein soll. Sie schreibt: Ihr könnt davon ausgehen, daß ich diese Liste von Zeit zu Zeit, wie es sich ergibt, erweitern und verlängern werde, denn ich bin eine sehr aufmerksame Frau, die nichts übersieht. Glaubt nicht, daß ihr mich hintergehen könnt, meiner spotten oder auf meine Kosten irgendwelche Scherze treiben, denn wenn ihr das versuchen solltet, werden eure Rücken und eure Seelen tiefe Narben für den Rest eures Lebens tragen, und ich werde euren Stolz und eure Selbstachtung für immer brechen. Und wißt von nun an, daß ihr niemals in meiner Gegenwart den Namen eures Vaters erwähnen oder in irgendeiner Weise von ihm sprechen dürft, und ich selbst werde meinen Blick niemals dem Kind zuwenden, das ihm am meisten ähnlich sieht.«

Das war es. Ich sah Christopher fragend an. Hatte er den gleichen Eindruck wie ich – daß aus gewissen Gründen unser Vater der Anlaß für die Enterbung unserer Mutter gewesen sein mußte und er ihr den Haß ihrer Eltern eingebracht hatte?

Und fand er auch, dies alles klinge, als sollten wir für eine lange, sehr lange Zeit hier eingeschlossen bleiben?

O Gott, o Gott, o Gott! Ich würde es nicht einmal eine Woche hier aushalten!

Wir waren keine Teufel, aber ganz bestimmt waren wir auch keine Engel! Und wir brauchten einander, mußten uns ansehen, uns in den Arm nehmen dürfen!

»Cathy«, sagte mein Bruder ruhig mit einem schiefen Lächeln um die Lippen, während die Zwillinge uns gespannt beobachteten, um an unseren Reaktionen festzustellen, wie bedrohlich die Lage für sie selbst wohl war, »sind wir so häßlich und ohne jeden Charme, daß eine alte Frau, die unseren Vater und unsere Mutter aus unerfindlichen Gründen haßt, uns für immer widerstehen kann? Das ist ein Trick, eine Masche. Sie meint nichts davon wirklich.« Er deutete auf die Liste, die er inzwischen zu einer Schwalbe gefaltet hatte, und warf sie über die Betten. Auch als Papierflieger war mit ihr nicht viel los.

»Sollen wir einer alten Frau glauben, die geistesgestört sein muß und in eine Anstalt gehört – oder sollen wir der Frau glauben, die uns liebt, der Frau, die wir kennen und der wir vertrauen? Unsere Mutter wird für uns sorgen. Sie weiß, was sie tut, darauf kann man sich verlassen.«

Er hatte recht. Ja, natürlich. Mammi war diejenige, der wir vertrauen konnten, nicht diese verrückte Alte mit ihren Wahnsinnsideen, ihren Schrotflinten-Blicken und ihrem bösen, messerscharfen Mund.

Innerhalb kürzester Zeit mußte der Großvater dort unten dem Charme unserer Mutter erliegen, und wir würden die Treppen hinuntersteigen, in unseren besten Kleidern und unser gewinnendstes Lächeln auf den Lippen. Und er würde uns ansehen und merken, daß wir nicht häßlich oder dumm, sondern normal genug waren, um uns ein wenig zu mögen, wenn nicht sogar etwas mehr als ein wenig. Und vielleicht, wer wollte das schon wissen, würde er eines Tages sogar so etwas wie ein bißchen Liebe für seine Enkel aufbringen.

Der Dachboden

Es wurde zehn Uhr morgens und später.

Was von unserer täglichen Ration an Essen übriggeblieben war, verstauten wir am kühlsten Ort, den wir finden konnten, nämlich unter der Kommode. Die Mädchen, die Betten machten und die oberen Zimmer aufräumten, mußten inzwischen mit Sicherheit in die unteren Etagen abgezogen sein, und sie würden dieses Stockwerk hier oben für die nächsten vierundzwanzig Stunden nicht mehr zu Gesicht bekommen.

Wir hatten unser Zimmer natürlich längst ziemlich satt und waren neugierig, die äußeren Regionen unseres so begrenzten Reiches endlich in Augenschein zu nehmen. Christopher und ich nahmen je einen Zwilling an der Hand, und wir steuerten leisen Schrittes die Abstellkammer an, in der sich noch immer unsere beiden unausgepackten Koffer befanden. Wir wollten mit dem Auspacken noch warten. Wenn wir geräumige, freundlichere Quartiere beziehen konnten, würde das Personal uns die Koffer auspacken, wie sie es in den Filmen machten, und wir könnten dann in der Zwischenzeit einen Spaziergang unternehmen. Tatsächlich konnten wir ja doch mit Sicherheit davon ausgehen, daß wir nicht mehr in diesem Zimmer versteckt sein würden, wenn die Mädchen hier zu ihrer monatlichen Reinigung auftauchten. Bis dahin befanden wir uns bestimmt längst in Freiheit.

Voran mein älterer Bruder, der Cory fest an der kleinen Hand hielt, so daß er nicht fallen konnte, dahinter ich mit Carrie auf den Fersen, stiegen wir die dunkle, enge, steile Treppe hinauf. Die Wände dieses Aufgangs standen so eng beieinander, daß wir sie fast mit den Schultern berührten.

Und da war er!

Natürlich hatten wir schon vorher Dachböden gesehen, wer hätte das nicht? Aber niemals einen Dachboden wie diesen!

Wir standen wie angewurzelt und starrten ungläubig in die Runde. Riesig, dämmrig, staubig und dreckig schien dieser Dachboden sich meilenweit vor uns auszudehnen. Die entfernteste Wand war so weit weg, daß sie im staubigen Dunst zu verschwimmen schien. In der Luft hing ein unangenehmer Geruch nach Verfall, nach alten verrotteten Dingen, nach Dingen, die tot waren und nicht begraben. Soviel Staub erfüllte die Luft, daß alles sich in den Staubwirbeln zu bewegen schien, ein Flirren und Flimmern lag besonders über den düsteren fernen Ekken und Winkeln.

Vier Dachfenstergruppen gab es an den beiden Frontseiten. Die schrägen Querwände schienen fensterlos, aber es gab Abzweigungen zu anderen Flügeln des Bodens, die wir nicht einsehen konnten, bevor wir nicht in die düstere Hitze dieses Ortes weiter vordrangen.

Schritt für Schritt machten wir uns langsam und vorsichtig auf den Weg, eng aneinandergedrängt wie ängstliche Tiere.

Der Boden bestand aus langen, an der Oberfläche morschen Holzdielen. Kleine Tiere huschten und raschelten in den Schatten, ohne daß wir sie jemals hätten genau erkennen können. Es gab genug Möbel hier oben, um mehrere Häuser damit auszustatten. Dunkle, massige Möbelstücke, aufgestapelte Nachttöpfe, Wasserkrüge, die in Waschschüsseln standen, über zwanzig hintereinander aufgereiht. Und dann gab es dort ein rundes hölzernes Ding, das wie eine Art eisenbeschlagener Badezuber aussah. Wie konnte man nur so eine Badewanne auf dem Speicher aufheben?

Wertvollere Möbel waren mit weißen Tüchern abgedeckt, die unter dem abgelagerten Staub von Jahrzehnten ergraut sein mußten. Was da unter diesen schmutzstarrenden Leichentüchern hockte, jagte mir eine Gänsehaut nach der anderen den Rücken hinunter, denn diese grotesken Hügel erschienen mir wie unheimliche, schauerliche Möbelgespenster, die im staubigen Zwielicht wisperten und flüsterten. Und ich wollte nicht hören, was sie sich zuraunten.

Dutzende von schweren Schrankkoffern waren an den Wänden entlang aufgereiht, alle lederbezogen, mit Eisenschlössern und Messingbeschlägen; jeder über und über mit Reiseaufklebern bedeckt. Diese Kisten mußten alle mehrfach um die Welt gereist sein. Riesige Schrankkoffer waren dabei, in die ein Sarg hineingepaßt hätte.

Gigantische Kleiderschränke standen in einer stummen Reihe am gegenüberliegenden Ende des Dachbodens. Als wir sie untersuchten, stellten wir fest, daß sie alle bis oben hin voller alter Kleider waren. Wir fanden Bürgerkriegsuniformen von den Konföderierten neben denen der Union, was Christopher und mich zu allerlei Spekulationen veranlaßte, während die Zwillinge verängstigt um sich blickten und nicht von unserer Seite wichen.

»Glaubst du, unsere Ururgroßväter waren während des Bürgerkrieges so unentschieden, daß sie nicht wußten, zu welcher Seite sie gehören wollten, Christopher?«

»Man sollte ihn eigentlich besser den Krieg zwischen den Bundesstaaten nennen«, antwortete er.

»Meinst du sie waren Spione?«

»Was weiß ich?«

Geheimnisse, überall Geheimnisse! Bruder gegen Bruder sah ich diese uralte Familie kämpfen – oh, wie toll, wenn wir in den alten Familiengeheimnissen schnüffeln könnten! Vielleicht ließen sich hier irgendwo alte Tagebücher entdecken!

»Schaut mal hier!« rief Christopher und zog einen alten Anzug mit Samtbordüren heraus. Ekelhafte geflügelte Untiere stoben nach allen Seiten daraus hervor, als er ihn auseinanderfaltete, trotz des durchdringenden Geruchs nach Mottenkugeln.

Carrie und ich kreischten auf.

»Stellt euch nicht an wie Babys«, wies der große Bruder uns sofort zurecht. »Das sind nur Motten, ganz harmlose Motten. Die Larven sind es, die die Löcher in die Sachen fressen.«

Diese Einzelheiten waren mir ziemlich egal! Käfer blieb Käfer – ob als Larve oder ausgewachsen. Ich konnte überhaupt nicht begreifen, was Christopher an diesen alten Klamotten fand, aber diese steifen alten Anzüge, Mäntel und Hemden schienen ihn ungeheuer zu faszinieren.

Doch dann mußte auch ich zugeben, daß man in früheren Zeiten durchaus verstand, sich anzuziehen. All die Spitzen, Rosetten, Rüschen auf Samt und Seide! Wie phantastisch würde ich darin aussehen! Ich würde mir mit einem Fächer Kühlung zufächern und verführerisch mit den Augenlidern flattern.

Von dem ungeheuren Dachboden bisher eingeschüchtert, machte Carrie ihrer Angst plötzlich mit lautem Geschrei Luft und holte mich aus meinen schönen Gedanken schnell zurück ins Hier und Jetzt, wo es mir wesentlich weniger gut gefiel.

»Es ist so heiß hier, Cathy!«

»Ja, es ist heiß hier.«

»Ich mag das hier nicht!«

Ich warf einen Blick auf Cory, der sich verschüchtert umsah und meinen Rock festhielt. Also nahm ich ihn und Carrie bei der Hand und löste mich von der Faszination der alten Kleider, um mit den Zwillingen alles ansehen zu gehen, was dieser furchtbare alte Speicher Kindern zu bieten hatte. Es war nicht wenig. Tausende von alten Büchern in Kartons, Kisten und Regalen, Schreibtische, zwei hochgestellte Flügel, vorsintflutliche Radios, Telefone, Phonographen und Berge von Kartons mit undefinierbarem Kram, der inzwischen längst vermoderten Generationen schon überflüssig erschienen sein mußte. Kleiderständer und Schneiderbüsten in allen Formen und Größen, Vogelkäfige mit den verschiedensten Ständern dazu, Gartengerät, Besen, Schaufeln, gerahmte Fotografien von ausgesprochen blassen und irgendwie krank aussehenden Leuten, die, wie ich annahm, unsere toten Verwandten sein mußten. Alle hatten sie Augen, die hart waren, grausam, bitter, traurig, verlangend, hoffnungslos, leer, aber niemals, das kann ich schwören, sah ich irgendwelche glücklichen Augen. Einige lächelten. Die meisten nicht. Besonders hatte es mir ein junges Mädchen angetan, dessen rätselhaftes Lächeln mich an Mona Lisa erinnerte, nur daß sie viel hübscher war. Christopher verglich sie in ihrem altmodischen, engen Kleid, das zu einer Wespentaille zusammengeschnürt war, mit unserer Mutter. Die Ähnlichkeit war tatsächlich auffallend, aber wir kamen beide zu der Auffassung, daß Mammi viel, viel hübscher war.

Die Stille hier oben war so total und bedrückend. Man konnte seinen eigenen Herzschlag hören. Trotzdem würde es Spaß machen, hier jede Truhe, jede Kiste, jeden Koffer und jeden Schrank durchzustöbern. Wenn es nur nicht so heiß gewesen wäre! So stickig! Meine Lungen schienen mir schon vollgestopft mit Dreck und Staub und abgestandener Luft. Nicht nur das. Spinnweben hingen überall in den Winkeln und von den Dachbalken herab. In den Ecken huschte und krabbelte es fortwährend, und wenn ich auch nichts Genaues sehen konnte, dachte ich doch ständig an Mäuse und widerliche, fette Ratten. Wir hatten im Fernsehen einmal einen Film gesehen, in dem ein Mann sich auf dem Dachboden an einem Balken aufgehängt hatte. Und es gab noch diesen anderen Film, in dem ein Mann seine Frau in einen alten Schrankkoffer mit Messingbeschlägen und Eisenschlössern stieß, genau wie diese hier vor uns, dann den Deckel zuklappte, abschloß und die Frau dort drinnen sterben ließ. Ich starrte noch einmal lange auf die Koffer und fragte mich, was für Geheimnisse sie wohl bergen mochten, die das Personal nie erfahren durfte. Warum wäre ihm der Dachboden sonst so streng verboten gewesen?

Ich merkte, daß mein Bruder meine Reaktionen sehr genau beobachtete und mir offenbar die Gedanken ansah, die mich verunsicherten. Ich versuchte, meine Gefühle vor ihm zu verbergen, und wandte mich schnell ab – aber er hatte schon genug gesehen. Er nahm mich bei den Händen und sagte, so wie Daddy es gesagt hätte: »Cathy, alles geht in Ordnung. Es muß für alle Dinge, die uns sehr verwickelt und geheimnisvoll vorkommen, eine sehr einfache Erklärung geben.«

Langsam drehte ich den Kopf zu ihm, überrascht, daß er mich trösten wollte und nicht aufziehen. »Warum, glaubst du, haßt die Großmutter uns? Warum sollte der Großvater uns wohl hassen? Was haben wir denn gemacht?«

Er zuckte verwirrt die Schultern, und gemeinsam zogen wir

weiter, um den Dachboden noch genauer zu erkunden. Selbst unsere ungeübten Augen konnten ohne Schwierigkeiten ausmachen, wo neue Flügel an das alte Haus angebaut worden waren. Dicke, viereckige Balken, die lotrecht zum First hinaufragten, unterteilten den Speicher in bestimmte Sektionen. Ich dachte mir, daß wir, wenn wir nur lange genug herumwanderten, auch irgendwo eine Stelle finden müßten, an der die Luft ein wenig besser war.

Die Zwillinge begannen zu husten und zu niesen. Sie sahen uns vorwurfsvoll an, weil wir sie gegen ihren Willen an einem Ort herumschleppten, der ihnen ganz und gar nicht behagte.

»Paßt mal auf«, sagte Christopher, als die Zwillinge mit ernsthaftem Protestgeschrei begannen, »wir können ein Fenster ein paar Zentimeter aufmachen, das wird niemand von unten sehen können.« Dann ließ er meine Hand los und rannte vor. Er sprang über Kisten, kletterte über Kommoden und verschwand irgendwo, während ich mit den Kleinen an der Hand zurückblieb, die genau wie ich verängstigt erstarrten.

»Kommt her und guckt, was ich hier gefunden habe«, rief Christopher hinter einem Kistenberg hervor. In seiner Stimme schwang Begeisterung. »Wartet ab, bis ihr das hier gesehen habt!«

Wir rannten los, in der Erwartung, etwas Aufregendes, Wunderbares, Lustiges zu sehen zu bekommen, aber alles, was er uns zu zeigen hatte, war ein Zimmer. Ein richtiger an drei Seiten abgeschlossener Raum mit einer Decke, die zwischen den Dachbalken eingezogen war, und mit tapezierten Wänden. Es schien eine Art Klassenzimmer gewesen zu sein, denn es befanden sich fünf Pulte darin, die einem größeren Pult frontal gegenüberstanden. An den Wänden hingen alte Schiefertafeln mit niedrigen Bücherregalen darunter, in denen verstaubte, gebleichte alte Bände standen, über die sich mein ewiger Sucher nach Weisheit und Erkenntnis sofort auf den Knien rutschend hermachte. Bücher waren genug, um ihn alles andere vergessen zu lassen, wußte er doch, daß sie ihm Fluchtwege in andere Welten eröffneten.

Ich interessierte mich mehr für die kleinen Pulte, in deren

Platten Namen und Daten eingeritzt waren: Jonathan, elf Jahre alt, 1864! Und Adelheid, neun Jahre alt, 1879! Oh, wie alt dieses Haus, dieses unglaubliche Foxworth Hall doch sein mußte! Aber warum hatten Eltern früher ihre Kinder hier herauf auf den Dachboden geschickt, um sie unterrichten zu lassen? Es mußten doch sicher Kinder gewesen sein, die willkommen, keine wie wir, die von den Großeltern verbannt worden waren. Vielleicht hatte man für sie die Fenster weit aufgestoßen. Und für sie würde das Personal auch im Winter Kohlen und Holz heraufgeschleppt haben, um damit die beiden Öfen zu feuern, die ich in den Ecken entdeckte.

Ein altes Schaukelpferd mit einem fehlenden Bernsteinauge wackelte unsicher auf seinen Kufen, den gelben Schwanz von Motten zerfressen. Aber dieses schwarzweiß gefleckte Holzpony reichte aus, Cory einen entzückten Schrei zu entlocken.

»Auf die Pferde!« Und das Pony, sicher jahrzehntelang nicht mehr geritten, galoppierte, mit allen Schrauben und Scharnieren Protest quietschend, los.

»Ich will auch reiten!« brüllte Carrie. »Wo ist mein Pferdchen?«

Schnell packte ich Carrie und hob sie hinter Cory auf das Pferd, so daß sie sich an seiner Hüfte festhalten konnte. Sie lachte begeistert und schaukelte wild mit den Beinen, bis das altersschwache Pferd sich fast überschlug. Ein Wunder, daß es nicht einfach auseinanderfiel.

Jetzt hatte ich Zeit, ebenfalls einen Blick auf die alten Bücher zu werfen, die Christopher so in ihren Bann gezogen hatten. Ohne den Titel zu lesen, zog ich eines aus dem nächststehenden Regal. Ich blätterte es auf, und Legionen von flachen Käfern krabbelten aus den Seiten, wild mit den winzigen Beinchen zappelnd. Ich ließ das Buch fallen – angewidert starrte ich auf die herausgerissenen Seiten, denn der Band hatte sich mir regelrecht unter den Händen aufgelöst. Ich haßte Käfer, am meisten Spinnen und an dritter Stelle Würmer. Und was da aus den Seiten schwärmte, schien eine Kombination von allen dreien zu sein.

Mein kleinmädchenhaftes Entsetzen reichte aus, Christopher fast hysterisch werden zu lassen. Als er sich wieder einigermaßen beruhigt hatte, nannte er meinen Ekel ein albernes Theater. Die Zwillinge zügelten ihren wilden Hengst und sahen mich verwundert an. Schnell faßte ich mich. Selbst kleine Ersatzmütter kreischen nicht wegen ein paar Käfern gleich los.

»Cathy, du bist zwölf, und es wird Zeit, daß du etwas erwachsener wirst. Niemand stellt sich wegen ein paar Bücherwürmern so an. Käfer gehören zur Natur. Aber wir Menschen sind die Herren dieser Natur, uns ist alles untertan. Auch dieser Raum hier ist gar nicht so übel. Viel Platz, große, helle Fenster, jede Menge Bücher und sogar ein paar Spielsachen für die Zwillinge.«

Toll. Da stand ein verrosteter roter Handwagen mit einer abgebrochenen Deichsel und einem fehlenden Rad – großartig. Dazu noch eine Art radloses grünes Tretauto. Phantastisch. Und trotzdem stand Christopher da und brachte unübersehbar seine Freude zum Ausdruck, einen Raum entdeckt zu haben, in dem Leute ihre Kinder irgendwann einmal versteckt hatten, damit sie sie nicht zu sehen brauchten, nicht zu hören, ja vielleicht, damit sie nicht einmal mehr an sie zu denken brauchten. Und er sah darin einen Raum mit Möglichkeiten für uns.

Sicher, man könnte all die düsteren Ecken säubern und mit Insektenvernichtungsmittel besprühen, um diese krabbelnden Scheußlichkeiten umzubringen. Aber wie sollten wir diese Großmutter, diesen Großvater loswerden? Wie konnte man aus einem Dachboden ein Paradies, in dem Blumen blühten, machen, denn sonst war er ja doch nur ein etwas größeres Gefängnis als unser Zimmer darunter.

Ich rannte zu den Dachfenstern und kletterte auf eine Kiste, um an den hohen Fenstersims zu kommen. Verzweifelt versuchte ich zu sehen, wie hoch wir hier waren, wieviel Knochen wir uns brechen würden, wenn wir hinuntersprangen. Bäume wollte ich sehen, Blumen, Gras, wo die Sonne schien, wo die Vögel flogen, wo das wirkliche Leben war. Aber alles, was ich sah, war ein schwarzes Schieferdach, das sich weit vor dem Fenster ausbreitete und jeden Blick in die nähere Umgebung verhinderte. In der Ferne hinter dem Dach erkannte ich Baumwipfel; hinter den Baumwipfeln schwebten den Horizont einschließende Bergketten über blauem Dunst.

Christopher kletterte neben mir hoch und sah zusammen mit mir nach draußen. Ich spürte, daß seine Schulter, die meine berührte, leicht zitterte, und dieses Zittern lag auch in seiner Stimme, als er sagte: »Wir können noch immer den Himmel sehen, die Sonne, und nachts sehen wir den Mond und die Sterne, und Vögel und Flugzeuge fliegen über uns. Wir können unseren Spaß dabei haben, sie uns von hier anzusehen, bis wir wieder hier wegdürfen und niemals mehr hier heraufkommen werden.«

Er hielt inne und schien an die Nacht zu denken, in der wir hierhergekommen waren – war das erst letzte Nacht gewesen? »Ich wette, wenn wir eins der Fenster weit offenstehen lassen, fliegt eine Eule hier herein. Ich wollte immer schon eine Eule als Haustier.«

»Um Himmels willen, wie kann man nur an so einem gräßlichen Tier Gefallen finden?«

»Eulen können ihren Kopf ganz herumdrehen. Kannst du das etwa?«

»Ich will es auch gar nicht können!«

»Aber wenn du es wolltest, könntest du es auch nicht.«

»Na und? Du ja auch nicht!« Ich starrte ihn wütend an und wollte, daß er sich endlich genauso der Realität stellte, wie er es eben noch von mir verlangt hatte. Kein Vogel, und erst recht kein so kluger wie eine Eule, würde dieses Gefängnis hier auch nur für eine Stunde mit uns teilen wollen.

»Ich will ein Kätzchen haben«, rief Carrie und streckte die Arme aus, um zu uns heraufgehoben zu werden.

»Ich will einen kleinen Hund«, ergänzte Cory, als er neben Carrie aus dem Fenster spähte. Dann vergaß er den Gedanken an ein Spieltier sehr schnell, denn er brüllte plötzlich los: »Nach draußen, nach draußen! Cory will nach draußen! Cory will im Garten spielen! Cory will auf die Schaukel!«

Sofort stimmte Carrie ein. Und mit ihrer schrillen Mäusestimme konnte sie noch viel durchdringender schreien als Cory.

Bald hatten sie Christopher und mich soweit, daß wir am liebsten die Wände hochgegangen wären, nur um dieses »Nach draußen«-Geschrei nicht länger ertragen zu müssen.

»Warum können wir nicht rausgehen?« schrie Carrie und hämmerte mir mit ihren kleinen Fäusten vor die Brust. »Wiiiir finden es hier ganz scheußlich! Wo ist Mammi? Wo scheint hier die Sonne? Wo sind die Blumen? Warum ist es hier so heiß?«

»Sieh mal«, meinte Christopher und packte Carries Fäuste, was mir ersparte, weiter verprügelt zu werden, »ihr müßt euch das hier einfach als ›draußen‹ vorstellen. Es gibt keinen Grund, warum ihr hier nicht genauso schaukeln könntet wie im Garten. Cathy, laß uns mal nachsehen, ob wir hier nicht irgendwo ein Seil finden.«

Wir machten uns auf die Suche. Und wir fanden ein Seil in einem großen alten Holzkasten, der jede Art von Trödelkram enthielt. Ganz offensichtlich warfen die Foxworths niemals irgend etwas fort – alles wurde auf den Dachboden gebracht. Vielleicht hatten sie Angst, doch irgendwann einmal arm zu werden und dann zu brauchen, was sie gedankenlos fortgeworfen hatten.

Mit großem Geschick machte mein älterer Bruder sich daran, für Carrie und Cory Schaukeln zu bauen, für jeden von ihnen eine selbstverständlich. Denn wenn man es mit Zwillingen zu tun hat, dann darf man nie und nimmer etwas nur einem geben. Man muß von jeder Sache zwei haben. Als Sitze nahm Chris Bretter von einer zerbrochenen Kiste. Er fand sogar Sandpapier, mit dem er alles glattschmirgeln konnte.

Während er damit beschäftigt war, fand ich hinter einem Kistenstapel eine Leiter, der ein paar Sprossen fehlten, was Christopher aber nicht daran hinderte, über diese Leiter zu einem der Querbalken im Dachfirst hochzuklettern, um dort die Seile anzubinden. Ich sah zu, wie er dort oben auf dem Balken herumbalancierte – jeder Schritt war lebensgefährlich. Er richtete sich ganz auf, um sein Balancegeschick zu demonstrieren. Plötzlich verlor er das Gleichgewicht, schwankte! Schnell breitete er die Arme aus und fing sich wieder, aber mir hatte das gereicht. Mein Herz stockte mir fast, als ich ihn dort oben herumturnen sah, ohne jeden vernünftigen Grund, nur so aus Spaß, um eine Show abzuziehen. Es gab keinen Erwachsenen, der ihn hätte herunterrufen können. Ich versuchte es selbst, aber er lachte und machte noch mehr Unsinn. Also hielt ich den Mund, kniff die Augen fest zu und versuchte mit aller Gewalt, mir nicht vorzustellen, wie er mit ausgebreiteten Armen dort herunterstürzen würde, sich die Arme brechen, die Beine oder, noch schlimmer, das Rückgrat, den Hals! Er hatte es doch gar nicht nötig, sich da oben zu beweisen. Ich wußte doch, wie mutig er war. Die Schaukelseile waren längst verknotet. Warum kam er nicht endlich runter, damit mein Herz wieder normal schlagen konnte?

Es hatte Christopher Stunden gekostet, die Schaukeln zu bauen, und um sie aufzuhängen, hatte er sein Leben riskiert. Aber als er wieder wohlbehalten neben mir stand und wir die Zwillinge auf die Bretter gesetzt hatten, dauerte es keine drei Minuten, bis sie den Spaß an den neuen Schaukeln verloren hatten.

Carrie fing an: »Laßt uns endlich raus hier! Ich mag keine Schaukeln! Ich mag es hier überhaupt nicht! Hier ist es nicht schön! Gaaaar niiicht schöööön!«

Cory brauchte nicht lange, um sich der Meinung seiner Schwester lautstark anzuschließen. Sie steigerten sich gegenseitig in Rage. Geduld – ich mußte Geduld haben, mich verhalten wie ein Erwachsener, sie nicht anschreien, obwohl ich doch selbst nicht mehr wollte, als endlich hier aus diesem Loch herauszukommen!

»Hört jetzt sofort mit diesem Terror auf!« fuhr Christopher die Zwillinge an. »Wir spielen ein Spiel, und alle Spiele haben Regeln. Die Hauptregel in diesem Spiel ist, im Haus zu bleiben und dabei so leise zu sein wie nur möglich. Schreien und weinen ist verboten.« Seine Stimme wurde sanfter, als er ihre verweinten, erschrockenen Gesichter sah. »Stellt euch einfach vor, das hier ist ein Garten unter blauem Himmel mit grünen Blättern über uns, durch die eine helle Sonne scheint. Und wenn wir die Treppe hinuntergehen, spielen wir, das Zimmer da unten wäre unser Haus, ein großes Haus mit vielen Räumen.«

Er lächelte uns alle auf eine seltsame, entwaffnende Art an. »Wenn wir erst so reich sind wie die Rockefellers, werden wir nie wieder auf diesen Dachboden zum Spielen müssen oder in das Zimmer unten. Wir werden alle leben wie Prinzen und Prinzessinnen.«

»Glaubst du, die Foxworths haben soviel Geld wie die Rokkefellers?« fragte ich ungläubig. Das wäre irre! Da könnten wir uns ja einfach alles kaufen! Und doch ... irgendwie erschien mir die ganze Sache nicht geheuer. Diese Großmutter, da war etwas in ihrem Verhalten, wie sie uns behandelte, als hätten wir überhaupt kein Recht, auf dieser Welt zu sein. Diese furchtbaren Worte: »So als gäbe es euch gar nicht!«

Wir durchstöberten weiter den Dachboden, jedoch ohne allzuviel Begeisterung, bis unsere Mägen zu knurren begannen. Ich sah auf meine Armbanduhr. Zwei. Mein älterer Bruder sah mich an, und ich sah die Zwillinge an. Sie waren am meisten auf regelmäßige Mahlzeiten eingestellt.

»Mittagessen«, verkündete ich aufmunternd.

Also ging es die Treppe runter, zurück in das widerwärtige Zwielichtzimmer. Wenn wir wenigstens die Vorhänge hätten zurückziehen dürfen. Wenn ...

Ich schien laut gedacht zu haben, denn Christopher meinte, das Zimmer habe eine Nordlage und selbst ohne die Vorhänge würde hier nie die Sonne hereinscheinen.

Da wir von jüngsten Jahren an uns nur sauber gewaschen zu Tisch gesetzt hatten und da Gott seine allgegenwärtigen Augen immer über uns wachen ließ, würden wir uns an alle Regeln halten und Gott immer Freude machen. Aber es würde Gott doch sicher nichts ausmachen, wenn wir Cory und Carrie zusammen in die Badewanne steckten, waren sie doch schließlich schon im Mutterleib zusammengewesen. Christopher nahm sich Cory vor, während ich Carries total verstaubte Haare wusch.

Und sicher konnte niemand etwas Böses daran finden, wenn Christopher sich mit mir unterhielt, während ich in der Badewanne lag. Wir waren keine Erwachsenen. Das war ja nicht dasselbe wie das Badezimmer gemeinsam »benutzen«. Mammi und Daddy hatten nie etwas Schlimmes in nackter Haut gesehen, aber als ich mir das Gesicht wusch, mußte ich wieder an den harten, kompromißlosen Blick der Großmutter denken. *Sie* würde etwas Böses darin sehen.

»Wir dürfen das nicht noch mal machen«, sagte ich zu Christopher. »Diese Großmutter – sie könnte uns dabei ertappen und etwas Schlimmes dabei denken.« Er nickte, als würde ihn die Sache nicht sehr interessieren. Aber er mußte in meinem Gesicht etwas gesehen haben, was ihn sich vorbeugen und den Arm um meine nackte Schulter legen ließ, so daß ich den Kopf an ihn legen konnte. Woher wußte er, daß ich eine Schulter brauchte, an der ich mich ausweinen konnte? Und genau das tat ich auch.

Christopher gab sich alle Mühe, mich zu trösten. Er erzählte mir von all den wunderbaren Dingen, die wir mit dem Geld der Foxworths tun konnten, von Festen, von meiner Ausbildung als Ballerina, daß ich ein Pferd haben würde. Beruhigend streichelte er mir den nassen Rücken, und als ich mich umwandte, ihm ins Gesicht zu sehen, wirkte sein Blick verträumt und weit weg.

»Sieh doch mal, Cathy, so furchtbar wird diese kurze Zeit, die wir hier eingeschlossen sind, schon nicht werden. Wir werden gar keine Zeit haben, uns sehr traurig zu fühlen, weil wir ständig damit beschäftigt sein werden, uns auszudenken, was wir mit dem ganzen Geld alles anstellen. Laß uns Mammi bitten, uns ein Schachspiel zu besorgen. Ich wollte schon immer gerne Schach lernen. Und wir können lesen. Von einer Sache lesen ist fast so schön, wie sie zu tun. Mammi sorgt schon dafür, daß es uns nicht langweilig wird. Sie wird uns täglich neue Spiele bringen. Die Wochen hier gehen vorbei wie der Blitz.« Er lächelte mich strahlend an. »Und hör von jetzt an bitte auf, mich Christopher zu nennen! Niemand kann mich noch mit Daddy verwechseln, deshalb heiße ich von nun an nur noch Chris, okay?«

»Okay, Chris«, sagte ich. »Aber die Großmutter – was, denkst du, wird sie machen, wenn sie uns beide zusammen im Badezimmer erwischt?«

»Uns die Hölle heiß machen – das weiß ich schon!«

Trotzdem sagte ich ihm, als ich aus der Wanne gestiegen war und mich abtrocknete, er solle nicht hinsehen. Er sah sowieso nicht hin. Wir kannten unsere Körper bereits gut genug, denn wir hatten uns nackt gesehen, solange ich mich erinnern kann. Und nach meiner Meinung war mein Körper der bessere. Zierlicher und hübscher.

Nachdem wir nun alle saubere Sachen angezogen hatten und gut rochen, setzten wir uns zu Tisch, um unsere Schinkenbrote und unsere lauwarme Gemüsesuppe aus der Thermoskanne zu verschlingen. Ohne Kekse für die Kleinen wurde es zu einem Mahl des Schreckens.

Chris begann ständig auf die Uhr zu sehen. Es mochte noch lange, lange dauern, bevor unsere Mutter sich wieder sehen lassen konnte. Die Zwillinge liefen nach dem Essen rastlos im Zimmer herum. Sie waren schlechtester Laune, und sie verliehen ihrem Mißfallen an unserer Lage nachdrücklich Ausdruck, indem sie auf alles eintraten und einschlugen, was ihnen in die Quere kam: Betten, Stühle, Schränke. Von Zeit zu Zeit warfen sie Chris und mir anklagende Blicke zu. Chris ging schließlich zur Dachbodentreppe, wollte hinauf zum alten Klassenzimmer und den für ihn so faszinierenden Büchern, und ich schickte mich an, ihm zu folgen.

»Nein!« brüllte Carrie los. »Nicht auf den Speicher gehen! Da oben gefällt es mir nicht! Hier unten gefällt es mir auch nicht! Gar nichts gefällt mir hier! Überhaupt nichts! Du sollst nicht mehr meine Mammi sein, Cathy! Wo ist meine richtige Mammi? Wo ist sie hingegangen? Sag ihr jetzt sofort, daß sie zurückkommen muß und uns hier wegholen. Es ist ganz eklig hier, ganz fuchtbar fies! Ich will wieder im Sandkasten spielen!« Sie rannte zur Flurtüre und drückte die Klinke herunter. Als sie merkte, daß die Tür abgeschlossen war, kreischte sie los wie ein in die Falle geratenes Tier. Sie brüllte nach ihrer Mammi und hämmerte mit den kleinen Fäusten auf das alte Eichenholz. Die Mammi mußte sofort kommen und sie aus diesem finsteren Loch hier herausholen, die Mammi, die Mammi!

Ich lief zu ihr, um sie in den Arm zu nehmen, und wurde mit

Fußtritten und noch wilderem Gebrüll empfangen. Es war, als hätte ich eine Wildkatze auf dem Arm. Chris konnte sich gerade noch Cory packen, der sofort seiner Zwillingsschwester zu Hilfe kommen wollte. Alles, was uns noch einfiel, war, die beiden auf ihre Betten zu legen, ein paar Kinderbücher aus den Koffern zu holen und ein Mittagsschläfchen vorzuschlagen. Verheult und widerwillig starrten sie uns an, beruhigten sich aber allmählich.

»Ist es schon Abend?« wimmerte Carrie, die vom vielen Weinen und Brüllen ganz heiser klang. »Ich möchte doch nur so gerne, daß die Mammi wieder kommt. Warum kommt sie denn nicht?«

»Peter, das Kaninchen!« sagte ich und schlug Corys Lieblingsbuch auf, in dem es auf jeder Seite ein großes buntes Bild gab, und allein schon deswegen war »Peter, das Kaninchen« ein ganz ausgezeichnetes Buch. Schlechte Bücher hatten keine Bilder. Carrie mochte »Die drei kleinen Schweinchen« am liebsten, aber Chris hätte es schon wie früher Daddy vorlesen müssen, mit Knurren und Quieken und einer tiefen Wolfsstimme. Und ich war mir nicht sicher, ob er damit überzeugen konnte.

»Laßt Chris jetzt bitte wieder auf den Dachboden gehen, damit er sich auch ein schönes Buch suchen kann, und während er das Buch sucht, lese ich euch aus ›Peter, das Kaninchen‹ vor. Wollen doch mal sehen, ob Peter es heute nicht schafft, sich in den Garten vom Farmer zu schleichen und die ganzen Mohrrüben und Kohlköpfe wegzuknabbern. Und wenn ihr einschlaft, während ich euch vorlese, dann träumt ihr die Geschichte selbst weiter.«

Es dauerte etwa fünf Minuten, und die beiden waren fest eingeschlafen. Cory drückte sein »Peter, das Kaninchen«-Buch fest gegen die kleine Brust, um Peter den Übergang in Corys Traum so leicht wie möglich zu machen. Ein warmes, weiches Gefühl stieg in mir auf. Mir tat die Seele weh wegen dieser beiden kleinen Wesen, die so sehr eine wirkliche Mutter brauchten und nicht eine Spielmammi, die gerade erst zwölf Jahre alt war. Ich fühlte mich damals nicht viel anders als mit zehn. Wenn ich bald zur Frau werden sollte, hatte ich jedenfalls noch nicht genug davon gespürt, um mich reif und befähigt zu fühlen, für andere die Mutterrolle zu übernehmen. Gott sei Dank würden wir hier ja nicht länger eingeschlossen sein! Was sollte ich bloß tun, wenn die Kleinen krank wurden oder sich beim Spielen ernsthaft verletzten? Würde mich überhaupt irgendwer hören, wenn ich gegen die verschlossene Tür klopfte?

Während ich von düsteren Zweifeln geplagt wurde und mir elender vorkam als jemals zuvor, suchte Chris in dem alten Dachboden-Klassenzimmer nach verstaubten, käferverseuchten Büchern, damit wir etwas zu lesen hatten. Wir hatten ein Scrabble dabei, damit hätte ich jetzt vielleicht gerne gespielt, aber meine Nase in alte Bücher stecken wollte ich garantiert nicht.

»Hier«, sagte er und warf mir ein Buch zu, das ich unwillkürlich auffing. Vorsichtshalber versicherte er mir, daß es völlig käferfrei sei. Er fürchtete wohl einen weiteren hysterischen Anfall. »Spielen können wir später noch, wenn die Zwillinge wach sind. Du gibst ja doch immer gleich auf, wenn du verlierst.«

Er warf sich in einen der komfortablen Polsterstühle und schlug eine leicht vergilbte Ausgabe von »Tom Sawyer« auf. Ich legte mich auf mein Bett und begann über König Artus und seine Ritter der Tafelrunde zu lesen. Und, ob man es glaubt oder nicht, an diesem Tag öffnete sich mir die Tür zu einer Welt, von deren Existenz ich zuvor nichts geahnt hatte. Eine wunderbare Welt, in der es wahrhafte Ritter gab, romantische Liebe und schöne Frauen, die man auf ein Podest stellt und aus der Ferne liebend verehrt. An diesem Tag begann meine Liebesaffäre mit dem Mittelalter, die ich nie wieder aufgeben sollte, denn waren nicht auch alle Ballette nach Märchen geschrieben worden? Und waren alle Märchen nicht die Geschichten des Mittelalters?

Ich war diese Art von Kind, das immer nach Elfen Ausschau hielt, die auf stillen Wiesen tanzten. Ich wollte an Hexen glauben, an Zauberer, Menschenfresser, Riesen und magische Worte. Mir gefiel es nicht, die ganze Magie von der Wissenschaft aus der Welt erklärt zu bekommen. Damals wußte ich nicht, daß ich bereits in einem mächtigen, finsteren Schloß lebte, über das eine böse Hexe und ein Menschenfresser herrschten. Ich ahnte nicht, daß es moderne Zauberer gab, die aus Geld einen magischen Bann spinnen konnten...

Als das Tageslicht hinter den vorgezogenen Vorhängen verdämmerte, saßen wir vier an unserem kleinen Tisch und aßen Brathähnchen (kalt), Kartoffelsalat (lauwarm) und Bohnengemüse (kalt und fettig). Chris und ich aßen schließlich das meiste von diesem frugalen Mahl, so kalt und unappetitlich es auch sein mochte. Die Zwillinge stocherten nur darin herum und beklagten sich ständig, daß es ihnen nicht schmeckte. Hätte Carrie weniger gejammert, hätte Cory wahrscheinlich wesentlich mehr gegessen.

»Apfelsinen«, sagte Chris und gab mir eine zum Schälen, »sehen nicht komisch aus und werden auch nie warm gemacht. Dafür steckt in Apfelsinen aber flüssiger Sonnenschein.« Junge, diesmal hatte er das Richtige gesagt. Die Zwillinge machten sich begeistert an ihren flüssigen Sonnenschein – endlich hatten sie etwas, das zu essen Spaß machte.

Inzwischen mußte es draußen Nacht geworden sein. Nicht, daß wir hinter den Vorhängen einen großen Unterschied festgestellt hätten. Wir knipsten alle Lampen an, und die Zwillinge begannen in verträglicher Laune mit ihren Spielzeugautos zu spielen. Sie rutschten auf dem Boden herum und fuhren die Apfelsinenschalen nach Florida, dem Abfalleimer in der Ecke. Schon nach kurzer Zeit war nichts mehr davon zu sehen, daß wir die beiden gerade erst frisch und sauber angezogen hatten.

Chris bot mir etwas zu freundlich an, jetzt mit mir Scrabble zu spielen, aber jetzt hatte ich keine Lust mehr. Ich ließ mich auf eines der Betten sinken und erlaubte mir, ganz den düsteren Gedanken nachzuhängen, die mich schon seit unserer Ankunft hier beschlichen hatten. Bisher hatte ich meine Ängste immer versucht zurückzudrängen, doch nun schweifte ich durch die endlosen dunklen Flure meines sich immer mehr vertiefenden

Mißtrauens. Hatte Mammi uns wirklich alles über diesen Ort gesagt? Hatte sie uns die ganze Wahrheit gesagt? Und während wir warteten und warteten und warteten, gab es keine Katastrophe, die ich mir nicht vorstellte. In erster Linie beschäftigte ich mich allerdings mit Feuer. Geister, Ungeheuer und anderer Dachbodenspuk kamen direkt danach. Aber in diesem abgeschlossenen Raum war Feuer für mich das Furchtbarste, was ich mir denken konnte.

Und die Zeit verging so langsam. Chris auf seinem Stuhl mit seinem Buch warf immer wieder einen verstohlenen Blick auf die Uhr. Die Zwillinge hatten inzwischen alle Apfelsinenschalen nach Florida transportiert und wußten nun nicht mehr, wohin sie ihre Lastwagen dirigieren sollten. Für die Überquerung der Karibik fehlte ein Boot. Warum hatten wir kein Spielzeugschiff mitgenommen?

Ich riskierte einen längeren Blick auf die Höllenbilder an den Wänden und mußte bewundern, wie grausam und raffiniert diese Großmutter doch war. Warum dachte sie einfach an alles? Es war auch einfach nicht fair von Gott, wenn er sein aufmerksames Auge ständig auf vier Kinder richtete, wo doch draußen in der Welt so viele Menschen böse Taten begingen. An Gottes Stelle, aus seiner alles sehenden, alles wissenden Perspektive, würde ich meine Zeit nicht damit verschwenden, ständig auf vier vaterlose Kinder zu achten, die auch noch in einem Schlafzimmer eingeschlossen waren. Ich hätte mir etwas Unterhaltsameres angesehen. Abgesehen davon war Daddy ja jetzt da oben – er würde dafür sorgen, daß Gott sich unserer annahm und ein paar kleinere Fehler übersah.

Trotz meiner Ablehnung holte Chris dann die Spielekassette mit den über vierzig verschiedenen Spielen. »Was ist los mit dir?« fragte er, während er nach dem richtigen für mich suchte. »Warum sitzt du so still da und siehst so verängstigt aus? Hast du Angst davor, daß ich mal wieder gewinne?«

Spiele, ich dachte nicht an Spiele. Ich erzählte ihm von meinen Sorgen wegen eines Feuers und von meiner Idee, aus in Streifen gerissenen Bettüchern ein Seil zu knoten, an dem wir, wie ich es in vielen der alten Filme gesehen hatte, aus dem Fenster zur Erde klettern konnten. Falls heute nacht ein Feuer ausbrechen sollte, hätten wir so die Möglichkeit zu entkommen. Die Zwillinge würden wir uns auf dem Rücken festbinden.

Noch nie hatte ich in seinen blauen Augen soviel Respekt gesehen. Sie leuchteten vor Bewunderung auf. »He, das ist wirklich eine phantastische Idee, Cathy! Klasse! Genau das werden wir tun, falls hier einmal ein Feuer ausbrechen sollte – was allerdings nicht passieren wird. Und es ist ganz prima zu wissen, daß du in so einem Fall nicht bloß losheulen würdest. Wenn du vorausplanst und Überlegungen für unerwartete Ereignisse triffst, zeigt das, wie du langsam erwachsen wirst, und das gefällt mir.«

Du meine Güte, nach zwölf Jahren härtester Bemühungen war es mir tatsächlich gelungen, den Respekt und die Zustimmung meines älteren Bruders zu erringen – etwas, an dessen Möglichkeit ich kaum noch geglaubt hatte. Ein gutes Gefühl, zu wissen, daß wir miteinander klarkommen würden, wo wir jetzt auf so engem Raum zusammensein mußten. Wir tauschten ein Lächeln aus, mit dem wir uns versicherten, daß wir es schaffen würden, gemeinsam bis zum Ende der Woche auszuhalten. Unsere neu gefundene Kameraderie schuf eine Sicherheit, ein Stückchen froher Hoffnung wie ein starker Händedruck.

Dann wurde zerstört, was wir gerade aufgebaut hatten. Ins Zimmer kam unsere Mutter, und sie ging so merkwürdig, machte das seltsamste Gesicht. Wir hatten so lange auf ihre Rückkehr gewartet. Aber irgendwie bereitete es uns nun nicht die ersehnte Freude, sie wieder bei uns zu sehen. Vielleicht war es nur die Großmutter, die ihr so dicht auf den Fersen folgte, mit diesen steinharten, bösen grauen Augen. Vielleicht war es der Blick aus diesen Augen, der unseren Enthusiasmus so schnell erstickte.

Ich erschrak. Etwas Schlimmes war passiert! Ich wußte es! Ich wußte es einfach!

Chris und ich saßen zusammen auf einem Bett. Wir hatten Scrabble gespielt und uns dabei gelegentlich angesehen und gemeinsam die zerknautschte Tagesdecke glattgezogen.

Eine Regel verletzt... nein, zwei ... ansehen war genauso verboten wie Unordnung.

Und die Zwillinge hatten ihre Spielzeugautos über den Boden verstreut, dazu ein paar vergessene Apfelsinenschalen vom Florida-Transport – der Raum war nicht richtig sauber und aufgeräumt.

Drei Regeln gebrochen.

Und Jungen und Mädchen waren zusammen im Badezimmer gewesen.

Und vielleicht hatten wir auch noch irgendein anderes Gebot verletzt, denn wir spürten sofort, was immer wir taten, Gott und die Großmutter standen darüber in geheimer Verbindung.

Der Zorn Gottes

Mammi kam in dieser ersten Nacht mit kurzen, steifen Bewegungen in unser Zimmer, als verursache ihr jeder Schritt Schmerzen. Ihr liebliches Gesicht sah bleich und verschwollen aus, die Augen rot gerändert. Mit ihren dreiunddreißig Jahren hatte ihr jemand so furchtbar mitgespielt, daß sie uns, ihren Kindern, kaum in die Augen sehen konnte. Sie sah besiegt aus, verloren, gedemütigt, als sie da in der Mitte des Zimmers stand, wie ein Kind, das brutal gezüchtigt worden war. Ohne jeden Gedanken rannten ihr die Zwillinge entgegen und klammerten sich zur Begrüßung begeistert an ihre Beine. Mit glücklichen Stimmen riefen sie: »Mammi! Mammi! Wo bist du denn gewesen?«

Chris und ich nahmen sie zögernd in den Arm und drückten sie kurz. Es kam einem vor, als sei sie seit Wochen weg gewesen und nicht nur einen Mittwoch lang, aber sie war unsere Hoffnung, unsere einzige Verbindung zur Realität draußen.

Küßten wir sie zu sehr? Ließen unsere schnellen, sehnsüchtigen Umarmungen sie vor Schmerz aufschluchzen oder vor Mitgefühl? Während ihr dicke Tränen langsam die Wangen herunterrannen, dachte ich, sie würde nur aus Mitleid mit uns weinen. Als wir uns dann setzten, alle bemüht, so nahe wir nur möglich bei ihr zu sein, war es auf einem der großen Betten. Sie hob sich die Zwillinge auf den Schoß, so daß Chris und ich uns zu beiden Seiten eng an sie drücken konnten. Es folgte eine liebevolle Musterung, nach der wir gelobt wurden, weil wir so blitzsauber waren. Mammi lächelte erfreut über die grünen Schleifchen in Carries Haar, die ich passend zu den grünen Streifen ihres Kleides hineingebunden hatte. Als Mammi dann zu reden begann, klang ihre Stimme heiser oder als habe sie den viel beschworenen Frosch im Hals: »So, jetzt erzählt mir mal ganz ehrlich, wir ihr zurechtgekommen seid.«

Corys pausbäckiges Gesicht verzog sich zu einem Flunsch, der deutlich sagte, daß Cory überhaupt nicht zurechtgekommen war. Carrie wurde noch deutlicher. Sie heulte los: »Cathy und Chris sind ganz böse!« Das war kein Vogelgezwitscher mehr. »Sie haben uns den ganzen Tag nicht rausgelassen! Wir wollen nicht immer drinnen bleiben! Wir mögen auch nicht mehr in den großen dreckigen Raum da oben, von dem sie behaupten, er ist schön. Der ist gar nicht schön! Mammi, es gefällt uns hier nicht!«

Mit besorgtem, schmerzverzogenem Gesicht versuchte Mammi Carrie zu trösten. Sie erklärte den Zwillingen, daß die Dinge sich für eine Weile geändert hätten und daß sie jetzt ihrem älteren Bruder und ihrer älteren Schwester eine Zeitlang zu gehorchen hätten, wie wenn es Daddy und Mammi wären.

»Nein! Nein!« kreischte ein noch aufgebrachteres, rotbäckiges kleines Wutpaket. »Wir finden es hier furchtbar! Wir wollen in den Garten, hier ist alles so dunkel. Wir wollen Chris und Cathy nicht, Mammi! Wir wollen nur *dich*! Nimm uns wieder mit nach Hause! Hol uns hier weg! Wir wollen weg! Weg! Weg!«

Carrie schlug nach unserer Mutter, nach Chris, nach mir und brüllte immer lauter werdend, daß sie endlich nach Hause wolle, während Mammi unbeweglich dasaß, ohne die Schläge abzuwehren und offenbar taub. Sie wirkte völlig unfähig, die Lage in den Griff zu bekommen, die völlig von einer tobenden Fünfjährigen beherrscht wurde. Und daß Mammi sich nicht rührte, steigerte Carries Rage immer mehr. Ich hielt mir die Ohren zu.

»Corinna!« kommandierte die Großmutter. »Augenblicklich sorgst du dafür, daß dieses Kind still ist!« Ein einziger Blick in das kalte Steingesicht sagte mir, daß die Großmutter genau wußte, wie man Carrie augenblicklich den Mund verschloß. Doch auf Mammis anderem Knie saß ein kleiner Junge, dessen Augen sich weiteten, als er an der großen, alten Frau hinaufblickte – diese Frau drohte seiner Zwillingsschwester, die von Mammis Schoß sprang, sich vor der Großmutter aufbaute und jetzt erst richtig loslegte. Wie ein Opernstar bei der Arie legte sie den Kopf zurück, riß ihr Rosenmäulchen weit auf und ließ ein Gebrüll los, gegen das ihr bisheriges Geplärr wie das Maunzen eines Kätzchens geklungen hatte. Jetzt hatten wir eine Tigerin vor uns – eine wütende!

O Junge, war ich beeindruckt, entsetzt und erschrocken. Was würde als nächstes passieren?

Die Großmutter packte Carrie an den Haaren und zog sie daran hoch. Genug, um Cory von Mammis Schoß springen zu lassen. Schnell wie eine Katze griff er an! Ehe ich auch nur eine Hand hätte rühren können, biß er der Großmutter ins Bein. In mir zog sich alles zusammen, denn ich wußte, daß wir jetzt alle dran waren. Sie starrte auf ihn hinunter und schüttelte ihn dann ab, wie man einen lästigen kleinen Hund verscheucht. Aber der Biß hatte erreicht, daß sie Carries Haar losließ. Carrie fiel zu Boden, raffte sich aber sofort wieder hoch und holte zu einem schnellen Tritt aus, der das Bein der Großmutter nur knapp verfehlte.

Hinter seiner Schwester wollte Cory keinesfalls zurückstehen. Er hob den kleinen weißen Schuh, zielte sorgfältig und trat die Großmutter dann, so fest er konnte, vor das Schienbein.

Inzwischen war Carrie in die Zimmerecke geflohen, wo sie sich zusammenkauerte und heulte wie eine Feuerwehrsirene.

Das war wirklich eine Szene, die sich lohnte, nie vergessen zu werden.

Bis jetzt hatte Cory kein Wort gesagt und nicht geweint, wie es seine stille, resolute Art war. Aber niemand durfte seine Zwillingsschwester bedrohen oder ihr weh tun – selbst wenn es eine Person von fast einsachtzig und 90 Kilo war! Und Cory wirkte für sein Alter eher zu klein.

Wenn Cory nicht mochte, was seiner Schwester passiert war und ihm selbst drohte, so mochte die Großmutter, was ihr passiert war, genausowenig! Sie starrte auf das kleine, trotzige, wütende Gesicht herab, das sich ihr da entgegenreckte. Sie wartete darauf, daß er sich vor ihr duckte, die Stirn nicht mehr zusammenkniff und seinen trotzigen Blick aufgab, aber er stand entschlossen vor ihr, kühn und herausfordernd, als wolle er sehen, wie weit sie gehen würde. Ihre dünnen, farblosen Lippen spannten sich zu einem feinen, bösen Bleistiftstrich.

Ihre Hand hob sich – eine große, schwere Hand mit vielen funkelnden Diamantringen. Cory wich nicht aus. Seine einzige Reaktion auf diese unübersehbare Drohung war ein noch trotzigeres Stirnrunzeln, während seine kleinen Hände sich in professioneller Boxerstellung zu Fäusten ballten.

Gütiger Himmel! Dachte er etwa, er könnte gegen sie kämpfen – und gewinnen?

Ich hörte, wie Mammi Corys Namen rief, so schockiert, daß ihre Stimme nur ein heiseres Flüstern war.

Entschlossen verpaßte die Großmutter seinem runden, trotzigen Babygesicht dann einen wuchtigen Schlag, so fest, daß es ihn von den Füßen riß. Er stolperte rückwärts, fiel hin, war aber wie der Blitz wieder auf den Beinen, wirbelte herum und überlegte den nächsten Angriff auf diesen riesigen Berg verhaßten Fleisches. Dabei machte er einen bemitleidenswerten Erkenntnisprozeß durch. Er zögerte, schien noch einmal zu überlegen, und dann siegte seine Vernunft über seine Wut. Er rannte zu Carrie, fiel neben ihr auf die Knie, preßte seine Wange an ihre und stimmte aus vollem Halse in ihr Sirenengeheul ein.

Neben mir murmelte Chris etwas, das nach einem Gebet klang.

»Corinna, das sind deine Kinder! Sie sollen aufhören! Sofort!«

Doch unsere Lieblinge waren praktisch unmöglich zum Schweigen zu bringen, wenn sie einmal richtig angefangen hatten. Mit gutem oder bösem Zureden war da nichts mehr auszurichten. Sie hörten nur noch ihr eigenes Gebrüll, und wie kleine Spielzeugtiere zum Aufziehen mußten sie sich austoben, bis sie vor Erschöpfung aufgaben.

Als Daddy noch lebte und mit solchen Ausbrüchen zu tun bekam, wußte er damit umzugehen. Er hatte sich die beiden immer geschnappt, sie sich rechts und links wie Mehlsäcke unter die Arme geklemmt und sie dann rauf in ihr Zimmer getragen, wo er ihnen mit dem gebotenen Ernst beibrachte, daß jetzt Schluß sei, sonst müßten sie so lange in ihrem Zimmer ohne Fernsehen, Spiele und alles andere bleiben, bis sie aufhören würden zu brüllen. Ohne Publikum für ihr Trotzgeschrei ließ das Gebrüll meist in wenigen Minuten nach, wenn sich die Tür erst hinter ihnen geschlossen hatte. Nach einer Weile kamen sie dann ganz brav und still die Treppe heruntergeschlichen, kletterten auf Daddys Schoß und sagten mit leisen Stimmen: »Tut uns leid. Entschuldigung, Daddy.«

Aber Daddy war tot. Es gab hier kein Kinderzimmer die Treppe hinauf, in dem sie sich hätten beruhigen können. Dieses Zimmer hier war jetzt unser ganzes Haus, und in ihm hatten die Zwillinge ihr Publikum schmerzhaft im Griff. Sie brüllten, bis ihre Gesichter sich von Rosa nach Rot verfärbten, dann von Rot zu Dunkelrot und schließlich von Dunkelrot zu Blau. Ihre blauen Augen wurden glasig und rollten blicklos. Es war eine wahnsinnige Show, der ganz große Auftritt – und die ganz große Katastrophe!

Offenbar stand für eine Weile selbst die Großmutter im Bann dieses Ausbruchs. Dann schüttelte sie ab, was immer sie bisher zurückgehalten hatte. Sie wurde lebendig. Entschlossen marschierte sie zu der Ecke, in der die Zwillinge sich zusammengekauert hatten. Ein harter Griff, und sie riß gnadenlos zwei zappelnde Kinder hoch. Die beiden kreischenden und um sich schlagenden und tretenden Bündel mit ausgestreckten Armen vor sich her tragend, kehrte die Großmutter zu uns zurück. Dort wurden die Zwillinge unserer Mutter wie unerwünschter Abfall vor die Füße geworfen. Mit lauter, fester Stimme, die mühelos das Gebrüll übertönte, verkündete die Großmutter: »Ich verprügele euch beide mit dem Stock, bis ihr blutet, wenn dieses Geschrei nicht auf der Stelle aufhört!«

Die unmenschliche Brutalität und die kalte Kraft hinter dieser Drohung überzeugten selbst die Zwillinge, genau wie mich, daß die Großmutter genau das tun würde. In erstaunter und entsetzter Anerkennung starrten die Zwillinge zu ihr hinauf – und hielten mit offenen Mündern in ihrem Gebrüll inne. Sie wußten, was Blut war und daß es sehr weh tat, wenn etwas blutete. Es schmerzte, mit ansehen zu müssen, wie die beiden Kleinen so behandelt wurden, als wäre der Großmutter völlig gleichgültig, ob die zarten Knochen dabei brachen oder die weiche Haut aufgeschlagen wurde. Sie türmte sich über ihnen, über uns auf. Dann kam der nächste Feuerschlag, diesmal gegen unsere Mutter: »Corinna, ich will nicht, daß ich noch einmal eine so abscheuliche Szene erleben muß! Offensichtlich sind deine Kinder verwöhnt und aufsässig und brauchen dringend eine Lektion in Disziplin und Gehorsam. Kein Kind, das unter diesem Dach lebt, ist ungehorsam, trotzig oder respektlos. Geschrei gibt es hier nicht! Hör mir genau zu! Sie werden sprechen, nur wenn man sie anspricht. Sie werden springen, wenn ich etwas befehle. Jetzt zieh deine Bluse aus, Tochter, und zeige, was in diesem Haus mit denen geschieht, die ungehorsam gewesen sind.«

Während dieser Worte war unsere Mutter aufgestanden. Sie schien trotz ihrer hohen Absätze noch kleiner zu werden, und ihr Gesicht verlor den letzten Rest Farbe. »Nein!« keuchte sie, »das ist jetzt nicht mehr nötig. Die Zwillinge haben doch zu schreien aufgehört... sie gehorchen ja jetzt.«

Das Gesicht der alten Frau wurde grimmig, sehr grimmig. »Corinna, wagst du es, nicht zu gehorchen? Wenn ich dir sage, du sollst etwas tun, dann tust du es ohne jede Einwände! Und auf der Stelle! Sieh dir an, was du da großgezogen hast. Schwache, verwöhnte, unbeherrschte Kinder, alle vier! Sie denken, sie brauchen nur zu schreien, und dann bekommen sie alles, was sie haben wollen. Schreien wird ihnen hier nicht helfen. Sie sollen endlich lernen, daß es keine Gnade für solche gibt, die ungehorsam sind und meine Gesetze brechen. Du mußt es doch wissen, Corinna! Habe ich dir je Gnade gezeigt? Selbst bevor ihr uns so abscheulich betrogen habt, habe ich da jemals erlaubt, daß sich meine erhobene Hand von deinem hübschen Gesicht und deinen Schmeicheleien beeindrucken ließ? O ja, ich erinnere mich an Zeiten, wo dein Vater dich liebte und er dich gegen mich in Schutz nahm. Aber diese Zeiten sind vorbei. Du hast ihm selbst bewiesen, daß du genau das bist, was ich immer gesagt habe – ein heimtückisches, verlogenes Dreckstück!«

Sie richtete ihre harten Steinaugen auf Chris und mich. »Ja, du und dein Halbonkel, ihr habt außergewöhnlich schöne Kinder auf die Welt gebracht, das gebe ich ohne weiteres zu, auch wenn es diese Kinder niemals hätte geben dürfen. Aber sie scheinen auch verweichlicht, ein unnützes Nichts!« Die bösen Augen durchbohrten unsere Mutter zornig, als suchten sie in ihr die Quelle all unserer schlechten Eigenschaften genau auszumachen. Aber die Großmutter war noch nicht fertig.

»Corinna, deine Kinder benötigen dringendst eine anschauliche Lektion in Gehorsam. Wenn sie sehen, was ihrer Mutter widerfahren ist, werden sie keine Zweifel mehr darüber haben, wie es ihnen ergehen kann.«

Ich sah, wie meine Mutter sich straffte und das Rückgrat streckte, um sich tapfer gegen diese mächtige, grobknochige Frau zu wenden, von der sie gut um zehn Zentimeter überragt wurde.

»Wenn du zu meinen Kindern grausam bist«, begann Mammi mit vibrierender Stimme, »werde ich sie noch heute nacht aus diesem Haus fortholen, und du wirst weder sie noch mich jemals wiedersehen!« Das sagte sie mit entschiedenem Ton, hob ihr schönes Gesicht und starrte das furchtbare Riesenweib wild an – *ihre* Mutter!

Ein kleines Lächeln, schmal und kalt, war die Antwort auf die Herausforderung durch unsere Mutter. Nein, es war kein richtiges Lächeln, es war ein Grinsen. »Hol sie hier fort – jetzt gleich! Verschwinde selbst hier, Corinna! Meinst du etwa, mir macht es etwas aus, wenn ich deine Kinder nie wiedersehe oder nichts mehr von dir höre?«

Die warme Meißner-Stimme unserer Mutter traf auf diesen eisigen Ton, und wir Kinder hörten gebannt zu. Innerlich jubelte ich bereits vor Freude. Mammi würde uns hier wegholen. Wir kamen raus hier! Lebwohl, düsteres Zimmer! Lebwohl, Dachboden! Lebt wohl, all ihr Millionen, an denen ich längst keinen Spaß mehr habe!

Aber während ich zusah, während ich darauf wartete, daß Mammi auf dem Absatz kehrt machte, zur Abstellkammer marschierte und unsere Koffer holte, erlebte ich statt dessen, wie etwas, das gut und nobel an ihr war, zerbrach. Ihre Augen senkten sich geschlagen, und langsam senkte sich auch ihr Kopf, um den geschlagenen Blick der Augen zu verbergen.

Erschüttert und innerlich zitternd beobachtete ich, wie das böse Grinsen der Großmutter zu einem breiten, grausamen Siegeslächeln wurde. Mammi! Mammi! Mammi! Meine Seele schrie! Laß nicht zu, daß sie das mit dir macht!

»So, Corinna, jetzt zieh dir die Bluse aus.«

Langsam, widerstrebend, das Gesicht totenbleich, drehte Mammi sich auf den Absätzen herum und wandte uns den Rücken zu, während ihre Schultern zuckten. Steif hoben sich ihre Arme. Unter großen Mühen wurde jeder einzelne Knopf ihrer Bluse geöffnet. Vorsichtig ließ sie die Bluse dann von den Schultern bis auf die Hüfte gleiten, so daß ihr Rücken entblößt wurde.

Unter der Bluse trug sie keinen BH und kein Hemdchen, und es war einfach genug zu begreifen, warum. Ich hörte, wie Chris scharf nach Luft schnappte. Carrie und Cory müssen auch hingeschaut haben, denn ich hörte sie leise wimmern. Jetzt wußte ich, warum Mammi, die sonst so graziös wirkte, so steif in unser Zimmer gekommen war, mit roten, verweinten Augen.

Ihr Rücken war mit langen, rot verschwollenen Striemen überzogen, vom Nacken herab bis zum Gürtel ihres blauen Rockes. Einige der dickeren Striemen waren blutüberkrustet. Es gab kaum einen Zentimeter unversehrte Haut zwischen diesen furchtbaren Peitschenspuren.

Gefühllos, gleichgültig gegenüber unseren Gefühlen und denen unserer Mutter kamen bereits neue Instruktionen von unserer monströsen Großmutter: »Seht euch das gut an, Kinder. Wißt, daß diese Peitschenspuren bis zu den Füßen eurer Mutter herabreichen: Dreiunddreißig Hiebe, jeder für ein Jahr ihres Lebens. Und fünfzehn zusätzliche Hiebe für die Jahre, die sie mit eurem Vater in Sünde gelebt hat. Euer Großvater hat diese Strafe befohlen, aber ich habe die Peitsche geführt. Eure Mutter hat sich an Gott vergangen und den moralischen Werten, nach denen unsere Gesellschaft lebt. Sie hat eine unheilige Ehe geführt, ein Sakrileg! Eine Ehe, die in den Augen des Herrn eine furchtbare Verirrung gewesen ist. Und als ob das noch nicht genug wäre, hat sie auch noch Kinder geboren – vier davon! Kinder des Teufels! Böse vom Augenblick der Zeugung an! Eine Satansbrut!«

Meine Augen traten mir aus den Höhlen beim Anblick der grausamen Striemen auf der weißen, weichen Haut, die unser Vater immer mit so viel Liebe und Sanftheit gestreichelt hatte. Ich versank in einem Mahlstrom der Ungewißheit, wand mich innerlich, wußte nicht mehr, wer oder was ich war, ob ich ein Recht darauf hatte, hier auf dieser Erde zu sein, die der Herr für all jene reserviert hatte, die mit seinem Segen und seiner Erlaubnis geboren waren. Wir hatten unseren Vater verloren, unser Zuhause, unsere Freunde und fast alles, was uns gehörte. In dieser Nacht glaubte ich nicht länger daran, daß Gott ein unfehlbarer Richter sein konnte. Auf gewisse Art verlor ich so auch noch Gott.

Ich hätte eine Peitsche in der Hand haben wollen, mit der ich auf die alte Frau hätte einschlagen können, die uns soviel genommen hatte. Ich starrte auf die Striemen auf Mammis Rücken, und niemals zuvor hatte ich solchen Haß verspürt und solche Wut. Ich haßte sie nicht nur für das, was sie Mammi angetan hatte, sondern auch für die häßlichen Worte, die sich weiter aus diesem widerwärtigen Mund über uns ergossen.

Sie sah mich dann an, diese grauenvolle alte Frau, als könne sie genau spüren, was in mir vorging. Ich starrte trotzig zurück, damit sie sicher sein konnte, wie sehr ich von nun an jede Blutsverwandtschaft zwischen uns leugnen würde – wir hatten nichts mit ihr zu schaffen, nichts mit ihr und nichts mit dem alten Mann eine Etage tiefer. Niemals mehr würde er mir leid tun.

Vielleicht zeichneten sich all meine Racheschwüre, all mein Haß und meine Entschlossenheit, sie dafür zahlen zu lassen, in meinen Augen wie hinter Glas ab. Vielleicht fand sie an diesem jungen Mädchen wirklich etwas, das sie bedrohte, denn sie richtete ihre nächsten Worte direkt an mich, auch wenn sie »Kinder« sagte.

»Ihr seht also, Kinder, dieses Haus kann hart und mitleidlos gegen alle sein, die uns nicht gehorchen und sich über unsere Gesetze hinwegsetzen. Wir geben Essen, Trinken und ein Dach über dem Kopf, aber niemals Freundlichkeit, Mitgefühl oder Liebe. Es ist unmöglich, etwas anderes als Ablehnung gegen das zu fühlen, was nie dem rechten Zweck dienen kann. Haltet euch an meine Gesetze, und ihr werdet nicht meine Rute zu spüren bekommen, und es wird euch nie am Notwendigen fehlen. Wagt es, mir nicht zu gehorchen, und ihr werdet erfahren, was ich euch antun kann und was ich euch alles wegnehmen und vorenthalten kann.« Sie sah jedem von uns noch einmal eindringlich in die Augen.

Ja, sie wollte uns in dieser Nacht fertigmachen, solange wir noch jung waren, unschuldig, vertrauensvoll und nur die schönen Seiten des Lebens kennengelernt hatten. Sie wollte unsere Seele vernichten, unseren Stolz zerbrechen, damit wir uns für immer klein, erbärmlich und verdorrt vorkommen mußten.

Aber sie kannte uns nicht!

Niemand würde mich je dazu bringen, meinen Vater und meine Mutter zu hassen! Niemand durfte über mein Leben und meinen Tod bestimmen – nicht, solange ich noch selbst lebte und zurückschlagen konnte!

Ich warf Chris einen schnellen Blick zu. Auch er starrte sie an. Seine Augen wanderten an ihr auf und ab, maßen ihren Körper. Er überlegte, was er ihr bei einem körperlichen Angriff hätte antun können. Aber er war erst vierzehn. Er würde erst zum Mann heranwachsen müssen, bevor er mit einer wie ihr fertig wurde. Trotzdem ballten sich seine Hände zu Fäusten, die er sich eng an die Seiten preßte. Der Kampf um Beherrschung verzerrte seine Lippen zu einem Strich, so dünn und hart wie der im Gesicht der Großmutter. Nur seine Augen waren kalt und hart wie blaues Eis.

Von uns allen liebte er unsere Mutter am meisten. Für ihn stand sie auf einem hohen Podest der Verehrung. Er hielt sie für die wunderbarste, liebste, verständnisvollste und schönste Frau der Welt. Doch auch er konnte nur wütend starren. Er war zu jung, um etwas zu unternehmen.

Unsere Großmutter versah uns mit einem letzten, langen, drohenden Blick. Dann schob sie Mammi den Türschlüssel in die Hand und ging hinaus.

Unsere Fragen türmten sich jetzt bis in den Himmel.

Warum? Warum waren wir in *so ein* Haus gebracht worden?

Dies war keine sichere Zuflucht, kein Heim, kein neues Zuhause. Sicher mußte Mammi gewußt haben, was hier auf uns wartete, und doch hatte sie uns mitten in der Nacht hierhergebracht. Warum?

Mammis Geschichte

Nach dem Abgang der Großmutter wußten wir nicht, was wir sagen, was wir tun und wie wir uns fühlen sollten, außer unglücklich und elend. Mein Herz schlug mir bis zum Halse, während ich Mammi dabei zusah, wie sie ihre Bluse wieder überstreifte, zuknöpfte und in den Rock steckte. Dann drehte sie sich um und versuchte uns mit zuckenden Mundwinkeln anzulächeln. Wie arm war ich damals dran, daß ich noch in einem solchen Lächeln den Strohhalm fand, an den man sich als Ertrinkender klammert. Chris blickte zu Boden. Seine qualvolle Ruhelosigkeit zeigte sich in den endlosen Bewegungen seines Schuhs, der unablässig der Linie eines Teppichmusters folgte.

»Nun hört mal zu«, sagte Mammi mit gezwungener Munterkeit, »es waren nur Schläge mit einer dünnen Weidenrute, und es tat gar nicht so weh. Für meinen Stolz war es schlimmer als für meinen Rücken. Es ist so demütigend, wie ein Sklave oder ein Haustier geschlagen zu werden, und auch noch von den eigenen Eltern. Aber ihr braucht nicht zu fürchten, daß es noch einmal zu so etwas kommt, das passiert nie wieder. Doch um die fünfzehn Jahre mit eurem Vater noch einmal erleben zu dürfen, würde ich mich hundertmal so viel schlagen lassen – für die Zeit mit eurem Vater und mit euch. Nur daß sie mir befohlen hat, euch dies zu zeigen, tut mir wirklich weh...«

Sie setzte sich auf ein Bett und breitete die Arme aus, so daß wir uns an sie kuscheln konnten. Diesmal war ich sehr vorsichtig, mich nicht zu eng an sie zu drücken, um ihr nicht weh zu tun. Sie hob sich die Zwillinge auf den Schoß, und dann begann sie zu erzählen. Was sie zu sagen hatte, fiel ihr schwer, in Worte zu fassen. Und uns fiel es schwer, diese Worte zu hören und zu begreifen.

»Ich möchte, daß ihr mir genau zuhört und euer ganzes Leben lang kein Wort von dem vergeßt, was ich euch heute zu sagen habe.« Sie unterbrach sich und sah zögernd im Zimmer umher. Dabei starrte sie auf die hellen Tapeten der Wände, als seien die Mauern durchsichtig, und sie könne von hier aus in jedes Zimmer dieses gigantischen Hauses sehen. »Dies ist ein eigenartiges Haus, und die Menschen, die in ihm leben, sind noch viel seltsamer – nicht das Personal, aber meine Eltern. Ich hätte euch warnen sollen. Meine Eltern sind sehr religiös, fanatisch religiös. An Gott zu glauben ist eine gute und richtige Sache. Aber wenn man seinen Glauben sich selbst immer wieder durch Bibelworte bestätigt, die man sich für jeden Zweck passend aus dem Alten Testament zusammensucht, dann ist das Heuchelei, und genau so sieht die Religiosität meiner Eltern aus.

Mein Vater liegt im Sterben, o ja. Aber jeden Sonntag bringt man ihn in die Kirche. Entweder in seinem Rollstuhl, wenn er sich gut genug dafür fühlt, oder, wenn es ihm schlechter geht, auf einer Bahre. Er spendet seinen Zehnten – ein Zehntel seines jährlichen Einkommens, eine beträchtliche Summe also. Natürlich ist er deshalb der Gemeinde jederzeit willkommen. Er hat den Bau der Kirche finanziert, er hat die Kirchenfenster aus prachtvollem buntem Glas gekauft, er bestimmt den Pfarrer und was der Pfarrer predigt, denn er will sich seinen Weg in den Himmel mit Gold erkaufen. Und falls der heilige Petrus bestechlich sein sollte, wird mein Vater dort oben bestimmt Einlaß finden. Von der Kirche wird er schon zu Lebzeiten wie ein Gott oder ein wahrer Heiliger behandelt. Und sonntags kommt er dann nach Hause und fühlt sich völlig gerechtfertigt, in allem, was er tut oder je getan hat, weil er seiner Kirchenpflicht gehorcht, seinen Zehnten zahlt und deshalb vor der Hölle sicher ist.« Sie holte tief Luft und fuhr fort.

»Während ich mit meinen beiden älteren Brüdern hier aufwuchs, wurden wir im wahrsten Sinne des Wortes in die Kirche gezwungen. Selbst wenn wir so krank waren, daß der Arzt uns ins Bett schickte, mußten wir in die Kirche gehen. Wir wurden mit Religion vollgestopft bis zum Erbrechen. Tu Gutes, tu Gutes, tu Gutes – das hörten wir von morgens bis abends. Jeden Tag erfuhren wir, daß die normalen Vergnügungen anderer Menschen für uns Sünde waren. Meine Brüder und ich durften nicht schwimmen gehen, denn dann hätten wir auf sündige Weise in Badeanzügen unsere Körper entblößt. Kartenspiel und viele andere Spiele waren uns verboten, weil sie das Glücksspiel und das Wetten förderten. Wir durften nicht tanzen gehen, denn dabei hätten unsere reinen Körper in zu engen Kontakt mit Körpern des anderen Geschlechts kommen können. Wir wurden ständig angewiesen, unsere Gedanken unter Kontrolle zu halten, damit sie sich nicht lüsternen, sündigen Vorstellungen zuwandten, denn sie sagten uns, daß der schlechte Gedanke so schlimm sei wie die schlechte Tat. Oh, ich könnte noch lange fortfahren, alles aufzuzählen, was uns verboten war – es schien, daß für unsere Eltern alles, was Spaß machte und Freude bereitete, sündig und verdorben war. Und in der Jugend steckt in uns etwas, das rebelliert, wenn man das Leben zu streng diszipliniert. Wir wollten genau die Dinge unbedingt tun, die uns immer vorenthalten wurden. Unsere Eltern wollten aus uns Engel auf Erden oder Heilige machen, statt dessen wurden wir nur schlimmer, als normale Kinder gewesen wären.«

Meine Augen wurden groß. Gebannt hing ich an Mammis Lippen. Wir alle waren gebannt, selbst die Zwillinge.

»Eines Tages«, erzählte unsere Mutter weiter, »kam ein wunderschöner junger Mann, um bei uns zu wohnen. Sein Vater war mein Großvater, der starb, als dieser junge Mann gerade drei Jahre alt war. Seine Mutter trug den Namen Alicia, und sie hatte meinen Großvater mit sechzehn Jahren geheiratet, als dieser bereits fünfundfünfzig Jahre alt war. Als sie dann den Jungen zur Welt brachte, hätte sie eigentlich lange mit ihm zusammenleben können, aber unglücklicherweise starb sie sehr jung. Mein Großvater hieß Garland Christopher Foxworth, und als er starb, hätte die Hälfte seines Vermögens an seinen jüngsten Sohn fallen sollen, der damals erst drei Jahre alt war. Aber Malcolm, mein Vater, verschaffte sich die Kontrolle über den Besitz seines Vaters, indem er sich zum Vermögensverwalter ernennen ließ, denn ein Dreijähriger konnte das natürlich nicht selbst übernehmen, und Alicia hatte in dieser Sache nichts zu sagen. Nachdem mein Vater erst einmal den ganzen Besitz in seine Gewalt gebracht hatte, warf er Alicia mit ihrem kleinen Sohn einfach raus. Sie gingen zurück nach Richmond, zu Alicias Eltern, und dort lebte sie, bis sie zum zweitenmal heiratete. Sie hatte ein paar wirklich glückliche Jahre mit einem jungen Mann, den sie seit ihrer Kindheit liebte, und dann starb auch der. Zweimal verheiratet und zweimal verwitwet, ihre eigenen Eltern inzwischen auch tot, stand sie ganz allein mit ihrem Sohn da. Eines Tages entdeckte sie einen Knoten in ihrer Brust, und ein paar Jahre später starb sie an Krebs. So kam ihr Sohn, Garland Christopher Foxworth der Vierte, schließlich hierher, um bei uns zu leben. Wir nannten ihn niemals anders als Chris.« Sie zögerte und drückte uns mit ihren um unsere Schultern gelegten Armen enger an sich. »Wißt ihr, von wem ich da erzähle? Könnt ihr euch schon denken, wer diese junge Mann war?«

Ich spürte eine Gänsehaut. Das war also der geheimnisvolle Halbonkel. Und ich flüsterte: »Daddy ... du redest von Daddy.«

»Ja«, sagte sie und seufzte schwer.

Ich beugte mich vor, weil ich das Gesicht meines älteren Bruders sehen wollte. Er saß so still da, mit dem merkwürdigsten Ausdruck im Gesicht und Augen aus Glas. Was mochte hinter seiner Stirn vorgehen?

Mammi sprach weiter: »Euer Vater war mein Halbonkel, aber er war nur drei Jahre älter als ich. Ich erinnere mich genau, wie ich ihn das erstemal gesehen habe. Ich wußte, daß er kommen würde, dieser junge Halbonkel, von dem ich nie viel gehört oder gesehen hatte, und ich wollte einen guten Eindruck machen. Deshalb bereitete ich mich den ganzen Tag vor, drehte mir die Haare auf, badete und zog mein hübschestes und beeindruckendstes Kleid an. Ich war damals vierzehn Jahre alt – und in diesem Alter fängt ein Mädchen an, etwas von seiner Macht über die Männer zu spüren. Und ich wußte, daß ich von den meisten Männern und Jungen für eine Schönheit gehalten wurde. Ich glaube, auf eine bestimmte Art war ich zu dieser Zeit damals einfach reif, mich zu verlieben.

Euer Vater war siebzehn. Es war spät im Frühling, und er stand unten mitten in der Halle mit zwei Koffern, die er neben seinen schäbigen Schuhen abgesetzt hatte – seine Kleider sahen recht abgetragen aus und zu klein geworden. Meine Mutter und mein Vater standen bei ihm, aber er drehte sich nach allen Seiten und starrte alles an, verblüfft von dem Reichtum, der da zur Schau gestellt wurde. Ich selbst hatte nie darauf geachtet, wie wertvoll bei uns alles eingerichtet war. Ich akzeptierte meine Umgebung einfach so, wie sie war, ein Teil meines späteren Erbes, und bevor ich heiratete und ein Leben ohne Reichtümer zu führen begann, hatte ich kaum ein Bewußtein davon, in was für einem außergewöhnlichen Haus ich aufgewachsen war.

Ihr müßt wissen, mein Vater ist ein ›Sammler‹. Er kauft alles, was als einzigartiges Kunstwerk gelten kann – nicht weil er die Kunst liebt, sondern weil er es liebt, etwas Wertvolles zu besitzen. Er würde gerne alles besitzen, wenn das möglich wäre, und besonders alle schönen Dinge. Es kam mir immer so vor, als sei ich auch ein Stück aus seiner Sammlung von Kunstgegenständen ... und er wolle mich nur für sich alleine haben, nicht aus Freude an mir, sondern damit andere keine Freude an etwas hatten, das ihm gehörte.«

Meine Mutter erzählte mit erröteten Wangen, den Blick ins Leere gerichtet, als schaue sie zurück auf jenen besonderen Tag, an dem ein junger Halbonkel in ihr Leben trat und es so veränderte.

»Euer Vater kam so unschuldig zu uns, so vertrauensvoll und so ... lieb. Er war so verwundbar, denn er hatte bisher nur ehrliche Zuneigung und wahre Liebe und natürlich viel bescheidenere Lebensumstände erlebt. Aus einem Haus auf dem Lande mit vier Zimmern kam er in dieses riesige, reiche Haus, und er dachte, er hätte sein Glück gemacht und sei im Himmel auf Erden gelandet. Er sah meinen Vater und meine Mutter mit tiefer Dankbarkeit an. Ah! Es tut mir immer noch weh, daran zu denken, wie ahnungslos diese Dankbarkeit tatsächlich war. Denn die Hälfte aller Reichtümer, die er sich gerade ansah, hätte eigentlich ihm gehören müssen. Meine Eltern taten ihr Bestes, ihn deutlich spüren zu lassen, daß er nur der ›arme Verwandte‹ war.

Ich sah ihn dort in einem Sonnenstrahl stehen, der durch die hohen Fenster der Halle fiel, und ich blieb auf halber Höhe der Treppe stehen. Sein goldenes Haar hatte eine Aura von silbernem Glanz in diesem Licht. Er war schön, nicht einfach nur gutaussehend, nein, ein wirklich schöner Mann – es gibt da einen Unterschied, wißt ihr. Wahre Schönheit strahlt aus dem Inneren eines Menschen nach außen, und er besaß sie.

Ich machte ein leises Geräusch, das ihn den Kopf heben ließ, und seine blauen Augen leuchteten auf – oh, wie ich mich an diesen Blick erinnern kann. Und dann, als wir einander vorgestellt wurden, erlosch das Leuchten in seinen Augen wieder, denn er war enttäuscht. Ich stellte mich als seine Halbnichte heraus und damit völlig tabu für ihn. Aber an diesem Tag war der Funke zwischen uns beiden übergesprungen, und dieser Funke wurde zu einer immer heller brennenden Flamme, bis wir unsere Gefühle füreinander nicht länger verleugnen konnten.

Ich will euch nicht in Verlegenheit bringen, indem ich unsere Liebesgeschichte jetzt in allen Einzelheiten erzähle«, sagte sie, als sie merkte, wie Chris zur Seite sah und ich unruhig auf dem Bett umherrutschte. »Lassen wir es damit bewenden, daß es bei uns Liebe auf den ersten Blick war. So etwas gibt es hin und wieder tatsächlich. Vielleicht brauchte auch euer Vater damals gerade Liebe und Zuneigung besonders, denn er fühlte sich sehr allein, und mir ging es genauso, denn meine beiden älteren Brüder waren zu diesem Zeitpunkt bereits tödlich verunglückt. Freunde hatte ich nur sehr wenige, denn niemand war gut genug für die Tochter eines Malcolm Foxworth. Ich war sein liebstes Stück, sein kostbarster Besitz. Wenn mich jemals ein Mann von ihm fortnehmen sollte, dann würde er dafür sehr, sehr viel bezahlen müssen. Euer Vater und ich trafen uns deshalb heimlich irgendwo im Garten, zunächst nur, um stundenlang miteinander zu reden und uns von unseren Problemen und Ängsten zu erzählen. Bald gestanden wir uns dann aber unsere Liebe, und wir wollten heiraten. Ob das nun gut oder schlecht sein mochte, war uns egal. Und wir wußten, daß wir so bald wie möglich aus diesem Haus entkommen mußten, aus der Herrschaft meiner Eltern, bevor es ihnen gelang, uns zu ihren Ebenbildern zu formen – denn genau das hatten sie mit uns vor, auch mit ihm. Wißt ihr, sie wollten aus eurem Vater einen anderen Menschen machen und ihn so dafür zahlen lassen, daß seine Mutter die verabscheute Ehe mit dem alten Foxworth eingegangen war. Sie haben ihm alles gegeben, materielle Dinge jedenfalls, das muß ich zugeben. Sie behandelten ihn wie ihren eigenen Sohn, denn er mußte ihnen die beiden toten Söhne ersetzen. Sie schickten ihn nach Yale auf die Universität, und er erwies sich als brillanter Student. Du hast deine Intelligenz von ihm, Christopher. Er hatte schon nach drei Jahren seinen Abschluß – aber er konnte später nie sein Diplom vorzeigen, weil sein richtiger Name darauf stand, den wir vor der Welt verbergen mußten. Es war besonders hart für uns in den ersten Jahren unserer Ehe, daß er seine ganze brillante College-Erziehung verleugnen mußte.«

Sie machte eine Pause. Nachdenklich blickte sie erst Chris, dann mich an. Sie drückte die Zwillinge fest und küßte sie auf ihr helles Haar; ein Stirnrunzeln erschien über ihren traurigen Augen. »Cathy, Christopher, ihr seid diejenigen, von denen ich erwarte, daß sie mich verstehen können. Die Zwillinge sind noch zu klein. Ihr versucht doch zu verstehen, wie es damals mit mir und eurem Vater war?«

Ja, ja, nickten Chris und ich.

Sie hatte in meiner Sprache gesprochen, der Sprache der Musik und des Balletts, Romantik, und Liebe, und schöne Gesichter an wunderbaren, versteckten Treffpunkten. Eine Märchenromanze, die Wirklichkeit war!

Liebe auf den ersten Blick. Oh, das sollte mir auch passieren, ich wußte, daß es mir so gehen würde und er so schön wie Daddy sein würde, die Schönheit von innen ausstrahlend, mein Herz betörend. Man mußte Liebe finden im Leben, oder man würde dahinwelken und verdorrt sterben.

»Hört jetzt aufmerksam zu«, sagte sie mit gedämpfter Stimme, und ihre Worte erhielten so besonderes Gewicht. »Ich bin hier in diesem Haus, um zu tun, was ich kann, damit mein Vater mich wieder so gern hat wie früher und mir verzeiht, daß ich seinen Halbbruder geheiratet habe. Seht ihr, sobald ich achtzehn wurde, liefen euer Vater und ich davon, und zwei Wochen später kehrten wir zurück und beichteten unseren Eltern alles. Mein Vater schlug euren Daddy mit der bloßen Faust nieder. Er tobte, er war außer sich und warf uns beide aus dem Haus. Er schrie, wir dürften uns nie wieder hier blicken lassen, niemals! Und deshalb wurde ich enterbt – und euer Vater natürlich auch, denn ich glaube doch, daß mein Vater ihm etwas hinterlassen wollte, nicht viel, aber ein bißchen schon. Der Großteil des Familienvermögens sollte an mich fallen, denn meine Mutter hatte eigenen Besitz. Dieses Geld, das sie von ihren Eltern geerbt hatte – und das ist typisch für die Foxworths –, war der Hauptgrund dafür, daß mein Vater sie heiratete, auch wenn man sie in ihrer Jugend eine hübsche Frau nannte, keine große Schönheit, aber auf eine elegante, aristokratische Art das, was man gutaussehend nennt.«

Nein, sagte ich bitter im stillen... diese alte Frau mußte schon häßlich geboren worden sein!

»Ich werde alles versuchen, was ich kann, damit mein Vater wieder Gefallen an mir findet und mir meine Heirat mit seinem Adoptivsohn vergibt. Und um dieses Ziel zu erreichen, muß ich die Rolle der getreuen, demütigen und schwer gestraften Tochter spielen. Und manchmal geht es einem so, wenn man eine Rolle spielt, daß man deren Charakter auch in Wirklichkeit annimmt. Man wird so, wie man eigentlich nur vorgeben wollte zu sein. Deshalb will ich euch heute alles erzählen, solange ich noch die alte bin. Deshalb versuche ich heute, mit euch so ehrlich zu sein, wie man nur sein kann. Ich gebe zu, daß ich keinen starken Willen habe und auch nicht viel Eigeninitiative. Ich war nur stark, solange mir euer Vater den Rücken stärkte. Und jetzt habe ich ihn nicht mehr. Und unten, die Treppe hinunter, auf dem ersten Stock in einem kleinen Zimmer hinter der riesigen Bibliothek ist ein Mann, wie ihr es noch nie mit einem zu tun hattet. Ihr habt meine Mutter erlebt und wißt ein wenig, wie sie ist, aber meinen Vater habt ihr noch nicht kennengelernt. Und ich will auch nicht, daß er euch sieht, bevor er mir vergeben hat und die Tatsache akzeptiert, daß aus meiner Ehe vier Kinder hervorgegangen sind, Kinder seines jüngeren Halbbruders. Das wird ihm nicht leichtfallen. Aber ich denke auch, daß es ihm nicht zu schwerfallen dürfte, mir zu verzeihen, denn euer Vater ist ja nun tot, und irgendwann hört man auf, die Toten zu hassen.«

Ich wußte nicht, warum ich plötzlich solche Angst bekam.

»Um zu erreichen, daß mein Vater mich wieder in sein Testament aufnimmt, werde ich gezwungen sein, alles zu tun, was er von mir verlangt.«

»Was könnte er mehr von dir verlangen, als daß du ihm Gehorsam und Respekt beweist?« fragte Chris auf eine so düstere und erwachsene Weise, als verstünde er das alles voll und ganz.

Mammi sah ihn lange an, voller Zuneigung, und strich ihm liebevoll über das besorgte Jungengesicht. Er war ohne Zweifel eine kleine Ausgabe ihres Mannes, den sie vor so kurzer Zeit hatte beerdigen müssen. Kein Wunder, daß ihr die Tränen in die Augen traten.

»Ich weiß nicht, was er von mir verlangen wird, lieber Schatz, aber was immer es sein wird, ich werde es tun. Irgendwie muß ich ihn dazu bekommen, mich wieder in die Erbfolge einzusetzen. Aber jetzt laßt uns das alles schnell vergessen. Ich habe eure Gesichter gesehen, während ich euch davon erzählt habe. Ich will nicht, daß ihr nur einen Moment das Gefühl habt, was meine Mutter sagte, könnte wahr sein. Was euer Vater und ich getan haben, war nicht unmoralisch. Wir wurden in der Kirche getraut, wie es sich gehört, wie jedes andere junge Paar auch. Es gab nichts ›Gottloses‹ an unserer Verbindung. Ihr seid keine Satansbrut oder böse – euer Vater hätte das ›dummes Geschwätz‹ genannt. Meine Mutter will, daß ihr selbst schlecht von euch denkt, weil sie mich damit strafen kann und euch dazu. Die Menschen stellen die Regeln einer Gesellschaft auf, nicht Gott. In einigen Gegenden der Erde heiraten enge Verwandte und haben Kinder, und alle dort halten das für völlig in

Ordnung. Ich will damit nicht rechtfertigen, was wir getan haben, denn man muß sich natürlich nach den Moralvorstellungen der Gesellschaft richten, in der man selbst lebt. Unsere Gesellschaft glaubt, daß nahe Verwandte nicht heiraten dürfen, weil aus so einer Ehe Kinder hervorgehen können, die geistig und körperlich nicht ... nicht ganz in Ordnung sind.«

Dann drückte sie uns halb lachend, halb weinend an sich. »Euer Großvater hat uns prophezeit, daß unsere Kinder mit Hörnern zur Welt kommen würden, mit Buckeln, mit Quastenschwänzen und Pferdefüßen – er führte sich auf wie ein Verrückter, versuchte uns zu verfluchen und aus unseren Kindern deformierte Monster zu machen, weil er uns alles Böse an den Hals wünschte! Und ist irgendeine von seinen bösen Prophezeiungen eingetreten?« rief sie laut, fast außer sich. »Nein!« beantwortete sie ihre eigene Frage. »Euer Vater und ich waren jedesmal in großer Sorge, solange ich schwanger war. Er rannte immer stundenlang in den Krankenhauskorridoren auf und ab. Und nach jeder Geburt wollte er sofort sein neues Kind sehen. Er hat die Schwestern und die Hebammen halb verrückt gemacht. Alle wart ihr prächtige, gesunde Kinder vom ersten Augenblick an. Er war so furchtbar stolz auf euch. Vier völlig gesunde Kinder. Wenn Gott uns wirklich hätte strafen wollen, hätte es vier Gelegenheiten gegeben, uns mit verkrüppelten oder schwachsinnigen Kindern zu strafen. Statt dessen gab Gott uns die besten und schönsten Kinder der Welt. Deshalb laßt euch niemals von eurer Großmutter oder irgend jemand sonst einreden, daß ihr weniger wert oder begabt oder von Gott begnadet seid als andere. Wenn es eine Sünde gegeben hat, dann war das die Sünde eurer Eltern, nicht eure. Ihr seid noch immer dieselben Kinder, die von all unseren Freunden in Gladstone bewundert und die Meißners genannt wurden. Glaubt weiter an euch selbst und an mich und an euren Vater. Auch wenn er jetzt tot ist, müßt ihr ihn weiter respektieren und lieben. Er verdient es. Er hat sich immer so sehr bemüht, euch ein guter Vater zu sein. Ich glaube nicht, daß es viele Männer gibt, die sich so um ihre Familie gekümmert haben wie er.« Sie lächelte unter Tränen. »Kommt, sagt mir, wer ihr seid?«

»Die Meißners, Daddys Meißners!« riefen Chris und ich wie aus einem Munde.

»Also werdet ihr doch nie glauben, was die Großmutter über euch gesagt hat, daß ihr eine Satansbrut seid?«

Nein! Nie, nie!

Und doch, tief in meinem Innern spürte ich, daß ich über einen Teil von dem, was ich von den beiden Frauen über uns gehört hatte, noch lange und mit schwerem Herzen brüten würde. Ich wollte gerne glauben, daß Gott seine Freude an uns hatte und ihm gefiel, wer und was wir waren. Ich mußte es glauben, brauchte diesen Glauben so dringend. Los, befahl ich mir, sag ja, genau wie es Christopher tut. Sei nicht wie die Zwillinge, die Mammi nur mit ihren großen Kinderaugen anstarren, ohne etwas zu verstehen. Sei nicht so mißtrauisch – nein!

Chris stimmte mit fester Stimme den überzeugendsten Tonfall an, den man sich bei einem Jungen seines Alters vorstellen konnte. »Ja, Mammi, ich glaube dir, was du uns erzählt hast, denn wenn Gott wirklich nicht mit eurer Ehe einverstanden gewesen wäre, dann hätte er dich und Daddy durch eure Kinder bestraft. Ich glaube, daß Gott nicht so kleinlich und nachtragend ist wie unsere Großeltern. Wie kann diese alte Frau so schlecht von uns sprechen, wenn sie Augen hat, mit denen sie sehen muß, daß wir nicht häßlich sind, nicht mißgestaltet und bestimmt nicht geistig zurückgeblieben?«

Tränen der Erleichterung flossen wie ein über die Dämme getretener Fluß in dicken Strömen über Mammis Gesicht. Sie zog Chris an ihre Brust und küßte ihn mehrmals auf die Stirn. Dann nahm sie sein Gesicht in die Hände, sah ihm tief in die Augen und vergaß uns. »Ich danke dir, Sohn, für dein Verständnis«, sagte sie mit einem heiseren Flüstern. »Vielen Dank dafür, daß du deine Eltern nicht verurteilst für das, was sie getan haben.«

»Ich liebe dich, Mammi. Was du auch getan hast oder tun wirst, ich werde es immer verstehen.«

»Ja«, murmelte sie, »das wirst du. Ich weiß, du wirst das immer.« Unsicher sah sie zu mir hinüber. Ich hatte mich ein wenig von ihr zurückgezogen, versuchte das Gehörte zu verarbeiten und abzuwägen, ja, auch über sie zu einem Urteil zu kommen. »Die Liebe kommt nicht immer nur dann, wenn man sie sich wünscht. Manchmal verliebt man sich einfach, auch ganz gegen den eigenen Willen.« Sie senkte den Kopf, griff nach den Händen meines Bruders und klammerte sich an sie. »Mein Vater himmelte mich an, als ich jung war. Er wollte mich immer nur für sich selbst haben. Ich erinnere mich daran, wie er, als ich gerade zwölf war, zu mir sagte, er würde mir sein ganzes Vermögen vermachen, wenn ich nur bis zu seinem Tod bei ihm bleiben würde.«

Plötzlich riß sie den Kopf hoch und sah mir direkt in die Augen. Sah sie etwas Fragendes darin, etwas Zweifelndes? Ihre Augen verdunkelten sich, wurden tief und schattig. »Nehmt euch an den Händen«, befahl sie entschlossen, reckte die Schultern und ließ eine von Chris' Händen los. »Ich will, daß ihr mir das Folgende nachsprecht: Wir sind perfekte Kinder. Unser Verstand, unser Körper, unsere Gefühle sind so gesund und gottgefällig, wie es Menschen nur sein können. Wir haben soviel Recht zu leben wie jedes andere Kind auf dieser Erde.«

Sie lächelte mich an und griff nach meiner Hand. Auch Carrie und Cory mußten sich in den Familienkreis einreihen, was ihnen zu gefallen schien. »Hier oben werdet ihr ein paar kleine Rituale benötigen, damit ihr besser durch den Tag kommt, kleine Trittsteine. Ich möchte euch welche geben, an die ihr euch halten könnt, wenn ich nicht bei euch bin. Cathy, wenn ich dich ansehe, dann habe ich mich selbst vor Augen, wie ich in deinem Alter war. Hab mich lieb, Cathy, hab Vertrauen, ich bitte dich.«

Uns an den Händen haltend, sprachen wir ihr diese Sätze nach, die von nun an unsere Litanei werden sollten gegen jeden Zweifel, falls einmal welcher in uns aufsteigen sollte. Und nachdem wir geendet hatten, lächelte Mammi uns zustimmend und aufmunternd zu.

»So!« rief sie in wesentlich besserer Stimmung, die ihrer Stimme deutlich anzuhören war. »Ihr braucht nicht zu denken, daß ich nicht den ganzen Tag über an euch gedacht habe. Ich habe viel nachgedacht, besonders über unsere Zukunft, und ich bin zu dem Entschluß gekommen, daß wir hier unter der Herrschaft von meinem Vater und meiner Mutter nicht lange leben können. Meine Mutter ist eine grausame, herzlose Frau, die mich wie zufällig zur Welt gebracht hat, ohne dabei jemals Liebe für mich aufgebracht zu haben – alles, was sie an Liebe aufbringen konnte, gab sie ihren beiden Söhnen. Nachdem ich ihren Brief bekam, war ich so dumm anzunehmen, sie würde mich heute anders behandeln als früher. Ich dachte, inzwischen müßte das Alter sie ein wenig sanfter gemacht haben, und wenn sie euch erst einmal kennengelernt hätte, würde sie euch wie jede normale Großmutter als Enkel in ihre Arme nehmen, vielleicht sogar als Ersatz für ihre verlorenen Söhne. Wenn sie euch nur erst ins Gesicht gesehen hätte, hoffte ich ...« Sie schluckte und war fast wieder den Tränen nahe, als könne kein normaler Mensch etwas anderes als Liebe und Bewunderung für ihre Kinder empfinden. »Ich verstehe schon, daß sie Christopher nicht mag« – dabei drückte sie ihn wieder fest und küßte ihn auf die Wange – »denn er sieht seinem Vater so ähnlich. Und ich glaube, wenn sie dich ansieht, Cathy, dann erkennt sie mich in dir wieder, und mich hat sie immer abgelehnt – ich weiß gar nicht, warum, außer vielleicht, weil mein Vater mich so gern sah und sie das eifersüchtig machte. Aber es wäre mir nie in den Sinn gekommen, daß sie grausam zu euch oder meinen kleinen Zwillingen sein könnte. Ich habe mir vorgemacht, daß Menschen sich ändern, wenn sie älter werden, daß das Alter ihnen Reife und Verständnis gibt. Jetzt weiß ich, wie falsch diese Vorstellung ist.« Sie wischte sich die Tränen von den Wangen.

»Deshalb werde ich morgen in aller Frühe in die nächste größere Stadt fahren und mich dort bei einer Handelsschule einschreiben, um eine Ausbildung als Sekretärin anzufangen. Ich werde lernen, Schreibmaschine zu schreiben, Stenographie, ein wenig Betriebswirtschaft – alles, was eine gute Sekretärin beherrschen muß. Wenn ich mit der Ausbildung fertig bin, werde ich mir einen guten Job suchen können, der mir ein angemessenes Gehalt einbringt. Und dann habe ich wieder genug Geld, um euch alle hier aus diesem Zimmer rauszuholen. Wir werden uns irgendwo hier in der Nähe ein Apartment suchen, so daß ich meinen Vater weiter besuchen kann. Bald werden wir wieder wie früher zusammenleben, unter unserem eigenen Dach, und wieder eine richtige, glückliche Familie sein.«

»O Mammi!« rief Chris glücklich. »Ich wußte, daß du einen Weg finden würdest! Ich wußte, daß du uns nicht hier in diesem Zimmer eingeschlossen versauern läßt!« Er beugte sich vor und warf mir einen schnellen Blick voll tiefster Befriedigung zu, als hätte er schon die ganze Zeit gewußt, daß *seine* geliebte Mutter alle Probleme lösen würde, wie kompliziert sie auch sein mochten.

»Vertraut mir«, sagte Mammi, lächelnd und wieder voller Zuversicht. Noch einmal küßte sie Chris.

Ich wünschte mir, ich könnte auch so sein wie mein Bruder Chris und alles, was sie sagte, für einen heiligen Eid nehmen. Aber meine verräterischen Gedanken huschten immer wieder zurück zu ihren Worten, sie hätte keinen starken Willen und nicht viel Eigeninitiative, ohne daß Daddy da sei, um ihr den Rücken zu stählen. Fast unbeabsichtigt rutschte mir die Frage von den Lippen: »Wie lange dauert es denn wohl, bis man eine gute Sekretärin ist, Mammi?«

Schnell – zu schnell, fand ich – kam ihre Antwort: »Nur eine kleine Weile, Cathy. Einen Monat vielleicht. Aber falls es doch ein bißchen länger dauern sollte, dürft ihr nicht ungeduldig werden. Ich bin nicht sehr schnell, was das Lernen von solchen Dingen angeht. Dafür kann ich nicht. Das ist nicht mein Fehler.« Sie sagte das so schnell, als hätte ich ihr genau diesen Vorwurf gemacht.

»Wenn man als Kind reicher Eltern zur Welt kommt, wird man in Privatschulen erzogen, die eigens für die Töchter der Reichen und Mächtigen eingerichtet sind. Man bekommt dort gutes Benehmen beigebracht, vornehme Etikette, ein bißchen akademisches Zeugs, damit man sich gebildet unterhalten kann, aber in erster Linie lernt man, was man für den Debütantenball braucht und wie man eine perfekte Gastgeberin ist. Ich habe nie irgend etwas Praktisches beigebracht bekommen. Ich hätte auch nie für möglich gehalten, daß ich einmal so etwas wie einen Beruf brauchen würde. Ich dachte, mein Mann würde später für mich sorgen, und wenn es keinen Mann gab, dann würde mein Vater dasein. Außerdem war ich ja schon früh in euren Vater verliebt und wußte genau, daß ich mit achtzehn sofort seine Frau werden wollte.«

Ich lernte in diesem Augenblick eine sehr gute Lektion von ihr, die ich mein Leben lang nicht mehr vergaß. Niemals würde ich zulassen, daß ich von einem Mann so abhängig wurde wie sie und nicht allein meinen Weg im Leben finden konnte, egal, wie schwer dieses Leben für mich werden würde! Aber bei alledem fühlte ich mich schlecht, verrückt, beschämt, schuldbewußt; wußte ich doch, daß die Schuld an der ganzen Misere allein meine Mutter zu tragen hatte. Aber sie konnte ja nicht ahnen, was noch vor uns lag!

»Ich gehe jetzt«, sagte sie und stand auf. Die Zwillinge brachen in Tränen aus.

»Mammi, geh nicht weg. Bleib bei uns!« Sie schlangen ihre kleinen Arme um die Beine der geliebten Mammi.

»Ich komme morgen ganz früh wieder, bevor ich zu dieser Handelsschule fahre. Wirklich, Cathy«, sagte sie und warf mir einen flehenden Blick zu, »ich verspreche, daß ich mein Bestes tun werde. Ich möchte euch genausosehr hier wieder wegbekommen, wie ihr selber hier raus wollt.«

In der Tür sagte sie dann noch, daß es gut für uns gewesen sei, ihren Rücken gesehen zu haben, denn nun wüßten wir, wie grausam ihre Mutter sein könnte. »Haltet euch in Gottes Namen strikt an ihre Regeln. Seid anständig im Badezimmer. Denkt daran, daß sie nicht nur zu mir so grausam ist.« Sie streckte uns die Arme entgegen, und wir liefen noch einmal alle zu ihr. Ihren zerschundenen Rücken vergaßen wir diesmal ganz. »Ich liebe euch alle so sehr«, schluchzte sie. »Verlaßt euch auf diese Liebe. Ich werde mich mehr anstrengen als jemals zuvor. Ich schwöre es. Ich fühle mich genauso hier gefangen wie ihr. Geht heute nacht mit frohen Gedanken ins Bett. Nichts ist so schlimm, wie es im ersten Moment aussieht. Ihr wißt doch, wie lieb ich bin, und mein Vater hat mich früher sehr gern gehabt. Das muß es doch leicht für ihn machen, mich bald wieder zu mögen, nicht wahr?«

Sicher, sicher, das mußte es. Etwas einmal sehr geliebt zu haben machte einen verwundbar für den nächsten Liebesanfall. Ich wußte das; ich war schon sechsmal verliebt gewesen.

»Und während ihr hier in euren Betten liegt, allein und in einem fremden Haus, denkt daran, daß ich euch morgen, nachdem ich mich für die Schule angemeldet habe, Spielsachen und Spiele und Bücher kaufe, mit denen ihr euch stundenlang beschäftigen könnt. Und dann dauert es nicht mehr lange, bis mein Vater mich wieder liebhat und mir alles verzeiht.«

»Mammi«, sagte ich, »hast du denn genug Geld, um Sachen für uns zu kaufen?«

»O ja«, antwortete sie schnell. »Ich habe genug, denn mein Vater und meine Mutter sind stolze Leute. Sie würden nie zulassen, daß ihre Nachbarn und ihre Freunde finden könnten, es fehlte mir an irgend etwas. Sie werden mich gut versorgen, und sie werden auch euch versorgen. Ihr werdet sehen. Und jedes bißchen freie Zeit und jeden Dollar, den ich übrig habe, werde ich darauf verwenden, daß wir so schnell wie irgend möglich zu unserem eigenen Heim kommen, wo wir wieder wie früher als Familie zusammenleben können.«

Das waren ihre Abschiedsworte. Sie warf uns noch ein paar Küsse zu, dann schloß sie die Tür hinter sich ab.

Unsere zweite Nacht hinter einer verschlossenen Tür.

Nun wußten wir soviel mehr ... zu viel vielleicht.

Chris und ich gingen sofort zu Bett, nachdem unsere Mutter uns wieder verlassen hatte. Er grinste zu mir herüber, als er sich seinen Platz neben Cory suchte, der bereits fest schlief. Auch Chris sah schon recht schläfrig aus. Er schloß die Augen und murmelte: »Gute Nacht, Cathy. Laß dich nicht von den Foxworth-Wanzen beißen.«

Wie Christopher kuschelte ich mich auf der anderen Seite des Zimmers an Carrie, nahm sie in den Arm und senkte mein Gesicht sanft in ihr süßes, weiches Haar.

Aber ich fand keine Ruhe. Schon bald lag ich allein auf dem Rücken und starrte in die Dunkelheit. Ich spürte das große Schweigen dieses riesigen Hauses, das sich jetzt schlafen zu legen schien. Kein noch so schwaches fernes Geräusch war mehr zu vernehmen; kein Klingeln eines Telefons; kein Motor eines Küchengerätes, der sich automatisch einschaltete; kein Rumoren einer Heizung; nicht einmal ein Hund bellte draußen, und kein Auto kam vorbei, dessen Scheinwerfer vielleicht einen Hoffnungsstrahl durch die schweren Vorhänge hätten senden können.

Böse, kleine Gedanken schlichen sich in mein Bewußtsein, sagten mir, daß uns niemand haben wollte, daß wir von der Welt abgeschlossen werden mußten ... Satansbrut. Die Gedanken versuchten sich in meinem Kopf einzunisten, wollten, daß ich mich elend fühlte. Ich mußte einen Weg finden, sie zu vertreiben. Mammi, sie liebte uns, sie wollte uns bei sich haben, sie würde sich alle Mühe geben, bald als Sekretärin so viel Geld zu verdienen, wie wir brauchten. Das würde sie. Ich wußte es. Sie würde sich nicht von den Großeltern dazu zwingen lassen, uns aufzugeben und zu vergessen. Nein, sie würde uns nie im Stich lassen, nie.

Lieber Gott, betete ich, hilf Mammi, damit sie schnell lernt, wie man eine gute Sekretärin wird.

Es war furchtbar heiß und stickig in unserem Zimmer. Draußen hörte ich den Wind in den Zweigen der Bäume rascheln, aber es war zuwenig Wind, als daß wir hier drinnen etwas von ihm gespürt hätten, nur gerade genug, damit wir uns vorstellen konnten, wie wunderbar kühl es draußen wohl war. Und wie herrlich es sein würde, wenn wir nur ein Fenster weit öffnen könnten. Ich seufzte traurig und sehnte mich nach frischer Luft. Hatte Mammi uns nicht erzählt, daß die Nächte hier in den Bergen selbst im Sommer immer kühl waren? Es war Sommer, aber kühl war es ganz und gar nicht.

Durch die Dunkelheit hörte ich Chris meinen Namen flüstern. »Woran denkst du?«

»An den Wind draußen. Er hört sich an wie ein Wolf.«

»Dachte ich mir doch, daß du an irgendwas besonders Hübsches denkst. Puh, du bist genau das, was man sich bei düsteren Gedanken zur Aufheiterung wünscht.«

»Ich hab' noch was Schönes auf Lager – da ist ein Flüstern im Wind wie von toten Seelen, die uns etwas zuraunen wollen.«

Er stöhnte leise. »Jetzt hör mal zu, Catherine Doll (das war der Bühnenname, den ich später einmal benutzen wollte), ich befehl' dir jetzt einfach, nicht mehr dazuliegen und solche Dinge zu denken. Wir werden jede Stunde, die wir hier verbringen müssen, nehmen, wie sie kommt, und uns niemals Gedanken über die nächste machen. Auf diese Weise haben wir es viel leichter, als wenn wir ständig an Tage und Wochen und Monate denken und uns vor der Zukunft fürchten. Denk an Musik, an Tanzen, an Singen. Hast du mir nicht mal erzählt, du könntest dich nie traurig fühlen, solange du dir Musik vorstellen kannst, so daß du sie in deinen Gedanken laut hörst?«

»Woran willst du denn denken?«

»Wenn ich nicht schon so müde wäre, würde ich mir bestimmt noch zehn Bände voll Gedanken machen, aber so bin ich einfach zu müde, mir eine Antwort einfallen zu lassen. Solange ich einschlafe, denke ich an die Spiele, für die wir morgen viel Zeit haben werden.« Er gähnte und streckte sich aus. Ich hörte das Bett knarren.

»Was denkst du von all dem Gerede über Halbonkel, die Halbnichten heiraten und deshalb Kinder mit Pferdefüßen, Schwänzen und Hörnern bekommen?« Ich versuchte, in der Dunkelheit sein Gesicht zu erkennen. »Als zukünftiger Arzt und Wissenschaftler, ist so was medizinisch überhaupt möglich?«

»So was ist völliger Unsinn!« antwortete er, als wäre er eine absolute Kapazität für solche Fragen. »Wenn es wirklich so wäre, liefen überall jede Menge Teufel in der Welt herum, und die möchte ich erst mal sehen.«

»Ich sehe sie die ganze Zeit – in meinen Träumen.«

»Pah!« schnaubte er. »Du und deine verrückten Träume. Waren die Zwillinge nicht toll, richtige kleine Kämpfer? Ich war richtig stolz auf sie, als sie auf diese Riesengroßmutter losgingen. Dafür hat es dann natürlich auch anständig was gesetzt. Ich bekam richtig Angst, daß die Alte durchdrehen könnte und den Kleinen ernstlich was tut.«

»War das noch nicht schlimm genug? Sie hat Carrie an den Haaren hochgezogen, das muß ganz schön weh getan haben.

Und dann hat sie Cory so geschlagen, daß er umgefallen ist. Reicht dir das nicht?«

»Na, sie hätte schon schlimmer auf sie losgehen können.«

»Ich finde, sie ist verrückt.«

»Da kannst du recht haben«, murmelte er schläfrig.

»Die Zwillinge sind doch noch halbe Babys. Cory wollte nur Carrie verteidigen – du weißt doch, wie die beiden immer aufeinander aufpassen.« Ich zögerte. »Chris, war das richtig von unserem Vater und unserer Mutter, daß sie sich ineinander verliebt haben? Hätten sie nicht etwas dagegen unternehmen können?«

»Ich weiß nicht. Reden wir darüber nicht, mir ist nicht wohl dabei.«

»Mir auch nicht. Aber ich nehme an, das erklärt, warum wir alle blond und blauäugig sind.«

»O ja,«, gähnte er, »die Meißners, das sind wir.«

»Du hast recht. Ich wollte schon immer den ganzen Tag lang mal nur Spiele spielen. Wenn Mammi uns das tolle neue Luxusmonopoly mitbringen könnte, dann hätten wir wenigstens mal die Zeit, ein Spiel bis zum Ende zu spielen.« Das hatten wir bisher nämlich nie geschafft. »Und den Zwillingen könnten wir beibringen, die Bank zu führen«, murmelte er zurück.

»Dann müssen sie aber erst mal lernen, wie man Geld zählt.«

»Das kann ja nicht so schwer sein. Foxworths haben doch eine natürliche Begabung fürs Geldzählen.«

»Wir sind keine Foxworths!« rief ich.

»Was sind wir dann?«

»Dollangangers! Und das bleiben wir auch!«

»Okay, ganz, wie du willst.« Und er sagte mir noch mal gute Nacht.

Wie letzte Nacht stand ich auf und kniete neben dem Bett, die Hände unter dem Kinn gefaltet. Leise sprach ich mein Gebet: Ich bin klein, mein Herz ist rein ... Aber irgendwie spürte ich, daß mein Herz heute alles andere als rein war. Es steckten zu viele düstere Ahnungen und Zweifel darin. Schnell bat ich um Gottes Segen für Mammi und auch für Daddy, wo immer im Himmel er jetzt sein mochte.

Als ich wieder im Bett lag, fielen mir die Plätzchen und der Kuchen ein, die die Großmutter uns eigentlich für heute abend versprochen hatte, und das Eis ... wenn wir artig wären.

Und das waren wir doch gewesen.

Jedenfalls bis Carrie losgebrüllt hatte – aber die Großmutter hatte nichts bei sich gehabt, als sie in unser Zimmer gekommen war.

Woher hatte sie gewußt, daß wir keine Süßigkeiten verdienen würden?

»Was denkst du jetzt?« fragte Chris mit schläfriger, monotoner Stimme. Ich dachte, er wäre längst eingeschlafen.

»Och, nichts Besonderes. Nur an die Süßigkeiten, die uns die Großmutter versprochen hatte, wenn wir artig wären.«

»Morgen ist ein neuer Tag, was helfen dir da die Versprechen von gestern. Und vielleicht vergessen die Zwillinge morgen auch, daß sie ›nach draußen‹ wollen. Sie haben noch kein sehr langes Gedächtnis.«

Nein, das hatten sie nicht. Daddy hatten sie schon fast vergessen, obwohl er erst im April gestorben war. Wie leicht Cory und Carrie einen Vater aufgaben, der sie so sehr geliebt hatte. Ich konnte ihn nicht vergessen. Niemals würde ich die Erinnerung an ihn aufgeben, selbst wenn ich ihn nicht mehr so klar vor mir sah ... fühlen konnte ich ihn immer.

Endlose Stunden

Die Tage schleppten sich dahin. Eintönig, langsam.

Was fängt man mit seiner Zeit an, wenn man sie im Überfluß besitzt? Was soll man sich ansehen, wenn man sich schon stundenlang alles Sehenswerte angesehen hat? Worauf sollte man seine Gedanken lenken, wenn Tagträume leicht zu gefährlichen Vorstellungen ausarteten? Ich konnte mir vorstellen, wie ich draußen wild und frei durch die Wälder rannte und dabei das trockene Laub aufwirbelte. Ich träumte davon, in dem nahe gelegenen See zu schwimmen oder durch einen kühlen Gebirgsbach zu waten. Aber meine Tagträume waren nur wie Spinnweben, die man mit einer schnellen Handbewegung in Fetzen haut. Schnell befand ich mich wieder in der Realität. Wo lag Glück für mich, Glücklichsein? Im Gestern, im Heute, im Morgen? Nicht in dieser Stunde, nicht in dieser Minute oder Sekunde. Wir hatten eine Sache, und nur diese eine, die einen kleinen Freudenschimmer in unser Leben brachte: die Hoffnung.

Chris sagte, es sei ein kapitales Verbrechen, Zeit zu vergeuden. Zeit war kostbar. Niemand hatte je Zeit genug oder lebte lange genug, um genug zu lernen. Irgendwo draußen hastete eine hektische, betriebsame Welt durch ihren Alltag. Doch zu dieser Welt gehörten wir nicht mehr. Wir hatten Zeit im Überfluß, endlose Stunden, Millionen Bücher zu lesen, Zeit, unserer Phantasie Flügel wachsen zu lassen. Der kreative Genius entsteht in Zeiten der Muße, wenn man das Unmögliche erträumt, und er läßt dann später das Unmögliche Wirklichkeit werden. Meinte Chris jedenfalls.

Mammi kam regelmäßig bei uns vorbei, wie sie es versprochen hatte, und sie brachte uns Gesellschaftsspiele und Spielsachen aller Art, damit wir uns die Zeit vertreiben konnten. Chris und ich spielten Monopoly, Schach, Scrabble, Go, und als Mammi uns ein Bridgespiel mit einer ausführlichen Anleitung besorgte, wurden wir schnell zu regelrechten Kartenhaien.

Mit den Zwillingen war es nicht so einfach, denn sie fanden in ihrem Alter noch keinen Spaß an Spielen mit festen Regeln. Nichts fesselte ihr Interesse für länger, weder die kleinen Autos und Planierraupen noch die elektrische Eisenbahn, deren Gleise Chris im ganzen Zimmer verlegte, unter den Betten durch und um den Tisch herum, bis man kaum noch irgendwohin treten konnte. Nur eins änderte sich bei den Zwillingen nicht – ihre Abneigung gegen den Dachboden. Dort oben schien ihnen alles unheimlich zu sein.

Jeden Tag standen wir früh auf. Wir hatten keinen Wecker, nur unsere Armbanduhren. Aber in meinem Körper gab es eine Art automatische Weckschaltung, die mich selbst dann nicht länger schlafen ließ, wenn ich wollte.

Sobald wir aufgestanden waren, gingen entweder erst die Jungen oder Carrie und ich ins Bad, die Reihenfolge wechselte täglich. Wir mußten vollständig angezogen bereitstehen, wenn die Großmutter mit dem Frühstück kam.

In unser düsteres Zimmer schlich dann die Großmutter, die wir mit Habacht-Stellung empfingen. Wir warteten darauf, daß sie den Korb mit unserem Essen abstellte und schnell wieder verschwand, was sie meistens auch tat, ohne ein Wort an uns zu richten. Wenn sie etwas sagte, war es nur, um uns zu fragen, ob wir unser Tischgebet gesprochen, vor dem Einschlafen den Herrn gelobt und unsere Seite aus der Bibel gelesen hätten.

»Nein«, antwortete Christopher eines Morgens, »wir lesen keine Seite – wir lesen Kapitel. Wenn Sie glauben, daß es für uns eine Strafe ist, die Bibel zu lesen, dann vergessen Sie das. Wir finden, die Bibel ist eine faszinierende Lektüre. Sie ist blutiger, spannender und erregender als jeder Film, den wir gesehen haben. Und in ihr steht mehr über Sünde als in jedem anderen Buch, das uns je in die Hände gefallen ist.«

»Halt den Mund, Junge!« brüllte sie ihn an. »Ich habe deine Schwester gefragt, nicht dich!«

Als nächstes mußte ich eine Bibelstelle rezitieren, die ich auswendig gelernt hatte, und mit diesen Zitaten ärgerten wir sie jedesmal, denn wenn man lange genug sucht, findet man in der Bibel den passenden Spruch für praktisch jede Gelegenheit. An dem besagten Morgen sagte ich: »Warum habt ihr Gutes mit Bösem vergolten? 1. Moses 44,4.«

Sie verzog das Gesicht, machte auf dem Absatz kehrt und stürmte hinaus, natürlich nicht, ohne hinter sich abzuschließen. Ein paar Tage später fuhr sie Chris an, ohne ihn dabei anzusehen: »Sage mir etwas aus dem Buch Hiob auf. Und versuche nicht, mir weiszumachen, du würdest in der Bibel lesen, wenn du sie überhaupt nicht kennst! Ich durchschaue euch!«

Chris schien gut vorbereitet und ließ sich nicht irremachen. »Hiob 28,12: Wo will man aber die Weisheit finden? Und wo ist die Stätte des Verstandes? – Hiob 28,28: Siehe, die Furcht des Herrn, das ist Weisheit; und meiden das Böse, das ist Verstand – Hiob 31,35: O hätte ich einen, der mich anhöret! Siehe, der Allmächtige antwortet mir, und siehe die Schrift, die mein Ankläger geschrieben. – Hiob 32,9: Die großen Männer sind nicht die weisesten, und die Alten verstehen nicht das Recht.« Er hätte endlos so weitergemacht, aber die Großmutter war schon rot vor Wut. Nie wieder verlangte sie von Chris, etwas aus der Bibel aufgesagt zu bekommen. Schließlich hörte sie auch auf, mich zu fragen, denn auch ich fand immer eine beißende Stelle, die auf unsere eigene Lage anspielte.

Gegen sechs Uhr abends tauchte Mammi bei uns auf, meist atemlos und sehr in Eile. Sie kam stets mit Geschenken beladen, neuen Büchern und neuen Spielen. Nach wenigen Minuten mußte sie immer schnell in ihre Zimmer, um sich zu baden und für das Dinner fertigzumachen, wo sie von einem Butler und mehreren Hausmädchen an der großen Tafel unseres Großvaters bedient wurde. Nach dem, was sie uns atemlos erzählte, waren oft Gäste zum Abendessen auf Foxworth Hall eingeladen. »Ein großer Teil von Großvaters Geschäften werden beim Lunch und beim Dinner abgewickelt«, erfuhren wir.

Toll war es, wenn sie es schaffte, uns pikante kleine Canapés und schmackhafte Hors d'oeuvres von der Tafel mitzubringen, aber nie gab es Süßigkeiten, denn davon hätten wir Karies bekommen können –

Nur samstags und sonntags konnte sie länger als ein paar Minuten bei uns bleiben. Dann setzte sie sich mit an unseren kleinen Tisch und aß zusammen mit uns den kalten Lunch aus Großmutters Picknick-Korb. Sie klopfte sich auf den Bauch und meinte: »Schaut nur, wie fett ich werde. Erst das Mittagessen mit meinem Vater und danach statt des Mittagsschlafes ein zweites Lunch mit euch.«

Die gemeinsamen Mahlzeiten mit Mammi waren wunderbar für uns, denn sie erinnerten an die Zeit, als wir noch alle zusammen mit Daddy als Familie lebten.

An einem Sonntag kam Mammi direkt von draußen zu uns. Sie roch nach Sommer und frischer Luft und brachte uns Vanillee-Eis und einen Schokoladekuchen mit. Das Eis war fast geschmolzen, aber wir fanden es trotzdem köstlich. Wir bettelten, sie solle doch diese eine Nacht bei uns bleiben. Sie könne ja zwischen Carrie und mir schlafen. Es wäre so schön, sie einmal wieder morgens beim Aufwachen bei uns zu haben. Aber sie meinte nach einem langen Blick über das düstere Schlafzimmer kopfschüttelnd: »Tut mir leid, aber das geht wirklich nicht. Seht ihr, die Mädchen würden sich wundern, warum mein Bett nicht benutzt wurde. Und drei in einem Bett ist zuviel, da könnte keiner vernünftig schlafen.«

»Mammi«, fragte ich, »wie lange dauert es noch? Wir sind schon zwei Wochen hier – und es kommt mir wie zwei Jahre vor. Hat der Großvater dir immer noch nicht verziehen, daß du Daddy geheiratet hast? Hast du ihm inzwischen von uns erzählt?«

»Mein Vater hat mir einen seiner Wagen gegeben«, antwortete sie auf eine Art, die mir sehr ausweichend vorkam. »Und ich glaube, er beginnt langsam mir zu verzeihen, sonst würde er mir doch keinen Wagen geben, mich an seinem Tisch essen und in seinem Haus leben lassen. Aber ich habe noch nicht die Nerven gehabt, ihm zu beichten, daß es da noch vier versteckte Kinder gibt. Ich muß diese Sache sehr vorsichtig angehen, und ihr müßt Geduld haben.«

»Was würde er tun, wenn er von uns wüßte?« bohrte ich weiter, ohne Chris' Stirnrunzeln und seine warnenden Blicke zu beachten. Er hatte mich bereits gemahnt, daß Mammi bestimmt bald nicht mehr jeden Tag hereinschauen würde, wenn ich sie ständig mit solchen unangenehmen Fragen überhäufte. Ob ich das wollte?

»Gott allein weiß, was mein Vater tun würde«, flüsterte sie furchtsam. »Cathy, versprich mir, daß du nicht versuchst, das Hauspersonal auf euch aufmerksam zu machen! Ihr müßt weiter so leise sein wie bisher. Er ist ein grausamer, herzloser Mann mit furchtbarer Macht. Laßt mich sorgfältig den richtigen Zeitpunkt aussuchen, an dem ich glaube, daß er in der Verfassung ist, von euch zu erfahren.«

Sie ging gegen sieben Uhr, und kurz danach lagen wir in den Betten. Wir gingen früh schlafen, denn wir mußten früh aufstehen. Und je mehr man schläft, desto kürzer erscheinen einem die Tage. Sobald es zehn Uhr durch war, schleppten wir jeden Morgen die Zwillinge auf den Dachboden hinauf. Die Erforschung dieses gigantischen Dachbodens war noch die interessanteste Art, die Zeit totzuschlagen. Neben zwei alten Pianos, die bei den Versuchen, sie zu stimmen, endgültig den Geist aufgaben, entdeckten wir auch mehrere alte Grammophone und stapelweise alte Platten. Eins der Grammophone funktionierte noch einigermaßen. Chris zog es auf, und dann hörten wir die verrückteste Musik, die mir bis dahin zu Ohren gekommen war. Enrico Caruso – aber zu schnell oder zu langsam. Es dauerte eine Weile, bis wir die richtige Umdrehungszahl herausfanden.

Selbst dann klang Carusos Stimme immer noch furchtbar schrill und gequält, so daß wir nie begreifen konnten, warum er so berühmt gewesen war. Aber aus irgendeinem verrückten Grund war Cory von diesen alten Platten begeistert.

Cory fand solchen Spaß an dem Grammophon, mit dem er bald allein umgehen konnte, daß er den ganzen Tag auf dem Dachboden damit verbrachte, alte Platten abzuspielen. Doch Carrie war schwieriger. Sie verlor an allem schnell den Spaß, wirkte immer rastlos und unzufrieden, suchte ständig nach einer neuen Beschäftigung, und wehe, wenn uns nichts einfiel. Es wurde erst besser mit ihr, als sie lernte, allein die enge, steile Speichertreppe hinabzuklettern. Danach verließ sie uns oft und ging in unser Zimmer hinunter, um dort alleine und ungestört mit ihren Puppen zu spielen, denen sie auf einem Spielzeugofen Essen kochte und es auf einem winzigen Plastikgeschirr servierte.

Zum erstenmal erlebten wir, daß Cory und Carrie es schafften, einige Stunden voneinander getrennt zu spielen. Und Chris fand, das sei ein gutes Zeichen. Oben auf dem Dachboden lauschte Cory verzaubert seiner Musik, während Carrie zufrieden ihrer Puppenfamilie die Leviten las.

Oft und lange zu baden war eine andere beliebte Art, die Zeit zu verkürzen, und wenn man sich dabei noch jedesmal die Haare wusch, dauerte es noch länger. Oh, wir waren die saubersten Kinder der Welt. Nach dem Mittagessen schliefen wir immer so lange, wie die Zwillinge es zuließen. Chris und ich veranstalteten Wettbewerbe im Apfelsinenschälen. Sieger wurde, wer die längste Schale abpellen konnte. Weil die Zwillinge sie nicht mochten, entfernten wir auch die winzigsten weißen Schalenreste, so daß wir mit einer Apfelsine gut und gerne eine halbe Stunde beschäftigt waren.

Unser gefährlichstes und lustigstes Spiel war, die Großmutter nachzuahmen. Immer hatten wir Angst, sie könnte plötzlich die Türe aufreißen und einen von uns in dem schmutzigen grauen Tuch vom Dachboden ertappen, das ihre graue Taftuniform darstellen sollte. Chris und ich brachten es zu wahren Meisterstücken der Imitationskunst. Besonders Chris erwies sich darin als genial.

»Kinder!« schnappte Chris, während er neben der Tür stand und einen unsichtbaren Picknick-Korb in der Hand hielt. »Seid ihr auch anständig, wohlerzogen, gottesfürchtig und sauber gewesen? Dieses Zimmer ist ja ein Schweinestall! Mädchen – du da hinten – schüttel das Kissen unter dir anständig zurecht, das du so unanständig zerknautschst, bevor ich dir mit dem bloßen Blick meiner Augen die Stirn versenge!«

»Gnade, Großmutter!« rief ich, fiel auf die Knie und rutschte mit gefalteten Händen kniend zu ihr. »Ich bin todmüde, weil ich den ganzen Dachboden geschrubbt habe, wie du mir befohlen hast. Deshalb habe ich gewagt, meinen unwürdigen Leib auf diesem Kissen auszuruhen.«

»Ausruhen?« fuhr mich die Großmutter an, der dabei fast das Kleid von den Schultern rutschte. »Es gibt kein Ausruhen für die Schlechten, die Gottlosen und die Unwürdigen – für sie gibt es nur Arbeit und Mühsal, bis sie gestorben sind und für immer über dem Höllenfeuer schmoren!« Dann hob er die Arme unter dem grauen Tuch in einer unheimlichen Geste, die den Zwillingen wohlige Schauer über den Rücken jagte, und verschwand, hokuspokus, wie eine Hexe. Statt der furchtbaren Großmutter stand plötzlich ein grinsender Chris vor uns.

Die ersten Wochen vergingen wie Sekunden, die sich zu Stunden dehnten, sosehr wir auch bemüht waren, uns die Zeit nicht lang werden zu lassen. Es waren unsere Zweifel und unsere Ängste, unsere Hoffnungen und unsere Erwartungen, die uns ständig in einem Zustand angespannter Erwartung hielten, ohne daß wir uns je wirklich ablenken konnten. Wir warteten und warteten, doch wir kamen der Zeit unserer von Mammi verheißenen Befreiung nicht näher.

Inzwischen kamen die Zwillinge wie selbstverständlich zu mir, wenn sie sich gestoßen oder einen Splitter vom morschen Holz des Dachbodens unter der Haut hatten. Die Splitter zog ich ihnen vorsichtig mit einer Pinzette, Chris desinfizierte die Wunden und klebte die bunten Kinderpflaster auf, von denen die beiden immer so begeistert waren. Ein Tropfen Blut am kleinen Finger reichte aus, damit sie stundenlang auf den Arm genommen werden wollten und ich mit ihnen tröstende Kinderliedchen singen mußte ... Heile, heile, Gänschen, wird alles wieder gut ... Ich küßte sie, wenn sie schmusen wollten, und brachte sie ins Bett. Die kleinen Arme legten sich immer wieder um meinen Hals und drückten mich fest. Ich wurde geliebt, sehr geliebt ... und sehr gebraucht.

Unsere Zwillinge führten sich oft mehr wie Dreijährige als wie fünf Jahre alte Kinder auf. Weniger wegen ihrer Art zu sprechen als wegen der Art, wie sie sich die Augen rieben und schmollten, wenn ihnen irgendwas nicht paßte. Sie hielten auch, um jemanden zu zwingen, etwas Bestimmtes für sie zu tun, die Luft an, bis sie blaurot im Gesicht wurden und ihren Willen bekamen. Besonders ich war für diese Drohung anfällig. Chris hielt es für unmöglich, daß sich jemand auf so eine Art selbst ersticken könnte, und reagierte einfach nicht darauf. Trotzdem war es immer ganz schön unangenehm, die beiden blau anlaufen zu sehen.

Chris nahm mich zur Seite und sagte: »Wenn sie sich das nächstemal wieder so aufführen, möchte ich, daß du sie einfach nicht beachtest, und wenn du dazu ins Badezimmer gehen und die Tür hinter dir zumachen mußt. Glaub mir, so schnell stirbt man nicht.«

Genau das tat ich dann – und die beiden starben tatsächlich nicht. Danach hörten sie mit dieser Art von Erpressungsversuchen auf, die sie vorher besonders beim Essen angewandt hatten, wenn ihnen etwas nicht schmeckte. Und es schmeckte ihnen fast nie etwas, mit wenigen Ausnahmen. Obst zum Beispiel.

Obst brachte dafür andere Schwierigkeiten. Während Cory es nicht immer schaffte, seine Blase unter Kontrolle zu halten, bekam Carrie jedesmal Durchfall, wenn sie Obst gegessen hatte. Nur Zitrusfrüchte vertrug sie. Deshalb haßte ich die Tage, an denen sich Pfirsiche oder Weintrauben in unserem Korb fanden. Carrie dagegen schätzte Obst, trotz seiner unangenehmen Wirkung, über alles. Man kann mir glauben, daß ich jedesmal erbleichte, sobald ich Äpfel, Trauben oder Pfirsiche in unserem Korb entdeckte, denn ich wußte, daß ich es sein würde, die den ganzen Tag die schmutzigen Höschen auswaschen durfte. In den seltensten Fällen schaffte ich es, mir Carrie unter den Arm zu klemmen und wie ein Blitz mit ihr ins Bad zu rennen, wo ich sie förmlich auf das Klo warf. Chris lachte jedesmal laut los, wenn ich zu langsam war – oder Carrie zu schnell. Er hatte es einfacher, denn er hielt für Cory immer die blaue Vase griffbereit. Cory konnte nie länger einhalten, wenn er mußte, weshalb es immer großes Geschrei gab, falls gerade ein Mädchen im Bad war und hinter sich abgeschlossen hatte. Mehr als einmal ging es bei ihm in die Hose, und dann versteckte er seinen Kopf in meinem Rockschoß, weil er sich so schämte. (Carrie schämte sich nie – war schließlich mein Fehler, wenn ich nicht schnell genug sein konnte.)

»Cathy«, flüsterte Cory nach einem seiner ›Unfälle‹, »wann gehen wir denn wieder nach draußen?«

»Sobald Mammi uns sagt, daß wir dürfen.«

»Warum sagt Mammi denn nicht, daß wir dürfen?«

»Die Treppe hinunter da sitzt ein alter Mann, der nicht weiß, daß wir hier oben sind. Und wir müssen darauf warten, daß er Mammi so gern hat wie früher, damit er uns auch gern hat.«

»Wer ist der alte Mann?«

»Unser Großvater.«

»Ist er wie die Großmutter?«

»Ja, ich fürchte, das ist er.«

»Warum mag er uns nicht?«

»Er mag uns nicht, weil ... weil, na, weil er nicht ganz richtig im Kopf ist. Ich glaube, er ist im Kopf genauso krank wie am Herz.«

»Mag Mammi uns denn noch?«

O je! Das war die Frage, wegen der ich nachts nicht einschlafen konnte.

Mehr als ein Monat war seit unserem Einzug vergangen, als Mammi sich einen ganzen Sonntag lang nicht blicken ließ. Es tat weh, sie nicht bei uns zu haben. Wir wußten ja, daß sie an diesem Tag nicht in ihre Schule brauchte und sich irgendwo hier im Haus befand, vielleicht nicht einmal zehn Meter von uns entfernt.

Ich lag auf dem Boden, lang auf dem Bauch ausgestreckt, und las *Jude the Obscure* von Thomas Hardy. Chris war auf dem Dachboden, wo er nach neuem Lesestoff suchte, und die Zwillinge spielten in einer Ecke mit ihren Spielzeugautos.

Der Abend brach schon an, als Mammi doch noch in unser Zimmer gehuscht kam. Sie trug Tennisschuhe, weiße Shorts und eine weiße Bluse mit blauem Matrosenkragen. Ihr Gesicht war rosig von der frischen Luft. Sie sah so gesund, so unglaublich glücklich aus, während wir hier drinnen dahindämmerten und in der stickigen Hitze unseres düsteren Zimmers halb erstickten.

Segeldress – ich wußte sofort Bescheid, wie sie den Nachmittag verbracht hatte. Ich starrte sie böse an und wünschte mir, ich wäre genauso sonnengebräunt. Ihr Haar war vom Wind zerzaust, aber das stand ihr gut. Es machte sie noch schöner, wilder, mehr sexy. Und in meinen Augen war sie doch schon alt, fast vierzig. Ganz offensichtlich hatte sie diesen Nachmittag genossen wie schon lange nichts mehr seit dem Tod unseres Vaters. Aber jetzt würde es bald unten Dinner geben. Das hieß, sie mußte sich noch frisch machen und umziehen. Für uns würde heute so gut wie keine Zeit mehr bleiben.

Ich legte mein Buch weg und setzte mich auf. Es hatte mir weh getan, sie so zu sehen, und ich wollte ihr dafür auch weh tun: »Wo bist du gewesen?« Ich fragte mit einem häßlichen Unterton, fast gehässig. Was für ein Recht hatte sie, sich zu vergnügen, solange wir von diesem wunderbaren Sommer draußen ausgeschlossen blieben? Ich würde nie wieder einen Sommer mit zwölf erleben können, noch würde Chris seinen vierzehnten Sommer genießen können oder die Zwillinge ihren fünften.

Der gemeine, anklagende Unterton meiner Frage vertrieb ihr das strahlende Lächeln. Sie wurde bleich, und ihre Lippen zitterten. Vielleicht tat es ihr in diesem Augenblick leid, daß sie uns einen großen Wandkalender mitgebracht hatte, so daß wir immer genau wußten, welcher Tag gerade war. Mit dicken roten Kreuzen x-ten wir auf dem Kalender unsere Gefängnistage aus, unsere heißen, einsamen Tage voll sehnsüchtiger Hoffnungen.

Sie ließ sich in einen Stuhl fallen, schlug ihre schönen Beine übereinander und fächelte sich mit einer herumliegenden Illustrierten Kühlung zu. »Es tut mir leid, daß ich euch so lange habe warten lassen«, meinte sie mit einem um Verständnis heischenden Lächeln in meine Richtung. »Eigentlich wollte ich schon heute morgen hereinschauen, aber mein Vater wollte mich die ganze Zeit um sich haben. Für heute nachmittag hatte ich schon etwas vor, was ich nicht absagen konnte. Aber ich bin etwas früher aufgebrochen, um vor dem Dinner noch schnell bei euch vorbeizusehen.« Obwohl sie nicht verschwitzt aussah, hob sie ihren nackten Arm und fächelte sich Luft in die Achselhöhlen, als könne sie die Hitze hier kaum ertragen. »Ich bin segeln gewesen, Cathy«, erklärte sie, »meine Brüder haben mir schon als kleines Mädchen das Segeln beigebracht. Und als euer Vater zu uns kam, habe ich es ihm beigebracht. Wir haben viel Zeit zusammen auf dem See verbracht. Segeln ist fast wie fliegen... ein wunderbarer Spaß«, endete sie lahm. Sie hatte erkannt, daß dieser Spaß uns den Spaß gekostet hatte.

»Segeln?« Ich schrie sie fast an. »Warum warst du nicht unten und hast dem Großvater von deinen Kindern erzählt? Wie lange willst du uns hier eingeschlossen halten? Für immer?«

Ihre blauen Augen wanderten nervös umher. Sie schien dicht davor, von ihrem Stuhl aufzustehen, den wir kaum benutzten und als eine Art Thron für sie reserviert hatten. Vielleicht wäre sie damals einfach aus dem Zimmer gelaufen, wenn Chris nicht in diesem Augenblick mit einem Stapel alter Lexika vom Dachboden herabgekommen wäre – Lexika, so alt, daß es in ihnen nicht mal Fernsehen oder Düsenflugzeuge gab.

»Cathy, schrei unsere Mutter nicht so an«, rügte er mich. »Hallo, Mammi. Junge, siehst du toll aus! Ich liebe dich in Segelsachen, da bist du ganz große Klasse drin.« Er setzte seinen Bücherstapel ab und ging zu ihr, um sie in den Arm zu nehmen. Ich fühlte mich verraten, nicht nur von meiner Mutter, sondern jetzt auch noch von meinem Bruder. Der Sommer ging schon bald zu Ende, und wir hatten so gut wie nichts von ihm mitbekommen. Nicht einmal in einem kleinen Garten-Swimmingpool hatten wir herumplanschen dürfen.

»Mammi!« rief ich und sprang auf, entschlossen, den Kampf um unsere Freiheit jetzt auszufechten. »Ich meine, es ist jetzt Zeit, daß du deinem Vater von uns erzählst! Ich bin krank von diesem Zimmer und dem staubigen Dachboden da oben! Ich halte es nicht mehr aus! Ich will, daß die Zwillinge endlich wieder an die frische Luft kommen, und ich will auch endlich wieder frei atmen. Ich will segeln lernen! Wenn der Großvater dir deine Heirat mit Daddy verziehen hat, warum kann er uns dann nicht auch akzeptieren? Sind wir so häßlich, so furchtbar, so dumm, daß er sich schämen müßte, uns als Enkel zu haben?«

Sie schob Chris von sich und sank müde auf den Stuhl zurück, beugte sich vor und verbarg das Gesicht in den Händen. Intuitiv wußte ich, daß sie uns jetzt eine Sache enthüllen würde, von der sie bisher nichts gesagt hatte. Ich rief Cory und Carrie zu mir und setzte sie neben mich, so daß ich die Arme um sie legen konnte. Und Chris, von dem ich eigentlich erwartete, er würde an der Seite unserer Mutter bleiben, kam zu uns herüber und setzte sich neben Cory auf ein Bett. Wir waren wieder zusammen wie bei vorausgegangenen ähnlichen Gesprächen – kleine Vögel, die auf dem Nestrand kauerten und warteten, daß ein kräftiger Sturmwind sie hinunterblies.

»Cathy, Christopher«, setzte Mammi an, den Kopf noch immer gebeugt, aber die Hände inzwischen nervös in ihrem Schoß knetend, »ich bin nicht ganz ehrlich zu euch gewesen.«

Als wenn ich das nicht schon längst geahnt hätte.

»Magst du nicht heute abend mit uns zusammen essen?« fragte ich. Instinktiv zog ich die Schraube noch weiter an, um die ganze Wahrheit aus ihr herauszupressen.

»Vielen Dank für die Einladung. Ich würde gerne bei euch bleiben, aber ich habe schon etwas vor für heute abend.«

Und das an unserem Tag, den sie immer mit uns hatte verbringen wollen. Und gestern war sie auch schon nur eine halbe Stunde bei uns gewesen.

»Der Brief damals«, murmelte sie, und ihr Kopf hob sich. Ein dunkler Schatten schien ihre blauen Augen grün zu färben. »Der Brief, den meine Mutter mir schrieb, als wir noch alle in Gladstone in unserem alten Zuhause lebten ..., der Brief, mit dem sie uns hierher einlud ..., ich habe euch verschwiegen, daß mein Vater noch eine kurze Bemerkung an den Schluß dieses Briefes geschrieben hatte.«

»Weiter, Mammi«, drängte ich, »was immer du uns erzählen willst, wir werden es schon verdauen. Nur sag uns jetzt alles.«

Unsere Mutter war eine Frau, die gelernt hatte, sich unter Kontrolle zu halten, eine kühle, beherrschte Frau, jedenfalls nach außen. Aber eins konnte sie nie beherrschen, und das waren ihre Hände. Sie verrieten immer die Gefühle unserer Mutter. Eine Hand wanderte mit mutwilligen, kapriziösen Bewegungen an ihrer Bluse auf und ab und suchte nach einer Kette, mit der sie hätte spielen können. Aber da es keine Perlenkette oder sonst einen Schmuck gab, huschte diese Hand nur gedankenlos hin und her. Die andere Hand lag in Mammis Schoß und rieb unablässig die Finger gegeneinander, als wolle sie sich ständig etwas Klebriges abwischen.

»Eure Großmutter schrieb den Brief, und sie hat ihn auch unterschrieben, aber euer Großvater fügte noch diese Bemerkung an.« Sie zögerte, schloß die Augen, wartete zwei bis drei Sekunden und sah uns dann direkt ins Gesicht. »Euer Großvater schrieb, er sei froh, daß euer Vater tot ist. Er schrieb, die Verdorbenen und die Schlechten bekämen immer, was sie verdienten. Er schrieb, das einzige Gute an meiner Ehe sei, daß aus ihr keine Teufelskinder hervorgegangen seien.«

Früher hätte ich gefragt, was Teufelskinder wohl heißen sollte. Inzwischen wußte ich Bescheid. Teufelskinder, Satansbrut, böse, gottlos und verdorben – das waren wir.

»Meine Mutter schlug mir den Plan, euch zu verstecken, auf einem nachträglich dem Brief beigefügten Blatt vor, das mein Vater nicht gelesen hat«, erzählte sie mit errötendem Gesicht stockend weiter.

»War unser Vater nur deshalb schlecht und verdorben, weil er seine Halbnichte geheiratet hat?« fragte Chris mit der gleichen kühlen und beherrschten Stimme wie unsere Mutter. »War das sein einziger Fehler?«

»Ja!« rief sie, glücklich, daß wenigstens ihr Ältester sie verstand. »Euer Vater hat in seinem ganzen Leben nur eine einzige unverzeihliche Sünde begangen – sich in mich zu verlieben. Das Gesetz verbietet Ehen zwischen nahen Verwandten, auch zwischen Onkel und Nichte, selbst wenn sie nur halb verwandt sind. Ich habe euch das alles ja schon erzählt. Ihr müßt uns das verzeihen ...« Ich wußte, was jetzt wieder kommen würde.

»Schlecht war unsere Heirat nur in den Augen von jemandem, der etwas Schlechtes darin sehen wollte«, redete sie schnell weiter, um uns fest auf ihre Seite zu ziehen. »Euer Großvater würde noch an einem Engel etwas Schlechtes finden. Er ist die Sorte Mensch, die von allen anderen ein perfektes Leben verlangen, nur von sich selbst nicht. Aber versucht einmal, ihm das ins Gesicht zu sagen. Er würde jeden niederschlagen, der so etwas wagte.« Sie schluckte krampfhaft, als würde ihr übel von dem, was sie uns nun zu sagen hatte. »Christopher, du bist ein so intelligenter und brillanter Junge, und Cathy, du bist so anmutig und eine so talentierte Tänzerin – ich dachte einfach, wenn er euch erst von Angesicht zu Angesicht sehen könnte... Es war ein dummer Gedanke, ein hoffnungsvoller Wunsch. Aber ich habe damals fest daran geglaubt, daß mein Vater seine Einstellung zu unserer Ehe aufgeben würde, wenn ich erst eine Weile bei ihm wäre.«

»Mammi«, erwiderte ich schwach, selbst den Tränen nahe, »du sagst das so, als würdest du ihm nie von uns erzählen wollen. Er wird uns niemals mögen, ganz gleich, wie intelligent Chris ist, wie gut ich tanze oder wie süß die Zwillinge sind. Das wird ihn nicht im geringsten beeindrucken. Er würde uns immer hassen und für Teufelskinder halten, nicht wahr?«

Sie stand auf, lief zu uns und fiel wieder einmal vor uns auf die Knie. »Habe ich euch nicht von Anfang an erzählt, daß er nicht mehr lange zu leben hat? Jedesmal wenn er sich auch nur ein bißchen aufregt, wird er blau im Gesicht und muß nach Luft schnappen. Und wenn er nicht bald stirbt, dann werde ich wirklich nach einem Weg suchen, ihm von euch zu beichten. Ich schwöre euch, daß ich es versuche. Habt nur etwas Geduld und Verständnis! Was euch heute an Spaß verlorengeht, dafür werdet ihr später tausendfach entschädigt!«

Ihre feuchten Augen schnitten einem ins Herz. »Bitte, bitte. Für mich, weil ihr mich liebhabt und weil ich euch liebhab' gebt mir noch etwas Zeit, geduldet euch noch eine kleine Weile. Es dauert nicht mehr lange, es kann nicht mehr lange dauern, und ich werde inzwischen versuchen, euch das Leben so angenehm wie möglich zu machen. Und denkt doch daran, welche Reichtümer auf uns alle warten!«

»Es ist schon gut, Mammi«, sagte Chris und zog sie in seine

Arme, genau wie unser Vater es getan hätte. »Was du von uns verlangst, ist wirklich nicht viel, wenn man bedenkt, wieviel wir alle dabei gewinnen werden.«

»Ja«, sagte Mammi begeistert von ihm, »nur eine kleine Weile noch, und ihr werdet alles bekommen, was das Leben euch zu bieten hat, jeden Luxus und jede Freude.«

Was sollte ich jetzt noch sagen? Wie konnte ich da Einwände machen? Wir hatten längst mehr als vier Wochen geopfert – kam es da noch auf ein paar Tage mehr an, ein paar Wochen, oder vielleicht sogar noch einen Monat?

Am Ende des Regenbogens wartet der Topf voll purem Gold. Aber Regenbogen sind aus einem schwer faßbaren, zerbrechlichen Stoff gemacht – und Gold wiegt viele Tonnen – und seit es die Welt gab, war Gold ein Grund und eine Entschuldigung für fast alles.

Wie man einen Garten pflanzt

Jetzt wußten wir also die volle Wahrheit.

Wir würden in diesem Zimmer bleiben müssen bis zu dem Tag, an dem unser Großvater starb. Wenn ich nachts traurig und grübelnd im Bett wach lag, kam mir der Gedanke, sie hätte von Anfang an gewußt haben müssen, daß ihr Vater zu jenen Menschen gehörte, die nie irgend jemand irgend etwas verziehen.

»Aber«, meinte mein Bruder, der unverbesserliche Optimist, »er kann schließlich jeden Tag das Zeitliche segnen. Bei Herzkrankheiten geht das schnell und plötzlich. Irgendwo in seinem Blutkreislauf löst sich ein Blutgerinnsel, verstopft ihm Herz oder Lunge, und schon ist alles vorbei.«

Chris und ich sprachen grausam und gleichgültig über den Tod des alten Mannes, und irgendwo in unserem Innern schämten wir uns dafür, ohne es uns laut einzugestehen. Wir brauchten den Haß auf ihn einfach zu dringend, denn er hielt unser Selbstgefühl aufrecht.

»Also, paß mal auf«, sagte Christopher, »da wir ja hier nun wohl doch noch eine Weile bleiben müssen, müssen wir uns von nun an intensiver darum kümmern, wie wir es schaffen, daß uns und den Zwillingen die Zeit nicht lang wird. Wenn wir uns wirklich anstrengen, wer weiß, vielleicht fallen uns ein paar ganz phantastische hübsche wilde Sachen ein.«

Wenn man einen ganzen Dachboden voller Truhen und Schränken mit alten, vergammelten, aber ausgesprochen phantasieanregenden Kleidern zur Verfügung hat, was liegt da näher, als sich diese Kleider anzuziehen und mit ihnen Theater zu spielen. Und da ich ja sowieso zur Bühne wollte, hatte ich hier ein ideales Betätigungsfeld gefunden. Ich war Produzent, Direktor, Choreograph, Regisseur und spielte die weibliche Hauptrolle, Chris mußte selbstverständlich alle männlichen Rollen übernehmen, und die Zwillinge waren die Statisten, was sie strikt ablehnten. Sie wollten das Publikum sein, verzogen sich in eine Ecke und sahen sich unser Treiben interessiert an. Jedes neue Kostüm belohnten sie mit wahren Beifallsstürmen. Sie waren ein ausgesprochen dankbares Publikum.

Ich inszenierte *Vom Winde verweht* als Zweipersonenstück, aber dafür mit den Originalkostümen der Bürgerkriegszeit, originaler, als sie selbst im Film gewesen sein dürften. Unsere Vorfahren hatten uns ja alles Nötige hinterlassen. Hah! Und ich bekam meine Traumrolle als Scarlett O'Hara. Chris gab dazu einen recht brauchbaren Rhett Butler ab. »Komm mit mir, Scarlett«, rief er mir zu, »wir müssen fliehen, bevor Sherman einmarschiert und Atlanta in Brand steckt.«

Chris hatte Stricke zwischen den Dachpfeilern gespannt, an denen wir alte Decken und Tücher hin und her zogen, als Bühnendekoration und Vorhänge. Unser Publikum stampfte begeistert mit den Füßen und wartete begierig darauf, endlich Atlanta brennen zu sehen. Leider blieb ich bei der Flucht mit meinem viel zu weiten alten Rock an einem Nagel hängen, stolperte in meinen zu großen Schuhen und riß mir mein stinkendes altes Museumsstück von Kleid in Fetzen. »Ende der Vorstellung!« verkündete ich und schälte mich aus den Resten meines Kleides. Die Zwillinge hielten meinen Abgang für den absoluten Höhepunkt und spendeten stehend Beifallsstürme.

»Essen gehen«, rief Carrie, als sie merkte, daß tatsächlich Schluß war. Sie sagte das meist nur, um uns irgendwie von dem verhaßten Dachboden runterzubekommen.

Cory verzog schmollend den Mund und sah in die Runde. »Ich fände schön, wenn wir wieder unseren Garten hätten«, sagte er so sehnsüchtig, daß es einem in der Seele weh tat. »Ich mag nicht schaukeln, wo es keine Blumen gibt und keine Wiese.« Sein flachsblondes Haar war ihm inzwischen bis über den Kragen gewachsen, wo es sich zu vielen kleinen Locken kringelte, während Carrie das Haar in weichen Kaskaden bis fast zur Hüfte hing. Sie trug Blau an diesem Tag, Blau für Montag. Wir hatten jedem Tag eine bestimmte Farbe gegeben. Gelb war unsere Sonntagsfarbe. Rot gab es an Samstagen.

Dieser Wunsch von Cory brachte Chris auf einen Gedanken, denn er drehte sich langsam auf dem Absatz im Kreis und musterte den ganzen Dachboden nachdenklich. »Zugegebenermaßen ist dieser Dachboden ein trauriger und düsterer Ort«, überlegte er dazu laut, »aber sollten wir nicht in der Lage sein, wenn wir unseren kreativen Genius ganz darauf konzentrieren, aus dieser Trostlosigkeit etwas Buntes und Strahlendes zu machen – die Metamorphose einer häßlichen Raupe zu einem leuchtenden Schmetterling müßte auch hier irgendwie zu bewerkstelligen sein.« Er lächelte die Zwillinge und mich so bezaubernd und überzeugend an, daß ich von dem Gedanken sofort begeistert war. Es würde wirklich Spaß machen, diesen furchtbaren Dachboden in einen bunten, farbenfrohen Garten zu verwandeln, in dem auch die Zwillinge sich wohl und zu Hause fühlen konnten. Natürlich würde es unmöglich sein, den riesigen Raum jemals vollständig zu dekorieren und einzurichten, aber wenn wir an einer Ecke anfingen ... und jeden Tag konnte der Großvater sterben, dann würde uns der Dachboden sowieso egal sein, dann würden wir hier fortgehen und nie wiederkommen.

An diesem Abend konnten wir Mammi kaum erwarten. Als sie kam, erzählten Chris und ich ihr sofort voller Enthusiasmus, was wir mit dem Dachboden vorhatten. Er sollte für die Zwillinge zu einem fröhlichen Garten umdekoriert werden, in dem sich niemand mehr zu fürchten brauchte. Für einen Augenblick spiegelten sich die seltsamsten Empfindungen in ihren Augen.

»Schön«, rief sie dann strahlend, »wenn ihr den Dachboden verschönern wollt, müßt ihr ihn erst mal saubermachen. Und ich werde euch dabei helfen, so gut ich kann.«

Mammi schleppte Besen, Schrubber, Putztücher, Eimer und jede Menge Putzmittel zu uns herauf. Sie rutschte selbst auf den Knien mit einem Scheuerlappen vor uns über den Dachboden. Eine bewunderungswürdige Leistung, die sie in meiner Achtung wieder erheblich steigen ließ, denn in Gladstone hatte sie nie selber geputzt. Damals war zweimal in der Woche eine Haushaltshilfe zu uns gekommen. Aber hier lag sie vor uns auf den Knien und scheuerte sich die Hände wund, trug alte Blue jeans, eine blaue Bluse und hatte die Haare hinten zu einem lustigen Pferdeschwanz zusammengebunden, mit dem sie zwanzig Jahre jünger wirkte. Ich bewunderte sie. Es war eine harte, dreckige Arbeit, und sie beklagte sich kein einziges Mal, ja sie lachte und alberte mit uns herum, als machte ihr das alles ungeheueren Spaß.

Nachdem der Dachboden leidlich sauber und eine Woche mit Insektenvertilgungsmittel ausgesprayt worden war, brachte uns Mammi Grünpflanzen und eine stachlige Amaryllis, die zur Weihnachtszeit blühen sollte. Ich runzelte die Stirn, als Mammi uns das erzählte – zu Weihnachten würden wir ja nicht mehr hiersein. »Wir nehmen sie einfach mit«, beruhigte sie mich. »Wir können doch nichts hier zurücklassen, das die Sonne liebt. Wir werden nichts Lebendiges auf diesem Dachboden zurücklassen.«

Wir stellten unsere Pflanzen in den alten Klassenraum, denn der hatte Fenster nach Osten. Glücklich und guter Dinge stiegen wir die steile Treppe zu unserem Zimmer hinunter. Mammi wusch die Kleinen im Bad und fiel dann erschöpft auf ihren Stuhl. »Ich bin heute abend ins Kino eingeladen«, eröffnete sie uns. »Aber bevor ich gehe, schleich' ich mich noch mal schnell zu euch hoch. Ich hab' zwei kleine Packungen Rosinen, die ihr so gern zwischendurch eßt. Ich hatte sie im Auto liegenlassen.«

Die Zwillinge waren verrückt auf Rosinen, und ich freute mich für sie. »Gehst du allein ins Kino?« fragte ich.

»Nein. Ich habe ein Mädchen getroffen; wir sind zusammen aufgewachsen – sie war einmal meine beste Freundin. Heute ist sie verheiratet und wohnt hier ganz in der Nähe.« Sie ging zum Fenster, und nachdem Chris das Licht ausgeschaltet hatte, zog sie die schweren Vorhänge zurück, um uns zu zeigen, in welcher Richtung ihre Freundin wohnte. »Elena hat zwei unverheiratete Brüder. Der eine studierte Jura in Harvard, und der andere ist ein Tennisprofi.«

»Mammi!« rief ich. »Du verabredest dich doch mit keinem von diesen Brüdern?«

Sie lachte und ließ die Vorhänge zurückfallen. »Dreh das Licht wieder an, Chris. Nein, Cathy, ich verabrede mich nicht mit Männern. Um die Wahrheit zu sagen, auch heute abend würde ich lieber ins Bett gehen. Ich fühle mich todmüde. Am liebsten würde ich hier einfach noch etwas bei euch sitzen bleiben und nachher die Zwillinge ins Bett bringen. Aber Elena hat mich schon mehrfach eingeladen, und wenn ich ihr weiter absage, fragt sie ständig, was ich denn abends mache. Ich möchte nicht, daß die Leute darüber reden, warum ich denn abends immer zu Hause bleibe, selbst an den Wochenenden. Deshalb muß ich hin und wieder mal ins Kino oder zum Segeln gehen.«

Aus dem Dachboden etwas zu machen, das halbwegs hübsch und freundlich aussah, schien ziemlich unmöglich – einen schönen Garten daraus zu machen, dazu bedurfte es eines kleinen Wunders. Es wurde eine enorme Arbeit, und wir brauchten sehr viel Zeit, aber die hatten wir ja im Überfluß. Mammi brachte uns jede Menge Farbtöpfe und Pinsel, buntes Krepppapier, Bücher mit Blumenbildern als Malvorlagen und Ausschneidebögen mit Blumen.

»Zeigt den Zwillingen, wie man Blumen ausschneidet und anmalt«, instruierte Mammi uns. »Ich ernenne euch zu ihren ›Erziehern‹ im Foxworth-Kindergarten.«

Abends kam Mammi jetzt wieder sehr regelmäßig nach der Sekretärinnenschule bei uns vorbei, lachte mit uns und erzählte uns von ihren Fortschritten. Diese Fortschritte, mußte sie allerdings zugeben, waren leider nicht sehr überwältigend. Sie gab immer wieder lustige Geschichten zum besten, wie dumm sie sich anstellte, und wir lachten zusammen darüber. Doch war mir bei diesem Lachen oft etwas beklommen zumute.

Einmal erzählte sie uns von ihrer Lehrerin, die einen riesigen Busen hatte. Die Lehrerin war noch unverheiratet, und mehrere Männer aus Mammis Schreibmaschinenkurs stritten sich um ihre Gunst, was zu den komischsten Verwicklungen führte.

»Sag mal, Mammi«, fragte Chris plötzlich in sehr ernstem

Ton, der uns alle überraschte, »du denkst doch nicht daran, selber wieder zu heiraten?«

Sie nahm ihn schnell in den Arm. »Nein, mein Lieber, natürlich nicht. Ich habe euren Vater so sehr geliebt. Es brauchte schon einen ganz besonderen Mann, um in Daddys Fußstapfen zu treten.«

Kindergarten zu spielen machte viel Spaß, oder hätte es jedenfalls machen können, wenn unsere Spielgruppe etwas mehr Interesse gezeigt hätte. Aber wenn wir das Frühstück beendet, den Tisch abgedeckt und das Geschirr gespült, unsere Verpflegung am kühlsten Ort verstaut und den Abzug des Reinigungstrupps im zweiten Stock abgewartet hatten, mußten wir jedesmal zwei äußerst unwillige Kinder hinter uns her auf den Dachboden zerren. Unser Kindergarten hatte sein Quartier in dem alten Klassenzimmer aufgeschlagen, wo die Zwillinge an den alten Pulten saßen und Blumen aus entsprechend gemustertem Schmuckpapier ausschnitten, die dann anschließend noch mit leuchtenden Farben bemalt wurden. Meine und die von Chris wirkten ganz passabel, auch wenn uns nie eine schöne Rose gelang. Die Kunstwerke der Zwillinge sahen eher wie farbige SF-Monster aus.

»Moderne Kunst«, nannte Chris ihre Blumen.

Wir bemalten und beklebten die grauen Schieferwände und spannten Schnüre zwischen den Dachpfeilern, an die wir riesige Papierblumen hängten, die beständig von irgendeinem Luftzug in Bewegung gehalten wurden.

Unsere Mutter sah sich jeden Abend die Fortschritte an, lächelte uns aufmunternd zu und gab uns gute Ratschläge und neues Material. Sie brachte uns einen Kasten mit einem Sortiment von Glasperlen in allen Farben und Größen, so daß wir unserem Garten ein Leuchten und Funkeln geben konnten. Oh, wir arbeiteten mit fieberhaftem Eifer und einer wilden Entschlossenheit. Etwas von unserem Enthusiasmus steckte schließlich die Zwillinge an, und sie hörten auf, um sich zu treten und zu maulen, wenn es wieder auf den Speicher ging. Schließlich verwandelte der Dachboden sich langsam, aber sicher in einen fröhlichen Garten. Und je mehr er sich veränderte, desto entschlossener wurden wir, auch die letzte staubige Wand des endlosen Raumes zum Blühen zu bringen.

Bei einem der abendlichen Inspektionsgänge meinte Carrie in ihrem atemlosen Vogelgezwitscher: »Mammi, das machen wir jetzt immer den ganzen Tag, nur Blumen und noch mehr Blumen, und manchmal läßt Cathy uns nicht mal die Treppe runter, etwas essen.«

»Cathy, du solltest über eurer Begeisterung an diesem wunderbaren neuen Garten nicht vergessen, daß die Zwillinge auch hin und wieder einen Lunch brauchen.«

»Aber Mammi, wir tun das alles doch nur für sie, damit sie sich hier oben wohl fühlen.«

Sie lachte und drückte mich. »Ach, du! Du bist wirklich ausdauernd in allem, was du anfängst, du und dein älterer Bruder. Das müßt ihr von eurem Vater geerbt haben, denn von mir habt ihr das bestimmt nicht. Ich gebe immer so leicht auf.«

»Mammi!« rief ich, sofort beunruhigt. »Du gehst doch immer noch auf deine Schule? Du kannst doch inzwischen immer besser tippen? Du übst doch?«

»Ja, natürlich tu' ich das.« Sie lächelte mich an, setzte sich und hob ihre Hand, als wollte sie ihr Armband bewundern. Ich entdeckte in der letzten Zeit an ihr fast täglich neuen Schmuck. Wenn ich danach fragte, sagte sie lachend, das sei ›billiger Modeschmuck‹, aber einige der Steine funkelten sehr echt. Ich wollte sie schon fragen, warum sie eigentlich soviel Schmuck anlegen muß, wenn sie eine Sekretärinnenschule besucht, als sie mir zuvorkam: »Was ihr jetzt noch braucht, sind Tiere für euren Garten.«

»Aber, Mammi, wenn wir schon keine richtige Rose hinkriegen, wie sollen wir dann auch nur ein Tier zeichnen können?«

Sie gab mir ein spitzes kleines Lächeln und tippte mir mit einem kühlen Finger auf die Nase. »O, Cathy, was bist du doch für ein ungläubiger Thomas. Du zweifelst an allem, stellst alles in Frage, obwohl du doch inzwischen längst wissen müßtest, daß man fast alles kann, wenn man nur will – ganz besonders gilt das für Chris und dich. Ich werde dir ein Geheimnis verraten, hinter das ich schon vor einiger Zeit gekommen bin. In dieser Welt, in der alles so furchtbar kompliziert aussieht, gibt es auch für alles ein Buch, das einem beibringt, wie einfach alles ist.«

Das wollte ich selbst herausfinden.

Mammi brachte uns ein Buch mit Anleitungen zum Zeichnenlernen mit, und mit diesem Buch lernte ich tatsächlich zeichnen. Alle Dinge waren in diesem Buch auf einfachste Formen reduziert, Kreise, Vierecke, Linien, und aus diesen Basisformen setzte sich dann alles zusammen, was man zeichnen wollte. Tatsächlich schafften wir es mit Hilfe dieses Buches, das uns ein Kaninchen einfach als zwei Kreise vorstellte, bald den ganzen Dachboden mit einer lustigen Tierschar zu bevölkern. Freundliche kleine Wesen – alle von unseren eigenen Händen erschaffen.

Sicher, sie sahen schon ein bißchen eigenartig aus, unsere Tiere, aber sie waren durchaus zu erkennen. Mir gefielen sie sogar wegen ihres so eigenwilligen Aussehens noch viel besser. Sie gehörten wirklich zu uns. Chris malte seine Schöpfungen mehr realistisch an, während ich sie mit Stoffresten, Glasperlen und Knöpfen zu Phantasiewesen dekorierte. Mammi gab mir täglich neues Material. Sie schien ständig die Augen offenzuhalten, um etwas Brauchbares zur Verschönerung unseres Gartens zu entdecken. Und das war das Beste von allem, daß ich wußte, sie dachte auch an uns, wenn sie nicht bei uns war. Den ganzen Tag über mußte sie überlegen, was man noch alles zur Dekoration nehmen konnte, denn sie fand immer neue Dinge – Silberpapier, getrocknete Blumen, Dekorationsstoffe, Tapetenstücke, aus denen sich riesige Blumen ausschneiden ließen, Poster, Tischschmuck. Sie dachte nicht nur an neue Kleider, neuen Schmuck und Kosmetik. Sie versuchte wirklich, uns unser eingeschlossenes Leben so schön wie möglich zu machen.

Cory kam eines Tages mit einer orangefarbenen Schnecke aus Kreppapier zu mir gerannt. Er hatte kaum seinen Lunch essen wollen, obwohl es seine Lieblingssandwiches gegeben hatte, die mit Erdnußbutter. Seine Bastelarbeit nahm ihn schon seit morgens früh völlig gefangen. Stolz wies er das Ergebnis vor, die Beine breit gegen den Boden gestemmt und den Kopf zurückgebeugt, damit er jede Regung in meinem Gesicht genau sehen konnte. Was er mir zeigte, erinnerte eher an einen Wasserball mit Fühlern, dem die Luft ausgegangen war, als an irgend etwas sonst. Aber er war so stolz, daß ich einfach nur bewundernd mit dem Kopf zu nicken wagte.

Wir marschierten gemeinsam zu Carrie hinüber, die ebenfalls an einem undefinierbaren Etwas bastelte. Das Etwas war über einen Meter lang, dünn und bestand aus zusammengedrehten und geknoteten Stoffresten. Anders als Cory hielt Carrie sich nicht mit irgendwelchen Überlegungen auf, sie arbeitete einfach wild drauflos. Das lange Etwas bekam jetzt noch an einem Ende ein Loch hineingestochen, in das Carrie einen roten Papierball stopfte, der das Auge darstellen sollte. Dann verkündete sie, dies wäre ein Wurm. Mir kam es mehr wie eine Boa Constrictor mit einem einzigen roten Auge vor. »Er heißt Charlie«, sagte Carrie und überreichte mir ihren meterlangen Wurm. (Wenn wir Dingen einen Namen gaben, wählten wir solche mit einem C, weil unsere eigenen auch alle mit C anfingen.)

An einer Wand am Ende unseres wunderbaren Papierblumengartens bauten wir die epileptische Schnecke neben dem furchtbaren, wilden Wurm auf. Oh, das war vielleicht ein Paar! Chris schrieb mit Farbe an die Wand darüber: *Alle Tiere Vorsicht vor dem schrecklichen Regenwurm!!!*

Ich schrieb selbst noch etwas dazu, denn mir kam es vor, als sei besonders die kleine Schnecke nicht sehr gut in Form. *Gibt es hier irgendwo einen Arzt im Haus?* Die Schnecke hieß übrigens Cindy Lou. Cory hatte sie so getauft.

Mammi sah sich abends lachend unseren Miniatur-Zoo an und freute sich darüber, daß wir soviel Spaß gehabt hatten. »Natürlich ist ein Arzt im Haus«, meinte sie und küßte Chris auf die Wange. »Dieser Sohn von mir hier ist ein Experte in der Behandlung kranker Tiere. Cory, ich finde deine Schnecke hinreißend – sie sieht ... so ... so sensitiv aus.«

»Magst du meinen Charlie auch?« fragte Carrie sofort drängend. »Ich habe ihn sehr gut gemacht. Ich habe allen roten Stoff dafür gebraucht. Jetzt haben wir keinen mehr.«

»Es ist ein wundervoller Wurm, wirklich großartig«, versicherte Mammi. Sie nahm die Zwillinge auf den Schoß und gab ihnen die Küsse, die sie in der letzten Zeit manchmal vergaß. »Besonders toll finde ich das rote Auge von Charlie.«

Es war eine gemütliche, sehr familiäre Szene, Mammi auf ihrem Stuhl mit den Zwillingen auf den Knien und Chris über sie gebeugt, seine Wange dicht an ihrer. Aber ich mußte diese Idylle wieder verderben, ich konnte nicht anders.

»Wieviel Worte kannst du denn jetzt in der Minute tippen, Mammi?«

»Ich werde immer besser.«

»Wieviel besser?«

»Ich tue wirklich mein Bestes, Cathy – weißt du, ich muß jetzt anfangen, blind zu schreiben.«

»Und was macht Steno – wie schnell bist du schon beim Diktat?«

»Ich strenge mich an. Du mußt Geduld mit mir haben. Für mich ist das doch alles ganz neu. Solche Sachen lernt man nicht über Nacht.«

Geduld. Ich stellte mir Geduld grau vor, mit schwarzen Wolken darüber. Die Hoffnung stellte ich mir gelb vor wie die Sonne, die wir in den kurzen Morgenstunden aus unserem Dachbodenfenster sehen konnten. Viel zu schnell stieg sie am Himmel auf und verschwand aus unserem Gesichtsfeld. Dann starrten wir verlassen auf Blau.

Schlimm waren in dieser Zeit für mich besonders die Freitage, wenn die Dienstmädchen unser Zimmer putzten und wir mäuschenstill auf dem Dachboden hocken mußten. Wir hörten sie unter uns rumoren, lachen und schwätzen. Warum merkten die Mädchen nie, daß an diesem Zimmer etwas nicht stimmte? Blieb von uns denn nicht einmal ein Geruch zurück, wo Cory doch so oft die Matratze naß machte? Es war, als existierten wir wirklich nicht. Als wären wir nur Geister, die keine Spuren hinterließen in dieser Welt, nichts Lebendiges mehr. Wir setzten uns in diesen Stunden immer eng zusammen und nahmen uns gegenseitig in den Arm.

Diese Freitage taten uns etwas Seltsames an. Ich glaube, sie ließen uns in unserer eigenen Vorstellung zusammenschrumpfen, sie rüttelten an unserem Selbstgefühl. Nachher fanden wir keinen Spaß mehr an unseren Spielen oder unseren Büchern, und so schnitten wir schweigend noch mehr Blumen aus, um wenigstens dem Dachboden unseren unübersehbaren Stempel aufzudrücken.

Aber wir waren jung, und die Hoffnung hat in der Jugend starke Wurzeln. Vor langer Zeit war ich durch richtige Gärten, richtige Wälder gelaufen – doch es kam mir vor, als müsse das schon viele Jahre her sein. Trotzdem fühlte ich immer ihre geheimnisvolle Aura, als würde auch in unserem Papiergarten etwas Magisches und Wunderbares hinter der nächsten Ecke warten. Um auch unserem Garten seinen besonderen Zauber zu geben, krochen Chris und ich mit Kreide auf dem Boden herum und zeichneten einen großen Kreis von weißen Blumen. In diesem Feenkreis waren wir vor allem Bösen sicher, denn wenn wir dort saßen, schützte uns ein besonderer Zauber. Dort hockten wir dann mit übereinandergeschlagenen Beinen auf dem Boden und erzählten den Zwillingen beim Licht einer einzigen Kerze lange, selbst ausgedachte Geschichten von guten Feen, die kleine Kinder beschützten, und bösen Hexen, die am Ende immer besiegt wurden.

Einmal meldete sich Cory mit einer Frage, und seine Fragen waren immer am schwierigsten zu beantworten: »Wo ist all das Gras denn hingekommen?«

»Gott hat das ganze Gras in den Himmel geholt.« Carrie ersparte mir mit diesem schwer zu überprüfenden Kommentar die Antwort.

»Warum?«

»Für Daddy. Daddy mäht doch so gerne die Wiese.«

Chris sah mich an, und ich ihn – und wir hatten gedacht, die beiden hätten Daddy längst vergessen!

Cory zog seine kleinen Augenbrauen nachdenklich hoch und starrte sinnend auf die Pappbäume, die Chris aufgestellt hatte. »Wo sind denn die großen Bäume hingekommen, die richtigen großen?«

»Die sind mit dem Gras geholt worden«, erklärte Carrie. »Daddy hat gerne große Bäume. Sind auch da oben.« Diesmal mußte ich schnell in eine andere Richtung sehen. Wie ich es haßte, sie anlügen zu müssen – ihnen zu erzählen, daß dies alles nur ein Spiel war, ein endloses Spiel, für das die Zwillinge wesentlich mehr Geduld aufzubringen schienen als Chris und ich. Und sie fragten kein einziges Mal, warum wir dieses Spiel spielen mußten.

Niemals kam die Großmutter auf den Dachboden, um nachzusehen, was wir dort wohl anstellten. Doch sie öffnete oft die Tür zu unserem Zimmer so leise wie möglich, damit wir sie nicht kommen hörten. Sie spähte durch einen schmalen Spalt und hoffte, uns dabei zu erwischen, wie wir etwas »Gottloses« oder »Verdorbenes« taten.

Auf dem Dachboden konnten wir tun und lassen, was immer wir wollten, ohne von jemandem überrascht zu werden, wenn man einmal von Gottes wachsamem Auge absah, an das uns die Großmutter jeden Tag erinnerte. Weil ich mir aber nicht vorstellen konnte, daß sie sich freiwillig auf Gottes Wachsamkeit allein verließ, wurde ich neugierig, warum sie nicht einmal die kleine Abstellkammer mit der Treppe betrat. Ich nahm mir vor, Mammi bei der nächsten Gelegenheit danach zu fragen. »Warum kommt die Großmutter nie selbst zu uns auf den Dachboden herauf, um uns zu kontrollieren? Warum fragt sie uns immer nur? Meint sie, wir würden ihr auf jeden Fall die Wahrheit sagen?«

Mammi saß müde und abgespannt auf ihrem persönlichen Stuhl. Ihr neues grünes Wollkleid sah sehr teuer aus. Sie war beim Friseur gewesen und hatte die Haare anders gelegt als sonst. Meine Frage beantwortete sie auf eine geistesabwesende Art, als seien ihre Gedanken bei etwas wesentlich Angenehmerem. »Ach, habe ich euch davon noch nichts erzählt? Eure Großmutter leidet an Klaustrophobie. Das ist eine psychische Krankheit, die es ihr so gut wie unmöglich macht, kleine, enge Räume zu betreten, Aufzugkabinen zum Beispiel. Wißt ihr, als sie ein Kind war, haben ihre Eltern sie immer zur Strafe in einer Abstellkammer eingesperrt. Das ist wohl die Ursache.«

Mann! Wie schwer war es doch, sich diese große alte Frau als kleines Kind vorzustellen, das von den Eltern bestraft wurde. Sie hätte mir beinahe leid getan, aber ich wußte, wie froh sie darüber war, *uns* so fest eingesperrt zu haben. Jedesmal, wenn sie uns ansah, entdeckte ich diese Freude in ihren Augen – eine stille, boshafte Befriedigung. Trotzdem kam es uns sehr gelegen, daß sie vom Schicksal mit dieser komischen Krankheit gestraft war, und wir liebten die schmale Treppe fast wegen ihrer engen, verwinkelten Wände.

Chris und ich spekulierten oft darüber, wie man wohl all die schweren Kisten und sperrigen Möbelstücke auf den Dachboden geschafft hatte. Mit Sicherheit nicht über den engen Treppenaufgang, denn die meisten Sachen waren so groß, daß sie nicht einmal durch unsere Zimmertür gepaßt hätten. Aber obwohl wir intensiv danach suchten, entdeckten wir nie einen anderen Aufgang zum Dachboden. Vielleicht verbarg ihn einer der riesigen Schränke, die zu schwer waren, als daß wir sie hätten verrücken können. Chris meinte, es bestünde auch die Möglichkeit, daß man einige Sachen mit einem Kran durch die Dachfenster gehievt hätte.

Jeden Tag kam die Hexengroßmutter in unser Zimmer geschlichen, um uns mit ihren Steinaugen zu erdolchen und ihrem dünnen, messerscharfen Mund zu verschlingen. Jeden Tag stellte sie die gleichen alten Fragen: »Was habt ihr angestellt? Was macht ihr auf dem Dachboden? Habt ihr auch vor jedem Essen euer Gebet aufgesagt? Habt ihr letzte Nacht neben euren Betten gekniet und Gott darum gebeten, daß er euren Eltern für ihre furchtbare Sünde vergibt? Lehrt ihr die beiden Kleinen die Worte des Herrn? Seid ihr auch nicht zusammen im Bad gewesen, Jungen und Mädchen?« Junge, was blitzten ihre Augen bei dieser Frage immer drohend. »Benehmt ihr euch immer anständig? Haltet ihr euren Körper immer bedeckt vor den Augen des anderen Geschlechts? Berührt ihr euren Körper auch nicht, außer, um ihn zu waschen?«

»O Gott! Nackte Haut mußte für sie etwas furchtbar Schmutziges sein! Chris lachte, wenn sie wieder gegangen war. »Ich nehme an, sie hat sich ihren Unterrock festgeklebt.«

»Nein! Sie hat ihn festgenagelt!« entschied ich.

»Ist dir schon mal aufgefallen, wie sehr sie auf die Farbe Grau schwört?«

Aufgefallen? Wem würde das nicht auffallen? Sie trug ja nie etwas anderes als Grau. Mammi erklärte uns dazu, daß ihre Mutter den grauen Stoff aus einer Textilfabrik ihres Mannes sehr preisgünstig bezöge und eine Bekannte im nächsten Ort habe, die ihr sehr billig Kleider daraus nähte. Auch das noch! Offenbar waren die Foxworths nicht nur reich, sondern auch noch geizig.

An einem Nachmittag im September kam ich in höchster Eile die Treppe vom Dachboden heruntergerannt. Ich wollte ins Bad – und stieß in unserem Zimmer fast mit der Großmutter zusammen. Sie packte mich an den Schultern und starrte mir in die Augen. »Paß auf, wo du hinläufst, Mädchen!« schnappte sie. »Warum hast du es denn so eilig?«

Ihre Finger bohrten sich wie Stahlklauen durch den dünnen Stoff meiner blauen Bluse. Sie hatte als erste gesprochen, also durfte auch ich etwas sagen: »Chris malt eine wunderbare Landschaft«, erklärte ich atemlos. »Und ich muß ihm ganz schnell frisches Wasser bringen, bevor sein großer Pinsel eintrocknet. Es ist wichtig, die Farben immer sauberzuhalten.«

»Warum holt er sich sein Wasser nicht selbst? Warum bedienst du ihn, bist du sein Dienstmädchen?«

»Er malt doch gerade, und er fragte mich deshalb, ob ich ihm nicht eben mal schnell das Wasser holen könnte, weil ich sowieso nichts anderes tat, als ihm zuzusehen. Und die Zwillinge hätten das Wasser unterwegs nur verschüttet.«

»Närrin! Du darfst einen Mann nie bedienen! Laß dich von ihm bedienen. Und jetzt heraus mit der Wahrheit – was macht ihr wirklich da oben?«

»Ehrlich, ich sage die Wahrheit. Wir arbeiten hart, um den Dachboden schöner zu machen, damit die Zwillinge dort keine Angst mehr haben und spielen können. Und Chris ist ein wunderbarer Maler.«

Sie verzog abfällig den Mund und fragte: »Wie kannst du beurteilen, ob jemand ein Maler ist?«

»Er ist künstlerisch hochbegabt – alle seine Lehrer haben das gesagt, Großmutter.«

»Hat er dich gebeten, Modell für ihn zu stehen – ohne Kleider?«

Ich war schockiert. »Nein. Natürlich nicht!«

»Warum zitterst du dann so?«

»Ich... ich... habe Angst... vor Ihnen!« stammelte ich. »Jeden Tag kommen Sie und fragen uns aus, was wir für sündige, gottlose Dinge tun würden. Ich weiß gar nicht, was das für Dinge sein sollen, ehrlich! Wenn Sie uns nicht sagen, was das eigentlich ist, diese sündigen, verdorbenen Dinge, wie sollen wir da genau wissen, ob wir sie auch wirklich nicht tun?«

Sie sah mich von oben bis unten an und heftete ihren Blick besonders auf meine nackten Füße. Dann grinste sie sarkastisch. »Frag deinen älteren Bruder – er wird schon wissen, was ich meine. Die Männer unserer Rasse wissen von Geburt an über alles Schlechte Bescheid.«

Junge, habe ich sie da angestarrt! Chris war nicht böse oder schlecht. Er hat mich oft geärgert, aber das war bestimmt nichts Gottloses oder Verdorbenes gewesen. Ich versuchte, ihr das zu erklären, aber sie wollte nicht zuhören.

Später an diesem Tag kam sie in unser Zimmer und trug einen tönernen Blumentopf mit einer großen gelben Chrysantheme.

Sie ging schnurstracks auf mich los und drückte mir den Topf in die Hand. »Hier sind echte Blumen für euren falschen Garten«, sagte sie ohne jede Wärme. Es war trotzdem eine so menschliche, gar nicht hexenhafte Geste, daß es mir den Atem verschlug. Sollte sie sich etwa ändern, begann sie uns mit menschlichen Augen zu sehen? Würde sie am Ende sogar ein wenig Sympathie für uns aufbringen? Ich dankte ihr wortreich für die Blume, vielleicht zu wortreich, denn sie wirbelte herum und marschierte hinaus, als habe ich sie beleidigt.

Carrie kam angelaufen, um ihr kleines Gesicht in die gelben Blüten zu stopfen. »Hübsch«, sagte sie. »Cathy, darf ich die haben? Wunderhübsch.« Natürlich durfte sie. Über Nacht blieben die Blumen bei uns unten, damit die Zwillinge sie beim

Einschlafen und beim Wachwerden bewundern konnten. Danach erhielten sie einen Ehrenplatz auf dem Fensterbrett des Dachbodenklassenzimmers, wo sie etwas von der spärlichen Morgensonne mitbekamen. Doch viel zu sehen war aus diesem Fenster nie. Nur die fernen Bergspitzen und Baumwipfel davor. Oft verschwamm alles in einem blauen Dunst.

Immer wenn ich an meine Jugend denke, tauchen vor meinem inneren Auge jene dunstverhangenen Gipfel auf, mit den endlosen Baumreihen. Und ich rieche wieder die trockene, staubige Luft, die wir Tag für Tag atmen mußten. Ich sehe wieder die tiefen Schatten des alten Dachbodens, die so gut zu den Schatten in meinen Gedanken paßten, und ich höre die unausgesprochenen, unbeantworteten Fragen: Warum? Wann? Wie lange noch?

Liebe... darauf setzte ich mein ganzes Vertrauen.

Ehrlichkeit... mußte nicht wahr sein, was von den Lippen derjenigen kommt, die man liebt und denen man am meisten vertraut?

Mehr als zwei Monate waren vergangen, und der Großvater lebte noch immer.

Wir standen, wir saßen, wir lagen auf den großen, breiten Fensterbrettern des Dachbodens. Sehnsüchtig sahen wir zu, wie die Baumwipfel sich über Nacht vom tiefen Grün des späten Sommers zum leuchtenden Scharlachrot, Gold und Braun des Herbstes verfärbten. Dieser Wandel ging mir sehr nahe. Ich glaube, es ging uns allen nahe, selbst den Zwillingen, den Sommer so dem Herbst weichen zu sehen, während wir nur zusehen konnten, ohne die Jahreszeiten selbst miterleben zu dürfen.

»Willst du mir nicht antworten?« fragte Chris. »Warum guckst du so traurig? Die Bäume sehen doch wunderschön aus, findest du nicht? Wenn es Sommer ist, liebe ich nichts mehr als den Sommer. Aber wenn dann der Herbst kommt, gefällt mir der Herbst am besten. Und dann ist der Winter meine Lieblingsjahreszeit, und schließlich ist der Frühling das Beste von allem.«

So war er, mein geliebter Christopher Doll. Er machte immer das Beste aus dem Hier und Jetzt, egal, in welcher Situation.

»Ich dachte gerade an die alte Mrs. Bertram und ihre langweiligen Vorträge über die Boston Tea Party und den Unabhängigkeitskrieg. Geschichte war bei ihr immer so eintönig. Sie schaffte es, daß man selbst bei den spannendsten historischen Ereignissen nur gähnen konnte. Und trotzdem gäbe ich viel dafür, mich mal wieder auf so eine Art langweilen zu lassen.«

»Doch, doch«, meinte er zustimmend. »Ich verstehe schon, was du fühlst. Ich fand die Schule auch langweilig und Geschichte ganz besonders – außer den Sachen über die Besiedlung des Westens, die Indianerkriege und all das. Aber in der Schule konnten wir wenigstens alles tun, was andere Kinder in unserem Alter auch taten. Jetzt vergeuden wir einfach nur unsere Zeit und tun absolut gar nichts. Cathy, laß uns keine Minute mehr verschwenden! Wir müssen anfangen, uns auf den Tag vorzubereiten, an dem wir hier wieder rauskommen. Wenn man sich keine festen Ziele setzt und ständig an ihnen arbeitet, erreicht man nichts. Ich sage mir, wenn ich es nicht schaffe, Arzt zu werden, dann will ich auch sonst nichts schaffen, und das ganze Foxworth-Geld kann mir gestohlen bleiben.«

Er sagte das mit solch einem Nachdruck! Ich wollte gerne Primaballerina werden, aber mit viel Geld statt dessen wäre ich auch zurechtgekommen. Irgendein Beruf würde sich da schon finden. Chris runzelte die Stirn, als könne er meine Gedanken lesen. Ich wußte, was sein Stirnrunzeln bedeutete und was mir der Blick aus seinen sommerblauen Augen sagen wollte. Ich hatte keine einzige Ballettübung mehr gemacht, seit wir unsere Dachbodenexistenz begonnen hatten. »Cathy, morgen baue ich für dich einen Übungsbalken in einem Teil unseres Papiergartens auf. Und ab dann übst du fünf oder sechs Stunden täglich, wie in einer Ballettklasse!«

»Das tue ich nicht! Niemand hat mir zu sagen, was ich zu tun oder zu lassen habe! Abgesehen davon kann man gar keine Ballettübungen machen, wenn man nicht das richtige Kostüm dafür hat.«

»Was für ein Unsinn!«

»Ich rede Unsinn, weil ich so dumm bin! Du, Christopher, bist ja der einzige Intelligente hier!« Damit brach ich in Tränen aus und rannte vorbei an unseren Papierblumen, durch unseren Pappwald zur Treppe. Schnell, schnell, schnell die Stufen runter, daß ich stolpern würde, stürzen, mir ein Bein, den Arm, den Hals brechen würde, und dann läge ich tot da, und allen täte es leid um mich, um die Tänzerin, die es nun nie geben würde, die kleine, tote Primaballerina!

Ich warf mich auf mein Bett und schluchzte in mein Kopfkissen. Es gab hier nichts außer Hoffnungen und Träumen – nichts, das wirklich war. Ich würde alt werden, ohne je wieder andere Menschen zu sehen. Der alte Mann da unten würde hundertundzehn Jahre alt werden! All seine Ärzte und Krankenschwestern würden ihn auf ewig am Leben halten – und ich würde nicht einmal mehr meinen Geburtstag mit meinen Freundinnen feiern können. Oh, ich hatte solches Selbstmitleid, und dann schwor ich mir, daß jemand dafür zahlen mußte, zahlen, zahlen, zahlen, für all das hier! O ja, jemand würde mir dafür zahlen!

Und dann standen sie plötzlich alle um mein Bett und wollten mir etwas schenken, um mich zu trösten, etwas von den Dingen, die ihnen selbst am liebsten waren: Carrie mit ihrer roten Lieblingspapierblume, Cory mit seinem »Peter, das Kaninchen«-Buch, und Chris saß einfach nur da und sah mich an. Noch nie hatte ich mich so klein gefühlt.

An einem der nächsten Abende kam Mammi sehr spät noch einmal zu uns herauf und brachte mir eine große Schachtel, die ich auspacken durfte. Darin lagen zwischen weißen Tüchern Ballett-Kostüme, gleich zwei in verschiedenen Farben, dazu die passenden Schuhe und eine schmale, kleine Karte, auf der stand: »Von Christopher«. Und darunter lagen noch Schallplatten mit Ballettmusik. Ich fing zu weinen an, während ich erst meiner Mutter und dann Chris um den Hals fiel. Diesmal waren es keine Tränen der Verzweiflung und der Enttäuschung. Von jetzt an hatte ich etwas, für das ich arbeiten konnte.

»Zu allererst wollte ich dir ein weißes Kostüm kaufen«, erzählte Mammi, die mich noch immer im Arm hielt. »Es gab da ein hinreißendes, aber das war zu groß für dich – mit einer weißen Federkappe, bei der die Federn sich um deine Stirn kräuseln. Für ›Schwanensee‹. Ich habe es für dich bestellt, Cathy. Sie lassen es auf deine Größe umarbeiten. Drei Kostüme müßten doch erst mal ausreichen, dir die nötige Motivation zu geben.«

Und ob! Nachdem Chris mir meinen Übungsbalken sicher an einem Pfeiler angebracht hatte, übte ich stundenlang zur Musik. Es gab keinen großen Spiegel hinter dem Balken wie in den Ballettschulen, die ich besucht hatte, aber in meinem Kopf hatte ich einen riesigen Spiegel, und ich sah mich selbst darin als gefeierte Primaballerina, der das Publikum Blumensträuße auf die Bühne warf, Tausende roter Rosen. Mit der Zeit bekam ich von Mammi alle Tschaikowsky-Balletts auf Platte geschenkt. Ich spielte sie auf dem ebenfalls von Mammi besorgten Plattenspieler ab, der über eine fast endlose Verknüpfung von Verlängerungskabeln mit der Steckdose in unserem Schlafzimmer verbunden war.

Zu schöner Musik zu tanzen ließ mich alles vergessen. Es löste mich von mir selbst und unserem eintönigen Leben. Was machte das alles, solange ich tanzen konnte? Besser meine Pirouetten drehen und so tun, als hätte ich einen Partner, der mich hielt und stützte, wenn ich mich an den schwierigeren Positionen versuchte. Ich fiel hin, stand auf, fiel wieder hin und tanzte, bis ich völlig außer Atem war, jeder Muskel schmerzte, mein Trikot von Schweiß tropfte und mein Haar an der Stirn klebte. Dann ließ ich mich einfach flach auf den Boden fallen, ruhte mich keuchend aus und übte dann am Balken wieder die weniger anstrengenden Grundpositionen. Manchmal tanzte ich die Prinzessin Aurora aus »Dornröschen«, und manchmal tanzte ich einfach selbst die Rolle des Prinzen, sprang hoch in die Luft und schlug die Beine zusammen.

Einmal sah ich auf, nachdem ich gerade das Todeszucken des ›Sterbenden Schwans‹ hinter mich gebracht hatte, und entdeckte Chris, der mir aus dem Schatten des Dachboden mit dem eigenartigsten Blick zusah. Bald würde er seinen fünfzehnten Geburtstag feiern, soweit unter diesen Umständen von Feiern die Rede sein konnte. Wie kam es, daß er plötzlich nicht mehr wie ein Junge, sondern wie ein Mann wirkte? War es nur dieser schwer deutbare Ausdruck seiner Augen, der mir sagte, daß er sich immer schneller von der Kindheit zu entfernen begann?

Auf den Spitzen trippelte ich zu Chris, in einer Sequenz schneller, kleiner Schritte, die den Eindruck erwecken, man schwebt über die Bühne – ›Perlenkette‹ wird das sehr poetisch genannt. Ich streckte meine Arme aus. »Komm, Chris! Sei mein ›danseur‹. Ich bringe es dir bei.«

Er lächelte amüsiert, aber er schüttelte den Kopf und sagte, das sei unmöglich. »Ballett ist nichts für mich. Aber Walzer würde ich gern lernen – zur Musik von Strauß allerdings nur.«

Ich mußte lachen. Damals waren die einzigen Walzer-Platten, die wir hatten, Strauß-Platten. Ich lief zum Plattenspieler und legte *Die blaue Donau* auf.

Chris benahm sich recht schwerfällig. Er hielt mich steif von sich. Er trat mir auf meine rosafarbenen Ballettschuhe. Aber es beeindruckte mich, wie sehr er sich anstrengte, auch den einfachsten Schritt immer ganz exakt auszuführen. Ich traute mich nicht, ihm zu sagen, daß sein Talent im Kopf und seinen künstlerischen Händen stecken mußte, denn in seinen Beinen war nichts davon zu spüren. Und doch, und doch, in einem Strauß-Walzer steckte etwas Aufmunterndes und Weiches, das es einem leicht machte, etwas Romantisches, ganz anders als bei diesen athletischen Ballettwalzern, nach denen man atemlos und in Schweiß gebadet zurückblieb.

Als Mammi mir dann endlich auch noch das Schwanensee-Kostüm brachte, war mein Glück vollständig. Liebe, Hoffnung, Glück – sie schienen tatsächlich auch in unserem Dachboden-Gefängnis einzuziehen. Einen Karton mit einer lila Schleife darum hatte sie mir gebracht, mit einem Geschenk darin, das jemand ausgesucht haben mußte, der mich wirklich liebhatte, nachdem ein anderer, der mich auch liebhatte, sie auf den Gedanken gebracht hatte.

»Tanze, Ballerina, tanze – tanz deine Pirouette.
Vergiß den Schmerz in deinem Herz.
Tanze, Ballerina, tanze, damit du eines nie vergißt,
Eine Tänzerin ist es, was du bist.
Seine Liebe, die muß warten, hast du ihm gesagt,
Hast den Ruhm gewählt, als er gefragt.
Eine Tänzerin tanzt ihre Rolle ... eins, zwei, drei.
Wir leben und wir lernen ... und die Liebe geht vorbei.
Die Liebe, Ballerina, geht vorbei ...

Schließlich beherrschte Chris den Walzer und den Foxtrott. Als ich ihm den Charleston beibringen wollte, lehnte er ab: »Ich brauche nicht jeden Tanz zu lernen wie du. Ich will ja nicht zur Bühne. Alles, was ich will, ist, ein Mädchen zum Tanz auffordern zu können, ohne mich anschließend auf dem Parkett zu blamieren.«

Ich hatte immer schon getanzt. Es gab keinen Tanz, den ich nicht ausprobiert und gelernt hatte, seit ich ein kleines Mädchen war.

»Chris, eins mußt du wissen. Du kannst einfach nicht dein ganzes Leben lang nur Walzer und Foxtrott tanzen. Jedes Jahr bringt einen neuen Modetanz. Sie wechseln wie die Kleidermoden. Du mußt dich immer neu anpassen und darauf einstellen. Los, komm. Spielen wir ein bißchen Jazz dazwischen, damit du deine Knochen lockern kannst. Du mußt von dem vielen Sitzen und Bücherlesen doch furchtbar steif geworden sein.«

Ich griff wahllos eine von unseren neueren Platten heraus und erwischte einen Rock n' Roll. »Los, Chris, schwing die Hüften wie Elvis. Schließ die Augen halb, schlenker mit den Armen, beweg dich sexy, sonst bekommst du nie ein Mädchen heutzutage.«

»Dann werde ich wohl nie eins bekommen.«

So sagte er das völlig trocken und todernst. Er würde sich nie zu irgend etwas zwingen lassen, das nicht seinem selbstgewählten Image entsprach. Er war immer genau so, wie er sein wollte, und ich liebte ihn für das, was er war – stark und entschlossen, um jeden Preis er selbst zu bleiben, selbst wenn seine Persönlichkeit längst nicht mehr dem Stil der Zeit entsprach. Mein Sir Christopher, der galante Ritter.

Wir änderten die Jahreszeiten in unserem Dachbodengarten, als seien wir der liebe Gott. Wir nahmen die Blumen ab und hängten dafür bunte Herbstblätter auf. Nur für den Fall, daß wir auch im Winter noch hiersein sollten, bereiteten wir schon einmal Schnee aus Watte und weißen Stoffresten vor und klebten wunderschöne Eisblumen mit weißem Nähgarn. Chris malte, wenn er nicht stundenlang über seinen verstaubten Büchern saß, eine große Winterlandschaft mit tief verschneiten Wäldern und im Schnee halb vergrabenen Häusern, aus deren Schornsteinen sich schwarzer Rauch kräuselte. Als er fertig war, malte er um das Ganze einen sehr echt wirkenden Fensterrahmen. Als wir das Bild an der Wand aufhängten, hatten wir endlich ein Zimmer mit Aussicht.

Früher war Chris ein ewiges Ärgernis für mich gewesen, jemand, der mich bei jeder Gelegenheit aufzog... ein älterer Bruder. Aber dort oben veränderten wir uns, er und ich, genau wie wir unsere Dachbodenwelt verändert hatten. Wir lagen Seite an Seite stundenlang auf einer alten Matratze, die sich unter dem Gerümpel gefunden hatte, und redeten und redeten und machten Pläne, wie wir unser Leben gestalten wollten, wenn wir erst frei waren und der ganze Foxworth-Schatz uns gehörte. Wir würden um die Erde reisen. Er würde die schönste Frau treffen, klug, verständnisvoll, charmant, geistreich und jemand, mit dem das Leben ungeheueren Spaß machte: Sie würde die perfekte Hausfrau sein, die treueste und liebenswürdigste aller Ehefrauen, die beste Mutter, und sie würde nie an ihm etwas auszusetzen haben, nie schreien oder schimpfen, nie an ihm zweifeln oder enttäuscht und mutlos sein, wenn er einen dummen Fehler am Aktienmarkt gemacht hatte und damit all sein Geld verlor. Sie würde verstehen, daß er sein Bestes getan hatte und bald mit seiner Intelligenz und seiner Cleverness ein neues Vermögen gemacht haben würde.

Junge, kam ich mir dabei erbärmlich vor. Wie, bei allem in

der Welt, sollte ich jemals den Anforderungen von Männern wie Chris gerecht werden? Irgendwie spürte ich deutlich, daß er das Maß war, an dem ich jeden meiner späteren Männer messen würde.

»Sag mal, Chris, diese intelligente, charmante, geistreiche, hinreißende Frau, könnte sie nicht wenigstens irgendeinen ganz kleinen Fehler haben?«

»Warum sollte sie?«

»Nimm doch unsere Mutter, zum Beispiel. Man könnte sagen, sie ist all das, nur nicht gerade sehr intelligent.«

»Mammi ist nicht dumm!« verteidigte er sie vehement. »Sie ist nur in der falschen Umgebung aufgewachsen! Man hat ihr als kleinem Mädchen beigebracht, daß Frauen nicht intelligent sind, sondern gut auszusehen haben und sonst nichts.«

Was mich anging, wenn ich erst einmal eine Reihe von Jahren Primaballerina gewesen war, würde ich auch heiraten und mich irgendwo niederlassen wollen, nur was für einen Mann ich dazu haben wollte, konnte ich noch nicht sagen, außer, daß ich ihn an Daddy und Chris messen würde. Ich wollte, daß er gut aussah, das wußte ich, denn ich wollte hübsche Kinder haben. Und sehr klug mußte er auch sein, denn sonst würde ich ihn nicht respektieren können. Bevor ich seinen Verlobungsring mit Diamant annehmen könnte, müßte er mit mir Schach gespielt haben. Und wenn er mich nicht jedesmal schlug, würde ich lächeln, den Kopf schütteln und ihm sagen, er könne den Ring zum Juwelier zurückbringen.

Doch während wir unsere Pläne für die Zukunft machten, ließen unsere Philodendren eine nach der anderen die Blätter hängen. Unser Efeu wurde gelb und starb. Wir gaben uns alle Mühe mit unseren Pflanzen, redeten ihnen den ganzen Tag gut zu und baten sie, die Köpfe hoch zu halten. Sie erhielten doch das gesündeste Licht, das es bei uns gab – die Morgensonne.

Noch ein paar Wochen später hörten Carrie und Cory auf, uns zu bitten, mit ihnen ›nach draußen‹ zu gehen. Carrie bekam keine Anfälle mehr, bei denen sie mit ihren kleinen Fäusten gegen die Wände hämmerte und ›draußen spielen‹ brüllte. Die

Zwillinge akzeptierten zufrieden das, was sie zu Anfang so wütend zurückgewiesen hatten – der Dachbodengarten war das einzige ›Draußen‹, das es noch für sie gab.

Chris und ich schleiften alles, was wir an alten Matratzen finden konnten, zu den Ostfenstern. Die Fenster öffneten wir weit, damit von dem wenigen Sonnenlicht nicht noch das meiste in dem schmutzigen Fensterglas hängenblieb. Kinder brauchten Sonnenlicht, wenn sie wachsen sollten. Wir mußten uns nur unsere eingehenden Pflanzen ansehen, wenn wir sehen wollten, wie sich die fehlende Sonne auswirkte.

Ohne jede Scham zogen wir unsere Kleider aus und nahmen in der kurzen Zeit, die uns die Morgensonne ließ, regelmäßige Sonnenbäder. Wir sahen unsere Unterschiede, aber wir dachten uns nichts dabei und erzählten Mammi ganz offen von unseren Sonnenbädern. Sie blickte von mir zu Chris und lächelte schwach. »Macht das nur, aber laßt die Großmutter nichts davon erfahren. Sie würde nicht davon begeistert sein, wie ihr euch denken könnt.«

Heute weiß ich, daß sie Chris und mich damals ansah, um zu sehen, wie unschuldig wir noch waren oder ob sich unsere Sexualität bereits zu regen begann. Und was sie sah, mußte sie zu der beruhigenden Annahme verleitet haben, wir seien noch Kinder. Sie hätte es besser wissen sollen.

Die Zwillinge liebten es, nackt zu sein und zu spielen, als seien sie noch Babys. Sie lachten und kicherten und zeigten sich ihr ›Schwänzchen‹ und ihr ›Pfläumchen‹ und wunderten sich, warum Cory so etwas ganz anderes zum Pipimachen hatte als Carrie.

»Warum, Chris?« fragte Carrie und zeigte auf das, was er und Cory hatten und sie nicht.

Ich las gerade *Die Sturmhöhe* und hatte kein Interesse an solchem Kinderkram.

Aber Chris bemühte sich um eine korrekte und wahre Beantwortung dieser Frage: »Alle männlichen Wesen haben ihre Sexualorgane außen, und alle weiblichen haben sie innen.«

»Schön ordentlich innen und nicht so rumhängen«, ergänzte ich.

»Klar, Cathy, ich weiß, daß du großen Wert darauf legst, was für einen schönen, ordentlichen Körper Frauen haben. Aber ich finde meinen auch ganz in Ordnung. Also sind wir alle mit dem zufrieden, was wir haben. Und im übrigen, das habe ich vergessen, haben männliche Vögel ihre Sexualorgane auch innen.«

Interessiert erkundigte ich mich: »Woher weißt du das?«

»Ich weiß es eben.«

»Du hast es in einem Buch gelesen?«

»Was sonst – hast du gedacht, ich hätte einen Vogel gefangen und es an ihm studiert?«

»Das würde ich bei dir nicht für unmöglich halten.«

»Ich lese wenigstens Bücher, um daraus etwas zu lernen, nicht, um mich zu unterhalten oder weil mir nichts anderes einfällt.«

»Sei gewarnt, daß aus dir ein sehr langweiliger Mann werden könnte – und, sag mal, wenn männliche Vögel ihre auch innen haben, sind es dann eigentlich keine Weibchen? Ich meine ...«

»Nein!«

»Aber, Christopher, ich verstehe das nicht. Warum sind Vögel denn so anders?«

»Sie müssen stromlinienförmig gebaut sein, damit sie fliegen können.«

Das war wieder so eine verwirrende Sache, aber er hatte wie immer die passende Antwort. Ich wußte es einfach, dieses Superhirn hatte auf alles eine Antwort.

»Na gut, aber warum sind männliche Vögel denn nun so gebaut? Und laß das mit der Stromlinie mal ruhig beiseite.«

Er wiegte den Kopf, sein Gesicht lief rot an, und er suchte nach den richtigen Worten für eine delikate Sache: »Männliche Vögel können erregt werden, und dann kommt das, was innen ist, eben raus.«

»Wie werden sie denn erregt?«

»Halt den Mund und lies dein Buch – und laß mich meins lesen!«

Eines Tages wurde es zu kalt, um Sonnenbäder zu nehmen. Dann wurde es so eisig, daß wir ständig in unseren wärmsten Sachen herumlaufen mußten, wenn wir nicht frieren wollten. Viel zu schnell verschwand die Morgensonne jetzt aus dem Osten und ließ uns mit dem sehnlichen Wunsch zurück, es möge doch auch auf der Südseite Fenster geben. Doch dort war alles mit riesigen alten Schränken zugestellt oder mit Bretterverschlägen verrammelt.

»Macht euch nichts draus«, meinte Mammi, »die Morgensonne ist die gesündeste.«

Worte, die uns nicht besonders aufmuntern konnten, gingen doch unsere Pflanzen eine nach der anderen im allergesündesten Sonnenlicht ein.

Als der November begann, hatte sich auf dem Dachboden eine arktische Kälte ausgebreitet. Unsere Zähne klapperten, unsere Nasen liefen, wir niesten ständig und jammerten bei Mammi, wir brauchten endlich einen Ofen mit Kamin da oben, denn die beiden Öfen im Klassenzimmer waren nicht mehr mit dem Kamin verbunden. Mammi sprach davon, uns ein elektrisches Heizgerät oder einen Gasofen heraufzubringen. Aber sie hatte Angst, das Heizgerät könnte einen Brand verursachen, wenn es mit zu vielen Verlängerungskabeln angeschlossen war. Und auch für den Gasofen brauchten wir einen Abzug.

So brachte sie uns dicke wollene Unterwäsche, Ski-Jacken mit Kapuzen und gefütterte Ski-Hosen. Mit dieser Ausrüstung gingen wir weiter jeden Tag auf den Dachboden, denn nur dort konnten wir frei herumrennen und waren vor den allgegenwärtigen Augen der Großmutter sicher, die immer wieder durch den Türspalt schielten.

In unserem überfüllten Schlafzimmer konnten wir uns kaum rühren, ohne uns irgendwo das Schienbein zu stoßen. Auf dem Dachboden rannten wir dagegen frei umher, lachten und tobten, spielten Fangen oder Verstecken. Besonders Verstecken war natürlich zwischen all dem alten Gerümpel immer eine spannende Sache. Chris und ich hatten unseren Spaß daran, uns bei diesem Spiel jedesmal kräftig zu erschrecken. Doch für die

Zwillinge spielten wir es immer etwas weniger unheimlich, denn sie hatten schon genug Angst vor den vielen »komischen Dingen«, die in den Schatten des riesigen Dachbodens lauerten. Carrie behauptete völlig ernst, hinter einigen der alten Schränke und Truhen habe sie Ungeheuer hocken sehen. Besonders die mit Tüchern abgedeckten Möbel blieben ein unheimlicher Anblick.

Eines Tages suchten wir auf unserem polaren Dachboden Cory. »Ich geh' lieber runter«, verkündete Carrie und zog einen Flunsch. Es hatte keinen Zweck, sie oben zu halten, wenn sie keine Lust mehr hatte – dafür war sie zu stur. Also zog sie in ihrem süßen roten Ski-Anzug ab und überließ Chris und mir die Suche nach ihrem Zwillingsbruder. Gewöhnlich war das kein großes Problem. Cory versteckte sich immer da, wo Chris sich beim letztenmal versteckt hatte. Wir wußten, diesmal würde er deshalb in dem dritten großen Wandschrank auf der rechten Seite stecken. Um es spannender für ihn zu machen, suchten wir noch eine Weile laut herum und machten um den speziellen Schrank immer einen Bogen. Dann entschieden wir uns, ihn zu »finden«. Aber als wir die angelehnte Tür öffneten – keine Spur von Cory!

»Oh, verdammt!« rief Chris. »Jetzt hat er gerade heute eine innovative Ader bekommen und sich ein originelles Versteck gesucht.«

Das kam von diesen vielen klugen Büchern. Selbst in solchen Augenblicken mußte er noch gelehrt daherschwätzen! Ich wischte mir die Nase und sah mich noch einmal gründlich um. Für jemand, der wirklich erfinderisch war, gab es auf diesem weitläufigen Dachboden Millionen Verstecke. Da würden wir stundenlang suchen können, ohne auch nur eine Spur von Cory zu entdecken. Und mir war kalt, mir lief die Nase, und ich hatte jede Lust am Versteckspiel längst verloren, das Chris uns als tägliche Übung aufgezwungen hatte, damit wir »fit« blieben.

»Cory!« brüllte ich. »Komm raus, wo du dich auch gerade versteckt hast! Es ist Zeit fürs Mittagessen!« Na, wenn ihn das nicht rauslockte! Unsere Mahlzeiten waren gemütliche und sehr familiäre Ereignisse, die unseren langen Tag in besser zu ertragende kleine Abschnitte unterteilten.

Doch er ließ sich noch immer nicht blicken. Ich starrte Chris wütend an. »Erdnußbutter- und Marmelade-Brote!« fügte ich laut hinzu. Corys Lieblingssandwiches, die er mit einem Freudenschrei hätte begrüßen müssen. Aber es rührte sich nichts, kein Geräusch, kein Ruf, nichts.

Plötzlich bekam ich Angst. Ich konnte mir nicht vorstellen, daß Cory von einem Tag auf den anderen alle Angst vor den abgelegenen Schattenregionen des Bodens überwunden hatte und das Spiel nun wirklich auf eigene Faust spielte – aber wenn er nun einfach versucht hatte, Chris oder mich nachzuahmen? O Gott! »Chris!« rief ich. »Wir müssen Cory finden, und zwar schnell!«

Er begriff, was in meinem Kopf vorging, und lief los, Cory laut rufend und ihm befehlend, sofort rauszukommen. Beide rannten wir über den Dachboden und suchten fieberhaft. Ende des Versteckspiels, Zeit zum Mittagessen! Keine Antwort, und trotz meiner dicken Winterkleidung fröstelte mir. Selbst meine Hände sahen bläulich aus.

»Mein Gott«, murmelte Chris, der mich eingeholt hatte, »stell dir vor, er hat sich in einer der alten Truhen versteckt und den Deckel zugemacht. Der Riegel könnte dann von selbst zugeklappt sein!«

Wie die Verrückten hetzten wir los und rissen den Deckel von jeder Truhe auf, die wir finden konnten. Wir warfen alles, was obenauf in den Truhen lag, durch die Gegend. Und während wir rannten und suchten, betete ich immer wieder zu Gott, er möge Cory nicht sterben lassen, bitte, bitte!

»Cathy, ich hab' ihn!« schrie Chris. Ich wirbelte herum und sah, wie Chris Corys kleine, schlaffe Gestalt aus einer Truhe hob, deren Riegel vorgerutscht war. Mit vor Erleichterung zittrigen Knien wankte ich zu den beiden und küßte Corys bleiches kleines Gesicht, dem der Sauerstoffmangel schon deutlich anzusehen war. Seine halb geschlossenen Augen blickten ins Leere, und er stand dicht vor der Bewußtlosigkeit. »Mammi«, flüsterte er, »ich will meine Mammi!«

Aber die Mammi war meilenweit weg und lernte Maschinenschreiben und Steno. Es gab nur eine erbarmungslose Großmutter, von der wir nicht einmal wußten, wie wir sie in einem Notfall erreichen konnten.

»Lauf schnell runter und laß heißes Wasser in die Wanne ein«, sagte Chris, »aber nicht zu heiß. Wir wollen ihn nicht kochen.« Dann rannte er selbst mit Cory auf dem Arm zur Treppe.

Ich war noch vor ihm in unserem Zimmer und stürzte sofort ins Bad. Ein Blick über die Schulter zeigte mir, daß Chris Cory auf sein Bett legte. Dann beugte er sich über ihn, hielt ihm die Nase zu und preßte seinen Mund auf Corys blaue, halb geöffnete Lippen.

Mein Herz schlug mir bis zum Hals! War Cory tot? Hatte er aufgehört zu atmen?

Carrie warf einen Blick auf diese Szene – ihr Zwillingsbruder blau im Gesicht und ohne sich zu rühren –, und sie begann zu weinen.

Im Badezimmer drehte ich beide Hähne bis zum Anschlag auf. Das Wasser brauste in die Wanne. Cory starb! Die ganze Zeit träumte ich schon vom Sterben und vom Tod ... und meistens wurden meine Träume irgendwann Wirklichkeit. Und wie immer, wenn ich mir gerade noch die Hoffnung gemacht hatte, Gott würde uns den Rücken zuwenden und sich nicht um uns kümmern, klammerte ich mich bei Gefahr sofort wieder an meinen Glauben und flehte Ihn an, Cory nicht sterben zu lassen ... bitte, lieber Gott, bitte, bitte, bitte!

Vielleicht halfen meine Gebete Cory genausoviel, wieder ins Leben zurückzufinden, wie Chris' künstliche Beatmung.

»Er atmet wieder«, sagte Chris, bleich und zitternd. Er trug Cory zur Badewanne. »Jetzt müssen wir ihn noch aufwärmen.«

Im Handumdrehen hatten wir Cory aus seinen Sachen geschält und in die Wanne mit warmem Wasser gelegt.

»Mammi«, wisperte Cory, als er zu sich kam, »ich will meine Mammi.« Immer wieder sagte er das. Ich hätte mit den Fäusten gegen die Wand hämmern können, denn es war so verdammt unfair für ihn! Er hätte wirklich seine Mutter gebraucht, und nicht nur eine Spielmutti, die nicht wußte, was man in so einer Situation wirklich zu tun hatte. Ich wollte raus hier, raus aus dieser Rolle, selbst wenn ich statt dessen auf der Straße betteln müßte!

Aber ich sagte auf eine ruhige Art, die mir ein anerkennendes Lächeln von Chris einbrachte: »Warum kannst du nicht so tun, als wenn ich deine Mammi wäre? Ich tue alles für dich, was sie auch täte. Ich halte dich auf dem Arm und sing' dir ein Liedchen zum Einschlafen, sobald du nur ein bißchen gegessen und Milch getrunken hast.«

Chris und ich knieten neben der Wanne, als ich das sagte. Er massierte Cory die kleinen Füße, während ich seine kalten Hände rieb, um sie anzuwärmen. Als seine Haut wieder ihre natürliche rosige Farbe annahm, trockneten wir Cory ab und steckten ihn in seinen wärmsten Schlafanzug. Dann setzte ich mich, mit ihm auf dem Schoß, in den alten Schaukelstuhl, den Chris vom Dachboden heruntergebracht hatte, wickelte ihn noch zusätzlich in eine Decke und preßte ihn eng an mich. Ich küßte ihm immer wieder das kleine Gesicht und flüsterte ihm liebevollen Unsinn ins Ohr, der ihn leise und glücklich kichern ließ.

Wenn er wieder kichern konnte, mußte er auch essen können, also fütterte ich ihn mit kleinen Häppchen und gab ihm löffelweise lauwarme Suppe. Dazu trank er Milch in langen Zügen. Und während ich ihn versorgte, wurde ich älter, erwachsener. In zehn Minuten um zehn Jahre. Ich blickte hinüber zu Chris, der sein Mittagessen aß, und sah, daß auch er sich verändert hatte. Jetzt wußten wir, daß es auf dem Dachboden wirkliche Gefahren gab, nicht nur dunkle Schatten und ekelhaftes Viehzeug.

Nach dem Essen stand Chris auf und ging ganz allein und mit grimmigem Gesicht auf den Dachboden. Ich nahm auch noch Carrie zu mir auf den Schoß und sang den beiden ein Lied. Plötzlich ertönte von oben ein wildes Hämmern, ein furchtbarer Krach, den auch das Personal weiter unten hören mußte.

»Cathy«, sagte Cory in einem sehr leisen Flüstern, während Carrie mir auf dem Schoß eingeschlafen war, »ich find' das nicht schön, daß ich keine Mammi mehr habe.«

»Du hast eine Mammi – du hast mich.«

»Bist du so gut wie eine richtige Mammi?«

»Ja, ich glaube schon. Ich habe dich sehr lieb, Cory, und deshalb bin ich eine richtige Mammi.«

Cory starrte mich mit weit aufgerissenen blauen Augen an, um mir anzusehen, ob ich das ernst meinte oder mich nur über ihn als kleinen Jungen lustig machte. Dann schoben sich seine kleinen Arme um meinen Hals, und er kuschelte den Kopf an meine Schulter. »Ich bin so müde, Mammi, aber hör bitte nicht auf zu singen.«

Ich schaukelte noch immer mit den beiden und sang leise dazu, als Chris mit zufriedenem Gesicht auftauchte. »Nie wieder kann sich da oben eine Truhe versehentlich verriegeln«, sagte er, »denn ich habe sämtliche Schlösser und Riegel abgeschlagen. Auch die von den alten Schränken.«

Ich nickte.

Er setzte sich auf das nächste Bett, sah dem gleichmäßigen Rhythmus der Bewegungen des Schaukelstuhls zu und hörte sich meinen kindlichen Singsang an. Etwas schien ihn zu bewegen, denn sein Gesicht rötete sich leicht, und dann fragte er: »Ich fühle mich ein wenig ausgeschlossen, Cathy. Macht es etwas, wenn ich mich auf den Schaukelstuhl setze und ihr setzt euch dann alle drei auf meinen Schoß?«

Daddy hatte das immer getan. Er hatte uns alle und Mammi noch dazu auf seinen Schoß genommen und seine großen, kräftigen Arme um uns gelegt. Ich fragte mich, ob Chris dafür schon alt genug war.

Als wir dann alle in dem Schaukelstuhl saßen, ich mit den Kleinen auf Chris' Schoß, erhaschte ich einen Blick auf unser Bild im Spiegel des Ankleidetisches. Ein unheimliches Gefühl beschlich mich und ließ alles unwirklich erscheinen. Er und ich sahen wie Spielzeugeltern aus, wie jüngere Ausgaben von Daddy und Mammi.

»Die Bibel sagt, es gibt für alles die richtige Zeit«, meinte

Chris, ganz leise, um die Zwillinge nicht aufzuwecken. »Für uns ist im Augenblick eine Zeit des Opfers. Aber später kommt unsere Zeit der Freude und des Lebens.«

Ich genoß es, seinen starken jungen Arm um mich gelegt zu spüren. Fast so gut wie der von Daddy. Chris hatte recht. Unsere guten Zeiten würden kommen, wenn wir die Treppe hinunter auf ein Begräbnis gingen.

Festtage

An unserer Amaryllis tauchte eine einzelne Knospe auf – lebender Kalender, der uns daran erinnerte, daß Erntedankfest und Weihnachten unaufhaltsam näher rückten. Sie war inzwischen die einzige überlebende Pflanze und deshalb unser wertvollster Besitz, gepflegt und umhegt. Wir trugen sie abends vom Dachboden in unser Zimmer hinunter, damit sie es über Nacht warm hatte. Morgens sprang Cory, sobald er wach wurde, aus dem Bett und rannte zu ihr, um zu sehen, ob sie die Nacht heil überstanden hatte. Dann tauchte Carrie an seiner Seite auf und bewunderte Hand in Hand mit ihm die zähe, siegreiche Pflanze, die Blüten hervorbrachte, wo alle anderen eingegangen waren. Die Zwillinge überprüften den Wandkalender, ob der jeweilige Tag grün eingekreist war, denn an solchen Tagen mußte unser Schatz gedüngt werden. Sie befühlten mit ihren Fingern die Blumenerde, um festzustellen, ob sie auch feucht genug war. Aber die beiden verließen sich nie allein auf ihr eigenes Urteilsvermögen, sondern kamen nach der morgendlichen Inspektion zu mir und fragten: »Sollen wir Amaryllis Wasser geben? Glaubst du, sie hat Durst?«

Wir haben nie irgend etwas besessen, ob lebendig oder unbelebt, dem wir nicht einen Eigennamen gaben. Und Amaryllis war für uns etwas ganz besonders Lebendiges. Weder Carrie noch Cory trauten ihren schwachen Armen so weit, daß sie gewagt hätten, den schweren Blumentopf auf den Dachboden in die spärliche Morgensonne zu schleppen. Meine Pflicht war es, sie morgens hinaufzutragen, und Chris hatte sie dann abends wieder herunterzuholen.

Jeden Abend wechselten wir uns dabei ab, wer den vergangenen Tag mit einem dicken roten Kreuz durchstrich. Einhundert solcher Kreuze zierten inzwischen unseren Wandkalender.

Kalte Regenschauer kamen, der Wind brauste wild um das Haus – manchmal verbarg dichter Nebel die Morgensonne. In der Nacht raschelten kahle Zweige an den Fenstern und weckten mich. Mit angehaltenem Atem lag ich dann neben Carrie und wartete, wartete, wartete auf irgendeinen namenlosen Schrecken, der kam, mich aufzufressen.

Am Tag vor dem Erntedankfest* regnete es in Strömen, und der Regen ging gegen Abend in Schnee über. Mammi kam außer Atem in unser Zimmer und brachte uns eine Schachtel mit Dekorationen für unseren Festtagstisch. Für den Tag darauf versprach sie uns von der Festtafel ihres Vaters ein paar besondere Leckerbissen mitzubringen. Man erwartete Gäste auf Foxworth Hall, und es würde ein großes Truthahnessen geben.

Wir blieben mit der freudigen Erwartung auf ein eigenes kleines Fest zurück. Schon früh am nächsten Tag begannen wir, unseren kleinen Tisch festlich für den Abend herzurichten. Mammi hatte uns Kerzen, bunte Servietten, ein weißes Tischtuch und Tischschmuck aus getrockneten Blumen dagelassen. Immer wieder arrangierten wir den Tisch neu, bis wir endlich zufrieden waren. Dann begann das lange Warten.

Es wurde später Nachmittag, bevor Mammi mit dem Essen auftauchte. Sie murmelte ein paar hastige Entschuldigungen. Sie hätte den Tisch nicht verlassen können, weil die Gäste so an ihr interessiert gewesen wären. Die mitgebrachten Köstlichkeiten waren kalt, und natürlich konnte Mammi nicht länger als ein paar Minuten bei uns bleiben. Ehe sie sich zurückzog, verdeutlichte sie uns noch einmal eindringlich, wie kompliziert ihr Leben durch uns sei. Wir dankten ihr für die Truthahnstücke mit den verschiedenen Soßen und Salaten und sahen ihr traurig nach, als sie die Tür hinter sich zuzog. Was hätten wir auch sonst tun sollen? Schließlich konnten wir nicht erwarten, daß

*Das amerikanische Erntedankfest wird am letzten Donnerstag im November gefeiert, also später als bei uns. (Anm. d. Ü.)

sich unsere Situation ausgerechnet am Erntedanktag wesentlich verbesserte.

Die Zwillinge stocherten lustlos auf ihren Tellern herum und fanden an allen Soßen und Salaten irgend etwas »komisch«. Bis Mammi kam, hatten sie in der Erwartung einer großartigen Überraschung ihren Hunger nur mühsam unterdrücken können. Doch was immer sie sich unter einem Erntedankessen vorgestellt hatten, die ihnen vorgesetzten Gerichte entsprachen nicht diesen Vorstellungen. Vielleicht hatte auch Mammis ausgesprochen unfeierlicher Auftritt ihnen die Laune verdorben. Sie maulten und quängelten und hatten an allem etwas auszusetzen. Ich fand unser Mahl noch immer ganz ausgezeichnet, besonders nachdem wir wochenlang in erster Linie von Sandwiches und lauwarmer Suppe gelebt hatten.

Nach dem Dessert – wir konnten zwischen verschiedenen Puddings und Kompotts auswählen, und wir wählten so lange aus, bis nichts mehr übrig war – räumte ich den Tisch ab. Und aus mir unerklärlichen Gründen begann Chris mir zu helfen. Ich konnte es kaum fassen. Er lächelte mich entwaffnend an und küßte mich sogar auf die Wange. Junge, wenn gutes Essen das aus einem Mann machen konnte, dann würde ich die »Haute Cuisine« erlernen wollen. Er nahm sogar selbst seine Socken von der Leine, bevor er zu mir kam und mir beim Abwaschen half.

Zehn Minuten nachdem Chris und ich Geschirr und Besteck ordentlich unter dem Tisch, wo sich ein kleines Ablageregal dafür befand, verstaut und mit einem sauberen Geschirrtuch abgedeckt hatten, verkündeten die Zwillinge wie aus einem Munde: »Wir haben Hunger! Der Bauch tut uns weh vor Hunger!«

Chris saß schon wieder über einem seiner Bücher. Also stand ich vom Bett auf, legte mein Buch beiseite und gab den beiden, ohne ein Wort, Erdnußbuttersandwiches aus unserem Picknick-Korb.

Während sie mit kleinen, gezierten Bissen davon aßen, sah ich ihnen mit ehrlichem Erstaunen zu. Wie konnten sie nur an diesem widerlichen Zeug Geschmack finden, nachdem eben noch die besten Sachen vor ihnen auf dem Tisch gestanden hatten? Die Mutter für kleine Kinder zu spielen war nicht so leicht, wie es mir zunächst vorkommen wollte, und ein besonderes Vergnügen war es auch nicht immer.

»Setz dich nicht auf den Fußboden, Cory. Der Boden ist zu kalt, wozu haben wir denn Stühle?«

»Ich mag keine Stühle«, sagte Cory und nieste kräftig.

Am nächsten Tag hatte Cory einen bösen Schnupfen. Sein kleines Gesicht war heiß und gerötet. Er jammerte, daß ihm alles weh täte und er keinen Finger mehr rühren könne. »Cathy, wo ist meine Mammi, meine richtige Mammi?« Oh, wie sehr er seine richtige Mammi vermißte. Schließlich ließ sie sich dann tatsächlich blicken.

Ein Blick auf Cory genügte ihr, um besorgt die Stirn zu runzeln und ein Fieberthermometer zu holen. Sie kehrte mit unglücklichem Gesicht zurück, die erbost wirkende Großmutter auf den Fersen.

Als er das dünne Glasröhrchen im Mund hielt, blickte Cory zu seiner Mutter hoch wie zu einem goldenen Engel, der alles Übel im Handumdrehen vertreiben würde. Und ich, die Ersatzmutter, war völlig vergessen.

»Lieber Schatz, mein Süßer«, gurrte sie, und sie nahm ihn aus dem Bett auf ihren Arm und trug ihn zum Schaukelstuhl. Dort saß sie dann mit Cory auf dem Schoß und küßte ihn auf die Stirn. »Ich bin ja bei dir, kleiner Schatz. Ich habe dich doch lieb. Ich sorge für dich und mache, daß es bald gar nicht mehr weh tut. Du brauchst nur deinen Teller leer zu essen und deinen Orangensaft schön auszutrinken wie ein lieber Junge, und schon geht es dir wieder besser.«

Sie legte ihn wieder ins Bett. Dann schob sie ihm ein Aspirin in den Mund und gab ihm Wasser zu trinken, damit er es hinunterspülen konnte. Tränen verschleierten Mammis blaue Augen, und ihre schlanken weißen Hände arbeiteten nervös.

Ich kniff die Augen zusammen, als ich sah, wie sie den Blick senkte und die Lippen bewegte wie zu einem stummen Gebet.

Zwei Tage später lag Carrie neben Cory im Bett, schniefte und hustete. Ihre Temperatur stieg mit so alarmierender Geschwindigkeit, daß ich fast in Panik geriet. Selbst Chris blickte besorgt drein. Lustlos und blaß lagen die beiden Seite an Seite in dem großen Bett. Kleine Finger zogen sich die Decke bis dicht unter das runde Kinn.

Sie schienen bald aus Porzellan zu bestehen, die Haut weiß und wächsern. Die blauen Augen wurden größer und größer, während sie tiefer und tiefer in die Augenhöhlen sanken. Dunkle Schatten legten sich darum, bis die beiden wie kleine Gespenster aussahen. Wenn unsere Mutter nicht da war, flehten die beiden Augenpaare Chris und mich mit dumpfen Blikken an, etwas, irgend etwas zu tun, das Elend zu lindern.

Mammi nahm sich eine Woche frei von ihrer Sekretärinnenschule, damit sie so oft wie möglich bei ihren kranken Kleinen sein konnte. Ich haßte nur, daß die Großmutter sich ständig an die Fersen unserer Mutter heftete. Immer steckte die furchtbare Alte ihre Nase in Dinge, die sie nichts angingen, und überhäufte uns mit Ratschlägen, auf die wir gerne verzichtet hätten. Sie hatte uns ja bereits ausführlich erklärt, daß es uns gar nicht gab, daß wir nicht existierten, daß wir kein Recht hatten, auf Gottes Erde zu leben, die allein für solche reserviert war, die sie gottgefällig und rein betreten hatten wie unsere Großmutter. Kam sie nur zu uns, damit es uns noch elender ging und wir auch an der Anwesenheit unserer Mutter keinen Trost fanden?

Das Rascheln ihres bedrohlichen grauen Taftkleides, der Klang ihrer Stimme, ihr aggressiver harter Schritt, der Anblick ihrer großen weißen Hände, weich und mit schlaffer Haut, blitzende Diamantringe an den Fingern, braune Pigmentflecken auf dem Handrücken ... o ja, ein Blick auf diese Frau genügt, um sich angewidert zu fühlen.

Dann war da natürlich unsere Mutter, die oft zu uns hereingehuscht kam und alles tat, damit es den Zwillingen wieder besserging. Auch um ihre Augen lagen bald tiefe Schatten, während sie den beiden Aspirin gab mit Wasser und danach Orangensaft und sie schließlich mit heißer Hühnerbrühe fütterte.

Eines Morgens kam Mammi mit einer großen Thermosflasche voll frisch ausgedrücktem Orangensaft. »Der ist besser als der tiefgefrorene oder der aus der Büchse«, erklärte sie,

»voller Vitamin C und A, und die sind besonders gut gegen Erkältungen.« Danach listete sie auf, was Chris und ich tun sollten, wie oft den Orangensaft, die Tabletten und so weiter. Wir stellten die Thermosflasche auf die Treppe zum Dachboden – im Winter ersetzte dieser Aufbewahrungsort jeden Kühlschrank.

Ein Blick auf das Thermometer in Carries Mund, und Mammis geschäftige Ruhe verwandelte sich in hektische Panik. »O Gott!« rief sie bestürzt. »Über vierzig Fieber. Ich muß sie zu einem Arzt bringen, ins Krankenhaus.«

Ich stand gerade vor dem großen Ankleidespiegel und beschäftigte mich mit meinen morgendlichen Ballettübungen, die ich wegen der arktischen Kälte auf dem Dachboden in unser Zimmer verlegt hatte. Im Spiegel konnte ich die Großmutter beobachten und starrte gebannt auf ihr Gesicht, um ihre Reaktion zu verfolgen.

Die Großmutter hatte nichts für jemand übrig, der sich nicht beherrschte und die Nerven verlor. »Mach dich nicht lächerlich, Corinna. Kinder in diesem Alter bekommen leicht mal hohes Fieber, wenn sie krank sind. Das heißt aber gar nichts. Du brauchst dich nicht darüber aufzuregen, soviel müßte dir doch klarsein. Ein Schnupfen ist nur ein Schnupfen.«

Chris fuhr von dem Buch hoch, mit dem er sich zur Zeit beschäftigte. Er glaubte, die Zwillinge hätten die Grippe, ohne allerdings eine Ahnung davon zu haben, bei wem sie sich angesteckt haben könnten.

Die Großmutter fuhr fort: »Ärzte? Was wissen die schon, wie man einen Schnupfen kuriert? Soviel wie die wissen wir auch. Gegen Schnupfen gibt es nur ein Mittel: im Bett bleiben, viel Flüssigkeit zu sich nehmen und Aspirin schlucken – was sonst wohl? Und genau das machen wir ja mit den beiden.« Sie warf mir einen wütenden Blick zu. »Hör auf, deine Beine herumzuschwingen, Mädchen. Du machst mich nervös.« Dann wandte sie ihre Worte und ihre Augen wieder unserer Mutter zu. »Also paß auf, meine Mutter hat immer gesagt, der Schnupfen kommt drei Tage, bleibt drei Tage und geht drei Tage.«

»Was ist, wenn sie Grippe haben?« fragte Chris. Die Großmutter drehte ihm den Rücken zu und ignorierte seine Frage. Sie konnte sein Gesicht nicht ausstehen, es erinnerte zu sehr an das unseres Vaters. »Ich hasse es, wenn Leute, die es eigentlich besser wissen müßten, das in Frage stellen, was ihnen alte und kluge Menschen sagen. Jeder kennt die Schnupfenregel: Drei Tage kommt er, drei steht er, drei geht er. So ist das nun mal – es wird ihnen wieder bessergehen.«

Wie die Großmutter vorausgesagt hatte, erholten sich die Zwillinge. Aber nicht in neun Tagen... in neunzehn Tagen. Mit warmen Decken, Aspirin und viel zu trinken bekamen wir sie tatsächlich über den Berg – kein Rezept vom Arzt, keine Medikamente, die den beiden die Sache leichter gemacht hätten und die es weniger lange hätten dauern lassen. Tagsüber schliefen Carrie und Cory im gleichen Bett, nachts schlief Carrie bei mir und Cory bei seinem Bruder. Ich verstehe bis heute nicht, warum Chris und ich nicht ebenfalls krank wurden.

Die ganze Nacht sprangen wir immer wieder aus dem Bett, um Wasser zu holen oder Orangensaft. Sie schrien nach ihrer Mammi, nach Keksen, nach etwas, mit dem sie sich die Nase putzen konnten. Sie warfen sich müde und unwohl im Bett von einer Seite auf die andere, hatten Angst vor Dingen, denen sie keine Namen geben konnten und die ich nur in ihren großen, furchtsamen Augen erkannte, Augen, die mir fast das Herz brachen. Sie stellten Fragen, während sie krank waren, die sie als Gesunde nie gestellt hatten... war das nicht eigenartig?

»Warum müssen wir den ganzen Tag hier oben in dem Zimmer sein?«

»Ist unten gar nichts mehr? Ist ›draußen‹ weggegangen?«

»Hat es sich da versteckt, wo auch die Sonne hingegangen ist?«

»Hat Mammi uns überhaupt nicht mehr nicht lieb?«

»Nicht mehr nicht ist ein falscher Ausdruck«, korrigierte ich.

»Warum sind die Wände so fusselig?«

»Sind sie fusselig?« fragte ich zurück.

»Chris, er sieht auch so fusselig aus!«

»Chris ist müde.«

»Bist du müde, Chris?«

»Schätzchen! Ich fände es prima von euch beiden, wenn ihr jetzt schlafen würdet und nicht mehr so viele Fragen stelltet. Und Cathy ist auch müde. Wir würden beide gerne ein ganz kleines bißchen schlafen. Ihr zwei seid nämlich ganz schön laut, wenn ihr schlaft, wißt ihr.«

»Wir sind gar nicht laut beim Schlafen.«

Wenn es nicht mehr auszuhalten war, nahm Chris Cory auf den Arm und setzte sich mit ihm in den Schaukelstuhl. Ich setzte mich dann mit Carrie auch noch auf Chris' Schoß, und so schaukelten wir mitten in der Nacht stundenlang vor uns hin und erzählten lange Geschichten. In manchen Nächten lasen wir den beiden auch bis vier Uhr morgens Geschichten vor. Wenn sie weinten und nach ihrer Mammi schrien, bemühten wir uns, so gut wir konnten, Vater und Mutter zu spielen, und sangen ein Kinderliedchen nach dem anderen. Wir schaukelten so lange mit dem Stuhl, daß die Dielenbretter zu knarren begannen, was mit Sicherheit in den unteren Stockwerken nicht zu überhören war.

Und währenddessen hörten wir den Wind über den Hügeln heulen. Er fegte durch die kahlen Baumskelette, rüttelte an den Fenstern und wisperte beständig von Sterben und Tod. Er ächzte und seufzte auf dem Dachboden, brauste und winselte und versuchte uns in allen Tonlagen daran zu erinnern, daß wir hier nicht in einer sicheren Zuflucht waren.

Wir lasen so viel laut vor und sangen so lange, daß Chris und ich heiser wurden und vor Erschöpfung selbst fast bettreif. Jede Nacht beteten wir auf den Knien zu Gott, er möge es unseren Kleinen doch wieder bessergehen lassen. »Bitte, lieber Gott, laß sie wieder so werden, wie sie immer gewesen sind!«

Der Tag kam, an dem der Husten nachließ und die übermüdeten Augen sich endlich zu einem langen erholsamen Schlaf schlossen. Aber es dauerte qualvoll lange, bis die beiden sich auch nur einigermaßen erholt hatten. Als sie schließlich wieder »in Ordnung« waren, unterschieden sie sich erheblich von dem robusten, munteren Paar, das wir gewohnt waren. Cory, der schon vorher nicht gerade sehr gesprächig gewesen war, sagte nun so gut wie überhaupt nichts mehr. Carrie, die früher stundenlang mit Begeisterung ihrem eigenen Geschnatter zugehört hatte, wurde nun so still, wie sonst Cory gewesen war. Doch als ich nun die Stille erlebte, die ich mir früher so oft gewünscht hatte, sehnte ich mich danach, wieder Carries endloses Vogelgezwitscher, ihre fortwährende Unterhaltung mit Puppen, Spielzeugautos, Eisenbahnen, Kopfkissen, Pflanzen, Schuhen, Schlafanzügen und Möbeln zu hören.

Ich überprüfte ihre Zunge und fand, daß sie bleich und weißlich aussah. Beunruhigt richtete ich mich auf und sah auf die beiden Kleinen, die da vor mir nebeneinander unter einer Dekke lagen. Warum hatte ich mir nur gewünscht, sie würden sich älter geben und ihre Kleinkinderart ablegen? Die lange Krankheit hatte sie nun tatsächlich älter gemacht – über Nacht. Sie hatte ihnen dunkle Ringe um die blauen Augen gelegt und ihnen die gesunde Babyfarbe von den Gesichtern gestohlen. Das Fieber und der Husten nahmen ihren Gesichtern alles Kindliche und gaben ihnen dafür einen abgeklärten Ausdruck, den Ausdruck der Alten und Müden, die nur noch stumm dalagen und denen es gleich war, ob die Sonne aufging oder die Nacht sich herabsenkte für immer. Sie machten mir Angst. Diese gespenstischen Gesichter verfolgten mich in meinen Träumen und verwandelten sie in Träume vom Tod.

Und der Wind heulte unablässig in den Nächten.

Schließlich standen sie wieder auf und begannen langsam im Zimmer umherzulaufen. Beine, die einmal so pummelig und rosig gehüpft und gesprungen waren, wirkten jetzt so dünn und kraftlos wie Strohhalme. Jetzt krochen die Zwillinge nur noch, statt zu laufen, und sie lächelten, statt zu lachen.

Erschöpft fiel ich mit dem Gesicht nach unten auf mein Bett und grübelte und grübelte und grübelte – was konnten Chris und ich nur tun, um aus ihnen wieder die zauberhaften, fröhlichen, verspielten Kleinkinder zu machen? Es gab nichts, mit dem wir ihnen hätten helfen können, auch wenn wir gerne unsere eigene Gesundheit dafür gegeben hätten.

»Vitamine!« sagte Mammi, als Chris und ich ihr die ungesunde Wandlung der Zwillinge klarzumachen versuchten.

»Vitamine sind genau das, was ihnen fehlt – und euch beiden auch. Von heute an muß jeder von euch täglich eine Vitaminkapsel schlucken.« Während sie das sagte, hob sich ihre schlanke, elegante Hand, um routiniert ihre wundervoll frisierte, schimmernde Haarpracht zurechtzustreichen.

»Bekommt man frische Luft und Sonnenschein jetzt aus Kapseln?« fragte ich vom Bett nebenan, wo ich mich ausgestreckt hatte. Ich fixierte meine Mutter, die sich weigerte zu sehen, was hier wirklich fehlte. »Wenn jeder von uns täglich eine Vitaminkapsel schluckt, gibt uns das unsere strahlende Gesundheit zurück, die wir einmal hatten, als wir noch ein normales Leben lebten und den größten Teil unserer Zeit an der frischen Luft verbrachten?«

Mammi trug Rosa – sie sah in Rosa besonders hübsch aus. Es gab ihren Wangen einen rötlichen Schimmer und ihrem Haar einen warmen Glanz.

»Cathy«, antwortete sie und warf mir einen tadelnden Blick zu, während sie versuchte, ihre unruhigen Hände zu verstekken, »warum willst du es mir immer so schwer machen? Ich tue doch mein Bestes für euch. Das tue ich wirklich. Ja, wenn du die Wahrheit wissen willst, mit Vitaminen kann man all die Gesundheit von frischer Luft aufnehmen – genau dafür werden sie schließlich hergestellt.«

Ihre Begriffsstutzigkeit schmerzte mich nur noch mehr. Meine Augen suchten Chris, der den Kopf gesenkt hatte und allem zuhörte, ohne selbst etwas dazu zu sagen. »Wie lange wird unsere Gefangenschaft noch dauern, Mammi?«

»Nur noch kurze Zeit, Cathy, nur noch ein bißchen länger – glaub mir!«

»Noch einen Monat?«

»Möglich.«

»Könntest du es nicht irgendwie schaffen, dich mit den Zwillingen hier rauszuschleichen, und, sagen wir mal, mit ihnen einen Nachmittag in deinem Auto durch die Gegend fahren? Du könntest es doch bestimmt so einrichten, daß die Dienstboten nichts davon mitbekommen: Ich glaube, das wäre eine große Hilfe. Chris und ich wollen gar nicht mit.«

Sie wirbelte herum und starrte meinen älteren Bruder an, um zu sehen, ob er etwa an diesem Plan beteiligt war. Aber seine Überraschung war ihm überdeutlich vom Gesicht abzulesen. »Nein! Keinesfalls! Ein solches Risiko kann ich nicht eingehen! In diesem Haus arbeiten acht Hausangestellte, und auch wenn ihre Zimmer in einem Seitenflügel liegen, schaut immer irgendwer von ihnen aus dem Fenster, und sie würden hören, wenn ich den Wagen anlasse. Neugierig, wie sie sind, würden sie sofort nachsehen, wo ich hinfahre.«

Meine Stimme wurde eisig. »Dann sorge bitte dafür, daß wir wenigstens viel frisches Obst bekommen, insbesondere Bananen. Du weißt, wie gerne die Zwillinge Bananen essen, und sie haben keine mehr gesehen, seit wir hier hergekommen sind.«

»Morgen bringe ich euch Bananen mit. Euer Großvater mag keine Bananen.«

»Was hat *der* denn damit zu tun?«

»Aus diesem Grund werden in diesem Haus keine Bananen eingekauft.«

»Du fährst doch jeden Tag zu deiner Sekretärinnenschule. Halt unterwegs an und kauf uns Bananen und Rosinen. Und warum können wir nicht wenigstens hin und wieder eine Tüte Popcorn bekommen? Deshalb werden wir bestimmt nicht gleich zum Zahnarzt müssen.«

Sie nickte erfreut und versprach, für alles zu sorgen. »Und was hättest du gerne für dich selbst von mir?«

»Freiheit! Ich will hier raus! Ich habe es satt, den ganzen Tag in einem Zimmer eingeschlossen leben zu müssen. Ich will, daß die Zwillinge wieder frei atmen können und Chris genauso. Ich will, daß du ein Haus für uns mietest oder kaufst, oder, meinetwegen, stiehl eins – aber hol uns aus diesem Haus hier raus!«

»Cathy«, bettelte sie, »ich tue doch alles, was ich kann. Bringe ich euch denn nicht jedesmal neue Geschenke mit, wenn ich zur Tür hereinkomme? Was fehlt euch denn noch, außer den Bananen? Sag es mir!«

»Du hast versprochen, wir müßten nur kurze Zeit hier drinnen bleiben – inzwischen sind es schon Monate.«

Sie streckte in einer flehenden Geste die Hände aus.»Erwartest du, daß ich meinen Vater umbringe?«

Ich schüttelte hilflos den Kopf.

»Du läßt sie in Ruhe!« explodierte Chris, kaum daß sich die Tür hinter seiner Göttin geschlossen hatte. »Sie versucht nur, das Beste für uns zu tun! Hör auf, auf ihr herumzuhacken! Es ist ein Wunder, daß sie es überhaupt noch aushält, so oft bei uns vorbeizusehen, wo du sie jedesmal nur mit Vorwürfen überhäufst und versuchst, sie fertigzumachen! Woher weißt du, daß sie nicht unter alldem furchtbar leidet? Glaubst du, sie ist glücklich bei dem Gedanken, daß ihre vier Kinder in einem Zimmer eingeschlossen sind und nur auf einem Dachboden spielen können?«

Es war schwer, bei einem Menschen wie unserer Mutter zu sagen, was er dachte und was er fühlte. Ihr Ausdruck war immer ruhig, beruhigend, obwohl sie oft müde wirkte. Ihre Kleider waren neu und teuer, und sie trug selten dasselbe Kleid zum zweitenmal, aber sie brachte auch uns ständig neue, teure Kleidungsstücke mit. Nicht daß es etwas ausgemacht hätte, wie wir herumliefen. Niemand sah uns außer der Großmutter. Und wenn es nach ihr gegangen wäre, hätten wir wahrscheinlich in Lumpen gekleidet sein können und ihr noch einen Gefallen damit getan.

Wenn es regnete oder schneite, gingen wir nicht mehr auf den Dachboden. Und selbst an den klaren Tagen heulte dort oben der Wind zu wild, schrie und kreischte in den Spalten und Ritzen des alten Dachgebälks.

Einmal wurde Cory nachts wach und rief nach mir. »Mach, daß der Wind weggeht, Cathy.«

Ich verließ mein Bett, in dem Carrie fest auf ihrer Seite schlief, und huschte hinüber zu Cory, neben dem ich unter die Bettdecke krabbelte. Ich nahm ihn fest in den Arm, spürte den kleinen, mageren Körper, der sich so sehr nach seiner richtigen Mutter sehnte... und nur mich hatte. Er fühlte sich so klein und so zerbrechlich an, als könnte der wilde, böse Wind ihn wirklich fortwehen. Ich senkte mein Gesicht in seine sauberen, süßlich riechenden Locken und küßte ihn dort, so wie ich es gemacht hatte, als er ein Baby war und an die Stelle meiner Puppen getreten war. »Ich kann den Wind nicht verjagen, Cory. Nur Gott kann ihn wegschicken.«

»Dann sag Gott, daß ich den Wind nicht mag«, sagte er schläfrig. »Sag Gott, der Wind will hier reinkommen und mich wegholen.«

Ich nahm ihn noch fester in den Arm und kuschelte ihn eng an mich ... niemals, niemals würde ich den Wind meinen Cory holen lassen, nie! Aber ich wußte, was Cory meinte.

»Erzähl mir eine Geschichte, damit ich nicht mehr an den Wind denke, Cathy.«

Es gab eine ganz spezielle Geschichte, die ich mir für Cory zurechtgebastelt hatte und die ich bei jedem Erzählen weiter perfektionierte. Sie handelte von einer Märchenwelt, in der kleine Kinder in einem gemütlichen kleinen Haus mit einem richtigen Vater und einer richtigen Mutter lebten, großen, starken Eltern, die alle bösen Wesen verjagen konnten. Zu dem Haus gehörte ein riesengroßer Garten, wo richtige Blumen blühten – die Art von Blumen, die im Herbst stirbt und in jedem Frühjahr aufersteht. Es gab einen kleinen Hund namens Clover und eine kleine Katze namens Calico, und jeder liebte jeden, und niemand wurde je gepeitscht, geschlagen, angeschrien, ausgeschimpft, noch waren je irgendwelche Türen abgeschlossen oder Vorhänge zugezogen.

»Sing mir ein Lied, Cathy. Ich habe es so gern, wenn du mich in den Schlaf singst.«

Ich hielt ihn kuschelig im Arm und begann Verse zu singen, die ich mir zu einer Melodie ausgedacht hatte, die Cory ständig vor sich hin summte ... sein Lied. Ein Lied, das ihm seine Angst vor dem Wind nehmen sollte, und vielleicht auch meine gleich mit. Es war mein erster Versuch, Verse zu dichten.

> Ich höre, wie der Wind von den Hügeln singt,
> Sein Lied ist es, was nachts mir in den Ohren klingt.
> Er flüstert mir ins Ohr ganz leis,
> Doch nie versteh' ich seine Weis'.

Ich fühle, wie es weht so fern vom Meer,
Trägt Träume mir von fernen Landen her,
Doch niemals streicht der Wind mir übers Haar,
Gibt mir nie das Gefühl, jemand ist da.

Doch einmal werd' ich selbst die Hügel sehen,
Werd' selber mich im Winde drehen,
Einmal wird andres Leben wirklich wahr,
Wenn ich nur lebe noch ein nächstes Jahr.

Und mein Kleiner war in meinen Armen eingeschlafen. Er atmete ruhig und gleichmäßig wie jemand, der sich in Sicherheit fühlte. Auf der anderen Seite von seinem Kopf lag Chris mit weit offenen Augen, die zur Decke starrten.

Als mein Lied zu Ende war, drehte er sich zu mir und sah mich in der Dunkelheit an. Sein fünfzehnter Geburtstag war gekommen und wieder vergangen – mit einer Torte aus der Konditorei und Eiskrem, um den besonderen Tag zu würdigen. Geschenke – die gab es ja fast jeden Tag. Eine Polaroid-Kamera hatte er inzwischen, eine neue, bessere Uhr. Großartig. Wunderbar. Wie konnte er sich so leicht zufriedengeben?

Sah er nicht, daß unsere Mutter schon nicht mehr dieselbe wie früher war? Fiel ihm nicht auf, daß sie längst nicht mehr jeden Tag kam? War er so voller Vertrauen, daß er ihr noch immer jedes Wort glaubte, ihr jede Entschuldigung, jede Ausrede abnahm?

Weihnachtsabend. Seit fünf Monaten lebten wir jetzt auf Foxworth Hall. Nicht ein einziges Mal hatten wir die unteren Etagen dieses riesigen Hauses betreten, vom Garten ganz zu schweigen. Wir hielten uns an die Regeln: Wir sprachen unser Tischgebet regelmäßig; wir knieten jeden Abend neben unseren Betten und beteten; wir benahmen uns anständig im Badezimmer; wir hielten unsere Gedanken rein, sauber und unschuldig... aber eines schien mir beunruhigend: Unsere Mahlzeiten wurden von Tag zu Tag schlechter, was die Qualität anging.

Ich redete mir ein, daß es nichts ausmachte, wenn wir einmal ein Weihnachten nicht einkaufen gehen konnten. Es würde ein anderes Weihnachten geben, an dem wir reich sein würden, reich, reich, reich, und dann konnten wir alles nachholen. Wir konnten kaufen, was wir wollten. Wie herrlich wir in unseren tollen Kleidern aussehen würden, mit unseren geschliffenen Manieren, unseren weichen, überzeugenden Stimmen, die der Welt sagten, daß wir etwas waren ... etwas ganz Besonderes ... jemand, den man liebte, schätzte, bewunderte, den man brauchte.

Natürlich wußten Chris und ich längst, daß es keinen richtigen Weihnachtsmann gab. Aber wir wünschten, daß die Zwillinge an den Weihnachtsmann glaubten, und ihnen nicht der wunderbare Zauber dieses dicken, gemütlichen alten Mannes mit dem weißen Bart verlorenging, des Mannes, der durch die Welt huschte und allen Kindern genau das brachte, was sie sich wünschten – selbst wenn sie gar nicht wußten, was sie sich wünschten, bevor sie es in den Händen hielten.

Was wäre eine Kindheit ohne Weihnachtsmann gewesen? Jedenfalls keine Kindheit, wie ich sie mir für unsere Zwillinge wünschte. Auch für uns Eingeschlossene war Weihnachten eine Zeit, in der es viel zu tun gab – selbst wenn man begann, mißtrauisch zu werden, zu zweifeln, zu verzweifeln. Heimlich hatten Chris und ich Geschenke für Mammi gebastelt (die wirklich alles hatte) und für die Zwillinge – Plüschtiere aus Stoff, die wir mühevoll von Hand zusammennähten und dann mit Baumwolle füllten. Ich besorgte die ganze Stickerei für die Gesichter. Keine einfache Sache, denn ich mußte sie besticken, solange sie noch leere Hüllen waren. Außerdem arbeitete ich an einer Wollmütze für Chris, an der ich nur im Badezimmer eingeschlossen strickte, damit es auch wirklich eine Überraschung wurde. Die Mütze aus dicker roter Wolle wurde länger und länger und länger. Ich glaube, Mammi hatte vergessen, mir das Abnehmen beizubringen.

Dann hatte Chris einen absolut idiotischen und furchtbaren Einfall. »Laß uns doch für die Großmutter auch ein Geschenk vorbereiten. Ich finde, es ist nicht richtig, wenn wir sie auslassen. Sie bringt uns jeden Tag unser Essen, und, wer weiß, vielleicht schaffen wir es gerade mit einem Weihnachtsgeschenk, ihre Sympathie zu gewinnen. Oder das, was sie dafür hält. Überleg doch mal, wieviel einfacher und erträglicher alles für uns würde, wenn sie besser mit uns zurechtkäme.«

Ich war von der Idee fasziniert genug, um mir vorzustellen, so etwas wäre möglich. Und wir schufteten Stunde um Stunde für dieses Geschenk an eine alte Hexe, die uns haßte. Die ganze Zeit über hatte sie uns noch kein einziges Mal beim Namen genannt.

Wir spannten Leinwand auf einen Rahmen und umwickelten diesen Rahmen dann kunstvoll mit gefärbter Kordel. Die Farben immer abwechselnd, und wenn wir einen Fehler machten, fingen wir von vorne an. Sie war ein Perfektionist, und ihr würde es auffallen, selbst wenn es nur ein noch so kleiner Fehler war. Und wir würden ihr, ganz bestimmt, nie etwas Geringeres geben als unser Allerbestes.

»Weißt du«, sagte Chris, »ich glaube wirklich, daß wir noch eine Chance haben, sie irgendwie ein wenig für uns einzunehmen. Schließlich ist sie unsere Großmutter, und die Menschen verändern sich doch im Laufe der Zeit. Während Mammi sich um ihren Vater bemüht, müssen wir uns um ihre Mutter kümmern. Und selbst wenn sie sich weigert, mich anzusehen, dich sieht sie an.«

Sie sah mich nicht an, jedenfalls nicht richtig. Sie sah nur auf mein Haar – aus irgendeinem Grund war sie von diesem Haar fasziniert.

»Denk doch mal daran, daß sie uns die gelben Chrysanthemen gegeben hat, Cathy.« Er hatte recht – das allein war immerhin ein kräftiger Strohhalm, an den man sich klammern konnte.

Am späten Nachmittag kam Mammi in unser Zimmer und brachte uns einen kleinen Weihnachtsbaum in einem Holzkübel. Eine kleine Tanne – was konnte mehr nach Weihnachten riechen? Mammis Wollkleid war aus leuchtendem rotem Jersey. Es lag eng an und zeigte all die Kurven, die ich mir auch wünschte eines Tages zu haben. Sie lachte und war fröhlich und aufgekratzt, und sie steckte uns damit an, als sie uns half, den Baum zu schmücken. Kerzen und kleine Figuren hatte sie ebenfalls dabei. Dazu bekamen wir noch vier lange Strümpfe, die wir an den Bettpfosten aufhängten, damit der Weihnachtsmann sie vollstopfen konnte.

»Nächstes Jahr um diese Zeit leben wir schon in unserem eigenen Haus«, sagte sie strahlend, und ich glaubte es.

»Ja«, sagte Mammi und lächelte, daß wir alle uns ihrer Freude nicht mehr entziehen konnten, »nächstes Jahr zu Weihnachten wird das Leben für uns herrlich sein. Wir werden jede Menge Geld haben, um uns ein eigenes Heim kaufen zu können. Und alles, was ihr euch wünscht, wird euch gehören. Ehe ihr euch verseht, habt ihr die ganze Zeit hier oben und den Dachboden für immer vergessen. Die vielen Tage, die ihr so tapfer durchgehalten habt, sind dann einfach vorbei, als hätte es sie nie gegeben.«

Sie küßte uns und sagte uns, wie sehr sie uns liebte. Wir sahen ihr nach, als sie ging, und diesmal fühlten wir uns nicht allein gelassen. Sie hatte uns die Köpfe mit neuen Träumen und neuen Hoffnungen gefüllt.

Mammi kam nachts, während wir schliefen, zurück. Als ich morgens wach wurde, sah ich, daß die Strümpfe bis zum Rand gefüllt waren. Der kleine Tisch, auf dem der Baum stand, quoll über vor Geschenken. An jedem freien Fleck im Zimmer standen neue Spielsachen für die Zwillinge, all die Sachen, die zu groß und sperrig waren, um sie in Geschenkpapier zu wickeln.

Mein Blick traf den von Chris. Er zwinkerte mir zu, grinste und sprang aus dem Bett. Er griff nach den silbernen Glocken an den roten Plastikzügeln und klingelte wild damit. »Frohe Weihnachten!« rief er los. »Alles aufwachen! Carrie, Cory, ihr beiden Schlafmützen – macht die Augen auf, aufgestanden und geguckt! Seht euch an, was der Weihnachtsmann euch alles gebracht hat.«

Sie brauchten so lange, um sich von ihren Träumen zu lösen, rieben sich die verklebten Augen und starrten ungläubig auf die vielen Spielsachen, auf die wunderschön verpackten Kartons mit Namensschildern und auf die Strümpfe voller Plätzchen, Nüssen, Süßigkeiten, Obst, Kaugummi, Pfefferminzstangen und Schokoladenweihnachtsmännern.

Echte Süßigkeiten – endlich! Harte Bonbons, diese bunten Dinger aus den großen Gläsern in den Geschäften, die beste Art, schwarze Löcher in die Zähne zu bekommen. Oh, aber sie rochen und schmeckten so weihnachtlich und waren für Weihnachten einfach unerläßlich.

Cory saß in seinem Bett, ganz benommen, rieb sich noch einmal die Augen mit den kleinen Fäusten und schien die Sprache verloren zu haben.

Aber Carrie fand noch immer Worte. »Wie hat der Weihnachtsmann es denn überhaupt geschafft, uns zu finden?«

»Och, der Weihnachtsmann hat einen Zauberblick«, erklärte Chris und schnappte sich Carrie. Er hob sie sich auf die eine Schulter, und dann schwang er sich Cory auf die andere. Er tat genau das, was Daddy getan hätte. Tränen stiegen mir in die Augen.

»Der Weihnachtsmann würde niemals versehentlich ein paar Kinder übersehen«, sagte er. »Abgesehen davon weiß er, daß ihr hier seid, denn ich habe ihm einen sehr langen Brief geschrieben und ihm unsere Adresse geschickt, und dazu habe ich eine Liste mit all den Sachen gelegt, die wir gerne hätten, und die war über einen Meter lang.«

Wie albern, dachte ich. Denn eine Liste mit allem, was wir vier wollten, war ausgesprochen kurz. Wir wollten hier raus. Wir wollten unsere Freiheit.

Ich setzte mich im Bett auf und blickte in die Runde. In meiner Kehle spürte ich einen süßsauren Klumpen. Mammi hatte sich Mühe gegeben, o ja. Sie hatte ihr Bestes getan, so wie es um uns aussah. Sie liebte uns, sie kümmerte sich um uns. Schließlich mußte sie Monate dafür gebraucht haben, das alles hier einzukaufen.

Ich schämte mich für alles Böse und Häßliche, was ich von ihr gedacht hatte. Das kam davon, wenn man alles haben wollte, und sofort, und keine Geduld hatte und kein Vertrauen.

Chris sah mich fragend an. »Willst du überhaupt nicht mehr aufstehen? Bleibst du den ganzen Tag im Bett sitzen – magst wohl keine Geschenke auspacken?«

Während Cory und Carrie das Geschenkpapier aufrissen, kam Chris zu mir und streckte mir die Hand entgegen. »Komm, Cathy, genieß das einzige Weihnachten, das du je mit zwölf Jahren feiern kannst. Mach ein einzigartiges Weihnachtsfest daraus, anders als alle anderen, die du später jemals feiern wirst.« Seine blauen Augen flehten mich an.

Ich legte meine Hand in seine warme Hand und lachte. Weihnachten blieb Weihnachten, wo immer man es auch feierte und unter welchen Umständen, es war ein Tag der Freude. Wir packten alles aus und probierten unsere neuen Sachen an, während wir uns Süßigkeiten in den Mund steckten, obwohl wir noch nicht mal gefrühstückt hatten. Und der »Weihnachtsmann« hatte uns noch einen Zettel dagelassen, auf dem er uns riet, die süßen Sachen vor einer »Ihr-wißt-schon-wer« besser zu verstecken. Schließlich verursachten sie doch Karies. Selbst an Weihnachten.

Ich saß auf dem Boden in meinem neuen tollen Bademantel aus grüner Seide. Chris hatte einen aus rotem Flanell bekommen, der zu seinem Pyjama paßte. Den Zwillingen zog ich ihre kleinen blauen Bademäntel an. Ich glaube nicht, daß es vier glücklichere Kinder geben konnte als wir vier früh an diesem Morgen. Schokoladentafeln empfanden wir inzwischen als etwas teuflisch Heiliges und als noch süßer, weil sie verboten waren. Es war der siebte Himmel, diese Schokolade im Mund zu haben und ganz, ganz langsam schmelzen zu lassen, wobei ich die Augen schloß, um noch besser den Geschmack genießen zu können. Als ich zur Seite schaute, sah ich, daß Chris es genauso machte. Komisch, wie die Zwillinge ihre Schokolade aßen. Sie rissen vor Begeisterung die Augen weit auf. Hatten sie die Bonbons völlig vergessen? Es schien so, denn sie hatten offenbar bereits ein Stück Paradies im Mund. Als wir den Schlüssel im Schloß hörten, versteckten wir die Süßigkeiten blitzschnell unter dem nächsten Bett.

Es war die Großmutter. Sie kam still herein, den Picknick-

Korb am Arm. Sie stellte den Korb auf den kleinen Tisch. Sie sagte nicht »Frohe Weihnachten«, sie sagte auch nicht »Guten Morgen«, sie lächelte nicht und zeigte auch sonst in keiner Weise, daß heute ein besonderer Tag war. Und wir durften ja nicht mit ihr sprechen, solange sie uns nicht ansprach.

Es war sehr ängstlich und zögernd, aber auch mit großen Hoffnungen, daß ich *ihr* Päckchen in die Hand nahm. Wir hatten es in rotes Geschenkpapier gepackt, das wir von einem von Mammis Geschenken genommen hatten. Unter diesem schönen Papier befand sich unser Collagegemälde, mit dem wir alle vier gemeinsam versucht hatten, das Bild eines perfekten Gartens zu erschaffen. In den alten Kisten auf dem Dachboden hatten wir die verschiedensten Stoffreste gefunden, aus denen wir leuchtend bunte Schmetterlinge zusammengeklebt hatten. Besonders der von Cory, mit gelben, grünen und schwarzen Seidenstreifen und roten Steinaugen, war schöner als jedes in der Natur vorkommende Exemplar. Unsere Bäume hatten wir aus braunen Seilresten zusammengesetzt, auf die Lederfetzen geklebt waren, so daß es wie echte Rinde aussah. In den Zweigen saßen schimmernde Vögel, die aus selbst gefärbten Daunenfedern bestanden, wie wir sie in alten Kissen gefunden hatten. Mit einer alten Zahnbürste hatten wir das Gefieder kunstvoll zurechtgetrimmt.

Ohne Übertreibung konnte man sagen, daß unser Bild wirkliche künstlerische Begabung zeigte und einzigartigen Einfallsreichtum. Unsere Komposition war wohl abgewogen und hatte doch Stil, ja Rhythmus ... und einen Zauber, der unserer Mutter die Tränen in die Augenwinkel trieb, als wir es ihr zeigten. Sie drehte uns rasch den Rücken zu, damit wir nicht sahen, daß sie weinte. Wirklich, diese Collage war bei weitem das Schönste, was wir bisher an Kunst zustande gebracht hatten.

Zitternd und aufmerksam beobachtend wartete ich auf den Moment, an dem die Hände unserer Großmutter leer waren. Da die Großmutter Chris nie ansah und die Zwillinge solche Angst vor ihr hatten, daß sie sich bei ihrer Anwesenheit in den Ecken verkrochen, blieb die Überreichung des Geschenkes an mir hängen ... vorausgesetzt, ich schaffte es, das Zittern in meinen Knien zu überwinden. Chris stieß mich kräftig mit dem Ellbogen an. »Los«, flüsterte er mir zu, »in einer Minute ist sie wieder draußen.«

Meine Füße schienen am Boden festgenagelt. Ich hielt das lange, rot eingewickelte Paket vor mir auf beiden Armen. Von meiner Haltung her mußte es wie eine heilige Opfergabe wirken. Es war schwer, ihr etwas zu geben, hatte sie uns doch nichts als Feindschaft entgegengebracht und nur auf eine Gelegenheit, uns Schmerzen zu bereiten, gewartet.

An jenem Weihnachtsmorgen schaffte sie es besonders erfolgreich, uns weh zu tun. Sie brauchte keine Rute dafür, nicht einmal ein Wort.

Ich wollte sie auf die passende Art begrüßen und sagen: »Frohe Weihnachten, Großmutter. Wir möchten Ihnen eine Kleinigkeit schenken. Sie brauchen sich nicht zu bedanken, es ist kaum der Rede wert. Nur eine Kleinigkeit, mit der wir zeigen wollen, wie sehr wir das Essen zu schätzen wissen und das Dach über dem Kopf, das wir von Ihnen bekommen.« Nein, nein, sie würde mich für sarkastisch halten, wenn ich es so brachte. Besser ich sagte etwas wie: »Frohe Weihnachten, wir hoffen, Ihnen gefällt dieses kleine Geschenk von uns. Wir haben alle daran gearbeitet, sogar Carrie und Cory. Sie können es als Erinnerung an uns behalten, und wenn wir einmal fort sind, wissen Sie, daß wir uns Mühe gegeben haben für Sie, ganz bestimmt.«

Schon mich nur mit dem Geschenk auf den Händen in ihrer Nähe zu entdecken verblüffte sie.

Langsam streckte ich ihr unsere Weihnachtsgabe entgegen und sah ihr dabei tapfer in die Augen. Ich wollte sie nicht mit diesem Blick anbetteln. Ich wollte nur, daß sie es nahm und Gefallen daran fand und sich bedankte, selbst wenn sie dieses »Danke« mit ihrer üblichen Kälte sagte. Ich wollte, daß sie heute ins Bett ging und dabei über uns nachdachte und fand, daß wir am Ende vielleicht nicht ganz so schlecht waren. Ich wollte, daß sie die Mühe erkannte, die wir uns mit diesem Geschenk gemacht hatten, und ich wollte, daß sie sich dabei fragte, ob sie uns bisher immer richtig behandelt hatte.

In der vernichtendsten Art und Weise senkte sich der Blick ihrer kalten, haßerfüllten Augen auf das lange rote Paket. Eine große Schleife, in der ein kleiner Tannenzweig steckte, zierte das Paket, und an der Schleife hing eine Karte, auf der stand: »Für Großmutter von Chris, Cathy, Cory und Carrie.«

Ihre grauen Steinaugen verweilten lange genug bei der Karte, um sie zu lesen. Dann hob sie ihren Blick, um mir direkt in meine hoffnungsvollen, bittenden, flehenden Augen zu starren – Augen, die so sehr darum baten, eine Bestätigung zu erhalten, daß wir nicht wirklich schlecht waren, denn manchmal glaubte ich beinahe selber daran. Noch einmal wanderte ihr Blick zurück zu dem Geschenk, dann drehte sie mir entschlossen den Rücken zu. Ohne ein Wort marschierte sie zur Tür hinaus, schlug sie hart hinter sich zu und schloß sie ab. Ich blieb in der Mitte des Zimmers zurück, mit dem Ergebnis von so vielen langen Stunden harter Arbeit für Perfektion und Schönheit auf dem Arm.

Narren! Das waren wir! Verdammte Narren!

Wir würden sie nie für uns gewinnen! Für sie würden wir immer eine Satansbrut bleiben! Soweit es nach ihr ging, existierten wir einfach tatsächlich nicht.

Und es tat weh, darauf konnte man wetten, es tat verdammt weh. Bis zu meinen nackten Füßen hinunter spürte ich den Schmerz, und mein Herz wurde zu einem hohlen Ball, der Schmerz durch meine Brust pumpte. Hinter mir konnte ich Chris heftig atmen hören. Die Zwillinge begannen leise zu weinen.

Dies war der Augenblick für mich, zu zeigen, wie erwachsen ich war. Jetzt konnte ich die Haltung beweisen, die Ruhe, mit der Mammi so gut und effektiv umgehen konnte. Ich formte meine Bewegungen und meinen Gesichtsausdruck nach dem Vorbild meiner Mutter. Ich benutzte meine Hände genau, wie sie es immer tat. Ich lächelte, wie sie es tat, langsam und betörend.

Und was tat ich dann, um meine Reife unter Beweis zu stellen?

Ich knallte das Paket auf den Boden! Ich fluchte mit Worten, die ich vorher nie laut ausgesprochen hatte! Ich stampfte mit den Füßen auf das Geschenk, hörte, wie der Karton unter meinen Tritten zerbrach. Ich kreischte! Wild vor Wut sprang ich mit beiden Füßen zugleich auf das Geschenk. Ich trampelte so lange darauf herum, bis ich den Rahmen brechen und die Leinwand reißen hörte. Ich haßte Chris dafür, daß er mich überredet hatte, es gäbe eine Möglichkeit, diese Frau aus Stein für uns zu gewinnen. Ich haßte Mammi dafür, daß sie uns in diese Lage gebracht hatte. Sie hätte ihre Mutter besser kennen müssen. Sie hätte als Schuhverkäuferin arbeiten können; mit Sicherheit gab es irgend etwas, was sie hätte tun können, anstatt dieses Leben zu beginnen.

Unter diesem wilden Angriff einer Verrückten ging unser Bild buchstäblich in Fetzen. All unsere Arbeit war umsonst, umsonst!

»Hör auf«, schrie Chris. »Wir können es doch für uns selbst behalten!«

Doch als er zu mir lief, um die völlige Zerstörung aufzuhalten, war es bereits zu spät. Das Bild war kaputt. Ich war in Tränen aufgelöst.

Dann bückte ich mich weinend und sammelte die seidenen Schmetterlinge ein, die Carrie und Cory so mühevoll zusammengeklebt hatten. Soviel Mühe hatten sie sich gegeben, die Flügel herrlich anzumalen. Alles umsonst! Diese Seidenschmetterlinge würde ich mein ganzes Leben aufbewahren.

Chris nahm mich fest in den Arm. Ich schluchzte drauflos, und er versuchte mich mit väterlichen Worten zu trösten: »Es ist alles in Ordnung. Spielt gar keine Rolle, was sie tut. Wir sind im Recht, und sie ist im Unrecht. Wir haben uns Mühe gegeben. Sie nie!«

Wir setzten uns wieder zwischen die Geschenke auf den Boden, diesmal schweigend. Die Zwillinge waren still, die großen Augen voller Zweifel. Sie wollten mit ihren Geschenken spielen und trauten sich nicht, denn sie waren unsere Spiegel. In ihnen spiegelten sich unsere Gefühle – was immer das für Gefühle waren. Oh, sie so zu sehen tat mir nur noch mehr weh. Ich war zwölf. Einmal mußte ich lernen, wie man sich seinem Alter entsprechend benimmt und Haltung bewahrt, anstatt immer gleich zu explodieren wie eine Ladung Dynamit.

Unsere Mutter kam ins Zimmer, lächelte und wurde ihre Weihnachtsgrüße los. Sie trug noch mehr Geschenke auf dem Arm, ein großes Puppenhaus, das einmal ihr gehört hatte... und davor ihrer furchtbaren Mutter. »Dieses Geschenk ist nicht vom Weihnachtsmann«, erklärte sie und setzte das Puppenhaus sehr behutsam auf dem Boden ab. Und jetzt, das schwöre ich, gab es wirklich keinen freien Fleck mehr im ganzen Zimmer. »Es ist mein Geschenk für Carrie und Cory.« Sie drückte sie beide, küßte sie auf die Wangen und erzählte ihnen, nun könnten sie »zu Hause« spielen und »Eltern« und »Gastgeber und Gastgeberin«, genau wie *sie* es gespielt hatte, als sie ein Kind von fünf Jahren gewesen war.

Falls ihr auffiel, daß von uns keiner recht begeistert über dieses großartige Puppenhaus war, ließ sie es sich nicht anmerken. Mit Lachen und vergnügtem Charme hockte sie sich auf die Fersen und erzählte uns, wie sehr sie in ihrer Kindheit an diesem Puppenhaus gehangen hatte.

»Außerdem ist es sehr wertvoll«, sprudelte es aus ihr heraus. »Auf dem Antiquitätenmarkt brächte ein Puppenhaus wie dieses hier ein kleines Vermögen. Schon die Miniaturporzellanpuppen mit den beweglichen Gliedern sind unbezahlbar. Ihre Gesichter sind alle handgemalt. Die Puppen passen maßstabgetreu zum Haus, genau wie die Möbel, die kleinen Gemälde – alles. Das Haus wurde von einem englischen Künstler in Handarbeit hergestellt. Jeder Stuhl, jeder Tisch, jede Lampe, jeder Kerzenleuchter – alles sind Reproduktionen von echten antiken Stücken. Soviel ich weiß, hat der Mann zwölf Jahre lang daran gearbeitet. Seht euch an, wie genau die Türen eingepaßt sind, sie lassen sich alle öffnen und schließen – was man von dem Haus, in dem ihr jetzt hier lebt, nicht gerade sagen kann«, fuhr sie fort. »Alle Schubladen kann man herausziehen. Da, seht nur, es gibt sogar einen winzigen Schlüssel, mit dem man den Schreibtisch abschließen kann. Einige Türen kann man in die Wände schieben – Schiebetüren. Ich wünschte mir immer, dieses Haus hier hätte solche Türen; ich weiß gar nicht, warum sie außer Mode gerieten. Und schaut euch die handgeschnitzten Zierleisten um die Decken an, und die Holztäfelungen im Eßzimmer und in der Bibliothek – und die klitzekleinen Bücher auf den Regalen. Ob ihr es glaubt oder nicht, wenn ihr eine Lupe hättet, könntet ihr in diesen Büchern sogar lesen!«

Mit geübten, vorsichtigen Fingern demonstrierte sie uns alle Einzelheiten dieses Puppenhauses, das nur die Kinder reichster Leute jemals zu besitzen hoffen konnten.

Chris mußte natürlich eines der winzigen Bücher herausziehen und es so nah wie möglich an seine zusammengekniffenen Augen halten, um herauszubekommen, ob man es wirklich mit einem Mikroskop lesen konnte. (Es gab eine ganz bestimmte Sorte von Mikroskop, die er hoffte eines Tages für seine Forschungen zu besitzen – und ich hoffte, diejenige zu sein, die ihm so ein Mikroskop schenken sollte.)

Ich kam nicht umhin, das Geschick und die ungeheure Geduld zu bewundern, die es gebraucht haben mußte, so kleine Möbel zu erschaffen. In der Eingangshalle des elisabethanischen Hauses stand ein Flügel. Der Flügel hatte einen Seidenbezug, der golden abgesäumt war, zum Schutz gegen Staub. Auf dem Tisch im Eßzimmer stand eine winzige Vase mit künstlichen Blumen. In einer silbernen Schale auf dem Buffet lagen Früchte aus Wachs. Von der Decke hingen zwei Leuchter, in deren Halterungen echte kleine Kerzen steckten. In der Küche standen Bedienstete in weißen Schürzen und bereiteten das Dinner vor. Ein Butler in weißer Livree stand neben der Eingangstür und empfing die ankommenden Gäste, während in der Halle die wunderbar herausgeputzten Damen steif neben befrackten pokergesichtigen Männern standen.

Die Treppe hinauf im Kinderzimmer waren drei Kinder, und ein Baby lag in der Wiege, die Arme ausgestreckt, als wollte es auf den Arm genommen werden. Hinten war noch ein Nebengebäude angesetzt, und die Kutsche darin! Und in den Ställen standen zwei Pferde! Phantastisch! Wie konnte man auch nur träumen, daß jemand so etwas Winziges bauen konnte? Meine Augen sprangen zu den Glasfenstern, berauschten sich an den feinen weißen Gardinen und den schweren Seidenvorhängen. Teller standen auf dem Tisch und Silberbesteck dazu, und in den Küchenschränken gab es Töpfe und Pfannen – alles so winzig, daß sie kaum größer als grüne Erbsen waren.

»Cathy«, sagte Mammi und legte ihren Arm um mich, »schau dir diesen kleinen Teppich an. Das ist ein echter Perser, aus reiner Seide geknüpft. Und der Teppich im Eßzimmer ist ein Orientale, alles speziell angefertigt.« Und weiter und weiter beschrieb sie die außergewöhnlichen Qualitäten dieses unglaublichen Spielzeugs.

»Wie kommt es, daß alles noch so neu aussieht, wenn das Haus doch schon so alt ist?« wollte ich wissen.

Eine dunkle Wolke legte sich über Mammis Gesicht. »Als es noch meiner Mutter gehörte, wurde es in einem großen Glaskasten aufbewahrt. Sie durfte es sich ansehen, aber sie konnte nie etwas davon anfassen. Als ich es dann bekam, nahm mein Vater einen Hammer und zertrümmerte den Glaskasten, und er erlaubte mir, mit allem zu spielen – unter der Bedingung, daß ich ihm auf die Bibel schwor, nichts zu zerbrechen.«

»Hast du das geschworen, und hast du wirklich nichts kaputtgemacht?« fragte Chris.

»Ja, ich habe es geschworen, aber es ist mir trotzdem was kaputtgegangen.« Sie senkte den Kopf, so daß wir ihre Augen nicht mehr sehen konnten. »Es gab da noch eine andere Puppe, einen sehr hübschen jungen Mann, und von dem ist der Arm abgebrochen, als ich seinen Anzug ausziehen wollte. Ich wurde verprügelt, nicht nur, weil ich etwas zerbrochen hatte, sondern auch, weil ich hatte sehen wollen, was unter seinem Anzug war.«

Chris und ich saßen still da, aber Carrie machte sich über das Puppenhaus her und zeigte an jeder Einzelheit größtes Interesse, besonders an den Puppen in ihren bunten alten Kostümen. Das Baby in der Wiege hatte es ihr am meisten angetan. Weil seine Zwillingsschwester so begeistert war, kam auch Cory dazu, um mit ihr gemeinsam die Schätze des Puppenhauses zu erforschen.

Jetzt wandte Mammi ihre Aufmerksamkeit allein mir zu.

»Cathy, du sahst so bedrückt aus, als ich reinkam. Warum? Haben dir die Geschenke nicht gefallen?«

Weil ich nicht antworten konnte, ergriff Chris für mich das Wort. »Sie ist unglücklich, weil die Großmutter das Geschenk nicht angenommen hat, das wir für sie gebastelt haben.« Mammi streichelte mir die Schulter, vermied aber, mir in die Augen zu schauen. Chris meinte weiter: »Und wir möchten dir herzlich für alles danken – es gibt nichts, was du vergessen hättest, dem Weihnachtsmann für uns aufzutragen. Und ganz besonderen Dank für das wunderbare Puppenhaus. Ich glaube, unsere Zwillinge werden daran mehr Freude haben als an irgend etwas sonst.«

Ich blickte lange zu den beiden Dreirädern, die die Zwillinge bekommen hatten, damit sie ihre dünnen, schwachen Beine trainieren konnten, indem sie auf dem Dachboden herumfuhren. Für Chris und mich hatte es Rollschuhe gegeben, die wir aber nur in dem alten Klassenzimmer benutzen durften, denn dort war ein richtiger Boden eingezogen, der den Lärm weitgehend dämpfte.

Mammi stand vom Boden auf und lächelte geheimnisvoll, bevor sie uns verließ. Als sie gerade zur Tür raus war, rief sie über die Schulter, in zwei Minuten wäre sie wieder da – und dann gab sie uns das beste Geschenk von allen – einen kleinen tragbaren Fernseher! »Mein Vater hat mir den für mein Schlafzimmer gegeben. Und ich wußte sofort, wer an diesem Ding die meiste Freude haben würde. Jetzt habt ihr ein echtes Fenster zur Welt draußen.«

Gerade die richtigen Worte, um mich wieder zu den wildesten Hoffnungen anzustacheln. »Mammi!« rief ich. »Dein Vater hat dir so ein teures Geschenk gemacht? Heißt das, er mag dich vielleicht wieder? Hat er dir deine Heirat mit Daddy verziehen? Können wir jetzt nach unten kommen?«

Ihre blauen Augen wurden wieder dunkel und besorgt, und es lag keine Freude in ihrem Ton, als sie uns bestätigte, daß ihr Vater tatsächlich umgänglicher geworden sei – er hatte ihr ihre Sünde gegen Gott und die Gesellschaft vergeben. Dann sagte sie etwas, das mir das Herz hüpfen ließ. »Nächste Woche wird mein Vater mich von seinem Rechtsanwalt wieder in sein Testament aufnehmen lassen. Er wird mir alles hinterlassen, selbst das Haus soll mir gehören, nachdem meine Mutter gestorben ist. Er hat nicht vor, ihr Geld zu hinterlassen, denn sie hat von ihren Eltern ein eigenes Vermögen geerbt.«

Geld – das war mir längst völlig egal. Alles, was ich wollte, war, hier rauszukommen! Und plötzlich war ich sehr glücklich – so glücklich, daß ich meiner Mutter den Arm um den Hals schlang und sie küßte und an mich drückte. Das war der beste Tag, seit wir in dieses Haus gekommen waren ... dann merkte ich, daß Mammi ja noch nicht gesagt hatte, wir können die Treppe hinuntergehen. Aber einen Schritt waren wir auf dem Weg in die Freiheit weitergekommen.

Unsere Mutter setzte sich auf ein Bett und lächelte – mit den Lippen, nicht mit den Augen. Sie lachte über ein paar komische Sachen, die Chris und ich ihr erzählten, und es war ein gellendes, hartes Lachen, nicht die Art, wie sie sonst lachte. »Ja, Cathy, ich bin die pflichtbewußte, gehorsame Tochter geworden, die euer Großvater immer haben wollte. Er sagt etwas, ich gehorche. Er befiehlt, ich springe. Schließlich habe ich also geschafft, ihm zu gefallen.« Sie hielt abrupt inne und blickte zu den zugezogenen Doppelfenstern, durch die bleiches Licht hereinfiel. »Tatsächlich gefalle ich ihm sogar so gut, daß er heute abend für mich eine Party gibt, die mich bei alten Freunden und in der lokalen Gesellschaft wieder einführen soll. Es wird eine große Sache, denn wenn meine Eltern einladen, sparen sie an nichts. Sie selbst stehen natürlich über solchen Dingen, aber es macht ihnen nichts aus, an Leute, die die Hölle nicht fürchten, die besten Alkoholika auszuschenken. Es wird also hoch hergehen, und für den Tanz ist ein kleines Orchester engagiert.«

Ein Fest! Eine Weihnachtsparty! Mit einem Orchester, das zum Tanz aufspielte! Einem großen Büffet! Und Mammi wurde wieder in das Testament aufgenommen. Hatte es schon jemals einen so wundervollen Tag gegeben?

»Können wir zuschauen?« riefen Chris und ich fast wie aus einem Munde.

»Wir sind auch ganz leise.«

»Wir verstecken uns, so daß uns niemand zu Gesicht bekommt.«

»Bitte, Mammi, bitte. Es ist schon so lange her, daß wir andere Menschen gesehen haben, und wir sind noch nie auf einer Weihnachtsparty gewesen.«

Wir bettelten und bettelten, bis sie schließlich nicht mehr widerstehen konnte. Sie zog mich und Chris mit sich in eine Ecke des Zimmers, in der die Zwillinge uns nicht hören konnten, und dort flüsterte sie: »Es gibt einen Platz, an dem ihr zwei euch verstecken und zusehen könnt. Aber mit den Zwillingen ist es zu riskant. Sie sind noch zu klein, als daß man sich auf sie verlassen könnte, und ihr wißt ja, daß sie nicht länger als zwei Sekunden still an einem Fleck bleiben. Carrie würde am Ende vor Entzücken losschreien und jeden auf sich aufmerksam machen. Also gebt mir euer Ehrenwort, daß ihr den beiden nichts davon sagt.«

Wir versprachen es. Natürlich würden wir ihnen nichts erzählen, selbst wenn wir kein Ehrenwort gegeben hätten. Wir liebten unsere beiden Kleinen, und wir hätten ihnen nie damit weh getan, ihnen zu sagen, daß sie an irgendeiner schönen Sache nicht teilnehmen durften.

Wir sangen Weihnachtslieder, nachdem Mammi gegangen war, und der Tag ging recht angenehm vorbei. Wir waren guter Laune, auch wenn es in unserem Picknick-Korb nichts Besonderes zu essen gab: Schinkenbrote, die die Zwillinge nicht mochten, und kalte Truthahnscheiben, die noch immer eisig waren, als wären sie gerade aus der Gefriertruhe geholt worden. Reste vom Erntedanktag.

Als es dann früh Abend wurde, saß ich lange ruhig da und sah Carrie und Cory zu, die glücklich mit dem Puppenhaus spielten, die kleinen Porzellanpuppen von einem Zimmer ins andere stellten und die unschätzbar wertvollen Miniaturmöbel verrückten.

Komisch, wieviel man durch ein totes Objekt lernen kann, das einmal einem kleinen Mädchen gehört hatte, dem nie erlaubt gewesen war, es auch nur zu berühren. Dann kam ein anderes kleines Mädchen, und das Puppenhaus wurde ihm geschenkt, und der Glaskasten wurde zerschlagen, so daß dieses kleine Mädchen das Puppenhaus berühren konnte – und bestraft werden konnte, wenn es etwas zerbrach.

Ein Gedanke kam mir und ließ mich frösteln: Ich fragte mich, was Carrie und Cory wohl zerbrechen würden und welche Strafe es dann für *sie* gab.

Ich schob mir einen Schokoladenriegel in den Mund und versuchte, mir damit meine ruhelosen, bösen Gedanken zu versüßen.

Die Weihnachtsparty

Wie sie versprochen hatte, kam Mammi, nicht lange nachdem die Zwillinge eingeschlafen waren, in unser Zimmer geschlichen. Sie sah so hinreißend gut aus, daß mein Herz mir vor Stolz und Bewunderung schwoll, und ein wenig auch vor Neid. Ihr langes Abendkleid hatte einen fließenden Rock aus grünem Chiffon. Das Oberteil bestand aus Seide in einem etwas tieferen Grün und war tief ausgeschnitten. Große Ohrringe mit Diamanten und Smaragden funkelten bei jeder ihrer Bewegungen. Mammis Duft erinnerte mich an den betäubenden Dunst eines orientalischen Gartens im Mondschein. Kein Wunder, daß Chris sie wie gebannt anstarrte. Ich seufzte neiderfüllt. O lieber Gott, laß mich eines Tages auch so aussehen ... laß mich all diese schwellenden Kurven bekommen, die von den Männern so bewundert werden.

Wenn sie sich bewegte, schwebten die Chiffonfalten wie Flügel um sie, und so führte sie uns zum ersten Mal aus der düsteren Abgeschiedenheit unseres Verstecks. Durch die dunklen, weiten Flure des Nordflügels ging es, dicht auf Mammis silbernen Fersen. »Es gibt da einen Platz«, flüsterte sie, »an dem ich mich als Kind immer versteckt habe, um den Erwachsenenfesten zuzusehen, ohne daß meine Eltern davon wußten. Für euch beide zusammen ist es ein bißchen eng, aber es ist die einzige Stelle, an der ihr euch verstecken und gleichzeitig alles sehen könnt. Versprecht mir noch mal, daß ihr ganz still seid, und wenn ihr müde werdet, schleicht ihr euch schnell in euer Zimmer zurück – merkt euch den Weg.« Sie erklärte uns dann noch, daß wir nicht länger als eine Stunde zusehen dürften, denn die Zwillinge könnten wach werden und feststellen, daß sie allein waren. Möglich, daß sie dann auf die Suche nach uns gehen würden und allein durch das Haus liefen – Gott allein wußte, was dann passieren könnte.

Wir wurden zu einer Art länglichem Tisch mit einem schrankartigen Kasten darunter geführt. Der Kasten hatte zwei kleine Türen, durch die wir klettern mußten. Es war unbequem eng und stickig darin, aber wir konnten durch das feine Maschenwerk auf der Rückseite ausgezeichnet sehen. Offenbar war der Kasten so etwas wie ein Belüftungssystem.

Mammi stahl sich leise davon.

Tief unter uns lag ein riesiger Saal, strahlend hell durch Tausende von Kerzen beleuchtet, die in drei gigantischen Leuchtern aus Kristall und Gold steckten. Sie hingen von einer Dekke, die zu hoch war, als daß wir sie noch hätten erkennen können. Ich hatte noch nie so viele Kerzen auf einmal brennen sehen. Der Geruch der Kerzen, die Art, wie ihr Licht von den funkelnden Prismen der Leuchter gebrochen wurde und sich in zahllosen blitzenden Strahlen im Schmuck der Frauen spiegelte, ließ alles zur Szene aus einem Traum werden – oder, besser, zu einer aus einem Film, scharf und klar, ein Ballsaal, in dem Aschenputtel mit ihrem Prinzen tanzte!

Hunderte von festlich gekleideten Leuten füllten lachend und sich unterhaltend den Saal. Und drüben in einer Ecke erhob sich ein unglaublicher Weihnachtsbaum! Er mußte mehr als zehn Meter hoch sein. Tausende von Kerzen leuchteten an ihm, dazu überall funkelnder Weihnachtsschmuck. Die Augen taten uns weh von soviel Glanz!

Dutzende von Bediensteten in rot-schwarzen Uniformen kamen und gingen ständig, brachten silberne Tabletts mit kalten Platten, die sie auf langen Tischen abstellten. In der Mitte dieser Tische sprudelte ein riesiger Kristallspringbrunnen, aus dem eine rötliche Flüssigkeit in eine silberne Schale floß. Viele der Gäste kamen, um sich an der Fontäne ihre Gläser zu füllen. Es gab noch zwei weitere Punschschalen aus Silber mit dazu passenden Bechern – beide Schalen groß genug, daß ein Kind darin hätte baden können. Es war schön, wunderbar, aufregend, begeisternd ... wie gut zu wissen, daß es außerhalb unseres verschlossenen Zimmers noch immer ein glückliches Leben gab.

»Cathy«, flüsterte Chris mir ins Ohr, »ich würde meine Seele geben, um nur einen Schluck von dieser Fontäne in der Kristallschüssel abzubekommen.«

Nichts anderes hatte ich selbst gerade gedacht.

Nie hatte ich mich so hungrig, so durstig und so ausgeschlossen gefühlt. Und doch waren wir beide verzaubert und schwindelig von all der Pracht, die großer Reichtum kaufen und zur Schau stellen konnte. Die Tanzfläche war mit einem Mosaik ausgelegt und so gewachst, daß sie wie Glas schimmerte. Große Spiegel in goldenen Rahmen hingen an den Wänden, und die Tänzer spiegelten sich überall, so daß man nicht mehr unterscheiden konnte, wo die Wirklichkeit aufhörte und die Spiegelbilder anfingen.

Chris und ich hefteten unsere Blicke an die Paare, die schön und jung waren. Wir flüsterten über ihre Kleider, ihre Frisuren und spekulierten, was für Beziehungen sie wohl hatten. Aber vor allem beobachteten wir unsere Mutter, die im Mittelpunkt der allgemeinen Aufmerksamkeit stand. Am häufigsten tanzte sie mit einem großen, gutaussehenden Mann, der dunkle Haare und einen großen Schnurrbart hatte. Er war es auch, der ihr ein Glas zu trinken brachte und einen Teller mit Leckerbissen vom Buffet. Sie saßen auf einem der roten Seidensofas mit Goldbrokaträndern zusammen und aßen Kanapees und Hors d'œuvres. Ich fand, sie saßen ein wenig zu eng beisammen. Schnell sah ich von ihnen weg und schaute den drei Köchen hinter den langen Tischen zu, die ständig etwas zubereiteten, das mir wie sehr dünne Pfannkuchen vorkam und das sie mit verschiedenen Leckereien füllten. Der Geruch stieg bis zu uns herauf und ließ uns das Wasser im Mund zusammenlaufen.

Unsere eigenen Mahlzeiten waren monotone, langweilige Angelegenheiten: Sandwiches, Suppen, der ewige Kartoffelsalat und die gebratenen Hühnchen. Dort unten gab es eine Gourmettafel aller erdenklichen Kostbarkeiten der Welt. Und das Essen war warm. Unseres war oft genug nicht mal lau. Unsere Milch stellten wir auf die Dachbodentreppe, damit sie in der Kälte frisch blieb – manchmal fanden wir sie halb gefroren. Wenn wir den Picknickkorb auch auf die Treppe stellten, schlichen sich die Mäuse vom Dachboden herunter und knabberten daran herum.

Von Zeit zu Zeit verschwand Mammi zusammen mit diesem Mann. Wohin gingen sie, und was taten sie dort? Küßten sie sich? Hatte sie sich in ihn verliebt? Selbst von meinem versteckten Aussichtsplatz aus konnte ich erkennen, daß der Mann von Mammi hingerissen war. Er konnte seine Augen nicht von ihrem Gesicht lassen und seine Hände nicht von ihren. Und wenn sie zu einer langsamen Musik tanzten, hielt er sie so dicht an sich gedrückt, daß ihre Wangen sich berührten. Wenn sie zu tanzen aufhörten, behielt er seinen Arm um ihre Schulter oder ihre Taille – und einmal wagte er es sogar, ihre Brust zu berühren!

Ich dachte, sie würde ihm jetzt in das gutaussehende Gesicht schlagen – ich hätte das jedenfalls getan! Aber sie drehte sich nur um und lachte und stieß ihn ein wenig zur Seite. Sie sagte etwas, was ihn ermahnte, sich in der Öffentlichkeit zurückzuhalten. Und er lächelte zurück und ergriff ihre Hand, die er an seine Lippen preßte, während die Augen der beiden einen langen, bedeutungsvollen Blick austauschten – so kam es mir jedenfalls vor.

»Chris, hast du Mammi mit diesem Mann gesehen?«

»Klar habe ich sie gesehen. Er ist fast so groß wie Daddy.«

»Hast du gesehen, was er gerade gemacht hat?«

»Sie lachen und unterhalten sich, essen und trinken und tanzen, ganz genauso wie alle anderen auch. Cathy, überleg dir mal, wenn Mammi das ganze Geld geerbt hat, dann können wir solche Partys selbst an Weihnachten geben und an unseren Geburtstagen. Vielleicht werden wir dann sogar einige der Gäste, die heute hier sind, selbst einladen. Und dazu laden wir auch unsere alten Freunde aus Gladstone ein. Junge, was werden die Augen machen, wenn sie sehen, wie wir hier leben!«

In diesem Augenblick standen Mammi und der Mann von dem Sofa auf und gingen hinaus. Also konzentrierten wir unsere Aufmerksamkeit auf die zweitschönste Frau der Gesellschaft und beobachteten sie und bedauerten sie dabei, denn gegen unsere Mutter hatte sie natürlich keine Chance.

Dann rauschte unsere Großmutter in den Ballsaal. Sie sah weder nach rechts noch nach links, noch lächelte sie irgend jemand an. Ihr Kleid war diesmal nicht grau – und das allein versetzte uns schon in Erstaunen. Ihr langes Abendkleid war aus rubinroter Seide, vorne eng geschnitten und hinten weit auslaufend, so daß es hinter ihr herwehte. Das Haar trug sie zu einem Turm hochgesteckt, den sorgfältig gelegte Locken zierten. Rubine und Diamanten glitzerten überall an ihrem Hals, ihren Ohren, den Armen und den Händen. Wer hätte gedacht, daß diese beeindruckende, königlich aussehende Frau die gräßliche Großmutter war, die uns jeden Tag heimsuchte?

Zögernd mußten wir uns in unseren geflüsterten Kommentaren eingestehen, daß sie großartig aussah.

»Ja, sehr beeindruckend. Wie eine Amazone so groß.«

»Eine böse Amazone.«

»Klar, eine kriegerische Amazone, die allein mit ihren Augen in die Schlacht zieht und jeden mit ihrem Blick tötet. Andere Waffen braucht sie gar nicht.«

Und da sahen wir ihn! Unseren unbekannten Großvater!

Mir stockte der Atem, als ich dort unten einen Mann entdeckte, der unserem Vater so unglaublich ähnlich gewesen wäre, wenn Daddy nur lange genug gelebt hätte, um alt und gebrechlich zu werden. Der Mann saß mit einem Smoking bekleidet in einem schimmernden Rollstuhl. Sein dünnes blondes Haar war fast weiß, und im Licht der Kerzen schimmerte es silbern. Seine Haut wirkte glatt und faltenlos, jedenfalls von unserem entfernten und versteckten Beobachtungsplatz aus. Abgestoßen und fasziniert zugleich, konnten Chris und ich die Augen nicht mehr von ihm nehmen, nachdem wir ihn in der Menge entdeckt hatten.

Er war ein zerbrechlich wirkender, aber noch immer unnatürlich gutaussehender Mann für sein hohes Alter von siebenundsechzig Jahren und dafür, daß er schon so gut wie tot sein sollte. Plötzlich hob er auf eine erschreckende Weise den Kopf und starrte nach oben, direkt auf unser Versteck! Für einen kurzen, entsetzlichen Augenblick hatte es den Eindruck, er wüßte, daß wir hier hinter dem Maschendraht verborgen waren! Ein schmales Lächeln spielte auf seinen Lippen. O Gott, was bedeutete dieses Lächeln?

Jedenfalls sah er nicht halb so herzlos wie die Großmutter aus. Konnte er wirklich der grausame und mitleidlose Tyrann sein, für den wir ihn hielten? Dem sanften, freundlichen Lächeln nach, das er allen Gästen schenkte, die kamen, ihn zu begrüßen und ihm die Hand zu reichen, schien er recht gutmütig zu sein. Einfach nur ein alter Mann in einem Rollstuhl, der nicht einmal sehr krank wirkte. Und doch war er es gewesen, der befohlen hatte, daß unsere Mutter sich nackt vom Rücken bis zu den Fersen hatte auspeitschen lassen müssen, und er hatte dabei zugesehen. Wie konnten wir ihm das jemals verzeihen?

»Ich wußte nicht, daß er wie Daddy aussieht«, flüsterte ich Chris zu.

»Warum nicht? Daddy war doch sein viel jüngerer Halbbruder. Großvater war schon ein Mann in den besten Jahren, bevor unser Vater auf die Welt kam, und verheiratet und Vater von zwei Söhnen ist er auch schon gewesen, als er dann noch Daddy zum Halbbruder erhielt.«

Das dort unten war also Malcolm Neal Foxworth, der Mann, der seine junge Stiefmutter und ihren kleinen Sohn aus dem Haus geworfen hatte.

Arme Mammi! Wie konnten wir ihr die Schuld dafür geben, daß sie sich in ihren jungen, bezaubernden Halbonkel verliebt hatte, einen Halbonkel, so gutaussehend und hinreißend wie unser Vater? Mit solchen Eltern, wie sie uns beschrieben worden waren, mußte sie einfach jemand finden, den man wirklich lieben konnte, und sie mußte jemand haben, der sie selbst wirklich liebte... sie, und er auch.

Die Liebe fragt nicht nach dem Warum.

Man konnte sich nicht vorher aussuchen, in wen man sich verliebt – Amors Pfeile sind nicht immer gut gezielt. So flüsterten wir uns unsere Weisheiten zu.

Dann brachten uns plötzlich Schritte und Stimmen zum

Schweigen, die sich unserem Versteck vom Flur aus näherten. Es mußten zwei sein.

»Corinna hat sich überhaupt nicht verändert«, sagte der für uns unsichtbare Mann, »sie ist nur noch schöner und noch geheimnisvoller geworden. Sie ist eine ungewöhnlich anziehende Frau.«

»Ha! Das ist nur, weil du schon immer einen Blick für sie hattest, Al«, antwortete seine weibliche Begleitung. »Zu schade, daß sie keine Augen für dich gehabt hat, sondern nur für Christopher Foxworth. Aber das war auch wirklich ein Mann! Was mich nur wundert, ist, wie diese beiden bigotten Holzköpfe da unten es Corinna verzeihen konnten, daß sie ihren Halbonkel geheiratet hat.«

»Sie mußten einfach. Wenn dir nur noch ein Kind von dreien geblieben ist, mußt du es ja wohl als reuigen Sünder wiederaufnehmen.«

»Ist es nicht seltsam, wie die Dinge sich manchmal entwikkeln?« fragte die Frau. »Drei Kinder... und ausgerechnet das verdorbenste, fortgejagte bleibt übrig, um alles zu erben.«

Der angetrunken wirkende Mann schnaubte. »Corinna war ja nicht immer die Verstoßene. Weißt du nicht mehr, wie der Alte sie früher angehimmelt hat? In seinen Augen konnte sie nie etwas falsch machen, bis sie dann mit Christopher durchbrannte. Aber dieser Feldwebel von Mutter hat nie auch nur ein bißchen Geduld mit seiner Tochter gehabt. Wahrscheinlich war sie eifersüchtig. Aber was für eine reife Frucht Bartholomew Winslow da in den Schoß fällt. Die hätte ich auch geerntet!« meinte der unsichtbare Al neidisch.

»Das kann ich mir vorstellen!« erwiderte die Frau sarkastisch und stellte etwas auf den Tisch über uns, das sich nach einem Glas mit Eiswürfeln anhörte. »Eine schöne, junge, steinreiche Frau, so eine Frucht würde jeder Mann gerne ernten. Nur daß Corinna für einen Einfaltspinsel wie dich, Albert Donne, eine Nummer zu groß ist. Corinna Foxworth wird dich nie auch nur eines Blickes würdigen. Als du jung warst nicht, und jetzt erst recht nicht. Abgesehen davon hab' ich dich jetzt ja an der Leine!«

Das Paar entfernte sich langsam aus unserer Hörweite. Andere Stimmen kamen und gingen, während lange Stunden verstrichen.

Mein Bruder und ich wurden langsam des Zuschauens müde, und wir mußten beide dringend auf die Toilette. Außerdem begannen wir uns auch wegen der Zwillinge Sorgen zu machen, die wir so lange alleine gelassen hatten. Was, wenn nun einer der Gäste zufällig in unser verbotenes Zimmer geriet und die beiden schlafenden Zwillinge fand? Dann würde die ganze Welt – und unser Großvater natürlich auch – erfahren, daß unsere Mutter vier Kinder hatte.

Eine Gruppe von Gästen hatte sich um unser Versteck gelagert, lachte, schwätzte und trank. Es dauerte ewig, bis sie sich endlich entschlossen weiterzuziehen und wir mit größter Vorsicht unsere Schranktüren öffnen konnten. Da niemand in Sicht war, kletterten wir blitzschnell heraus und stürzten den Weg zurück, den wir gekommen waren. Atemlos und mit hängenden Zungen, den Druck auf der Blase kaum noch aushaltend, so erreichten wir ungesehen und ungehört unseren stillen, versteckten Raum.

Und unsere Zwillinge lagen tief und fest schlafend in den Betten, genau wie wir sie verlassen hatten. Sie schienen identische, zerbrechliche Porzellanpuppen zu sein ... wie Kinder auf uralten Fotos in den Geschichtenbüchern. Sie waren in keiner Weise Kinder, wie sie in unsere heutige Zeit paßten. Auch wenn sie das einmal gewesen waren. Aber sie würden es wieder sein, das schwor ich mir.

Als nächstes mußte ich mich mit Chris darüber streiten, wer zuerst ins Bad durfte – eine Frage, die schnell entschieden wurde. Chris stieß mich einfach auf mein Bett, rannte ins Bad und schloß hinter sich ab. Es kam mir vor, als brauchte er Stunden, um seine Blase zu leeren. Gütiger Himmel, wie schaffte er das nur, soviel einzuhalten?

Nachdem den natürlichen Bedürfnissen Genüge geleistet war, hockten wir uns zusammen, um noch einmal zu besprechen, was wir gehört und gesehen hatten.

»Glaubst du, daß Mammi wirklich diesen Bartholomew

Winslow heiraten will?« fragte ich und hielt damit mein nie versiegendes Mißtrauen nicht mehr verborgen.

»Woher soll ich das wissen?« antwortete Chris auf eine Weise, die nicht sehr betroffen wirkte. »Aber es sieht wirklich so aus, als ob jeder sonst hier meint, sie würde ihn heiraten, und natürlich kennen diese Leute Mammi besser, was diese spezielle Seite angeht.«

Das klang für mich doch merkwürdig. Kannten wir, ihre Kinder, Mammi denn nicht besser als jeder sonst auf der Welt?

»Chris, warum hast du das gerade gesagt?«

»Was?«

»Na, das über unsere Mutter – daß andere sie besser kennen würden als wir.«

»Menschen haben sehr unterschiedliche Gesichter, Cathy. Ihre Charaktere haben ganz verschiedene Seiten. Für uns ist unsere Mutter nur die Mutter. Für andere ist sie eine schöne, sehr attraktive junge Witwe, die wahrscheinlich ein großes Vermögen erbt. Kein Wunder, daß sie die Freier anzieht wie eine helle Flamme die Motten. Und sie ist eine sehr helle Flamme.«

O Mann! Und er redete darüber einfach so daher, als würde ihn das im Grunde gar nichts angehen – doch ich wußte, daß es ihn sehr wohl berührte. Ich kannte meinen Bruder gut genug. Er mußte in seinem Inneren darunter leiden, genau wie ich, denn er wollte wie ich nicht, daß unsere Mutter wieder heiratete. Ich warf ihm meinen eindringlichsten Blick zu ... und, aha, er war bei weitem nicht so unbeteiligt, wie er vorgab. Das gefiel mir.

Trotzdem stieß ich einen tiefen Seufzer aus, denn ich wäre gerne genauso ein ewiger Optimist gewesen wie er. Tief in meinem Inneren ahnte ich, daß das Leben mich immer zwischen Skylla und Charybdis plazieren würde, daß mein Weg immer vom Regen in die Traufe führte. Ich mußte mich besser zusammennehmen und werden wie Chris, sonst ging es mir schlecht. Ich brauchte dringend eine unerschütterliche gute Laune. Wenn ich litt, mußte ich lernen, es zu verbergen, so wie er es tat. Ich mußte lernen zu lächeln und nie die Stirn zu runzeln, und ich mußte mich mit meinen düsteren Vorahnungen zurückhalten, auch wenn ich da beinahe hellseherisch begabt war.

Die Möglichkeit, daß unsere Mutter wieder heiraten könnte, hatten wir bereits zwischen uns beiden ausführlich durchgesprochen. Keinem von uns gefiel der Gedanke. Wir fanden, daß sie noch immer unserem Vater gehörte. Wir wollten, daß sie seinem Andenken treu blieb und auch weiterhin nur ihn liebte. Und wenn sie tatsächlich wieder heiratete, wo würden wir vier dann in diese Ehe passen? Würde dieser Winslow mit dem gutaussehenden Gesicht und dem tollen Schnurrbart vier Kinder um sich haben wollen, die nicht seine waren?

»Cathy«, überlegte Chris laut, »hast du auch schon überlegt, daß im Augenblick die beste Gelegenheit ist, das Haus ein wenig zu erkunden? Unsere Tür ist nicht abgeschlossen, die Großeltern sind unten auf dem Fest. Mammi ist beschäftigt – der perfekte Zeitpunkt, alles über dieses Haus herauszufinden.«

»Nein!« rief ich erschrocken. »Stell dir vor, die Großmutter kommt dahinter? Sie zieht uns bei lebendigem Leibe die Haut ab!«

»Dann bleibst du bei den Zwillingen«, sagte Chris mit überraschender Festigkeit in der Stimme. »Wenn ich entdeckt werden sollte, was nicht passieren wird, nehme ich alles auf mich, und sie kann mich auch nur verprügeln. Denk daran, daß vielleicht einmal der Tag kommt, an dem wir alles über dieses Haus wissen müssen, um aus ihm zu entfliehen.« Er verzog die Lippen zu einem amüsierten Lächeln. »Ich werde mich vorsichtshalber verkleiden, nur für den Fall, daß mich doch jemand sehen sollte.«

Verkleiden? Wie?

Aber ich hatte die Schatztruhen voller alter Kleider auf dem Dachboden vergessen. Er war kaum ein paar Minuten oben, da kam er schon wieder in einem altmodischen dunklen Anzug herunter, der ihm höchstens eine Nummer zu groß war. Chris war groß für sein Alter. Über sein blondes Haar hatte er eine leicht angenagt aussehende dunkle Perücke gestülpt. So wie er aussah, möchte man ihn wirklich für einen kleinwüchsigen

Mann halten, vorausgesetzt, das Licht war nicht zu hell, und man sah nicht zu genau hin. Einen lächerlich komisch aussehenden, altmodischen kleinen Mann!

In bester Laune paradierte er vor mir auf und ab. Dann beugte er sich vor und schlich wie Groucho Marx umher, eine unsichtbare Zigarre zwischen den Fingern. Er blieb direkt vor mir stehen, grinste selbstbewußt, während er sich tief verbeugte und einen unsichtbaren Zylinder zog wie ein echter Gentleman. Ich mußte lachen, und er lachte mit, und nicht nur mit den Augen. Dann richtete er sich gerade auf und sagte: »Na, nun sag mal ganz ehrlich, wer würde diesen dunklen, kleinen Mann für ein Mitglied des Foxworth-Clans halten?«

Niemand natürlich! Wer hatte je so einen Foxworth gesehen? Einen gebeugten, dünnen, verbogenen Foxworth mit glattem Gesicht, dunklem Wuschelkopf und einem schmierigen Bleistift-Schnurrbart? Nicht ein einziges von den Familienfotos auf dem Dachboden ähnelte auch nur entfernt diesem Etwas, das da vor mir seine Possen riß.

»Okay, Chris, laß das Theater. Zieh los, finde soviel heraus, wie du kannst, aber bleib nicht zu lange weg. Ich bin hier nicht gerne ohne dich.«

Er kam näher zu mir und meinte in einem verschwörerischen Theaterflüstern: »Bald bin ich wieder bei Euch, schöne Lady, und wenn ich zurückkehre, bringe ich Euch all die dunklen und verborgenen Geheimnisse dieses großen, großen, alten, alten Gemäuers mit.« Und plötzlich – er schaffte es, mich völlig zu überraschen – bekam ich dazu auch noch einen Kuß auf die Wange gedrückt.

Geheimnisse? Und er sagte, ich würde immer übertreiben! Was machte er denn? Wußte er nicht, daß wir hier das Geheimnis waren?

Ich hatte mich schon gebadet und mir die Haare gewaschen und war für das Bett fertig. Natürlich konnte ich an Weihnachten nicht in einem Nachthemd schlafen, das ich vorher schon angehabt hatte, nicht wenn der Weihnachtsmann mir gleich mehrere neue gebracht hatte. Es war ein hübsches Nachthemd, das ich trug, weiß, mit weiten Ärmeln, die am Handgelenk zusammengehalten wurden, der Saum aus blauem Satin und alles mit Spitzen besetzt, dazu mit roten Rosen bestickt, die feine grüne Blätter umrahmten. Es war ein hinreißendes Nachthemd, exquisit und teuer, und ich fühlte mich selbst exquisit und schön, nur weil ich es anhatte.

Chris ließ seinen Blick von meinen Haaren bis zu meinen nackten Zehen wandern, deren Spitzen gerade noch unter meinem langen Nachthemd hervorlugten. Und seine Augen sagten mir dabei etwas, was ich so deutlich bisher noch nie in ihnen gelesen hatte. Er starrte mein Gesicht an, mein Haar, das mir in weiten Kaskaden bis zur Hüfte fiel, und ich wußte, daß es von meinem unentwegten Bürsten strahlend schimmern mußte. Er schien beeindruckt, ja richtig weggetreten, genau wie vorhin, als er Mammi in ihrem Abendkleid erblickt hatte.

Kein Wunder, daß er seine Schwester freiwillig geküßt hatte – ich sah aus wie eine Prinzessin.

Er stand noch einen Augenblick in der Tür, zögerte und sah mich in meinem neuen Nachthemd an, und ich ahnte, daß er sehr glücklich dabei war, hier den edlen Ritter spielen zu dürfen, den Beschützer einer schönen Lady, von kleinen Kindern und von allen, die sich auf seinen Mut verließen.

»Paß auf dich auf, bis ich wieder zurück bin«, flüsterte er.

»Christopher«, flüsterte ich, »alles, was dir fehlt, ist ein weißes Pferd und eine Rüstung.«

»Nein«, flüsterte er zurück, »ein Einhorn und eine Lanze, auf deren Spitze der Kopf eines grünen Drachen steckt, und schon galoppiere ich in meiner schimmernden weißen Rüstung, während ein Schneesturm im August tobt und die Sonne am Mittagshimmel steht, und wenn ich absteige, dann wirst du zu jemandem aufsehen, der einen Meter neunzig groß ist, also sprich respektvoll mit deinem Ritter, meine Lady Cathe-rine.«

»Ja, mein Lord, so zieht also aus und erschlagt jenen Drachen – aber laßt es nicht zu lange dauern, denn sonst könnte ich einem der Unheile zum Opfer gefallen sein, die hier in diesem steinalten Schloß lauern, auch wenn alle Zugbrücken hoch und alle Fallgitter herunter sind.«

»So lebt denn wohl«, wisperte er noch. »Habt keine

Furcht. Bald bin ich zurück, mich um Euch und die Euren zu sorgen.«

Ich kicherte, während ich neben Carrie ins Bett kletterte. Der Schlaf war in dieser Nacht ein scheuer Gast, der sich nicht blicken ließ. Ich mußte an meine Mutter und an diesen Mann denken, an Chris, an Jungen im allgemeinen, an Männer, an Romantik – und an Liebe. Als ich sanft in meine Träume hinüberglitt, begleitet von der fernen Musik aus der großen Halle, faßte meine Hand nach dem kleinen Ring mit dem roten Granat, den mein Vater mir auf den Finger gesteckt hatte, als ich erst sieben Jahre alt gewesen war. Einen Ring, der mir längst zu klein geworden war. Mein Talisman, den ich jetzt an einem feinen Goldkettchen um den Hals trug.

Frohe Weihnachten, Daddy.

Christophers Forschungsgang und seine Folgen

Plötzlich griff mich jemand roh an den Schultern und schüttelte mich wach. Benommen und verwirrt starrte ich mit furchtsamen Augen eine Frau an, die ich kaum als meine Mutter erkannte. Sie funkelte mich mit wildem Blick an und verlangte mit wütender Stimme: »Sag mir, wo dein Bruder ist!«

Völlig verblüfft, daß sie überhaupt so reden und aussehen konnte, wie sie es im Augenblick tat, so völlig außer Fassung, kroch ich vor ihrem Angriff zurück ins Bett und drehte den Kopf zur Seite, um in das andere Bett sehen zu können. Leer. O Himmel, er war zu lange weggeblieben.

Sollte ich lügen? Ihn beschützen und sagen, er wäre auf dem Dachboden? Nein, dies war unsere Mutter, die uns liebte. Sie würde schon verstehen. »Chris wollte sich die anderen Zimmer hier in diesem Stockwerk ansehen.«

Ehrlichkeit war jetzt doch wohl die beste Taktik. Und wir hatten unsere Mutter noch nie angelogen, genausowenig, wie wir uns selbst ja auch nicht gegenseitig anlogen. Nur die Großmutter, und das nur, wenn es unbedingt nötig war.

»Verdammt! Verdammt! Verdammt!« fluchte sie. Ihr Gesicht rötete sich in einem Anfall neuer Wut, die sich nun gegen mich wandte. Mit Sicherheit würde sie ihr kostbarer Ältester, den sie liebte wie keinen anderen von uns, niemals ohne meinen teuflischen Einfluß hintergehen. Sie schüttelte mich, bis mir schwindlig wurde.

»Wegen heute nacht werde ich euch nie, niemals wieder erlauben, daß ihr aus irgendeinem Grund oder besonderem Anlaß diesen Raum verlaßt! Ihr habt mir beide euer Wort gegeben – und ihr habt es gebrochen. Wie soll ich euch jemals wieder vertrauen können? Und ich dachte, auf euch sei Verlaß! Ich dachte, ihr liebtet mich und würdet mich nie hintergehen!«

Meine Augen weiteten sich noch mehr. Hatten wir sie hintergangen? Ich war davon schockiert, wie sie sich aufführte – mir kam es eher so vor, als habe sie uns verraten und nicht umgekehrt.

»Mammi, wir haben doch nichts Böses gemacht. Wir waren ganz still in dem Schrank. Ständig kamen Leute an uns vorbei, aber niemand hat was gemerkt. Wir waren wirklich leise. Niemand weiß, daß wir hier sind. Du darfst nicht sagen, du würdest uns nie mehr hier rauslassen. Du mußt uns hier rauslassen! Du kannst uns doch nicht für immer einschließen und versteckt halten.«

Sie starrte mich auf eine seltsame, erboste Weise an, ohne zu antworten. Ich dachte, sie würde mich schlagen, aber sie löste ihre Hand von meiner Schulter, wirbelte herum und wollte gehen. Ihr Chiffonkleid umwehte wie riesige Flügel ihren Körper und fächerte mir den süßen, blumigen Duft ihres Parfüms zu, das sich überhaupt nicht mit ihrer wilden Wut vertrug.

Gerade als sie das Zimmer verlassen wollte, um offenbar selbst die Jagd nach Chris aufzunehmen, öffnete sich die Tür, und mein Bruder stahl sich schnell herein. Er schloß leise die Tür und drehte sich dann zu mir um. Seine Lippen öffneten sich, um etwas zu sagen. Und erst in diesem Moment entdeckte er unsere Mutter und machte das komischste Gesicht.

Aus irgendeinem Grund leuchteten seine Augen diesmal nicht auf, wie sonst jedes Mal, wenn er Mammi zu Gesicht bekam.

Mit schnellen, zielbewußten Schritten war Mammi an seiner Seite. Ihre Hand hob sich, und sie verpaßte ihm eine harte, wütende Ohrfeige. Dann, noch bevor er sich von seinem Schock erholen konnte, hob sich Mammis Linke, und die andere Wange bekam ihren Zorn auch noch zu spüren.

Chris' bleiches und erstarrtes Gesicht wies nun zwei große rote Flecken auf.

»Wenn du so etwas jemals wieder versuchst, Christopher Foxworth, dann werde ich nicht nur dich, sondern auch Cathy mit einer Rute auspeitschen.«

Was Chris noch an Farbe im Gesicht gehabt hatte, verschwand bei diesen Worten völlig. Die geröteten Spuren der Schläge wirkten danach wie blutige Handabdrücke auf seinen kalkweißen Wangen.

Ich fühlte, daß ich blaß wurde; mein Blut schien sich in meinen Füßen zu sammeln. Während meine ganze Kraft dahinschmolz, begann hinter meinen Ohren etwas pulsierend zu stechen. Ich starrte noch immer die Frau an, die eine Fremde geworden zu sein schien, eine Frau, die wir nicht kannten – und die ich bestimmt nicht kennenlernen wollte. War das unsere Mutter, die normalerweise nur lieb und zärtlich mit uns sprechen konnte? War das die Mutter, die soviel Verständnis für das Elend unserer langen, langen Gefangenschaft hatte? Hatte dieses Haus bereits etwas mit ihr »gemacht« – sie verändert? Dann überkam es mich mit aller Deutlichkeit... all die kleinen Dinge fügten sich zu einem Bild zusammen... ja, sie wurde bereits eine andere. Längst kam sie nicht mehr so oft zu uns wie am Anfang, nicht mehr jeden Tag, ganz bestimmt nicht mehr zweimal am Tag wie zu Beginn unseres Aufenthalts. Oh, was war ich entsetzt und verängstigt. Mir war, als habe man uns alles, auf das wir unser Vertrauen und unsere Hoffnung gestützt hatten, unter unseren Füßen weggezogen – und zurück waren nur die Geschenke geblieben, Spielsachen und Bücher.

Sie mußte in Chris' schockiertem Gesichtsausdruck etwas bemerkt haben, etwas, das ihre heiße Wut schnell verrauchen ließ. Sie zog ihn in ihre Arme und bedeckte sein bleiches, fleckiges Gesicht mit kleinen schnellen Küssen, die versuchen sollten zu lindern, was sie ihm an Schmerzen zugefügt hatte. Küß ihn nur, streich ihm durch das Haar, streichel ihm die Wangen, laß ihn an deinen weichen, vollen Brüsten alles vergessen, denn das Gefühl, an dieses rosige, zarte Fleisch gepreßt zu werden, muß selbst einen Knaben von seinem zarten Alter auf andere Gedanken bringen.

»Es tut mir leid, mein Schatz«, flüsterte sie mit Tränen in den Augen und in der Stimme. »Verzeih mir, bitte, verzeih mir. Sei doch nicht so verängstigt. Wie kannst du denn vor mir Angst haben? Ich habe das nicht wirklich gemeint, das mit dem Peitschen. Ich liebe dich. Du weißt das. Ich würde dir oder Cathy so etwas nie antun. Habe ich euch jemals geprügelt? Ich bin nicht mehr ich selbst, jetzt, wo alles nach meinen Vorstellungen läuft – nach unseren Vorstellungen. Du kannst nur jetzt nichts tun, was im letzten Augenblick noch alles für uns verderben könnte. Das darfst du nicht. Deshalb habe ich dich geschlagen.«

Sie nahm sein Gesicht in die Hände und küßte ihn voll auf den Mund, dessen Lippen von ihren Händen zusammengedrückt wurden. Und die Diamanten und Rubine an ihrer Hand blitzten und blitzten... Signalfeuer, Warnlichter, die irgend etwas bedeuteten. Und ich saß da und sah zu und wunderte mich und fühlte... fühlte, oh, ich hätte nicht sagen können, wie ich mich fühlte, außer verwirrt und durcheinander und sehr, sehr jung. Und die Welt um uns herum war klug und alt; so alt.

Natürlich verzieh er ihr, genau wie ich ihr verzieh. Und natürlich wollten wir erfahren, was nach ihren Vorstellungen lief und nach unseren.

»Bitte, Mammi, erzähl uns, was los ist – bitte.«

»Ein anderes Mal«, sagte sie und hatte es furchtbar eilig, zurück auf die Party zu kommen, bevor sie vermißt wurde. Noch mehr Küsse für beide von uns. Dabei fiel mir auf, daß ich noch nie mit meiner Wange die Zartheit ihrer Brüste gespürt hatte.

»Ein anderes Mal, vielleicht morgen, dann kann ich euch alles in Ruhe erzählen«, versprach sie, gab uns schnell noch ein paar Extraküsse und versorgte uns mit noch ein paar beruhigenden Worten, die unsere Aufregung dämpfen sollten. Sie beugte sich über mich hinweg, um auch Carrie noch einen Kuß zu geben, und huschte dann hinüber zu Cory.

»Du bist mir nicht mehr böse, Christopher, nicht wahr?«

»Klar, Mammi, ich habe schon verstanden. Wir hätten in diesem Zimmer bleiben müssen. Ich hätte diesen Erkundungsgang niemals machen dürfen.«

Sie lächelte und sagte: »Frohe Weihnachten, ich bin bald wieder bei euch.« Dann ging sie und schloß die Tür hinter sich ab.

Unser erster Weihnachtstag in unserem Versteck war vorbei. Die große Uhr in der Halle schlug gerade eins. Wir hatten ein Zimmer voller Geschenke, einen Fernseher, das Schachspiel, das wir uns gewünscht hatten, ein rotes und ein blaues Dreirad, dazu jede Menge Süßigkeiten, und Chris und ich waren auf einer herrlichen Party gewesen – in gewisser Weise jedenfalls. Und doch war da noch etwas anderes Neues in unser Leben gekommen, eine Facette im Charakter unserer Mutter, von der wir nie zuvor etwas bemerkt hatten. Für einen kurzen Augenblick oder zwei schien Mammi genauso gewesen zu sein wie unsere Großmutter!

In der Dunkelheit lagen wir zusammen in einem Bett, mit Carrie auf der einen Seite von mir und Chris auf der anderen. Wir hielten uns im Arm. Er roch anders als ich. Mein Kopf lag auf seiner jungenhaften Brust, die mir sehr knochig vorkam. Ich konnte sein Herz klopfen hören und dazu die ferne Musik, die noch immer durch das Haus geisterte. Chris hatte eine Hand in meinem Haar vergraben und drehte sich wieder und wieder eine meiner Locken um die Finger.

»Chris, erwachsen zu werden ist eine furchtbar komplizierte Sache, was meinst du?«

»Kommt mir so vor.«

»Ich habe immer gedacht, wenn man ein Erwachsener wird, weiß man automatisch, wie man mit jeder Situation fertig wird. Man würde nie zweifeln, was wichtig und was falsch ist. Ich hätte nie gedacht, daß Erwachsene einfach genauso ins Schwimmen kommen wie wir manchmal.«

»Wenn du an Mammi denkst, die hat es nicht so gemeint mit dem, was sie gesagt und getan hat. Ich glaube, auch wenn ich mir da nicht sicher bin, daß es irgendwie so ist: Sobald man als Erwachsener in das Haus seiner Eltern zurückkehrt, um mit ihnen zu leben, wird man wieder zu einem Kind gemacht und genauso abhängig. Ihre Eltern ziehen sie in die eine Richtung – und wir in die andere –, und jetzt hat sie auch noch diesen Mann mit dem Bart, der sie in seine Richtung ziehen wird.«

»Ich hoffe, sie heiratet nie wieder! Wir brauchen sie mehr als dieser Mann.«

Chris sagte nichts dazu.

»Und dieser Fernseher, den sie uns gebracht hat – sie hat gewartet, bis ihr Vater ihr einen geschenkt hat, um ihn uns zu geben, obwohl sie uns doch schon vor Monaten einen hätte kaufen können, statt der vielen Kleider, die sie für sich selbst gekauft hat. Und der Schmuck erst! Sie trägt immer neue Ringe und neue Broschen und Ohrringe und Halsketten.«

Sehr langsam erklärte mir Chris mit vorsichtigen Worten die Motive für das Handeln unserer Mutter. »Du mußt das mal von einer anderen Seite sehen, Cathy. Wenn sie uns gleich am ersten Tag einen Fernseher reingestellt hätte, würden wir wahrscheinlich so fasziniert davon gewesen sein, daß wir unsere ganze Zeit nur vor dem Bildschirm verbracht hätten. Dann wären wir nie darauf gekommen, unseren Garten auf dem Dachboden zu bauen, an dem die Zwillinge soviel Spaß haben. Wir hätten nichts anderes gemacht, als den ganzen Tag vor der Röhre gesessen. Denk doch mal daran, was wir in diesen Tagen alles gelernt haben, zum Beispiel, wie man Blumen und Tiere machen kann. Ich male heute viel besser als früher, und denk auch an die Bücher, für die wir hier die Zeit hatten, sie in Ruhe zu lesen und uns zu bilden. Cathy, du selbst hast dich auch verändert.«

»Wie? Wie habe ich mich verändert? Das mußt du mir erklären.«

Er drehte den Kopf auf dem Kissen von einer Seite zur anderen und drückte damit eine Art verlegener Sprachlosigkeit aus.

»Na gut. Du brauchst mir keine Komplimente zu machen, wenn dir das so schwer fällt. Aber bevor du dieses Bett verläßt, mußt du mir alles erzählen, was du herausgefunden hast – wirklich jede Einzelheit. Laß nichts aus, nicht mal deine Gedanken. Ich will, daß du mir das Gefühl gibst, ich wäre bei dir gewesen und hätte alles an deiner Seite miterlebt.«

Er drehte den Kopf so, daß er mir direkt in die Augen sehen konnte, und sagte mit der unheimlichsten Stimme: »Du warst an meiner Seite. Ich habe dich neben mir gefühlt, du hast meine Hand gehalten und mir ins Ohr geflüstert. Und ich habe noch schärfer durch die Dunkelheit gespäht, damit du alles sehen konntest, was ich auch sah.«

Dieses gigantische Haus, das von dem kranken Scheusal dort unten beherrscht wurde, hatte ihn eingeschüchtert. Ich hörte es deutlich aus seiner Stimme heraus. »Es ist ein unglaublich großes Haus, Cathy, wie ein Hotel. Es gibt endlos viele Zimmer. Alle mit den teuersten Möbeln ausgestattet, aber man kann ihnen ansehen, daß sie nie benutzt werden. Ich habe allein auf diesem Flur vierzehn Räume gezählt, und ich glaube, dabei habe ich bestimmt ein paar kleinere übersehen.«

»Chris!« rief ich enttäuscht. »Erzähl es nicht auf diese Art! Laß mich fühlen, daß ich dort an deiner Seite war. Fang noch mal an, und erzähl genau, was du erlebt hast, von der Sekunde an, in der du unser Zimmer verlassen hast.«

»Schön«, seufzte er, als wenn er gerne darauf verzichtet hätte, »ich schlich mich also den dunklen Korridor von diesem Flügel hinunter bis dahin, wo der Gang den großen zentralen Rundbau trifft, nicht weit von der Stelle, an der wir uns in dem Schrank versteckt haben. Ich interessierte mich nicht weiter dafür, den Nordflügel in seinen einzelnen Räumen zu erkunden. Sobald ich in einen Bereich kam, in dem ich Leute treffen konnte, mußte ich vorsichtig sein. Das Fest unten erreichte gerade seinen Höhepunkt. Der Lärm war noch lauter, und alle klangen betrunken. Ein Mann sang ein albernes Lied. Es klang zu komisch, irgendwas über zwei fehlende Vorderzähne, die er zurückhaben wollte. Ich schlich mich zur Balustrade und sah in den Festsaal hinab auf all die Leute. Sie sahen eigenartig aus, alles so verkürzt, und ich beschloß, mir das gut zu merken, damit ich die Perspektive richtig hinbekomme, wenn ich einmal Leute aus der Vogelperspektive zeichnen will. Die Perspektive ist bei einem Gemälde außerordentlich wichtig.«

Sie war überall außerordentlich wichtig, wenn man mich fragte.

»Natürlich hielt ich nach unserer Mutter Ausschau«, fuhr er fort, nachdem ich ihn drängte weiterzuerzählen, »aber die einzigen Leute dort unten, die ich erkennen konnte, waren unsere Großeltern. Der Großvater fing an müde auszusehen, und während ich ihn noch beobachtete, kam eine Krankenschwester und schob ihn aus dem Saal. Ich sah genau hin, denn so bekam ich eine Ahnung, in welcher Richtung sein Zimmer hinter der Bibliothek liegt.«

»Trug sie eine weiße Uniform?«

»Natürlich. Woher hätte ich sonst wissen sollen, daß es eine Krankenschwester war?«

»Okay, mach weiter. Laß nichts aus.«

»Also, als der Großvater kaum draußen war, verschwand auch die Großmutter aus dem Saal, und dann hörte ich Stimmen, die sich mir die Treppe herauf näherten. Du hast nie jemanden schneller flitzen sehen als mich! Mich in den Schrank zu quetschen, hätte ich nicht mehr rechtzeitig geschafft, deshalb drückte ich mich in eine dunkle Ecke neben einer Rüstung auf einem Podest. Weißt du, diese Rüstung war ja wohl für einen ausgewachsenen Mann gefertigt worden, und doch könnte ich wetten, daß sie schon für mich viel zu klein war. Ich hätte es gerne mal ausprobiert. Was nun die näher kommenden Stimmen anging, es war Mammi, die dort die Treppe heraufkam, und mit ihr dieser dunkelhaarige Mann mit dem Schnurrbart.«

»Was haben sie gemacht? Was wollte sie da?«

»Sie sahen mich in meiner Ecke nicht. Vermutlich, weil sie mit sich selbst zu sehr beschäftigt waren. Der Mann wollte ein bestimmtes Bett sehen, das Mammi in ihrem Zimmer hat.«

»Ihr Bett – er wollte ihr Bett sehen? Warum?«

»Es ist ein ganz besonderes Bett, Cathy. Er sagte zu ihr: ›Nun zier dich nicht, du hast jetzt lange genug damit gewartet.‹ Seine Stimme klang, als wollte er sie aufziehen. Dann fügte er hinzu: ›Es ist Zeit, du zeigst mir endlich das berühmte Schwanenbett, von dem ich soviel gehört habe.‹ Offenbar machte Mammi sich Gedanken, wir könnten immer noch in dem Schrank versteckt sein. Sie warf einen unsicheren Blick in diese Richtung und wirkte nicht sehr begeistert. Aber sie stimmte zu und sagte zu ihm: ›Gut, Bart – aber wir können nur einen kurzen Moment dort bleiben. Du weißt, was sonst jeder hier denken wird, wenn wir zu lange zusammen wegbleiben.« Und er kicherte und spottete wieder: ›Nein, ich kann mir überhaupt nicht vorstellen, was jeder hier sich dann denkt. Sag mir, was man vermuten wird.‹ Für mich klang das wie eine Herausforderung, es könne doch egal sein, was alle anderen dächten. Es machte mich wütend, ihn so reden zu hören.« Und an diesem Punkt hielt Chris inne, und sein Atem wurde schwerer und schneller.

»Du verschweigst mir etwas«, sagte ich sofort. Ich kannte ihn wie ein Buch, das man schon hundertmal gelesen hat. »Du beschützt sie. Du hast etwas gesehen, was du mir nicht erzählen willst. Das ist unfair. Du weißt doch, daß wir uns am ersten Tag, als wir hierhergekommen sind, versprochen haben, immer offen und ehrlich zueinander zu sein – also sag mir, was du gesehen hast.«

»O Mensch«, wand er sich. Er drehte den Kopf so, daß ich ihm nicht mehr in die Augen sehen konnte. »Was für einen Unterschied machen schon ein paar Küsse?«

»Ein paar Küsse?« legte ich los. »Du hast gesehen, wie er Mammi mehr als einmal hintereinander geküßt hat? Was für Küsse? Handküsse – oder richtige Küsse auf den Mund?«

Die Brust, auf der meine Wange lag, wurde von heißem Blut durchschossen. Ich spürte es durch seinen Schlafanzug hindurch. »Es waren leidenschaftliche Küsse, waren sie das?« Ich spuckte es förmlich aus, schon davon überzeugt, bevor er es noch bestätigen konnte. »Er küßte sie, und sie ließ sich küssen, und vielleicht hat er sogar ihre Brüste gestreichelt und ihren Po, so wie ich es einmal von Daddy gesehen habe, als er dachte, er wäre mit Mammi allein im Zimmer! Hast du das gesehen, Christopher?«

»Was macht das für einen Unterschied?« fragte er mit belegter Stimme. »Was immer er auch tat, sie schien nichts dagegen zu haben, auch wenn ich mich sehr elend dabei fühlte.«

Mir wurde auch schlecht bei dem Gedanken. Mammi war doch erst seit acht Monaten Witwe. Aber manchmal können acht Monate so lang wie acht Jahre sein, und was hatte man letzten Endes von der Vergangenheit, wenn die Gegenwart so aufregend und angenehm war ... denn jede Wette wäre ich darauf eingegangen, daß dort noch einiges mehr vorgegangen war, von dem Chris mir nie erzählen würde.

»Also, Cathy, ich weiß nicht, was du dir jetzt denkst. Jedenfalls befahl Mammi ihm, damit aufzuhören, sonst würde er nicht ihr Schlafzimmer sehen dürfen.«

»O Junge, ich denke mir, er wird ganz schön handgreiflich gewesen sein!«

»Küsse«, sagte Chris und starrte zu unserem Weihnachtsbäumchen hinüber, »nur Küsse und ein bißchen Streicheln, aber ihre Augen strahlten dabei auf, und dann fragte dieser Bart sie, ob das Schwanenbett nicht einmal einer französischen Kurtisane gehört hätte.«

»Was ist denn, um Himmels willen, eine französische Kurtisane?«

Chris räusperte sich. »Ich habe das Wort im Lexikon nachgeschlagen, und es bezeichnet eine Frau, die Königen und Aristokraten zu Gefallen ist.«

»Zu Gefallen ist? Womit ist sie ihnen denn zu Gefallen?«

»Was reiche Männer eben gerne von Frauen haben«, antwortete er schnell und hielt mir die Hand auf den Mund, während er weitersprach. »Natürlich wies Mammi die Idee von sich, in diesem Haus könnte es ein solches Bett geben. Sie sagte, ein Bett mit einem sündigen Ruf wäre hier längst bei Nacht verbrannt worden und man hätte dazu für seine Erlösung gebetet. Das Schwanenbett habe ihrer Großmutter gehört, und als sie ein kleines Mädchen gewesen sei, habe sie sich nichts mehr gewünscht als das Schlafzimmer ihrer Großmutter. Aber ihre Eltern wollten ihr diesen Raum nicht geben, weil sie fürchteten, der Geist ihrer Großmutter könnte auf die kleine Corinna einen unguten Einfluß haben, denn diese Großmutter war nicht gerade eine Heilige gewesen und eine Kurtisane auch nicht gerade. Und dann lachte Mammi, es klang hart und bitter, und erzählte Bart, ihre Eltern würden sie inzwischen für so verdorben halten, daß nichts sie noch schlimmer machen könnte, als sie schon sei. Weißt du, als ich das hörte, fühlte ich mich noch elender. Mammi ist nicht verdorben – Daddy hat sie geliebt... sie waren verheiratet... und was verheiratete Leute in ihren Schlafzimmern machen, geht niemand etwas an.«

Ich atmete tief durch. Chris wußte immer alles – absolut alles!

»Na, Mammi sagte dann: ›Einmal kurz hineinschauen, Bart, und dann zurück zur Party.‹ Sie verschwanden einen sanft beleuchteten, einladend wirkenden Gang hinunter zu einem anderen Flügel, und so bekam ich eine ungefähre Ahnung, wo Mammis Zimmer lagen. Ich spähte nach allen Seiten, bevor ich mich aus meinem Versteck wagte, und huschte dann zur ersten geschlossenen Tür, die ich fand. Ich dachte mir, daß dahinter ein Zimmer sein müßte, in dem niemand war, denn sonst hätte wie bei den anderen Räumen in der Nähe des Festsaales die Tür offengestanden, und das Licht wäre angewesen. Drinnen lehnte ich mich mit dem Rücken an die hinter mir wieder geschlossene Tür und starrte in die Dunkelheit. Ich wollte, wie du es immer machst, die Atmosphäre des Raumes intuitiv erfassen, den Geruch und das Gefühl in mich aufnehmen. Ich hatte ja meine Taschenlampe dabei und hätte sie anknipsen können, aber ich wollte ausprobieren, wie du es immer schaffst, vorsichtig und mißtrauisch zu sein, wenn für mich alles ganz normal und in Ordnung wirkt. Wäre das Licht angewesen oder hätte ich die Taschenlampe benutzt, vielleicht wäre mir dann der unnatürlich fremdartige Geruch in dem Raum gar nicht aufgefallen. Ein Geruch, der mir übel werden ließ und mich irgendwie erschreckte. Mann, und dann stellten sich mir echt die Haare zu Berge!«

»Was – wie?« rief ich und stieß seine Hand weg, mit der er mein Mundwerk dämpfen wollte. »Was hast du gesehen? Ein Monster?«

»Monster? Klar, da kannst du darauf wetten, daß ich Monster gesehen habe! Dutzende von Monstern! Jedenfalls sah ich wenigstens ihre Köpfe, die dort an den Wänden aufgereiht hingen. Von überall her glitzerten mir grüne, gelbe und rubinrote Augen entgegen. Das Licht, das durch die Fenster fiel, hatte eine blaue Farbe wegen des Schnees draußen. Es brach sich auf den schimmernden weißen Zähnen und auf den Fängen eines Löwen, der sein Maul zu einem lautlosen Brüllen aufgerissen hatte. Er hatte eine zottelige Mähne, die ihn noch größer wirken ließ – und er wirkte gequält und zornig. Und aus irgendeinem Grund tat er mir leid, enthauptet, ausgestopft und aufgehängt – zu einem Dekorationsstück gemacht, wo er doch hätte frei durch die Savanne jagen sollen.«

O ja, ich verstand, was er meinte. Meine Qual hier war inzwischen auch ein ganzer Berg von Wut geworden.

»Es war ein Jagdzimmer, Cathy, ein riesiger Raum voller Trophäen. Es gab einen Tiger und einen Elefantenkopf mit hoch erhobenem Rüssel. Auf der einen Wand waren die wilden Tiere Afrikas und Asiens zur Schau gestellt, und auf der anderen Seite die Trophäen der amerikanischen Großwildjagd: ein Grizzly-Bär, ein Braunbär, ein Büffel, ein Berglöwe und so weiter. Fische oder Vögel sah ich nirgends, als wären sie keine angemessene Beute für den Jäger, der diesen Raum mit seinen Trophäen dekoriert hatte. Es war ein unheimliches Zimmer, und trotzdem wünschte ich mir, du könntest es auch sehen. Du mußt es einfach einmal sehen!«

Ach je – was machte ich mir schon aus einem Jagdzimmer? Ich wollte etwas über die Leute wissen – über ihre Geheimnisse. Das interessierte mich.

»Es gab einen riesigen Kamin, und darüber hing das lebensgroße Porträt eines jungen Mannes in Öl, der so sehr Daddy glich, daß ich hätte weinen können. Aber es war nicht Daddys Porträt. Als ich näher trat, sah ich einen Mann darauf, der unserem Vater sehr ähnelte – bis auf die Augen. Er trug eine khakifarbene Jagduniform und stützte sich auf sein Gewehr. Ich verstehe ein wenig vom Malen, und deshalb wußte ich sofort, daß dieses Gemälde ein Meisterwerk war. Der Künstler hatte es geschafft, in ihm die Seele des Jägers einzufangen. Du hast noch nie solche harten, kalten, grausamen und gnadenlosen blauen Augen gesehen. Sie genügten mir, um sicher zu sein, daß dies nicht unser Vater sein konnte, noch bevor ich dann die kleine Plakette unten am Rahmen las. Es war das Porträt von Malcolm Neal Foxworth, unserem Großvater. Das Datum zeigte, daß unser Vater fünf Jahre alt gewesen sein mußte, als dieses Bild gemalt wurde. Du weißt ja, als Daddy drei gewesen ist, hatte man ihn und seine Mutter Alicia aus Foxworth Hall verjagt, und sie mußten danach in Richmond leben.«

»Erzähl weiter.«

»Na, ich hatte auf jeden Fall sehr viel Glück, denn ich habe mir danach so viele Zimmer angesehen, wie ich konnte, ohne daß mich jemand entdeckte. Schließlich fand ich auch Mammis Raum – oder besser ihre Suite von Zimmern. Man muß zwei Stufen zu einer Doppeltür hochsteigen, um in ihr Reich zu gelangen. Junge, als ich da reingesehen habe, dachte ich, ich wäre in einem Palast. Die anderen Räume hatten mich schon etwas Prächtiges erwarten lassen, aber Mammis Zimmer sind unvorstellbar! Und es mußten die Räume unserer Mutter sein, denn auf dem Nachttisch stand Daddys Foto, und es roch dort nach ihrem Parfüm. In der Mitte des Zimmers stand auf dem Podest das berühmte Schwanenbett! Oh! Was für ein Bett! Du hast noch nie so was gesehen! Es hat einen elfenbeinernen Kopf, der sich einem zuwendet, so daß es aussieht, als wolle der Schwan ihn sich gerade unter den ausgebreiteten Flügel stecken. Ein schläfriges, rotes Auge blinzelt einen an. Die Flügel schwingen sich sanft um ein fast ovales Bett – ich habe keine Ahnung, woher sie dafür die Bettücher bekommen, es sei denn, sie werden speziell angefertigt. Der Designer hat es so eingerichtet, daß die Federspitzen der Flügel die Bettvorhänge wie Finger zurückhalten. Das ist wirklich ein Bett – alles rosa, violett und purpur bezogen und bespannt, nur feinste Seide. Sie muß sich wie eine Prinzessin fühlen, wenn sie darin schlafen geht. Der Teppich ist so dick, daß man bis zu den Knöcheln darin versinkt, und um das Bett liegt noch zusätzlich ein weißes Fell. Die Lampen sind über einen Meter groß, aus Kristall und mit Gold und Silber verziert. Zwei haben schwarze Blenden. Es gibt eine elfenbeinerne Chaiselongue mit rosenfarbenem Seidenpolster. Und am Fußende des großen Schwanenbetts – ob du es glaubst oder nicht – stand ein Baby-Schwanenbett. Stell dir das vor! Quer vor das Fußende gestellt. Ich starrte es an und fragte mich, warum irgend jemand ein großes, breites Bett mit einem kleineren Bett davor braucht. Es muß einen guten Grund dafür geben, abgesehen davon, daß man das kleinere für ein Nickerchen nehmen könnte, wenn man das große nicht in Unordnung bringen will. Cathy, du mußt dieses Bett einfach selbst einmal sehen!«

Ich wußte, daß er noch eine Menge mehr gesehen hatte, von dem er mir aber nichts erzählte. Das würde ich mir später selbst ansehen. Soviel bekam ich jedenfalls mit, daß ich begriff, warum er so ausführlich über das Bett redete – nämlich, um andere Sachen verschweigen zu können.

»Ist dieses Haus hier schöner als unser Haus in Gladstone?« fragte ich. Für mich war unser Haus im Ranchstil mit acht Zimmern und zweieinhalb Bädern immer das beste gewesen, das ich mir vorstellen konnte.

Er zögerte. Es dauerte einige Zeit, bevor er die richtigen Worte gefunden hatte, denn er gehörte nicht zu denjenigen, die drauflosreden. In dieser Nacht wog er seine Worte besonders sorgfältig ab, und schon das sagte mir eine ganze Menge. »Dies ist kein schönes Haus. Es ist groß, es ist prachtvoll, und es ist vornehm. Aber ich würde es nicht schön nennen.«

Ich glaube, ich wußte, was er sagen wollte. Schönheit hatte auch etwas mit Gemütlichkeit und Wohnlichkeit zu tun – Pracht, Größe und Vornehmheit dagegen gar nicht.

Und jetzt war uns nur noch übriggeblieben, »Gute Nacht« zu sagen – und »Laß dich nicht von den Foxworth-Wanzen beißen«.

Ich gab ihm einen Kuß auf die Wange und stieß ihn aus dem Bett. Diesmal beschwerte er sich nicht, daß Küsse nur etwas für Babys und alberne Mädchen seien. Schon hatte er sich neben Cory in sein Bett gekuschelt, einen knappen Meter von mir entfernt.

In der Dunkelheit schimmerte der kleine Weihnachtsbaum mit seinen winzigen bunten Lichtern – wie die Tränen, die ich in den Augen meines Bruders schimmern sah.

Ein langer Winter, ein langer Frühling, ein langer Sommer

Niemals hat unsere Mutter etwas so Wahres gesagt wie damals das mit dem Fernseher, den sie unser Fenster in das Leben der anderen nannte. In jenem Winter wurde der Fernseher zum Mittelpunkt unseres Lebens. Wie es Behinderte, Kranke und Alte taten, richteten wir unsere Mahlzeiten, unsere Badezimmerbesuche und unseren ganzen Tagesablauf darauf ein, vor dem Fernseher anderen Leuten bei ihrem künstlichen Alltag zuzusehen. Ja, wir aßen, schliefen, kleideten uns eigentlich nur für diese anderen.

Während des Januars, des Februars und der ersten Wochen des März blieb der Dachboden so eisig kalt, daß wir ihn nicht betreten konnten. Ein Eisnebel hing dort oben zwischen dem alten Gebälk und wallte unheimlich um die alten Truhen und Schränke. Es war ein Anblick, bei dem es einem kalt den Rükken herunterlief. Selbst Chris mußte das zugeben.

Wir waren deshalb ganz zufrieden, in unserem wärmeren Schlafzimmer bleiben zu können, hockten uns gemeinsam vor den Fernseher, eng aneinandergedrückt, und starrten und starrten. Die Zwillinge liebten den Fernseher so, daß sie ihn am liebsten nie abgeschaltet hätten. Selbst wenn wir schlafen gingen, wollten sie ihn eingeschaltet lassen, damit sie wußten, daß sie am nächsten Morgen gleich mit ihm aufwachen würden. Selbst das Testbild-Geflimmer nach den Spätnachrichten wollten sie eingeschaltet haben. Besonders Cory liebte es, wach zu werden und die Leute hinter ihren Tischen sitzen zu sehen, die die Nachrichten verlasen und die Wetteraussichten verkündeten, denn bestimmt waren sie für ihn ein angenehmerer Empfang im neuen Tag als die düsteren, verhangenen Fenster.

Das Fernsehen formte uns, erzog uns, brachte uns bei, wie man schwierige Worte aussprach und schrieb. Wir lernten, wie wichtig es war, sauber und geruchlos zu sein und niemals einen Schmutzfilm auf dem Küchenboden zu haben. Nie durfte man sich das Haar vom Wind in Unordnung bringen lassen und bei Gott nur ja keine Achselnässe bekommen! Im April wurde ich dreizehn und kam langsam ins Akne-Alter. Jeden Tag untersuchte ich eingehend meine Haut danach, welche grauenerregenden Beulen sich in ihr aufwölben könnten. Wir nahmen die Werbespots wirklich beim Wort, hielten sie für einen Wegweiser, eine Werteskala, die uns durch alle Gefahren des Lebens sicher geleiten würde.

Jeder Tag, der verstrich, brachte für Chris und mich eigentümliche Veränderungen. Mit unseren Körpern geschahen eigenartige Dinge. Haare wuchsen uns an Stellen, an denen wir vorher nie welche gehabt hatten – komisch aussehende, rötliche, gekräuselte Haare, dunkler als die auf unseren Köpfen. Sie gefielen mir nicht, und ich nahm die Pinzette und rupfte bei mir jedes neue Haar aus, sobald es auftauchte. Aber es war wie beim Unkraut. Je mehr man ausrupfte, desto mehr wuchs nach. Eines Tages überraschte Chris mich dabei, wie ich ein Haar in meiner Achselhöhle besonders sorgfältig aufs Korn nahm und ihm unerbittlich mit der Pinzette zu Leibe rückte.

»Was zum Teufel machst du da?« rief er.

»Ich habe keine Lust, mich unter den Armen rasieren zu müssen, und ich will auch nicht diese Enthaarungscreme nehmen, die Mammi immer benutzt – sie stinkt!«

»Willst du damit sagen, daß du dir überall an deinem Körper die Haare ausreißt, egal, wo sie wachsen?«

»Klar, genauso. Ich mag meinen Körper eben hübsch ordentlich – auch wenn du da andere Vorstellungen hast.«

»Da kämpfst du einen verlorenen Kampf«, meinte er mit einem heimtückischen Grinsen. »Diese Haare wachsen da, wo sie hingehören. Laß sie also besser in Ruhe und hör auf, dir vorzustellen, du müßtest hübsch ordentlich wie ein kleines Mädchen aussehen. Du solltet mal damit anfangen, diese Haare als sexy zu betrachten.«

Sexy? Große Brüste waren sexy, aber keine krausen, drahtigen kleinen Haare. Aber das dachte ich nur, denn auch meine Brust wurde täglich ein kleines bißchen größer. Ich hoffte, daß Chris dies bisher nicht bemerkt hatte. Es gefiel mir ganz ausgezeichnet, daß ich langsam weibliche Formen bekam – aber nur, wenn ich sie mir ganz für mich alleine ansehen konnte. Ich wollte nicht, daß irgend jemand sonst etwas davon merkte. Doch diese vergebliche Hoffnung mußte ich bald aufgeben, denn ich sah, wie Chris' Blicke immer öfter zu meiner Brust wanderten, und wie weit meine Blusen und T-Shirts auch sein mochten, die wachsenden kleinen Hügel reckten sich so deutlich hervor, daß sie jedes schamhafte Verstecken unmöglich machten.

In mir erwachte etwas, ich fühlte Dinge, wie ich sie zuvor nicht gekannt hatte. Seltsame Schmerzen und Sehnsüchte. Ich wollte etwas und wußte nicht, was das war. Nachts wurde ich davon wach, etwas Pulsierendes, Aufregendes war da in meinen Träumen; ein Mann war bei mir, das wußte ich, der etwas mit mir tat, von dem ich mir wünschte, er würde es einmal richtig zu Ende bringen, aber das gelang nie... nie tat er das... immer wachte ich zu früh auf, bevor ich jenen heißersehnten Höhepunkt erreicht hatte, zu dem der Mann mich bringen würde – wenn ich nur nicht immer aufgewacht und damit alles verdorben worden wäre.

Dann gab es da noch eine andere seltsame Sache. Ich war es, die jeden Morgen die Betten machte, sobald wir uns angezogen hatten und noch bevor die alte Hexe mit dem Frühstückskorb auftauchte. Mir fielen Flecken auf dem Bettlaken auf, die nicht groß genug dafür waren, daß Cory geträumt haben könnte, er wäre allein aufs Klo gegangen. Außerdem fanden sie sich an der Stelle, wo Chris lag. »Um Himmels willen, Chris. Ich hoffe doch, du fängst jetzt nicht auch an zu träumen, du wärst ins Bad gegangen, während du statt dessen im Bett liegst.«

Seine phantastische Geschichte über etwas, das er »nächtliche Samenergüsse« nannte, konnte ich einfach nicht glauben.

»Chris, ich meine, du solltest wirklich mal mit Mammi darüber reden, damit sie mit dir zu einem Arzt geht. Vielleicht hast du etwas Ansteckendes, und Cory fängt es sich am Ende auch noch ein, und der ist schon schlimm genug dran mit seiner Blase.«

Er warf mir einen verächtlichen Blick zu, lief dabei aber rot an im Gesicht. »Ich brauche keinen Arzt«, sagte er auf seine steifste Art. »Ich habe ältere Jungen auf dem Schulhof darüber reden hören. Was mir da passiert, ist völlig normal.«

»Es kann nicht normal sein – es ist viel zu schmuddelig, um normal zu sein.«

»Ha!« schnaubte er, und in seinen Augen leuchtete ein spöttisches Grinsen auf. »Warte nur ab! Die Zeit, wenn du dir deine Laken schmutzig machst, kommt auch bald.«

»Was meinst du damit?«

»Frag Mammi! Es wird Zeit, daß sie mit dir darüber spricht. Mir ist längst aufgefallen, daß du anfängst, dich zu entwickeln – und das ist ein sicheres Zeichen.«

Ich haßte es, daß er über alles, wirklich alles mehr zu wissen schien als ich! Woher lernte er das alles – aus ekligem, großtuerischem Gerede der Jungs auf dem Schulhof? Ich hatte auf der Mädchentoilette auch einigem ekligem Gerede zugehört, aber nie gewagt, auch nur ein Wort davon zu glauben. Es war einfach zu wildes Zeugs gewesen.

Die Zwillinge saßen fast nie auf einem der Stühle, und auf den Betten durften sie nicht sitzen, denn das hätte die Tagesdecken verknautscht, so daß nicht mehr alles tiptop gewesen wäre, wie die Großmutter das verlangte. Auch wenn sie die endlosen Familienserien im Fernsehen gerne sahen, spielten sie ständig irgendwo auf dem Boden und konzentrierten sich nur auf das Fernsehen, wenn gerade eine besonders spannende Szene gesendet wurde.

Carrie hatte ihr Puppenhaus mit den vielen kleinen Bewohnern, für die sie unablässig die Gespräche führte, so daß ich immer ihr nervtötendes Geschnatter im Ohr hatte. Ich warf ihr des öfteren verärgerte Blicke zu, aber das zeigte keinerlei Wirkung. Wenn sie nur einmal für ein paar Sekunden still gewesen wäre, damit ich in Ruhe das Fernsehen genießen konnte – aber ich fuhr sie nie an, denn dann hätte sie sofort mit einem wilden Geschrei begonnen, das nur noch schwerer zu ertragen gewesen wäre.

Während Carrie ihre Puppen von Zimmer zu Zimmer stellte, arbeitete Cory mit seinem Stabilbaukasten. Er weigerte sich stets, irgendwelchen Konstruktionsvorschlägen zu folgen, die Chris ihm machte, sondern baute sich zusammen, was ihm selbst gefiel, und das war immer etwas, was er anschließend mit seinem kleinen Hammer bearbeiten und dabei die seltsamsten, aber musikalischsten Töne hervorbringen konnte. Mit dem Fernseher, der uns ständig neue Aussichten und Leben ins Zimmer brachte, dem Puppenhaus für Carrie und dem Stabilbaukasten für Cory schafften die Zwillinge es, das Beste aus ihrem beengten Leben zu machen. Kleine Kinder sind sehr anpassungsfähig; ich kann das aus eigener Anschauung nachdrücklich bestätigen. Sicher, sie beklagten sich schon mal, besonders über zwei Dinge. Warum kam Mammi nicht mehr so oft wie früher? Das tat mir weh, sehr weh, denn was konnte ich darauf antworten? Und dann das Essen; sie mochten es nie. Sie wollten das Eis am Stiel, das die Kinder im Fernsehen lutschten, und die Hot Dogs, die die Fernsehkinder ständig aßen. Tatsächlich wollten sie einfach alles, was es an Spielsachen und Süßigkeiten für Kinder in der Werbung gab. Die Spielsachen bekamen sie immer, die Süßigkeiten nie.

Eines Nachmittags Ende März kam Mammi mit einer großen Schachtel unter dem Arm ins Zimmer. Wir waren eigentlich gewohnt, daß sie die Hände voller Geschenke hatte, wenn sie sich blicken ließ, nicht nur eines, sondern für jeden etwas. Und das seltsamste war, daß sie Chris nur kurz zunickte, der sofort zu begreifen schien, denn er stand von seinem Buch auf, schnappte sich die Zwillinge bei den beiden Händen und verzog sich mit ihnen auf den Dachboden. Ich verstand überhaupt nichts mehr. Es war doch noch immer zu kalt da oben. Sollte das ein Geheimnis sein? Hatte Mammi ein Geschenk ganz allein für mich mitgebracht?

Wir setzten uns nebeneinander auf das Bett, das ich mir mit Carrie teilte, und bevor ich einen Blick auf mein ganz spezielles

Geschenk werfen konnte, sagte Mammi, wir müßten jetzt ein Gespräch »von Frau zu Frau« führen.

Also, ich hatte schon in verschiedenen Fernsehfilmen von Gesprächen »von Mann zu Mann« gehört, und in solchen Gesprächen ging es meist um das Erwachsenwerden und den Sex. Ich wurde nachdenklich und versuchte, nicht allzu interessiert zu wirken, denn das wäre nicht sehr damenhaft gewesen – auch wenn ich fast vor Neugier starb.

Und erzählte sie mir nun, was ich schon seit Jahren gerne genauer wissen wollte? Mitnichten! Während ich stumm und gespannt dasaß, um nun endlich die bösen, gottlosen Dinge zu erfahren, die Jungen nach den Ansichten einer Rabengroßmutter schon von Geburt an wußten, mußte ich mir fassungslos anhören, daß ich jeden Tag anfangen könnte zu bluten.

Nicht weil ich mich verletzen würde, aus einer Wunde, nein, sondern weil der Körper einer Frau nach Gottes unbegreiflichem Ratschluß eben so funktionierte. Und um meine Verwirrung noch zu steigern, nicht genug, daß ich von nun an jeden Monat einmal bluten würde, bis ich eine Frau von fünfzig war, diese Bluterei sollte auch noch jedesmal fünf Tage dauern!

»Bis ich fünfzig bin?« fragte ich mit einer schwachen Stimme. Ich fühlte mich klein und verschreckt, so in Angst davor, sie würde tatsächlich keinen Scherz mit mir gemacht haben.

Sie schenkte mir ein liebes, zärtliches Lächeln. »Manchmal hört es auf, bevor du fünfzig bist, und bei manchen geht es auch noch ein paar Jahre länger. Es gibt da kein Gesetz. Aber irgendwann etwa in diesem Alter kommt man in die Wechseljahre. Man nennt das auch Menopause.«

»Tut es weh?« war für mich im Augenblick die wichtigste Frage.

»Deine monatliche Periode? Es könnte sein, daß du am Anfang ein paar kleinere, krampfartige Schmerzen hast, aber nichts Schlimmes. Aus meiner eigenen Erfahrung und dem, was ich von anderen Frauen gehört habe, kann ich dir sagen, je mehr du dich darüber aufregst und es dir unangenehm ist, desto mehr tut es auch weh.«

Ich hatte es gewußt! Nie konnte ich Blut sehen, ohne daß es

mir dabei weh tat – außer wenn es das Blut von jemandem anderen war. Und all diese Schweinerei, diese Krämpfe, die Schmerzen nur, damit mein Uterus sich fertigmachte, um ein »befruchtetes Ei« aufzunehmen, aus dem dann ein Baby werden sollte. Dann gab Mammi mir die Schachtel, die alles enthielt, was ich für meine »Tage« brauchte.

»Oh, hör auf damit, Mammi!« rief ich. Mir war endlich eingefallen, wie ich um die ganze Sache herumkommen würde. »Du hast vergessen, daß ich vorhabe, Ballerina zu werden, und Tänzerinnen bekommen keine Kinder. Miss Danielle hat uns immer erzählt, daß man besser nicht Mutter wird. Und ich will wirklich keine Kinder, absolut nicht. Du kannst das ganze Zeugs also wieder zum Apotheker zurückbringen und dir dein Geld zurückgeben lassen, denn aus dieser ekligen Monatsgeschichte wird bei mir nichts.«

Sie lachte, drückte mich fest und gab mir einen Kuß auf die Wange. »Ich fürchte, ich habe vergessen, dir etwas zu erklären – denn es gibt überhaupt nichts, was du tun könntest, um keine Menstruation zu bekommen. Du mußt einfach akzeptieren, daß die Natur ihre besondere Art hat, ein Mädchen zur Frau reifen zu lassen. Du willst doch sicher nicht dein ganzes Leben lang ein Kind bleiben?«

Ich war hin und her gerissen. Sicher wollte ich sehr eine erwachsene Frau mit solchen Kurven wie denen von Mammi sein, trotzdem war ich einfach nicht auf den Schock vorbereitet, es dafür jeden Monat mit so einer unangenehmen Sache zu tun zu bekommen – jeden Monat!

»Und, Cathy, du brauchst dich deswegen nicht zu schämen oder zu beunruhigen oder vor diesem kleinen Unwohlsein zu fürchten – Kinder zu haben ist diesen Preis wert und etwas sehr Schönes. Eines Tages wirst du dich verlieben und heiraten, und dann wirst du deinem Mann auch Kinder schenken wollen – wenn du ihn genug liebst.«

»Mammi, es gibt da etwas, von dem du mir noch nichts erzählt hast. Wenn Mädchen solche Sachen durchmachen müssen, um Frauen zu werden, was muß Chris dann aushalten, um ein Mann zu werden?«

Sie kicherte wie ein junges Mädchen und preßte ihre Wange an meine. »Er macht auch Veränderungen durch, allerdings keine, bei denen er zu bluten anfängt. Chris muß sich bald rasieren – und das jeden Tag. Und es gibt da noch gewisse andere Dinge, mit denen er lernen muß zurechtzukommen, über die du dir keine Sorgen zu machen brauchst.«

»Was?« fragte ich, erpicht darauf zu hören, daß auch dem männlichen Geschlecht beim Erwachsenwerden einige Leiden nicht erspart blieben. »Sag mal, Chris hat dich zu mir geschickt, damit du mir das alles erklärst, nicht wahr?« Sie nickte und bestätigte meinen Verdacht, erklärte mir aber, sie habe schon lange vorgehabt, mit mir über diese Dinge zu reden. Sie sei nur nie dazu gekommen, weil unten jeden Tag so viel los wäre, daß sie gar nicht mehr wüßte, wo ihr der Kopf stünde.

»Und Chris – was muß der für Schmerzen aushalten?«

Sie lachte und schien sich über mein beharrliches Interesse an seinen Leiden zu amüsieren. »Ein anderes Mal, Cathy. Räum jetzt deine Sachen weg und benutze sie, wenn die Zeit dazu kommt. Es ist kein Grund zur Aufregung, falls es ganz plötzlich anfangen sollte, etwa während der Nacht oder bei deinen Tanzübungen. Als ich meine erste Periode bekam, war ich zwölf und gerade mit dem Fahrrad unterwegs, und weißt du, ich bin wahrhaftig sechsmal nach Hause gefahren und habe mir ein sauberes Höschen angezogen, bevor meine Mutter etwas merkte und sich die Zeit nahm, mir zu erklären, was da mit mir vorging. Ich war wütend, weil sie mich nicht früher gewarnt hatte. Sie erzählte mir nie irgend etwas über meinen Körper. Ob du es glaubst oder nicht, du wirst dich schnell daran gewöhnen, und es wird an deinen Lebensgewohnheiten überhaupt nichts ändern.«

Trotz der Schachtel mit diesen ekelhaften Sachen, die ich mir wünschte nie brauchen zu müssen – denn ein Baby kam für mich nicht in Frage –, war das ein sehr gutes, warmes Gespräch, das ich damals mit meiner Mutter führte.

Und trotzdem, als sie dann Chris und die Zwillinge vom Dachboden herunterrief und Chris küßte und mit ihm herumalberte und die Zwillinge dabei so gut wie ignorierte, begann das Gefühl der Verbundenheit, das wir eben noch geteilt hatten, schnell zu verblassen. Carrie und Cory schienen sich inzwischen in Mammis Gegenwart nicht mehr recht wohl zu fühlen. Sie liefen zu mir, kletterten mir auf den Schoß und wollten von mir in den Arm genommen werden, während sie zusahen, wie unsere Mutter mit Chris schmuste. Ich machte mir Sorgen wegen der Art, wie sie die Zwillinge in der letzten Zeit behandelte, so als würde sie einfach nicht mehr ertragen, sie sich anzusehen. Während Chris und ich in die Pubertät kamen und unaufhaltsam erwachsen wurden, stagnierten die Zwillinge in ihrer Entwicklung, die nirgendwo mehr hinzuführen schien.

Der lange kalte Winter wich endlich dem Frühling. Nach und nach wurde es auf dem Dachboden wieder wärmer. Wir gingen alle vier hinauf, um die Papierschneeflocken abzunehmen, und wir ließen leuchtende Frühlingspapierblumen aufblühen.

Im April hatte ich Geburtstag, und Mammi versäumte nicht, mit vielen Geschenken zu kommen und uns mit Eiskrem und Kuchen zu beglücken. Sie setzte sich für den Sonntagnachmittag zu uns und brachte mir bei, wie man nach Mustern stickt und was für Kreuzstiche es gibt. Mit den Sticksets, die ich von ihr bekam, hatte ich wieder etwas, das mir die Zeit ausfüllte.

Auf meinen Geburtstag folgte bald der unserer Zwillinge – ihr sechster Geburtstag. Wieder brachte Mammi Kuchen und Eiskrem mit, dazu die vielen Geschenke, zu denen auch Musikinstrumente gehörten, bei deren Anblick Corys blaue Augen aufleuchteten. Er ließ einen langen, verzauberten Blick über das Spielzeugakkordeon wandern und preßte es leicht, während er ein paar Tasten ausprobierte. Und, was soll ich sagen, er spielte tatsächlich sofort eine Melodie darauf! Keiner von uns konnte es fassen. Und dann verschlug es uns erst recht die Sprache, denn er nahm sich Carries Spielzeugklavier vor und machte es damit genauso. »Carrie hat Geburtstag, tralalala, Carrie hat Geburtstag ...«

»Cory hat ein Ohr für Melodien«, sagte Mammi schließlich und sah traurig und bedrückt aus, als sie endlich einen längeren Blick auf ihren jüngsten Sohn geworfen hatte. »Meine Brüder waren beide sehr musikalisch. Das traurige daran war nur, daß mein Vater keine Geduld für künstlerische Dinge hatte oder für eine künstlerische Ader bei Menschen – nicht nur, wenn sie Musiker waren, auch nicht bei Malern oder Dichtern, bei überhaupt niemandem. Er hielt sie für schwach und weibisch. Er zwang meinen älteren Bruder, in einer Bank zu arbeiten, die ihm gehörte, ohne sich daran zu stören, daß seinen Sohn dieser Job anwiderte, der absolut nicht zu einem Menschen wie ihm paßte. Er war nach meinem Vater getauft worden, aber wir nannten ihn alle Mal. Er sah sehr gut aus, und an den Wochenenden ergriff Mal die Flucht aus diesem Leben, das er haßte, und fuhr auf seinem Motorrad in die Berge. In seiner Zuflucht da oben, einer Blockhütte, die er sich selbst gebaut hatte, komponierte er. Eines Tages ging er auf regennasser Straße zu schnell in eine Kurve. Er kam von der Straße ab und stürzte hundert Meter tief in einen Gebirgsbach. Er war zweiundzwanzig Jahre alt, als er starb.

Mein jüngerer Bruder hieß Joel. Er lief einen Tag nach Mals Begräbnis von zu Hause weg. Er und Mal hatten sich sehr nahegestanden, und ich nehme an, Joel konnte einfach nicht ertragen, daß er nun Mals Platz übernehmen und der Erbe von Vaters Finanzdynastie werden sollte. Wir erhielten eine einzige Postkarte von ihm. Sie kam aus Paris, und er schrieb, daß er eine Stelle bei einem Orchester gefunden hätte, das auf einer Europatournee sei. Das nächste, was wir von ihm hörten, vielleicht drei Wochen später, war, daß er bei einem Skiunfall in der Schweiz ums Leben gekommen war. Neunzehn ist er damals gerade gewesen. Er stürzte in eine tiefe Schlucht voller Schnee. Seine Leiche hat man bis heute nicht gefunden.«

Himmel! Was fühlte ich mich verwirrt und aufgewühlt, innerlich richtig betäubt. So viele Unfälle. Zwei Brüder tot, und Daddy auch, und alle verunglückt. Mein leerer Blick traf sich mit dem von Chris. Er lächelte nicht. Sobald unsere Mutter gegangen war, flohen wir auf den Dachboden zu unseren Büchern.

»Wir haben jedes verdammte Buch gelesen!« meinte Chris äußerst ungehalten und warf mir einen aufgebrachten Blick zu.

Was konnte ich dafür, daß er jedes Buch in ein paar Stunden ausgelesen hatte?

»Wir können die Sachen von Shakespeare noch mal lesen«, schlug ich vor.

»Ich lese nicht gern Theaterstücke.«

Auch das noch! Ich liebte Shakespeare und Eugene O'Neill und alles, was dramatisch war und von mächtigen Gefühlen strotzte.

»Laß uns doch den Zwillingen das Lesen und Schreiben beibringen«, schlug ich vor, denn ich war ganz wild darauf, mit irgend etwas Neuem anzufangen. Und auf diese Art konnten wir auch den Zwillingen endlich eine neue Beschäftigung vermitteln. »Chris, damit verhindern wir, daß ihnen von dem ewigen Starren in die Röhre noch die Gehirne weich werden und sie sich die Augen verderben.«

Entschlossen schlichen wir uns die Treppen hinunter und auf die ahnungslosen Zwillinge zu, deren Augen gerade an Bugs Bunny klebten. Glücklicherweise sang Bugs Bunny schon seinen Abschiedssong.

»Wir bringen euch jetzt Lesen und Schreiben bei«, verkündete Chris.

Sie protestierten mit lautem Geschrei. »Nein!« heulte Carrie los. »Wir wollen nicht lernen, wie man liest und schreibt! Wir wollen keine Buchstaben malen! Wir wollen ›Vater ist der Beste‹ sehen!«

Chris schnappte sie sich, und ich griff mir Cory, und wir mußten sie im wahrsten Sinne des Wortes auf den Dachboden hinaufzerren. Es war, als wollte man Schlangen fangen. Und sie brüllten dazu wie gereizte Stiere vor dem Angriff.

Cory gab das Gebrüll dann auf. Er wurde ganz still, aber er griff nach allem, was in die Reichweite seiner Hände kam, und klammerte sich daran fest. Selbst mit seinen Beinen hakte er sich fest, wo immer er konnte.

Niemals haben zwei Amateurpädagogen zwei so widerwillige Schüler zu unterrichten gehabt. Aber schließlich schafften wir es mit Tricks und Drohungen und Märchen, ihr Interesse zu wecken. Vielleicht trieb sie auch nur das Mitleid mit ihren älteren Geschwistern dazu, sich sorgfältig in die Bücher zu vertiefen und sich die Buchstaben einzuprägen, bis sie die ersten Worte schreiben konnten. Wir fanden eine alte Fibel für sie, aus der sie abschreiben mußten.

Da wir keine Ahnung hatten, wie andere Kinder in diesem Alter lernten, fanden Chris und ich, daß unsere Sechsjährigen ganz erstaunliche Fortschritte machten. Und auch wenn Mammi jetzt nicht mehr jeden Tag kam wie am Anfang, oder jeden zweiten Tag, ließ sie sich doch ein- oder zweimal in der Woche sehen. Wie sehr wir darauf warteten, ihr den kleinen Brief zu geben, den Cory und Carrie völlig selbständig für sie geschrieben hatten! Die beiden hatten von uns nur gesagt bekommen, wieviel Wörter jeder zu schreiben hatte.

In fast fünf Zentimeter hohen und sehr krummen Buchstaben stand da:

Liebe Mammi,

wir lieben dich sehr
und Süßigkeiten noch mehr.

Auf Wiedersehen.
Carrie und Cory.

Mit solcher süßen Aufdringlichkeit versuchten sie Mammi die richtige Botschaft zukommen zu lassen, ohne daß wir ihnen dabei irgendwie zur Hand gegangen waren oder sie angeregt hätten. Eine Botschaft, von der sie hofften, Mammi würde sie verstehen, was sie natürlich nicht tat.

Süßigkeiten blieben zu riskant. Karies!

Die Sommerhitze legte sich wieder über uns. Wieder wurde es heiß und stickig, furchtbar stickig, aber doch seltsamerweise nicht so unerträglich wie im Jahr zuvor. Chris überlegte, daß unser Blut dünner geworden sein müsse, so daß wir die Hitze nun besser aushalten konnten.

Unser Sommer war ausgefüllt mit Büchern. Offenbar griff Mammi einfach in die Regale unten in der Bibliothek und schleppte herauf, was sie in die Finger bekam, ohne sich auch nur die Titel anzusehen oder sich gar Gedanken darüber zu machen, ob wir etwas mit den Büchern anfangen konnten, ob sie die richtige Lektüre für unser leicht zu beeindruckendes Wesen waren. Es machte auch wirklich nicht viel. Chris und ich lasen einfach alles.

Eines unserer liebsten Bücher in diesem Sommer war ein historischer Roman, der die Geschichte wesentlich interessanter machte als alles, was wir in der Schule darüber gelernt hatten. Wir waren überrascht, daß in den alten Zeiten die Frauen nicht in Krankenhäuser gingen, um Kinder zu bekommen. Sie hatten zu Hause auf einer schmalen Liege niederzukommen, damit der Doktor besser an sie herankam, als das auf einem breiten Bett der Fall gewesen wäre. Und manchmal hatte man sogar nur eine »Hebamme« als Hilfe.

»Ein Babyschwanenbett, um darauf ein Kind zur Welt zu bringen?« überlegte Chris laut, während er den Kopf hob und zur Decke starrte.

Ich wälzte mich auf den Rücken und lächelte ihm beschwörend zu. Wir waren auf dem Dachboden und lagen beide auf der alten Matratze unter dem offenen Fenster, durch das eine warme Brise wehte. »Und Könige und Königinnen, die in ihrem Schlafzimmer Hof hielten – oder in ihren Schlafgemächern, wie man das wohl nannte – und sich trauten, ganz nackt im Bett zu sitzen. Glaubst du, daß alles, was in Büchern steht, wahr sein kann?«

»Natürlich nicht! Aber vieles stimmt schon. Jedenfalls haben die Leute früher keine Nachthemden oder Schlafanzüge im Bett getragen. Sie trugen nur Mützen, um sich die Köpfe warm zu halten, und der Rest war ihnen schnuppe.«

Wir lachten beide, weil wir uns vorstellten, wie die Könige und Königinnen da nackt in ihren Betten vor ihrem ganzen Hofstaat saßen und vielleicht sogar ausländische Botschafter empfingen.

»Nackte Haut war damals nichts Sündiges, was meinst du? Damals im Mittelalter?«

»Wahrscheinlich nicht«, antwortete er.

Zum zweiten Mal hatte ich jetzt mit dem Fluch zu kämpfen, den die Natur mir sandte, um mich zur Frau zu machen. Beim ersten Mal hatte ich solche Schmerzen gehabt, daß ich fast die ganze Zeit im Bett geblieben war.

»Du glaubst nicht, daß das, was mir da gerade wieder passiert, irgendwie eklig ist?« fragte ich Chris.

Sein Gesicht grub sich in mein Haar. »Cathy, ich halte nichts, das mit dem menschlichen Körper und der Art, wie er funktioniert und sich entwickelt, zusammenhängt, für eklig oder widerwärtig. Was deine derzeitige Lage angeht, denke ich... na, wenn es ein paar Tage im Monat braucht, um dich zu einer Frau wie unsere Mutter zu machen, dann bin ich da ganz dafür. Und wenn es weh tut und du die Schmerzen nicht magst, dann denk doch an deine Tanzerei, denn die Übungen tun auch weh, hast du mir erzählt. Und trotzdem denkst du, daß dein Tanzen diesen Preis wert ist.« Meine Arme schlangen sich enger um ihn, während er eine Pause machte. »Auch ich habe meinen Preis dafür zu bezahlen, daß ich ein Mann werde. Ich habe keinen Mann, mit dem ich über meine Situation reden könnte, so wie du mit Mammi. Ich bin ganz auf mich allein gestellt in einer sehr beengten Lage und stecke bis oben hin voll Frustrationen, und manchmal weiß ich nicht, wo ich mich hinwenden soll, um mit meinen Versuchungen fertig zu werden, und außerdem habe ich so verdammte Angst, daß ich es nicht schaffe, einmal Arzt zu werden.«

»Chris«, begann ich und wußte dabei sofort, daß ich mich mit meinen weiteren Worten auf Glatteis begab, »hast du eigentlich nie irgendwelche Zweifel an ihr?«

Ich sah sein Stirnrunzeln und sprach schnell weiter, bevor er mir irgendeine wütende Bemerkung entgegenschleudern konnte. »Kommt es dir nicht manchmal... na, komisch vor, daß sie uns so lange hier oben eingeschlossen hält? Sie bekommt jede Menge Geld, Chris, das weiß ich bestimmt. Diese Ringe und Ketten, die sind keine billigen Imitationen, wie sie uns immer erzählt. Ich weiß, daß sie echt sind.«

Er war von mir abgerückt, sobald ich von »ihr« angefangen

hatte. Er bewunderte sie als Göttin weiblicher Vollkommenheit, aber dann nahm er mich wieder in den Arm und drückte seine Wange gegen mein Haar. Seine Stimme steckte voller tiefer Gefühle. »Manchmal bin ich nicht der ewige blauäugige Optimist, wie du mich nennst. Manchmal mache ich mir genauso Gedanken darüber, was sie tut, wie du. Aber ich denke immer an die Zeit früher, bevor wir hierhergekommen sind, und dann fühle ich, daß ich ihr vertrauen muß und glauben muß und sein muß, wie Daddy gewesen ist. Erinnerst du dich noch daran, wie Daddy immer sagte: Für alles, was dir seltsam vorkommt, gibt es irgendwo eine vernünftige Erklärung. Und am Ende gehen die Dinge meist so aus, wie es gut ist. Daran versuche ich immer zu glauben – sie hat gute Gründe dafür, uns hier eingeschlossen zu lassen, anstatt uns heimlich irgendwo auf ein Internat zu schicken. Sie weiß, was sie tut, und, Cathy, ich liebe sie einfach so sehr. Ich kann mir nicht helfen. Ganz egal, was sie tun würde, ich fühle, daß ich niemals aufhören könnte, sie zu lieben.«

Er liebt sie mehr als mich, dachte ich erbittert.

Unsere Mutter kam und ging nun ohne jede Regelmäßigkeit. Einmal bekamen wie sie eine ganze Woche lang nicht zu sehen. Als sie dann endlich wieder auftauchte, erzählte sie uns, ihr Vater sei sehr krank. Ich war überglücklich, diese Neuigkeit zu hören.

»Geht es ihm schlechter?« fragte ich und spürte dabei ein wenig von einem schlechten Gewissen. Ich wußte, daß es nicht richtig war, wenn ich mir seinen Tod wünschte, aber sein Tod bedeutete die Erlösung für uns.

»Ja«, sagte sie ruhig, »es geht ihm viel schlechter. Jeden Tag kann es soweit sein, Cathy, jeden Tag. Du würdest nicht glauben, wie hinfällig er inzwischen ist und wie er leidet. Bald ist es vorbei. Und sobald es mit ihm zu Ende ist, seid ihr frei.«

O gütiger Himmel, daran zu denken, daß ich so schlecht war, mir zu wünschen, er würde auf der Stelle, noch in dieser Sekunde sterben! Gott möge mir verzeihen. Aber es war nicht gut für uns, die ganze Zeit eingeschlossen zu sein. Wir brauchten die frische Luft, das warme Sonnenlicht, und wir fühlten uns so vereinsamt, weil wir nie ein anderes Gesicht zu sehen bekamen.

»Es kann jede Stunde passieren«, sagte Mammi und stand auf, um uns zu verlassen.

»Swing low, sweet chariot, comin' for t' carry me home ...« summte ich, während ich die Betten machte und auf neue Nachrichten wartete, daß unser Großvater endlich auf dem Weg in den Himmel war, falls Gold dort zählte, oder zur Hölle, falls der Teufel sich nicht bestechen ließ.

Und dann stand Mammi in der Tür. Sie sah müde aus und steckte nur schnell den Kopf herein. »Er hat die Krise überstanden ... er beginnt sich wieder zu erholen. Für diesmal. Die Tür schloß sich, und wir waren mit unseren zerschmetterten Hoffnungen wieder alleine.

Ich brachte die Zwillinge an diesem Abend ins Bett wie an allen anderen Abenden auch. Nie kam Mammi mehr herauf, um ihnen noch einen Gutenachtkuß zu geben. Ich war diejenige, die ihnen die Wangen küßte und mit ihnen das Nachtgebet sprach. Chris hatte auch seinen Teil daran. Sie liebten uns, das ließ sich leicht aus ihren großen, verschatteten blauen Augen lesen. Nachdem sie eingeschlafen waren, gingen wir gemeinsam zum Kalender und strichen wieder einen Tag durch. Der August war wieder gekommen. Ein volles Jahr lebten wir jetzt schon in unserem Gefängnis.

ZWEITER TEIL

Bis der Tag kühl wird
und die Schatten weichen

Das Hohelied Salomons 2,17

Man wird älter und lernt dazu

Ein weiteres Jahr verging und unterschied sich nicht sehr von dem ersten. Mutter kam immer unregelmäßiger, aber immer mit neuen Versprechungen, die unsere Hoffnungen wach hielten und uns glauben machten, daß unsere Befreiung nur eine Sache von wenigen Wochen sein konnte. Das letzte, was wir an jedem Abend taten, war, diesen Tag mit einem großen roten Kreuz durchzustreichen.

Wir hatten jetzt drei Kalender mit diesen roten Kreuzen. Der erste war nur zur Hälfte voll. Der zweite bis zum letzten Tag durchgestrichen und der dritte nun auch schon knapp über die Hälfte rot bemalt. Und der sterbende Großvater, inzwischen achtundsechzig, stand immer kurz davor, seinen letzten Atemzug zu tun, und lebte doch weiter und weiter und weiter, während wir in unserem Gefängnis dahinvegetierten. Es schien, als würde er auch noch neunundsechzig werden.

Donnerstags hatte das Personal von Foxworth Hall Ausgang, und dann stahlen Chris und ich uns hinaus auf das schwarze Dach, legten uns auf die steile Schräge und saugten das Sonnenlicht in uns hinein und badeten uns im Licht des Mondes und der Sterne. Auch wenn es hoch und gefährlich war, es war ein richtiges »Draußensein«, bei dem wir die frische Luft auf unserer durstigen Haut spüren konnten.

An einer Stelle, wo sich die Firste von zwei Flügeln des Hauses trafen, konnten wir die Füße hinter einen mächtigen Kamin stemmen und uns recht sicher fühlen. In dieser Lage waren wir für jeden verborgen, der vom Boden aus zum Dach hinaufsah.

Weil der Zorn der Großmutter noch nie tatsächlich über uns gekommen war, wurden Chris und ich mit der Zeit sorglos.

Wir waren im Badezimmer nicht immer »anständig«, noch waren wir immer völlig bekleidet. Es war schwierig, Tag für Tag so auf engstem Raum zusammenzuleben und immer die eigenen intimen Stellen vor den Augen des anderen Geschlechts zu verbergen. Und um ganz ehrlich zu sein, niemand von uns kümmerte sich darum, was er da zu sehen bekam.

Wir hätten darauf achten sollen.

Wir hätten vorsichtig sein sollen.

Wir hätten uns immer Mammis blutig geschlagenen Rücken vor Augen halten müssen und nie, nie vergessen dürfen. Aber der Tag, an dem sie ausgepeitscht worden war, schien so lange, lange her zu sein. Eine Ewigkeit her.

Da stand ich nun als Teenager und hatte mich noch nie von Kopf bis Fuß nackt gesehen, denn der Spiegel über dem Waschbecken im Bad hing viel zu hoch, als daß ich hätte viel darin sehen können. Also wartete ich ab, bis ich das Schlafzimmer für mich alleine hatte, und zog mich vor dem großen Ankleidespiegel nackt aus. Ich starrte, ich beguckte mich, und ich bewunderte mich. Was für unglaubliche Veränderungen diese Hormone doch hervorbrachten! Ohne Zweifel war ich wesentlich hübscher als damals, als ich hierhergekommen war, nicht nur mein Gesicht, meine Haare, meine Beine – viel mehr noch dieser kurvenreiche Körper. Ich drehte mich und wiegte mich in den Hüften und löste den Blick keine Sekunde von meinem Spiegelbild, während ich damit begann, einige Ballettpositionen auszuführen.

Ein ziehendes Gefühl im Nacken sagte mir, daß jemand in meiner Nähe war und mich betrachtete. Ich wirbelte plötzlich herum und überraschte Chris, der am Kleiderschrank lehnte. Er mußte leise vom Dachboden heruntergekommen sein. Wie lange stand er schon da? Hatte er all die albernen, unanständigen Sachen gesehen, die ich aufgeführt hatte? O Gott, hoffentlich nicht.

Er stand da wie versteinert. Ein seltsamer Ausdruck stand in seinen blauen Augen, als hätte er mich noch niemals zuvor ohne Kleider gesehen – und das hatte er wirklich schon oft. Vielleicht hielt er seine Gedanken, wenn die Zwillinge oben auf der Matratze mit uns die Sonnenbäder nahmen, brüderlich sauber und sah gar nicht richtig hin.

Sein Blick senkte sich von meinem erröteten Gesicht zu meinen Brüsten, dann tiefer und tiefer, bis er schließlich bei meinen Füßen ankam, und von dort wanderte er genauso langsam wieder hinauf.

Ich stand zitternd da, unsicher, und fragte mich, was ich tun konnte, um nicht in den Augen meines immer spöttischen großen Bruders als eitles Frauenzimmer dazustehen. Er schien älter zu sein, fremder, wie jemand, den ich noch nie vorher kennengelernt hatte. Aber er wirkte auch schwach, verblüfft und verunsichert, und mir kam es vor, als würde ich ihm etwas stehlen, nach dem er völlig ausgehungert war, wenn ich mich angezogen hätte.

Die Zeit schien stillzustehen, als er da am Schrank lehnte und ich vor dem Ankleidespiegel zögerte, in dem er auch meine Rückenansicht bewunderte, denn ich sah seinen Blick zwischen mir und meinem Spiegelbild hin und her wandern.

»Chris, bitte geh weg.«

Er schien mich nicht gehört zu haben.

Er starrte nur weiter auf mich.

Ich errötete von Kopf bis Fuß und fühlte, wie mir unter den Armen der Schweiß ausbrach. Mein Blut begann ganz komisch zu pulsieren. Ich fühlte mich wie ein Kind, das mit dem Finger im Marmeladenglas erwischt worden ist, eines richtigen Verbrechens schuldig und in furchtbarer Angst, für eine Kleinigkeit schlimm bestraft zu werden. Aber sein Blick, seine Augen machten mich wieder lebendig, und mein Herz begann mir furchtbar, ganz verrückt zu hämmern, voller Furcht. Aber warum sollte ich mich fürchten? Es war doch nur Chris.

Zum erstenmal fühlte ich mich über meine neuen Formen beunruhigt und schämte mich für sie. Ich griff schnell nach dem Kleid, das ich vorher ausgezogen hatte. Dahinter konnte ich mich verbergen und ihm sagen, er solle verschwinden.

»Tu das nicht«, sagte er, als ich das Kleid in die Hand nahm.

»Du solltest nicht...«, stammelte ich und zitterte noch mehr.

»Ich weiß, daß ich nicht sollte, aber du siehst so wunderbar aus. Es ist, als wenn ich dich noch nie richtig gesehen hätte. Wie konntest du so schön werden, ohne daß ich die ganze Zeit über was davon gemerkt habe?«

Wie beantwortet man so eine Frage? Außer ihn anzusehen und mit den Augen zu bitten?

Gerade in diesem Augenblick drehte sich hinter mir ein Schlüssel im Türschloß. Schnell versuchte ich das Kleid über den Kopf zu bekommen und herunterzuziehen, bevor sie die Tür aufmachte. O Gott! Ich konnte die verdammten Ärmel nicht finden! Mein Kopf steckte in dem Gewirr des Kleides, während ich vom Hals abwärts noch immer nackt war – und *sie* stand im Zimmer! Die Großmutter! Ich konnte sie nicht sehen, aber ich fühlte ihre Gegenwart überdeutlich.

Schließlich hatte ich die Ärmel gefunden und riß mir schnell das Kleid über den Körper. Aber sie hatte mich schon in meiner ganzen nackten Pracht gesehen, es stand in ihren schimmernden Steinaugen. Sie wandte die Augen von mir ab und schoß einen messerscharfen Blick auf Chris ab. Er starrte noch immer einfach ins Nichts.

»So!« spie sie aus. »Habe ich euch also endlich erwischt! Ich wußte, daß es früher oder später so kommen würde.«

Das war genau wie in einem meiner Alpträume ... ohne Kleider vor der Großmutter und Gott zu stehen.

Chris trat aus dem Schatten und schoß zurück. »Uns erwischt? Wobei denn? Bei nichts!«

Nichts ...

Nichts ...

Nichts ...

Ein Wort, das hallte und echote. In ihren Augen hatte sie uns bei allem erwischt.

»Sünder!« zischte sie, während sie die grausamen Augen wieder mir zuwandte. Es gab keine Gnade in diesen Augen. »Du glaubst, du siehst hübsch aus, was? Du denkst, diese frischen jungen Kurven sind attraktiv? Du liebst dieses lange blonde Haar, das du bürstest und kämmst von morgens bis abends?« Dann lächelte sie – das furchterregendste Lächeln, das ich je gesehen hatte.

Meine Knie schlugen nervös gegeneinander, meine Hände krampften sich ineinander. Wie verwundbar ich mich fühlte – ohne Unterwäsche und mit einem weit offenen Reißverschluß im Rücken. Ich warf einen schnellen Blick zu Chris. Er kam langsam näher und suchte mit den Augen nach etwas, das sich als Waffe gebrauchen ließ.

»Wievielmal hast du deinem Bruder schon erlaubt, deinen Körper zu benutzen?« fuhr mich die Großmutter an. Ich stand einfach da, unfähig zu sprechen und ohne zu begreifen, was sie damit meinte.

»Benutzen? Was heißt das?«

Ihre Augen verengten sich zu schmalen Schlitzen, aus denen sie scharf zu Chris' Gesicht spähte, dessen plötzliches Erröten verriet, daß er wußte, was sie meinte, auch wenn ich es nicht verstand.

»Was ich sagen wollte«, begann er wieder, »ist, daß wir nichts Schlechtes getan haben, wirklich nicht.« Er hatte die Stimme eines Mannes, tief und kräftig. »Schau mich ruhig an mit deinen haßerfüllten, mißtrauischen Augen! Du kannst glauben, was du willst, Großmutter, aber Cathy und ich haben keine einzige böse, sündige oder gottlose Tat begangen.«

»Deine Schwester war nackt – sie hat dir erlaubt, ihren Körper zu betrachten – also hast du dich versündigt.« Sie verpaßte mir noch einen schneidenden Blick, in dem der Haß flackerte, dann machte sie auf dem Absatz kehrt und stürmte aus dem Zimmer. Ich blieb am ganzen Körper zitternd zurück. Chris war furchtbar wütend auf mich.

»Cathy, warum, zum Teufel, mußt du dich ausgerechnet hier im Zimmer ausziehen? Du weißt doch, daß sie uns nachspioniert, um uns irgendwann einmal bei irgendwas zu erwischen!« Ein wilder, irrer Ausdruck erschien in seinen Augen. Er wirkte älter durch diesen Ausdruck, und schrecklich gewalttätig. »Sie wird uns bestrafen. Nur weil sie gegangen ist, ohne etwas getan zu haben, heißt das noch lange nicht, daß sie nicht zurückkommen wird.«

Ich wußte das ... wußte es. Sie würde zurückkommen – mit dem Stock!

Müde und gereizt kamen die Zwillinge vom Dachboden. Carrie setzte sich vor ihr Puppenhaus, Cory hockte sich vor den Fernseher. Er nahm seine teure Konzertgitarre und begann darauf vor sich hinzuspielen. Chris saß auf dem Bett und behielt die Tür im Auge. Ich saß sprungbereit daneben, um loszurennen, sobald sich an der Tür etwas rührte. Ich würde ins Badezimmer fliehen, mich einschließen ... würde mich ...

Der Schlüssel drehte sich im Schloß. Die Klinke wurde heruntergedrückt.

Ich sprang auf, Chris an meiner Seite. Er sagte: »Geh ins Bad, Cathy, und bleib da.«

Unsere Großmutter trat ins Zimmer, groß wie ein Baum, aber sie trug keine Rute, sondern eine große Schere in den Händen, die Art von Schere, mit der man Kleiderstoffe schneidet. Sie war chromfarben, glänzend, lang und sah sehr scharf aus.

»Setz dich, Mädchen«, fuhr sie mich an. »Ich werde dir jetzt dein Haar bis auf die Haut abschneiden – dann wirst du vielleicht nicht mehr so eitel in den Spiegel schauen.«

Boshaft und grausam war ihr Lächeln, als sie meine Überraschung merkte – das erste Mal, daß ich bei ihr ein richtiges Lächeln sah.

Meine schlimmste Angst! Lieber wäre ich ausgepeitscht worden! Meine Haut würde heilen, aber es würde Jahre und Jahre dauern, bis mir das Haar wieder so lang gewachsen war – das wunderschöne lange Haar, das ich liebte, seit Daddy mir zum erstenmal gesagt hatte, daß er langes Haar bei kleinen Mädchen furchtbar hübsch fand. O lieber Gott, woher konnte sie nur wissen, daß ich fast jede Nacht träumte, sie würde sich, während ich schlief, heimlich in unser Zimmer schleichen und mich kahlscheren wie ein Schaf? Und manchmal träumte ich nicht nur, daß ich morgens kahlköpfig und häßlich aufwachte, sondern daß sie mir auch noch die Brüste abgeschnitten hatte!

Jedesmal wenn sie mich ansah, ruhten ihre Augen auf gewissen Stellen meines Körpers. Sie schien mich nie als ganze Person zu betrachten, sondern nur als bestimmte Körperpartie, die ihren Unwillen erregte ... und sie würde alles, was ihren Unwillen erregte, zerstören!

Ich versuchte ins Bad zu rennen und mich einzuschließen. Aber aus irgendeinem Grund wollten sich meine so gut trainierten Tänzerinnenbeine nicht von der Stelle bewegen. Ich war vom Anblick dieser langen, schimmernden Schere gelähmt – und von den furchtbaren Augen der Großmutter, die mich haßerfüllt und herausfordernd anfunkelten.

In diesem Moment sagte Chris mit seiner starken Männerstimme: »Du schneidest Cathy keine einzige Strähne von ihrem Haar ab, Großmutter! Einen Schritt auf sie zu, und ich schlag' dir diesen Stuhl über den Schädel!«

Er hatte einen der Stühle von unserem kleinen Eßtisch an der Lehne zum Schlag erhoben. Aus seinen blauen Augen schoß Feuer wie aus ihren der Haß.

Sie schenkte ihm nur einen kurzen Seitenblick, als ob seine Drohung völlig ohne Konsequenz wäre, als ob sein alberner Kraftakt niemals eine Chance böte, diesen Berg aus Stahl zu überwinden, den sie darstellte. »Nun gut. Wie ihr wollt. Du kannst es dir aussuchen, Mädchen – die Haare ab oder kein Essen und keine Milch für eine ganze Woche.«

»Die Zwillinge haben doch gar nichts Böses gemacht«, flehte ich. »Chris hat nichts getan. Er wußte nicht, daß ich nichts anhatte, als er vom Dachboden herunterkam. Es war alles mein Fehler. Ich werde eine Woche auf Essen und Milch verzichten. Das werde ich schon überleben. Und abgesehen davon wird Mammi nicht zulassen, daß du so etwas mit uns machst. Sie wird uns zu essen bringen.«

Letzteres sagte ich allerdings ohne großes Zutrauen zu meinen eigenen Worten. Mammi war schon so lange nicht mehr bei uns gewesen. Sie kam nicht mehr sehr oft. Ich würde unter Umständen ganz schön lange hungern müssen.

»Dein Haar – oder eine Woche lang kein Essen«, wiederholte sie ungerührt und unbeeindruckt.

»Du hast kein Recht zu so etwas, alte Frau«, sagte Chris und näherte sich mit dem erhobenen Stuhl. »Ich habe Cathy nur zufällig gesehen. Wir haben nichts Sündiges getan. Niemals.«

»Dein Haar, oder keiner von euch bekommt für die nächste Woche etwas zu essen«, sagte sie zu mir und ignorierte Chris wie sonst auch. »Und wenn du dich im Badezimmer einschließt oder auf dem Dachboden versteckst, dann bekommt ihr zwei Wochen lang nichts! So lange, bis du mit kahlem Kopf wieder zum Vorschein kommst!« Dann heftete sie ihren Blick in kalter, abschätzender Art für einen langen, qualvollen Moment auf Chris. »Ich glaube, *du* wirst derjenige sein, der seiner Schwester das lange, heißgeliebte Haar abschneidet«, sagte sie mit einem kaum merklichen bösen Lächeln zu ihm. Die Schere legte sie auf den Ankleidetisch. »Sobald ich deine Schwester ohne ihr Haar gesehen habe, bekommt ihr alle vier wieder zu essen.«

Sie ließ uns allein, schloß uns wie immer ein, ließ uns mit dem Dilemma zurück, in dem wir jetzt steckten. Chris starrte mich an und ich ihn.

Chris lächelte. »Komm, Cathy, sie blufft doch bloß. Mammi kann jede Stunde wieder bei uns auftauchen. Wir werden ihr alles erzählen ... kein Problem. Ich werde dir niemals die Haare abschneiden.« Er kam zu mir und legte den Arm um mich. »Trifft es sich da nicht auch ausgezeichnet, daß wir eine Schachtel Kekse und ein Pfund Käse auf dem Dachboden versteckt haben? Und wir haben auch noch fast das ganze Essen von heute – daran hat die alte Hexe wohl gar nicht gedacht.«

Wir aßen selten viel. An diesem Abend aßen wir noch weniger, nur für den Fall, daß Mammi heute vielleicht doch nicht vorbeischaute. Die Hälfte der Milch und die Apfelsinen hoben wir uns auf. Die ganze Nacht warf ich mich von einer Seite auf die andere und schreckte immer wieder aus dem Schlaf hoch. Wenn es mir endlich gelang einzuschlafen, bekam ich gräßliche Alpträume. Ich träumte, Chris und ich wären in einem dunklen tiefen Wald, wo wir uns verlaufen hatten und nach Carrie und Cory suchten. Mit den lautlosen Stimmen des Traumes riefen wir ihre Namen. Aber die Zwillinge antworteten nie. Wir gerieten in Panik und stürzten blindlings in die völlige Dunkelheit.

Dann ragte vor uns in der Nacht plötzlich ein Haus auf, das aus lauter Lebkuchen zusammengesetzt schien. Dazu entdeckten wir Eiskremhörnchen daran und Schokoladenriegel und all die anderen Süßigkeiten, die uns schon so lange fehlten. Ich schickte einen schnellen Gedanken zu Chris hinüber. Nein! Das ist ein Trick! Eine Falle! Wir dürfen da nicht rein!

Er antwortete: Wir müssen hinein! Wir müssen die Zwillinge retten!

Leise schlichen wir uns in das Lebkuchenhaus. Wir sahen eine frisch gebutterte Backform, und das Sofa war aus goldenem, frisch gebackenem Brot.

In der Küche stand die furchtbarste Hexe der Welt! Mit einer Hakennase, vorspringendem Kinn, eingesunkenem, zahnlosem Mund. Ihr Kopf war ein Mop von nach allen Richtungen abstehenden grauen Haarsträhnen.

Sie hielt unsere Zwillinge an den langen goldenen Haaren hoch. Gerade sollten die zwei in den heißen Ofen geworfen werden! Sie sahen beide schon ganz blau und rot aus, und ihr Fleisch verwandelte sich bereits, ohne gebacken zu werden, in Lebkuchen, und ihre blauen Augen wurden zu schwarzen Rosinen!

Ich schrie! Wieder und wieder schrie ich!

Die Hexe wandte sich zu mir um und funkelte mich mit ihren grauen Steinaugen an. Ihr eingesunkener Mund, scharf wie ein Messer, öffnete sich weit zu einem Lachen. Hysterisch lachte und lachte sie, während Chris und ich von Entsetzen geschüttelt wurden. Sie warf den Kopf zurück, und ihr weit aufgerissener Mund entblößte lange spitze Eckzähne – und dann begann sie sich auf erstaunliche, furchterregende Weise von der Großmutter in eine andere Person zu verwandeln. Aus einer Raupe wurde ein Schmetterling, während wir erstarrt dastanden und nur zusehen konnten ... und aus der Schreckensgestalt wurde ... unsere Mutter!

Mammi! Ihr blondes volles Haar wehte wie schimmernde Goldbänder, doch diese goldenen, seidenen Haarsträhnen wurden immer mehr, schoben sich über den Fußboden, ringelten sich wie Schlangen auf uns zu! Haarlocken krochen über unsere Füße, ringelten sich um unsere Beine, glitten zu unseren Kehlen ... versuchten uns zum Schweigen zu bringen, uns zu erdrosseln ... damit wir die Erbschaft nicht bedrohen konnten!

»Ich liebe euch, ich liebe euch, ich liebe euch«, wisperte sie lautlos.

Ich schreckte aus dem Schlaf hoch, aber Chris schlief fest. Die Zwillinge ebenfalls.

Verzweifelt kämpfte ich dagegen an, als ich merkte, daß der Schlaf mich wieder überkam. Ich versuchte ihn abzuschütteln, mich von dieser Schläfrigkeit frei zu machen, in der man immer tiefer sank. Und dann war ich wieder tief in meinen Träumen versunken, in Nachtmahren. Ich stürzte wild durch die Dunkelheit, fiel in einen See von Blut. Blut, so zäh und klebrig wie Teer, mit dem Geruch von Teer. Diamantenschuppige Fische mit Schwanenköpfen und roten Augen schwammen in dem Blutsee. Sie kamen zu mir und nagten an meinen Armen und Beinen, bis sie ganz gefühllos wurden. Und die Fische mit den Schwanenköpfen lachten, freuten sich, daß sie mich erledigt hatten, daß ich von Kopf bis Fuß blutig war. Seht nur! Seht nur! Sie riefen mit wimmernden Stimmen, die echoten und echoten. Es erwischt dich doch!

Der Morgen dämmerte hinter den schweren Vorhängen, die das gelbe Licht der Hoffnung aussperrten.

Carrie drehte sich im Schlaf auf die Seite und kuschelte sich näher an mich. »Mammi«, murmelte sie, »ich mag das hier nicht.« Ihr seidiges Haar auf meinem Arm fühlte sich wie Daunen an, als langsam in meine Arme und Beine das Gefühl zurückkehrte.

Ich lag still auf dem Bett, während Carrie mich ohne Unterbrechung anstupste, weil sie wollte, daß ich meinen Arm um sie legte. Was war mit mir los? Mein Kopf war so schwer. Er fühlte sich an, als hätte man ihn mit Steinen ausgestopft, die jetzt von innen gegen meinen Schädel drückten. Die Schmerzen waren so schlimm, daß ich meinte, der Schädel müsse mir von diesem Druck platzen. Meine Zehen und meine Finger fühlten sich noch immer taub an. Mein Körper schien aus Blei zu sein. Die Wände schienen mal auf mich zu fallen, dann vor mir zurückzuweichen, und nichts schien gerade Linien zu haben.

Ich versuchte, mich im großen Ankleidespiegel anzusehen, aber ich konnte meinen Kopf nicht in diese Richtung drehen.

Er kam mir aufgebläht vor. Immer wenn ich mich abends auf dem Kopfkissen zurechtlegte, breitete ich mein Haar um mich aus, so daß meine Wange sich an die süß riechende Seide meiner vollen, oft gebürsteten, gesunden, starken Haarpracht kuscheln konnte. Es war eines der Gefühle, die ich besonders genoß, das Haar an meiner Wange zu spüren und mich damit in süße Träume der Liebe zu kuscheln.

Doch heute lag kein Haar mehr auf dem Kopfkissen. Wo war mein Haar?

Die Schere lag noch immer auf dem Ankleidetisch. Ich konnte sie undeutlich aus dem Augenwinkel erkennen. Nachdem ich mehrmals geschluckt hatte, um meine ausgedörrte Kehle frei zu bekommen, gelang es mir, einen kleinen Schrei auszustoßen, nach Chris, nicht nach Mammi. Ich betete zu Gott, daß mein Bruder mich hörte. »Chris«, gelang es mir schließlich herauszubringen, »mit mir stimmt was nicht.«

Mein schwaches, heiseres Gekrächze ließ Chris hochfahren, auch wenn ich nicht weiß, ob er es verstand. Er setzte sich auf und rieb sich verschlafen die Augen. »Was ist denn, Cathy?«

Ich flüsterte etwas, das ihn veranlaßte, sich in seinem zerknitterten Pyjama zu meinem Bett zu begeben. Sein von einem wirren Berg goldener Haare umrahmter Kopf beugte sich über mich und zuckte zurück. Er holte scharf Luft und gab kleine keuchende Geräusche des Entsetzens und der Überraschung von sich.

»Cathy, o mein Gott!«

Sein Schrei ließ es mir eiskalt den Rücken herunterlaufen.

»Cathy ... oh, Cathy!« stöhnte er.

Während er mich anstarrte und ich mich fragte, was er wohl sah, das ihm die Augen fast aus den Höhlen treten ließ, gelang es mir, meine bleiernen Arme zu heben und nach meinem angeschwollenen, schweren Kopf zu fühlen. Irgendwie schob ich meine Hände hoch – und dann fand ich sofort eine laute Stimme, um loszubrüllen. Richtig zu brüllen! Wieder und wieder kreischte ich wie eine Wahnsinnige, bis Chris mich in den Arm nahm.

»Hör auf, bitte, hör auf«, schluchzte er. »Denk an die Zwillinge... verängstige sie nicht noch mehr... schrei bitte nicht mehr so, Cathy. Sie haben doch schon soviel aushalten müssen, und ich weiß, daß du sie nicht völlig verstören willst, aber genau das passiert, wenn du weiter so brüllst und kreischst. Es ist alles nicht so schlimm, ich mach' das Zeug weg. Ich schwöre dir bei meinem Leben, daß ich es heute noch schaffen werde, dir diesen Teer wieder aus den Haaren zu holen.«

Er fand an meinem Arm eine winzige rote Einstichstelle, wo die Großmutter mir eine Spritze mit Schlafmittel gegeben haben mußte. Und während ich dann schlief oder betäubt war, hatte sie mir die Haare mit Teer eingeschmiert. Sie mußte mein Haar vorher erst einmal zu einem sauberen Knoten zusammengebunden haben, bevor sie mit dem Teeren begonnen hatte, denn es war nicht eine einzige Strähne frei geblieben.

Chris versuchte mich davon abzuhalten, in den Spiegel zu blicken, aber ich stieß ihn weg und mußte mit eigenen Augen den furchtbaren schwarzen Klumpen sehen, den ich jetzt anstelle meines Haars auf dem Kopf trug. Wie ein riesiger schwarzer Kaugummi klebte das Zeug an mir, es war mir sogar über das Gesicht geschmiert, und über die Wangen liefen mir schwarze Tränen.

Ich sah mich, und ich wußte sofort, daß ich diesen Teer nie aus meinem Haar bekommen würde. Niemals!

Cory wurde als erster wach. Er wollte wie immer sofort zum Fenster laufen, um zwischen den Vorhängen hinauszuspähen und die Sonne zu suchen, die sich immer vor ihm versteckte.

Er riß die Augen auf, als er mich sah, und vergaß das Fenster und die Sonne. Seine Lippen öffneten sich. Seine kleinen verspielten Hände hoben sich vor das Gesicht, und er rieb sich mit seinen Fäusten die Augen. Dann starrte er mich wieder völlig ungläubig an. »Cathy«, brachte er schließlich heraus, »bist du das?«

»Das nehme ich an.«

»Warum ist dein Haar schwarz?«

Bevor ich diese Frage beantworten konnte, wachte Carrie auf. »Iiiih!« kreischte sie los. »Cathy – dein Kopf sieht aber komisch aus!« Große Tränen schimmerten in ihren Augen und liefen ihr langsam über die Wangen. »Ich mag deinen Kopf so nicht!« schluchzte sie und weinte dann los, als hätte sie den Teer auf dem Kopf.

»Beruhige dich, Carrie«, sagte Chris im normalsten Tonfall der Welt. »Das ist nur Teer, was Cathy da in den Haaren hat – und wenn sie in die Wanne geht und sich das Haar shamponiert, sieht es bald wieder genauso aus wie immer. Während Cathy das jetzt tut, möchte ich, daß ihr beide die Orangen zum Frühstück eßt und ein bißchen Fernsehen guckt. Später frühstücken wir dann alle zusammen richtig, sobald Cathy die Haare sauber hat.« Er erwähnte die Großmutter nicht einmal, aus Angst, den Kleinen damit noch mehr Angst einzujagen, als unsere Lage ihnen auch so schon einflößen mußte. Die Zwillinge setzten sich dicht aneinandergeschmiegt vor den Fernseher, schälten sich die Apfelsinen und verloren sich im süßen Nichts von Zeichentrickfilmen und anderen Samstagmorgen-Serien voller Gewalt und Unsinn.

Chris befahl mich in eine Wanne mit heißem Wasser. In dieses fast kochende Wasser tunkte ich immer wieder meinen Kopf, während Chris sich bemühte, den Teer mit Shampoo aufzuweichen. Der Teer wurde weicher, aber er löste sich nicht, und mein Haar wurde davon nicht sauberer. Chris' Finger kneteten eine klebrige braune Masse. Ich hörte mich selbst leise wimmernde Töne ausstoßen. Er versuchte es, oh, und wie er es versuchte, den Teer herauszubekommen, ohne dabei gleich alle Haare mit abzureißen. Ich dachte immer nur an die Schere – die schimmernde Schere, die die Großmutter auf den Ankleidetisch gelegt hatte.

Neben der Wanne kniend gelang es Chris endlich, sich mit den Fingern durch den Teerknoten zu arbeiten, aber als er die Hände zurückzog, klebten sie voller ausgerissener geschwärzter Haare. »Wir müssen die Schere nehmen!« rief ich, der ganzen Sache nach über zwei Stunden nun doch müde. Die Schere war der letzte Ausweg. Chris überlegte laut, daß es eine chemische Verbindung geben müßte, die den Teer auflösen konnte, ohne meine Haare anzugreifen. Er besaß einen sehr professionell ausgestatteten Chemiekasten, den Mammi ihm besorgt hatte. Den Deckel zierte eine beeindruckende Warnung: »Dieser Kasten ist kein Spielzeug. Er enthält gefährliche Chemikalien und ist nur für den Fachgebrauch oder Unterrichtszwecke geeignet.«

»Cathy«, meinte Chris und hockte sich auf die nackten Fersen, »ich gehe jetzt auf den Dachboden und mische eine Verbindung zusammen, mit der wir den Teer von den Haaren abbekommen.« Dann grinste er mich schüchtern an. Die Badezimmerlampe schimmerte auf dem weichen Flaum, der sich auf seiner Oberlippe kräuselte, und ich wußte, daß ihm kräftigeres, dunkleres Haar auf den unteren Körperpartien wuchs – genau wie bei mir. »Ich habe da noch eine Idee«, sagte er dann. »Du kannst mir den Rücken zudrehen und dir die Ohren zuhalten, und dann könnte das Ammoniak aus meinem Urin den Teer auflösen.«

Ich konnte mir nicht helfen, ich mußte ihn verblüfft anstarren. Dieser Tag nahm inzwischen alptraumhafte Gestalt an. In einer Wanne voll kochendem Wasser sitzen, die jemand als Toilette benutzt, und anschließend meine Haare darin waschen? Konnte das wirklich wahr sein, was Chris gerade hinter mir machte? Nein, sagte ich mir, das war nicht wirklich, nur ein böser Traum.

Aber es war Wirklichkeit. Da standen sogar die Zwillinge, Hand in Hand, musterten mich interessiert und wollten wissen, warum ich so lange brauchte.

»Cathy, was ist das für ein Zeug in deinem Haar?«

»Teer.«

»Warum hast du dir Teer in die Haare geschmiert?«

»Muß mir im Schlaf passiert sein.«

»Wo hast du denn den Teer her?«

»Vom Dachboden.«

»Warum wolltest du dir den Teer in die Haare kleben?«

Ich haßte es zu lügen! Ich hätte ihnen gerne erzählt, wer mir den Teer in die Haare geschmiert hatte, aber ich konnte es nicht. Carrie und Cory lebten sowieso schon in ständigem Schrecken vor der alten Frau. »Komm, geh wieder fernsehen,

Carrie«, befahl ich, von der Fragerei irritiert und weil ich es nicht mehr aushielt, in die schmalen, hohlwangigen Gesichter mit den eingesunkenen Augen zu blicken.

»Cathy, magst du mich nicht mehr nicht?«

»Es heißt ›nicht mehr‹.«

»Nein?«

»Natürlich mag ich dich, Cory. Ich habe euch beide sehr lieb, aber ich habe mir versehentlich den Teer in die Haare geschmiert, und nun ärgere ich mich furchtbar über mich selber.«

Carrie wanderte wieder zurück zum Fernseher, und Cory folgte ihr. Sie flüsterten sich etwas in ihrer eigenartigen Kindersprache zu, die außer ihnen niemand verstehen konnte. Manchmal kam es mir so vor, als wären die beiden viel klüger, als Chris und ich ahnten.

Stundenlang saß ich in der Badewanne, während Chris Dutzende verschiedener Chemikalien zusammenbraute, die er an einer Strähne meines Haares zunächst vortestete. Er versuchte alles und ließ mich mehrfach das Badewasser wechseln, wobei es jedesmal heißer sein mußte. Ich schrumpelte wie ein alter Apfel zusammen, bis er den Teer Stückchen für Stückchen aus meinem Haar gezogen hatte. Schließlich ging der Teer ab, und eine Menge von meinem Haar gleich mit. Aber ich hatte sehr viele Haare und konnte mir erlauben, eine ganze Menge davon zu verlieren, ohne daß man einen Unterschied sehen konnte. Als es dann endlich vorbei war, wurde es schon Abend, und weder Chris noch ich hatten einen Bissen gegessen. In ein Handtuch gewickelt saß ich auf meinem Bett und trocknete mein stark ausgedünntes Haar. Was übriggeblieben war, fühlte sich spröde an. Die Haare brachen leicht ab, und ihre Farbe war fast Platinblond.

»Du hättest dir die ganze Mühe sparen können«, meinte ich zu Chris, der hungrig zwei Kräcker mit Käse verspeiste. »Sie hat bisher kein Essen gebracht, und sie wird keines bringen, bis du alles abgeschnitten hast.«

Er kam zu mir und reichte mir einen Teller mit Käse und Kräckern, dazu ein Glas Leitungswasser. »Iß und trink. Wir werden schon mit ihr fertig. Wir legen sie rein. Wenn sie uns bis morgen abend kein Essen gebracht hat, und Mammi nicht aufgetaucht ist, schneide ich dir etwas von deinem Haar über der Stirn ab. Dann wickelst du dir ein Tuch um den Kopf, als würdest du dich wegen deines Kahlkopfes schämen, und die paar fehlenden Strähnen sind bald nachgewachsen.«

Sparsam aß ich von dem Käse und den Kräckern. Ich antwortete nicht. Mit ein paar Schlucken Wasser spülte ich das karge Mahl hinunter. Dann bürstete Chris mir das ausgebleichte Haar, das soviel durchgemacht hatte. Eigenartig, wie sich die Dinge manchmal so ergaben: Mein Haar hatte niemals zuvor so geleuchtet und sich mehr wie feinste Seide angefühlt, und ich war so dankbar dafür, überhaupt noch welches zu haben. Ich lag erschöpft auf dem Bett ausgestreckt, von meinen aufgewühlten Gefühlen entnervt, und sah zu Chris, der einfach dasaß und mich betrachtete. Als ich einschlief, saß er noch immer so, und er hielt eine lange Locke meines feinen, seidigen Haares in der Hand.

Auch in dieser Nacht wurde ich immer wieder wach, wälzte mich ruhelos und gequält im Bett. Ich fühlte mich hilflos, wütend und verzweifelt.

Und dann sah ich Chris.

Er hatte noch immer die Kleidung an, die er den ganzen Tag getragen hatte. Er hatte den schwersten Stuhl im Zimmer vor die Tür geschleppt, und in diesem Stuhl saß er und döste vor sich hin, während er in einer Hand die scharfe, lange Schere hielt. Er blockierte die Tür, so daß die Großmutter nicht wieder heimlich hereinschleichen und mit der Schere ihr Werk vollenden konnte. Selbst im Schlaf schützte er mich vor ihr.

Als ich zu ihm hinüberstarrte, schlug er die Augen auf und schreckte hoch, als hätte er ein schlechtes Gewissen, weil er eingedöst war, anstatt mich zu beschützen. Im Dämmerlicht unseres abgeschlossenen Zimmers trafen sich unsere Blicke, hielten sich fest, und ganz langsam begann er zu lächeln. »Hallo.«

»Chris«, schluchzte ich, »geh ins Bett. Du kannst sie nicht für immer draußen halten.«

»Ich kann es, während du schläfst.«

»Dann laß mich auch wachen. Wir lösen uns ab.«

»Wer ist hier der Mann, du oder ich? Abgesehen davon esse ich mehr als du.«

»Was hat das denn damit zu tun?«

»Du bist einfach zu dünn, und wenn du die ganze Nacht wach bleibst, wirst du noch dünner, während ich es mir leisten kann, ein paar Pfund zu verlieren.«

Er war auch längst untergewichtig. Wir waren das alle, und sein bescheidenes Gewicht würde eine solche Großmutter nicht aufhalten können, wenn sie wirklich die Türe aufdrücken wollte. Ich stand auf und wollte mich zu ihm auf den Stuhl setzen, aber er protestierte galant.

»Pssst«, wisperte ich. »Wir beide zusammen können sie besser draußen halten, und wir können so beide schlafen.« Eng umschlungen schliefen wir zusammen ein.

Und der Morgen kam ... ohne Großmutter ... ohne Essen.

Die Tage des Hungers zogen sich endlos und elend dahin.

Nur zu bald waren der Käse und die Kräcker aufgegessen, auch wenn wir noch so sparsam damit umgingen. Und dann wurde es wirklich hart. Chris und ich tranken nur noch Wasser, und was wir noch an Milch übrig hatten, hoben wir für die Zwillinge auf.

Chris kam mit der Schere in der Hand zu mir und schnitt mir zögernd und mit Tränen in den Augen die Stirnhaare ab. Ich sah nicht in den Spiegel danach. Den noch immer langen Rest steckte ich mir zu einer Krone hoch und wickelte ein Tuch darum wie einen Turban.

Dann merkten wir, daß die Großmutter gar nicht kam, um nachzusehen.

Sie brachte uns kein Essen, keine Milch, keine saubere Bettwäsche, nicht einmal Seife oder Zahnpasta, die uns ausgegangen waren. Nicht einmal Toilettenpapier. Wie bedauerte ich jetzt, all das Geschenkpapier weggeworfen zu haben, in das Mammis Geschenke immer eingewickelt waren. Es blieb uns nichts anderes übrig, als aus den ältesten der Dachboden-Bücher Seiten herauszureißen.

Dann verstopfte sich die Toilette und lief über, und Cory begann zu schreien, als sich die ekligen Fluten in das Badezimmer ergossen. Wir hatten keinen Abflußreiniger, mit dem wir das Klo hätten bearbeiten können. In wilder Hektik überlegten Chris und ich, was wir tun konnten. Während er dann aus einem alten Mantel und Draht einen Reiniger bastelte, schleppte ich alte Kleider vom Dachboden und wischte damit die Schweinerei auf.

Irgendwie schaffte Chris es, den verstopften Abfluß wieder frei zu bekommen. Danach ging er wortlos neben mir auf die Knie, und wir wischten gemeinsam mit den Kleidern aus den Dachboden-Truhen den Boden.

Bald hatten wir genug dreckige, stinkende Lumpen, daß wir damit eine ganze Truhe vollstopfen konnten und die Geheimnisse des Dachbodens so um ein weiteres, schmutziges vermehrten.

Wir entzogen uns dem vollen Ausmaß des Schreckens, den unsere Lage mit sich brachte, indem wir möglichst wenig darüber sprachen. Wir standen auf, spritzten uns ein wenig Wasser ins Gesicht, liefen ein wenig herum und legten uns dann wieder auf die Betten, um Fernsehen zu schauen oder zu lesen, und es war uns total egal, ob sie hereinkam und sah, daß wir die Tagesdecken zerknautschten. Was kümmerte uns das jetzt noch?

Die Zwillinge nach etwas zu essen weinen zu hören brachte meiner Seele Verletzungen bei, die nie mehr heilen würden. Und ich haßte diese alte Frau – und Mammi – dafür, daß sie uns so etwas antaten!

Und wenn die Essenszeiten ohne etwas zu essen vorbeigegangen waren, schliefen wir wieder. Endlose Stunden schliefen wir. Wenn man schläft, spürt man keinen Hunger, keine Einsamkeit, keine Bitternis. Im Schlaf kann man sich einer falschen Euphorie hingeben, und wenn man aufwacht, kann einem der Schlaf vorher gleichgültig sein.

Es kam ein blasser, unwirklicher Tag, als wir lustlos alle vier auf unseren Betten lagen und das einzige Leben in der kleinen Flimmerkiste in der Ecke stattfand. Benommen und schläfrig drehte ich den Kopf, ohne besonderen Grund, nur, um zu sehen, was Carrie und Cory wohl machten. Ohne viel dabei zu empfinden, lag ich da und sah zu, wie Chris sein Taschenmesser herausnahm und sich das Handgelenk aufschnitt. Er führte Cory seinen blutenden Arm an den Mund und ließ ihn das Blut trinken, auch wenn Cory zunächst protestierte. Dann kam Carrie an die Reihe. Diese beiden, die nichts aßen, was auch nur ein bißchen »komisch« aussah oder schmeckte, tranken das Blut ihres älteren Bruders und starrten ihn dabei mit leeren, akzeptierenden Augen an.

Ich wandte mich ab. Mir wurde schlecht von dem, was er da tat, und gleichzeitig bewunderte ich, daß er es tun konnte. Er konnte für jedes Problem eine Lösung finden.

Chris kam zu mir und setzte sich neben mich auf das Bett. Er sah mich endlos lange an, dann senkten sich seine Augen zu dem Schnitt an seinem Handgelenk, der jetzt nicht mehr so blutete. Er hob sein Taschenmesser, um einen zweiten Schnitt zu machen, damit auch ich von seinem Blut trinken konnte. Ich hielt ihn zurück, entwand ihm das Messer und warf es weg. Er lief sofort hinterher, hob es auf und begann, es mit Alkohol zu säubern, trotz meiner Schwüre, niemals von seinem Blut zu trinken und ihm noch mehr von seiner Kraft zu nehmen.

»Was machen wir, Chris, wenn sie überhaupt nicht mehr kommt?« fragte ich benommen. »Sie wird uns einfach verhungern lassen.« Ich meinte natürlich die Großmutter, die wir jetzt seit zwei Wochen nicht zu sehen bekommen hatten. Und Chris hatte übertrieben, als er sagte, wir hätten ein ganzes Pfund Käse versteckt. Wir benutzten den Käse für unsere Mausefallen und waren inzwischen soweit, daß wir selbst aus den Fallen die Käseköder wieder herausgenommen hatten – für uns selbst. Jetzt waren wir seit drei Tagen ohne einen einzigen Bissen im Magen, und vier Tage lang hatten wir nur Käsebröckchen und ein paar Kräcker zu uns genommen. Die Milch, die wir für die Zwillinge aufgehoben hatten, war seit zehn Tagen schon zu Ende.

»Sie kann uns nicht verhungern lassen«, sagte Chris, während er sich neben mich legte und in seine schwachen Arme nahm. »Wir sind Idioten gewesen, ohne jedes Rückgrat, ihr zu erlauben, so etwas zu tun. Wenn sie morgen nicht kommt, klettern wir an unserer Bettlaken-Notleiter vom Dach.«

Mein Kopf lag auf seiner Brust, und ich konnte sein Herz klopfen hören. »Woher weißt du, was sie kann und nicht kann? Sie haßt uns. Sie will, daß wir sterben – hat sie uns nicht immer erzählt, daß wir gar nicht hätten geboren werden dürfen?«

»Cathy, die alte Hexe ist nicht verrückt. Sie wird uns bald zu essen bringen, bevor Mammi zurückkommt, wo immer sie auch gerade sein mag.«

Ich stand auf und verband ihm das Handgelenk. Vor zwei Wochen hätten Chris und ich die Flucht versuchen sollen, als wir beide noch genug Kraft für den gefährlichen Abstieg hatten. Wenn wir es jetzt wagten, würden wir uns zu Tode stürzen, und die Zwillinge auf unseren Rücken würden es erst recht unmöglich machen.

Aber als der nächste Morgen kam und wir immer noch nichts zu essen gebracht bekamen, schleppte Chris uns auf den Dachboden. Er und ich mußten die Zwillinge hinauftragen, denn sie waren inzwischen zu schwach, um allein zu laufen. Erschöpft ließen die Zwillinge sich in einer Ecke des Schulraumes, in die wir sie getragen hatten, auf den Boden sinken und rührten sich nicht mehr. Chris machte sich daran, Stricke zu suchen, mit denen wir uns die Zwillinge sicher auf die Rücken binden konnten. Keiner von uns erwähnte die Möglichkeit, daß wir dabeisein konnten, Selbstmord zu begehen und Mord dazu, falls wir abstürzten.

»Wir müssen es anders machen«, überlegte Chris plötzlich laut. »Ich werde zuerst gehen. Wenn ich unten angekommen bin, bindest du Cory an einem Seil fest, so fest, daß er sich nicht freistrampeln kann, und dann läßt du ihn zu mir herunter. Danach machst du es mit Carrie genauso. Und du kommst zuletzt runter. Und, um Gottes willen, streng dich mit allem an, was du hast! Bete zu Gott, daß er dir Kraft gibt – sei nicht apathisch. Sei wütend, denk an Rache! Ich habe gehört, daß die Wut einem in einer Notlage ungeheure Kräfte verleihen kann.«

»Laß mich zuerst gehen. Du bist kräftiger«, wandte ich schwach ein.

»Nein! Ich will lieber unten sein, um auffangen zu können, falls jemand zu schnell runterkommt. Und deine Arme haben nicht die Kraft dafür wie meine. Ich binde das Seil um einen Schornstein, so daß du nicht das ganze Gewicht alleine zu tragen hast. Cathy, das ist wirklich eine Notlage!«

Mein Gott, ich konnte einfach nicht glauben, was er als nächstes von mir verlangte!

Mit Entsetzen starrte ich auf die vier toten Mäuse in unseren Fallen. »Wir müssen diese Mäuse essen, um wenigstens wieder ein bißchen zu Kräften zu kommen«, erklärte er mir grimmig. »Und was man tun muß, kann man auch tun!«

Rohes Fleisch? Rohe Mäuse? »Nein«, flüsterte ich, angeekelt vom Anblick dieser steifen, toten Dinger.

Er wurde wütend und rücksichtslos, schrie mich an, ich würde alles tun, was notwendig sei, um die Zwillinge und mich am Leben zu erhalten. »Schau, Cathy, ich esse meine beiden zuerst, nachdem ich eben unten noch Salz und Pfeffer geholt habe. Und ich muß noch einen Kleiderbügel holen, mit dem ich die Knoten noch enger zusammenziehe – Hebelwirkung, weißt du. Meine Hände haben nicht mehr soviel Kraft.«

Natürlich hatten sie das nicht. Wir waren inzwischen alle so schwach, daß wir uns kaum noch rühren konnten.

Er warf mir einen kurzen, aufmunternden Blick zu. »Ehrlich, du, mit Salz und Pfeffer sind Mäuse ganz schmackhaft.«

Schmackhaft.

Er schnitt die Köpfe ab, häutete sie dann und nahm sie aus. Ich sah zu, wie er die kleinen Bäuche aufschlitzte und lange, schleimige Eingeweide herauszog, kleine Herzen und andere winzige Innereien.

Ich hätte mich übergeben, wenn ich dazu irgend etwas im Magen gehabt hätte.

Er schleppte sich quälend langsam zur Speichertreppe – und auch wenn er schwach war, zeigte mir die Langsamkeit, daß sein Appetit auf Mäuse ebenfalls nicht so überwältigend sein konnte.

Während er fort war, mußte ich unentwegt auf die gehäuteten Mäuse starren, die unsere nächste Mahlzeit abgeben sollten.

Ich schloß die Augen und versuchte mich dazu zu zwingen, den Ekel vor dem ersten Bissen zu überwinden. Ich war hungrig, aber nicht hungrig genug, um dabei sehr erfolgreich zu sein.

Ich dachte dann an die Zwillinge, die mit geschlossenen Augen in der Ecke dösten, die Arme umeinandergelegt, Kopf an Kopf geschmiegt. So mußten sie sich auch in den Armen gehalten haben, als sie noch in Mammis Bauch zusammenlagen und darauf warteten, geboren zu werden, damit man sie in einem abgelegenen Zimmer einsperren und verhungern lassen konnte. Unsere beiden kleinen Schmetterlinge, die einmal einen Vater und eine Mutter gekannt hatten, von denen sie geliebt worden waren.

Und doch, da war die Hoffnung, daß die Mäuse mir und Chris genug Kraft geben würden, um sicher mit den beiden den Boden zu erreichen, und ein freundlicher Nachbar ihnen zu essen geben würde – uns allen. Vorausgesetzt, wir schafften es lebend bis vor seine Tür...

Ich hörte die langsamen Schritte von Chris zurückkommen. Er zögerte an der Tür, halb lächelnd, seine blauen Augen trafen sich mit meinen... und strahlten. Mit beiden Händen trug er den großen Picknick-Korb, den wir so gut kannten. Er war so vollgepackt, daß die Deckel sich nicht mehr schließen ließen.

Chris nahm zwei große Thermoskannen heraus: eine mit Gemüsesuppe, die andere mit kalter Milch. Ich fühlte mich so betäubt, fassungslos und hoffnungsvoll. War Mammi zurückgekommen und hatte uns das gebracht? Warum hatte sie uns dann nicht nach unten gerufen? Oder warum war sie nicht auf den Dachboden gekommen?

Ich nahm Cory auf den Schoß, Chris schnappte sich Carrie, und wir fütterten sie löffelweise mit der Suppe. Sie nahmen die Suppe an, so wie sie das Blut akzeptiert hatten – ein weiteres Ereignis in ihrem ungewöhnlichen Leben, mehr nicht. Wir brachen ihnen kleine Häppchen von den Sandwiches ab. Wir aßen sehr vorsichtig und langsam, denn Chris meinte, daß wir sonst alles wieder erbrechen würden.

Ich wünschte mir, Cory das Essen in den Schlund zu stopfen, damit ich endlich auch mir selbst etwas in den knurrenden Magen stopfen konnte. Er aß so verflucht langsam! Tausende Fragen schwirrten mir durch den Kopf: Warum heute? Warum hatten wir heute Essen bekommen und nicht gestern, nicht die Tage vorher? Was für Beweggründe hatte diese furchtbare Frau? Als ich schließlich mit dem Essen anfangen konnte, war ich zu apathisch, um es noch übermäßig zu genießen, und zu mißtrauisch, um mich wirklich erleichtert zu fühlen.

Nachdem Chris langsam etwas Suppe und ein halbes Sandwich gegessen hatte, packte er ein kleines mit Folie umwickeltes Paket aus. Vier mit Puderzucker bestreute Berliner kamen zum Vorschein. Wir, die niemals Süßigkeiten bekommen hatten, erhielten etwas Süßes zum Dessert – von der Großmutter – zum allerersten Mal. War das ihre Art, um Verzeihung zu bitten? Wir nahmen es als das, was immer auch dahinter stehen mochte.

Während unserer Woche des Hungerns war zwischen Chris und mir etwas Bestimmtes geschehen. Vielleicht hatte es damit angefangen, daß ich in der Wanne saß und Chris mit soviel verzweifeltem Eifer versuchte, mein Haar zu retten. Vor diesem Tag waren wir nur Bruder und Schwester gewesen, die die Rollen von Eltern spielten. Nun hatten sich unsere Beziehungen zueinander verändert. Wir spielten keine Rollen mehr. Wir waren wirklich die Eltern von Carrie und Cory. Wir fühlten uns verantwortlich für sie, sahen sie als unseren Lebensinhalt und einen Teil von uns selbst – und wir sahen auch uns beide so.

Die Würfel waren offensichtlich gefallen. Unserer Mutter schien es gleichgültig zu sein, was mit uns geschah.

Chris mußte mir nicht sagen, was in ihm angesichts ihrer Gleichgültigkeit vorging. Seine leeren Augen erzählten es mir. Seine lustlose Art, sich zu bewegen, sagte noch mehr. Er hatte ihr Bild immer neben seinem Bett gehabt, nun war es verschwunden. Er hatte immer viel mehr an sie geglaubt als ich, so daß seine Enttäuschung jetzt auch viel größer sein mußte. Und wenn er noch größere Schmerzen als ich empfand, dann mußte es Todespein sein.

Er nahm mich sanft an der Hand und bedeutete mir damit, daß wir jetzt zurück in unser Zimmer gehen konnten. Wir schwebten als bleiche, müde Geister die Treppe hinunter, alle in einem tiefgehenden Schockzustand, alle elend und schwach, besonders die Zwillinge. Ich bezweifelte, daß sie noch dreißig Pfund wogen. Ich konnte sehen, wie sie und Chris aussahen, aber ich konnte mich selbst nicht sehen. Ich blickte zu dem großen Ankleidespiegel und erwartete, dort eine Jahrmarktsnummer zu sehen, kurzes Haar auf dem Kopf und langes, blasses Haar hinten. Aber als ich hinguckte – da war kein Spiegel mehr!

Schnell rannte ich ins Badezimmer. Der Spiegel am Waschbecken war ebenfalls eingeschlagen! Zurück ins Zimmer, ich hob den Deckel des Ankleidetisches, den Chris oft als Schreibplatte benutzte... und auch der Spiegel darunter war zerbrochen!

Wir konnten in zerschlagenes Glas sehen und darin unsere verunstalteten Spiegelbilder zu erkennen versuchen. Ja, vielleicht konnten wir unsere Gesichter in irgendeiner größeren Scherbe betrachten, verbogen und verzerrt. Das war kein Anblick, der einem gefallen konnte. Ich wandte mich von den zerbrochenen Spiegeln ab, stellte den Picknick-Korb an die kühlste Stelle und legte mich hin. Ich fragte nicht, warum die Spiegel zerstört oder fortgenommen worden waren. Ich wußte, warum sie es getan hatte. Eitelkeit war Sünde. Und in ihren Augen waren Chris und ich Sünder von der schlimmsten Sorte. Unter unseren Strafen mußten auch die Zwillinge leiden, aber ich hatte keine Ahnung, warum sie uns plötzlich wieder zu essen gebracht hatten.

Die nächsten Morgen kamen, jeder mit einem reichhaltig gefüllten Korb für uns. Die Großmutter weigerte sich, uns anzusehen, ja auch nur in unsere Richtung zu blicken. Sie war immer wieder schnell aus dem Zimmer. Ich trug einen Turban aus einem rosa Handtuch, der über der Stirn eine kahle Stelle frei ließ, aber wenn sie es bemerkte, sagte sie nichts dazu. Wir beobachteten, wie sie kam und ging, ohne zu fragen, wo Mammi war oder wann sie zurückkommen würde. Wer der Bestrafung so ausgeliefert ist, lernt seine Lektion schnell und spricht nicht, wenn er nicht angesprochen wird. Chris und ich starrten sie beide an und legten in unseren Blick Feindschaft, Haß und Wut in der Hoffnung, sie würde es daraus lesen. Aber sie sah uns nie auch nur zufällig in die Augen. Und dann schrie ich los und wollte, daß sie es sah, daß sie die Zwillinge sah, merkte, wie mager sie waren, wie tief ihnen die Augen in den Höhlen lagen. Aber sie reagierte einfach nicht darauf.

Auf dem Bett neben Carrie liegend blickte ich tief in mein Innerstes und erkannte, daß ich alles nur noch schlimmer machte, als es war. Nun verwandelte Chris, früher der frohgemute Optimist, sich in eine düstere Imitation von mir. Ich wollte ihn wieder haben, wie er vorher gewesen war – lächelnd und strahlend, jemand, der aus dem Schlechtesten das Beste machte.

Er saß vor dem Ankleidetisch, den Deckel heruntergeklappt, aufgeschlagene medizinische Bücher vor sich, die Schultern eingesunken. Er las nicht, er schrieb nichts. Er saß einfach da.

»Chris«, sagte ich und setzte mich auf, um mein Haar zu bürsten, »was meinst du wohl, wie viele Teenager die Erfahrung gemacht haben, mit sauberem, leuchtendem Haar ins Bett zu gehen und morgens geteert aufzuwachen?«

Er sah mich überrascht an, daß ich diesen gräßlichen Tag erwähnte. »Na ja«, meinte er zögernd, »meiner Meinung nach könntest du die einzige sein ... ganz allein.«

»Ach, da bin ich mir gar nicht so sicher. Erinnerst du dich noch, wie sie die Straße geteert haben? Mary Lou Baker und ich haben an einem der Töpfe mit dem heißen Teer gespielt und kleine Teerbabys geknetet, bis der Vorarbeiter kam und uns wegjagte.«

»O ja«, sagte er, »ich weiß noch, wie dreckig du warst, als du nach Hause kamst, und du hattest einen Teerklumpen im Mund, auf dem du kautest, weil dir jemand eingeredet hatte, davon würden deine Zähne weißer. Puh, Cathy, hat dir aber nicht geschadet, bloß eine Plombe ist dir dran hängengeblieben.«

»Das einzig Gute hier ist, daß wir nicht zweimal im Jahr zum Zahnarzt müssen.« Er sah mich komisch an. »Und eine andere gute Sache ist, daß wir soviel Zeit haben. Wir könnten endlich mal unser Monopoly-Turnier zu Ende spielen. Der Verlierer muß für alle die schmutzige Unterwäsche in der Badwanne waschen.«

Junge, damit war er zu ködern. Er haßte es, vor der Wanne zu knien, sich hineinzubeugen und für sich und Cory zu waschen.

Als wir alles aufgebaut hatten, meinte ich: »Du gewinnst ja doch immer. Ich riskiere es besser erst gar nicht. Vergessen wir das Turnier.«

»Feigling!« drängte er mich jetzt genauso spöttisch wie früher. »Komm, versuchen kannst du es wenigstens.« Er warf den Zwillingen, die wie immer die Bank führten, einen langen, scharfen Blick zu. »Und keine faulen Tricks diesmal«, drohte er. »Wenn ich einen von euch erwische, wie er Cathy heimlich Geld zusteckt, wenn ihr denkt, ich gucke nicht – dann esse ich jeden einzelnen von den vier Berlinern selbst auf!«

Jede Wette, daß er das nie getan hätte. Die Berliner waren das Beste von unserem ganzen Essen und wurden immer für das Abenddessert aufgehoben.

Stunde um Stunde spielten wir, unterbrochen wurde nur für die Mahlzeiten oder wenn jemand ins Bad mußte. Als die Zwillinge keine Lust mehr hatten, übernahmen wir selbst das Geldausteilen und sahen uns dabei scharf auf die Finger, damit sich keiner einen Tausender zuviel zukommen ließ. Und Chris landete im Gefängnis, und er kam nicht über ›Los‹ und zog keine zweitausend Dollar ein, und wenn er eine Gemeinschaftskarte zog, mußte er immer etwas bezahlen, und er mußte seine Hotels renovieren lassen ... und trotzdem gewann er!

Spät im August kam Chris eines Nachts zu mir und flüsterte mir ins Ohr: »Die Zwillinge schlafen tief und fest. Und es ist so heiß hier drinnen. Wäre es keine großartige Sache, wenn wir jetzt schwimmen gingen?«

»Verschwinde – laß mich in Ruhe – du weißt, daß wir nicht schwimmen gehen können.« Ich war noch immer etwas bissig von meinen permanenten Niederlagen beim Monopoly.

Schwimmen, was für eine idiotische Idee! Selbst wenn wir

die Möglichkeit dazu gehabt hätten, war ich zur Zeit zu nichts aufgelegt, in dem er mich übertreffen konnte, und Schwimmen gehörte dazu. »Wo sollen wir denn wohl schwimmen, he? In der Badewanne?«

»In dem See, von dem Mammi uns erzählt hat. Es ist nicht weit von hier«, flüsterte er. »Wir müssen sowieso mal üben, wie wir mit unserer Notleiter hier rauskommen, für den Fall, daß wirklich irgendwann ein Feuer ausbricht. Wir sind wieder bei Kräften. Wir können ohne weiteres runterklettern, und wir bleiben nicht zu lange weg.« Er bettelte weiter und weiter, als hinge seine ganze Existenz davon ab, wenigstens einmal diesem Haus zu entkommen – einfach, um zu beweisen, daß wir es überhaupt konnten.

»Die Zwillinge könnten wach werden und merken, daß wir nicht da sind.«

»Wir lassen ihnen an der Badezimmertür einen Zettel da, daß wir auf dem Dachboden sind. Und abgesehen davon, sie wachen niemals nachts auf, nicht mal, um auf die Toilette zu gehen.«

Er argumentierte und drängte, bis ich überredet war. Ab auf den Dachboden ging es und hinaus aufs Dach, wo wir unsere zusammengeknoteten Bettlaken zur Sicherung um einen der Kamine schlangen, den, der der Hinterseite des Hauses am nächsten war. Acht Kamine gab es auf dem Dach.

Die Knoten einen nach dem anderen durchtestend gab Chris mir seine Instruktionen: »Benutz die großen Knoten wie Leitersprossen. Halt deine Hände immer an einen Knoten, knapp darüber. Geh dann langsam mit den Füßen tiefer und taste dich mit ihnen zum nächsten Knoten – und paß immer auf, daß du das Seil zwischen die Beine gedreht hast, dann kannst du nicht abrutschen und stürzen.«

Er packte das Seil und schob sich Stück für Stück auf den Rand des Daches zu. Zum erstenmal seit zwei Jahren befanden wir uns wieder auf dem Weg zum Erdboden.

Besuch im Paradies

Langsam und vorsichtig, Hand über Hand, Fuß über Fuß kletterte Chris dem Boden entgegen. Ich lag flach auf dem Bauch am Rand des Dachs und beobachtete seinen Abstieg. Der Mond kam gerade heraus und tauchte alles in sein helles Licht, als Chris unten ankam und mir winkte. Das Zeichen für mich, jetzt war ich an der Reihe. Ich hatte beobachtet, wie er geklettert war, so daß ich seine Methode jetzt nachahmen konnte. Dabei sagte ich mir, es wäre schließlich nicht schwieriger, als an dem Seil herumzuhangeln, das wir auf dem Dachboden aufgehängt hatten. Die Knoten waren groß und kräftig, und wir hatten sie sorgfältigst alle fünfzig Zentimeter angebracht. Chris hatte mir gesagt, nicht mehr nach unten zu sehen, sobald ich mit dem Abstieg begonnen hatte, und mich ganz darauf zu konzentrieren, einen Fuß ganz sicher auf dem letzten Knoten zu plazieren, bevor ich mich tiefer tastete. In weniger als zehn Minuten stand ich neben Chris auf der Erde.

»Toll!« flüsterte er mir zu und drückte mich fest. »Du kannst das besser als ich.«

Wir befanden uns im rückwärtigen Garten von Foxworth Hall. Alle Fenster waren dunkel, nur aus den Räumen des Personals über der Garage fiel helles gelbes Licht durch die Fenster. »Wohlan, MacDuff, so führe er Uns zu den Badestätten«, sagte ich mit gedämpfter Stimme. »Wenn du weißt, wo die liegen.«

Klar wußte er den Weg. Mammi hatte uns davon erzählt, wie sie und ihre Brüder sich früher heimlich davongeschlichen hatten und mit ihren Freunden schwimmen gegangen waren.

Chris nahm mich bei der Hand, als wir uns auf Zehenspitzen

von dem riesigen Haus entfernten. Es war ein eigenartiges Gefühl, draußen zu sein in der warmen Sommernacht auf dem Erdboden. Und unsere kleinen Geschwister hatten wir allein zurückgelassen in einem verschlossenen Zimmer. Als wir einen schmalen Fußsteg überquert hatten und wußten, daß wir uns nun außerhalb des Foxworth-Besitzes befanden, fühlten wir uns glücklich, ja beinahe frei. Trotzdem mußten wir vorsichtig sein und durften uns von niemandem sehen lassen. Wir liefen in den Wald zu dem See, von dem Mammi uns erzählt hatte.

Um zehn Uhr nachts hatten wir das Dach verlassen, um halb elf fanden wir die kleine Wasserfläche inmitten der Bäume. Wir hatten Angst, andere könnten dort sein und uns alles verderben, denn dann hätten wir uns wieder nur davonschleichen können; aber der See lag still da, weder vom Wind, von Booten, noch von Badenden aufgerührt.

Im Mondlicht unter dem leuchtenden, sternenklaren Himmel erblickte ich diesen kleinen See, und mir war, als hätte ich noch niemals so schönes Wasser gesehen und eine Nacht mich so mit Begeisterung erfüllt.

»Baden wir ohne alles?« fragte Chris und sah mich auf sehr bestimmte Art an.

»Nein. Wir gehen in unserer Unterwäsche schwimmen.«

Das Problem war nur, daß ich keinen BH hatte, keinen einzigen. Aber nun, wo wir schon einmal hier waren, würde mich keine alberne Prüderie davon abhalten, dieses herrliche Mondlichtwasser zu genießen. »Erster!« rief ich und rannte los zu einem kleinen Bootssteg, während ich mir dabei die Sachen vom Leib streifte. Aber als ich am Ende des Stegs ankam, hatte ich irgendwie die Eingebung, das Wasser könnte eisig kalt sein. Und ich streckte erst einmal ganz zaghaft nur den großen Zeh hinein – es war eiskalt! Ich sah zu Chris zurück, der seine Uhr abnahm und fortwarf. Jetzt kam er schnell hinter mir her! So verflucht schnell, daß er hinter mir war und mich ins Wasser stieß, bevor ich selbst den Mut für den Sprung ins Kalte hatte. Platsch – und schon war ich von Kopf bis Fuß naß und konnte mich nicht mehr Zentimeter für Zentimeter an das Wasser gewöhnen, wie ich es vorgehabt hatte!

Mich fröstelte, als ich wieder auftauchte und paddelnd nach Chris Ausschau hielt. Ich entdeckte ihn, als er gerade dabei war, einen kleinen Felsen hochzuklettern. Für einen Augenblick zeichnete sich seine Silhouette gegen den Sternenhimmel ab. Er hob die Arme und machte einen eleganten Kopfsprung zur Mitte des Sees hin. Ich schnappte nach Luft. Was, wenn das Wasser nicht tief genug war? Wenn er sich auf dem Grund den Hals brach?

Und dann, dann ... er tauchte nicht auf! O Gott ... er war tot ... ertrunken!

»Chris!« rief ich mit Tränen in den Augen und schwamm auf die Stelle zu, an der er im kalten Wasser verschwunden war.

Plötzlich wurde ich an den Beinen gepackt. Ich schrie und tauchte unter, von Chris nach unten gezogen, der jetzt kräftig mit den Beinen trat und uns beide zurück an die Wasseroberfläche brachte, wo wir lachten. Ich spritzte ihm Wasser ins Gesicht. Mir so einen gemeinen Streich zu spielen!

»Ist das nicht besser, als in diesem verdammten heißen Zimmer eingesperrt zu sein?« fragte er. Er planschte wie ein Verrückter im Wasser herum, außer sich, begeistert, wild und durchgedreht. Es war, als wäre ihm dieses bißchen Freiheit wie starker Wein zu Kopf gestiegen und er wäre völlig betrunken davon. Er schwamm im Kreis um mich herum und versuchte mich wieder an den Beinen zu packen, um mich unterzuziehen. Aber inzwischen war ich klüger. Er gab es auf, tauchte wieder auf und schwamm auf dem Rücken, dann Brustschwimmen, Kraulen, Delphin – dazu rief er jeweils den entsprechenden Namen des Schwimmstils, den er gerade vorführte. »Und jetzt das Rückenkraulen«, verkündete er und zeigte mir Schwimmtechniken, von denen ich noch nie etwas gehört hatte.

Nach einem Tauchkunststück kam er wieder an die Wasseroberfläche und trat Wasser, während er zu singen begann: »Tanze, Ballerina, tanze.« Dazu spritzte er mir Wasser ins Gesicht, was ich ihm entsprechend heimzahlte. »Tanz deine Pirouette. Vergiß den Schmerz in deinem Herz ...« Und dann hielt er mich in den Armen und lachte und schrie, und wir kämpften miteinander, begeistert, einfach wieder Kinder zu sein. Oh, es war wunderbar mit ihm im Wasser, wie mit einem Tänzer. Plötzlich wurde ich müde, furchtbar müde, so müde, daß ich mich schlapp wie ein nasses Handtuch fühlte. Chris legte den Arm um mich und half mir zurück ans Ufer.

Wir ließen uns beide auf ein Stück Wiese fallen und unterhielten uns.

»Noch einmal ins Wasser und dann zurück zu den Zwillingen«, sagte Chris, der neben mir auf dem Rücken an dem leicht ansteigenden Uferhang ruhte. Wir blickten beide hinauf zu einem Himmel voller glitzernder, funkelnder Sterne. Eine schlanke Mondsichel war aufgegangen und schimmerte silbern und golden. Sie verschwand und tauchte wieder auf und spielte mit den langgezogenen Wolkenbänken Verstecken.

»Stell dir vor, wir schaffen es nicht, zurück aufs Dach zu klettern.«

»Wir schaffen es, weil wir es schaffen müssen.«

Das war mein Christopher Meißner, der ewige Optimist, der da neben mir ausgestreckt lag, am ganzen Körper naß und glitzernd. Das Haar klebte ihm an der Stirn. Seine Nase glich der von Daddy, wie sie sich so dem Himmel entgegenreckte, seine vollen Lippen so schön geschwungen, daß er es nicht nötig hatte, sie vorzustülpen, um einen sinnlichen Mund zu haben, sein Kinn breit, stark und mit einem Grübchen, der Brustkasten kräftig ... und da war der kleine Hügel wachsender Männlichkeit zwischen seinen starken Schenkeln, der anzuschwellen begann. Etwas an den starken, gut geformten Schenkeln eines Mannes regte mich auf. Ich wandte den Kopf ab, weil ich nicht mehr in der Lage war, seine Schönheit zu betrachten, ohne daß ich mich beschämt und schuldig gefühlt hätte.

Über unseren Köpfen in den Bäumen nisteten Vögel. Von ihnen kamen leise, zwitschernde Geräusche; schläfrig klangen sie, und aus irgendeinem Grund erinnerten sie mich an die Zwillinge, und davon wurde ich traurig. Tränen stiegen mir in die Augen.

Glühwürmchen leuchteten in der Dunkelheit auf und blinkten sich mit ihren zitronenfarbenen Leuchtschwänzen zu, die

Männchen den Weibchen und umgekehrt. »Chris, leuchtet das männliche Glühwürmchen, oder ist es das weibliche?«

»Da bin ich mir nicht sehr sicher«, sagte er, als wäre er nicht sehr an der Sache interessiert. »Ich glaube, sie leuchten beide, aber die Weibchen bleiben dicht am Boden, während die Männchen herumfliegen und nach ihnen Ausschau halten.«

»Meinst du, daß du also doch nicht über alles genau Bescheid weißt – du, der Allwissende?«

»Cathy, komm, laß uns nicht streiten. Ich weiß nicht alles – dazu fehlt mir eine ganze Menge.« Er wandte mir den Kopf zu, und unsere Blicke trafen sich. Es schien, als würde keiner von uns seine Augen wieder von denen des anderen lösen können.

Ein weicher Südwind kam auf und spielte mit meinen Haaren, trocknete die Tränen auf meinem Gesicht. Ich fühlte sie deutlich auf der Haut, und wieder war mir nach Weinen zumute, ohne besonderen Grund, einfach weil die Nacht so lieblich und so mild war und ich in einem Alter, das voller romantischer Sehnsüchte steckte. Und die Brise flüsterte mir Worte der Liebe ins Ohr... Worte, von denen ich so sehr fürchtete, daß sie mir nie jemand sagen würde. Trotzdem war die Nacht unter den Bäumen neben dem im Mondlicht schimmernden Wasser so wunderbar. Ich seufzte. Es kam mir vor, als wäre ich hier schon einmal gewesen, hätte schon einmal am Seeufer im Gras gelegen. Oh, was hatte ich für seltsame Gedanken im Kopf, während die Nachtinsekten um uns summten und schwirrten und in der Ferne eine Eule rief. Sie erinnerte mich sofort wieder an jene Nacht, in der wir als Flüchtlinge hierhergekommen waren und vor einer Welt versteckt wurden, die uns nicht haben wollte.

»Chris, du bist fast siebzehn. So alt war Daddy auch, als er Mammi zum erstenmal traf.«

»Und du bist vierzehn, genauso alt wie sie damals«, antwortete er mit belegter Stimme.

»Glaubst du an Liebe auf den ersten Blick?«

Er zögerte und wälzte den Gedanken eine Weile im Kopf... seine Art, ich war da anders. »In solchen Fragen bin ich kein Fachmann. Ich weiß, daß ich in der Schule mal ein hübsches

Mädchen gesehen habe und mich sofort in sie verliebt fühlte. Aber als wir uns dann unterhielten und es stellte sich heraus, daß sie eine ziemlich blöde Ziege war, fühlte ich überhaupt nichts mehr ihr gegenüber. Also, wenn zu ihrer Schönheit auch geistige und charakterliche Fähigkeiten gekommen wären, dann hätte es so etwas wie Liebe auf den ersten Blick sein können, auch wenn ich gelesen habe, daß diese Art von Liebe eigentlich nur auf körperlicher Attraktivität beruhen kann.«

»Hältst du mich für blöd?«

Er feixte und strich mir übers Haar. »Ach wo. Und ich hoffe, du selbst tust das auch nicht, denn das bist du nicht. Dein Problem, Cathy, ist, daß du zu viele Talente hast. Du möchtest gerne alles sein, und das ist unmöglich.«

»Woher weißt du, daß ich gerne auch Sängerin und Schauspielerin werden möchte?«

Er lachte leise und warm. »He, du dummes Mädchen, du trittst doch neunzig Prozent deiner Zeit als Schauspielerin auf und singst für dich selbst, wenn du dich zufrieden fühlst, was leider nicht sehr oft der Fall ist.«

»Bist du denn oft zufrieden?«

»Nein.«

So lagen wir still da und blickten von Zeit zu Zeit nach etwas, das unsere Aufmerksamkeit fesselte – wie die Glühwürmchen bei ihrem Hochzeitsflug, raschelnde Blätter, treibende Wolken, das Spiel des Mondlichts auf dem Wasser. Die Nacht wirkte verzaubert und ließ meine Gedanken wieder einmal zur Natur wandern und zu den eigenartigen Wegen der Natur. Auch wenn ich von diesen Wegen nicht viel begriff, nicht wußte, warum ich nachts aufwachte, so erhitzt und voll Sehnsucht nach einer Erfüllung, die ich nicht erlangen konnte.

Ich war froh, daß Chris es geschafft hatte, mich zu diesem nächtlichen Ausflug zu überreden. Es war herrlich, wieder auf Gras zu liegen, ein kühles, erfrischendes Gefühl und vor allem das Gefühl, wieder wirklich zu leben.

»Chris«, setzte ich zögernd an, denn ich fürchtete, damit die zarte Schönheit dieser sternenerfüllten Mondnacht zu verderben, »was glaubst du, wo unsere Mutter ist?«

Er blickte weiter hinauf zum Nordstern.

»Ich habe keine Ahnung, wo sie sein könnte«, meinte er schließlich.

»Hast du keinen Verdacht?«

»Sicher. Es gäbe da verschiedene Möglichkeiten.«

»Welche?«

»Sie könnte krank sein.«

»Sie ist nicht krank. Mammi ist nie krank.«

»Sie könnte für ihren Vater auf eine Geschäftsreise gegangen sein.«

»Aber warum hat sie uns dann vorher nichts davon erzählt? Sie hätte uns doch gesagt, wann wir sie zurückerwarten können.«

»Ich weiß es nicht!« erwiderte er irritiert, als wäre ich dabei, ihm den Abend zu verderben. Und natürlich konnte er nicht mehr wissen als ich auch.

»Chris, liebst du sie noch immer so, und vertraust du ihr noch so wie früher?«

»Frag mich so was nicht! Sie ist meine Mutter. Sie ist alles, was wir haben, und wenn du von mir erwartest, daß ich hier liege und schlecht von ihr rede – das werde ich nie tun! Wo immer sie heute nacht sein mag, sie denkt dort an uns, und sie kommt zurück. Sie wird einen völlig ausreichenden Grund dafür gehabt haben, so lange fortzubleiben. Darauf kannst du dich verlassen!«

Ich konnte ihm nicht sagen, was ich wirklich dachte, nämlich, daß sie einfach die Zeit hätte haben müssen, uns vorher von ihren Plänen zu erzählen – denn das wußte er so gut wie ich.

Seine Stimme hatte einen gedämpften Klang, den sie nur annahm, wenn ihn etwas schmerzte – und nicht etwas, was körperliche Schmerzen verursachte. Ich wollte die Schmerzen heilen, die ich ihm mit meiner Fragerei zugefügt hatte. »Chris, in den Fernsehserien, da verabreden sich Jungen in deinem und Mädchen in meinem Alter mit Freunden zum Ausgehen. Weißt du, wie man sich mit einem Mädchen verabredet?«

»Klar, dafür habe ich ja genug fernsehen können.«

»Aber etwas im Fernsehen zu erleben und es selbst zu tun ist nicht dasselbe.«

»Man bekommt aber schon eine Ahnung davon, wie man sich verhält und was man zu sagen hat. Und abgesehen davon, du bist noch zu jung, um dich mit Jungen zu verabreden.«

»Jetzt will ich dir mal was sagen, Mr. Superhirn, ein Mädchen in meinem Alter ist in Wahrheit sogar ein Jahr älter als ein Junge in deinem Alter.«

»Du spinnst.«

»Ich spinne? Ich habe das in einem Illustriertenartikel gelesen, den ein Fachmann für solche Sachen geschrieben hat – ein Entwicklungspsychologe«, verkündete ich, sicher, daß ihn das beeindrucken müßte. »Er schrieb, daß Mädchen emotional viel schneller reif werden als Jungen.«

»Der Autor dieses Artikels beurteilte die ganze Menschheit nach seiner eigenen Unreife.«

»Chris, du denkst doch, du weißt alles – und niemand weiß alles!«

Er sah mir direkt in die Augen und runzelte wie so oft die Stirn. »Da hast du recht«, stimmte er mir freundlicherweise zu. »Ich weiß auch nur das, was ich irgendwo gelesen habe, und was ich in meinem Inneren fühle, das ist mir genauso unheimlich wie jedem anderen Jungen in meinem Alter. Ich bin verdammt sauer über das, was Mammi mit uns gemacht hat, und ich fühle so viele verschiedene Dinge, und ich habe keinen Mann, mit dem ich mich darüber aussprechen könnte.« Er stützte sich auf den Ellbogen hoch und beugte sich über mein Gesicht. »Ich wünschte mir, dein Haar brauchte nicht so lange, um wieder nachzuwachsen. Ich wünschte mir, ich hätte nicht daran herumgeschnitten ... hat uns ja am Ende doch nichts gebracht.«

Es wäre besser gewesen, wenn er nichts gesagt hätte, das meine Gedanken zurück auf Foxworth Hall lenkte. Ich wollte einfach nur in den Sternenhimmel sehen und den frischen Wind auf meiner Haut spüren. Meine Pyjamahose war aus dünnem weißem Batist. Sie klebte wie eine zweite Haut an mir, genau wie bei Chris seine Shorts.

»Laß uns jetzt gehen, Chris.«

Widerstrebend stand er auf und streckte mir die Hand hin. »Noch einmal ins Wasser?«

»Nein. Gehen wir zurück.«

Schweigend machten wir uns auf den Weg, fort von dem kleinen See, wanderten langsam durch den Wald und sogen noch einmal das süße Gefühl, draußen zu sein in der freien Natur, tief ein.

Dann ging es zurück zu unseren Verpflichtungen. Sehr lange standen wir still am Fuß des selbstgemachten Seils, das an einem fernen Kamin hoch über uns befestigt war. Ich dachte nicht über den Aufstieg nach, sondern fragte mich, was wir mit dieser kurzen kleinen Flucht aus unserem Gefängnis gewonnen hatten, nachdem wir jetzt wieder dorthin zurückkehrten.

»Chris, fühlst du dich jetzt anders?«

»Ja. Wir haben nicht viel gemacht, sind nur ein bißchen herumgelaufen und geschwommen, aber ich bin viel lebendiger und hoffnungsvoller als vorher.«

»Wir könnten noch heute nacht von hier fortgehen, wenn wir das wollten, ohne weiter auf Mammi zu warten. Wir könnten raufklettern, uns Trageschlaufen für die Zwillinge binden und sie runtertragen, während sie noch schlafen. Wir könnten einfach fortlaufen! Wir wären frei!«

Er antwortete mir nicht, sondern begann zum Dach hinaufzuklettern, die Bettlakenleiter fest zwischen die Beine geklemmt, während er sich Meter für Meter hocharbeitete. Sobald er oben angekommen war, folgte ich, da wir unserem Seil nicht das Gewicht von zwei Personen anvertrauen wollten. Es war viel schwerer hochzuklettern als runterzusteigen. Meine Beine schienen viel kräftiger zu sein als meine Arme. Ich griff nach dem nächsten Knoten über mir und hob das rechte Bein. Plötzlich rutschte mein linker Fuß mir ab, und ich hing frei pendelnd nur noch an meinen schwachen Armen.

Ein kurzer Schrei löste sich von meinen Lippen. Ich war mehr als zehn Meter über dem Boden!

»Halt aus!« schrie Chris von oben. »Das Seil hängt direkt

zwischen deinen Beinen. Du brauchst sie nur zusammenzudrücken!«

Ich sah nicht, was ich tat. Alles, was mir blieb, war, genau seinen Anweisungen zu folgen. Am ganzen Körper zitternd, preßte ich das Seil zwischen meine Schenkel. Die Angst ließ meine Arme noch schwächer werden. Und je länger ich an dieser Stelle hing, desto mehr Angst bekam ich. Ich begann zu keuchen und mich zu verkrampfen. Und dann kamen die Tränen ... dumme Kleinmädchentränen!

»Ich kann dich fast mit den Händen erreichen!« rief Chris. »Nur noch ein kleines Stück, und ich hab' dich. Cathy, dreh jetzt nicht durch! Denk dran, wie sehr die Zwillinge dich brauchen! Versuch es ... streng dich an!«

Ich mußte mich dazu zwingen, den Griff der einen Hand zu lösen und nach dem nächsten Knoten zu tasten. Wieder und wieder redete ich mir zu, du schaffst es, du mußt es schaffen! Meine Füße waren glitschig von dem feuchten Gras – aber die Füße von Chris mußten das auch gewesen sein, und er hatte es doch geschafft. Wenn er es schaffen konnte, dann konnte ich das auch!

Stück für Stück zog ich mich zur Dachkante hoch, wo Chris sofort nach meinen Handgelenken griff. Als ich erst seine starken Hände spürte, flutete mir eine kribbelnde Welle der Erleichterung bis in die Fußspitzen. Ein paar Sekunden später hatte er mich auf das Dach gezogen, drückte mich fest in seine Arme, und wir lachten beide dabei und weinten dann fast. Anschließend krochen wir das steile Dach hinauf zu dem Schornstein, wobei wir das Seil immer fest gepackt hielten. Hinter dem Kamin lehnten wir uns an unserem vertrauten Sonnenplatz zurück, noch immer am ganzen Körper zitternd.

Oh, diese Ironie – daß wir froh waren, wieder zurück zu sein!

Chris lag auf seinem Bett und blickte zu mir herüber. »Cathy, als wir da am Ufer lagen, da kam es mir ein oder zwei Sekunden vor wie im Paradies. Als du dann am Seil abrutschtest, da dachte ich, ich würde auch sofort sterben, wenn dir etwas passierte.

Wir dürfen das nicht noch einmal wagen. Du hast nicht soviel Kraft in den Armen wie ich. Es tut mir leid, daß ich daran nicht gedacht habe.«

In der Ecke brannte unsere Nachttischlampe mit ihrem rötlichen Licht. Unsere Blicke trafen sich in dem Halbdunkel. »Es tut mir nicht leid, daß wir diesen Ausflug gemacht haben. Ich bin froh darüber. Es ist schon lange her, daß ich so deutlich gespürt habe, daß ich lebe und daß es mich wirklich gibt.«

Ich mußte jene Frage noch einmal wagen, ich mußte einfach: »Chris, was glaubst du, wo Mammi ist? Sie entfernt sich nach und nach immer weiter von uns, und sie sieht die Zwillinge gar nicht mehr an, als fürchte sie sich inzwischen davor. Aber sie ist noch nie so lange fortgeblieben. Wir haben sie jetzt über einen Monat nicht mehr gesehen.«

Ich hörte einen schweren, traurigen Seufzer. »Ganz ehrlich, Cathy, ich weiß es nicht. Sie hat mir genausowenig gesagt, wie sie dir erzählt hat – aber du kannst dich darauf verlassen, sie hat einen guten Grund dafür.«

»Aber was für einen Grund könnte sie haben, uns so ohne jede Erklärung allein zu lassen? Hätte sie uns nicht wenigstens irgend etwas sagen müssen?«

»Ich weiß nicht, was ich darauf antworten soll.«

»Wenn ich Kinder hätte, dann würde ich sie nie auf so eine Art allein lassen. Ich würde niemals meine vier Kinder in ein abgeschlossenes Zimmer stecken und sie dort dann einfach vergessen.«

»Du wolltest doch nie Kinder bekommen, hast du das vergessen?«

»Chris, eines Tages werde ich in den Armen eines Mannes tanzen, der mich liebt, und wenn mein Mann wirklich ein Baby will, dann könnte ich schon damit einverstanden sein.«

»Klar, ich wußte sowieso, daß du deine Absichten dazu ändern würdest, wenn du älter wirst.«

»Sag mal, glaubst du, ich bin hübsch genug, daß ein Mann sich in mich verlieben könnte?«

»Dazu bist du mehr als hübsch genug.« Das klang richtig aufgebracht.

»Chris, erinnerst du dich noch daran, als Mammi zu uns gesagt hat, die Welt lebt nicht von der Liebe, sondern vom Geld? Ich glaube, das stimmt nicht. Sie hatte da nicht recht.«

»Ja? Da solltest du aber noch mal drüber nachdenken, finde ich. Warum sollte man nicht beides haben können?«

Ich dachte darüber nach. Ich dachte viel darüber nach. Ich lag auf dem Rücken und starrte hinauf zur Decke, die der Boden meines Ballettraumes war, und grübelte und grübelte über das Leben. Und aus allen Büchern, die ich je gelesen hatte, suchten meine Gedanken sich die Philosophie zusammen, an die ich bis an mein Lebensende glauben wollte.

Die Liebe, wenn sie erst kam und an meine Türe klopfte, würde für mich genug sein.

Und dieser unbekannte Autor, der geschrieben hatte, wenn man berühmt sei, hätte man nicht genug, und wenn man reich sei auch nicht, und wenn man reich und berühmt und geliebt sei... dann wäre das immer noch nicht genug – Junge, der tat mir einfach leid.

An einem regnerischen Nachmittag

Chris stand am Fenster und hielt mit beiden Händen die schweren Vorhänge auf. Der Himmel war bedeckt, und es regnete in dichten Schleiern. In unserem Zimmer brannten alle Lampen, der Fernseher lief wie gewöhnlich. Chris wartete darauf, einen Blick auf den Zug zu erhaschen, der gegen vier vorbeikam. Wir konnten das traurige Pfeifen der Lok hören, wenn es morgens hell wurde, gegen vier Uhr nachmittags und spät nachts, falls wir dann noch wach waren. Sehen konnte man den Zug immer nur ganz kurz. Er fuhr in so weiter Ferne vorbei, daß er nur wie eine Spielzeugeisenbahn aussah.

Chris war in seiner Welt, ich in meiner. Im Schneidersitz saß ich auf dem Bett, das ich mir mit Carrie teilte, und schnitt Bilder aus einer Möbelzeitschrift aus, die Mammi mir eines Tages zum Lesen mitgebracht hatte, bevor sie fortgegangen war, um so lange nicht mehr zu uns zu kommen. Ich schnitt sorgfältig Abbildungen aus der Zeitschrift aus, die ich in ein großes Notizbuch klebte. So plante ich mir mein Traumhaus, wo ich für immer glücklich mit einem großen, starken, dunkelhaarigen Mann leben würde, der nur mich liebte und keine tausend anderen an meiner Seite.

Ich hatte mir mein Leben bereits genau zurechtgeplant: Erst kam meine Karriere; wenn ich dann reif war, mich von der Bühne zurückzuziehen, würde ich einen Mann und Kinder haben, so daß andere eine Chance bekamen, meinen Platz als Künstlerin einzunehmen ...

»Chris«, sagte ich und starrte seinen Rücken an, »warum sollen wir hier warten und warten, bis Mammi eines Tages zurückkommt, oder hoffen, daß der alte Mann da unten irgendwann stirbt? Jetzt, wo wir wieder bei Kräften sind, warum planen wir da keine Flucht?«

Er sagte kein Wort, aber ich konnte sehen, wie seine Hände fester in die Vorhangfalten griffen.

»Chris...«

»Ich will nicht davon sprechen!« brach es aus ihm heraus.

»Warum stehst du denn da und wartest darauf, den Zug vorbeifahren zu sehen, wenn du nicht daran denkst, hier wegzukommen?«

»Ich warte nicht auf den Zug! Ich sehe einfach mal nach draußen, das ist alles!«

Er preßte sein Gesicht gegen die Scheibe, so daß jeder zufällige Besucher draußen herausgefordert wurde, ihn zu entdecken.

»Chris, komm doch bitte vom Fenster weg. Es könnte dich jemand sehen.«

»Das ist mir ganz egal!«

Mein erster Impuls war, zu ihm zu laufen, ihn in den Arm zu nehmen und sein Gesicht mit den tausend Küssen zu bedecken, die ihm von Mammi fehlten. Ich würde seinen Kopf an meine Brust ziehen und ihn so in den Haaren kraulen, wie sie es immer getan hatte, und dann würde aus ihm wieder der fröhliche, sonnige Optimist werden, der keine Tage voll dumpfer Wut durchmachte, wie ich sie erlebte. Aber ich war klug genug zu wissen, daß ich tun könnte, was ich wollte, es würde nicht wie von unserer Mutter sein. Sie wollte er. Er hatte alle seine Träume, seine Hoffnungen und sein Geschick an diese eine Frau geknüpft – Mammi.

Seit über zwei Monaten war sie nun fort! Hatte sie gar nicht begriffen, daß ein Tag hier drinnen länger war als ein Monat im normalen Leben? Machte sie sich keine Sorgen um uns, fragte sie sich nicht, wie es uns ging? Glaubte sie wirklich, daß Chris immer und ewig zu ihr stehen würde, auch wenn sie uns ohne jede Entschuldigung, ohne jeden Grund oder jede Erklärung allein ließ? Glaubte sie wirklich, daß Liebe, die man sich einmal erworben hatte, nie von Zweifeln und Ängsten zerstört werden konnte, so daß sie durch nichts wieder zu heilen war?

»Cathy«, sagte Chris plötzlich, »wohin würdest du gehen, wenn du es dir frei aussuchen könntest?«

»In den Süden«, antwortete ich, »an irgendeinen warmen, sonnigen Strand, der sanft von der Brandung umspült wird ... keine hohen Surf-Wellen mit weißen Kronen ... keine graue See, die gegen Klippen donnert ... ich möchte dorthin, wo kein Wind mir ins Gesicht bläst. Ich möchte nur eine warme Brise spüren, die mir sanft in den Haaren spielt und in den Ohren wispert, während ich auf sauberem weißem Sand liege und den Sonnenschein trinke.«

»Doch, doch«, stimmte er wehmütig zu, »das klingt sehr gut, so wie du es erzählst. Nur, daß mir ein paar hohe Wellen nichts ausmachen würden; ich würde gerne auf einem Surfbrett hoch auf dem Wellenkamm reiten. Das müßte so ähnlich sein wie Skilaufen.«

Ich legte meine Schere zur Seite, meine Zeitschriften, meinen Klebstoff und konzentrierte mich ganz auf Chris. Er mußte auf so viele Sportarten verzichten, die er liebte, während wir hier oben eingesperrt waren. Es machte ihn älter und düsterer, als er eigentlich war. Er verpaßte seine Jugend. Oh, wie sehr ich ihn trösten wollte! Und ich wußte nicht, wie und womit.

»Komm vom Fenster weg, Chris, bitte!«

»Laß mich in Frieden! Dieses Zimmer hier kotzt mich so verdammt an! Tu dies nicht, tu das nicht! Rede nicht, bevor du nicht angesprochen wirst – iß jeden Tag brav diesen verdammten Fraß, von dem nie etwas warm genug ist oder frisch – ich glaube, sie gibt uns dieses Zeug mit voller Absicht, damit wir nie etwas haben, an dem wir Freude finden können, nicht einmal ein gutes Essen. Dann denke ich an all das Geld – die Hälfte davon für Mammi, die andere für uns. Und ich sage mir, egal, was kommt, das ist es wert! Dieser alte Mann da unten kann nicht ewig leben!«

»Alles Geld auf der Welt ist nicht die Zeit unseres Lebens wert, die wir hier verlieren!« fuhr ich ihn an.

Er wirbelte herum, das Gesicht gerötet. »Du hast gut reden! Du kannst dich vielleicht mit deinen Talenten über Wasser halten, aber vor mir liegen viele Jahre, die ich studieren muß! Du weißt, daß Daddy von mir erwartet hat, daß ich Medizin studiere, und das werde ich auch! Aber wenn wir weglaufen und uns irgendwo verstecken, dann kann ich niemals Medizin studieren – das weißt du ganz genau! Sag mir doch, wie ich das Geld für uns verdienen soll, wenn wir von hier weg sind – los, zähl mir die anderen Jobs auf außer Tellerwäscher, Obstpflükker, Bürobote, die ich finden kann – gibt es irgendeine Arbeit, bei der ich die Oberschule besuchen kann und anschließend noch jahrelang die Universität? Und ich werde dazu noch dich und die Zwillinge haben, für die ich genauso den Lebensunterhalt verdienen muß wie für mich – eine komplette Familie für einen Sechzehnjährigen!«

Brennende Wut stieg in mir hoch. Er traute mir nicht zu, auch nur das Geringste beizusteuern! »Ich kann ja auch arbeiten gehen!« rief ich aufgebracht. »Wir können es uns aufteilen. Chris, als wir am Verhungern waren, hast du mir vier tote Mäuse gebracht und gesagt, in Notzeiten gibt Gott einem besondere Fähigkeiten und zusätzliche Kräfte. Gut, das glaube ich. Wenn wir hier raus sind und auf uns allein gestellt, dann werden wir auf irgendeine Art schon unseren Weg machen, und du wirst auch dein Medizinstudium schaffen! Ich werde alles tun, was ich kann, damit du den verdammten ›Dr. med.‹ vor deinen Namen bekommst!«

»Was kannst du schon tun?« fragte er auf eine verletzende, haßerfüllte Art. Bevor ich antworten konnte, öffnete sich die Türe hinter uns, und herein kam die Großmutter. Sie blieb an der Schwelle stehen, ohne weiter ins Zimmer zu treten, und fixierte Chris. Und er, stur und nicht gewillt, sich noch auf irgend etwas einzulassen, lehnte es ab, darauf auch nur zu reagieren. Er ging nicht vom Fenster weg, sondern wandte ihr den Rücken zu und starrte wieder hinaus.

»Junge!« fuhr sie ihn an. »Geh von diesem Fenster weg – auf der Stelle!«

»Mein Name ist nicht ›Junge‹. Ich heiße Christopher. Sie können mich mit meinem richtigen Namen anreden oder es ganz bleiben lassen – aber nennen Sie mich nie mehr ›Junge‹!«

Sie spie gegen seinen Rücken: »Ich hasse diesen Namen! Es

war der Name deines Vaters. Aus Herzensgüte habe ich mich seiner angenommen und mich für ihn eingesetzt, als seine Mutter starb und er kein Zuhause mehr hatte. Mein Mann wollte ihn hier nicht haben, aber ich fühlte Mitleid für einen Jungen, der keine Eltern und kein Vermögen mehr hatte und dem es an so vielem fehlen würde. Deshalb drängte ich meinen Mann, seinem jungen Halbbruder einen Platz unter unserem Dach zu geben. Und so kam euer Vater hierher ... brillant, gutaussehend, und zog aus unserer Großzügigkeit seine Vorteile. Hinterging uns! Wir schickten ihn auf die besten Schulen, kauften ihm von allem das Beste, und er stahl uns unsere Tochter, seine eigene Halbnichte! Sie war alles, was uns damals noch geblieben war ... das einzige Kind ... und sie brannten nachts durch und kamen zwei Wochen später zurück, lächelnd, glücklich und verlangten von uns, daß wir ihnen alles verziehen. In jener Nacht bekam mein Mann seinen ersten Herzanfall. Hat eure Mutter euch das erzählt – daß sie und dieser Mann an der Herzkrankheit ihres Vaters schuld sind? Er warf sie hinaus – sagte ihr, sie solle nie wiederkommen – und dann brach er zusammen.«

Sie hielt inne, schnappte nach Luft und faßte sich mit ihrer kräftigen, von Diamanten blitzenden Hand an die Kehle. Chris drehte sich vom Fenster weg und starrte sie an, genau wie ich. Das war mehr, als sie je mit uns gesprochen hatte, seit sie uns die Treppe herauf hierhergeführt hatte, vor einer halben Ewigkeit.

»Wir sind nicht dafür verantwortlich, was unsere Eltern getan haben«, erklärte Chris flach.

»Du bist dafür verantwortlich, was du und deine Schwester getan haben!«

»Was haben wir für Sünden begangen?« fragte er. »Glauben Sie ernsthaft, wir können jahrelang in einem Zimmer zusammenleben, ohne uns gegenseitig anzusehen? Sie haben mitgeholfen, uns hierherzubringen. Sie haben diesen Flügel abgeschlossen, damit das Personal nichts merkt. Sie wollen, daß wir irgend etwas Schlechtes tun, bei dem Sie uns erwischen können. Sie wollen, daß Cathy und ich den Beweis liefern, daß die Ehe unserer Eltern etwas Böses war! Sehen Sie sich doch an, wie Sie da in Ihrem eisengrauen Kleid stehen und sich fromm und selbstgerecht vorkommen, während Sie kleine Kinder verhungern lassen!«

»Hör auf!« schrie ich, entsetzt von dem, was sich auf dem Gesicht der Großmutter abzeichnete. »Chris, kein Wort mehr!«

Aber er hatte schon zuviel gesagt. Sie stürmte hinaus, während mir das Herz bis zum Hals klopfte. »Wir gehen auf den Dachboden«, sagte Chris ruhig. »Die Alte ist zu feige für die Treppe. Da oben sind wir sicher, und wenn sie wieder versucht, uns auszuhungern, klettern wir an der Bettlaken-Leiter nach draußen und verschwinden.«

Die Tür ging wieder auf. Die Großmutter marschierte herein, eine grüne Weidenrute in der Hand und grimmige Entschlossenheit in den Augen. Sie mußte die Rute irgendwo in der Nähe bereitgehalten haben, um sie so schnell wie möglich holen zu können. »Versteckt euch auf dem Dachboden«, fauchte sie und griff Chris beim Oberarm, »und keiner von euch bekommt die nächste Woche etwas zu essen! Und ich werde nicht nur dich durchprügeln, wenn du dich wehrst, sondern auch deine Schwester und die Zwillinge!«

Es war Oktober. Im November wurde Chris siebzehn. Mit der riesigen alten Frau verglichen, war er immer noch nur ein Schuljunge. Er überlegte, was Widerstand einbringen würde, sah zu mir und den Zwillingen, die sich wimmernd aneinanderklammerten, und erlaubte der Großmutter dann, ihn in Richtung auf das Badezimmer zu zerren. Sie schob ihn hinein und schloß hinter sich die Tür ab. Ich hörte, wie er sich ausziehen und über den Badewannenrand legen mußte.

Die Zwillinge rannten zu mir und verbargen ihre Köpfe in meinem Schoß. »Mach, daß sie damit aufhört!« bettelte Carrie. »Sie darf Chris nicht schlagen!«

Er gab keinen Ton von sich, während die Rute ihm auf die nackte Haut gepeitscht wurde. Ich hörte das Übelkeit erregende Klatschen der Weidenrute, die sich in ungeschütztes Fleisch fraß. Und ich fühlte jeden Schlag am eigenen Körper! Chris und ich waren uns im letzten Jahr so nahegekommen, daß wir wie eine Person fühlten. Er war meine andere Hälfte, das, was ich gerne gewesen wäre, stark und furchtlos und in der Lage, die Rute ohne einen Schrei auszuhalten. Ich haßte diese Frau. Ich saß auf dem Bett, die Zwillinge in den Armen, und in mir stieg ein solcher Haß auf, daß ich nicht mehr wußte, was ich anderes tun sollte, als laut loszubrüllen. Er bekam die Schläge, und ich schrie seinen Schmerz heraus! Ich hoffte, daß Gott es hörte. Ich hoffte, daß die Dienstboten es hörten! Ich hoffte, daß der sterbende Großvater es hörte!«

Sie kam aus dem Badezimmer, die Peitsche in der Faust. Hinter ihr folgte Chris, ein Handtuch um die Hüften geschlungen. Er war totenbleich. Ich konnte nicht aufhören zu schreien.

»Halt den Mund!« herrschte sie mich an und knallte vor mir mit der Peitsche. »In dieser Sekunde bist du still, oder du bekommst dasselbe!«

Ich konnte nicht aufhören zu schreien, auch nicht, als sie mich vom Bett hochzog und die Zwillinge beiseite stieß, die mich verteidigen wollten. Cory versuchte, ihr ins Bein zu beißen. Ein Schlag, und er rutschte über den Boden. Danach ging ich ins Badezimmer, meine Hysterie einigermaßen unter Kontrolle. Auch ich mußte mich ausziehen. Ich stand da und blickte auf ihre Diamantbrosche, diese Brosche, die sie immer unter dem Kinn trug. Siebzehn winzige Edelsteine zählte ich darauf. Ihr graues Taftkleid durchzogen feine rote Nadelstreifen, der weiße Kragen war handgehäkelt. Ihr Blick ruhte mit einem Ausdruck hämischer Befriedigung auf den kurzen Haarstoppeln, die mein Kopftuch über der Stirn freiließ.

»Ausziehen, oder ich reiß dir die Sachen runter!«

Ich begann mich auszuziehen und knöpfte mir langsam die Bluse auf. Ich trug damals keinen BH, aber ich hätte einen gebraucht. Ich merkte, wie sie auf meine Brüste starrte und meinen flachen Bauch und die schlanke Taille musterte, bevor sie den Blick abwandte, als hätte ich sie beleidigt. »Eines Tages zahle ich dir das heim, Alte«, sagte ich. »Es kommt der Tag, an dem du hilflos bist und ich die Peitsche in der Hand halten werde. Und dann wird es Essen in der Küche geben, von dem du nie etwas abbekommen wirst, denn wie du unentwegt sagst, Gott sieht alles, und Er sorgt auf seine eigene Art für Gerechtigkeit, Auge um Auge, Zahn um Zahn, Großmutter!«

»Nie wieder sprichst du mit mir!« knirschte sie. Dann lächelte sie böse, denn sie war sicher, daß der Tag niemals kommen würde, an dem ich Macht über sie haben könnte. Ich hatte mir für meine Worte den dümmsten Augenblick ausgesucht, den es geben konnte, und sie zahlte mir jedes Wort auf der Stelle heim. Während mir die Rute in mein zartes Fleisch biß, weinten vor der Tür die Zwillinge. »Chris, mach, daß sie aufhört! Laß sie Cathy nicht weh tun!«

Ich fiel neben der Wanne auf die Knie, rollte mich zu einer Kugel zusammen, um mein Gesicht, meine Brüste und meine verwundbarsten Stellen zu schützen. Wie eine Wilde drosch sie auf mich ein, bis die Weidenrute ihr durchbrach. Der Schmerz brannte wie Feuer. Als die Rute brach, dachte ich, nun wäre es zu Ende, aber sie griff sich eine langstielige Badebürste und schlug mir damit auf den Kopf und die Schultern. Sosehr ich mich auch bemühte, nicht zu schreien und dem tapferen Beispiel von Chris zu folgen, jetzt mußte es heraus. Ich brüllte: »Du bist keine Frau! Du bist ein Monster! Etwas Unmenschliches und Gottloses!« Der Lohn dafür war ein gewaltiger Schlag gegen meine rechte Schläfe. Alles wurde schwarz.

Langsam kehrte ich ins Bewußtsein zurück, alles tat mir weh, und mein Kopf schien mir von Schmerz gespalten. Vom Dachboden hörte ich leise das »Rosen-Adagio« aus dem Ballett *Dornröschen*. Selbst wenn ich hundert Jahre alt werden sollte, niemals vergesse ich diese Musik und was ich fühlte, als ich die Augen aufschlug und Chris sah, wie er sich über mich beugte, Wundcreme auftrug und mich verband, während ihm Tränen in den Augen standen. Er hatte die Zwillinge zum Spielen auf den Dachboden geschickt, zum Blumenmalen, Basteln, damit sie irgend etwas taten, was sie von den Vorgängen hier unten ablenkte. Nachdem er mit den bescheidenen Mitteln unserer Badezimmerapotheke alles für mich getan hatte, was er tun konnte, kümmerte ich mich um seinen blutigen Rücken. Keiner von uns trug etwas auf der Haut. Kleidung hätte nur an den

Wunden gerieben. Die schlimmsten Verletzungen hatte ich von dem Bürstenstiel, mit dem sie zuletzt so wild auf mich eingeschlagen hatte. Am Kopf hatte ich einen großen Bluterguß, und Chris fürchtete, ich könnte eine Gehirnerschütterung haben.

Als wir uns verarztet hatten, legten wir uns nebeneinander auf die Seite, so daß wir uns ins Gesicht sehen konnten. Unsere Blicke versenkten sich ineinander. Er streichelte mir auf die weichste und liebevollste Art die Wange. »Oh, Bruder, Bruder, macht das Spaß«, sang ich als Parodie eines bekannten Schlagers. »Wir führen das Leben an der Nas'... den Doktor spielen, das tust du, und ich verdien' uns die Miete dazu...«

»Hör auf!« schrie er gequält auf und sah mich hilflos an. »Ich weiß, daß es meine Schuld war! Ich habe am Fenster gestanden. Sie hätte dich nicht auch schlagen müssen!«

»Das macht nichts, früher oder später wäre sie auf jeden Fall mit der Rute auf mich losgegangen. Vom ersten Tag an hat sie vorgehabt, uns aus irgendeinem albernen Grund blutig zu schlagen. Mich wundert bloß, daß sie so lange mit der Prügelei gewartet hat.«

»Als sie mich schlug, hörte ich dich schreien – und ich mußte dann überhaupt nicht mehr schreien. Du hast für mich geschrien, Cathy, und es hat mir geholfen. Ich habe keine eigenen Schmerzen gespürt, nur deine.«

Vorsichtig nahmen wir einander in die Arme. Unsere nackten Körper rieben sich aneinander, meine Brüste preßten sich gegen Chris' Rippen. Dann murmelte er meinen Namen, wickelte mir das Tuch vom Kopf und breitete mein langes Haar um mich aus. Er nahm meinen Kopf in seine Hände und hob ihn sanft nahe an seine Lippen. Es war ein so seltsames Gefühl, von ihm geküßt zu werden, während ich nackt in seinen Armen lag... und es war nicht recht. »Laß es«, flüsterte ich ängstlich, während ich spürte, wie sein Geschlecht hart und groß wurde. »Das ist genau das, was sie von uns denkt.«

Er lachte bitter, bevor er mich losließ und sagte, ich wüßte gar nichts. Woran sie denkt, das sei etwas anderes, als sich ein bißchen zu küssen, und wir hatten uns nie mehr als einen Kuß gegeben, niemals.

»Und werden es auch niemals«, sagte ich, doch nur schwach.

In dieser Nacht schlief ich in Gedanken an seinen Kuß ein und nicht an die Schläge. In uns beiden tobte ein Wirbelsturm von Gefühlen. Etwas, das tief in meinem Inneren geschlafen hatte, war erweckt worden, so wie Dornröschen vom Kuß ihres Prinzen erwacht war – einem langen Kuß zwischen Liebenden.

So endeten alle Märchen – mit einem Kuß und einem »und sie lebten glücklich bis an ihr Lebensende«. Aber für mein »Happy End« mußte es ein anderer Prinz sein.

Einen Freund zu finden

Jemand schrie auf der Dachbodentreppe! Ich schreckte aus dem Schlaf hoch und blickte in die Runde, um zu sehen wer fehlte. Cory!

O Gott – was war ihm passiert?

Ich sprang aus dem Bett und rannte zum Dachbodenaufgang, und hinter mir wurde Carrie wach und heulte sofort mit los, ohne zu wissen, worum es Cory überhaupt ging. Chris schrie: »Was zum Teufel ist denn nun wieder los?«

Ich sprang die ersten sechs Stufen hoch und stand sprachlos vor einem Cory, der sich die Seele aus dem Hals brüllte, ohne daß auch nur der geringste Grund dafür zu erkennen gewesen wäre. »Tu was! Tu doch was!« schrie er mich an, und endlich zeigte er auf den Grund seiner Aufregung.

O je ... auf einer der höheren Treppenstufen stand eine Mausefalle. An dieser Stelle bauten wir sie immer über Nacht auf und legten Käsestücke als Köder hinein. Aber diesmal hatte eine Maus die Falle überlebt. Sie hatte versucht, besonders schlau zu sein, und den Käse mit der Vorderpfote weggezogen. So hatte der mörderische Drahtbügel ihr nicht das Genick gebrochen, aber dafür hing sie jetzt mit der Pfote darunter fest. Wild zappelnd knabberte die kleine graue Maus an ihrer Pfote, um sich trotz ihrer Schmerzen selbst frei zu beißen.

»Cathy, mach doch schnell was!« rief Cory noch mal und warf sich in meine Arme. »Rette ihr bitte das Leben! Laß sie sich nicht den Fuß abbeißen! Ich will eine lebende Maus! Ich möchte einen Freund! Ich habe nie ein kleines Tier gehabt. Du weißt, daß ich immer ein Tier haben wollte. Warum müßt ihr immer die armen Mäuse totmachen?«

Carrie stand inzwischen hinter mir und trommelte mir mit den kleinen Fäusten gegen den Rücken. »Du bist böse, Cathy! Böse! Böse! Du läßt Cory nie irgendwas haben!«

Soweit mir bekannt war, hatte Cory bisher immer alles bekommen, was es für Geld zu kaufen gab, außer einem Haustier, seiner Freiheit und dem ›Draußensein‹. Aber Carrie hätte mich wahrscheinlich auf der Treppe erschlagen, wenn Chris mir nicht zu Hilfe geeilt wäre und Carries Zähne von meinem Bein gelöst hätte, das glücklicherweise von einem ziemlich dicken, bis zu den Knöcheln reichenden Nachthemd geschützt war.

»Schluß mit diesem Theater!« befahl er nachdrücklich. Und dann bückte er sich mit dem Putzlappen in der Hand, den er eigens mitgebracht haben mußte, um eine wilde Maus anfassen zu können, ohne von ihr in die Hand gebissen zu werden.

»Mach ihn wieder gesund, Chris«, bettelte Cory. »Bitte, laß ihn nicht sterben.«

»Wenn du diese Maus so gerne haben willst, Cory, versuche ich, was ich kann, ihre Pfote und ihr Bein zu retten, auch wenn es böse damit aussieht.«

Mann, was für eine Aufregung, um nun das Leben einer einzigen Maus zu retten, nachdem wir vorher schon Hunderte von Mäusen umgebracht hatten. Zuerst mußte Chris vorsichtig den Bügel der Falle anheben, und als er das tat, fauchte ihn das begriffsstutzige kleine Ding wütend an, während Cory sich schluchzend abwandte und Carrie laut losheulte. Die Maus fiel fast in Ohnmacht. Allerdings vor Erleichterung, wie mir schien.

Wir rannten ins Badezimmer hinunter, wo Chris und ich unsere nicht gerade üppige medizinische Ausstattung auf einem sauberen Handtuch ausbreiteten. Inzwischen hielt Cory den Putzlappen mit seiner kostbaren Maus.

»Er ist tot!« schrie Carrie plötzlich und trat nach Chris. »Du hast Corys einziges Haustier totgemacht!«

»Die Maus lebt noch«, erklärte Chris ruhig. »Jetzt seid alle mal still und bewegt euch nicht. Cathy, du nimmst bitte die Maus und hältst sie ruhig. Ich werde versuchen, ihr die Verletzung irgendwie zu verbinden, und dann muß ich das Bein schienen.«

Zuerst reinigte er das Beinchen mit Desinfektionsmittel, während die Maus wie tot dalag, die Augen weit aufgesperrt, und mich unglücklich anstarrte. Danach umwickelte er das Bein mit Gaze, die er erst in der Mitte längs durchreißen mußte, damit es in der Breite paßte. Als Schiene nahm er einen Zahnstocher, den er auf die passende Länge abbrach und mit Klebstoff befestigte.

»Ich werde ihn Micky nennen«, verkündete Cory, dessen Augen leuchteten wie zu Weihnachten, weil eine kleine Maus weiterleben durfte, um sein Spieltier zu werden.

»Es könnte ja auch ein Mäusemädchen sein«, meinte Chris.

»Nein! Ich will kein Mäusemädchen nicht – ich will eine Micky Maus.«

»Dann ist es eben ein Junge«, sagte Chris. »Micky wird am Leben bleiben und uns den ganzen Käse wegfressen«, erklärte unser angehender Doktor, bei dem ein gewisser Stolz auf seine erste Operation nicht zu übersehen war.

Er wusch sich das Blut von den Fingern, und Cory und Carrie strahlten über das ganze Gesicht, als wäre nun doch endlich wieder etwas Schönes in ihr Leben gekommen.

»Laß mich Micky jetzt mal halten«, verlangte Cory.

»Nein, Cory, laß ihn noch eine Weile bei Cathy auf der Hand. Weißt du, er leidet noch an einem Schock, und Cathys Hände sind größer und deshalb auch wärmender als deine. Du könntest ihn versehentlich erdrücken.«

So saß ich dann in unserem Schaukelstuhl und pflegte eine graue Maus, die dicht vor einem Herzanfall zu stehen schien – ihr Herz pochte rasend gegen meine Handfläche. Sie fiepte leise und flatterte mit den Augenlidern. Und als ich ihren kleinen warmen Körper so um sein Leben ringen spürte, da wünschte ich mir, daß sie es schaffte und Corys Spielgefährte wurde.

Die Tür ging auf, und die Großmutter kam herein.

Keiner von uns war vollständig angezogen. Wir trugen sogar alle noch unsere Schlafsachen und nicht einmal Morgenmäntel darüber, die unsere Körper ausreichend verhüllten. Unsere

Füße waren nackt, unsere Haare ungekämmt und unsere Gesichter ungewaschen.

Eine Regel nicht befolgt!

Cory drückte sich eng an meine Seite, als die Großmutter ihren kritischen Blick durch unser unordentliches (um die Wahrheit zu sagen, ausgesprochen schlampiges) Zimmer wandern ließ. Die Betten waren nicht gemacht, unsere Kleider lagen über die Stühle geworfen, und der Boden war mit Socken gepflastert.

Zwei Regeln verletzt!

Und Chris war mit Carrie im Badezimmer, um ihr das Gesicht zu waschen und ihr beim Anziehen zu helfen.

Drei Regeln verletzt!

Die beiden kamen aus dem Bad. Carries Haar war hübsch ordentlich zu einem Pferdeschwanz zusammengebunden, mit einer rosa Schleife darin.

Sofort, als sie die Großmutter sah, erstarrte Carrie. Ihre blauen Augen blickten groß und furchtsam. Sie wandte sich ab und klammerte sich schutzsuchend an Chris. Er nahm sie auf den Arm und setzte sie mir auf den Schoß. Dann ging er zum Picknick-Korb, den die Großmutter auf den Tisch gestellt hatte, und packte ihn rasch aus.

Als Chris in ihre Nähe kam, wich die Großmutter zurück. Er ignorierte sie völlig, während er sich mit dem Korb beschäftigte.

»Cory«, sagte er und ging zum Dachbodenaufgang, »ich gehe nach oben und suche einen passenden Vogelkäfig heraus. Inzwischen ziehst du dich anständig an, ohne dir von Cathy dabei helfen zu lassen, und wäschst dir das Gesicht und die Hände.«

Die Großmutter verhielt sich weiter still. Ich saß im Schaukelstuhl und umsorgte die unruhig werdende Maus, während meine Kleinen sich an mich schmiegten und wir alle drei keinen Blick von der Großmutter ließen, bis Carrie es schließlich nicht länger aushalten konnte und ihr Gesicht hinter meiner Schulter verbarg. Ihr kleiner Körper zitterte von Kopf bis Fuß.

Es beunruhigte mich, daß sie nicht mit uns schimpfte. Sie

sagte nichts zu den ungemachten Betten und dem unordentlichen Zimmer, das ich mich sonst immer bemühte sauber und ordentlich zu halten. Und warum hatte sie Chris nicht dafür getadelt, daß er Carrie anzog? Warum schaute sie nur und sah alles und sagte nichts?

Chris kam vom Dachboden zurück, in der Hand einen alten Vogelkäfig und etwas Maschendraht, mit dem er die breiten Lücken zwischen den Käfigstäben sichern wollte, wie er uns erzählte.

Diese Worte ließen die Großmutter zu ihm herumfahren. Ihre Steinaugen wandten sich dann wieder mir zu und fixierten den Putzlappen, den ich auf dem Schoß hielt. »Was hast du da in der Hand, Mädchen?« verlangte sie in eisigem Ton zu wissen.

»Eine verletzte Maus«, antwortete ich mit einer Stimme, die genauso eisig war wie ihre.

»Habt ihr vor, diese Maus als Haustier zu behalten und in den Käfig zu setzen?«

»Ja, das wollen wir.« Ich sah sie trotzig an und erwartete herausfordernd, was sie unternehmen würde. »Cory hat nie ein Tier besessen, und jetzt ist die Zeit dafür, daß er eines bekommt.«

Sie verzog ihre dünnen Lippen, und ihre kalten Steinaugen wanderten zu Cory, der zitternd dicht vor dem lauten Weinen stand. »Nur zu«, sagte sie, »behaltet diese Maus ruhig. Ein solches Haustier paßt zu euch.« Dann rauschte sie hinaus.

Chris begann den Maschendraht am Käfig anzubringen und sagte: »Die Käfigstangen sind zu weit auseinander, um Micky da drinnen zu halten. Deshalb muß ich erst den Draht außen herumwickeln, damit dein kleiner Freund dir nicht gleich fortläuft.«

Cory lächelte. Er spähte in den Lappen, ob Micky auch noch lebte. »Er hat Hunger. Das sehe ich daran, wie er mit der Nase schnuppert.«

Die Zähmung von Micky, der Dachbodenmaus, war schon eine beachtliche Leistung. Erst einmal traute uns der kleine Bursche überhaupt nicht, obwohl wir ihm den Fuß aus der Falle befreit hatten. Er haßte es offenbar, in dem Käfig eingesperrt zu sein. Er humpelte mit dem scheußlichen Ding, das wir ihm an den Fuß geklebt hatten, traurig im Kreis und suchte einen Fluchtweg. Cory schob Käse und Brotkrümel zwischen den Gitterstäben durch, um Micky zum Fressen zu verlocken, damit er wieder stark und gesund wurde. Doch Micky ignorierte Käse und Brot. Er zog sich in die hinterste Käfigecke zurück, so weit weg von dem Futter wie möglich, die winzigen schwarzen Augen voller Furcht. Als Cory die rostige Käfigtür aufklappte, um eine Puppenhaus-Terrine als Wasserschälchen hineinzustellen, zitterte Micky am ganzen Mauseleib.

Einmal mit der Hand im Käfig, schob Cory vorsichtig den Käse etwas näher an Micky heran. »Leckerer Käse«, sagte er einladend. Er stubste einen Brotbrocken auf die zitternde Maus zu, deren Nase zuckte. »Gutes Brot. Davon wirst du groß und stark und ganz gesund.«

Es dauerte zwei Wochen, bis Cory eine Maus hatte, die an ihm hing und zu ihm kam, sobald er pfiff. Cory ließ Micky auf seiner Schulter sitzen und steckte sich Leckerbissen in die Brusttaschen des Hemdes. Käse auf der einen Seite und Sandwichreste in der anderen Tasche. Micky zögerte hin und her gerissen auf der Schulter, schnupperte mit zitternden Barthaaren. Man sah nur zu deutlich, daß wir es nicht mit einer feinschmeckerischen Maus zu tun hatten, sondern mit einer verfressenen, die aus beiden Taschen alles auf einmal haben wollte.

Wenn Micky sich dann endlich für eine der Taschen entschieden hatte, krabbelte er wie der Blitz in die Sandwich-Tasche, fraß sie bis auf den letzten Krümel leer und kletterte, husch, wieder auf Corys Schulter, flitzte um Corys Nacken und hinein in die Brusttasche mit dem Käse. Es war ulkig, wie Micky niemals direkt von einer Tasche in die andere wechselte, sondern immer erst zurück auf die Schulter krabbelte, um den Nacken herum lief und Cory dabei über alle kitzligen Stellen trippelte.

Der kleine Fuß und die Pfote verheilten, aber die Maus konnte nie wieder sehr gut laufen oder gar schnell rennen. Aber es war die begabteste Maus, die man sich vorstellen kann, wenn es an das Erschnuppern von Fressen ging. Bereitwillig gab Micky seine Mäusefreunde auf und tauschte sie gegen die Menschen ein, die ihn so gut fütterten, pflegten und in den Schlaf schaukelten – bis auf Carrie, die erstaunlicherweise keinerlei Geduld für Micky aufbrachte. Es mochte daran liegen, daß die Maus ebensolchen Gefallen an Carries Puppenhaus fand wie Carrie selbst. Die kleinen Türen und Treppen paßten genau zu Mickys Größe, und wenn er freigelassen wurde, trippelte er sofort zum Puppenhaus. Durch ein Fenster stieg er ein und sprang in den Salon. Die Porzellanbewohner stürzten rechts und links zur Seite, und der Eßtisch fiel um, als Micky einen Blick auf das Dinner werfen wollte.

Carrie schrie Cory an: »Dein Micky frißt das ganze Spielessen auf! Nimm ihn sofort da raus! Hol ihn aus meinem Salon raus!«

Cory fing seine lahme Maus ein, die wegen ihres Hinkebeins leicht zu erwischen war, und kuschelte sie sich an die Brust. »Du wirst noch lernen, wie man sich da benehmen muß. In großen Häusern passieren einem schlimme Sachen. Die Lady, der das Haus da hinten gehört, die schlägt dich für jede Kleinigkeit. Sei vorsichtig, Micky!«

Ich mußte leise lachen, denn das war das erste Mal, daß Cory sich in irgendeiner Weise abfällig über seine Zwillingsschwester äußerte.

Es war eine gute Sache, daß Cory eine süße kleine Spielmaus hatte, die tief in seine Taschen krabbelte, um nach den Leckerbissen zu suchen, die das Herrchen dort versteckt hatte. Es war für uns alle eine gute Sache, etwas zu haben, das uns die Zeit vertrieb und mit dem wir unsere Gedanken beschäftigen konnten, während wir warteten und warteten, daß unsere Mutter sich wieder blicken ließ, wobei es langsam so auszusehen begann, als würde sie nie mehr zurückkommen.

Mammis Rückkehr

Chris und ich sprachen nie darüber, was an dem Tag mit der Rute am Abend zwischen uns vorgefallen war. Ich überraschte ihn oft dabei, wie er mich anstarrte, aber sobald ich seinen Blick dann erwidern wollte, sah er schnell weg. Und wenn er sich plötzlich zu mir umwandte, während ich ihn verstohlen musterte, waren es meine Augen, die schnell auswichen.

Von Tag zu Tag reiften wir und entwickelten uns weiter, er und ich. Meine Brüste wurden voller, meine Hüften verbreiterten sich, und meine Taille wurde schmaler. Das kurze Haar über meiner Stirn wurde wieder länger und begann sich zu locken. Warum war ich nicht bloß schon früher darauf gekommen, daß es sich von selbst in Locken legte, wenn es nicht so lang war, daß sein eigenes Gewicht es zu langen Wellen auseinanderzog? Was Chris anging, seine Schultern wurden breiter, sein Brustkasten männlich muskulös, die Arme kräftig. Einmal erwischte ich ihn auf dem Dachboden dabei, wie er den Teil seines Körpers eingehend musterte, der ihn so besonders beschäftigte – und ihn dann nachmaß! »Warum das?« fragte ich, ganz erstaunt, daß die Länge da eine Rolle spielte. Er wandte das Gesicht ab, bevor er mir leise erzählte, daß er Daddy einmal nackt gesehen hatte und sein eigenes Geschlechtsteil ihm im Verhältnis dazu viel zu klein vorkam. Während er redete, wurde er selbst im Nacken noch rot. Oh, Mann – das war ja genauso wie bei mir. Ich wunderte mich immer, wie Mammi so riesige BHs haben konnte. »Mach das aber nicht mehr«, flüsterte ich. Cory hatte so ein winziges männliches Teil. Was, wenn er Chris beobachtete und sich dann Chris gegenüber als viel zu klein geraten fühlte?

Plötzlich hielt ich mit dem Staubwischen auf den alten Schulbänken inne. Ich stand da und mußte an Cory denken. Nachdenklich sah ich ihn und Carrie an. O Gott, wie sehr man doch den Blick für jemanden verlieren kann, wenn man ihn ständig um sich hat! Zwei Jahre und vier Monate waren wir jetzt hier eingesperrt – und die Zwillinge sahen kaum weiterentwickelt aus, seit wir zum erstenmal hier heraufgekommen waren. Sicher waren ihre Köpfe größer geworden und hätten die Größe ihrer Augen nicht mehr so überdimensional erscheinen lassen sollen. Trotzdem wirkten ihre Augen zu groß für die Gesichter. Sie saßen lustlos auf der dreckigen, muffigen alten Matratze, die wir unter das Fenster gelegt hatten. In meinem Magen breitete sich ein unangenehmes Kribbeln aus, als ich sie objektiv zu betrachten versuchte. Ihre Körper wirkten wie zarte Stengel, die zu dünn waren, um die Köpfe als Blüten zu tragen.

Ich wartete, bis sie in dem schwachen Sonnenlicht eingedöst waren, und sagte dann gedämpft zu Chris: »Sieh dir unsere Kleinen an, die wachsen nicht. Nur ihre Köpfe werden größer und größer.«

Er seufzte schwer, kniff die Augen zusammen und beugte sich über die Zwillinge, um über ihre fast transparente Haut zu streichen. »Wenn sie nur mit uns zusammen nach draußen aufs Dach klettern würden, damit sie etwas Sonne und frische Luft mitbekommen wie wir auch. Cathy, egal wie sie schreien und strampeln, wir müssen sie aufs Dach raustragen.«

Dummerweise hatten wir die Vorstellung, wenn wir sie im Schlaf auf das Dach hinaustrügen, würden sie sich beim Wachwerden in unseren Armen sicher fühlen. Behutsam hob Chris Cory auf, während ich Carries leichten Körper in den Armen hielt. Die beiden schliefen fest, und wir schlichen auf Zehenspitzen mit ihnen zum Fenster. Es war Donnerstag, der Tag in der Woche, an dem wir die Freiheit auf dem Dach genießen konnten, weil die Dienstboten dann alle in der Stadt waren. Auf dem hinteren Teil des Daches konnten wir uns an solchen Tagen relativ ungestört und sicher bewegen.

Kaum war Chris allerdings mit Cory vom Fenstersims auf

das Dach gestiegen, als Cory von der warmen Spätsommerluft aus dem Schlaf gerissen wurde. Er warf einen Blick in die Runde, sah mich mit Carrie auf dem Arm am Fenster, die ich offenbar auch auf das furchtbare Dach hinausschleppen wollte, und stieß ein wildes Geheul aus. Nun schreckte auch Carrie aus dem Schlaf hoch. Sie sah Chris mit Cory auf dem steilen Dach klettern, sie sah mich und wo ich sie hintragen wollte, und dann gab sie einen Schrei von sich, den man einige Meilen weit gehört haben muß.

Chris rief mir durch das Gebrüll zu: »Los, weiter! Wir müssen es zu ihrem eigenen Besten tun!«

Sie schrien nicht nur, sie traten und schlugen mit ihren kleinen Fäusten. Carrie schlug mir ihre Zähne in den Arm, so daß ich auch noch losbrüllte. Klein wie die zwei waren, hatten sie im Augenblick die Stärke desjenigen, der sich in äußerster Gefahr wähnt. Carries Fäuste trommelten mir im Gesicht herum, so daß ich kaum etwas sehen konnte, dazu hatte ich ihr Geschrei in den Ohren. Hastig trat ich den Rückzug an und kletterte zurück ins Fenster. Schwach und zittrig setzte ich Carrie neben dem Lehrerpult ab. Ich lehnte mich an das Pult, keuchend und nach Luft schnappend und Gott dafür dankend, daß ich es geschafft hatte, unsere Kleine heil wieder hier herein zu bekommen. Chris stellte Cory neben seine Schwester. Es hatte keinen Zweck. Sie mit Gewalt nach draußen auf das Dach zu bringen brachte uns nur alle vier in Lebensgefahr.

Die beiden waren noch immer wütend. Nur widerstrebend ließen sie sich von uns zu der Meßlatte an der Schulzimmerwand zerren, an der wir seit dem Anfang unseres Aufenthaltes hier die Größe unserer Zwillinge überprüft hatten. Chris hielt sie fest, damit ich ablesen konnte, wieviel sie gewachsen waren.

Ich starrte und starrte auf die Meßlatte und wollte meinen Augen nicht glauben. In der ganzen Zeit sollten sie nur fünf Zentimeter gewachsen sein? Fünf Zentimeter! Chris und ich waren im Alter zwischen fünf und sieben um mehr als das Dreifache gewachsen. Sicher, die beiden waren bei der Geburt außerordentlich klein gewesen und hatten nicht mehr als 2,5 kg gewogen.

Trotzdem. Ich mußte die Hände vor mein Gesicht schlagen, damit die Zwillinge nichts von dem Schrecken darin sehen konnten. Doch das reichte nicht. Schnell wandte ich ihnen den Rücken zu, als ich mich bemühte, das Schluchzen herunterzuschlucken, das mir in der Kehle steckte.

»Du kannst sie wieder spielen lassen«, brachte ich schließlich heraus. Als ich mich wieder umdrehte, erhaschte ich aus den Augenwinkeln noch einen Blick auf sie, wie sie davonhuschten, zwei flachshaarige kleine Mäuse, die die Treppe hinuntertrippelten zu ihrem geliebten Fernseher und der Flucht, die ihnen die Mattscheibe bot, und zu der kleinen Maus, die wirklich war und die auf sie wartete, damit sie ein wenig Freude und Vergnügen in ihr Gefängnis brachten.

Unmittelbar hinter mir stand Chris und wartete. »Na«, fragte er, als ich sprachlos seufzte, »wieviel sind sie gewachsen?«

Schnell wischte ich mir die Tränen aus den Augen, bevor ich mich zu ihm wandte, so daß ich ihm beim Reden in die Augen sah: »Fünf Zentimeter«, sagte ich flach, aber in meinen Augen war der Schrecken deutlich zu lesen, und er las ihn.

Er trat noch näher heran und legte den Arm um mich. Er drückte meinen Kopf an seine Brust, und dort weinte ich mich aus. Ich haßte Mammi für das, was sie den beiden antat! Haßte sie wirklich! Sie wußte, daß Kinder wie Blumen waren – sie brauchten Sonnenschein, um zu wachsen. Ich zitterte in Chris' Armen und versuchte mir einzureden, daß sie wieder schön und gesund würden, sobald wir erst von hier befreit waren. Sie würden alles nachholen, würden die verlorenen Jahre wettmachen, wenn sie erst wieder den Sonnenschein genießen konnten – das würden sie, mußten sie! Es waren nur die langen Tage, die sie eingesperrt im Haus verbracht hatten, die ihre Wangen so hohl und ihre Augen so eingesunken machten. Aber das alles würde sich an der Sonne bald verloren haben, oder?

»Weißt du«, begann ich mit heiserer, gebrochener Stimme, während ich mich an den einzigen klammerte, der sich noch um uns sorgte, »ist es nun das Geld, wovon man lebt, oder ist es Liebe? Genügend Liebe, und die Zwillinge wären fünfzehn oder zwanzig Zentimeter gewachsen, statt der fünf, die ich abgelesen habe.«

Chris und ich begaben uns in unser dämmriges, vor der Welt verschlossenes Gefängnis, um zu Mittag zu essen, und wie immer schickte ich die Zwillinge zuerst ins Bad, damit sie sich die Hände wuschen. Das letzte, was sie brauchten, waren Mäusebakterien, die ihre angegriffene Gesundheit noch weiter ruinierten.

Als wir dann am Tisch saßen, unsere Sandwiches aßen, unsere lauwarme Suppe und unsere Milch schlürften und dazu dem TV-Lieblingspaar zusahen, wie es sich küßte und Pläne für eine gemeinsame Zukunft schmiedete, öffnete sich die Tür unseres Zimmers. Ich mochte meine Augen nicht von der Mattscheibe lösen, haßte es, etwas zu verpassen, aber ich sah doch zur Tür.

Es war unsere Mutter, die vergnügt hereinspaziert kam. Sie trug einen wunderschönen Hosenanzug aus leichtem Stoff, mit weichem grauem Pelzbesatz an den Ärmeln und am Kragen.

»Meine Lieblinge!« rief sie uns enthusiastisch zur Begrüßung entgegen und zögerte dann verunsichert, als niemand von uns aufsprang, um sie willkommen zu heißen. »Da bin ich! Seid ihr nicht froh, mich wieder bei euch zu haben? Oh, ihr wißt gar nicht, wie froh ich bin, euch alle wiederzusehen. Ich habe euch so vermißt und soviel an euch gedacht und so oft von euch geträumt. Und ich habe euch so viele schöne Geschenke mitgebracht, die ich liebevoll ausgewählt habe. Wartet nur, bis ihr die gesehen habt! Und ich mußte alles so heimlich besorgen – denn wie hätte ich bloß erklären sollen, warum ich so viele Sachen für Kinder kaufte? Ich wollte wiedergutmachen, daß ich so lange fortgeblieben bin. Ich hätte euch wirklich gerne erklärt, daß ich fort mußte, ganz bestimmt. Aber es war damals alles so kompliziert. Und ich wußte auch gar nicht genau, wie lange ich denn tatsächlich fortbleiben würde. Aber auch wenn ihr mich vermißt habt, ist ja gut für euch gesorgt worden, nicht wahr? Es ist euch doch gutgegangen?«

War es uns gutgegangen? Hatte uns nur sie gefehlt? Wer war sie denn überhaupt? Idiotische Gedanken, während ich sie anstarrte und mir von ihr erzählen lassen mußte, wie kompliziert das Leben anderer doch durch vier versteckte Kinder werden konnte. Und obwohl ich mir es selbst nicht eingestehen wollte, sie ablehnte, zurückwies, sie nie wieder als jemanden Nahestehenden sehen wollte, stieg doch die Hoffnung in mir auf, Sehnsucht, sie wieder zu lieben und ihr trauen zu können.

Chris stand auf und sprach als erster. Seine Stimme hatte sich endgültig von einer piepsigen, oft wechselnden Tonlage zu einem tiefen, maskulinen Klang gewandelt. »Mammi, natürlich sind wir froh, daß du zurück bist. Und wir haben dich ganz bestimmt vermißt. Aber es war nicht richtig von dir, so lange wegzubleiben, egal, wie komplizierte Gründe du dafür gehabt hast.«

»Christopher«, sagte sie überrascht, und ihre Augen weiteten sich vor Überraschung, »du klingst gar nicht wie du selbst.« Ihre Augen huschten von ihm zu mir, dann zu den Zwillingen. Ihre Jubelstimmung schmolz dahin. »Christopher, ist irgendwas falsch gelaufen?«

»Falsch gelaufen?« wiederholte er. »Mammi, was kann daran richtig sein, in einem einzigen Raum leben zu müssen? Du sagst, ich höre mich nicht an wie ich selbst – sieh mich doch genau an. Bin ich noch immer ein kleiner Junge? Sieh dir Cathy an – ist sie immer noch ein Kind? Und sieh dir am genauesten die Zwillinge an, achte besonders darauf, wie groß sie inzwischen sind. Dann sieh mich wieder an und erzähl uns noch einmal, daß Cathy und ich noch Kinder sind, die man schonend zu behandeln hat und die von den Problemen der Erwachsenen nichts verstehen. Wir haben uns nicht der Muße hingegeben und Daumen gedreht, während du fort warst und es dir anderswo hast gutgehen lassen. Durch Bücher haben Cathy und ich Millionen anderer Leben gelebt... unser bescheidener Versuch, uns überhaupt lebendig zu fühlen.«

Mammi wollte ihn unterbrechen, aber Chris übertönte ihre schwache Stimme, die hilflos abbrach. Er warf ihren vielen Geschenken einen zornigen Blick zu. »Da bist du also wieder und bringst uns Versöhnungsgeschenke, wie du es immer machst, wenn du uns schlecht behandelt hast. Wie kannst du nur immer noch glauben, deine dummen Geschenke könnten uns für das entschädigen, was wir hier verloren haben und täglich weiter verlieren? Sicher, irgendwann einmal waren wir von den Spielen und dem Spielzeug und den Kleidern entzückt, die du uns in unseren Kerker gebracht hast, aber jetzt sind wir älter, und Geschenke reichen nicht mehr!«

»Christopher, bitte«, bettelte sie und sah unsicher zu den Zwillingen. Wie schnell sie den Blick wieder abwandte! »Bitte sprich nicht so, als würdest du mich nicht mehr liebhaben. Ich ertrage das nicht.«

»Ich liebe dich«, war seine Antwort. »Ich zwinge mich dazu, dich zu lieben, was du auch getan hast. Ich muß dich lieben. Wir alle müssen dich lieben und an dich glauben und denken, daß du nur das Beste für uns willst. Aber sieh uns an, Mammi, sieh uns einmal wirklich an! Cathy fühlt und ich fühle genauso, daß du deine Augen davor verschließt, was du uns antust. Du kommst strahlend lächelnd zu uns, tanzt vor uns herum und versprichst uns für die Zukunft das Blaue vom Himmel, aber nie wird daraus irgend etwas. Vor langer Zeit, als du uns zum erstenmal von diesem Haus und deinen Eltern erzählt hast, sagtest du, wir müßten nur eine einzige Nacht hier in diesem Zimmer eingeschlossen bleiben, dann hast du von ein paar Tagen gesprochen, dann war von noch ein paar Wochen die Rede, dann hieß es, nur noch wenige Monate ... und inzwischen sind mehr als zwei Jahre vergangen, während wir warten und warten, daß ein alter Mann stirbt, der dank dem Geschick, mit dem die Ärzte ihn in unserer Welt halten, hundert Jahre alt werden kann. Dieses Zimmer hier ist nicht gut für unsere Gesundheit! Merkst du das eigentlich nicht?« schrie er sie fast an, das jungenhafte Gesicht rot angelaufen vor Zorn, als endlich die Grenze seiner Selbstbeherrschung erreicht worden war. Ich hatte immer geglaubt, daß ich nie den Tag erleben würde, an dem Chris unsere Mutter angriff – seine geliebte Mutter.

Der Klang seiner lauten Stimme mußte ihn selbst überrascht haben, denn er drosselte seine Lautstärke und sprach ruhig weiter. Aber seine Worte hatten die Wirkung von Kanonenkugeln. »Mammi, ob du das immense Vermögen deines Vaters erbst oder nicht, wir wollen aus diesem Zimmer hier raus! Nicht nächste Woche, nicht morgen – nein, heute! Jetzt! In dieser Minute! Du gibst mir den Schlüssel, und wir gehen fort von hier, weit fort. Und du kannst uns Geld nachschicken, wenn du dich um uns sorgst, und du kannst es auch bleiben lassen, wenn dir das lieber ist, und damit sind alle deine Probleme gelöst, wir verschwinden aus deinem Leben, und dein Vater muß nie erfahren, daß es uns überhaupt gegeben hat, und du kannst alles, was er dir hinterläßt, haben, ganz für dich allein.«

Mammi wurde totenbleich.

Ich saß noch immer am Tisch, den halb gegessenen Lunch vor mir. Sie tat mir leid, und ich fühlte mich von meinem eigenen Mitgefühl verraten. Die Tür zu meinem Herzen fiel nun endgültig ins Schloß; für Mammi sollte da kein Zugang mehr sein. – Ich dachte an die zwei Wochen, in denen wir fast verhungert wären ... vier Tage, in denen wir nichts anderes gegessen hatten als Kräcker und Käse, und drei Tage überhaupt ohne jedes Essen und nur Leitungswasser zum Trinken. Und dann die Prügel, den Teer in meinem Haar und, vor allem anderen, die Art, wie Chris sich die Handgelenke aufgeschnitten hatte, um uns am Leben zu erhalten, und den Zwillingen sein Blut zu trinken gab.

Und Chris, was er zu ihr sagte und die harte, entschiedene Weise, in der er es sagte, das war hauptsächlich mein Werk.

Ich glaube, sie ahnte das, denn sie warf mir einen durchbohrenden Blick voller bitterer Vorwürfe zu.

»Sag nichts mehr zu mir, Christopher – es ist ganz klar, daß du nicht du selbst bist.«

Ich sprang auf die Füße und trat an seine Seite. »Schau uns an, Mammi! Achte besonders auf unser strahlendes, gesundes Aussehen im Vergleich zu dir! Und sieh dir deine Jüngsten endlich etwas länger an. Sie sehen ein wenig zerbrechlich aus, nicht wahr? Aber ihre vollen Wangen sind nicht hohl geworden, nein? Ihr Haar ist nicht matt und glanzlos, nicht wahr? Und auch ihre Augen sind nicht dunkel und tief in die Höhlen gesunken, oder? Wenn du endlich einmal wahrnimmst, was du siehst, merkst du dann, wie gesund sie sich entwickeln, wieviel sie schon gewachsen sind? Wenn du schon kein Mitleid für

Christopher und mich aufbringen kannst, dann hab wenigstens Mitleid mit den Kleinen.«

»Aufhören!« kreischte sie und sprang von dem Bett hoch, auf das sie sich in der Erwartung niedergelassen hatte, uns wieder in vertrauter Weise um sich sammeln zu können wie eine Henne ihre Küken. Sie wirbelte auf den Absätzen herum, so daß sie uns nicht mehr anzusehen brauchte. Mit unterdrücktem Schluchzen schrie sie uns an: »Ihr habt kein Recht, so mit eurer Mutter zu sprechen. Wenn ihr mich nicht hättet, würdet ihr irgendwo auf der Straße verhungern.« Sie wandte sich halb zu uns um und schenkte Chris einen bittenden, leidenden Blick. »Habe ich nicht für euch das Beste getan, was ich tun konnte? Was habe ich falsch gemacht? Woran fehlt es euch denn? Ihr wußtet, wie es sein würde, bis euer Großvater stirbt. Ihr habt euch bereiterklärt, hierzubleiben bis zu seinem Tod. Und ich habe mein Wort gehalten. Ihr lebt in einem warmen, sicheren Zimmer. Ich bringe euch von allem nur das Beste – Bücher, Spielzeug, Gesellschaftsspiele, die besten Kleider, die man für Geld bekommt. Ihr erhaltet gutes Essen, dazu einen Fernseher.« Jetzt sah sie uns wieder voll ins Gesicht, die Hände ausgebreitet, bereit, sich jeden Moment flehend vor uns auf die Knie zu werfen. Ihre Augen bettelten jetzt mich an. »Hört mir jetzt zu – euer Großvater ist jetzt so krank, daß er den ganzen Tag im Bett bleiben muß. Er darf nicht mal mehr in seinem Rollstuhl sitzen. Die Ärzte sagen, daß er es nicht mehr lange durchhalten wird, höchstens noch wenige Tage, vielleicht auch Wochen, aber das ist das Äußerste. An dem Tag, an dem er stirbt, komme ich hier herauf und schließe die Tür auf und führe euch die Treppe hinunter. Ich werde dann genug Geld haben, um euch alle vier auf die besten Colleges zu senden, und Chris kann Medizin studieren, und du, Cathy, kannst deine Ballettstunden fortsetzen. Für Cory werde ich den besten Musiklehrer aussuchen, und für Carrie werde ich alles tun, was sie sich wünscht. Wollt ihr wirklich all die Jahre, die ihr hier gelitten habt, für nichts fortwerfen und auf die ganze Belohnung dafür verzichten – gerade jetzt, wenn ihr so dicht vor eurem Ziel steht? Erinnert euch daran, wie ihr früher gelacht und geredet habt, was ihr erst alles tun und kaufen wolltet, wenn ihr so viel Geld habt, daß ihr gar nicht alles ausgeben könnt. Denkt doch an die Pläne, die wir alle geschmiedet haben ... unser Haus, in dem wir alle zusammen leben können. Werft jetzt nicht alles weg, nur weil ihr die Geduld verliert, wo ihr fast schon gewonnen habt! Werft mir nur vor, daß ich mich vergnügt habe, während ihr hier leiden mußtet, und ich gebe euch recht. Aber ich werde das zehnfach wiedergutmachen!«

Oh, ich gebe zu, daß es mir naheging und ich so gerne meine Zweifel abgeschüttelt hätte. Ich stand dicht davor, ihr wieder Vertrauen zu schenken, und wand mich innerlich unter der mißtrauischen Angst, daß sie uns doch nur belog. Hatte sie uns nicht schon ganz von Anfang an erzählt, daß der Großvater gerade seinen letzten Atemzug tat ... Jahr um Jahr atmete er diesen letzten Atemzug jetzt schon. Sollte ich es herausschreien? Mammi, wir glauben dir einfach kein Wort mehr! Ich wollte sie verletzen, wollte sie bluten lassen, wie wir geblutet hatten mit unseren Tränen, unserer Isolation und unserer Verlorenheit – von den Strafen der Großmutter ganz zu schweigen.

Aber Chris sah mich strafend an, daß ich mich beschämt fühlte. Könnte ich so ritterlich sein wie er? Hätte ich es doch nur geschafft, den Mund aufzureißen und alles herauszuschreien, was die Großmutter uns angetan hatte, wie sie uns für nichts bestrafte. Aber aus einem seltsamen Grund bekam ich kein Wort heraus. Vielleicht wollte ich den Zwillingen ersparen, zuviel darüber zu erfahren. Vielleicht wartete ich auch darauf, daß Chris es ihr zuerst sagte.

Er stand da und blickte sie voller tiefem Mitgefühl an, vergaß den Teer in meinem Haar, die Wochen ohne Essen, die toten Mäuse, die er mit Salz und Pfeffer genießbar machen wollte – und dann die Schläge. Er stand neben mir, sein Arm berührte meinen. Er zitterte vor Unentschlossenheit, und in seinen Augen standen gequälte Visionen der Hoffnung und der Verzweiflung, während er ansehen mußte, wie unsere Mutter zu weinen begann.

Die Zwillinge schoben sich nahe an mich heran und hängten sich an meinen Rock, als Mammi sich auf das nächste Bett warf, um schluchzend mit den Fäusten auf das Kissen zu schlagen, genau wie ein kleines Kind.

»Oh, was seid ihr für herzlose und undankbare Kinder«, heulte sie jämmerlich, »daß ihr mir das antut, eurer eigenen Mutter, dem einzigen Menschen auf der ganzen Welt, der euch liebt! Der einzige Mensch, der sich um euch sorgt! Ich kam so voller Freude zu euch, wollte euch meine gute Neuigkeit erzählen, damit ihr euch mit mir zusammen freuen könnt. Und was tut ihr? Ihr greift mich so gemein, so ungerecht an! Macht, daß ich mich so schäme und so schuldig fühle, wo ich doch die ganze Zeit nur immer euer Bestes im Auge gehabt habe. Und trotzdem wollt ihr mir nicht glauben!«

Sie war jetzt auf einer Ebene mit uns, weinte mit dem Gesicht nach unten in die Kissen, wie ich es vor Jahren auch getan hatte und Carrie es noch heute tat.

Sofort und spontan packten Chris und mich das Mitleid und das schlechte Gewissen. Alles, was sie sagte, war ja nur zu wahr. Sie war der einzige Mensch, der uns liebte und der sich um uns sorgte, und nur bei ihr lag unsere Rettung, unser Leben, unsere Zukunft und unsere Träume. Wir liefen zu ihr, Chris und ich, und nahmen sie in unsere Arme, so gut es ging, flehten sie an, alles zu vergessen. Die Zwillinge sagten gar nichts. Sie sahen nur zu.

»Mammi, hör bitte auf zu weinen! Wir wollten dir nicht weh tun, dich nicht verletzen. Es tut uns leid, wirklich, sehr leid. Wir bleiben hier. Wir glauben dir. Der Großvater ist so gut wie tot – eines Tages muß er ja wirklich sterben, nicht wahr?«

Unser Flehen, unsere Tränen, unsere Reue drangen schließlich zu ihr durch. Irgendwie schaffte sie es, sich aufzusetzen, und sie tupfte sich die Augen mit einem kleinen Spitzentaschentuch ab, das ein großes weißes C als Monogramm zierte.

Sie schob Chris und mich von sich, stieß unsere Hände weg, als hätte sie sich daran verbrannt, und sprang auf die Füße. Jetzt weigerte sie sich, unsere Augen anzusehen, die bettelten, flehten, um Verzeihung baten.

»Packt euere Geschenke aus, die ich mit soviel Sorgfalt ausgesucht habe«, sagte sie mit einer kalten, von unterdrückten

Schluchzern erfüllten Stimme. »Und dann sagt mir, ob ihr geliebt und umsorgt werdet. Sagt mir, daß ich nicht daran denke, was ihr braucht, was gut für euch ist, euch jeden Wunsch von den Augen ablese. Sagt mir, daß ich nur an mich selbst denke und mich nicht um euch kümmere.«

Die dunkle Wimperntusche zog Streifen über ihr Gesicht. Ihr leuchtender roter Lippenstift war verschmiert. Ihr Haar, das sie gewöhnlich wie einen perfekten Hut auf dem Kopf trug, wirkte zerzaust und unordentlich. Sie war als eine Vision der perfekten Schönheit in diesen Raum eingezogen, und nun sah sie aus wie ein gerupftes Huhn.

Aber warum mußte ich nur denken, sie sei eine Schauspielerin, die jede Rolle mit der höchsten Perfektion spielte?

Sie sah Chris an und ignorierte mich. Und die Zwillinge – die hätten in Timbuktu sein können, wollte man nach dem Interesse urteilen, das unsere Mutter für sie aufbrachte.

»Ich habe für deinen kommenden Geburtstag ein neues großes Lexikon bestellt, Christopher«, brachte sie heraus, noch immer an ihrem Gesicht herumtupfend, um die Tuscheflecken zu entfernen. »Genau das Lexikon, das du immer haben wolltest – das beste, das es auf dem Markt gibt, in echtes rotes Leder gebunden, mit 24karätigem Goldschnitt. Sie werden deinen Namen in jedem Band eingedruckt tragen und das Datum, aber sie werden nicht direkt hierhergeschickt, weil das zu gefährlich wäre. Ich bin für diese Bände selbst beim Verlag gewesen und habe sie dort für dich bestellt.« Sie schluckte schwer und ließ ihr Taschentuch sinken. »Ich habe so überlegt und überlegt, was für ein Geschenk dir die meiste Freude machen würde, genau wie ich dir immer das Beste für deine Erziehung besorgt habe.«

Chris schien sprachlos. Das Spiel seiner gemischten Gefühle zeichnete sich in seinen Augen ab und ließ sie verwirrt dreinschauen, verblüfft und irgendwie hilflos. Gott, wie er sie geliebt haben muß, selbst nach allem, was sie uns angetan hatte.

Meine Gefühle waren jetzt ganz eindeutig. Ich kochte vor Wut. Jetzt schleppte sie also echt ledergebundene, mit 24karätigem Goldschnitt ausgestattete Lexika an! Bücher wie diese mußten mehr als tausend Dollar gekostet haben – eventuell sogar zwei- oder dreitausend! Warum legte sie dieses Geld nicht für unseren Flucht-Fond beiseite? Ich wollte laut losschreien wie Carrie, aber irgend etwas Gebrochenes in Chris' blauen Augen verschloß mir den Mund. Er hatte sich immer schon ein solches Lexikon gewünscht, ledergebunden und mit Goldschnitt. Und nun hatte sie es bereits für ihn bestellt, Geld bedeutete offenbar nichts mehr für sie, und vielleicht, vielleicht starb der Großvater wirklich schon heute oder morgen, und sie brauchte gar kein Geld, um ein Apartment für uns alle zu mieten oder ein Haus zu kaufen.

Sie fühlte mein Mißtrauen.

Mammi hob ihren Kopf, reckte ihn hoch und wandte sich zur Tür. Wir hatten unsere Geschenke noch nicht ausgepackt, und sie würde nicht hierbleiben, um zu sehen, wie wir uns darüber freuten. Warum weinte ich nur innerlich, wenn ich sie doch haßte? Ich liebte sie nicht mehr ... nein!

In der Türe sagte sie: »Wenn ihr darüber nachgedacht habt, wie sehr ihr mich heute verletzt habt, und wenn ihr mich wieder mit Liebe und Respekt behandelt, dann komme ich zurück. Nicht früher.«

So kam sie.

So ging sie.

So war sie also gekommen und gegangen und ließ Carrie und Cory zurück, ohne sie in den Arm genommen zu haben, ohne Kuß, ohne Worte und ohne sie auch nur eines längeren Blickes zu würdigen. Und ich wußte, warum. Sie konnte es nicht ertragen, sie anzublicken und sehen zu müssen, was ihre Erbschaft die Zwillinge kostete.

Die beiden klammerten sich an meinen Rock und blickten in mein Gesicht herauf. Ihre kleinen Gesichter waren voller Angst und Beklemmung. Sie versuchten aus meinen Augen abzulesen, ob ich glücklich war, damit sie sich auch glücklich fühlen durften. Ich kniete mich hin, um ihnen die Küsse zu geben, die Mammi ihnen vorenthalten hatte, weil sie nicht daran dachte oder weil sie es einfach nicht konnte – weil sie denen keine Küsse geben konnte, denen sie so Schreckliches angetan hatte.

»Sehen wir komisch aus?« fragte Carrie besorgt, ihre kleinen Hände um meine geklammert.

»Nein, natürlich nicht. Du und Cory, ihr seht nur ein wenig blaß aus, weil ihr zuviel im Haus seid.«

»Sind wir zuwenig gewachsen?«

»Ihr seid ganz prima gewachsen.« Und ich strahlte sie an, während ich log. Und mit vorgetäuschter Begeisterung, mein falsches Lächeln wie eine Maske tragend, setzte ich mich mit den Zwillingen und Chris auf den Boden, und wir machten uns alle vier daran, lachend unsere Geschenke auszupacken, als sei Weihnachten. Sie waren alle wunderhübsch in goldene oder silberne Folie eingepackt, mit großen seidenen Schleifen drum.

Reiß das Papier herunter, wirf die Schleifen fort, die Deckel von den Kartons, heraus mit dem Inhalt... sieh nur, all die schönen Kleider für jeden von uns! Schau dir die neuen Bücher an, Hurra! Sieh nur die neuen Spielsachen, die Puzzles, die Bausätze, Hurra! Mann, o Mann, was für eine riesige Schachtel mit süßsauren Lutschbonbons in allen Farben, wie ich sie so liebte!

Vor uns lag ihre ganze Zuneigung ausgebreitet. Sie kannte uns noch immer gut, das mußte ich zugeben, unseren Geschmack, unsere Hobbys – alles, nur unsere Größen nicht mehr. Mit Geschenken bezahlte sie uns für all die langen, leeren Monate, in denen wir in der Obhut dieser Hexengroßmutter zurückgeblieben waren, die uns am liebsten tot und begraben sehen würde.

Und sie wußte, was für eine Mutter sie hatte – sie wußte es!

Mit Spielen und Puppen und Puzzles versuchte sie uns zu kaufen und unsere Verzeihung zu erbetteln für das, von dem sie selbst in ihrem Herzen wußte, wie schlecht es war.

Mit süßen Bonbons hoffte sie die saure Galle der Einsamkeit in unseren Mündern, Herzen und Gedanken zu überdecken. Für ihre Art zu denken mußten wir ganz einfach noch Kinder sein und immer Kinder bleiben, auch wenn Chris sich inzwischen rasieren mußte und ich einen BH brauchte... nur Kinder... und zu Kindern wollte sie uns für immer machen, wie die Titel der Bücher offen zeigten, mit denen sie uns beschenkt hatte. *Wichtelgeschichten*. Das hatte ich als kleines Mädchen gelesen. Märchen von den Gebrüdern Grimm und von Hans Christian Andersen – ich kannte sie längst auswendig. Und noch einmal *Die Sturmhöhe* und *Jane Eyre*? Merkte sie nicht einmal, was wir bereits gelesen hatten? Welche Bücher sie uns schon selbst geschenkt hatte?

Ich schaffte es trotzdem zu lächeln, als ich Carrie ein neues rotes Kleid über den Kopf zog und ihr Haar mit einer purpurnen Schleife zusammenband. Nun war sie angezogen, wie sie immer angezogen sein wollte, von Kopf bis Fuß in ihrer Lieblingsfarbe. »Du siehst wunderbar aus, Carrie, richtig toll.« Und auf gewisse Art sah sie wirklich so aus. Sie war glücklich, so leuchtende, erwachsene, königlich rote Kleider zu haben.

Als nächstes half ich Cory in seine roten kurzen Hosen und sein weißes Hemd mit dem roten Monogramm auf der Brusttasche. Dazu gab es eine Krawatte, die Chris ihm umband, wie er es vor langer, langer Zeit einmal von Daddy gelernt hatte.

»Soll ich dich jetzt anziehen, Christopher?« fragte ich sarkastisch.

»Wenn das die Sehnsucht deines Herzens ist«, meinte er boshaft, »darfst du mich auch anziehen, von der Unterhose angefangen.«

»Werd nicht vulgär!«

Cory hatte ein neues Instrument bekommen – ein schimmerndes Banjo! Wie hatte er sich immer ein Banjo gewünscht! Und sie hatte es nicht vergessen. Seine Augen leuchteten auf. *Oh, Susanna, don't you cry for me, for I'm going to Louisiana with a banjo on my knee . . .*

Er spielte die Melodie, und Carrie sang dazu. Es war eines seiner fröhlichen Lieblingslieder, das er immer wieder auf der Gitarre spielte, aber es klang irgendwie nie richtig. Auf dem Banjo klang es, wie es sollte. Gott hatte Cory mit magischen Fingern gesegnet.

Mich hatte Gott mit bösen Gedanken gesegnet, die einem bei allem die Freude nahmen. Wofür waren schöne Kleider schon gut, wenn sie nie jemand außer uns sehen konnte? Ich wollte Dinge, die sich nicht in schöne Geschenkkartons mit Seidenschleifen verpacken ließen. Ich wollte all die Dinge, die man für Geld nicht kaufen konnte. War ihr nicht aufgefallen, daß mein Haar über der Stirn abgeschnitten war? Hatte sie nicht gesehen, wie abgemagert wir waren? Meinte sie etwa, wir wirkten gesund mit unsrer bleichen, dünnen Haut?

Bittere, häßliche Gedanken, während ich Carrie ein süßes Bonbon in den erwartungsvoll aufgerissenen Mund schob, dann eins für Cory und zum Schluß auch noch eins für mich selbst. Ich starrte die schönen Kleider wütend an, die für mich bestimmt waren. Ein blaues Samtkleid, wie man es zu einer Party trägt. Ein rosa und blaues Abendkleid mit dazu passenden Slippern. Ich saß da mit dem süßen, langsam schmelzenden Bonbon im Mund, und es schmeckte so sauer wie der eiserne Kloß in meinem Hals. Ein zwölfbändiges Lexikon! Sollten wir für immer hierbleiben?

Doch diese Bonbons waren schon immer meine geheime Lieblingssüßigkeit gewesen. Sie hatte mir diese leckeren Bonbons mitgebracht, für mich, und ich brachte nur ein einziges herunter, und das nur mit Mühe.

Sie saßen auf dem Boden um die Schachtel mit den Bonbons herum, Cory, Carrie und Chris. Sie stopften sich das Zeug in den Mund, lachten und freuten sich. »Ihr solltet sparsamer mit diesen Bonbons umgehen«, sagte ich säuerlich. »Es könnte die letzte Schachtel mit Süßigkeiten sein, die ihr für sehr, sehr lange Zeit zu sehen bekommt.«

Chris warf mir einen Blick zu, seine blauen Augen strahlten glücklich. Man brauchte nicht lange darin zu lesen, um zu erkennen, daß sein Glaube und sein Vertrauen schon mit einem einzigen Besuch von Mammi wiederhergestellt waren. Warum erkannte er nicht, daß diese Geschenke nur dazu bestimmt waren, die Tatsache vor uns zu verbergen, daß wir ihr längst gleichgültig waren? Warum erkannte er nicht, wie ich es sah, daß wir für sie längst nicht mehr so real waren wie in früheren Tagen? Wir waren nur noch eines dieser unerfreulichen Themen, über die die Leute nicht gerne reden – wie Mäuse auf dem Dachboden.

»Sitz du nur da und stell dich an«, meinte Chris und funkelte mir seine gute Laune zu. »Enthalte du dir die Bonbons vor, während wir anderen unseren Hunger auf Süßigkeiten für drei Monate im voraus stillen, bevor die Mäuse uns alles wegfressen. Cory, Carrie und ich werden uns gleich die Zähne putzen, während du noch immer dasitzt und heulst und dir selbst leid tust und uns vormachen willst, daß du durch Selbstopfer an unserer Lage etwas ändern kannst. Mach weiter so, Cathy! Weine nur! Spiel die Märtyrerin. Leide! Renn mit deinem Kopf gegen die Wand! Schrei! Und wir werden trotzdem hierbleiben müssen, bis der Großvater stirbt, und alle Bonbons sind bald aufgegessen, aufgegessen, aufgegessen!«

Ich haßte ihn, daß er sich über mich lustig machte! Ich sprang auf, rannte in die entgegengesetzte Zimmerecke, drehte ihm den Rücken zu und probierte meine neuen Kleider an. Drei wunderschöne Kleider, die ich mir eines nach dem anderen überstreifte. Der Reißverschluß ließ sich ohne Schwierigkeiten bis über die Hüften schließen, aber sosehr ich mich auch anstrengte, am Rücken bekam ich ihn nicht zu. Ich riß mir das letzte Kleid wütend wieder herunter und suchte im Oberteil nach Abnähern und der fraugerechten Form. Keine zu finden! Sie kaufte mir weiter nur Kleinmädchenkleider – alberne, süße Kindersachen! Ich warf die drei Kleider auf den Boden und trampelte darauf herum, zerfetzte den blauen Samt, so daß man sie nicht mehr umtauschen konnte.

Und da saß Chris mit den Zwillingen auf dem Boden, grinste und lachte dann mit seinem hinterhältigen, jungenhaften Charme, der mich bald mitlachen lassen würde – wenn ich es zuließ. »Komm, schreib einen Einkaufszettel«, scherzte er. »Es wird Zeit, daß du BHs trägst. Und wenn du schon mal dabei bist, schreib auch einen Hüfthalter auf.«

Ich hätte ihm in das grinsende Gesicht schlagen können! Mein Bauch war so hohl, daß er gar nicht existierte. Und wenn mein Hintern fest und rund war, dann lag das an meinen Übungen – nicht am Fett! »Halt den Mund!« schrie ich los. »Warum soll ich Mammi extra aufschreiben, was für Sachen ich brauche? Ein einziger Blick, und sie muß wissen, welche Kleider ich tragen kann. Woher soll ich denn wissen, was für eine BH-

Größe ich habe? Und ich brauche keinen Hüfthalter! Du brauchst höchstens einen Sockenhalter – und etwas Grips im Kopf, der nicht aus irgendwelchen Büchern stammt!« Ich funkelte ihn an und freute mich, sein schockiertes Gesicht zu sehen.

»Christopher!« schrie ich. Ich konnte mich nicht mehr länger unter Kontrolle halten. »Manchmal hasse ich Mammi! Und nicht nur das, manchmal hasse ich dich auch! Manchmal hasse ich jeden – und am meisten mich selbst! Manchmal wünsche ich mir, ich wäre tot, weil ich mir denke, wir alle wären besser tot als hier drinnen lebendig begraben! Lebenslang eingesperrt wie die chronischen Fälle in einer Irrenanstalt!«

Jetzt war ich mit meinen geheimsten Gedanken herausgekommen, hatte sie ausgespien, und mein Bruder stöhnte auf und wurde bleich. Meine kleine Schwester schrumpfte noch kleiner zusammen, begann zu zittern. Sofort, nachdem die grausamen Worte gesagt waren, wünschte ich mir, ich könnte sie wieder zurücknehmen. Ich ertrank in Schuldgefühlen, aber ich war nicht in der Lage, mich zu entschuldigen. Ich wirbelte herum und rannte zur Dachbodentreppe, die mich fortbringen würde. Wenn ich jemanden verletzt hatte oder selbst verletzt war, was oft genug vorkam, rannte ich zu der Musik, den Kostümen, den Ballettschuhen, auf denen ich mich drehen und springen und meinen Kummer aus der Welt tanzen konnte. Und irgendwo in dem rötlich schimmernden Traumland, durch das ich wie verrückt meine Pirouetten drehte in einem wilden, wahnsinnigen Versuch, mich selbst bis zur Gefühllosigkeit zu erschöpfen, sah ich meinen Traummann, schattenhaft und fern, halb verborgen hinter purpurnen Säulen, die sich klar in einen purpurnen Himmel reckten. Er tanzte in einem leidenschaftlichen *pas de deux* mit mir, für immer von mir entfernt, wie sehr ich mich auch bemühte, ihm näher zu kommen und in seine Arme zu springen, damit ich sie schützend um mich spürte, schützend und Halt gebend ... und mit ihm würde ich zuletzt doch einen sicheren Platz finden, um zu leben und zu lieben.

Dann war plötzlich die Musik vorbei. Ich war wieder zurück

auf dem dreckigen, verstaubten Dachboden, lag auf den Dielen, mein rechtes Bein verdreht unter mir. Ich war gestürzt! Als ich mich auf die Füße kämpfte, konnte ich kaum laufen. Mein Knie tat so weh, daß mir Tränen einer ganz anderen Art in die Augen stiegen. Ich humpelte durch den Speicher in den Schulraum, ohne mich darum zu kümmern, daß ich mir dabei mein Knie für immer ruinieren konnte. Ich öffnete ein Fenster und kletterte auf das schwarze Dach hinaus. Unter Schmerzen schob ich mich das schiefe Dach hinunter bis zu der mit Blättern gefüllten Dachrinne. Tief unter mir der Boden! Mit Tränen des Selbstmitleids und des Schmerzes im Gesicht, die mir alles vor Augen verschwimmen ließen, schwankte ich an der Dachkante, schloß die Augen und wartete darauf, die Balance zu verlieren. In einer Minute würde alles vorbei sein. Ich würde dort unten in den dornigen Rosenbüschen liegen.

Die Großmutter und Mammi könnten behaupten, daß es irgendein verrücktes fremdes Mädchen war, das da auf ihrem Dach herumkletterte und versehentlich abstürzte, und Mammi würde weinen, wenn sie mich in meinem blauen Ballettkostüm tot und zerbrochen im Sarg liegen sah. Dann würde sie begreifen, was sie uns antat, und sie würde die Tür aufschließen, um Chris und die Zwillinge herauszulassen, damit sie wieder ein normales Leben führen konnten.

Das war die goldene Seite meines Selbstmord-Vorhabens.

Aber ich mußte wie immer beide Seiten sehen. Und so besah ich auch die Rückseite. Was, wenn ich nun nicht dabei starb? Angenommen, die Rosenbüsche dämpften meinen Fall so, daß ich mir nur sämtliche Knochen brach und für den Rest meines Lebens entstellt und verkrüppelt war?

Und auch wenn ich tatsächlich tot wäre, aber Mammi nicht weinen würde, es ihr nicht leid täte, sie keine Schuld verspürte, sondern sie einfach froh war, eine Pest wie mich auf diese billige Art loszuwerden; was dann? Wie würden Chris und die Zwillinge weiterleben können, wenn ich mich nicht mehr um sie kümmerte? Wer würde den Zwillingen die Mutter ersetzen und ihnen die Zärtlichkeit und Zuwendung geben, bei der sich Chris doch etwas schwertat? Und was Chris anging – vielleicht dachte er, daß er mich nicht wirklich brauchte, daß Bücher und ledergebundene Lexika mit 24karätigem Goldschnitt da wären, um meinen Platz einzunehmen. Wenn er diesen Doktor vor seinem Namen hätte, wäre das genug, um ihn für den Rest seines Lebens zufriedenzustellen. Aber auch wenn er erst Arzt war, wußte ich, daß es nicht genug sein würde, nie genug, solange ich nicht auch an seiner Seite da war. Und diese Fähigkeit, beide Seiten der Sache zu sehen, rettete mich vor dem Tode.

Ich stolperte vom Rand des Daches zurück und kam mir albern und kindisch vor, auch wenn ich immer noch weinte. Mein Knie tat so furchtbar weh, daß ich zu dem speziellen, sicheren Platz hinter den Kaminen nur hinaufkriechen konnte. Dort legte ich mich auf den Rücken und starrte in den blicklosen, gleichgültigen Himmel. Ich zweifelte sehr, daß Gott dort oben wohnte; ich zweifelte, daß der Himmel dort oben war.

Gott und Himmel waren unten auf der Erde, in den Gärten, den Wäldern, den Parks, an den Stränden, den Seen und unterwegs auf den großen Highways nach irgendwohin.

Die Hölle war hier direkt über mir, da, wo ich war, hatte mich ständig in ihrem Schatten, versuchte mich kaputtzumachen, damit ich das wurde, was die Großmutter immer in mir sah – eine Satansbrut.

Ich lag auf diesem harten, kalten Schieferdach, bis es dunkel wurde und der Mond aufging und die Sterne mich zornig anfunkelten. Ich trug nur einen Turnanzug und eines dieser albernen Ballettröckchen.

Ich fröstelte, und die Gänsehaut kroch mir die Arme herauf. Doch ich blieb, wo ich war, um weiter meine Rache zu planen, meinen Rachezug gegen alle, die mich vom Guten zum Bösen gewandelt hatten und aus mir gemacht hatten, was ich von diesem Tag an sein würde. Ich überzeugte mich selbst, daß es einmal den Tag geben mußte, an dem meine Mutter und die Großmutter in meiner Hand sein würden ... und dann würde ich die Peitsche schwingen und den Teer verteilen und das Essen zurückhalten.

Ich versuchte mir auszudenken, was genau ich ihnen antun

würde. Was wäre die richtige Bestrafung für sie? Sollte ich sie beide einschließen und den Schlüssel wegwerfen? Sie verhungern lassen, so wie sie uns verhungern ließen?

Ein leises Geräusch unterbrach den düsteren Fluß meiner Gedanken. In der Dämmerung des frühen Abends hörte ich Chris meinen Namen leise rufen. Nicht mehr, nur meinen Namen. Ich antwortete nicht, ich brauchte ihn nicht. Ich brauchte niemanden. Er hatte auch dazu beigetragen, mich so fertigzumachen. Chris war unfähig, mich zu verstehen, und ich brauchte ihn nicht, nicht jetzt.

Trotzdem kam er zu mir und legte sich neben mich. Er brachte eine warme Wolljacke mit, die er mir ohne ein Wort um die Schultern legte. Er starrte wie ich in den kalten, Unheil verkündenden Himmel hinauf. Zwischen uns entstand ein langes, zutiefst beunruhigendes Schweigen. Es gab nichts an Chris, was ich wirklich haßte oder auch nur nicht mochte, und ich wollte mich so gern zur Seite, zu ihm drehen und ihm das sagen und ihm für die warme Jacke danken, aber ich brachte kein Wort heraus. Ich wollte ihn wissen lassen, daß es mir leid tat, ihn und die Zwillinge so angegriffen zu haben, wo wir alle doch, weiß Gott, nicht noch andere Feinde brauchten. Meine Arme, die unter der Jacke zitterten, sehnten sich danach, ihn an mich zu drücken und ihn zu trösten, wie er mich so oft getröstet hatte, wenn ich nachts aus einem meiner Alpträume hochgeschreckt war. Aber alles, was ich tun konnte, war, stumm dazuliegen und zu hoffen, daß er meine Wortlosigkeit begreifen würde.

Er schaffte es immer, als erster die weiße Fahne hochzuziehen, wenn das notwendig war, und dafür werde ich ihm immer dankbar sein. Mit der heiseren, angestrengten Stimme eines Fremden, die aus weiter Ferne zu kommen schien, erzählte er mir, daß er und die Zwillinge schon zu Abend gegessen, für mich aber noch etwas aufgehoben hätten.

»Und wir haben nur so getan, als hätten wir alle Bonbons aufessen wollen. Es sind noch jede Menge für dich übriggeblieben.«

Bonbons. Er sprach von Bonbons. War er noch immer in der

Kinderwelt, wo man mit süßen Bonbons Tränen stillen und alles Schlimme vertreiben konnte? Ich war älter geworden und hatte meinen Enthusiasmus für solche kindlichen Freuden verloren. Ich wollte das, was sich jeder Teenager wünschte – Freiheit, um mich zu einer Frau zu entwickeln, Freiheit, mein Leben selbst zu gestalten! Als ich ihm das versuchte zu erklären, merkte ich, daß meine Stimme zusammen mit den Tränen eingetrocknet zu sein schien.

»Cathy ... was du vorhin gesagt hast ... sag nie wieder solche gemeinen, hoffnungslosen Sachen.«

»Warum nicht?« spuckte ich aus. »Jedes Wort, das ich gesagt habe, ist wahr. Ich habe nur ausgedrückt, was ich in meinem Inneren fühle – ich habe rausgelassen, was du tief in dir verbirgst. Gut, versteck diese Dinge nur weiter vor dir selbst, und du wirst erleben, wie sich diese Wahrheit zu Bitternis verwandelt, die dich von innen her zerfrißt!«

»Nicht ein einziges Mal habe ich mir gewünscht, tot zu sein!« schrie er mit der heiseren Stimme heraus, die klang wie bei jemand, der einen ewigen Schnupfen hat. »Sag nie wieder so etwas – oder denke so an den Tod! Sicher, wir haben alle unsere Ängste und Zweifel, aber ich habe meine versteckt. Und ich lächle und lache und zwinge mich, meine Zweifel zu überwinden, denn ich will das hier überleben. Wenn du von eigener Hand stirbst, nimmst du mich mit da hinunter, und die Zwillinge würden bald folgen, weil sie keine Mutter mehr hätten. Wer würde dann für sie die Mutter sein?«

Das brachte mich zum Lachen; aber es war nur ein hartes, häßliches Lachen voll Bitterkeit – die Art, wie meine Mutter gelacht hatte, wenn sie über etwas verbittert war. »Warum, Christopher Meißner? Denk daran, wir haben eine liebe, süße, hingebungsvolle Mutter, die immer zuerst an uns denkt, und sie wäre dann ja noch da, um sich um die Zwillinge zu kümmern.«

Bei diesen Worten wandte Chris sich zu mir um und nahm mich bei den Schultern. »Ich hasse es, wenn du so redest, wie sie das manchmal tut. Glaubst du denn, ich wüßte nicht, daß du längst mehr eine Mutter für Carrie und Cory bist als Mammi? Denkst du, ich hätte nicht mitbekommen, wie die Zwillinge sie angestarrt haben, als wäre sie eine Fremde? Cathy, ich bin weder blind noch dumm. Ich weiß, daß Mammi zuerst an sich selbst denkt und erst danach an uns.« Der alte Mond schien herab und ließ die Tränen in seinen Augen glitzern. Seine Stimme klang trotzdem mutig, gedämpft und tief.

Er sagte all das ohne Bitternis, nur mit Bedauern – genau in der flachen, gefühllosen Art, mit der ein Arzt einem Patienten mitteilt, daß er eine unheilbare Krankheit hat.

In diesem Moment überkam es mich wie eine laue Flut – ich liebte Chris – und er war mein Bruder. Er gab mir das, was mir fehlte, den Halt, wenn ich wild und verrückt losstürzen wollte – und was für eine perfekte Art, es Mammi und den Großeltern heimzuzahlen. Gott würde es nicht sehen. Er hatte seine Augen auch an dem Tag, als Jesus ans Kreuz geschlagen wurde, vor allem verschlossen. Aber Daddy war dort oben und sah herab, und das ließ mich vor Scham zittern.

»Sieh mich an, Cathy, sieh mich an.«

»Ich habe wirklich nichts so gemeint, Chris, nichts, was ich vorhin gesagt habe. Du weißt, wie melodramatisch ich sein kann – ich will genausogern leben wie jeder andere auch, aber ich habe Angst davor, daß uns irgend etwas Schreckliches passiert, wenn wir hier weiter die ganze Zeit eingeschlossen bleiben. Deshalb sage ich diese furchtbaren Sachen, nur um dich aufzurütteln, damit du merkst, was hier vorgeht. O Chris, ich sehne mich so verzweifelt danach, wieder mit anderen Menschen zusammensein zu dürfen. Ich möchte neue Gesichter sehen, andere Zimmer. Ich habe tödliche Angst um die Zwillinge. Ich will einkaufen gehen und reiten und all die Dinge tun, die wir hier nie tun können.«

Auf dem Dach in der Dunkelheit, der Kälte suchten wir intuitiv nach uns. Wir preßten unsere Körper aneinander, hörten unsere Herzen laut an der Brust des anderen klopfen. Wir weinten nicht, wir lachten nicht. Hatten wir nicht längst einen Ozean von Tränen geweint? Und sie hatten uns nicht geholfen. Hatten wir nicht längst Millionen Gebete gesagt und auf eine Erlösung gewartet, die nie gekommen war? Und wenn Tränen nichts erreichten und Gebete nicht erhört wurden, wie sollten wir sonst Gott erreichen und seine Hilfe erlangen?

»Chris, ich habe es schon früher gesagt, und ich sage es noch einmal. Wir müssen selbst die Initiative ergreifen. Hat Daddy nicht immer gesagt, Gott hilft denen, die sich selbst helfen?«

Seine Wange lag an meiner, während er so verdammt lange nachdachte. »Ich werde es mir überlegen, auch wenn, wie Mammi es sagt, wir jeden Tag dieses Vermögen erben können.«

Mammis Überraschung

Jeden Tag von den zehn, bevor unsere Mutter uns wieder besuchte, spekulierten Chris und ich endlose Stunden, warum sie wohl nach Europa gegangen und dort so lange geblieben war, und am meisten überlegten wir natürlich – was war die große Neuigkeit, die sie uns zu erzählen hatte?

Wir empfanden diese zehn Tage als eine neue Form von Bestrafung. Denn es war eine Strafe. Es tat weh, zu wissen, daß sie in diesem Haus hier war und uns doch einfach ignorieren und aus ihrem Leben ausschließen konnte, als wären wir nur Mäuse auf dem Dachboden.

Als sie dann letzten Endes doch wiederauftauchte, waren wir gründlich gezüchtigt und gedemütigt; und äußerst besorgt, sie würde nie wiederkommen, wenn Chris und ich irgendwie feindselig wären oder unseren Wunsch, hier rauszukommen, wiederholten. Wir waren still, furchtsam und akzeptierten unser Schicksal. Denn was sollten wir tun, wenn sie wirklich nicht mehr kam? Wir konnten nicht über unsere Bettlaken-Leiter entkommen – nicht mit zwei kleinen Kindern, die schon hysterisch wurden, wenn man sie nur mit hinaus aufs Dach nahm.

Also lächelten wir Mammi zu und beklagten uns mit keinem einzigen Wort. Wir fragten nicht, warum sie uns noch einmal damit bestraft hatte, zehn Tage fortzubleiben, nachdem sie uns vorher schon über Monate allein gelassen hatte. Wir akzeptierten das, was sie noch bereit war, uns zu geben. Wir waren so, wie sie es als Kind nach eigenem Bekunden bei ihrem Vater gelernt hatte, ihre gehorsamen, pflichtbewußten, respektvollen und passiven Kinder. Und, mehr noch, wir gefielen ihr auf diese Art. Wir waren wieder ihre süßen, lieben, ganz privaten »Schätzchen«.

Da wir nun so gut, so lieb, so voller Anerkennung für sie und so sehr voller Respekt und offensichtlich auch Vertrauen waren, fand sie wohl, daß die Zeit reif war, ihre nächste Bombe zu zünden.

»Schätzchen, freut euch mit mir! Ich bin so glücklich.« Sie lachte und drehte sich spielerisch um sich selbst, die Arme über der Brust verschränkt und in ihren eigenen Körper verliebt. So kam es mir jedenfalls vor. »Ratet, was passiert ist – los, ratet mal!«

Chris und ich wechselten einen schnellen Blick. »Unser Großvater ist gestorben«, sagte er vorsichtig, während mein Herz eine Pirouette drehte und sich auf einen riesigen Sprung vorbereitete, falls sie uns wirklich die erlösende Nachricht bringen sollte.

»Nein!« sagte sie scharf, als habe ihr jemand die gute Laune zu trüben versucht.

»Er ist ins Krankenhaus gebracht worden«, sagte ich, das Zweitbeste hoffend.

»Nein. Ich hasse ihn jetzt wirklich nicht mehr, deshalb würde ich nicht zu euch kommen und sagen, daß ich glücklich über seinen Tod wäre.«

»Warum erzählst du uns deine gute Nachricht dann nicht einfach«, meinte ich dumpf. »Wir werden es nie schaffen, selbst darauf zu kommen. Wir wissen längst von deinem Leben nicht mehr viel.«

Sie ignorierte meine Anspielung und flötete weiter: »Der Grund, warum ich so lange fortgeblieben bin und was ich so schwer fand, euch zu erklären ... ich habe einen wunderbaren Mann geheiratet, einen Rechtsanwalt namens Bart Winslow. Ihr werdet ihn mögen. Er wird euch auch gern haben. Er ist dunkelhaarig und sieht sehr gut aus, groß und athletisch. Und er liebt das Skilaufen, genau wie du, Christopher, und er spielt Tennis, und er ist genau so ein brillanter Bursche wie du, mein Schatz«, und dabei sah sie natürlich Chris an. »Er hat viel Charme, und jeder mag ihn, selbst mein Vater. Und wir fuhren auf Hochzeitsreise nach Europa. Und die Geschenke, die ich euch mitgebracht habe, sind aus England, Frankreich, Spanien und Italien.«

Und sie schwärmte und schwärmte von ihrem neuen Mann, während Chris und ich stumm zuhörten.

Seit jener Nacht mit der Weihnachtsparty hatten Chris und ich mehr als einmal über unseren Verdacht gesprochen. Denn so jung wir auch damals noch gewesen sein mochten, waren wir doch klug genug, uns denken zu können, daß eine so schöne, junge Witwe wie unsere Mutter, die Männer so brauchte, nicht lange allein bleiben würde. Aber es waren zwei Jahre vergangen, ohne daß wir etwas von Heirat hörten, und das war uns Grund genug gewesen anzunehmen, daß der gutaussehende, dunkle Mann mit dem Schnurrbart Mammi nicht wirklich etwas bedeutet hatte. Nur eine vorübergehende Laune – ein Verehrer unter vielen. Und tief in unseren närrischen Herzen hatten wir uns davon überzeugt gefühlt, daß sie für immer treu sein, für immer nur einen liebhaben könnte – unseren blonden, blauäugigen, stattlichen Vater, den sie so wahnsinnig geliebt haben mußte, um zu tun, was sie getan hatte – einen Mann zu heiraten, mit dem sie so eng verwandt war.

Ich schloß meine Augen, um ihre verhaßte Stimme irgendwie auszusperren, mit der sie uns von einem anderen Mann erzählte, der die Stelle unseres Vaters eingenommen hatte. Jetzt war sie die Frau eines anderen, eines völlig anderen Typs von Mann, und er hatte jetzt in ihrem Bett gelegen und mit ihr geschlafen. Und wir bekamen von ihr noch weniger zu sehen, als wir das vorher schon bekommen hatten. O lieber Gott, wie lange, wie lange?

Ihre Neuigkeit und ihre Stimme schufen einen grauen kleinen Panikvogel in meiner Brust, der wild im Käfig meiner Rippen flatterte ... und hinaus wollte, hinaus!

»Bitte«, bettelte Mammi, ihr Lächeln und ihr Lachen, ihre Freude, ihr Glück, mit allem kämpfte sie, um in der öden, sterilen Stille zu überleben, mit der wir ihre Neuigkeit aufgenommen hatten. »Versucht doch zu verstehen, und seid glücklich für mich. Ich habe euren Vater geliebt, das wißt ihr, aber er ist nicht mehr da und schon so lange fort, und ich brauche jemand anderen, den ich lieben kann und der mich liebt.«

Ich sah, wie Chris den Mund öffnete, um zu sagen, daß er sie liebte, daß wir alle sie liebten, aber dann preßte er die Lippen zusammen, denn er erkannte, daß die Liebe ihrer Kinder nicht die Art von Liebe war, die sie gemeint hatte. Und ich liebte sie nicht mehr. Ich war mir nicht einmal sicher, ob ich sie noch mochte, aber ich konnte zumindest lächeln und so tun und so reden, damit gerade noch genug blieb, um die Zwillinge nicht durch mein Verhalten noch mehr zu verängstigen. »Ja. Mammi, ich freue mich für dich. Es ist nett, daß du wieder jemanden gefunden hast, der dich liebt.«

»Er ist schon lange in mich verliebt gewesen, Cathy«, fuhr sie fort, ermutigt und wieder zuversichtlich lächelnd, »auch wenn er eigentlich entschlossen war, Junggeselle zu bleiben. Es war nicht einfach, ihn zu überzeugen, daß er eine Frau brauchte. Und euer Großvater wollte mich eigentlich nie wieder heiraten lassen, einfach als besondere Strafe für das Böse, was ich mit der Ehe mit eurem Vater verbrochen habe. Aber er mag Bart, und als ich weiter und weiter bettelte, gab er schließlich nach und sagte ja, daß ich Bart heiraten könne und noch immer alles erben würde.« Sie hielt inne und nagte an ihrer Unterlippe. Dann schluckte sie nervös. Ihre beringten Finger fuhren zu ihrer Kehle und arbeiteten nervös an der Kette mit echten Perlen herum, was all ihre Bemühungen, die arme Frau in Bedrängnis zu spielen, Lügen strafte. »Natürlich liebe ich Bart nicht so sehr, wie ich euren Vater geliebt habe.«

Hah! Wie schwach das klang! Ihre leuchtenden Augen und ihre strahlende Erscheinung verrieten eine Liebe, die alles überragte, was sie bisher erlebt hatte. Ich seufzte. Armer Daddy.

»Die Geschenke, die du uns mitgebracht hast, Mammi ... sie waren nicht alle aus Europa oder England. Diese Schachtel mit den tollen Bonbons stammte aus Vermont – warst du auch in Vermont? Kommt er von dort?«

Ihr Lachen sprühte vor Freude, es klang echt und ein wenig gefühlvoll, als hätte Vermont ihr viel gegeben. »Nein, er selbst stammt nicht aus Vermont, Cathy. Aber er hat eine Schwester, die dort lebt, und wir haben sie über ein Wochenende besucht, nachdem wir aus Europa zurückkamen, und bei dieser Gelegenheit habe ich die Bonbons für dich gekauft. Es war so eine wunderschöne Packung, und ich weiß, wie sehr du diese Sorte magst. Er hat noch zwei andere Schwestern, die unten im Süden leben. Er stammt aus einer kleinen Stadt in South Carolina – Greenglena, Grenglenna oder so ähnlich. Aber er lebt schon so lange in Neu-England, wo er in Harvard sein Jura-Examen gemacht hat, daß er sich mehr wie ein Yankee als wie ein Südstaatler anhört. Ach, weißt du, es ist so schön im Herbst in Vermont; es war einfach atemberaubend. Natürlich will man auf einer Hochzeitsreise nicht unbedingt mit anderen Leuten zusammensein, deshalb haben wir seine Schwester und ihre Familie nur ganz kurz besucht und dann einige Tage an der Küste verbracht.« Ihre Augen huschten unsicher zu den Zwillingen, als fühle sie sich von ihrem Anblick unangenehm berührt, und wieder knetete sie ihre Perlenkette so krampfhaft, daß die Kette jeden Augenblick reißen mußte. Offenbar sind Ketten mit echten Perlen wesentlich stärker als solche mit Imitationen.

»Gefallen dir die kleinen Boote, die ich dir mitgebracht habe, Cory?«

»Ja, Mutter«, antwortete er sehr höflich und starrte sie mit großen, verhangenen Augen an, als wäre sie eine Fremde.

»Carrie, meine Süße ... die kleinen Puppen, die habe ich in England für dich gefunden, damit deine Sammlung noch größer wird. Ich habe gehofft, eine andere Wiege zu finden, aber sie scheinen heute nirgendwo mehr diese kleinen Wiegen für Puppenhäuser anzufertigen.«

»Das macht nichts, Mammi«, antwortete Carrie, die den Blick auf den Boden gerichtet hielt. »Chris und Cathy haben eine Wiege aus Karton für mich gebastelt, und die tut es auch.«

O Gott, sah sie es denn wirklich nicht?

Sie kannten sie nicht mehr. Sie fühlten sich in ihrer Gegenwart unwohl und unsicher.

»Weiß dein Mann von uns?« fragte ich todernst. Chris verpaßte mir für diese Frage einen bösen Blick, der mir sagen sollte, daß unsere Mutter selbstverständlich nicht den Mann, den sie heiratete, so hinterging, ihm zu verschweigen, daß sie vier versteckte Kinder hatte – die von ihren Eltern für eine Satansbrut gehalten wurden.

Ein Schatten legte sich über Mammi und fraß ihre gute Laune. Wieder hatte ich die falsche Frage gestellt. »Noch nicht, Cathy, aber sobald euer Großvater tot ist, werde ich ihm alles bis ins kleinste erklären. Er wird es verstehen; er ist freundlich und so rücksichtsvoll. Ihr werdet ihn gern haben.«

Das hatte sie bereits mehr als einmal gesagt.

»Cathy, hör auf, mich so anzusehen! Ich konnte es Bart nicht vor unserer Heirat erzählen. Er ist der Anwalt von eurem Großvater. Ich konnte ihm nichts von meinen Kindern sagen, nicht jetzt, nicht bevor das Testament verlesen ist und ich das Geld besitze.«

Mir lag es auf der Zunge, ihr zu erklären, daß ein Mann es wissen sollte, wenn seine Frau vier Kinder von ihrem ersten Mann mit in die Ehe bringt. Oh, wie sehr ich das sagen wollte! Aber Chris funkelte mich so wütend an, und die Zwillinge kauerten dicht beieinander in der Ecke vor dem Fernseher, mit großen Augen am Bildschirm hängend. Und ich wußte nicht mehr, ob ich reden sollte oder besser still blieb. Wenn man schwieg, machte man sich wenigstens keine neuen Feinde. Vielleicht hatte sie ja sogar recht. Ich dachte, o Gott, laß sie recht haben. Laß meinen Glauben an sie zurückkehren. Laß mich wieder glauben, daß sie nicht nur an der Oberfläche schön ist, sondern auch in ihrem Inneren.

Gott legte mir keine warme, Sicherheit und Halt gebende Hand auf die Schulter. Ich saß da und spürte, wie mein böser Verdacht das Band zwischen mir und Mammi immer mehr in die Länge zog und es dünner wurde und dünner.

Liebe. Wie oft dieses Wort in Büchern vorkam. Wieder und wieder las ich es. Wenn man Reichtum und Gesundheit hatte und Schönheit und Talent... war das alles nichts ohne die Liebe. Die Liebe verwandelte alles Gewöhnliche in etwas Strahlendes, Mächtiges, Trunkenes, Verzaubertes.

Diese Gedanken wanderten mir durch den Kopf an einem Tag zu Anfang des Winters, als der Regen auf das Dach trommelte, die Zwillinge in unserem Zimmer vor dem Fernseher saßen und Chris und ich auf dem Dachboden Seite an Seite auf der Matratze unter dem Fenster im alten Schulzimmer lagen. Wir lasen gemeinsam in einem alten Buch, das Mammi uns aus der großen Bibliothek im ersten Stock gebracht hatte. Bald würde auf dem Dachboden wieder der arktische Winter einziehen, deshalb verbrachten wir so viel Zeit, wie wir noch konnten, dort oben. Chris liebte es, eine Seite in Sekundenschnelle zu überfliegen und dann zur nächsten weiterzueilen. Ich hielt mich gerne an schönen Zeilen fest, las sie zweimal, manchmal auch öfter. Wir stritten uns fortwährend darüber. »Lies schneller, Cathy, du saugst die Worte ja regelrecht auf.«

Heute war Chris geduldig. Er drehte sich auf den Rücken und blickte zur Decke hinauf, während ich mir Zeit ließ, jede der wunderbaren Zeilen Wort für Wort in mich aufzunehmen, und dabei die Gefühle der viktorianischen Zeit nachempfand, als die Leute solche hübsch kitschigen Kleider trugen, auf so elegante Art redeten und so tief in der Liebe fühlten. Vom ersten Absatz an hatte die Geschichte uns durch ihren mystischen, romantischen Zauber gefangengenommen. Jede der langsam umgeblätterten Seiten spann die Geschichte eines füreinander bestimmten Liebespaares namens Lily und Raymond fort, die gigantische Widerstände zu überwinden hatten, um auf dem magischen purpurnen Gras zu stehen, dem Ort, an dem sich alle Träume erfüllen. Gott, wie ich ihnen wünschte, daß sie es schafften, diesen Ort zu finden. Dann mußte ich von der Tragödie ihres Lebens erfahren. Sie standen schon die ganze Zeit auf jenem purpurnen Zaubergras ... kann man sich das vorstellen? Die ganze Zeit auf diesem besonderen Rasen, und sie blickten niemals zu Boden. Ich haßte Geschichten ohne gutes Ende! Ich schlug das widerwärtige Buch zu und warf es gegen die nächste Wand. »Wenn das nicht die dümmste, albernste und lächerlichste Geschichte ist!« Ich fuhr Chris wütend an, als habe er das Buch geschrieben.

»Ganz egal, wen ich liebe, ich werde lernen zu vergeben und

zu vergessen.« Ich fuhr fort, mit dem Sturm draußen um die Wette zu toben, so wütend war ich über den Schluß.

»Warum konnte man die Geschichte denn nicht anders schreiben? Wie ist es nur möglich, daß zwei intelligente Menschen mit dem Kopf in den Wolken schweben, ohne zu bemerken, daß solche Wolkenkuckucksheime meist böse enden? Nie, nie werde ich wie Lily oder Raymond sein! Idealistische Dummköpfe, die nicht einmal so viel vom Leben verstanden, daß sie hin und wieder auf den Boden sahen, auf dem sie standen!«

Meinen Bruder schien es zu amüsieren, daß ich eine Geschichte so ernst nahm, aber dann dachte er selbst darüber nach und starrte versonnen in die Regenschleier hinaus. »Vielleicht wird von Liebenden einfach nicht erwartet, daß sie den Boden zu ihren Füßen betrachten. Diese Art von Geschichte erzählt die Dinge durch Symbole – und die Erde ist das Symbol der Realität, und die Realität, das heißt Verzweiflung, Krankheit, Tod, Mord und alle Arten von Tragödien. Von Liebenden erwartet man, daß sie hoch hinauf in den Himmel blicken, denn dort oben kann niemand auf schönen Illusionen herumtrampeln.«

Ich runzelte die Stirn und warf ihm einen düsteren Blick des Mißfallens zu. »Und wenn ich mich verliebe«, begann ich, »dann werde ich einen Berg bauen, der den Himmel berührt. Dann werden mein Liebster und ich das Beste von beiden Welten haben, unter unseren Füßen der feste Boden der Realität, während unsere Köpfe in den Wolken sind und all unsere Illusionen unversehrt bleiben. Und um uns wird das purpurne Gras hoch genug wachsen, daß wir es immer vor Augen haben.«

Er lachte, er drückte mich, er küßte mich leicht und zärtlich, und seine Augen waren so weich und sanft in dem staubigen, kalten Zwielicht des Dachbodens. »O ja. Meine Cathy könnte das. All ihre hübschen Illusionen behalten, in kopfhohem purpurnem Gras tanzen, Wolken wie Gazekleider tragen. Sie springt, sie hüpft und tanzt Pirouetten, bis ihr schwerfälliger, bleifüßiger Liebster genauso elegant dahinschwebt.«

Auf Treibsand gesetzt, sprang ich schnell wieder zurück auf sicheren Boden. »Es war eine schöne Geschichte, trotzdem, auf ihre eigene Art eben. Mir tut nur so leid, daß Raymond und Lily sich selbst das Leben nehmen mußten, wenn doch alles auch hätte gut ausgehen können. Als Lily Raymond die ganze Wahrheit erzählte, daß sie von diesem furchtbaren Mann vergewaltigt worden war, hätte Raymond sie nicht beschuldigen dürfen, sie habe diesen Kerl dazu verführt! Keine Frau, die noch einen Funken Verstand im Kopf hat, würde einen Mann mit acht Kindern verführen wollen.«

»O Cathy, manchmal bist du einfach sagenhaft.«

Seine Stimme klang noch tiefer als sonst bei diesen Worten. Sein zärtlicher Blick wanderte langsam über mein Gesicht, hing kurz an meinen Lippen, wanderte dann tiefer zu meinen Brüsten, meinen Beinen, die in weißen Ballettstrümpfen steckten. Über den Strümpfen trug ich einen kurzen wollenen Rock und eine Wolljacke. Er wurde rot, als ich meinen Blick nicht von seinem Gesicht nahm. Zum zweitenmal drehte er heute den Kopf zur Seite, damit ich seine Augen nicht mehr sah. Ich lag nah genug bei ihm, um sein Herz schlagen zu hören, schnell, schneller, es raste, und urplötzlich fiel mein eigenes Herz in diesen Rhythmus ein. Er warf mir einen schnellen Blick zu. Unsere Augen fingen einander ein, hielten sich fest. Er lachte nervös, versuchte seine Gefühle zu verstecken, so zu tun, als ob nichts davon tatsächlich ernst sein könnte.

»Du hast schon zu Anfang recht gehabt, Cathy. Es war eine dumme, alberne Geschichte. Lächerlich! Nur Verrückte würden aus Liebe sterben wollen. Ich wette mit dir hundert zu eins, daß eine Frau diesen romantischen Blödsinn geschrieben hat.«

Keine Minute vorher hatte ich noch auf dem Autor herumgehackt, weil er die Geschichte zu einem so elenden Schluß gebracht hatte, jetzt wechselte ich die Seite und riß seine Fahne hoch. »T.M. Ellis kann sehr gut ein Mann gewesen sein! Auch wenn ich glaube, daß eine Schriftstellerin im 19. Jahrhundert höchstens eine Chance hatte, publiziert zu werden, wenn sie nur ihre Initialen darunter setzte oder sich ein männliches Pseudonym zulegte. Und warum müssen Männer immer so tun, als wäre alles, was eine Frau schreibt, trivial oder Unfug – oder einfach dummes, romantisches Gewäsch? Träumen Männer nie davon, die perfekte Liebe zu finden? Mir scheint es jedenfalls, daß Raymond in der Geschichte ein wesentlich größerer Schwachkopf ist als Lily!«

»Frag mich nicht, wie Männer sind!« brach es mit so einer Bitterkeit aus ihm hervor, daß er kaum noch er selbst zu sein schien. Er wütete: »Hier drinnen, so wie wir leben, wie soll ich da jemals wissen, was für ein Gefühl es ist, ein Mann zu sein? Hier oben ist es mir einfach nicht erlaubt, irgendwelche romantischen Anwandlungen zu haben! Es heißt, tu dies nicht, tu das nicht, sieh nicht hin, sieh nicht, was da vor deinen Augen durch das Zimmer gleitet, gib vor, nur der Bruder zu sein, ohne etwas zu fühlen, ohne andere Gefühle als die kindlichsten und brüderlichsten. Es scheint, als ob manche dumme Mädchen denken, ein zukünftiger Doktor besitzt überhaupt keine Sexualität.«

Ich bekam große Augen. Ein so vehementer Ausbruch von ihm, den sonst kaum etwas aus der Ruhe brachte, überraschte mich völlig. In unserem ganzen Leben hatte er mich noch nie so heftig angefahren oder war so wütend über mich gewesen. Nein, ich war hier die saure Zitrone, der faule Apfel im Korb. Ich hatte ihn verdorben. Er reagierte jetzt genau wie damals, als Mammi fortgegangen war und so lange nichts mehr von sich hören ließ. Oh, wie schlecht war es doch von mir, aus ihm genauso eine gequälte Kreatur zu machen, wie ich sie war. Er sollte immer das bleiben, was er war, der unverbesserliche, fröhliche Optimist. Hatte ich ihn seiner besten Eigenschaft beraubt, abgesehen von seinem guten Aussehen und seinem Charme?

Ich legte meine Hand auf seinen Arm. »Chris«, flüsterte ich mit Tränen in den Augen, »ich glaube, ich weiß genau, was du brauchst, um dich wie ein Mann zu fühlen.«

»Ja«, knurrte er mich an. »Was willst du da wohl machen?«

Jetzt schaute er mich nicht mal mehr an. Statt dessen hielt er den Blick starr auf die Decke über uns gerichtet. Es tat mir für ihn weh. Ich wußte, was ihn fertigmachte; er mußte seinen

Traum aufgeben, so daß er zu meinen Gunsten so werden konnte wie ich und ihm gleichgültig wurde, ob wir nun ein Vermögen erbten oder nicht. Und um so zu sein wie ich, mußte er böse werden, bitter, jeden hassen und jedem mißtrauen, was er auch immer für verborgene Motive haben mochte.

Zögernd strich ich mit meiner Hand über sein Haar. »Du brauchst einen kürzeren Haarschnitt, das ist es. Dein Haar ist viel zu lang und hübsch. Um dich wie ein Mann fühlen zu können, brauchst du kürzeres Haar. Jetzt sieht dein Haar ja fast aus wie meins.«

»So, wer hat denn je gesagt, daß du hübsches Haar hast?« fragte er in barschem Ton. »Vielleicht hast du einmal schönes Haar gehabt, aber das muß vor dem Teeren gewesen sein.«

Wirklich? Mir kam es vor, als könnte ich mich sehr gut an die vielen Male erinnern, als seine Augen mir erzählt hatten, daß mein Haar mehr als nur hübsch war. Und ich konnte mich an seinen Blick erinnern, als er die schimmernde Schere nahm, um mir die Stirnhaare abzuschneiden. Er schnippelte so zögernd und vorsichtig daran herum, als schnitte er Finger ab und nicht bloß Haare, die keine Schmerzen verursachten. Dann überraschte ich ihn eines Tages dabei, wie er hier oben in der Sonne saß und eine lange Locke des abgeschnittenen Haars in den Händen hielt. Er roch daran, dann preßte er es an seine Wange, an die Lippen, und dann versteckte er es schnell wieder in einer Schachtel, die unter seinem Kopfkissen lag.

Es fiel mir nicht leicht, mich zu einem Lachen zu zwingen, das ihn täuschen und nicht wissen lassen sollte, was ich gesehen hatte. »O Christopher Meißner, du hast die ausdrucksvollsten blauen Augen der Welt. Wenn wir erst einmal hier raus sind und uns wieder frei bewegen können, tun mir schon jetzt die Mädchen leid, die sich in dich verlieben werden. Besonders leid tut mir deine zukünftige Frau, die mit einem so gutaussehenden Arzt verheiratet ist, daß alle seine Patientinnen gerne eine Affäre mit ihm haben würden. Und wenn ich deine Frau wäre, würde ich dich umbringen, wenn du auch nur eine einzige außereheliche Beziehung hättest! Ich würde dich so sehr lieben, daß ich fürchterlich eifersüchtig wäre... vielleicht würde ich dich sogar zwingen, daß du dich schon mit fünfunddreißig zur Ruhe setzt, damit ich dich immer bei mir habe.«

»Ich habe dir kein einziges Mal erzählt, daß dein Haar hübsch wäre«, sagte er scharf, alles ignorierend, was ich gesagt hatte.

Hauchzart strich ich ihm über die Wangen und spürte die Stoppeln, die dringend eine Rasur nötig hatten.

»Bleib sitzen, wo du bist. Ich gehe und hole die Schere. Du weißt, daß ich dir schon seit Ewigkeiten nicht mehr die Haare geschnitten habe.« Warum sollte ich mich darum kümmern, ihm und Cory die Haare zu schneiden, wenn das Aussehen unserer Haare nicht die geringste Bedeutung für unser Leben hatte? Seit wir hier waren, hatten Carrie und ich kein einziges Mal unsere Haare nachgeschnitten bekommen. Nur mein Stirnhaar hatte dran glauben müssen, um unsere Unterwerfung unter eine böse alte Frau aus Stein vorzutäuschen.

Chris saß auf dem Boden, und ich kniete mich hinter ihn. Auch wenn sein Haar ihm bis weit über die Schultern hing, wollte er nicht viel davon abgeschnitten haben. »Vorsichtig mit der Schere«, wies er mich zurecht. »Schneide nicht zuviel auf einmal ab. Sich zu plötzlich männlich zu fühlen, an einem verregneten Tag auf einem Dachboden, könnte gefährlich sein«, zog er mich auf. Er grinste, und dann lachte er wieder mit seinen leuchtenden, geraden weißen Zähnen. Ich hatte ihn mir wieder so zurechtgezaubert, wie er sein sollte.

Oh, ich liebte ihn wirklich, als ich um ihn herumkroch und schnitt und trimmte. Immer wieder mußte ich zurücktreten, um die Perspektive im Auge zu behalten und zu prüfen, ob sein Haar auch gleichmäßig lang wurde, denn ganz bestimmt wollte ich ihn nicht durch einen schlechten Haarschnitt entstellen.

Ich hielt sein Haar mit einem Kamm, wie ich es bei Herrenfriseuren gesehen hatte, und schnitt ganz vorsichtig an diesem Kamm entlang die Spitzen ab, ohne zu wagen, es irgendwo mehr als fünf Zentimeter zu kürzen. Ich hatte im Geist ein Bild vor Augen, wie ich ihn gerne haben wollte – sein Haar sollte jemandem gleichen, den ich sehr bewunderte.

Und als ich dann fertig war, ihm die Haare von den Schultern gebürstet hatte und mich zurücklehnte, um mein Werk zu betrachten, mußte ich feststellen, daß es mir ausgesprochen gut geraten war.

»Sieh an!« sagte ich triumphierend und von meiner unerwarteten Meisterschaft in einer Kunst angetan, die mir immer recht schwierig vorgekommen war. »Du siehst nicht nur außergewöhnlich gut aus, sondern jetzt auch noch dazu ausgesprochen männlich! Auch wenn du natürlich schon die ganze Zeit sehr männlich gewirkt hast, nur hast du selbst leider nie was davon mitbekommen.«

Ich drückte ihm den silbernen Spiegel mit meinen Initialen in die Hand. Der Spiegel war ein Drittel des Toiletten-Sets aus Sterling-Silber, das Mammi mir zu meinem letzten Geburtstag geschenkt hatte, Bürste, Kamm und Spiegel: alle drei immer gut versteckt, damit die Großmutter nicht merkte, daß ich wieder teure Dinge für meine Eitelkeit und meinen Stolz besaß.

Chris starrte und starrte in den Spiegel, und mein Herz begann mir zu sinken, während er so guckte und für einen Moment eher unentschlossen, ja ablehnend wirkte. Dann leuchtete, langsam, ein breites Grinsen in seinem Gesicht auf.

»Mein Gott! Du hast sie so geschnitten, daß ich wie ein blonder Prinz Eisenherz aussehe! Im ersten Augenblick gefiel es mir nicht, aber jetzt erkenne ich, daß du seinen Stil ein wenig abgeändert hast. Du hast die Ränder abgerundet und angeschnitten, so daß sie wie ein Blütenkelch um meinen Kopf flattern. Vielen Dank, Catherine Meißner. Ich hatte gar keine Ahnung, daß du so gut Haare schneiden kannst.«

»Ich habe viele Fähigkeiten, von denen du keine Ahnung hast.«

»Ich beginne, das zu befürchten.«

»Und Prinz Eisenherz hätte sich glücklich preisen können, wenn er so gut ausgesehen hätte wie mein hübscher, männlicher blonder Bruder«, neckte ich ihn, während ich von meiner eigenen Kunst einfach hingerissen war. O Leute, was für ein Herzensbrecher würde er eines Tages sein.

Er hatte noch immer den Spiegel in der Hand und legte ihn vorsichtig zur Seite, und bevor ich mitbekam, was er vorhatte, sprang er wie eine Katze. Er rang mit mir, drückte mich zurück auf die Matratze und griff gleichzeitig mit einer freien Hand nach der Schere. Er wand sie mir aus den Fingern, dann griff er sich eine Handvoll meines Haars.

»Nun, mein Schatz, wollen wir doch mal sehen, ob ich dir nicht den gleichen Dienst erweisen kann.«

Entsetzt kreischte ich.

Ich stieß ihn mit aller Gewalt von mir und sprang auf die Füße. Niemand würde auch nur einen halben Zentimeter von meinem Haar abschneiden! Vielleicht war es jetzt zu fein und zu dünn geworden, und es mochte nicht mehr eine solche Sensation sein, wie es früher einmal gewesen war, aber es war alles Haar, was ich hatte, und noch immer hübscher als das, was die meisten anderen Mädchen auf dem Kopf trugen. Ich ergriff die Flucht aus dem Schulraum. Ich rannte hinaus in den riesigen Saal des Dachbodens, duckte mich hinter Pfeiler, rannte um die alten Truhen und Schränke herum, sprang über niedrige Tische und über alte Sofas mit ihren Schonbezügen. Die Papierblumen flatterten wild, während ich rannte und er mich jagte. Die Flammen der niedrigen, dicken Kerzen, die wir während des ganzen Tages angezündet ließen, nur um uns diesen öden, riesigen, kalten Ort ein wenig wärmer und gemütlicher zu machen, flackerten und verloschen fast.

Und egal, wie schnell ich lief, wie geschickt ich Haken schlug, ich konnte meinen Verfolger nicht abschütteln. Ich warf einen Blick über die Schulter, aber ich konnte sein Gesicht nicht erkennen – und das versetzte mich noch mehr in Panik. Mit einem Sprung vorwärts versuchte er, mein langes Haar zu fassen zu bekommen, das hinter mir her wehte wie eine Fahne. Er schien wild entschlossen, es mir abzuschneiden!

Haßte er mich jetzt? Warum hatte er einen ganzen Tag lang darum gekämpft, mein Haar zu retten, wenn er es jetzt nur so aus bösem Spaß abschneiden wollte?

Ich rannte zurück in Richtung Schulzimmer und wollte es vor ihm erreichen. Dann würde ich die Tür hinter mir zuschlagen und vor ihm abschließen, und er würde wieder zu Sinnen kommen können und erkennen, wie absurd das alles war.

Vielleicht ahnte er, was ich vorhatte, und legte noch einmal alle Kraft in seine langen Beine. Er stürmte vorwärts und packte mein langes, wehendes Haar. Ich schrie auf und stürzte nach vorn, stolperte, fiel!

Nicht nur ich fiel hin, er stürzte auch – und zwar voll auf mich drauf! Ein scharfer Schmerz stach mir in die Seite! Ich schrie noch einmal – diesmal nicht vor Angst um mein Haar, sondern im Schock.

Er war über mir, die Hände auf den Boden gestützt, blickte mir ins Gesicht, das eigene Gesicht totenblaß und erschrocken. »Hast du dich verletzt? O Gott, Cathy, ist alles in Ordnung mit dir?«

War alles in Ordnung mit mir? Ich hob den Kopf und starrte auf den dicken Blutstrom, der aus meiner Jacke quoll und sich schnell ausbreitete. Chris sah es auch. Seine blauen Augen bekamen einen entsetzten, leeren, wilden, schuldbewußten Ausdruck. Mit zitternden Fingern knöpfte er mir die Jacke auf, so daß er sie aufschlagen und einen Blick auf die Verletzung werfen konnte.

»O Himmel...«, keuchte er und gab dann einen leisen Pfiff der Erleichterung von sich. »Mann! Gott sei Dank! Ich hatte solche Angst, daß es ein tiefer Stich sein würde, aber es ist nur ein langer Schnitt, Cathy. Häßlich, und du verlierst eine Menge Blut. Bewege jetzt keinen Muskel! Bleib da, wo du bist, und ich laufe eben runter und hole Verbandszeug.«

Er küßte mich auf die Wange und sprang dann los wie ein Weltmeister, während ich mir dachte, daß ich doch auch hätte mit ihm kommen können und so Zeit gespart hätte. Aber unten im Zimmer waren die Zwillinge, und sie würden das Blut sehen. Und alles, was sie sehen mußten, um völlig durchzudrehen, war der kleinste Tropfen Blut.

Nach wenigen Minuten kam Chris mit unserer kleinen Notapotheke angestürzt. Er fiel neben mir auf die Knie, die Hände noch feucht von einer schnellen Desinfizierung. Er hatte es zu eilig gehabt, um sie sich nach dem Waschen noch gründlich abzutrocknen.

Ich war fasziniert zu sehen, wie genau er wußte, was in so einem Fall zu tun war. Zuerst faltete er ein dickes frisches Handtuch und preßte es fest auf den langen Schnitt. Sehr ernst und konzentriert wirkend, prüfte er alle paar Sekunden, ob die Blutung nachließ. Als das Bluten aufhörte, ging er mit einem Desinfektionsmittel ans Werk, das wie Feuer brannte und mir mehr weh tat als die Wunde selbst.

»Ich weiß, daß es brennt, Cathy ... kann ich nichts für ... aber es muß drauf, sonst kann die Wunde sich entzünden. Ich wünschte mir, ich hätte Klammern, aber vielleicht bleibt trotzdem keine Narbe zurück. Ich bete jedenfalls, daß es nicht zu schlimm aussehen wird. Da bin ich nun der erste, der dir eine ernsthafte Verletzung zugefügt hat und dir in deine schöne Haut schneiden mußte. Wenn du wegen mir jetzt tot wärst – und das hätte passieren können, wenn dich die Schere woanders getroffen hätte – dann würde ich auch sterben wollen.«

Er hatte aufgehört, den Doktor zu spielen, und wickelte jetzt die übriggebliebene Gaze wieder zu einer sauberen Rolle zusammen, bevor er sie wieder in die kleine Verbandschachtel legte. Dann kam das Pflaster an seinen Platz zurück, und der Deckel wurde sorgfältig geschlossen.

Er beugte sich über mich, so daß sein Gesicht über meinem schwebte, die ernsten Augen so forschend, besorgt und durchdringend. Seine blauen Augen waren nicht anders als die Augen von uns allen. Doch an diesem regnerischen Tag spiegelten sich in ihnen die Farben der Papierblumen und machten aus ihnen tiefe Teiche prächtigen Farbenspiels. Ein Kloß saß mir in der Kehle, als ich mich fragte, wo der Junge geblieben war, den ich so gut kannte. Wo war mein Bruder – und wer war dieser junge Mann mit den blonden Bartstoppeln, der mir so lange und tief in die Augen blickte? Dieser Blick war es, der mich gefangenhielt. Und größer als jeder Schmerz meiner Wunde, jede Verletzung, die ich je erlitten hatte, war mein Schmerz, die Qual in diesen regenbogenfarbigen, kaleidoskopartig die Farbe wechselnden, traurigen Augen sehen zu müssen.

»Chris«, flüsterte ich, während mir alles unwirklich vorkam, »sieh mich nicht so an. Es war nicht deine Schuld.« Ich nahm sein Gesicht in meine Hände, und dann zog ich seinen Kopf an meine Brust, wie ich Mammi es früher hatte machen sehen. »Es ist nur eine Schramme und tut gar nicht weh« – obwohl es verdammt weh tat – »und ich weiß, daß du es nicht mit Absicht getan hast.«

Heiser brachte er heraus: »Warum bist du weggelaufen? Weil du gerannt bist, mußte ich dir nachjagen. Ich wollte dich doch nur ein bißchen ärgern. Ich würde dir keine einzige Strähne abschneiden. Es war nur ein Spiel, ich wollte Spaß mit dir machen. Und du hast dich getäuscht, wenn du meintest, ich würde dein Haar für schön halten. Es ist mehr als schön, viel mehr. Ich glaube, daß du die wunderbarsten Haare der Welt hast.«

Ein kleines Messer schnitt mir ins Herz, als er mein Haar aufhob und um mich her ausbreitete wie einen Fächer und meine nackten Brüste damit bedeckte. Ich hörte, wie er meinen Geruch tief einatmete. Wir lagen stumm da und lauschten dem Winterregen, der auf das Schieferdach über uns trommelte. Tiefes Schweigen um uns. Immer Schweigen, immer Stille. Die Stimmen der Natur waren die einzigen Laute, die uns hier oben auf dem Dachboden erreichten, und die Natur sprach so selten mit sanften, freundlichen Tönen.

Der Regen ging, plitsch platsch, in nachlassendes Tropfen über, und die Sonne kam heraus und schien durch eine Dachluke. Über unser Haar, seins und meins, legte sich ein seidiger Diamantenschimmer. »Sieh mal«, sagte ich zu Chris, »eine der Schieferplatten über den Dachluken muß heruntergefallen sein.«

»Schön«, antwortete er und klang dabei schläfrig und zufrieden, »nun haben wir ein bißchen Sonnenschein, wo früher fiel kein Licht herein. Das ist ja ein richtiger Reim.« Und dann meinte er mit einem schläfrigen Flüstern: »Ich denke gerade an Raymond und Lily und ihre Suche nach der purpurnen Wiese, auf der sich alle Träume erfüllen.«

»Daran hast du gedacht? Auf bestimmte Art habe ich auch darüber nachgedacht«, antwortete ich genauso flüsternd wie er. Wieder und wieder drehte ich eine Locke seines Haars um meinen Daumen und tat so, als bemerkte ich nicht seine Hand, die mir sanft über die Brüste streichelte. Weil ich keinen Widerstand leistete, wagte er, mir die Brustspitzen zu küssen. Ich fuhr zusammen, erstaunt, wunderte mich, warum das ein so eigenartiges und aufregendes Gefühl war. Was war eine Brustspitze schon anderes als eine kleine rosa Hautwarze? »Ich kann mir vorstellen wie Raymond Lilly genau dahin küßt, wo du mich gerade geküßt hast«, murmelte ich atemlos, wollte, daß er aufhörte, und verlangte gleichzeitig danach, daß er weitermachte. »Aber ich kann mir nicht vorstellen, was er danach mit ihr macht.«

Worte, die seinen Kopf hochfahren ließen. Genau die richtigen Worte, daß er mich wieder so intensiv anstarrte, mit einem seltsamen Licht in den Augen, die ihre Farbe ständig wechselten. »Cathy, weißt du, was danach kommt?«

Das Blut schoß mir heiß in die Wangen. »Ja, weiß ich, ungefähr jedenfalls. Weißt du es?«

Er lachte, eines dieser trockenen, kurzen Lachen, über die man immer in Romanen liest. »Sicher weiß ich das. An meinem ersten Tag in der Schule hat man mir das auf der Toilette erzählt. Auf der Jungentoilette standen jede Menge schmutzige Worte an den Wänden, die ich nicht verstand. Aber sie wurden mir bald im Detail erklärt. Mädchen, Fußball, Mädchen, Fußball, Mädchen, Mädchen, Mädchen, das war alles, worüber geredet wurde. Und natürlich besonders über das, worin die Mädchen sich von uns unterscheiden. Es ist ein faszinierendes Thema für die meisten Jungen, und ich nehme an, für die meisten Männer auch.«

»Aber dich hat es nicht fasziniert?«

»Mich? Ich denke nicht an Mädchen oder an Sex, auch wenn ich mir wünschte, daß ich nicht eine so verdammt hübsche Schwester hätte! Es wäre schon eine Hilfe, wenn du nicht immer so nahe bei mir wärst und so leicht zu haben.«

»Dann denkst du also über mich nach? Glaubst du, daß ich hübsch bin?«

Ein unterdrücktes Stöhnen entrang sich seinen Lippen – mehr ein Verzweiflungsseufzer. Er setzte sich aufrecht und starrte auf das hinunter, was meine Jacke jetzt freiließ, denn die

Haare waren von meinen Brüsten gerutscht. Wenn ich von meinem Balletttrikot nicht das Oberteil abgeschnitten hätte, wäre nicht soviel zu sehen gewesen, aber das Trikot paßte mir einfach nicht mehr, deshalb zog ich nur noch die Strümpfe davon an.

Mit ungeschickten, zitternden Fingern knöpfte er mir die Jacke wieder zu und sah an mir vorbei. »Eins mußt du dir von jetzt an unbedingt merken, Cathy. Natürlich bist du hübsch, aber Brüder denken an Schwestern nicht wie an Mädchen – und sie fühlen auch nichts anderes für sie als Toleranz und brüderliche Zuneigung und manchmal auch Haß.«

»Ich möchte auf der Stelle sterben, wenn du mich haßt, Christopher!«

Seine Hände legten sich über sein Gesicht, versteckten es, aber als es hinter diesem Schild wieder hervorkam, lächelte er vergnügt und räusperte sich. »Los, es wird Zeit, daß wir mal nach den Zwillingen sehen, bevor sie viereckige Augen vom endlosen Fernsehen bekommen.«

Das Aufstehen tat weh, auch wenn er mir half. Ich hing in seinen Armen, meine Wange an sein Herz gepreßt. Und obwohl er mich schnell etwas auf Abstand zu bringen versuchte, klammerte ich mich noch enger an ihn. »Chris – was wir gerade getan haben – war das Sünde?«

Wieder räusperte er sich. »Wenn du es dafür hältst, dann war es das.«

Was für eine Antwort sollte das sein? Wenn man Gedanken an Sünde daraus verbannte, dann waren jene Momente auf dem Boden, als er mich so zärtlich mit seinen verzaubernden Fingerspitzen und Lippen berührte, die schönsten Momente, die wir bisher in diesem grauenvollen Haus erlebt hatten. Ich blickte zu ihm auf, um zu sehen, was er dachte, und entdeckte diesen seltsamen Ausdruck wieder in seinen Augen. Paradoxerweise schien er glücklicher, trauriger, älter, jünger, weiser... oder war es, daß er sich jetzt als Mann fühlte? Und wenn es das war, dann war ich froh darüber, sündig oder nicht.

Hand in Hand stiegen wir die Treppe zu unseren Zwillingen hinunter. Cory zupfte eine Melodie auf seinem Banjo, während seine Augen an der Mattscheibe klebten. Dann griff er zur Gitarre und begann eine eigene Komposition zu spielen, zu der Carrie die Worte sang, die er ihr beigebracht hatte. Das Banjo war für fröhliche Lieder, nach denen man tanzen wollte. Diese Melodie war aber wie der Regen auf dem Dach, langgezogen, traurig und monoton.

Werd' die Sonne seh'n,
Werd' mein Zuhaus' mir suchen,
Werd' im Wind mich dreh'n,
muß die Sonne suchen geh'n.

Ich setzte mich neben Cory auf den Boden und nahm ihm die Gitarre aus der Hand, denn ich konnte inzwischen auch ein bißchen darauf spielen. Er hatte es mir beigebracht – hatte es uns allen beigebracht. Und ich sang ihm dieses besondere, sehnsüchtige Lied vor, das Dorothy in dem Film *Der Zauberer von Oz* singt – einem Film, von dem die Zwillinge begeistert waren, sooft er im Fernsehen gesendet wurde. Und als ich mit dem Lied fertig war und von dem Flug über den Regenbogen gesungen hatte, fragte Cory mich: »Gefällt dir mein Lied nicht, Cathy?«

»Jede Wette, daß ich dein Lied schön finde – aber es ist so traurig. Was hältst du davon, wenn du ein paar fröhliche Songs schreibst mit ein wenig mehr Hoffnung darin?«

Die kleine Maus krabbelte in Corys Brusttasche herum. Der Schwanz hing über den Rand, während Micky nach ein paar Brotkrumen tauchte. Ein Rascheln und Zappeln, dann erschien Mickys Kopf aus der Tasche, und in seinen Vorderpfoten hielt er ein Stück Brot, an dem er genüßlich zu knabbern begann. Der Ausdruck auf Corys Gesicht, als er auf sein erstes Tier hinabsah, ging mir so nahe, daß ich die Augen abwandte, um nicht weinen zu müssen.

»Cathy, weißt du, Mammi, sie sagt überhaupt nie gar nichts über mein Tier.«

»Sie hat ihn gar nicht gesehen, Cory.«

»Warum hat sie ihn denn nicht gesehen?«

Ich seufzte, weil ich nicht wußte, wer und was unsere Mutter jetzt noch war, außer einer Fremden, die wir einmal sehr geliebt hatten. Nicht nur der Tod kann sich liebende Menschen voneinander trennen, das wußte ich jetzt.

»Mammi hat einen neuen Mann«, meinte Chris fröhlich, »und wenn man sehr verliebt ist, dann sieht man nur das eigene Glück und sonst gar nichts. Sie wird bald genug merken, daß du einen kleinen Freund hast.«

Carrie blickte auf meine Jacke. »Cathy, was hast du da auf deiner Jacke?«

»Farbe«, erklärte ich ohne das geringste Zögern. »Chris wollte mir beibringen, wie man malt, und als ich dann ein Bild gemalt habe, das besser war als alles, was er je zustande gebracht hat, da wurde er so wütend, daß er den kleinen roten Farbtopf nach mir geworfen hat.«

Mein älterer Bruder saß dabei und machte das überzeugendste Gesicht der Welt.

»Chris, kann Cathy wirklich besser malen als du?«

»Wenn sie sagt, daß sie das kann, muß es wohl stimmen.«

»Wo ist ihr Bild?«

»Auf dem Dachboden.«

»Ich möchte es sehen.«

»Dann mußt du raufgehen und es holen, ich bin müde. Ich möchte jetzt gerne fernsehen, während Cathy das Abendessen vorbereitet.« Er warf mir einen schnellen Blick zu. »Meine liebe Schwester, würde es dir etwas ausmachen, wenn du um des lieben Anstands willen für das Dinner eine saubere Jacke anziehst? An dieser roten Farbe ist etwas, von dem ich Schuldgefühle bekomme.«

»Sieht aus wie Blut«, meinte Cory. »Es ist so hart wie Blut, das man nicht rechtzeitig ausgewaschen hat.«

»Plakafarbe«, erklärte Chris, während ich ins Bad ging, um den Sweater gegen einen zu tauschen, der mehrere Nummern zu groß war. »Plakafarbe wird auch ganz steif.«

Beruhigt begann Cory, Chris von den Dinosauriern zu erzählen, die er im Fernsehen verpaßt hatte. »Chris, sie waren größer als ein Haus. Sie kamen aus dem Wasser und verschlangen das ganze Boot und noch zwei Männer! Ich weiß, daß es dir leid tut, das verpaßt zu haben.«

»O ja«, meinte Chris verträumt. »Ich bin sicher, daß ich das gern gesehen hätte.«

In dieser Nacht fühlte ich mich seltsam unwohl und rastlos, und meine Gedanken wanderten beständig zurück zu dem Blick, mit dem Chris mich auf dem Dachboden angesehen hatte.

Ich wußte dann, was jenes Geheimnis war, hinter das ich schon so lange kommen wollte – jener geheime Schalter, mit dem man die Liebe aktivieren konnte ... körperliches, sexuelles Verlangen. Es war nicht einfach der Anblick eines nackten Körpers, denn ich hatte Cory oft gebadet und Chris oft genug nackt gesehen, aber niemals etwas besonders Erregendes dabei gefunden, daß er und Cory anders waren als ich und Carrie. Es hatte nichts mit dem Nacktsein alleine zu tun.

Es lag in den Augen. Das Geheimnis der Liebe war in den Augen, in der Art, wie eine Person eine andere ansah, der Art, wie Augen miteinander sprachen, ohne daß die Lippen sich je bewegten. Chris' Augen hatten mehr gesagt als zehntausend Worte.

Und es war nicht allein die Art, wie er mich berührt hatte, streichelnd und zärtlich; es war die Art, wie er mich bei diesen Berührungen angesehen hatte und was ich dabei empfand, und deshalb hatte die Großmutter uns verboten, daß wir das Geschlecht des anderen ansahen. Oh, auch nur daran zu denken, daß die alte Hexe das Geheimnis der Liebe kannte! Sie konnte niemals geliebt haben, nein, nicht sie, die Steinerne, Stahlgeschmiedete ... niemals konnte etwas Sanftes in diesen Augen gelegen haben.

Und dann, als ich mich weiter und tiefer damit beschäftigte, erkannte ich, daß es mehr war als nur die Augen – es lag hinter den Augen in den Gedanken, in dem Wunsch, den anderen glücklich zu machen, ihm Freude zu geben und ihm seine Einsamkeit zu nehmen.

Sünde hatte auch nicht das geringste mit Liebe zu tun, mit wirklicher Liebe. Ich wandte den Kopf und sah, daß Chris auch noch wach war. Er lag auf der Seite, zusammengerollt, und starrte zu mir herüber. Er lächelte sein süßestes Lächeln, und ich hätte um ihn weinen mögen, um ihn und um mich.

Unsere Mutter besuchte uns an jenem Tag nicht, und sie hatte uns auch nicht am Tag vorher besucht, aber wir heiterten uns damit auf, daß wir auf Corys Instrumenten spielten und alle zusammen sangen. Abgesehen von der Abwesenheit einer Mutter, die uns kaum noch beachtete, gingen wir am Abend irgendwie wesentlich hoffnungsvoller als sonst zu Bett. Mehrere Stunden lang fröhliche Lieder zu singen hatte uns alle überzeugt, daß die Sonne, Liebe, ein Heim und das Glück schon hinter der nächsten Ecke warteten und unsere lange Wanderschaft durch den tiefen, finsteren Wald fast zu Ende war.

In meine hellen Träume kroch etwas Dunkles und Bedrohliches. Mit geschlossenen Augen sah ich, wie die Großmutter sich in unser Zimmer schlich und mir das ganze Haar abschnitt, während sie dachte, ich schliefe fest! Ich schrie, aber sie hörte mich nicht – niemand hörte mich. Sie nahm ein langes, schimmerndes Messer und schnitt mir die Brüste ab und stopfte sie Chris in den Mund. Und es ging noch weiter. Ich wand mich in meinen Kissen, warf mich hin und her und gab leise wimmernde Geräusche von mir, von denen Chris schließlich wach wurde, während die Zwillinge weiterschliefen wie tot. Verschlafen stolperte Chris zu meinem Bett herüber und setzte sich an meine Seite. Er suchte nach meiner Hand und fragte dabei: »Wieder ein Alptraum?«

Nein, nein, nein! Das war kein gewöhnlicher Alptraum! Das war ein zweites Gesicht, eine Vorahnung. Ich fühlte es förmlich in den Knochen, daß etwas Furchtbares zu passieren drohte. Erschöpft und zitternd erzählte ich Chris, was die Großmutter getan hatte. »Und das war noch nicht alles. Es war Mammi, die dann hereinkam und mir das Herz herausschnitt. Und sie funkelte von Kopf bis Fuß vor Diamanten.«

»Cathy, Träume haben gar nichts zu bedeuten.«

»Doch, dieser schon!«

Andere Träume und Alpträume hatte ich meinem Bruder schon erzählt, und er hatte zugehört und gelächelt und mir erklärt, daß es wunderbar sein müsse, solche Nächte wie in einem Kino erleben zu können, aber so fühlte ich mich in meinen Träumen ganz und gar nicht. Im Kino sitzt man da und sieht sich eine große Leinwand an, und man weiß ganz genau, daß man sich nur eine Geschichte ansieht, die jemand anderes sich ausgedacht hat. Ich nahm an meinen Träumen direkt teil. Ich war in diesen Träumen, fühlte, empfand Schmerz, litt, und ich habe sie nur selten genießen können.

Da Chris meine seltsame Art und meine Träume so gut kannte, wunderte ich mich, daß er so still wie eine Marmorstatue neben mir saß, als würde dieser Traum ihm nähergehen als alle anderen vorher. Hatte er auch so etwas geträumt?

»Cathy, ich gebe dir mein Ehrenwort, wir werden aus diesem Haus hier fliehen! Alle vier hauen wir hier ab! Du hast mich überzeugt. Deine Träume müssen etwas bedeuten, sonst würdest du sie nicht immer wieder in ähnlicher Form haben. Frauen haben mehr Intuition als Männer; das ist bewiesen. In der Nacht arbeitet das Unterbewußtsein. Wir werden nicht mehr länger darauf warten, daß Mammi ihre Erbschaft macht von einem Großvater, der älter und älter wird und niemals stirbt. Zusammen werden wir beide einen Weg für uns finden. Von dieser Sekunde an, ich schwör es dir bei meinem Leben, werden wir uns nur noch auf uns selbst verlassen ... und deine Träume.«

Von der eindringlichen Art, wie er dies sagte, wußte ich, daß er keinen Spaß machte, mich nicht aufzog – er meinte, was er sagte! Ich hätte laut schreien können, so erleichtert fühlte ich mich. Wir würden endlich fliehen. Dieses Haus würde es doch nicht schaffen, uns umzubringen.

In dem Zwielicht und der Kälte dieses großen, düsteren und verhangenen Raumes blickte er mir tief in die Augen. Vielleicht sah er mich damals so, wie ich ihn sah, überlebensgroß und lieblicher als in allen Träumen. Langsam beugte sein Kopf sich zu meinem herab, und er küßte mich mit Inbrunst auf die Lippen – seine ganz besondere Art, ein Versprechen zu besiegeln. Ein so langer Kuß war es, daß ich das Gefühl bekam zu sinken, zu fallen und weiter zu fallen, während ich längst unter ihm lag.

Was wir jetzt am meisten brauchten, war ein Schlüssel zu unserer immer verschlossenen Zimmertür. Wir wußten, daß es der Generalschlüssel für jedes Zimmer in diesem Haus war. Die Bettlaken-Leiter konnten wir wegen der Zwillinge nicht benutzen, und wir konnten uns nicht vorstellen, weder Chris noch ich, daß die Großmutter einmal so nachlässig sein könnte, den Schlüssel auch nur für Sekunden aus der Hand zu legen. So etwas war einfach nicht ihre Art. Sie pflegte den Schlüssel sofort in ihre Tasche zu stopfen, wenn sie die Tür geöffnet hatte. Irgendwo in diesen widerwärtigen grauen Kleidern gab es immer Taschen.

Unsere Mutter dagegen hatte eine sorglose, vergeßliche, gleichgültige Art. Und sie mochte keine Taschen an ihren Kleidern, die irgendwo an ihrem schlanken Körper falsche Formen auftrugen. Wir zählten ganz auf sie.

Und was hätte sie auch schon von uns fürchten sollen – den Passiven, Gebrochenen, Stillen? Ihren ganz persönlichen kleinen gefangenen »Schätzchen«, die niemals erwachsen und zu einer Gefahr werden würden. Sie war glücklich, verliebt; ihre Augen leuchteten davon, und sie lachte oft. Sie nahm so verdammt wenig wahr, was bei uns vorging, daß man am liebsten laut geschrien hätte, um ihr die Augen zu öffnen – damit sie merkte, wie still und krank die Zwillinge aussahen! Sie sprach nie über die Maus – warum sah sie die Maus nicht? Micky saß auf Corys Schulter, knabberte an Corys Ohr, und sie verlor nie ein einziges Wort darüber, nicht einmal, als Cory die Tränen die Wange herunterliefen, weil sie ihm nie dazu gratulierte, daß er es geschafft hatte, eine kleine Maus zu seinem Freund zu machen, die am liebsten ihre eigenen Wege gegangen wäre, wenn man es ihr nur erlaubt hätte.

Sie kam jetzt großzügig zwei- oder dreimal im Monat, und jedesmal brachte sie einen Berg Geschenke mit, die ihr Trost gaben, auch wenn sie uns gar nichts bedeuteten. Sie kam elegant hereingeschwebt, um sich für eine Weile in ihren teuren, pelzbesetzten Kleidern und mit Juwelen behangen zu uns zu setzen.

Wie eine Königin throhnte sie auf ihrem besonderen Stuhl und teilte den Malkasten an Chris aus, die Ballettslipper an mich, und jedem von uns brachte sie immer phantastisch aussehende Kleider mit, genau das richtige für einen Dachboden, denn dort oben spielte es ja keine Rolle, daß sie in den seltensten Fällen paßten, zu groß oder zu klein waren. Auf den Büstenhalter, den sie mir jedesmal versprach und jedesmal vergaß, wartete ich noch immer.

»Ich bringe dir ein Dutzend mit oder so«, sagte sie mit einem wohlwollenden, vergnügten Lachen. »Alle Größen, alle Farben, und du kannst sie dann anprobieren und sehen, welcher dir am besten paßt, und die, die du nicht willst, gebe ich den Hausmädchen.« Und sie schwatzte weiter munter drauflos, immer getreu ihrer falschen Fassade, so, als würden wir für ihr Leben wirklich noch etwas bedeuten.

Ich saß da, die Augen fest auf sie gerichtet, und ich wartete darauf, daß sie mich einmal danach fragen würde, wie es den Zwillingen ging. Hatte sie vergessen, daß Cory schon die ganze Zeit Heuschnupfen hatte und seine Nase manchmal so verstopft war, daß er nur noch durch den Mund atmen konnte? Sie wußte, daß er eigentlich einmal im Monat eine Spritze hätte bekommen müssen und daß es inzwischen Jahre her war, daß er sein letztes Antiallergetikum erhalten hatte. Tat es ihr denn nicht weh, wenn sie ansehen mußte, wie Carrie und Cory an meinem Rock hingen, als wenn ich sie zur Welt gebracht hätte? Gab es denn keine einzige Sache, die ihr sagte, daß etwas nicht in Ordnung mit uns war?

Wenn dem doch so sein sollte, dann ließ sie sich jedenfalls durch nichts anmerken, daß sie uns anders als absolut normal fand, sosehr ich mich auch bemühte, unsere kleinen Krankheiten immer wieder zu erwähnen: daß wir so oft erbrechen mußten, daß wir immer wieder Kopfschmerzen aushalten mußten und Magenkrämpfe und Schwächeanfälle.

»Hebt euer Essen immer auf dem Dachboden auf, an einer

kühlen Stelle, wo es nicht schlecht werden kann«, war ihre einzige Reaktion.

Sie hatte dabei noch die Stirn, uns von Partys zu erzählen, von Konzerten, Theater, Filmen, wie sie auf Bälle ging und mit ihrem Bart verreiste. »Bart und ich machen einen Einkaufsausflug nach New York«, sagte sie. »Erzählt mir, was ihr gerne mitgebracht haben wollt. Macht mir eine Einkaufsliste.«

»Mammi, nach eurem Einkaufsbummel in New York, wohin werdet ihr dann fahren?« fragte ich und achtete darauf, meine Blicke vorsichtshalber nie auf dem Schlüssel ruhen zu lassen, den sie so nachlässig auf den Ankleidetisch geworfen hatte. Sie lachte und klatschte mit ihren schlanken weißen Händen, und dann begann sie ihre Pläne für die langen, öden Tage nach dem Fest aufzuzählen. »Eine Reise in den Süden, eine Kreuzfahrt vielleicht, oder einen Monat in Florida, vielleicht auch ein bißchen länger. Und eure Großmutter bleibt hier und sorgt gut für euch.«

Während sie schwatzte und schwatzte, schob Chris sich Schritt für Schritt an den Schlüssel heran, bis er ihn unauffällig in die Tasche gleiten lassen konnte. Er entschuldigte sich und ging ins Bad. Er hätte sich keine Sorgen zu machen brauchen, sie merkte nicht einmal, daß er einen Augenblick weg war. Sie erfüllte ihre Pflicht, den fälligen Besuch bei ihren Kindern – und, Gott sei Dank, hatte sie sich den richtigen Stuhl ausgesucht. Im Bad, wußte ich, preßte Chris den Schlüssel in ein Stück Seife, das wir extra für diesen Fall bereithielten, um einen sauberen Abdruck zu bekommen. Eine von den vielen Sachen, die wir bei unseren endlosen Fernsehstunden gelernt hatten.

Sobald unsere Mutter gegangen war, holte Chris sein spezielles Stück Holz vor und begann sofort damit, einen rohen hölzernen Nachschlüssel zu schnitzen. Zwar hätten wir auch Eisen von den alten Truhenbeschlägen gehabt, aber wir hatten nichts, das stark genug gewesen wäre, um Eisen zu bearbeiten. Stunde um Stunde feilte Chris sorgfältigst an dem Schlüssel, legte ihn wieder und wieder in den hart gewordenen Seifenabdruck. Mit Absicht hatte er sich sehr hartes Holz dafür ausgesucht, weil er fürchtete, daß weicheres Holz im Schloß abbrechen und unseren ganzen schönen Plan verraten könnte. Er brauchte drei Tage harter Arbeit, bis er einen Schlüssel hatte, der paßte.

Der Jubel war groß! Wir fielen uns gegenseitig in die Arme und tanzten durch das Zimmer, lachten, küßten uns, weinten fast. Die Zwillinge sahen uns zu und wunderten sich, warum wir über einen kleinen Schlüssel in solche Begeisterung ausbrachen.

Wir hatten einen Schlüssel. Wir konnten die Tür unseres Gefängnisses öffnen. Doch seltsamerweise hatten wir unsere Zukunft nie über das Öffnen dieser Tür hinaus geplant.

»Geld. Wir brauchen Geld«, überlegte Chris und hielt inne. »Mit einer größeren Menge Geld stehen uns alle Türen und Wege offen.«

»Aber woher sollen wir Geld bekommen«, fragte ich mit gerunzelter Stirn und unglücklich. Hatte er wieder einen Grund gefunden, die Sache aufzuschieben?

»Es gibt keine andere Möglichkeit, als es von Mammi, ihrem Mann oder der Großmutter zu stehlen.«

Er sagte das so entschieden, als sei Diebstahl ein altes und äußerst ehrenvolles Handwerk. Und in größter Not war es das vielleicht auch und ist es noch immer.

»Wenn wir erwischt werden, heißt das Schläge mit der Peitsche für uns alle, selbst für die Zwillinge«, sagte ich und sah die Angst in ihren Gesichtern. »Und wenn Mammi wieder mit ihrem Mann verreist, kann die Großmutter uns wieder aushungern und Gott weiß was noch alles antun.«

Chris ließ sich in den kleinen Stuhl vor dem Ankleidetisch fallen. Er stützte das Kinn in die Hände und dachte minutenlang nach. »Eins ist mal sicher, ich will weder dich noch die Zwillinge mit der Rute traktiert sehen. Also werde ich derjenige sein, der sich hier rausschleicht, und ich werde auch als einziger dafür verantwortlich zu machen sein, falls man mich erwischt. Aber ich werde mich nicht erwischen lassen; es ist zu riskant, von dieser alten Frau zu stehlen – sie paßt zu gut auf alles auf. Kein Zweifel, sie weiß bestimmt bis auf den Pfennig genau immer, wieviel sie in ihrem Beutel hat. Mammi hat noch nie ihr Geld gezählt. Weißt du noch, wie Daddy sie immer deshalb ausgeschimpft hat?« Er grinste mir aufmunternd zu. »Ich werde wie Robin Hood sein. Ich stehle von den Reichen und gebe es den bedürftigen Armen – uns! Und ich werde das nur an den Abenden tun, wenn Mammi uns sagt, daß sie mit ihrem Mann ausgeht.«

»Du meinst, falls sie uns das überhaupt erzählt«, korrigierte ich. »Aber wir konnten bisher immer vom Fenster aus die Auffahrt beobachten und sehen, wer kam und ging.«

Nicht lange, und Mammi erzählte uns, daß sie auf eine Party ginge. »Bart macht sich ja aus dem Gesellschaftsleben nicht viel. Er bleibt lieber zu Hause. Aber ich hasse dieses Haus. Er fragt immer, warum wir nicht in unser eigenes Haus ziehen, und was soll ich ihm da antworten?«

Was sollte sie da antworten? Etwa: Liebling, ich muß dir ein Geheimnis erzählen: Die Treppe hinauf, oben unter dem Dach im Nordflügel versteckt, habe ich vier Kinder.

Es war wirklich nicht schwer für Chris, in Mammis großem, prächtigem Schlafzimmer Geld zu finden. Selbst er war davon schockiert, wie gedankenlos sie ihre Geldscheine über den Garderobentisch verstreute. Es setzte ihm neues Mißtrauen in den Kopf und ließ ihn die Stirn runzeln. Hatte sie nicht eigentlich einmal alles für den Tag sparen wollen, an dem sie genug hatte, um uns aus unserem Gefängnis herauszuholen ... selbst wenn sie jetzt einen neuen Mann hatte? Noch mehr Scheine fand er als Lesezeichen in ihren vielen Taschenbüchern. In den Hosentaschen dieses Bart fand Chris Wechselgeld. Nein, er war nicht so sorglos mit seinem Geld. Trotzdem fand Chris in der Stuhlritze mehr als ein Dutzend Münzen. Er fühlte sich wie ein Dieb, ein unerwünschter Eindringling im Schlafzimmer seiner Mutter. Er sah ihre wunderschönen Kleider, ihre Satinroben, ihre pelzbesetzten Negligés, manche sogar mit Marabufedern, was sein Zutrauen zu ihr noch weiter sinken ließ.

Wieder und wieder besuchte er in diesem Winter jenes Schlafzimmer, von Mal zu Mal sorgloser, weil seine Raubzüge sich so einfach gestalteten. Er kam jubelnd zu mir zurück, jubelnd, aber zugleich auch traurig. Tag für Tag wuchs unsere geheime Reisekasse. Warum sah er so traurig aus? »Komm das nächste Mal mit mir«, gab er mir als eine Art Antwort. »Sieh es dir selbst an.«

Ich konnte ruhigen Gewissens mitgehen, denn ich wußte, daß die Zwillinge nachts nie wach wurden. Sie schliefen so ruhig, so tief und so fest, daß sie selbst morgens nur zögernd und mit verklebten Augen aufwachten und nur widerstrebend in die Tageswirklichkeit zurückkehrten. Es machte mir manchmal Angst, wenn ich sie so schlafen sah. Zwei kleine Puppen, die nie größer wurden, so im Vergessen des Schlafs versunken, daß es mehr wie ein kleiner Tod als wie die übliche Nachtruhe wirkte.

Geht fort, lauft weg, der Frühling kam, wir mußten bald hier verschwinden, bevor es zu spät war. Eine innere Stimme rief mir das intuitiv zu, unablässig.

Chris lachte, wenn ich ihm davon erzählte. »Cathy, du und deine Ahnungen! Wir brauchen Geld. Wenigstens fünfhundert Dollar. Warum sollen wir es überhasten? Wir haben ausreichendes Essen, und wir werden nicht geschlagen; selbst wenn sie uns halbangezogen erwischt, verliert sie kein einziges Wort mehr darüber.«

Warum bestrafte die Großmutter uns jetzt nicht mehr? Wir hatten Mammi nichts von den Schlägen erzählt, den Sünden der Alten gegen uns, denn für mich waren es Sünden, durch nichts gerechtfertigte Gemeinheiten. Doch die alte Frau hielt sich nun zurück. Täglich brachte sie uns den Picknick-Korb, bis zum Rand gefüllt mit Sandwiches, lauwarmer Suppe in Thermoskannen, Milch und immer vier mit Puderzucker bestreuten Berlinern vollgepackt. Warum konnte sie nicht einmal beim Nachtisch unser Menü variieren und uns Kekse, Pudding, Apfelkuchen oder irgendwas anderes bringen?

»Komm schon«, drängte Chris und zog mich hinter sich her durch den dunklen, bedrohlichen Korridor. »Es ist gefährlich, zu lange an einem Fleck zu bleiben. Wir werfen einen ganz kurzen Blick in das Jagdzimmer, und dann geht es schnell zu Mammis Schlafzimmer.«

Alles, was ich wollte, war ein einziger Blick in das Zimmer mit den Trophäen. Ich haßte – ja, ich verabscheute auf Anhieb jenes Ölgemälde über dem Kamin mit dem Porträt unseres Großvaters – unserem Vater so ähnlich – und doch so verschieden. Ein Mann, so grausam und herzlos wie Malcolm Foxworth, hatte kein Recht, gut auszusehen, selbst als er noch jung war. Diese kalten blauen Augen hätten den Rest von ihm mit Geschwüren und Warzen überziehen müssen. Ich sah all die Köpfe der toten Tiere und das Tiger- und das Bärenfell auf dem Boden, und ich dachte mir, wie sehr ein solches Zimmer doch zu einem solchen Mann paßte.

Wenn Chris mich gelassen hätte, hätte ich meine Nase in jedes Zimmer gesteckt. Aber er bestand darauf, daß wir schnell an den meisten Türen vorbeihuschten, und erlaubte mir nur in wenige Zimmer einen Blick zu werfen. »Naseweis!« flüsterte er. »Es gibt hier nirgendwo etwas Interessantes zu sehen.« Er hatte recht. Recht in so vielen Dingen. Ich begriff in jener Nacht, was Chris gemeint hatte, als er sagte, das Haus sei grandios und schön, aber nicht hübsch und gemütlich. Trotzdem kam ich nicht darum herum, mich beeindruckt zu fühlen. Unser Haus in Gladstone wurde da im Vergleich wirklich zu einer Hundehütte.

Nachdem wir eine ganze Reihe schwach beleuchteter, verlassen wirkender Flure durchquert hatten, kamen wir schließlich zur Prachtsuite unserer Mutter. Sicher, Chris hatte mir schon ausführlich von dem Schwanenbett erzählt, und von dem Kinderschwanenbett am Fußende – aber davon hören und es sehen war zweierlei! Ich hielt die Luft an. Das war kein Zimmer, sondern das Gemach einer Königin. Ich wollte gar nicht glauben, welche Pracht und welchen verschwenderischen Luxus ich da vor mir sah. Überwältigt lief ich hin und her, strich ehrfürchtig über die mit Damast bespannten Wände. Ich vergrub meine Hände in dem weichen, flauschigen Bettüberzug, warf mich darauf und rollte mich auf dem Bett. Ich berührte die hauchdünnen Bettvorhänge und die schweren Zierbehänge aus purpurner Seide. Ich sprang von dem Bett, um an seinem Fußende zu stehen und bewundernd den wunderbaren Schwan anzustarren, der sein wachsames und doch verschlafenes rotes Auge auf mich richtete.

Dann wich ich zurück, denn ich merkte plötzlich, daß ich das Bett nicht mochte, in dem Mammi mit einem Mann schlief, der nicht unser Vater war. Ich ging in ihren riesigen Wandschrank, der praktisch ein eigenes Zimmer war, und ließ mich durch Träume von Luxus treiben, der mir nie gehören würde, außer in Träumen. Sie hatte mehr Kleider als ein ganzes Modegeschäft. Dazu Schuhe, Hüte, Handtaschen. Vier knöchellange Pelzmäntel, drei Pelzstolen, dazu Pelzmützen und -jacken aller Sorten, Silberfuchs, Hermelin, Leopard... Dutzende von Negligés, Hunderte von Abendkleidern – Himmel, was für eine Garderobe! Es schien mir, als müßte sie tausend Jahre alt werden, um alles, was sie besaß, auch nur ein einziges Mal tragen zu können.

Was mir am meisten ins Auge stach, nahm ich mit in das goldene Ankleidekabinett, das Chris mir zeigte. Ich warf einen Blick in ihr Bad, die Wände voller Spiegel, überall echte, lebende Grünpflanzen und zwei Toiletten, von denen eine keinen Deckel hatte (inzwischen weiß ich, daß es ein Bidet war). Eine separate Dusche gab es auch. »Das ist alles neu«, erklärte mir Chris. »Als ich zum ersten Mal hier war, du weißt, damals in der Nacht dieser Weihnachtsparty, da wirkte es noch nicht so... na, so opulent, wie es jetzt aussieht.«

Ich starrte ihn an und ahnte, daß es von Anfang an so gewesen war, aber er es mir nicht hatte erzählen wollen. Er hatte verzweifelt versucht, sie in Schutz zu nehmen, indem er mir nichts sagte von ihren Kleidern, ihren Pelzen und dazu noch dem Berg von kostbarem Schmuck, den sie in einem Geheimfach ihres langen Ankleidetisches versteckt hatte. Nein, er hatte mich nicht belogen – nur einiges ausgelassen. Ihn verrieten seine unsicher hin und her wandernden Augen, die geröteten Wangen und die Art, mit der er sich schnell weiteren unangenehmen Fragen entzog – kein Wunder, daß sie nie in unserem Zimmer hatte schlafen wollen!

Ich ging ins Ankleidezimmer und probierte Mammis Kleider an. Zum ersten Mal in meinem Leben streifte ich mir Nylonstrümpfe über die Beine, und, oh, was sahen meine Beine himmlisch darin aus, göttlich! Kein Wunder, daß Frauen so etwas mochten. Als nächstes zog ich zum ersten Mal einen BH an, einen, der viel zu groß für mich war, wie ich zu meinem Bedauern feststellen mußte. Ich stopfte die Körbchen mit Watte aus, bis sie sich prall wölbten. Danach kamen die silbernen Slipper, leider auch etwas zu groß. Und dann krönte ich meine Pracht mit einem schwarzen Kleid, das vorne sehr tief ausgeschnitten war, um das zu zeigen, von dem ich noch nicht viel hatte.

Jetzt fing der Spaß erst richtig an – ich tat, was schon als kleines Kind eines meiner Lieblingsspiele gewesen war. Ich setzte mich vor Mammis Schminktisch und legte mit ihrem teuren Make-up los: Creme, Rouge, Puder, Wimperntusche, Lidschatten, Lippenstift. Und dann steckte ich mir das Haar auf eine Art hoch, die ich für modern und sexy hielt, und begann Schmuck anzulegen. Und ganz zum Schluß Parfüme – jede Menge.

Halsbrecherisch auf den hohen Absätzen balancierend, stelzte ich zu Chris hinüber. »Wie sehe ich aus?« fragte ich und versuchte dazu verführerisch zu lächeln und mit meinen künstlichen Wimpern zu klimpern. Ich war wahrhaftig auf Komplimente eingestellt. Hatten die Spiegel mir nicht schon gezeigt, daß ich einfach sensationell aussah?

Er durchsuchte gerade sorgfältig eine Kommode, wobei er alles wieder exakt an seinen Platz zurücklegte, was er in die Hand nahm. Trotzdem hatte er einen Blick für mich übrig. Vor Erstaunen bekam er große Augen, aber seine Brauen zogen sich aufgebracht zusammen, während ich da auf meinen zehn Zentimeter hohen Absätzen wippte und mit den Augenlidern flatterte. Vielleicht kam ich mit falschen Wimpern wirklich noch nicht zurecht. Mir schien es, als würde ich durch Spinnenbeine gucken.

»Wie du aussiehst?« begann er sarkastisch. »Laß es mich dir präzise beschreiben. Du siehst wie ein Straßenmädchen aus – genauso!« Er wandte sich angewidert ab, als könnte er meinen Anblick nicht länger ertragen. »Eine minderjährige Nutte – so siehst du aus! Jetzt geh und wasch dir das Gesicht und bring das ganze Zeug dahin zurück, woher du es geholt hast. Und mach den Schminktisch sauber.«

Ich stelzte zum nächsten großen Spiegel, in dem ich mich von Kopf bis Fuß sehen konnte. Meine Mutter sah in diesen Sachen wirklich anders aus – das stimmte schon. Was hatte ich falsch gemacht? Sicher, sie trug nie so viele Armreife auf einmal. Und sie trug auch nie drei Halsketten, während dazu noch lange Diamantohrringe bis auf ihre Schultern baumelten und ihre Haare von einem Diadem gekrönt wurden. Sie hatte auch nie zwei oder drei Ringe an jedem Finger gehabt, einschließlich der Daumen.

Oh, aber das Augen-Make-up war mir gelungen. Und mein Busen war absolut großartig! Ehrlicherweise gestand ich mir ein, daß ich ansonsten ein bißchen übertrieben hatte.

Ich nahm die siebzehn Armreife ab, die sechsundzwanzig Ringe, die Ketten, das Diadem und zog das schwarze Chiffonkleid aus, das an mir nicht so elegant ausgesehen hatte wie bei Mammi, wenn sie es zu einem Dinner trug mit nur Perlen um den Hals. Aber die Pelze – niemand konnte sich in Pelzen anders als schön fühlen!

»Beeil dich, Cathy! Laß endlich die Finger von Mammis Sachen und hilf mir suchen!«

»Chris, ich würde so gerne einmal in ihrer schwarzen Marmorwanne baden!«

»Allmächtiger! Dafür haben wir wirklich keine Zeit, Cathy!«

Ich zog all ihre Sachen wieder aus, den schwarzen Spitzen-BH, die Nylonstrümpfe und die silbernen Schuhe, und schlüpfte rasch wieder in meine eigenen Kleider. Aber dann überlegte ich es mir noch mal und griff mir einen einfachen weißen BH aus dem Schubfach, das von BHs überquoll, und versteckte ihn unter meiner Bluse. Chris brauchte meine Hilfe nicht. Er war hier schon so oft gewesen, daß er das Geld auch ohne meine Hilfe fand. Ich wollte rasch alle Schubladen in den Nachtschränken durchsehen, aber dazu mußte ich mich beeilen. In der ersten fand ich, was ich erwartete, Nachtcreme, Taschentücher und zwei Taschenbücher, die wohl für Fälle der Schlaflosigkeit bereitlagen. (Gab es Nächte, in denen sie sich unruhig im Bett wälzte, weil ihr Gedanken an uns durch den Kopf gingen?) Unter den Taschenbüchern lag ein großes, dikkes Buch mit einem farbigen Schutzumschlag: »Stickmuster – wie man sie selbst macht«. Das war ein Buch, das mich auf Anhieb interessierte. Mammi hatte mir ja an meinem ersten Geburtstag hier ein paar Stiche beigebracht. Selbst Stickmuster zu entwerfen, das bot ja ungeahnte Beschäftigungsmöglichkeiten.

Beiläufig nahm ich das Buch heraus und blätterte es flüchtig durch. Hinter mir hörte ich Chris leise und gründlich seiner Geldsuche nachgehen. Schubladen wurden aufgezogen und wieder geschlossen. Ich hatte erwartet, Blumenmuster zu sehen – alles, nur nicht das, was ich tatsächlich sah. Stumm, mit großen Augen und voller schockierter Faszination starrte ich auf die farbigen Fotografien im Großformat. Unglaubliche Bilder von nackten Männern und Frauen, die ... machten die Leute wirklich solche Sachen? War das Liebe?

Chris war nicht der einzige, der schon einmal geflüsterte Geschichten, von viel Gekicher begleitet, aus dem Munde älterer Schulkameraden auf der Toilette gehört hatte. Ich hatte dennoch nach wie vor den Eindruck, es handele sich um eine heilige, sehr private Sache, die man hinter verschlossenen Türen in der intimen Zurückgezogenheit eines Schlafzimmers tat. Dieses Buch zeigte mehrere Paare in einem Raum, alle nackt und alle auf verschiedene Art sehr intim miteinander beschäftigt. Gegen meinen Willen, das sagte ich mir jedenfalls, blätterte meine Hand langsam Seite für Seite um, während ich die Augen immer weiter aufriß. So viele verschiedene Arten, es zu tun! So viele Stellungen! Mein Gott, war es das, was der liebeskranke Raymond und seine Lily von der ersten Seite jener viktorianischen Novelle an im Kopf gehabt hatten? Ich hob den Kopf und starrte ins Leere. War es das, wonach wir von Geburt an alle strebten?

Chris sprach mich an, sagte mir, daß er jetzt genug Geld gefunden hatte. Zuviel auf einmal konnte er nicht mitgehen lassen, sonst würde es irgendwann auffallen. Er steckte nur noch ein paar Fünfer ein und das ganze Wechselgeld, das er zwischen den Polstern fand. »Cathy, was ist los? Bist du taub? Los, gehen wir!«

Ich konnte nicht gehen, konnte das Buch nicht zuschlagen, bevor ich es nicht von vorne bis hinten durchgesehen hatte. Weil ich so gebannt dastand und ihm nicht einmal antworten konnte, kam Chris zu mir. Er sah mir über die Schulter, um herauszufinden, was mich da so hypnotisiert hatte. Ich hörte, wie er scharf Luft holte. Nach einer Ewigkeit atmete er mit einem leisen Pfeifen aus. Er sagte kein einziges Wort, bis ich am Ende des Buches angekommen war und es zuklappte. Dann nahm er es mir aus der Hand und begann von vorne, um sich die Seiten anzusehen, die er verpaßt hatte, weil ich mittendrin aufgeschlagen hatte. Gegenüber den seitengroßen Fotos gab es kleine gedruckte Texte. Aber die Bilder bedurften keiner Erklärung. Für mich jedenfalls nicht.

Chris schloß das Buch. Ich warf einen schnellen Blick auf sein Gesicht. Er machte einen verblüfften Eindruck. Ich legte das Buch zurück in die Schublade und plazierte die beiden Taschenbücher darüber, so wie ich alles vorgefunden hatte. Er nahm mich an der Hand und zog mich zur Tür. Wir gingen die langen, dunklen Flure entlang zurück in den Nordflügel. Jetzt verstand ich nur zu gut, warum die alte Hexe darauf bestanden hatte, daß Chris und ich in getrennten Betten schliefen, wenn das Verlangen des Fleisches so stark, so überwältigend sein konnte, und so aufregend, daß Menschen durch die Liebe mehr zu Dämonen wurden als zu Heiligen. Ich beugte mich über Carrie und blickte in ihr schlafendes Gesicht, das die Unschuld und Kindlichkeit zeigte, die tagsüber in ihren Zügen nicht mehr zu entdecken war. Dann ging ich zu Cory hinüber, streichelte seine weichen Locken und küßte auch ihm die gerötete Wange. Kinder wie diese beiden gingen aus einem bißchen von dem hervor, was ich gerade in diesem erotischen Bilderbuch gesehen hatte. Also konnte nicht alles daran schlecht sein, sonst hätte Gott schließlich Männer und Frauen nicht so geschaffen, wie sie nun einmal waren. Und trotzdem war ich so verstört und unsicher und tief in meinem Inneren wirklich schockiert und überrascht, und doch ...

Ich schloß meine Augen und betete stumm: Gott, laß die Zwillinge sicher und gesund bleiben, bis wir hier weg sind ... laß sie leben, bis wir an einem freundlichen, sonnigen Ort sind, wo nie die Türen abgeschlossen werden ... bitte.

»Du kannst zuerst ins Bad«, sagte Chris, der auf seiner Bettseite saß und mir den Rücken zukehrte. Er hatte den Kopf gesenkt. Eigentlich war er heute abend zuerst mit dem Bad dran.

Wie unter einem Zauber bewegte ich mich ins Bad und tat, was an Abendtoilette erforderlich war. Als ich wieder herauskam, trug ich mein dickstes, wärmstes und bravstes Großmutternachthemd. Alles Make-up war gründlich aus meinem Gesicht geschrubbt. Mein Haar war frisch gewaschen und noch ein bißchen feucht. Ich setzte mich auf den Bettrand, um es durchzubürsten, bis es wieder in schimmernden Wellen fiel.

Chris erhob sich still und ging, ohne in meine Richtung zu sehen, ins Bad. Als er später herauskam und ich noch immer dasaß und mein Haar bürstete, vermied er, mir in die Augen zu sehen. Ich wollte auch nicht, daß er mich ansah.

Zu den Vorschriften der Großmutter gehörte, daß wir jede Nacht neben unseren Betten niederknieten und ein Nachtgebet sprachen. Aber in dieser Nacht betete keiner von uns. Oft hatte ich neben dem Bett gekniet, die Hände unter dem Kinn gefaltet, und nicht gewußt, was ich beten sollte, denn inzwischen waren so viele Gebete über meine Lippen gekommen, und keines hatte uns geholfen. Ich kniete einfach da, den Kopf leer, das Herz leer, aber mein Körper empfand bis in die letzten Nervenenden all das, was ich selbst mich nicht zu denken traute und viel weniger noch auszusprechen wagte – er schrie es lautlos heraus.

Ich streckte mich neben Carrie auf dem Rücken aus und fühlte mich von diesem Buch beschmutzt und verändert. Ich wünschte mir, es wieder anschauen zu können, und das würde ich auch tun, wenn sich die Gelegenheit bot. Jedes Wort des Textes wollte ich lesen. Vielleicht wäre es die anständigste Reaktion gewesen, das Buch einfach still zurückzulegen, nachdem ich bemerkte, was der Inhalt war. Und mit Sicherheit hätte ich es zuschlagen müssen, als Chris mir über die Schulter sah. Ich wußte bereits, daß ich keine Heilige war, kein Engel, keine prüde Puritanerin, und ich spürte in den Knochen, daß ich in naher Zukunft alles würde wissen müssen, was es über die körperliche Liebe zu wissen gab.

Langsam, sehr langsam wandte ich meinen Kopf, um im rötlichen Zwielicht unserer Nachttischlampe zu sehen, was Chris machte.

Er lag auf der Seite unter der Decke und blickte zu mir herüber. Seine Augen schimmerten in einem schwachen, wechselnden Licht, das seinen Weg durch die schweren Vorhänge fand, denn das Licht in seinen Augen war nicht rosa.

»Wie geht es dir?« fragte er.

»Ich habe es überlebt.« Und dann sagte ich mit einer Stimme gute Nacht, die selbst mir fremd in den Ohren klang.

»Gute Nacht, Cathy«, antwortete er und benutzte ebenfalls die Stimme eines anderen.

Mein Stiefvater

In diesem Frühjahr wurde Chris krank. Er sah grün um den Mund aus und mußte sich alle paar Minuten übergeben. Benommen schwankte er aus dem Badezimmer und ließ sich schwach auf das Bett fallen. Er wollte in seinem Anatomie-Buch lesen, aber dann warf er es, über sich selbst irritiert, zur Seite. »Muß irgendwas sein, was ich gegessen habe«, stöhnte er.

»Chris, ich möchte dich lieber nicht alleine lassen«, sagte ich an der Tür, den hölzernen Schlüssel bereits im Schloß, um in Mutters Schlafzimmer zu gehen.

»Paß auf, Cathy!« schrie er mich an. »Es ist Zeit, daß du lernst, auf eigenen Füßen zu stehen! Du mußt mich nicht das ganze Leben lang an deiner Seite haben, nicht jeden Tag! Das war schon Mammis Problem. Sie glaubt heute noch, immer einen Mann haben zu müssen, an den sie sich lehnen kann. Verlaß dich auf dich selbst, Cathy, immer nur auf dich selbst.«

Angst fuhr mir in die Knochen und sprach aus meinen Augen. Er sah es und meinte wesentlich sanfter: »Mir geht es nicht so schlecht, daß ich nicht auf mich selbst aufpassen könnte. Wir brauchen das Geld, Cathy, also mach dich allein auf den Weg. Wer weiß, wie oft wir noch eine Chance dazu haben.«

Ich lief zurück an sein Bett, fiel daneben auf die Knie und drückte mein Gesicht gegen seine Brust. Zärtlich strich er mir über die Haare. »Wirklich, Cathy, ich werde es überleben. Es geht mir wirklich nicht so schlecht, daß du meinetwegen weinen müßtest. Aber du mußt begreifen, daß, was immer auch einem von uns passiert, der andere dafür zu sorgen hat, daß die Zwillinge hier rauskommen.«

»Sag so was nicht!« rief ich. Nur daran zu denken, er könnte sterben, machte mich ganz krank. Und während ich so kniete und ihn anblickte, fiel mir auf, wie oft wir doch beide in der letzten Zeit gesundheitlich angeschlagen gewesen waren. Einem von uns war fast immer schlecht.

»Cathy, ich möchte, daß du jetzt gehst. Steh auf. Reiß dich zusammen. Und wenn du in ihrem Zimmer bist, sammle nur die kleinen Scheine und das Hartgeld ein. Keine größeren Scheine. Nimm aber ruhig alles an Münzen mit, was unserem Stiefvater aus den Hosentaschen gefallen ist. Hinten in seinem Kleiderschrank findest du eine große Büchse mit Wechselgeld. Nimm eine Handvoll von den 25-Cent-Stücken mit.«

Er sah bleich und schwach aus, abgenommen hatte er auch. Schnell küßte ich ihn auf die Wange und eilte davon, weil es mir mit jeder Sekunde schwerer fiel, ihn allein zu lassen. An der Tür wandte ich mich noch einmal zu einem kurzen Blick auf die Zwillinge um, die fest schliefen. »Ich liebe dich, Christopher Meißner«, sagte ich halb im Scherz, während ich unser Gefängnis aufschloß.

»Ich liebe dich auch, Catherine Meißner«, erwiderte er. »Gute Jagd.«

Ich warf ihm noch einen Kuß zu, dann schloß ich hinter mir ab. Heute nacht war es absolut sicher, einen Beutezug in Mammis Schlafgemach zu unternehmen, denn sie hatte uns am Nachmittag selbst erzählt, daß sie mit ihrem Mann wieder eine Party besuchte, bei einem Freund nicht weit von Foxworth Hall. Und während ich mich an der Wand entlang durch die stillen, schattigen Korridore schlich, nahm ich mir vor, daß ich wenigstens einen Zwanziger und einen Zehner nehmen würde. Ich würde es riskieren, daß jemand etwas merkte. Vielleicht würde ich sogar etwas von Mammis Schmuck stehlen. Schmuck konnte man versetzen, das war fast so gut wie Bargeld, vielleicht sogar noch besser.

Ganz geschäftsmäßig und von meiner Sache überzeugt, verschwendete ich keine Zeit mit einem Blick in das Jagdzimmer. Ich schlich auf dem kürzesten Weg zu Mammis Schlafzimmer. Der Großmutter unterwegs zu begegnen war relativ unwahrscheinlich, denn sie ging früh zu Bett, gegen neun spätenstens. Und es war schon nach zehn.

Mit meiner ganzen tapferen Entschlossenheit schlüpfte ich durch die Doppeltüren in ihren Raum und schloß sie leise wieder hinter mir. Eine einzige schwache Lampe brannte. Sie ließ oft das Licht in ihrem Zimmer brennen – laut Chris manchmal alle Lampen gleichzeitig. Was bedeuteten unserer Mutter auch Stromrechnungen?

Unsicher zögernd sah ich mich von der Tür aus einen Moment im Zimmer um. Dann erstarrte ich entsetzt!

Da vor mir im Stuhl, die langen Beine von sich ausgestreckt und die Füße übereinandergelegt, räkelte sich Mammis neuer Ehemann! Ich stand direkt vor ihm mit meinem durchsichtigen blauen Nachthemdchen, das sehr kurz war. Ich hatte wenigstens noch ein passendes Höschen drunter an. Mein Herz klopfte mir bis zum Hals, während ich darauf wartete, daß er mich anfuhr und zu wissen verlangte, wer ich sei und was, zum Teufel, ich hier zu suchen hatte, daß ich so einfach in sein Schlafzimmer hereinspazierte.

Aber er sagte nichts.

Er trug einen Abendanzug mit einem weißen Rüschenhemd darunter. Er fuhr mich nicht an, er fragte nichts, weil er eingedöst war. Ich wollte mich auf dem Absatz umdrehen und verschwinden, solche Angst hatte ich, er würde im selben Augenblick aufwachen und mich sehen.

Doch meine Neugier siegte. Auf Zehenspitzen schlich ich mich näher an ihn heran, um ihn genauer zu betrachten. Ich wagte mich so nah heran, daß ich ihn hätte anfassen können. Nah genug, die Hand in seine Tasche zu stecken und ihm das Geld wegzunehmen, wenn ich ihn hätte berauben wollen, was ich aber gar nicht vorhatte.

Geld war das letzte, was ich im Kopf hatte, als ich auf dieses hübsche schlafende Gesicht starrte. Ich war erstaunt, was sich da zeigte, als ich Mammis heißgeliebten Bart aus der Nähe betrachtete. Aus der Entfernung hatte ich ihn ja schon ein paarmal gesehen: zum ersten Mal in der Nacht der Weihnachtsparty und ein anderes Mal, als er Mammi draußen vor dem Haus auf der Treppe in den Mantel half und ihr etwas ins Ohr flüsterte, über das sie lächelte. Wie sanft er sie an sich gezogen hatte, bevor die beiden dann zum Wagen gegangen waren.

Ja, ja, ich hatte ihn aus der Ferne gesehen, und ich hatte viel über ihn gehört von Mammi. Ich wußte, wo seine Schwestern lebten, wo er geboren und wo er zur Schule gegangen war, aber nichts hatte mich darauf vorbereitet, was ich nun so deutlich erkannte.

Mammi – wie konntest du? Du solltest dich schämen! Dieser Mann ist jünger als du – Jahre jünger! Davon hatte sie uns nie erzählt.

Ein Geheimnis. Wie gut sie doch wichtige Geheimnisse für sich behalten konnte! Kein Wunder, daß sie ihn anbetete – er war der Typ Mann, den jede Frau begehren mußte. Es genügte mir schon, ihn hier so elegant ausgestreckt liegen zu sehen, um zu wissen, daß er zärtlich und leidenschaftlich sein mußte.

Ich wünschte mir, diesen Mann da vor mir zu hassen, aber irgendwie schaffte ich das nicht. Selbst im Schaf gefiel er mir, zog mich an, ließ mein Herz schneller schlagen.

Bartholomeus Winslow, er lächelte im Schlaf, ahnungslos, unwissentlich auf meinen bewundernden Blick antwortend. Ein Rechtsanwalt, einer von diesen Männern, die über alles Bescheid wissen – wie Ärzte – wie Chris. Bestimmt sah er im Traum etwas außerordentlich Angenehmes, erlebte etwas sehr Schönes. Was ging vor seinen träumenden Augen vor? Ich fragte mich, ob diese Augen wohl blau oder braun waren. Sein Kopf war schmal und ausdrucksvoll, sein Körper schlank und muskulös.

Er trug einen breiten, goldenen Hochzeitsring, den ich natürlich sofort als Pendant zu dem schmaleren Exemplar an Mammis Finger erkannte. Dazu trug er noch an zwei anderen Fingern Freundschaftsringe. Er war groß ... das wußte ich bereits. Aber von all den Dingen, die mir an ihm gut gefielen, beeindruckten mich am meisten die vollen, leidenschaftlichen Lippen unter dem Schnurrbart. So ein wunderschön geformter Mund – leidenschaftliche Lippen, die meine Mutter küssen mußten, überall küssen. Dieses Bilderbuch sexueller Freuden hatte mir schnell und ausdrücklich beigebracht, auf wie viele Arten Erwachsene beim Liebesspiel geben und empfangen konnten, wenn sie nackt waren.

Es kam ganz plötzlich über mich – der Impuls, ihn zu küssen – nur, um auszuprobieren, ob sein Bart kitzelte. Einfach nur, um zu wissen, wie ein Kuß von einem Fremden sein würde, von jemandem, mit dem ich nicht verwandt war.

Kein verbotener Kuß dieses Mal! Keine Sünde, ihm kaum spürbar über die glattrasierte Wange zu streichen, ihn sanft herauszufordern, ob er nicht doch aufwachte.

Aber er schlief weiter.

Ich beugte mich über ihn und drückte meine Lippen sachte gegen seine, dann zog ich sie schnell zurück, das Herz vor Angst rasend. Ich wünschte mir fast, er würde aufwachen, aber ich war verängstigt und unsicher. Ich war zu jung und zu unsicher, was ich dann zu erwarten hatte..Konnte ich glauben, er würde mir zu Hilfe kommen, wenn er eine Frau wie meine Mutter hatte, die wahnsinnig in ihn verliebt war? Würde er, wenn ich ihn jetzt wachrüttelte, ruhig zuhören, wenn ich ihm meine Geschichte von den vier jahrelang in einem abgelegenen Zimmer versteckten Kindern erzählte? Eingesperrten Kindern, die sehnsüchtig darauf warteten, daß ihr Großvater endlich starb? Würde er mich verstehen und Sympathie für uns aufbringen, und würde er Mammi zwingen können, uns die Freiheit zurückzugeben und dafür die Hoffnung auf diese ungeheure Erbschaft aufzugeben?

Meine Hände fuhren nervös zu meiner Kehle, genau wie bei Mammi, wenn sie in einem Dilemma steckte und nicht wußte, wie sie wieder herauskommen sollte. Mein Instinkt rief mir laut zu: Weck ihn auf! Mein Argwohn wisperte mir eindringlich zu, sei leise, laß ihn nichts erfahren. Er wird euch nicht haben wollen, keine vier Kinder, von denen er nicht der Vater ist. Er wird euch dafür hassen, daß ihr seine Frau daran hindert, alle Reichtümer und Vergnügen zu erben, die für Geld zu haben sind. Sieh ihn dir an, so jung, so hübsch. Und auch wenn unsere Mutter außergewöhnlich schön war und auf dem Weg, eine der reichsten Frauen der Welt zu werden, hätte er auch eine jüngere haben können. Eine Jungfrau, die nie jemand anderen geliebt hatte, nie mit einem anderen Mann geschlafen.

Und dann war meine Unsicherheit vorbei. Die Antwort war so einfach. Was waren schon vier unerwünschte Kinder gegen ein märchenhaftes Vermögen?

Nichts waren sie. Das hatte Mammi mir längst beigebracht. Und eine Jungfrau hätte ihn nur gelangweilt.

Oh, es war so unfair! Gemein! Unsere Mutter hatte alles! Freiheit, zu kommen und zu gehen, wann sie wollte. Freiheit, das Geld aus dem Fenster zu werfen und in den teuersten Geschäften der Welt einzukaufen. Sie hatte sogar das Geld, sich einen viel jüngeren Mann zu kaufen, um mit ihm zu schlafen und ihn zu lieben. Und was hatten Chris und ich anderes als zerstörte Träume, gebrochene Versprechen und endlose Verzweiflung?

Und was hatten die Zwillinge, außer einem Puppenhaus, einer zahmen Maus und einer rapide abnehmenden Gesundheit?

Mit Tränen in den Augen ging ich zu unserem verlorenen, verschlossenen Zimmer zurück, mein Herz hoffnungslos und schwer wie ein Stein in der Brust. Ich fand Chris eingeschlafen, sein Anatomie-Buch aufgeschlagen auf der Brust. Vorsichtig nahm ich das Buch fort und legte ihm ein Lesezeichen zwischen die Seiten.

Dann legte ich mich neben ihn, klammerte mich an ihn. Stumme Tränen liefen mir über die Wangen und machten ihm den Schlafanzug naß.

»Cathy«, murmelte er, als er wach wurde und langsam mitbekam, was los war. »Was hast du? Warum weinst du denn? Hat dich jemand gesehen?«

Ich konnte ihm nicht direkt in die besorgten Augen sehen, und aus einem unerklärlichen Grund konnte ich ihm auch nicht erzählen, was passiert war. Ich bekam einfach nicht die Worte heraus, um ihm zu erklären, daß ich Mammis neuen Mann schlafend in ihrem Zimmer gefunden hatte. Und noch viel weniger konnte ich ihm erzählen, daß ich so kindisch romantisch gewesen war, diesen Bart zu küssen, während er schlief.

»Und du hast keinen einzigen Pfennig gefunden?« fragte er mich ungläubig.

»Nichts, gar nichts«, flüsterte ich zurück, und ich versuchte mein Gesicht vor ihm zu verstecken. Aber er nahm mein Kinn in die Hand und zwang mich, ihn anzusehen, so daß er mir tief und forschend in die Augen blicken konnte. Oh, warum mußten wir uns nur so gut kennen? Er starrte mich an, während ich mich vergeblich bemühte, meinen Augen einen nichtssagenden Ausdruck zu geben. Alles, was ich tun konnte, war, einfach die Augen zu schließen und mich eng an ihn zu kuscheln. Er schob sein Gesicht in meine Haare, während seine Hand mir beruhigend über den Rücken streichelte. »Ist ja in Ordnung. Wein doch nicht. Du weißt eben nicht, wo du es suchen mußt.«

Ich mußte hier weg, mußte fortlaufen, aber wenn ich wegrannte, würde ich all das hier mit mir nehmen, wohin ich auch ging und was aus mir werden würde.

»Du kannst wieder in dein eigenes Bett«, sagte Chris mit heiserer Stimme. »Die Großmutter könnte jeden Augenblick die Tür aufreißen, das weißt du doch.«

»Chris, du hast dich nicht mehr übergeben müssen, nachdem ich weg war?«

»Nein. Es geht mir besser. Geh jetzt bitte rüber, Cathy, bitte.«

»Du fühlst dich besser? Du sagst das jetzt nicht nur so?«

»Habe ich dir nicht gerade gesagt, daß es mir bessergeht?«

»Nacht, Christopher Meißner«, sagte ich, dann drückte ich ihm einen Kuß auf die Wange und kletterte aus seinem Bett. Auf der anderen Seite des Zimmers kuschelte ich mich neben Carrie zurecht.

»Gute Nacht, Catherine. Du bist eine prima Schwester und eine großartige Mutter für die Zwillinge ... aber du bist ein miserabler Lügner und ein noch schlechterer Dieb!«

Jeder von Chris' Raubzügen in Mammis Schlafzimmer vergrößerte unsere geheime Reisekasse. Aber es dauerte so verdammt lange, um unser Ziel von fünfhundert Dollar zu erreichen. Und jetzt wurde es bereits wieder Sommer. Ich war inzwischen fünfzehn, die Zwillinge wurden acht. Bald würde es August sein, und dann waren wir drei Jahre gefangen. Vor dem nächsten Winter mußten wir die Flucht geschafft haben. Ich sah Cory an, der lustlos eine »schwarzäugige« Erbse aufpickte, weil solche Erbsen Glück brachten. Beim ersten Mal, als er diese Erbsen mit dem kleinen braunen Fleck sah, wollte er sie nicht essen: Ich will keine kleinen braunen Augen im Bauch haben, die mich von innen angucken. Jetzt aß er sie, weil wir ihm eingeredet hatten, daß jede Erbse ihm einen ganzen Tag voll Glück geben würde. Chris und ich mußten uns ständig solche kleinen Geschichten ausdenken, sonst hätte er außer den Berlinern nichts gegessen. Sobald das Essen vorbei war, hockte Cory sich auf den Boden, nahm sein Banjo auf die Knie und vertiefte sich in einen der albernen Trickfilme. Carrie drängte sich so dicht wie möglich an ihn und beobachtete das Gesicht ihres Bruders, nicht den Fernseher. »Cathy«, sagte sie dann zu mir in ihrem Vogelgezwitscher. »Du, Cory geht es nicht so gut.«

»Woher weißt du das?«

»Weiß ich eben.«

»Hat er dir gesagt, daß ihm schlecht ist?«

»Brauch er nich'.«

»Und wie fühlst du dich?«

»Wie immer.«

»Und wie ist das?«

»Weiß nicht.«

O ja! Wir mußten hier raus, und verdammt schnell!

Später legte ich die Zwillinge zusammen in ein Bett. Als sie beide eingeschlafen waren, hob ich Carrie aus dem Bett und legte sie in unseres, aber zur Zeit war es für Cory eine große Beruhigung, an der Seite seiner Zwillingsschwester einschlafen zu dürfen. »Ich mag diese rosa Bettbezüge nicht«, beschwerte sich Carrie bei mir, »wir mögen alle nur weiße Tücher. Wo sind unsere weißen Bettücher?«

Verflucht der Tag, an dem Chris und ich Weiß zur sichersten Farbe erklärt hatten! Weiße Kreideblumen, auf die Dielen des Dachbodens gezeichnet, hielten alle bösen Dämonen fern und die Monster und die anderen unheimlichen Dinge, vor denen die Zwillinge Angst hatten, wenn sie sich nicht irgendwo hinter, unter oder drinnen verstecken konnten. Lavendel, Blau oder Rosa oder gar Blumenmuster auf der Bettwäsche, das war alles strikt verboten... kleine farbige Stellen waren Löcher, durch die die bösen kleinen Kobolde ihren gespaltenen Schwanz stecken konnten oder mit einem boshaften Auge spähen oder mit einem winzigen, hinterhältigen Speer stechen! Rituale, Fetische, Totems, Bräuche, Aberglauben, Regeln – Gott! – wir hatten Millionen davon erfunden, nur um uns ein wenig Sicherheit zu geben.

»Cathy, warum mag Mammi schwarze Kleider so gern?« wollte Carrie wissen, während sie darauf wartete, daß ich das rosa Tuch gegen ein weißes austauschte.

»Mammi ist blond und hat sehr helle Haut, und Schwarz läßt sie noch heller und leuchtender aussehen und ganz besonders schön.«

»Sie hat keine Angst vor Schwarz?«

»Nein.«

»Wie alt muß man sein, damit Schwarz einen nicht mehr mit langen Zähnen beißen kann?«

»Alt genug, um zu wissen, daß eine solche Frage furchtbarer Unfug ist.«

»Aber all die schwarzen Schatten auf dem Dachboden haben schimmernde, scharfe Zähne«, erklärte mir Cory ernst, während er vor mir zurückwich, damit ihn das rosa Bettuch nicht berührte.

»Nun hör mal her«, sagte ich und sah das Grinsen in Chris' Augen, der darauf gespannt war, was für einen tollen Spruch ich jetzt wieder abliefern würde. »Schwarze Schatten haben keine scharfen, schimmernden Zähne, es sei denn, man hat smaragdgrüne Haut und purpurne Augen und rotes Haar und mindestens drei Ohren. Nur für solche Wesen sind schwarze Schatten gefährlich.«

Beruhigt schlüpften die beiden in ihr weißes Bett und waren bald fest eingeschlafen. Danach hatte ich Zeit, in Ruhe zu baden, mir das Haar zu waschen und einen hauchdünnen Pyjama anzuziehen. Ich lief hinauf auf den Dachboden und riß eines der Fenster weit auf, in der Hoffnung, eine kühle Brise einzufangen, die dort oben die Luft ein wenig auffrischte, damit ich mich nach Tanzen fühlte und nicht mehr wie eine verwelkende Blume. Warum nur fand der Wind seinen Weg nach dort oben erst während der wilden Winterstürme? Warum nie, wenn wir ihn gebraucht hätten?

Chris und ich teilten all unsere Gedanken, unsere Wünsche, unsere Zweifel, unsere Hoffnungen und unsere Ängste. Wenn ich ein kleines Problem hatte, war er mein Arzt. Glücklicherweise hatte ich nie ernstere Probleme, nur diese monatlichen Krämpfe und daß ich meine Tage selten regelmäßig bekam, was nach Ansicht meines Amateur-Doktors nichts Ungewöhnliches darstellte. Da ich selbst ja zu Donquichotterien neige, sei mein Körper da nicht anders.

Ich muß nun davon schreiben – von Chris und was in einer Septembernacht passierte, nachdem er wieder einen seiner Raubzüge unternommen hatte und ich auf dem Dachboden auf seine Rückkehr wartete. Über seinen Ausflug gab er mir sehr detailliert und wahrheitsgetreu einen Bericht, aber erst später, nachdem er den Schock einigermaßen überwunden hatte über das, was in jener Nacht zwischen uns geschah.

Er erzählte mir, daß ihn noch immer besonders jenes Buch in der Nachttischschublade anzog. Es lockte ihn, verführte ihn und war der Grund für seine und meine spätere Katastrophe.

Während er mir davon erzählte, schoß es mir durch den Kopf: Warum mußte er es immer wieder ansehen, wenn mir der Anblick jedes dieser Fotos für immer ins Hirn gebrannt war?

»Und da saß ich dann und las immer ein paar Seiten Text hintereinander«, berichtete er, »machte dann eine Pause und dachte über Gut und Böse nach, wunderte mich darüber, welche seltsamen Triebe die Natur so hervorbringt, und grübelte über die besonderen Umstände, unter denen wir leben müssen. Ich dachte an dich und mich, daß dies eigentlich die Reifejahre sein sollten und ich mich in einer Lage befinde, in der ich mich schuldig und beschämt fühlen muß, weil ich heranreife und ein

Verlangen habe, für das andere Jungen in meinem Alter Mädchen finden können, die an so etwas auch Spaß haben.

Und als ich so grübelte und frustriert in dem Buch blätterte, von dem ich mir wünschte, es wäre uns nie in die Finger gefallen, hörte ich draußen im Flur Stimmen näher kommen. Du kannst dir denken, wer es war – unsere Mutter und ihr Mann kamen zurück. Schnell warf ich das Buch zurück in die Schublade und oben drauf die beiden Taschenbücher, die offenbar nie jemand zu Ende las, denn die Lesezeichen liegen immer an denselben Stellen. Als nächstes versteckte ich mich in Mammis Kleiderschrank – dem richtigen Schrank neben ihrem Bett – hinter ihren Abendkleidern zwischen den Schuhablagen. Ich dachte mir, selbst wenn sie die Tür öffnete, würde sie mich nicht entdecken. Ich bin sicher, das hätte sie wirklich nicht. Aber kaum fühlte ich mich in Sicherheit, merkte ich, daß ich die Tür offengelassen hatte.

In diesem Augenblick hörte ich die Stimme meiner Mutter. ›Also wirklich, Bart‹, sagte sie, als sie ins Zimmer kam und das große Licht anknipste, ›es ist einfach Gedankenlosigkeit, daß du deine Brieftasche so oft liegenläßt.‹

Er antwortete: ›Kein Wunder, daß ich sie immer vergesse, wenn sie nie da liegt, wo ich sie hingelegt habe.‹ Ich hörte ihn, wie er im Zimmer herumsuchte, Schränke öffnete, Schubladen herauszog. Dann erklärte er: ›Ich bin ganz sicher, daß ich sie in diese Hose gesteckt habe ... und ich fahre, verdammt noch mal, nicht ohne meinen Führerschein.‹

›So wie du fährst, solltest du den auch immer dabeihaben‹, meinte unsere Mutter. ›Aber deswegen kommen wir jetzt wieder zu spät. Egal, wie schnell du jetzt fährst, den ersten Akt werden wir verpassen.‹

›He!‹ rief er da, und ich hörte seiner Stimme die Verblüffung an, während ich innerlich aufstöhnte, weil mir einfiel, was ich gemacht hatte. ›Da ist ja meine Brieftasche, da auf dem Ankleidetisch liegt sie. Zum Teufel mit mir, wenn ich sie da hingelegt habe. Ich könnte schwören, daß ich sie in die Hose gesteckt habe.‹

In Wirklichkeit hatte er sie unter seinen Hemden im Schrank

versteckt«, erklärte mir Chris. »Ich hatte sie dort gefunden und einfach auf dem Ankleidetisch liegenlassen, nachdem ich ein paar kleine Scheine herausgenommen hatte. Ich warf sie einfach hin und wandte mich dem Buch zu. Mammi meinte dazu nur: ›Also wirklich, Bart!‹, als würde sie die Geduld mit ihm verlieren.

Und dann sagte er: ›Corinna, laß uns hier ausziehen. Ich habe das Gefühl, die Hausmädchen bestehlen uns. Dir fehlt immer Geld und mir auch. Ich weiß zum Beispiel genau, daß ich fünf Fünf-Dollar-Noten hatte, und jetzt sind es nur noch drei.‹

Mir wurde richtig schlecht. Ich hatte immer gedacht, er hätte so viel, daß er es nie nachzählen würde. Und die Tatsache, daß Mammi offenbar wußte, wieviel sie im Portemonnaie hatte, war ein echter Schock.

›Was für einen Unterschied machen die paar Dollar schon?‹ fragte unsere Mutter, und das klang nun wieder viel mehr nach Mammi, so gleichgültig gegenüber Geld, wie sie auch bei Daddy immer war. Und dann erklärte sie, das Hauspersonal sei sowieso unterbezahlt, und sie könnte es da niemand verübeln, wenn er sich mit Geld die Kasse aufbesserte, das so leicht zu haben sei. ›Sie werden ja geradezu zum Stehlen eingeladen.‹

Er antwortete darauf: ›Mein liebes Eheweib, für dich ist Geld nie ein Problem gewesen, aber ich habe immer hart dafür arbeiten müssen, und deshalb kann ich nicht vertragen, wenn mir auch nur zehn Cent geklaut werden. Abgesehen davon kann ich auch nicht gerade behaupten, daß ich mir meinen Start in den Tag so vorstelle, wie ich ihn hier jeden Morgen mit dem grimmigen Gesicht deiner Mutter am Frühstückstisch erleben muß.‹ Weißt du, ich habe kein einziges Mal daran gedacht, wie er mit dieser alten Hexe wohl zurechtkommt.

Offenbar findet er sie genauso unerträglich wie wir, und Mammi schien davon irgendwie irritiert. Sie erwiderte: ›Laß uns damit jetzt nicht noch mal von vorne anfangen.‹ Und ihre Stimme hatte einen harten Unterton. Sie klang gar nicht, wie wir sie kennen. Ich bin nie darauf gekommen, daß sie auf eine bestimmte Art mit uns reden könnte und mit anderen Leuten auf eine völlig andere. Sie fuhr fort: ›Du weißt, daß ich dieses

Haus nicht verlassen kann, zur Zeit jedenfalls nicht. Wenn wir noch ins Theater wollen, dann komm jetzt – wir sind schon spät genug dran.‹

Und jetzt meinte unser Stiefvater, sie hätten den ersten Akt ja schon verpaßt, und da hätte er eigentlich sowieso keine richtige Lust mehr – kurz und gut, er würde lieber hierbleiben und ein bißchen mit ihr ins Bett gehen. Du kannst dir denken, daß mir bei diesem Vorschlag ganz elend wurde. Verdammt will ich sein, wenn ich nicht überall sonst lieber gewesen wäre als ausgerechnet in Mutters Schlafzimmer, während sie mit diesem Mann schlief.

Wie auch immer, es zeigte sich, daß unsere Mutter einen ausgesprochen starken Willen haben kann, und das überraschte mich nicht schlecht. Sie hat sich sehr verändert im Vergleich zu der Zeit, als sie mit Daddy zusammenlebte. Es scheint, als sei sie jetzt der Boss, und kein Mann darf ihr sagen, was sie zu tun oder zu lassen hat. ›Willst du mich wieder sitzenlassen wie beim letzten Mal? Da hast du dir vielleicht etwas geleistet, Bart! Sagst, du holst nur eben deine Brieftasche und bist sofort wieder da, und was tust du – du schläfst hier im Sessel ein. Und ich stand ohne Begleiter auf dieser Party herum.«

Also unser Stiefvater wirkte wegen dieses Vorwurfs irgendwie verunsichert, sowohl von ihren Worten, als auch von ihrem Tonfall. Jedenfalls hörte ich das aus seiner Stimme heraus, und man kann eine Menge aus dem Tonfall herauslesen, auch wenn man das Gesicht nicht sehen kann. ›Da hast du sicher furchtbar unter Einsamkeit gelitten!‹ erwiderte er sarkastisch. Aber das hielt nicht lange vor, denn er scheint im Grunde ein sehr gutmütiger Bursche zu sein. ›Was mich anging, ich hatte hier die süßesten Träume. Ich würde jeden Abend hierher zurückkommen, wenn ich sicher wüßte, daß sich wieder ein wunderschönes junges Mädchen mit langen, goldenen Haaren in dieses Zimmer schleicht und mich im Schlaf küßt. Oh, sie war so hübsch, und sie sah mich so sehnsüchtig an, aber als ich die Augen öffnete, war sie verschwunden, und ich mußte mir eingestehen, daß es wohl nur ein Traum gewesen ist.‹

Was er da sagte, ließ mich nach Luft schnappen, Cathy – das

warst du, nicht wahr? Wie konntest du nur so kühn, so unbedacht sein? Ich wurde so verrückt wegen dir, daß ich fast explodiert wäre, es fehlte wirklich nur eine winzige Kleinigkeit. Du meinst wohl, du bist die einzige, die nicht weiß, wohin mit ihren Gefühlen? Du denkst, du bist die einzige, die Frustrationen hat und Zweifel und Ängste? Du kannst dich trösten, mir geht es genauso – du hast dafür gesorgt! Junge, was war ich sauer auf dich, mehr als je zuvor in meinem Leben.

Und dann fuhr Mammi ihren Mann scharf an: ›Gott, du gehst mir mit diesem Gerede von dem Mädchen auf die Nerven – du hörst dich an, als ob du noch nie von einem Mädchen geküßt worden wärst!‹ Und ich dachte, sie würden jetzt anfangen, sich zu streiten. Aber Mammi änderte plötzlich ihren Ton. Sie klang süß und liebevoll, wie sie mit Daddy immer geredet hatte. Aber es bewies mir, daß es ihr vor allem darauf ankam, aus diesem Haus herauszukommen. Mammi gurrte: ›Komm, Bart, wir gehen für die Nacht in ein Hotel, dann brauchst du morgen früh meine Mutter nicht zu sehen.‹ Aber das erlöste mich wenigstens von meinen Befürchtungen, ich würde keinen Weg finden, dieses Zimmer zu verlassen, bevor sie das Schwanenbett zusammen benutzten – denn ich will verdammt sein, wenn ich auch nur eine Sekunde zugesehen oder zugehört hätte.«

Dies alles war passiert, während ich auf dem Fensterbrett des Dachbodenfensters gesessen und auf Chris' Rückkehr gewartet hatte. Ich hatte an die silberne Spieluhr gedacht, die mir Daddy geschenkt hatte, und mir gewünscht, ich könnte sie zurückbekommen. Ich ahnte nicht, welche Folgen die Episode in Mammis Schlafzimmer für mich bald haben würde.

Hinter mir knarrte eine Diele. Ein leiser Schritt auf dem faulenden Holz. Ich sprang auf, erschrocken, verängstigt, drehte mich um und erwartete, was weiß ich zu sehen. Dann seufzte ich erleichtert, denn es war nur Chris, der da im Dämmerlicht stand und mich stumm anstarrte. Warum? Sah ich hübscher aus als sonst? War es das Mondlicht, das durch mein zartes Nachthemd fiel?

Alle Zweifel klärten sich sofort, als er mit einer gepreßten, leisen Stimme sagte: »Du siehst sehr schön aus, wenn du so im Fenster sitzt.« Er räusperte sich. »Das Mondlicht zeichnet dich silberblau, und ich kann deine Umrisse durch dein Nachthemd schimmern sehen.«

Dann packte er mich völlig überraschend bei den Schultern und krallte seine Finger hart in mein Fleisch. Er tat mir weh. »Verdammt, Cathy! Zum Teufel mit dir! Das hättest du nicht tun dürfen, diesen Kerl zu küssen! Du hast ihn geküßt! Er hätte aufwachen können und dich fragen, wer du bist! Und dich nicht nur einfach für einen Traum halten!«

Er machte mir Angst, so wie er sich benahm, auch wenn ich keinen Grund für diese Angst sah. »Woher weißt du, was ich getan habe? Du warst doch nicht dabei, du warst doch an diesem Abend krank.«

Er schüttelte mich mit wildem Blick, und wieder kam er mir wie ein völlig Fremder vor. »Er hat dich gesehen, Cathy – er hat nicht fest geschlafen!«

»Er hat mich gesehen?« schrie ich ungläubig zurück. Das war unmöglich ... völlig unmöglich!

»Ja!« schrie er. Das war der Chris, der sonst all seine Gefühle immer so unter Kontrolle hatte. »Er hielt dich für einen Teil seines Traumes! Aber kannst du dir nicht denken, daß Mammi darauf gekommen sein könnte, wer wirklich dahinter steckt – sie kann sich das an fünf Fingern abzählen! Genau wie ich! Zum Teufel mit dir und deinen romantischen Anwandlungen! Jetzt haben sie uns! Sie werden kein Geld mehr herumliegen lassen. Er zählt nach, sie zählt nach, und wir haben nicht genug zusammen – noch nicht!«

Er zerrte mich vom Fenstersims herunter. Er schien wild und wütend genug zu sein, mir ins Gesicht zu schlagen – und er hatte mich noch nie in unserem Leben geschlagen, auch als ich ihm als kleines Mädchen Grund genug dazu gab. Aber jetzt schüttelte er mich, bis mir die Augen rollten und ich schwindelig schrie: »Hör auf! Mammi weiß doch auch, daß wir nicht durch eine verschlossene Tür können.«

Das war nicht Chris ... das war jemand, den ich noch nie gesehen hatte ... jemand Primitives, Wildes.

Er brüllte etwas wie: »Du bist mein, Cathy! Mein! Mir wirst du immer gehören! Egal, was die Zukunft auch bringt, du gehörst immer nur zu mir! Ich mache, daß du mir gehörst ... heute nacht ... jetzt sofort!«

Ich konnte es nicht glauben, nicht Chris!

Und ich verstand auch überhaupt nicht ganz, wovon er da eigentlich redete und ob ich ihm glauben sollte, ob er wirklich meinte, was er da raussprudelte, aber die Leidenschaft hat ihre eigene Art, jemanden zu überwältigen. Wir fielen auf den Boden, wir beide. Ich versuchte, ihn abzuschütteln. Wir rangen miteinander, drehten uns, rollten hin und her, keuchend, stumm, ein wilder Kampf – seine Kraft gegen meine.

Es war kein allzu schwerer Sieg für ihn.

Ich hatte meine starken Tänzerinnenbeine. Er hatte seine Muskeln, sein größeres Gewicht und den kräftigeren Körper ... und er war wesentlich entschlossener, sein Ziel zu erreichen, als ich in meiner Abwehr.

Und ich liebte ihn. Ich wollte ja, was er wollte – wenn er es so sehr wollte, gut oder schlecht.

Irgendwie endeten wir auf dieser alten Matratze unter dem Fenster – dieser dreckigen, riechenden, mit Flecken übersäten Matratze, die schon lange vor uns Liebende erlebt haben mußte. Und dort nahm er mich und zwang sein angeschwollenes, hartes männliches Glied in mich hinein, das von mir befriedigt werden mußte. Er stieß in mein enges, Widerstand leistendes Fleisch, das riß und blutete.

Nun hatten wir getan, was wir uns beide geschworen hatten, nie zu tun.

Nun waren wir verdammt in alle Ewigkeit, verdammt, für immer mit den Köpfen nach unten aufgehängt über den Feuern der Hölle zu schmoren. Sünder, genau wie Großmutter es vor so langer Zeit vorhergesagt hatte.

Nun hatte ich alle Antworten.

Nun gab es vielleicht ein Baby. Ein Baby, das uns schon im Leben bezahlen lassen würde, so daß wir nicht auf die Hölle warten brauchten, auf das ewige Feuer, das dort auf solche wie uns wartete.

Wir lösten uns voneinander und starrten uns gegenseitig an, unsere Gesichter taub und bleich von dem Schock, und wir konnten kaum sprechen, als wir uns anzogen.

Er mußte mir nicht sagen, daß es ihm leid tat ... es war ihm so deutlich anzusehen ... die Art, wie er zitterte, das Beben seiner Hand, die kaum die Knöpfe zubekam.

Später gingen wir zusammen hinaus auf das Dach.

Lange Wolkenstreifen trieben über das Gesicht des Mondes, so daß es aussah, als würde er sich verstecken und dann wieder hinter seinem Versteck vorspähen. Und auf dem Dach, in einer Nacht, die wie gemacht war für Liebende, lagen wir uns weinend in den Armen. Er hatte es nicht tun wollen, und ich hatte es nicht zulassen wollen. Die Angst vor dem Baby, das aus einem einzigen Kuß auf einen schnurrbärtigen Mund entstehen mochte, saß mir wie ein Kloß in der Kehle, wollte mir aber nicht über die Lippen. Es war meine furchtbarste Angst. Mehr als vor dem Zorn Gottes, vor dem Höllenfeuer fürchtete ich mich davor, ein mißgestaltetes Kind, eine Monstrosität, einen Idioten auf die Welt zu bringen. Aber wie konnte ich darüber jetzt sprechen? Er litt schon so genug. Seine Gedanken schienen sich von meinen nicht sehr zu unterscheiden.

»Alles spricht gegen ein Baby«, sagte er entschieden. »Die Chance ist sehr gering, daß du beim ersten Mal gleich schwanger wirst. Und ich schwöre dir, es wird kein zweites Mal geben – ganz egal, wie! Ich kastriere mich, ehe ich zulasse, daß so was noch einmal passiert.« Dann zog er mich so fest an sich, daß er mir fast die Rippen eindrückte. »Bitte, haß mich nicht! Cathy, haß mich nicht! Ich wollte dich nicht vergewaltigen, das schwöre ich dir bei Gott. Ich bin schon viele Male in Versuchung gewesen, aber ich habe es immer geschafft, mich abzulenken. Ich bin rausgegangen, ins Bad oder auf den Dachboden. Ich habe mich in meine Bücher vergraben, bis ich fühlte, daß ich wieder normal war.«

So fest ich konnte, drückte ich ihn an mich: »Ich hasse dich nicht, Chris«, flüsterte ich und preßte meinen Kopf an seine Brust. »Du hast mich nicht vergewaltigt. Ich hätte dich aufhalten können, wenn ich es wirklich gewollt hätte. Es wäre genug gewesen, wenn ich hart das Knie hochgerissen hätte, wie du es mir selbst mal gezeigt hast. Es war genauso meine Schuld.« O ja, auch meine Schuld. Ich hätte es besser wissen müssen, als den hübschen jungen Mann meiner Mutter zu küssen. Ich hätte keine durchsichtigen kurzen Nachthemden tragen dürfen und damit einem Bruder vor der Nase herumtanzen, der längst die starken körperlichen Bedürfnisse eines Mannes hatte und ständig und von allem frustriert wurde. Ich hatte meine Weiblichkeit an ihm ausprobieren wollen, und ich hatte meine eigenen brennenden Sehnsüchte gehabt, die nach Erfüllung schrien.

Es war eine ganz besondere Nacht, als hätte das Schicksal diese Nacht schon lange im voraus für uns geplant. Diese Nacht würde unser Schicksal sein, im Guten oder im Bösen. Die Dunkelheit wurde von einem riesigen Mond erleuchtet, so voll und so hell, und die Sterne schienen sich Morsezeichen zuzufunkeln ... Schicksal erfüllt ...

Der Wind raschelte in den Blättern und spielte eine unheimliche, seltsame Weise, die ohne Melodie war und doch Musik. Wie konnte irgend etwas, das menschlich und aus Liebe geschehen war, in einer solchen Nacht etwas Häßliches sein?

Vielleicht blieben wir zu lange dort draußen auf dem Dach.

Die Schieferplatten wurden kalt und hart. Es war früher September. Die Blätter begannen schon von den Bäumen zu fallen. Bald würde die eisige Hand des Winters nach ihnen greifen. Während es auf dem Dachboden noch immer stickig heiß wie in der Hölle war, wurde es hier draußen in der Nacht schon sehr, sehr kalt.

Noch enger kuschelten wir uns zusammen, suchten Wärme und Sicherheit beieinander. Junge, sündige Liebende der schlimmsten Art. Wir waren zehn Meilen in unserer Selbsteinschätzung gesunken, von Trieben überwältigt, die durch unsere permanente Nähe einfach zu stark geworden waren. Nun hatten wir unsere Leidenschaften einmal zu oft versucht ... und ich hatte nicht einmal gewußt, daß ich leidenschaftlich war, von Chris ganz zu schweigen.

Als hätten wir nur noch ein gemeinsames Herz, pulsierte eine furchtbare Melodie der Selbstbestrafung durch uns.

»Cathy«, begann Chris mit gebrochener, heiserer Stimme. »Wir haben jetzt genau dreihundertsechsundneunzig Dollar und vierundvierzig Cent. Es wird nicht mehr lange dauern, bis der erste Schnee fällt. Und wir haben keine Wintermäntel oder festes Schuhwerk, und die Zwillinge sind schon so geschwächt, daß sie sich leicht eine Erkältung holen können, aus der dann eine Lungenentzündung werden kann. Ich werde nachts wach, weil ich mir Sorgen um sie mache. Und ich habe dich in deinem Bett gesehen, wie du Carrie angestarrt hast; deshalb weiß ich, daß du dir diese Sorgen auch machst. Ich zweifle sehr daran, ob wir noch einmal in Mammis Schlafzimmer Geld finden. Sie nehmen an, daß eines der Mädchen sie bestiehlt – oder haben das jedenfalls angenommen. Vielleicht hat Mammi jetzt dich im Verdacht ... ich weiß es nicht... hoffentlich nicht.«

»Was auch immer die beiden sich jetzt denken werden«, sagte er entschlossen, »bei meinem nächsten Diebeszug bin ich gezwungen, Mammi etwas von ihrem Schmuck zu stehlen. Ich sahne einmal groß ab, nehme am besten den ganzen Schmuck – und dann verschwinden wir von hier. Sobald wir weit genug von hier weg sind, bringen wir die Zwillinge zu einem Arzt, wir haben genug Geld, um die Rechnungen dafür zu bezahlen.«

Die Juwelen mitnehmen – das, worum ich ihn schon die ganze Zeit gebeten hatte! Endlich willigte er ein, war bereit, den schwer erkämpften Preis zu stehlen, für den Mammi soviel gegeben hatte, auch uns, die sie in ihrem Kampf um diese Reichtümer verlieren würde. Aber würde ihr das etwas ausmachen – würde sie uns überhaupt vermissen?

In der Ferne schrie geisterhaft die alte Eule. Es mußte dieselbe sein wie die, von der wir damals vor so langer Zeit am Eisenbahnhaltepunkt begrüßt worden waren. Während wir noch in die Nacht starrten, erhoben sich langsam dünne, graue Nebelschleier aus dem feuchten Grund, und uns begann zu frösteln. Dann rollte der immer dichter werdende Nebel über das Dach, schlug über uns zusammen wie eine Meereswoge.

Und alles, was wir in diesen naßkalten, grau verwaschenen Wolken noch sehen konnten, war das eine Auge Gottes – es schimmerte von dort oben herab, als Mond.

Ich erwachte vor dem Morgengrauen. Ich blickte hinüber zum anderen Bett, in dem Chris und Cory schliefen. Schon als ich meine verschlafenen Augen aufschlug und den Kopf wandte, spürte ich, daß Chris wach war, und zwar schon länger. Er sah mich bereits an, und in seinen Augen standen schimmernde Tränen, die das Blau seltsam funkeln ließen.

»Ich liebe dich, Christopher Meißner. Du mußt nicht weinen. Ich kann vergessen, wenn du vergessen kannst, und es gibt nichts, was wir uns zu verzeihen hätten.«

Er nickte und antwortete nicht. Aber ich kannte ihn gut, durch und durch kannte ich ihn. Ich kannte seine Gedanken, seine Gefühle und alle Arten, wie er tödlich verletzt sein konnte. Ich wußte, daß er durch mich hatte Rache nehmen wollen an der Frau, die ihn in seiner Liebe, seinem Vertrauen und seinem Glauben verraten hatte. Alles, was ich zu tun brauchte, war, einen Blick in meinen Handspiegel mit dem großen »C.L.F.« auf der Rückseite zu werfen, und ich sah das Gesicht meiner eigenen Mutter, wie sie in meinem Alter ausgesehen haben mußte.

Und so war alles genauso gekommen, wie die Großmutter es prophezeit hatte. Satansbrut. Erschaffen aus schlechtem Samen, der in bösen Grund gesät worden war und aus dem nun böse Blumen der Nacht keimten, um die Sünden der Väter zu wiederholen.

Und die der Mütter.

Der schwärzeste Tag

Wir waren im Aufbruch. Jeder Tag konnte unser letzter hier sein. Sobald Mammi uns erzählte, daß sie einmal wieder einen Abend ausgehen würde, würde sie ihren Schmuck und ihre Wertsachen zum letzten Mal gesehen haben. Wir wollten nicht zurück nach Gladstone gehen. Dort wurde es jetzt Winter – ein Winter, der bis Mai blieb. Wir wollten nach Sarasota gehen, wo die Zirkusleute überwinterten. Von ihnen wußte man, daß sie Verständnis für Leute hatten, die aus dunklen Verhältnissen stammten und ihre Vergangenheit nicht preisgaben. Da Chris und ich uns recht gut an große Höhen gewöhnt hatten – die Seile zwischen den Pfeilern des Bodens, das steile Dach – schlug ich Chris halb im Scherz vor: »Laß uns Trapezkünstler werden.« Er grinste, hielt es für einen lächerlichen Einfall, aber nur im ersten Augenblick. Dann zündete der Funke, und er nannte es einen inspirierenden Gedanken.

»Du würdest großartig auf einem Hochseil aussehen in einem glitzernden rosa Kostüm«, überlegte er laut.

Cory riß plötzlich den blonden Kopf hoch. Seine blauen Augen waren vor Schreck weit aufgerissen. »Nein!«

Carrie, seine wortreichere Interpretin, ergänzte: »Uns gefallen solche Pläne aber nicht. Wir wollen nicht, daß ihr herunterfallt.«

»Wir werden nie abstürzen«, versicherte Chris, »denn Cathy und ich sind als Team unschlagbar.« Ich starrte zu ihm hinüber und mußte an die Nacht im Schulzimmer denken und was er mir anschließend auf dem Dach zugeflüstert hatte: »Ich werde niemals jemand anderes lieben als dich, Cathy. Ich weiß es ... ich spüre es deutlich ... nur wir beide, immer.«

Ich versuchte, die Erinnerung mit einem Lachen zu überspielen. Aber sie blieb. »Sei nicht albern«, hatte ich damals geantwortet, »du weißt genau, daß du mich nicht so liebst, nicht auf diese Art, meine ich. Du brauchst dich deshalb nicht zu schämen oder schuldig zu fühlen. Es war genauso mein Fehler. Und wir können so tun, als sei nie etwas passiert, und dafür sorgen, daß nie wieder etwas passiert.«

»Aber Cathy...«

»Wenn es andere für dich und mich gegeben hätte, dann würden wir nie, nie so empfunden haben.«

»Aber ich will ja so empfinden, ich will so für dich fühlen, und es ist für mich zu spät, jemanden anderen zu lieben oder zu vertrauen.«

Wie alt ich mir vorkam, als ich so zuversichtlich zu Chris und den Zwillingen über unsere Zukunft sprach. Wir würden unseren Weg schon machen, verkündete ich. Aber es war nur ein Trost, den ich den Zwillingen geben wollte, wußte ich doch, daß wir gezwungen sein würden, alles und jedes zu tun, um unseren Lebensunterhalt zu verdienen.

Aus dem September wurde der Oktober. Bald würde der Schnee zu fallen beginnen.

»Heute nacht«, sagte Chris eines Tages, nachdem Mammi mit einem hastigen »Gute Nacht« davongehuscht war, ohne sich in der Tür nach uns umzudrehen. Sie konnte es jetzt kaum noch ertragen, uns anzusehen. Wir legten zwei Kissenbezüge ineinander, um sie zu verstärken. In diesen Sack würde Chris Mammis ganzen kostbaren Schmuck werfen. Unsere beiden Koffer hatte ich längst gepackt und auf dem Dachboden versteckt, den Mammi schon lange nicht mehr betrat.

Während der Tag quälend langsam verstrich und der Abend nicht näher kommen wollte, begann Cory sich zu übergeben, wieder und wieder. In unserer Notapotheke hatten wir nichts gegen Magenverstimmungen.

Sosehr wir uns auch bemühten, nichts konnte das furchtbare Würgen lindern, nach dem Cory bleich, zitternd und weinend dalag. Seine Arme klammerten sich um meinen Nacken, und er flüsterte: »Mammi, ich fühl' mich gar nicht so gut.«

»Was kann ich denn tun, damit du dich wieder besser fühlst, Cory?« fragte ich und fühlte mich so jung und unerfahren.

»Micky«, wisperte er schwach. »Ich möchte gerne, daß Mikky bei mir schläft.«

»Aber du könntest dich auf ihn rollen, und dann würde er ersticken. Du möchtest doch nicht, daß er stirbt.«

»Nein«, sagte er und sah von dem Gedanken schockiert aus. Und dann begann wieder das furchtbare Würgen. Er fühlte sich dabei so kalt an in meinen Armen. Sein Haar klebte ihm an den schweißnassen Augenbrauen. Seine blauen Augen starrten leer in mein Gesicht, und wieder und wieder rief er nach seiner Mutter. »Mammi, Mammi, mir tut alles so weh.«

»Es ist ja gut«, tröstete ich und nahm ihn auf den Arm, um ihn in sein Bett hinüberzutragen, wo ich ihm den verschmutzten Schlafanzug wechseln wollte. Wie konnte er dauernd erbrechen, wenn er längst absolut nichts mehr im Magen hatte? »Chris hilft dir, es wird bald besser.« Ich legte mich neben ihn und nahm seinen gebrechlichen, zitternden kleinen Körper in den Arm.

Chris saß an seinem Tisch und blätterte seine medizinischen Bücher durch, um anhand von Corys Symptomen die geheimnisvolle Krankheit zu benennen, von der wir alle von Zeit zu Zeit befallen wurden. Er war inzwischen fast achtzehn, aber ein Doktor war er doch noch nicht.

»Geh nicht weg und laß Carrie und mich hier«, bettelte Cory. Er weinte lauter und lauter. »Chris, geh nicht weg, bleib bei uns.«

Was meinte er damit? Wollte er nicht, daß wir wegliefen? Oder meinte er nur, daß Chris nicht mehr in Mammis Zimmer hinunterschleichen sollte? Warum glaubten Chris und ich bloß, daß die Zwillinge sich kaum um das kümmerten, was wir Großen taten und planten? Sicher wußten Carrie und er, daß wir nie fortgehen würden und sie zurücklassen – eher würden wir sterben.

Ein kleines schattenhaftes Etwas kam an Corys Bett gehuscht und starrte mit riesigen, wäßrigen blauen Augen den Zwillingsbruder an. Sie war kaum einen Meter groß. Sie war alt, und sie war jung, sie war eine zarte kleine Pflanze, die man in einem dunklen Gewächshaus gezogen hatte, verkrümmt und verwachsen.

»Dürfte ich«, begann sie sehr formell und wohlerzogen (wie wir es ihr immer wieder vergeblich versucht hatten beizubringen, aber in dieser Nacht der Nächte besann sie sich darauf), »mit Cory schlafen? Wir wollen nichts Schlechtes, Böses oder Gottloses tun. Ich möchte nur einfach gerne bei ihm sein.«

Sollte die Großmutter kommen und durchdrehen! Wir legten Carrie zu Cory ins Bett, und dann kauerten Chris und ich uns an das Fußende des großen Bettes und sahen voller Sorge zu, wie Cory sich ruhelos umherwarf, nach Luft schnappte und im Delirium weinte und rief. Er wollte seine Maus, er wollte seine Mutter, seinen Vater, er wollte Chris, er wollte mich. Tränen fielen mir auf den Kragen meines Bademantels, und ich sah, daß Chris auch feuchte Augen hatte. Als die beiden schließlich eingeschlafen waren, verglich ich ihre blassen, eingeschrumpft wirkenden Gesichter, und Carrie sah immer noch ein bißchen gesünder und lebendiger aus als Cory.

Die ganze Nacht las Chris in seinen medizinischen Büchern, eins nach dem anderen, während ich zwischen den Betten im Zimmer umherwanderte.

Schließlich hob Chris den Kopf und sah mich mit rotgeränderten, entzündeten Augen an. »Lebensmittelvergiftung – die Milch, sie muß sauer gewesen sein.«

»Sie schmeckte nicht sauer, und sie roch auch nicht sauer«, antwortete ich in Gedanken. Ich war immer vorsichtig mit dem Essen und roch und kostete zuerst, bevor ich es den Zwillingen und Chris gab. Aus bestimmten Gründen hielt ich meine Geschmacksnerven für verläßlicher als die von Chris, dem alles schmeckte und der auch ranzige Butter essen konnte.

»Dann war es der Hamburger. Er hatte einen komischen Geschmack.«

»Mir schmeckte er ganz normal.« Und ihm mußte er gut geschmeckt haben, denn er hatte noch Carries Hamburger zur Hälfte und von Cory den ganzen mitgegessen. Cory hatte den ganzen Tag nichts essen wollen.

»Cathy, mir ist aufgefallen, daß du selbst den ganzen Tag kaum etwas gegessen hast. Du bist fast so dünn wie die Zwillinge. Genug zu essen bringt sie uns ja. Du brauchst dich nicht selbst auszuhungern.«

Ich hatte begonnen, Ballettübungen zu machen – das war für mich die beste Medizin, wenn ich nervös und voller Sorgen war.

»Mußt du das tun, Cathy? Du bist doch nur noch Haut und Knochen. Und warum hast du heute nichts gegessen – ist dir auch nicht gut?«

»Cory mag die Berliner so gerne, und ich mag auch nichts anderes. Aber er hat sie mehr nötig als ich.«

Die Nacht verstrich. Chris widmete sich wieder seinen Büchern, um dort Hilfe für Cory zu finden. Ich gab Cory Wasser zu trinken, das er sofort wieder erbrach. Ich wusch ihm ein dutzendmal das Gesicht mit kaltem Wasser und wechselte ihm dreimal den Pyjama, während Carrie an seiner Seite schlief und schlief.

Der Morgen kam.

Die Sonne ging auf, und wir versuchten noch immer herauszufinden, was Cory fehlte, als die Großmutter hereinkam mit dem Picknickkorb für diesen Tag. Wortlos schloß sie die Tür hinter sich ab, steckte den Schlüssel in eine Rocktasche und marschierte zum Tisch. Sie nahm die große Thermoskanne mit Milch aus dem Korb, danach die in Folie gewickelten Pakete mit Sandwiches, Hühnchen oder Hamburgern, die Schüsseln mit kaltem Gemüse oder lauwarmem Kartoffelsalat – und ganz zuletzt wie immer das Päckchen mit den vier zuckerbestreuten Berlinern. Nachdem alles ausgeladen war, wollte sie gehen.

»Großmutter«, sagte ich zögernd. Sie hatte nicht in Corys Richtung gesehen, hatte nichts bemerkt.

»Ich habe dich nicht angesprochen«, sagte sie kalt. »Warte, bis ich das getan habe.«

»Ich kann nicht warten«, sagte ich. Wut stieg in mir hoch, ich stand von Corys Bett auf und kam auf sie zu. »Cory ist krank! Er hat sich die ganze Nacht lang immer wieder übergeben müssen, und gestern schon den ganzen Tag über. Er braucht einen Arzt und seine Mutter.«

Sie sah weder mich noch Cory an. Sie marschierte zur Türe hinaus, dann drehte sich hinter ihr der Schlüssel im Schloß. Kein Wort zur Beruhigung. Kein Wort, daß sie unserer Mutter Bescheid sagen würde.

»Ich werde die Tür aufschließen und Mammi suchen gehen«, sagte Chris, der noch immer die Kleider von gestern trug. Er war die Nacht über nicht im Bett gewesen.

»Dann wissen sie, daß wir einen Schlüssel haben.«

»Dann wissen sie es eben.«

In diesem Moment öffnete sich die Tür, und unsere Mutter kam herein, die Großmutter auf den Fersen. Gemeinsam beugten sie sich über Cory, berührten sein feuchtes, kaltes Gesicht, während sich ihre Blicke trafen. Dann verzogen sie sich in eine Ecke und berieten sich flüsternd, immer wieder Blicke nach Cory werfend, der still dalag, wie jemand, der den Tod erwartet. Nur seine Brust hob und senkte sich, manchmal krampfartig. Aus seiner Kehle drangen rasselnde, würgende Laute. Ich ging zu ihm und wischte ihm den Schweiß von der Stirn. Komisch, daß er sich so kalt anfühlte und trotzdem schwitzte.

Cory atmete rasselnd, ein – aus, ein – aus.

Und da stand Mammi – und tat nichts. Unfähig, eine Entscheidung zu treffen! Noch immer ängstlich, jemand könnte etwas über vier Kinder erfahren, die es gar nicht geben durfte.

»Was steht ihr da rum und tuschelt?« schrie ich los. »Was gibt es für eine andere Möglichkeit, als Cory in ein Krankenhaus zu bringen und ihm den besten Arzt zu beschaffen?«

Sie funkelten mich an – alle beide. Grimmig, bleich, zitternd richtete Mammi ihre blauen Augen auf mich, bevor sie wieder gespannt zu Cory hinüberhuschten. Was sie auf dem Bett sah, ließ ihre Lippen beben und die Muskeln um ihren Mund zukken. Sie blinzelte, als müßte sie Tränen zurückhalten.

Mein Blick klebte an ihrem Gesicht, um sich kein Anzeichen entgehen zu lassen, das ihre tatsächlichen, kalkulierenden Gedanken verriet. Sie wog das Risiko ab, das sie mit einer Entdekkung Corys einging, die ihr die Erbschaft kosten konnte...

denn der alte Mann da unten mußte ja doch eines Tages sterben. Er konnte nicht ewig durchhalten, nicht wahr?

Ich schrie sie an: »Was ist los mit dir, Mammi? Willst du einfach hier rumstehen und über dich nachdenken und über dein Geld, während dein jüngster Sohn daliegt und stirbt? Du mußt ihm helfen! Ist dir gleichgültig, was aus ihm wird? Hast du vergessen, daß du seine Mutter bist? Wenn du es noch weißt, dann handle, verdammt noch mal, auch wie eine Mutter! Er braucht dich jetzt, nicht morgen!«

Ihr Gesicht lief rot an vor Wut. Ihre Blicke spuckten zurück zu mir. »Du!« spuckte sie aus. »Immer du!« Und dann hob sie ihre Hand mit den schweren Ringen und schlug mir ins Gesicht, hart! Dann noch einmal.

Das erste Mal in meinem Leben war ich von meiner Mutter geschlagen worden, und dann noch aus so einem Anlaß. Außer mir, ohne zu denken, schlug ich zurück – genauso hart!

Die Großmutter hielt sich im Hintergrund und sah zu. Eine böse Befriedigung verzog ihren häßlichen dünnen Mund zu einer krummen Linie.

Chris fiel mir in den Arm, als ich Mammi noch einmal schlagen wollte. »Cathy, du hilfst Cory nicht, wenn du dich so aufführst. Beruhige dich, Mammi wird das Richtige tun.«

Es war gut, daß er meine Arme festhielt, denn ich wollte sie weiter schlagen, bis sie endlich sah, was sie bei uns angerichtet hatte.

Das Gesicht meines Vaters blitzte vor meinem inneren Auge auf. Er runzelte die Stirn und sagte mir stumm, daß ich immer vor der Frau Respekt haben müsse, die mich auf die Welt gebracht hat. Ich weiß, daß er es so gesehen hätte. Er hätte nicht gewollt, daß ich sie schlage.

»Zum Teufel mit dir, Corinna Foxworth«, brüllte ich mit höchster Lautstärke, »wenn du deinen Sohn nicht sofort in ein Krankenhaus bringst! Denk bloß nicht, daß du mit uns tun kannst, was du willst, und niemand erfährt je davon! Damit kommst du nicht durch, schmink dir das ab! Ich werde einen Weg finden, es dir heimzuzahlen; und wenn ich den Rest meines Lebens dafür brauche, du zahlst dafür, und wie du dafür zahlen wirst, wenn du nicht auf der Stelle etwas unternimmst, um Corys Leben zu retten! Mach nur weiter, funkele mit den Augen, weine und bettle und erzähl uns noch mal von dem ganzen Geld und was man alles dafür kaufen kann! Ein Kind kann man dafür nicht zurückkaufen, wenn es erst tot ist! Und wenn das passiert, glaub ja nicht, daß ich keinen Weg finde, deinem Mann zu sagen, wie du deine eigenen vier Kinder in einem Zimmer versteckt und eingeschlossen hast und jahrelang hast verrotten lassen! Ob er dich dann auch noch liebt? Sieh dir dann sein Gesicht an und suche mal, wieviel Respekt und Bewunderung du noch darin finden wirst!« Sie wand sich, aber ihre Augen schossen tödliche Blicke gegen mich ab. »Und ich werde noch weiter gehen!« brüllte ich noch lauter. »Ich rede mit dem Großvater und erzähle ihm von uns, und dann erbst du keinen verdammten Penny – und ich bin froh, froh, froh!«

Nach dem Ausdruck auf ihrem Gesicht hätte Mammi mich am liebsten umgebracht, aber da sagte diese widerwärtige alte Frau neben ihr: »Das Mädchen hat recht, Corinna. Das Kind muß ins Krankenhaus.«

Sie kamen in der Nacht zurück. Beide. Nachdem das Hauspersonal sich in seine Dienstbotenzimmer über der Garage zurückgezogen hatte. Beide waren sie in dicke Mäntel gewickelt, denn es war draußen plötzlich eisig kalt geworden. Der Abendhimmel war grau gewesen, einen frühen Winter mit viel Schnee verheißend. Die beiden nahmen mir Cory aus dem Arm, wickelten ihn in sein grünes Bettuch, und dann nahm Mammi ihn hoch. Carrie stieß einen verzweifelten Schrei aus: »Nehmt Cory nicht weg!« heulte sie. »Nehmt Cory nicht weg, laßt ihn hier ...« Sie warf sich weinend in meine Arme und flehte mich an, daß sie ihren Zwillingsbruder nicht fortbrachten, von dem sie noch nie in ihrem Leben getrennt worden war.

Ich blickte auf ihr kleines, blasses, tränenüberströmtes Gesicht herab. »Es geht alles in Ordnung mit Cory«, sagte ich, als meine Mutter mich anfunkelte. »Ich bleibe bei ihm, ich gehe mit. Ich bleibe bei ihm, dann wird er keine Angst haben. Wenn die Schwestern zuviel zu tun haben, kann ich mich um ihn kümmern. Und Carrie wird sich besser fühlen, wenn sie weiß, daß ich bei ihm bin.« Mich brauchte er jetzt. Ich war seine Mutter – nicht sie. Wenn er mich bei sich fühlte, würde er schneller wieder gesund werden, das wußte ich.

»Cathy hat recht, Mammi« , meldete sich Chris zu Wort und sah ihr ohne jede Wärme direkt in die Augen. »Cory hängt ganz von Cathy ab. Laß sie mitgehen, denn es ist, wie sie sagt. Ihre Gegenwart wird ihm helfen, und sie kann dem Arzt auch besser seine Symptome beschreiben als du.«

Mammis stierer, leerer Blick wanderte von Chris zu mir und wieder zurück, als würde sie nicht begreifen. Ich muß zugeben, daß sie verunsichert wirkte. Sie sah zu ihrer Mutter, zu Chris, wieder zu mir, zu Carrie, schließlich lange zu Cory.

»Mammi«, sagte Chris noch fester, »laß Cathy mit dir gehen. Ich kann mich um Carrie kümmern, falls dir das Sorgen macht.«

Natürlich ließen sie mich nicht mitkommen.

Unsere Mutter trug Cory in den Flur hinaus. Sein Kopf hing nach hinten, der Adamsapfel tanzte auf und ab, während sie mit ihrem Kind in einem grünen Bettlaken davonmarschierte – grün, die Farbe des Grases im Frühling.

Die Großmutter warf mir ein grausames Siegeslächeln zu, dann schloß sie die Tür hinter sich ab.

Sie ließen eine schreiende, weinende, beraubte Corrie zurück. Ihre kleinen schwachen Fäuste hämmerten auf mich ein, als wäre ich schuld. »Cathy, ich will nach Hause! Mach, daß sie mich wieder nach Hause gehen lassen! Ich will mit Cory kommen! Sie müssen mich mitnehmen, mach, daß sie mich mitnehmen! Cory geht nirgendwo ohne mich nicht hin ... und er hat seine Gitarre vergessen.«

Dann verflog all ihre Wut, und sie sank mir schluchzend in die Arme. »Warum, Cathy, warum?«

Warum?

Das war die größte Frage in unserem Leben.

Es war bei weitem der schlimmste und längste Tag in unserem Leben. Wir hatten gesündigt, und wie schnell Gott uns dafür gestraft hatte. Er ließ sein scharfes Auge ständig auf uns ruhen, als habe Er schon von Anfang an gewußt, daß wir uns früher oder später als gottlos erweisen würden, ganz, wie die Großmutter es gewußt hatte.

Es war wie in unserer Anfangszeit, bevor der Fernseher in unser Leben gekommen war und uns den Tag über beschäftigte. Den ganzen Tag saßen wir still da, das Gerät nicht eingeschaltet, und warteten darauf, etwas von Cory zu hören.

Chris saß auf dem Schaukelstuhl, und ich saß mit Carrie auf dem Schoß in seinen Armen. Ich weiß nicht, warum Chris nicht die Beine dabei einschliefen, aber er schaukelte uns so stundenlang. Später deckte ich uns den Tisch, aber wir aßen so gut wie nichts. Selbst Corys Maus schien gemerkt zu haben, daß etwas nicht stimmte. Micky knabberte lustlos an einer Käseecke herum.

Nach dem Abendessen knieten wir alle drei vor Corys Bett und beteten zusammen. »Bitte, Gott, laß Cory wieder gesund werden und bald zu uns zurückkommen.« Sollten wir sonst noch für irgend etwas gebetet haben, so kann ich mich jedenfalls nicht erinnern, für was.

Wir schliefen, oder versuchten es wenigstens, alle drei in einem Bett, Carrie zwischen Chris und mir. Nie wieder würde es etwas zwischen uns beiden geben, etwas Körperliches... niemals, niemals.

Ich betete: Lieber Gott, bestrafe Cory nicht als Strafe für Chris und mich, um uns weh zu tun, bitte, denn wir leiden schon an unserer Tat, und sie tut uns schon weh, und wir wollten es wirklich nicht. Es ist einfach passiert, und nur einmal... und es hat keinen Spaß gemacht, Gott, wirklich, gar keinen.

Ein neuer Tag dämmerte, grimmig, grau und unheilvoll. Hinter den vorgezogenen Vorhängen begann für jene der Tag, die draußen lebten, ungesehen und unerreichbar für uns. Wir kamen langsam zu uns, sammelten uns und begannen mit unseren kleinen täglichen Pflichten. Wir versuchten Micky aufzuheitern, der sein kleines Herrchen zu vermissen schien, spielten auf der Bettdecke mit ihm. Dann wechselte ich mit Chris' Hilfe den Bezug von Corys Matratze, was ein hartes Stück Arbeit war. Wir bezogen alle Betten neu, räumten das Zimmer gründlich auf, während Carrie allein im Schaukelstuhl saß und ins Leere starrte.

Gegen zehn gab es nichts mehr zu tun. Deshalb saßen wir alle drei auf dem Bett bei der Türe und starrten auf die Klinke, ob sie sich bewegte und Mammi hereinkam, um uns Neuigkeiten zu bringen.

Kurz danach kam Mammi herein, die Augen vom Weinen gerötet. Hinter ihr kam die furchtbare Großmutter, groß, aufrecht, keine Tränen.

Unsere Mutter lehnte sich neben der Tür gegen die Wand, als würden ihre Beine sie nicht mehr tragen können und sie gleich zusammenbrechen. Chris und ich sprangen auf die Füße, aber Carrie starrte nur in Mammis leere Augen.

»Ich habe Cory in ein Krankenhaus gefahren, das Meilen entfernt ist, das nächste von hier aus, wirklich«, berichtete unsere Mutter mit einer festen und heiseren Stimme, die von Zeit zu Zeit stockte, »und ich habe ihn unter falschem Namen angemeldet und ihn als meinen Neffen ausgegeben, den ich zur Betreuung hätte.«

Lügen! Immer Lügen! »Mammi – wie geht es ihm?« fragte ich ungeduldig.

Ihre leeren blauen Augen wandten sich uns zu, verlorene Augen, die etwas suchten, das für immer verschwunden war – ich vermute, es war ihre eigene Menschlichkeit. »Cory hatte Lungenentzündung«, sagte sie. »Die Ärzte haben alles getan, was sie konnten ... aber es war ... zu ... zu spät.«

Hatte Lungenentzündung?

Alles, was sie konnten?

Zu spät?

Das war alles in der Vergangenheit erzählt!

Cory war tot! Wir würden ihn nie wiedersehen!

Chris sagte später, die Nachricht habe ihn getroffen wie ein Tritt in den Magen, und ich sah, wie er zurücktaumelte und sich umdrehte, um sein Gesicht zu verstecken, während er mit zuckenden Schultern losschluchzte.

Zuerst wollte ich ihr nicht glauben. Ich stand und starrte und konnte es nicht fassen. Aber der Ausdruck ihres Gesichtes überzeugte mich schließlich, und in meiner Brust begann etwas Großes und Hohles furchtbar anzuschwellen. Ich sank auf das Bett, gefühllos, fast gelähmt, ohne zu merken, wie mir die Tränen herunterliefen.

Und selbst als ich dort lag und weinte, wollte ich noch immer nicht wirklich glauben, daß Cory aus unserem Leben gegangen war. Und Carrie, die arme Carrie, sie hob den Kopf, warf ihn zurück, riß den Mund auf und brüllte los.

Sie schrie und schrie, bis ihre Stimme brach und sie nicht mehr schreien konnte. Dann ging sie in die Ecke mit Corys Musikinstrumenten, seiner Gitarre und seinem Banjo, und sie reihte all seine abgetragenen Tennisschuhe Paar für Paar in einer Reihe auf. Und dort setzte sie sich hin, zwischen das Banjo und die Schuhe, Mickys Käfig dicht dabei, und von diesem Moment an kam kein einziges Wort mehr über ihre Lippen.

»Können wir zu seiner Beerdigung gehen?« fragte Chris schließlich mit stockender Stimme, während er uns noch immer den Rücken zuwandte.

»Er ist schon beerdigt worden«, sagte Mammi. »Ich habe einen falschen Namen auf seinen Grabstein setzen lassen.« Und dann floh sie sehr schnell aus dem Zimmer und vor unseren Fragen, und die Großmutter folgte ihr, die dünnen Lippen zu einer grimmigen, scharfen Linie zusammengepreßt.

Vor unseren entsetzten Augen verfiel Carrie nun von Tag zu Tag. Mir kam es vor, als hätte Gott Carrie auch gleich mitnehmen können und sie neben Cory in dieses ferne Grab legen, das nicht einmal in der Nähe von Daddys Grab lag.

Keiner von uns konnte viel essen. Wir stocherten lustlos in unserem Einheitsfraß herum, wurden von Tag zu Tag schwächer und müder. Immer waren wir müde. Tränen hatten wir längst keine mehr. Chris und ich hatten Ozeane geweint, denn wir gaben uns selbst alle Schuld. Wir hätten schon vor langer Zeit hier fortgehen müssen. Wir hätten Hilfe holen müssen. Wir hatten Cory sterben lassen! Wir waren für ihn verantwortlich gewesen, für unseren lieben kleinen Cory mit den vielen Talenten. Jetzt kauerte seine kleine Schwester in der Ecke und siechte von Tag zu Tag dahin.

Leise, damit Carrie nichts davon mitbekam (was kaum nötig gewesen wäre, denn sie war blind, taub, stumm ... für sie gab es nur noch die andere Welt, in der Cory auf sie wartete), sagte Chris zu mir: »Wir müssen weg hier, Cathy, und zwar schnell. Sonst sterben wir alle wie Cory. Irgend etwas ist mit uns allen nicht in Ordnung. Wir sind zu lange eingesperrt gewesen. Wir haben ein anormales Leben geführt, von allem abgeschlossen, auch von den Infektionen, mit denen Kinder normalerweise in Berührung kommen. Deshalb haben wir keine Widerstandskräfte mehr gegen Ansteckungen.«

»Das verstehe ich nicht«, erwiderte ich.

»Was ich meine«, flüsterte er, während wir uns im selben Stuhl zusammendrängten, »ist so etwas wie bei den Marsmenschen im *Krieg der Welten*. Wir können alle von einem einzigen Schnupfenbazillus sterben.«

Ich blickte entsetzt zu ihm auf. »Chris, wenn wir sterben müssen, dann nicht wie Mäuse in der Falle. Wenn wir die Bazillen draußen nicht mehr vertragen, dann krepieren wir eben, aber draußen, nicht hier. Heute nacht stiehlst du alles, was du bekommen kannst, ich packe uns etwas zu essen ein. Wenn ich Corys Sachen aus dem Koffer nehme, haben wir noch etwas mehr Platz. Bevor der nächste Morgen kommt, sind wir weg hier.«

»Nein«, sagte er ruhig. »Nur wenn wir wissen, daß Mammi und ihr Mann ausgegangen sind – nur dann kann ich alles Geld und den ganzen Schmuck mitnehmen. Aber wir wissen nicht, ob Mammi heute nacht ausgeht. Sie wird sicher nicht auf Partys gehen, während sie noch trauert.«

Wie sollte sie trauern, wenn sie alles vor ihrem Mann verschwiegen hatte? Und niemand außer der Großmutter kam, um uns zu sagen, was im Haus vorging. Sie weigerte sich, mit uns zu sprechen, ja sah uns nicht mal mehr an. Im Geiste sah ich uns bereits unterwegs, und sie betrachtete ich nur noch als einen Teil unserer Vergangenheit. Jetzt, wo die Zeit für unseren

Aufbruch immer näher kam, begann ich mich vor der Welt draußen zu fürchten. Wir waren nicht mehr schön wie früher. Nur blasse, kranke Speichermäuse in schlechtsitzenden, aber teuren Kleidern mit einem kleinen verwachsenen Mädchen an der Hand, das alle Lebenskraft verloren hatte. Wie würde man uns da draußen aufnehmen?

Was Chris und ich wußten, hatten wir uns aus den vielen Büchern beigebracht, und das Fernsehen hatte uns in Gewalt unterrichtet, über Gier und Phantasie, aber es hatte uns kaum etwas beigebracht, das für die Wirklichkeit da draußen von praktischer Bedeutung war.

Überleben. Das sollte das Fernsehen unschuldigen Kindern beibringen. Wie man in einer Welt zurechtkommt, die für niemanden einen verdammten Pfennig gibt, außer für sich selbst.

Geld. Wenn wir eines gelernt hatten während der langen Jahre unserer Gefangenschaft, dann, daß Geld an erster Stelle kam und alles andere erst weit dahinter. Wie recht Mammi hatte, als sie vor langer Zeit zu uns sagte: »Die Welt lebt nicht von der Liebe – sie lebt vom Geld.«

Ich packte Corys Sachen aus unseren Koffern aus. In einer Seitentasche des Koffers entdeckte ich dabei Blätter mit Musiknoten, die Cory ohne mein Wissen selbst eingepackt haben mußte. Mit einem Lineal hatte er sich selbst Notenlinien auf weiße Blätter gezeichnet, wie er es aus einem Musikbuch gelernt hatte, das Chris ihm herausgesucht hatte. Aus diesem Buch hatte Cory auch Noten gelernt. Und unter den etwas krakeligen Noten seiner Eigenkomposition standen die Worte eines halbfertigen Liedes, das er selbst gedichtet hatte:

»Ich wünscht', die Nacht würd' enden,
Ich wünscht', der Morgen dämmert,
Ich wünscht', es weht der Wind,
Oder mit mir spielt ein Kind,
Oder die Sonne wär' nicht mehr blind.
Ich wünscht', ich könnte Gestern lieben,
Ich wünscht', ich könnte Spiele spielen ...«

O Gott, was für ein trauriges, melancholisches Lied. Das waren also die Worte zu der Melodie, die ich ihn in den letzten Wochen immer wieder hatte spielen hören. Ich hätte laut schreien können, so sehr tat mir sein Verlust weh.

An diesem Abend schlief ich mit meinen Gedanken bei Cory ein. Und wie immer, wenn ich besonders bedrückt war, begann ich zu träumen. Aber diesmal träumte ich nur von mir selbst. Ich ging über einen schmalen, gewundenen Pfad, der durch weite, saftige Wiesen führte, in denen links bunte Wiesenblumen wuchsen und rechts vom Weg weiße Maiglöckchen, deren Kelche in einer warmen Frühlingsbrise nickten. Ein kleines Kind griff nach meiner Hand. Ich sah zu ihm hinunter und erwartete, Carrie bei mir zu haben – aber es war Cory!

Er lachte und war glücklich. Er tanzte neben mir her, bemüht, mit seinen kurzen Beinen mit mir Schritt zu halten. In der Hand hielt er einen Strauß Wiesenblumen. Er lächelte mich an und wollte mir gerade etwas erzählen, als wir lautes Vogelgezwitscher in den großen alten Bäumen vor uns hörten.

Ein großer, schlanker Mann mit goldenem Haar und tief gebräunter Haut, in weißer Tenniskleidung, kam uns zwischen den Bäumen entgegen. Er blieb neben einem umgestürzten alten Stamm stehen, der ganz von leuchtenden Rosen überwuchert war, und streckte Cory die Arme entgegen.

Selbst im Traum raste mir das Herz vor Freude und Begeisterung. Das war Daddy! Daddy war gekommen, um Cory unterwegs zu treffen, damit er nicht alleine gehen mußte. Doch obwohl ich wußte, daß ich Corys kleine heiße Hand jetzt loslassen mußte, wollte ich sie für immer festhalten.

Daddy sah mich an, nicht mit Mitleid oder tröstend, sondern voller Stolz und Bewunderung. Und ich ließ Cory los und sah zu, wie er sich jubelnd in Daddys Arme stürzte. Starke Arme hoben Cory auf und hielten ihn fest, Arme, die auch mich einmal festgehalten hatten und mir das Gefühl gaben, daß die ganze Welt eine wunderbare Sache sein müsse. Und ich würde nun auch den Weg entlanglaufen und diese Arme wieder um mich fühlen und Daddy erlauben, mich mitzunehmen, wohin er auch immer wollte.

»Cathy, wach auf!« sagte Chris, der auf meiner Bettkante saß und mich schüttelte. »Du redest im Schlaf, du lachst und weinst und sagst ›Hallo‹ und ›Auf Wiedersehen‹. Was träumst du nur immer alles?«

Mein Traum zerrann so schnell, daß ich zunächst keine Worte finden konnte, ihn zu erzählen. Chris saß da und starrte mich an, genau wie Carrie, die auch wach geworden war und nun mit zuhören wollte. Es war schon so lange her, daß ich meinen Vater gesehen hatte, und sein Gesicht war in meiner Erinnerung verblaßt, aber als ich jetzt Chris ansah, wurde ich ganz verwirrt. Er sah so sehr aus wie Daddy, nur jünger.

Dieser Traum verfolgte mich viele Tage lang, aber auf angenehme Art. Er gab mir Frieden. Er gab mir ein Wissen, das ich zuvor nicht gehabt hatte. Menschen sterben niemals wirklich. Sie gehen nur zu einem schöneren Ort, um dort auf die zu warten, die sie lieben. Und dann kehren sie in die Welt zurück, genauso wie sie die Welt beim ersten Mal betreten haben.

Flucht

Der zehnte November. Dies sollte nun endgültig unser letzter Tag in unserem Gefängnis sein. Gott wollte uns nicht retten, also mußten wir uns selbst retten.

Wir hatten geplant, daß Chris an diesem Abend noch einen letzten großen Raubzug durchführen sollte.

Unsere Mutter hatte uns für wenige Minuten besucht, die ihr offenbar schon fast unerträglich gewesen waren. »Bart und ich gehen heute abend aus. Ich möchte nicht, aber Bart besteht darauf. Seht ihr, er versteht nicht, warum ich immer so traurig aussehe.«

Jede Wette, daß er das nicht verstand. Chris warf sich den doppelten Kissenbezug über die Schulter, in dem er die Beute verstauen wollte – die schweren Juwelen. In der Tür lächelte er uns noch einmal aufmunternd zu, dann schloß er von außen wieder ab, denn wir konnten nicht riskieren, daß die Großmutter zufällig die offene Tür entdeckte. Dann hörten wir nichts mehr. Die dicken Teppiche im Flur dämpften jeden Schritt bis zur Lautlosigkeit.

Ich legte mich mit Carrie ins Bett und nahm sie fest in den Arm. Die Stunden dehnten sich zu Jahren, aber Chris kam nicht wieder zurück. Warum brauchte er diesmal so lange? Bart Winslow – der mißtrauische Gatte – er hatte ihn erwischt... hatte die Polizei gerufen! Und Mammi stand ruhig dabei, zeigte milde Überraschung, daß ein Dieb sich in ihr Schlafzimmer eingeschlichen hatte. O nein, natürlich hatte sie keinen Sohn. Jeder wußte doch, daß sie kinderlos war. Sie kannte den blonden Jungen mit den blauen Augen nicht. Sicher, die Familie hatte eine große Verwandtschaft, so viele Vettern – aber ein

Dieb war ein Dieb, selbst wenn er aussah, als könnte er zur entfernten Verwandtschaft gehören.

Oder die furchtbare Großmutter! Sie hatte ihn überrascht – hatte ihn grausam bestraft!

Schon dämmerte der Morgen, in der Ferne krähte ein Hahn.

Die Sonne hing träge am Horizont. Ein nebliger, kühler Tag. Überall Pfützen von geschmolzenem Schnee. Der Morgenzug würde am Haltepunkt vorbeifahren, ohne anzuhalten. Wir konnten ihn jetzt schon nicht mehr erreichen. Und wir brauchten mehrere Stunden Vorsprung, morgens in aller Frühe, bevor die Großmutter uns ihren Korb brachte. Würde sie einen Suchtrupp hinter uns herschicken? Die Polizei benachrichtigen? Oder würde sie, was mir wahrscheinlicher vorkam, uns einfach laufen lassen, froh, uns auf diese Art endlich los zu sein?

Wie ich mich noch daran erinnere, oh, wie ich diesen frostigen frühen Morgen noch spüre, an dem Chris damals in unser Zimmer zurückschlich! Ich hatte voll angezogen neben Carrie gelegen, fertig, sofort aufzubrechen, und vor mich hindösend darauf gewartet, daß Chris kam, um uns zu retten.

Zögernd blieb Chris einen Moment in der Tür stehen. Er blickte mich mit schimmernden Augen an, dann kam er langsam näher, ohne sich zu beeilen, wie er es hätte tun müssen. Ich konnte nur den Kissenbezug in seiner Hand anstarren – flach und leer. »Wo sind die Juwelen?« rief ich. »Warum bist du so lange geblieben? Schau mal aus dem Fenster! Die Sonne geht schon auf. Wir schaffen es nie, rechtzeitig an der Haltestelle zu sein.« Meine Stimme wurde hart und anklagend, ja wütend. »Du hast also wieder deine ritterliche Ader entdeckt! Du hast es nicht übers Herz gebracht, Mammi ihren kostbaren Schmuck fortzunehmen. Deshalb kommst du mit leeren Händen!«

Inzwischen stand er neben meinem Bett, stand einfach so da, wortlos, den leeren Sack schlaff in der Hand.

»Weg«, sagte er endlich dumpf. »Der ganze Schmuck ist weg.«

»Weg?« fragte ich scharf zurück, überzeugt, daß er nur wieder einen Vorwand gefunden hatte, seine geliebte Mutter nicht zu verletzen. Dann sah ich in seine Augen. »Weg? Chris, sie hat ihre Juwelen immer in dem Geheimfach. Wohin sollte sie sonst den Schmuck tun? Aber was hast du denn – warum guckst du so komisch?«

Er sank neben dem Bett in die Knie, als wäre sein Rückgrat gebrochen, sein Kopf fiel auf meine Brust, und er begann zu schluchzen. Mein Gott! Was war da schiefgegangen? Warum weinte er? Es ist furchtbar, einen Mann schluchzen zu hören, und ich sah in ihm inzwischen einen Mann, keinen Jungen mehr.

Ich nahm ihn in den Arm, streichelte ihm den Kopf, drückte ihn an mich. Ich küßte ihn auf die Stirn, auf den Mund, alles um ihn zu trösten. Und ich wußte intuitiv, daß diese Zärtlichkeit wirklich nur Trost war und keine gefährliche Leidenschaft in ihm weckte. Schließlich mußte ich ihn regelrecht zwingen, mir von seinen Erlebnissen zu berichten.

Er schluckte, wischte sich die Tränen aus den Augen und trocknete sich das Gesicht am Zipfel meines Bettlakens. Neben meinem Bett kniend, meine Hände haltend und mit dunklen, toten Augen begann er dann, mir zu erzählen. Sein Verhalten hatte mich vorgewarnt, daß ich schockierende Dinge zu erwarten hatte. Doch trotzdem war ich nicht auf das vorbereitet, was ich dann tatsächlich zu hören bekam.

»Sofort, als ich Mammis Zimmer betrat«, begann er und atmete tief durch, »merkte ich, daß etwas nicht stimmte. Ich leuchtete mit meiner Taschenlampe herum, ohne Licht anzuknipsen, und konnte es erst gar nicht recht glauben! Diese Ironie ... diese widerwärtige, furchtbare Erkenntnis, daß wir zu lange gewartet hatten! Ausgezogen, Cathy – Mammi und ihr Mann sind ausgezogen! Sie wohnen nicht mehr hier im Haus. Sie sind nicht auf einer Party nebenan, nein, sie muß heute nur mal eben hier in diesem Haus zu Besuch gewesen sein. Sie hat all diese persönlichen Kleinigkeiten mitgenommen, an denen man merkt, daß ein Zimmer bewohnt ist. Mammis ganze Kosmetik, die meisten Kleider, Barts Anzüge, alles weg. Die Schubladen leer, ausgeräumt. Mit zitternden Händen tastete ich nach dem Geheimfach unter dem Ankleidetisch, von dem

Mammi uns ja leichtsinnigerweise selbst erzählt hat. Weißt du noch, wie sie uns lachend das Geheimnis anvertraute, daß der kleine Safe darin mit den Zahlen ihres Geburtsdatums zu öffnen war, weil dies die einzigen Zahlen wären, die sie nie vergessen würde? Der Safe in dem Geheimfach war leer, keine Ketten, keine Diamantarmbänder, keine Ringe, alles weg. Erst da war ich restlos überzeugt, daß Mammi nicht mehr hier wohnt. O Himmel, Cathy, wie ich mich da gefühlt habe! Du hast mich so oft gebeten, doch wenigstens einen einzigen kleinen Diamantring einzustecken, und ich wollte es nie, weil ich dachte, wir dürften Mammi nicht so hintergehen.«

»Weine nicht wieder, Chris!« bat ich, als ihn ein Schluchzen schüttelte. »Du konntest ja nicht wissen, daß sie verschwinden würde, nicht so bald nach Corys Tod.«

»Ja, sie muß furchtbar getrauert haben«, meinte Chris verbittert, und ich strich ihm die Locken aus der Stirn.

»Wirklich, Cathy«, erzählte er weiter, »ich geriet dann völlig in Rage. Ich rannte von Schrank zu Schrank, riß die Schubladen heraus, stellte alles auf den Kopf, nur um noch irgendwo etwas Wertvolles für unsere Reisekasse zu entdecken. Aber es war nichts mehr da, außer einigen ihrer Pelze und Winterkleider. Ich überlegte, ob ich einen der wertvollen Pelzmäntel mitnehmen sollte, aber es hätte nur jeden mißtrauisch gemacht, wenn du als junges Mädchen mit einem sündhaft teuren Pelzmantel herumgelaufen wärst, der auch noch zwei Nummern zu groß gewesen wäre. Und in die Koffer hätte er nicht mehr gepaßt. Schließlich stand ich erschöpft mitten im Zimmer und dachte mir, daß es ganz egal war, ob wir nun genug Geld für Carries Behandlung zusammenhatten – das wichtigste für Carrie und für uns ist, daß wir schnell hier rauskommen. Und das war alles, was ich in diesem Augenblick noch wollte.

Zufällig fiel mein Blick dann auf die unterste Schublade von Mammis Nachtschränkchen, und ich erinnerte mich, daß wir dort noch nie nachgesehen hatten. Wir waren immer nur bis zu der Schublade mit dem Buch gekommen. Ich zog die Schublade heraus, und, Cathy, darin lagen ein in Silber gerahmtes Foto von Daddy, ihre Heiratsurkunde und eine kleine grüne Samtschatulle. Ich klappte die Schatulle auf. Sie enthielt Mammis Ehering und ihren Verlobungsdiamanten – die Ringe, die unser Vater ihr gegeben hat natürlich. Es tat mir weh, daran zu denken, daß sie alles mitgenommen hat bis auf diese Sachen, die wie wertlos in der Schublade lagen. Aber dann kam ich auf einen unheimlichen Gedanken. Vielleicht wußte sie, wer das Geld aus ihrem Zimmer stiehlt, und sie hatte diese Erinnerungen an Daddy mit Absicht zurückgelassen.«

»Nein!« schnaubte ich und verstieß eine so ehrenvolle Unterstellung. »Daddy ist ihr inzwischen einfach egal – sie hat ja ihren Bart.«

»Wie dem auch sein mag, ich war froh, wenigstens etwas gefunden zu haben. Der Sack ist also nicht ganz so leer, wie er aussieht. Wir haben die Ringe von Daddy, aber es muß uns schon verdammt dreckig gehen, bis ich mich entschließen könnte, sie zu versetzen.«

Ich hörte aus seiner Stimme die Mühe heraus, die er sich gab, wieder der alte optimistische Christopher zu sein, aber es war nur, als spiele er seine eigene Rolle. »Weiter! Was ist dann passiert?« wollte ich wissen. Er war ja so lange fortgeblieben, und für das, was er bis jetzt erzählt hatte, konnte er kaum die ganze Nacht gebraucht haben.

»Ich dachte mir, wenn ich schon von unserer Mutter nichts mehr stehlen konnte, dann ginge ich am besten zur Großmutter und raubte die aus.«

O mein Gott, dachte ich. Das war doch nicht wahr ... das konnte er doch nicht gewagt haben. Und doch, was für eine perfekte Rache!

»Du hast ja sicher auch die teuren Ringe und Broschen gesehen, die sie immer trägt. Ich kalkulierte, daß sich bei ihr schon ein paar wertvolle Stücke finden lassen müßten, auch wenn sie für Luxus offenbar nicht soviel übrig hat wie Mammi. Also schlich ich mich zu ihrem Zimmer im anderen Flügel. Die Tür war zu.«

Was für einen Nerv er hatte! Nie hätte ich so etwas gewagt ...

»Unter der Tür schien helles Licht durch und warnte mich,

daß sie noch wach war. Um es kurz zu machen, aus dem Diebstahl wurde nichts. Ich war zwar so kühn, meinetwegen so leichtsinnig, die Tür zu öffnen und hineinzuspähen, aber dabei beließ ich es dann auch.«

»Und? Was hast du gesehen? Raus mit der Sprache. War sie nackt?«

»Nein!« antwortete er ungeduldig und angewidert von diesem Gedanken. »Ich habe sie nicht nackt gesehen, und darüber bin ich sehr froh. Nein, sie saß mit einem bis unters Kinn zugeknöpften Nachthemd im Bett und las – na, was wohl? – die Bibel. Da saß sie und ergötzte sich offenbar an den Sünden der bösen Heiden und an den gräßlichen Strafen, die Gott ihnen dafür auferlegt hat. Aber auf eine gewisse Art sah ich unsere Großmutter doch nackt. Du kennst ja das stahlblaue Haar, das wir alle so hassen. Es war nicht auf ihrem Kopf! Es hing über einem Ständer auf ihrem Nachttisch, dicht neben ihr, als wolle sie es für alle Fälle immer griffbereit haben.«

»Sie trägt eine Perücke?« fragte ich völlig verblüfft, obwohl ich es mir hätte denken können. Jeder, der sich das Haar jahrelang so streng nach hinten band, mußte Haarausfall bekommen.

»Ja, sie trägt Perücke. Weißt du noch auf der Weihnachtsparty? Das muß eine andere Perücke gewesen sein. Was sie noch an Haaren auf dem Kopf hat, ist spärlich, gelbweiß und mit großen kahlen Flecken dazwischen. Na, jedenfalls griff sie dann zum Lichtschalter, und ich mußte schnell die Türe schließen, denn im Dunkeln hätte sie Licht aus dem Flur durch den Türspalt fallen sehen können. Da stand ich nun vor ihrer Tür und wußte auch nicht viel mehr als vorher.«

Während er weitererzählte, nahm er jetzt meinen Kopf in den Arm und strich mir über die Haare. »Ich ging zurück in die Haupthalle, und von dort fand ich das Zimmer unseres Großvaters. Unterwegs habe ich mich noch einmal im Haus umgesehen. O Cathy, das ist wirklich ein Palast hier. Allein die Möbel und Gemälde müssen Millionen wert sein. Ich dachte darüber nach, wie es wohl sein muß, in so einem Haus aufzuwachsen. Den Weg zur Bibliothek kannte ich ja von Mammis Erzählungen, hinter dieser Bibliothek lag also das Zimmer unseres furchtbaren Großvaters. Gut, daß du Mammi so gründlich danach ausgefragt hast, denn sonst hätte ich mich wahrscheinlich doch in den endlosen Fluren verlaufen. Die Bibliothek ist ein riesiger Raum, fast ein Saal, mit hohen Fenstern. Die Decke muß höher als fünf Meter sein, und die Regale reichten bis zur Decke hinauf. Ich habe noch nie so viele Bücher auf einmal gesehen. Kein Wunder, daß niemand die Bücher vermißte, die Mammi uns gebracht hat – auch wenn ich bei genauem Hinsehen die eine oder andere Lücke entdecken konnte.

Ein großer Schreibtisch stand in der Ecke mit einem schweren Ledersessel dahinter. Der Schreibtisch muß mindestens eine Tonne wiegen, und ich konnte mir richtig vorstellen, wie unser Großvater dahinter saß und über die sechs Telefone darauf die Befehle an sein Finanzimperium gab – sechs Telefone, Cathy! Aber als ich mich näher mit ihnen befaßte, weil ich mir dachte, sie könnten uns vielleicht eine Hilfe sein, stellte ich fest, daß sie alle abgestellt waren. Alle Leitungen tot. Und als ich begann den Schreibtisch zu untersuchen, merkte ich, daß er völlig leer war, alle Schubladen und Fächer unverschlossen, weil absolut nichts mehr darin war. Ich begriff, daß niemand mehr diesen Schreibtisch benutzte. Daneben fand ich eine Mahagonisitzgruppe vor einem Marmorkamin, und ich stolperte gegen ein Rauchtischchen oder so was, jedenfalls gab es einen ziemlichen Krach.«

Ich seufzte, denn er erzählte mir so viel, was ich nur zu gerne im Detail wissen wollte, aber trotzdem wartete ich noch immer auf die eigentliche schreckliche Enthüllung, diese entsetzliche Sache, in deren Erwartung ich innerlich zitterte.

»Nach dem Lärm dachte ich, nun sei es egal, er müsse mich gehört haben, und ich entschloß mich, einfach zu ihm zu gehen, um die Sache zu einem Ende zu bringen. Ich wollte ihm sagen, was sein Haß letzten Endes angerichtet hatte, wollte ihm meine Verachtung ins Gesicht schreien. Und dann würden wir fortgehen und nie wieder etwas mit diesen verfluchten Foxworths zu tun haben.«

O Gott, er mußte völlig außer sich gewesen sein! Diesem

grausamen alten Mann gegenüberzutreten, selbst wenn er schon auf dem Sterbebett lag. Nie hätte ich den Mut dazu aufgebracht. Ich wartete mit angehaltenem Atem, wie es weitergehen würde.

»Ich drückte zuerst ganz vorsichtig die Klinke herunter, um ihn zu überraschen, aber dann schämte ich mich, so furchtsam zu ihm hineinschleichen zu wollen. Mit Schwung riß ich die Tür auf. Drinnen war es so dunkel, daß ich nicht das geringste erkennen konnte. Und ich wollte die Taschenlampe nicht benutzen. Ich tastete neben der Tür an der Wand nach einem Lichtschalter, aber ich konnte keinen finden. Ich knipste meine Taschenlampe doch an und hielt den Strahl direkt mitten ins Zimmer. Vor mir sah ich ein weißes Krankenhausbett. Ich starrte und starrte, denn ich sah etwas, was ich absolut nicht erwartet hatte – das Bett war nicht bezogen; es lag nur die blanke Matratze darauf. Ein leeres Bett, ein leeres Zimmer. Kein sterbender Großvater, der seine letzten Atemzüge keuchte und an alle möglichen medizinischen Gerätschaften angeschlossen war. Es war wie ein Hieb in den Magen. Wo ich mich doch innerlich so darauf vorbereitet hatte, ihn zu sehen, Cathy!

Nicht weit vom Bett in einer Ecke lehnte ein Spazierstock, und dicht daneben stand der schimmernde Rollstuhl, den wir gesehen haben. Er sah noch immer neu aus – er kann nicht sehr oft benutzt worden sein. Außer zwei Stühlen gab es in dem holzgetäfelten Raum nur noch ein anderes Einrichtungsstück – einen kleinen Ankleidetisch ... und er stand genauso leer und unbenutzt da wie alles andere. Das Zimmer war so aufgeräumt wie der Raum von Mammi, nur daß man bei ihm das Gefühl hatte, er sei schon sehr lange nicht mehr benutzt worden. Die Luft roch abgestanden, und auf dem Ankleidetisch lag eine dikke Staubschicht. Mir kam es vor, als hätte den Raum seit Wochen niemand auch nur betreten. Ich untersuchte trotzdem alles gründlich, in der Hoffnung, vielleicht doch noch irgendwo etwas Wertvolles zu finden. Absolut nichts. Wütend und frustriert, wie ich war, fiel mir der Safe hinter dem Landschaftsstich in der Bibliothek auf, von dem Mammi einmal gesprochen hat. Wie man einem Safeschloß zu Leibe rückt, haben wir ja im

Fernsehen schon öfter gesehen. Man hält das Ohr ans Schloß und hört auf das Klicken, du weißt schon. Einen Versuch ist es wert, dachte ich mir. Ich konnte den Gedanken einfach nicht ertragen, mit leeren Händen zu dir zurückkehren zu müssen.«

Ich unterbrach: »Der Großvater – warum war er denn nicht in seinem Bett?«

Er erzählte weiter, als hätte er mich nicht gehört: »Ich fummelte also an dem Schloß herum, lauschte angestrengt auf das Klicken, aber es klickte nichts. Doch dafür hörte ich etwas anderes – Schritte, die über den Flur näher kamen!«

»Oh, verfluchter Mist!« entfuhr mir. Ich erlebte alles regelrecht mit.

»Das kannst du wohl sagen! Ich ging schnell hinter einem der Sofas der Kaminsitzecke in Deckung. Flach auf den Bauch legte ich mich – und da fiel mir ein, daß meine Taschenlampe noch im Zimmer des Großvaters lag.«

»O mein Gott!«

»Das dachte ich auch. Jetzt bist du dran, schoß es mir durch den Kopf, aber ich preßte mich ganz still und ruhig gegen den Boden. Und in die Bibliothek kamen ein Mann und eine Frau. Sie redete zuerst, und ihre Stimme klang nach der einer jungen Frau.

›John‹, sagte sie, ›ich schwöre, daß ich keine Gespenster höre! Hier waren vorhin komische Geräusche in der Bibliothek.‹

›Du hörst immer irgendwas‹, beklagte sich eine tiefe, gutturale Stimme. Es war John, der Butler mit der Glatze.

Das Paar durchsuchte halbherzig die Bibliothek und dann auch das kleine Zimmer dahinter. Ich hielt den Atem an wegen meiner Taschenlampe, aber sie fanden sie nicht. Wahrscheinlich, weil John für nichts anderes Augen hatte als dieses ängstliche Mädchen. Gerade wollte ich aufstehen und mich aus der Bibliothek schleichen, da kamen die beiden aus dem Hinterzimmer zurück und setzten sich, bei Gott, genau auf das Sofa, hinter dem ich lag. Mir blieb nichts anderes, als mich auf ein Nickerchen einzurichten, denn ich merkte, daß sie sich dort für länger niedergelassen hatten. Ich legte den Kopf auf die Arme und dachte an dich, denn du hast dir sicher zu diesem Zeitpunkt schon Sorgen gemacht, warum ich nicht mehr zurückkam. Aber es ist schon gut, daß ich dann doch nicht schlief.«

»Warum?«

»Laß es mich auf meine eigene Art erzählen. Ich habe meine Gründe dafür. Bitte, Cathy! ›Na‹, meinte John auf dem Sofa, ›hab' ich 's dir nicht gleich gesagt, da drinnen is' keiner, und hier is' auch keiner?‹ Er klang sehr zufrieden mit sich selbst. ›Wirklich, Lina‹, fuhr er fort, ›du bist die ganze Zeit immer so schreckhaft, daß man kaum noch Spaß kriegt mit dir.‹

›Aber John‹, sie darauf, ›ich habe etwas gehört.‹

›Wie ich jesacht habe‹, erwiderte John, ›du hörst zuviel, was es jarnicht jibt. Heute morgen erst haste mir wieder von den Mäusen da oben auf dem Dachboden erzählt und was für'n Krach die machen.‹ John kicherte, ein weiches, gedämpftes Kichern, und dann tat er irgendwas, das seine Begleiterin ebenfalls kichern ließ. Er machte sie ganz wild, aber sie wehrte sich nicht besonders dagegen.

Und dann murmelte dieser John zwischen ihrem Kichern und Stöhnen: ›Die alte Hexe, die bringt all die kleinen Mäuse da oben um. Sie bringt ihnen zu fressen hoch, im Picknickkorb ... genug, um eine ganze deutsche Panzerarmee von Mäusen kaputtzumachen.‹«

Ich hörte, was Chris da erzählte, und ich dachte mir einfach nichts dabei, fand nichts Besonderes daran – so dumm war ich damals noch immer, so unschuldig und vertrauensvoll und arglos.

Chris räusperte sich, bevor er weitererzählte: »Ich bekam ein ganz komisches Gefühl in der Magengegend, und mein Herz hämmerte mir so laut in der Brust, daß ich dachte, sie müßten es vorn auf dem Sofa hören.

›Ja, ja‹, meinte Lina, ›sie is' schon eine böse alte Frau. Wenn ich ehrlich bin, ich hab' den Alten ja immer noch mehr gemocht als sie – der konnte wenigstens schon mal lächeln. Aber die – die weiß gar nicht, wie man das macht. Ich muß ja immer mal hier Staub wischen, und, ob du's glaubst oder nicht, ich bin schon in das leere Hinterzimmer gekommen, und da stand die Alte da und hatte so'n fieses, böses Grinsen auf den Lippen, starrte einfach auf das Bett, grinste fies und freute sich, daß sie lebt und er ist tot und sie ist nun frei. Er kann ihr nicht mehr sagen, tu dies, tu das, spring, wenn ich nur huste. Aber 'n Lächeln war das nicht, nur 'n Grinsen. Ich frag' mich manchmal, wie sie ihn ausgehalten hat, und er sie. Aber nu' is' er tot, und sie kriegt das ganze Geld.‹

›Klar, sicher, Geld hat sie schon‹, sagte John. ›Aber nur das von ihrer eigenen Familie. Die ganzen Foxworth-Millionen vom alten Malcolm Neal Foxworth, die hat ihre Tochter geerbt.‹

›Ach‹, meinte Lina, ›die alte Hexe, die braucht auch nichts mehr. Kann ich schon verstehen, daß der Alte sein Vermögen lieber der Tochter vermacht hat. Sie hat ja ganz schön für ihn ran gemußt, hat ihn von vorne bis hinten bedienen müssen, obwohl hier doch genug Krankenschwestern rumliefen. Hat sie behandelt wie eine Sklavin, der Alte. Aber jetzt is' sie ja auch frei, hat ihren netten Mann und is' noch immer jung und verdammt hübsch, dazu jede Menge Geld. An deren Stelle würd' ich schon mal sein wollen. Manche Leute, die kriegen eben alles. Ich . . . ich krieg' nie was.‹

›Na, wie ist das denn mit mir, Herzchen?‹ beschwerte sich John. ›Bin ich gar nichts? Mich hast du jedenfalls – bis die nächste hübsche Kleine vorbeikommt.‹

Das mußte ich alles anhören, während ich hinter dem Sofa lag, konnte nicht weg und war ganz gelähmt von dem Schock über das, was ich gerade erfahren hatte. Am liebsten wäre ich einfach aufgesprungen und zu dir gerannt, um dich hier rauszuholen, bevor es zu spät sein würde.

Aber sie hätten mich bei der kleinsten Bewegung sofort bemerken müssen. Und dieser John, er ist mit der Großmutter verwandt . . . irgendein Cousin dritten Grades, hat Mammi mal erzählt . . . nicht, daß ich glaube, daß Großmutter sich viel aus einem Cousin dritten Grades macht. Nur hatte John offenbar ihr Vertrauen, sonst würde sie ihm nicht ihre Autos so frei überlassen. Du hast ihn schon vom Fenster gesehen, Cathy, der Glatzkopf in Livree.«

Klar wußte ich, wen er meinte, aber im Augenblick konnte

ich einfach nur daliegen und meinen Schock verdauen, der mir die Sprache raubte.

Chris fuhr auf eine monotone Art fort, die seine eigenen Gefühle nicht verriet, solange er sie nicht selbst ansprach: »Danach gingen die beiden dann richtig zur Sache. Ich hörte, wie er sie auszog.«

»Er zog sie aus«, fragte ich, »und sie protestierte kein bißchen dagegen?«

»Quatsch! Sie war sehr einverstanden damit. Ich mußte mir anhören, was die beiden für Geräusche von sich gaben. Cathy, du würdest es nicht für möglich halten! Sie stöhnte und schrie und keuchte, und er grunzte wie ein angestochenes Schwein. Und es dauerte so verdammt lange. Als ich dann endlich dachte, sie wären fertig, da fing der Kerl noch mal von vorne an.«

»Zweimal hintereinander in einer Nacht?«

»Das ist schon zu schaffen.«

»Chris, warum klingst du so komisch, wenn du das alles erzählst?«

Er zögerte, rückte etwas von mir ab und studierte mein Gesicht. »Cathy, hast du mir nicht zugehört? Ich habe mir Mühe gegeben, es dir alles genauso zu erzählen, wie ich es selbst erfahren habe, auch wenn mir das weh tut. Verstehst du nicht? Hast du nicht zugehört?«

Klar hatte ich zugehört.

Mammi und ihr Mann waren also wieder für länger verreist, was war daran sensationell? Sie kamen und gingen ja ständig. Sie taten alles, um diesem Haus so oft wie möglich zu entkommen, und das konnte ich ihnen nicht weiter verübeln. Wir hatten vor, ihrem Beispiel noch heute zu folgen.

Ich runzelte die Stirn und warf Chris einen langen, fragenden Blick zu. Ganz offenbar wußte er etwas, das er mir noch nicht erzählt hatte. Er schützte sie noch immer; liebte sie noch.

»Cathy«, begann er, und seine Stimme erstarb.

»Ist schon gut, Chris. Ich gebe dir keine Schuld. Unsere süße, liebevolle, herzensgute Mutter ist mit ihrem hübschen Gatten also wieder mal verreist und hat allen Schmuck mitgenommen. Okay, wir schaffen es auch so.« Wir würden also dort draußen nicht reich sein und uns ohne viel Geld durchschlagen müssen. Aber was machten die Juwelen schon, was machte es schon, daß unsere Mutter uns wieder mal ohne Ankündigung allein gelassen hatte. Hauptsache, wir kamen endlich hier raus. An harte Schicksalsschläge waren wir ja nun wirklich gewöhnt. Warum die Tränen, Chris – warum so viele Tränen?

»Cathy«, tobte er und wandte mir sein von Tränen überströmtes Gesicht zu, »kapierst du denn gar nicht? Warum hörst du denn nicht hin, was ich erzähle? Wo sind deine Ohren? Unser Großvater ist tot, habe ich gesagt. Er ist schon fast ein Jahr tot!«

Vielleicht hatte ich wirklich nicht richtig aufgepaßt. Vielleicht hatte seine Verwirrung mich angesteckt. Jetzt traf mich die Erkenntnis erst voll! Wenn der Großvater tot war – das war ja eine wirklich gute Neuigkeit. Jetzt würde Mammi erben! Wir würden reich sein! Sie würde die Tür aufschließen und uns freilassen. Jetzt brauchten wir gar nicht mehr wegzulaufen.

Und dann kamen andere Gedanken, eine Sturzflut von beängstigenden, vernichtenden Fragen, in der ich zu ertrinken drohte. Wenn sie doch wußte, wie lang diese Jahre für uns geworden waren, warum hatte sie uns dann noch so lange weiter in unserem Gefängnis gelassen? Warum? Erschrocken, verwirrt wußte ich nicht, was ich eigentlich fühlen sollte – Erleichterung, Wut, Trauer? Eine seltsame Furcht lähmte meine Gedanken, zwang mich immer weiter zu fragen. Warum?

»Cathy«, flüsterte Chris, auch wenn sein Flüstern ganz überflüssig war, denn Carrie, falls sie nichts hören sollte, war längst mit ihrem Geist nicht mehr bei uns. Sie nahm kaum noch wahr, was um sie herum vorging, reagierte auf nichts mehr. Sie schwebte irgendwo zwischen Leben und Tod und kam ihrem Cory mit jedem Tag, an dem ihr Lebenswille weiter zerrann, näher.

»Cathy, unsere Mutter hat uns mit Absicht hintergangen. Ihr Vater ist gestorben, und Monate später wurde sein Testament eröffnet, und die ganze Zeit hat sie uns nichts gesagt und uns hier weiter leiden lassen. Neun Monate früher hier raus, und wir wären alle neun Monate gesünder! Cory wäre noch am Leben, wenn Mammi uns an dem Tag hier rausgelassen hätte, an dem ihr Vater starb. Oder wenigstens nach der Testamentseröffnung.«

Überwältigt lag ich da, und die Sturzflut meiner Zweifel schlug über mir zusammen. Ich begann zu weinen.

»Heb dir deine Tränen für später auf«, sagte Chris, der gerade selbst noch geweint hatte. »Du hast noch gar nicht alles gehört. Es gibt noch mehr ... noch viel Schlimmeres.«

»Schlimmeres?« Was konnte er noch Schlimmeres zu erzählen haben. Unsere Mutter war eine Lügnerin und Betrügerin, die uns unsere Jugend gestohlen hatte und die Cory dafür umgebracht hatte, ein Erbe zu erringen, das sie nicht mit Kindern teilen wollte, für die sie längst keine Liebe mehr empfinden konnte. Oh, wie genau sie damals alles vorhergesehen hatte, als sie uns an jenem Abend erzählt hatte, wie sie sich davor fürchtete, eine andere zu werden unter dem Einfluß ihres Vaters. Und er hatte es geschafft, hatte sie zu einem Monster gemacht. Ahnte sie das damals schon so deutlich? Ich warf mich in Chris' Arme. »Erzähl mir nichts mehr ... nicht noch Schlimmeres! Ich hab' schon genug gehört ... mach nicht, daß ich sie noch mehr hasse!«

»Haß ... du weißt noch gar nicht, was Haß ist – noch nicht! Aber bevor ich dir den Rest erzähle, denk immer daran, daß wir hier fortgehen, nach Florida, wie wir es geplant haben. Wir werden in der Sonne leben und aus unserem Leben das Beste machen. Kein einziges Mal werden wir uns dafür schämen, was wir sind, was wir getan haben und woher wir kommen, denn was immer zwischen uns war, es ist so lächerlich gegen das, was unsere Mutter getan hat.

Wir werden uns ändern. Wir werden alles Schlechte über Bord werfen und nur das behalten, was wir für das Beste an uns halten. Aber in Himmel oder Hölle werden wir drei zusammenhalten, alle für einen, einer für alle. Wir werden wirklich erwachsen werden, körperlich, geistig und in unseren Gefühlen. Und wir werden unsere Ziele erreichen. Ich werde der beste Arzt der Welt werden und du der Star der internationalen Ballettszene.«

Ich war es satt, von den Verheißungen der Zukunft zu hören, solange wir uns noch immer hinter verschlossenen Türen befanden und neben mir, eng zusammengerollt wie ein Fötus, der Tod lag, die kleinen Händchen noch im Schlaf zum Gebet gefaltet.

»Gut, Chris«, sagte ich, »du hast mich auf alles vorbereitet. Ich danke dir für alles, was du gerade gesagt hast, für deine Liebe, und auch du hast jemanden, der dich liebt und bewundert.« Ich küßte ihn schnell auf die Lippen und sagte ihm, daß ich in seinen Armen alles ertragen würde. »Schieß los, an deiner Seite verkrafte ich es schon.« Wie jung ich noch war! Wie phantasielos – und trotz allem noch immer so voller Vertrauen in die Menschen, trotz aller Skepsis und aller Zweifel.

Ein Ende und ein Anfang

»Rate, was sie dem Personal gesagt hat«, fuhr Chris fort. »Nenn mir den Grund, warum sie dieses Zimmer schließlich am letzten Freitag im Monat nicht mehr putzen ließ!«

Wie sollte ich das raten? Dazu brauchte ich schon einen Verstand wie den unserer Großmutter. Es war schon so lange her, daß die Dienstmädchen nicht mehr zum Putzen in dieses Zimmer gekommen waren, daß ich diese schrecklichen Freitage aus unserer Anfangszeit hier fast vergessen hatte.

»Mäuse, Cathy«, sagte Chris, die blauen Augen hart und kalt. »Mäuse! Hunderte von Mäusen auf dem Dachboden, von unserer Großmutter erfunden ... schlaue kleine Mäuse, die sich die Treppe hinunter in den zweiten Stock schlichen. Teuflische kleine Mäuse, die sie zwangen, dieses Zimmer immer abgeschlossen zu halten und darin etwas auszulegen – Essen mit Arsen darauf.«

Ich hörte zu und dachte, was das doch für eine geniale Geschichte war, um das Personal fernzuhalten. Der Dachboden war wirklich voller Mäuse. Und diese Mäuse kamen auch schon einmal die Treppe herunter.

»Arsen ist weiß, Cathy, weiß. Wenn man es mit Puderzucker mischt, kann man seine Bitterkeit nicht mehr schmecken.«

Meine Gedanken überschlugen sich! Mit Puderzucker bestreute Berliner! Einen für jeden von uns. Nun nur noch drei im Korb.

»Aber Chris, deine Geschichte gibt doch keinen Sinn! Warum sollte die Großmutter uns nach und nach vergiften wollen? Warum hat sie uns nicht einfach eine ausreichende Dosis gegeben und es hinter sich gebracht?«

Seine Finger fuhren mir durch das Haar. Er nahm meinen Kopf in seine Hände und erklärte dann mit gedämpfter Stimme: »Erinnerst du dich an den Krimi, den wir mal im Fernsehen gesehen haben? Den mit der Frau, die sich von alten Männern ins Testament aufnehmen ließ, um sie dann mit kleinen Dosen Arsen nach und nach zu vergiften? Wenn man dem Opfer jeden Tag nur ein bißchen von dem Gift gibt, stirbt es nicht sofort, sondern das Arsen wird in seinem Körper gespeichert. Jeden Tag geht es dem Opfer schlechter, es siecht dahin, aber nur ganz langsam. Die Kopfschmerzen, die kleinen Magenverstimmungen, die Schwächeanfälle lassen sich leicht erklären, so daß es, wenn das Opfer dann schließlich im Krankenhaus stirbt, längst eine lange Krankengeschichte gibt. Der Kranke ist abgemagert, hat Heuschnupfen gehabt, ständige Erkältungen, Magenkrämpfe, alles mögliche. Und die Ärzte vermuten nicht gleich eine Vergiftung – nicht, wenn der Kranke alle Anzeichen einer Lungenentzündung hat oder einfach an Altersschwäche leidet wie in dem Krimi.«

»Cory!« keuchte ich. »Cory ist an Arsenvergiftung gestorben? Mammi hat gesagt, es war eine Lungenentzündung.«

»Kann sie uns etwa alles sagen, was sie uns sagen möchte? Woher wollen wir wissen, daß sie die Wahrheit gesagt hat? Vielleicht hat sie ihn nicht einmal in ein Krankenhaus gebracht. Und wenn sie es doch getan hat, werden die Ärzte sicher nicht darauf gekommen sein, Corys Tod auf eine Vergiftung zurückzuführen, sonst säße Mammi längst im Gefängnis.«

»Aber Chris«, wandte ich ein, »Mammi würde der Großmutter doch nie erlauben, uns zu vergiften! Ich weiß, daß sie dieses Geld haben will, und sie liebt uns heute nicht mehr, wie sie es früher getan hat – aber sie würde uns doch nicht umbringen!«

Chris wandte den Kopf zur Seite. »Okay, wir müssen einen Test machen. Wir werden Corys Spielmaus ein Stückchen mit Puderzucker bestreuten Berliner geben.«

Nein, nicht Micky, der uns vertraute und uns liebte – das durften wir nicht tun. Cory hatte diese kleine graue Maus so geliebt. »Chris, laß uns eine andere Maus fangen – eine wilde, die uns nicht so vertraut.«

»Liebe Cathy, Micky ist eine alte Maus und auf einem Bein lahm. Es ist schwierig, eine lebende Maus zu fangen. Das weißt du. Und wenn wir von hier weggehen, wird Micky es nicht lange überleben, freigelassen zu werden. Er ist jetzt ein Haustier und von Menschen abhängig.«

Ich hatte vorgehabt, Micky mitzunehmen.

»Du mußt es einmal so sehen, Cathy – Cory ist tot, und er hatte kaum richtig angefangen zu leben. Wenn die Berliner nicht vergiftet sind, wird Micky leben, und wir nehmen ihn mit. Eins hat absoluten Vorrang – wir müssen wissen, woran wir sind. Um Carries willen müssen wir sichergehen. Sieh sie dir an. Siehst du nicht, daß sie auch schon stirbt? Tag für Tag wird sie weniger – und uns geht es nicht anders.«

Auf drei gesunden Beinen hinkte unsere kleine graue Maus uns entgegen, knabberte zutraulich an Chris' Finger, bevor sie in den Berliner biß. Micky fraß ein kleines Stück und nahm sich noch eine Ecke mit, vertrauensvoll, ein Leckerbissen von seinen Göttern, seinen Freunden, seinen Eltern. Es tat weh, dabei zuzusehen.

Er starb nicht, jedenfalls nicht gleich. Er wurde noch lahmer, lustlos, apathisch. Später schien er kleine Krämpfe zu haben, die ihn leise wimmern ließen. Nach einigen Stunden lag er auf dem Rücken, steif und kalt. Winzige rote Zehen zu Klauen gekrümmt. Kleine schwarze Augen, stumpf und eingesunken. Jetzt wußten wir es also ... sicher. Es war nicht Gott, der Cory von uns genommen hatte.

»Wir können die Maus in einer Papiertüte zusammen mit den beiden vergifteten Berlinern mitnehmen und der Polizei übergeben«, sagte Chris, zögerte und blickte an mir vorbei.

»Sie werden die Großmutter einsperren.«

»Ja, werden sie«, meinte er und drehte mir den Rücken zu.

»Chris, du verschweigst mir noch immer etwas – was ist es?«

»Später – wenn wir hier raus sind. Im Augenblick habe ich alles gesagt. Wir brechen morgen in aller Frühe auf.« Als ich nichts erwiderte, nahm er meine Hände und drückte sie fest. »Wir gehen alle drei so schnell wie möglich zu einem Arzt.«

Es wurde noch einmal ein furchtbar langer Tag. Wir hatten

alles fertiggepackt und konnten nichts anderes mehr tun, als zum letztenmal den Fernseher anzustarren. Mit Carrie in Corys Ecke, lagen wir jeder auf seinem Bett und sahen uns unsere Lieblings-Familienserie an. Als die Folge vorbei war, meinte ich: »Chris, die Fernsehmenschen sind wie wir – sie scheinen nur selten nach draußen zu kommen. Und wenn sie draußen etwas machen, hören wir nur davon, ohne es jemals gezeigt zu bekommen. Und wenn diese Fernsehfamilie denkt, es würde ihr etwas Gutes passieren, dann passiert gleich wieder etwas Schlimmes, das alle Hoffnungen zunichte macht und neue Aufregungen bringt. Nur wirklich verändern tut sich nie etwas.«

Irgendwie spürte ich, daß noch jemand anderes im Zimmer sein mußte. Ich hielt den Atem an! Da stand die Großmutter. Etwas in der Art, wie sie da stand, in ihrem grausamen, höhnischen Steinblick sagte mir, daß sie schon eine ganze Weile dort gestanden haben mußte.

Mit kaltem Hohn meinte sie zu mir: »Wie lebensklug ihr zwei doch hier oben geworden seid, während ihr von der ganzen Welt abgeschlossen lebt. Du glaubst, deine Beschreibung des Lebens sei nur eine scherzhafte Übertreibung – aber du hast es genau richtig beschrieben. Alles ist wie in diesen albernen Fernsehserien. Nichts geht am Ende so aus, wie du es dir gewünscht hast. Am Ende bist du immer enttäuscht.«

Chris und ich starrten sie beide entsetzt an. Nachdem sie ihren Spruch losgeworden war, ging sie und schloß hinter sich ab.

»Cathy, du darfst nicht so niedergeschlagen gucken. Sie wollte uns bloß wieder fertigmachen. Vielleicht hat sie nie das bekommen, was sie sich gewünscht hat, aber das bedeutet für uns gar nichts. Laß uns morgen ohne übertriebene Erwartungen losziehen. Wenn wir nur ein kleines bißchen Glück suchen, werden wir auch nicht enttäuscht sein, wenn wir nicht mehr finden.«

Chris würde vielleicht mit einem kleinen Hügel an Glück zufrieden sein, gut für ihn. Aber nach all diesen Jahren der Hoffnungen, der Träume und der Sehnsüchte – wollte ich einen Berg davon haben. Ein Hügel war nicht genug! Von diesem Tag an, das schwor ich mir, würde ich allein mein Leben bestimmen. Kein Schicksal, nicht Gott, nicht einmal Chris würde mir jemals sagen dürfen, was ich zu tun hatte, und mich in irgendeiner Form beherrschen. Von diesem Tag an war ich meine eigene Persönlichkeit, nahm mir, was ich wollte, wann ich es wollte, und legte niemandem darüber Rechenschaft ab. Ich war eingekerkert gewesen, eine Gefangene der Habsucht. Ich war betrogen worden, hintergangen, belogen, benutzt, vergiftet ... aber das alles war jetzt vorbei.

Wo war die zerbrechliche Porzellanpuppe geblieben, die ich einmal gewesen war – Catherine Meißner? Vorbei. Aus Porzellan war Stahl geworden. Ich würde alles bekommen, was ich haben wollte, egal, wer oder was mir dabei im Weg stand. Und auch ein kleines trauriges Mädchen würde sich meinem Willen nicht widersetzen. Ich nahm mir Carrie vor, zwang sie, etwas zu essen, damit sie morgen etwas mehr bei Kräften war. Dann schleppte ich sie trotz ihrer matten Proteste ins Bad, steckte sie in die Wanne, wusch ihr die Haare und zog sie frisch an.

In den folgenden langen Stunden des Wartens hielt ich Carrie auf dem Arm und flüsterte ihr von den wunderbaren Plänen ins Ohr, die Chris und ich für unser Leben im sonnigen Florida gemacht hatten. Chris saß im Schaukelstuhl und klimperte geistesabwesend auf Corys Gitarre. Morgen früh waren wir endlich fort von hier – warum hatte ich nur ständig das Gefühl, bei unserer Flucht irgend etwas übersehen zu haben?

Und dann kam ich plötzlich darauf! Wenn die Großmutter lautlos die Türe öffnen konnte und so lange dastehen, ohne daß wir sie bemerkten, dann konnte sie das auch früher schon getan haben. Und wenn sie dabei etwas von unseren Plänen erfahren hatte, würde sie längst ihre Gegenmaßnahmen getroffen haben.

Ich sah zu Chris hinüber und fragte mich, ob ich ihn darauf ansprechen sollte. Diesmal konnte er nicht mehr zögern und meine Befürchtung als Grund für einen weiteren Aufschub nehmen – also erzählte ich ihm davon. Er zupfte weiter an der Gitarre, ohne sich im geringsten davon beeindrucken zu lassen. »Im selben Moment, als ich sie da stehen sah, schoß mir dieser Gedanke durch den Kopf«, sagte er. »Ich weiß, daß sie diesem John in vielen Dingen vertraut. Kann schon sein, daß sie den

Kerl unten an der Treppe postiert, um uns aufzuhalten. Soll er es versuchen – nichts und niemand wird uns daran hindern, morgen früh dieses Haus zu verlassen.«

Aber der Gedanke an die Großmutter und ihren Butler, die an der Treppe auf uns lauerten, ließ mir keine Ruhe. Schließlich ließ ich Carrie, die auf dem Bett eingeschlafen war, und Chris in seinem Schaukelstuhl zurück, um noch einmal auf den Dachboden zu gehen und mich von ihm zu verabschieden.

Im Zwielicht der ersten Morgendämmerung stand ich in der staubigen Stille und sah in die Runde. Meine Gedanken wanderten zurück zu dem Tag, als wir zum erstenmal hier oben waren... wie Chris sein Leben riskiert hatte, um eine Schaukel aufzuhängen, wie wir für Cory und Carrie den Papiergarten gepflanzt hatten, dessen verstaubte Blüten sich vor mir drehten. Ich sah nicht zu der alten, fleckigen Matratze, auf der wir unsere Sonnenbäder genommen hatten, denn sie erinnerte mich an etwas, an das ich lieber nicht denken wollte. Aber ich dachte mit warmer Zuneigung daran, wie ich Chris hier oben das Walzertanzen beigebracht hatte.

Er rief die Treppe herauf: »Es ist Zeit, Cathy. Wir müssen los!«

Schnell rannte ich noch einmal in den Schulraum. Mit Kreide schrieb ich in großen weißen Lettern auf die Tafel:

Auf dem Dachboden lebten wir vier,
Christopher, Carrie, Cory und ich,
Nur drei gehen wieder fort von hier.

Ich unterschrieb mit meinem Namen und setzte das Datum dazu. In meinem Herzen spürte ich, daß unsere Gespenster alle anderen Geister von Kindern, die hier an den Schulbänken gequält worden waren, verdrängen würden. Ich ließ ein Rätsel zurück, das irgend jemand in der Zukunft lösen mochte.

Mit Micky und zwei vergifteten Berlinern in einem Papierbeutel in Chris' Tasche brachen wir auf. Zum letztenmal benutzte Chris den hölzernen Schlüssel. Wir würden bis aufs Blut kämpfen, wenn die Großmutter uns mit ihrem Butler aufhalten wollte. Chris trug die beiden Koffer mit unserer Kleidung und unserem Besitz, Corys geliebte Gitarre und das Banjo über den Schultern. Er führte uns durch die dämmrigen Flure zur Hintertreppe. Carrie lag in meinen Armen und schlief noch halb. Sie wog kaum mehr als in der Nacht, in der wir sie diese Stufen hinaufgetragen hatten – vor mehr als drei Jahren.

Das Geld hatten wir zwischen uns aufgeteilt und in den Kleidern versteckt, die wir am Körper trugen. Sollten wir durch irgendwelche Umstände getrennt werden, war so niemand von uns mittellos, und Carrie würde immer bei einem von uns sein.

Chris und ich waren uns sehr bewußt, was für eine Welt uns da erwartete. Wir hatten genug ferngesehen, um zu wissen, was sie für die Naiven und Unschuldigen bereit hielt. Wir waren jung, verwundbar, schwach, halb krank, aber nicht mehr unschuldig naiv.

Mein Herz stand still, während Chris die Hintertür aufschloß. Ich erwartete jede Sekunde, daß jemand auftauchte, um uns aufzuhalten. Aber es ließ sich niemand blicken. Draußen war es kalt. Schneereste schimmerten in der Morgensonne. Die Erde unter meinen Füßen fühlte sich weich an. Ein seltsames Gefühl, nachdem ich so lange nur über harte Holzdielen gelaufen war. Noch fühlte ich mich nicht sicher, denn John konnte uns verfolgen ... und versuchen, uns zurückzuholen.

Ich hob den Kopf, um die klare, scharfe Bergluft tief einzuatmen. Sie war wie ein schwerer Wein für mich, von dem man schnell betrunken wird. Nach ein paar Schritten stellte ich Carrie auf die Füße. Sie schwankte unsicher und starrte verwirrt und benommen in die Runde.

»Cathy«, rief Chris über die Schulter zurück, »beeilt euch. Wir haben nicht viel Zeit, und es ist noch ein gutes Stück bis zur Bahn.«

Ich zog Carrie hinter mir her. »Atme tief durch. Die frische Luft wird dir guttun.«

Ihr kleines Gesicht sah zu mir hoch. War da ein Funke von Hoffnung in ihren glanzlosen Augen? »Gehen wir jetzt zu Cory, Cathy?«

Die erste Frage, die sie mir stellte, seit sie von Corys Tod erfahren hatte. Ich konnte dieses kleine Hoffnungsfünkchen nicht ersticken. »Cory ist an einem sehr schönen Ort, sehr weit weg von hier. Weißt du nicht mehr, was ich dir von ihm und Daddy erzählt habe. Daddy ist bei ihm, und einmal werden wir die beiden wiedersehen, aber bis dahin ist es noch sehr, sehr lange.«

»Aber Cathy«, wandte sie voller Ernst ein, »Cory wird es an diesem schönen Ort nicht gefallen, wenn ich nicht bei ihm bin. Und wenn er zurück hierherkommt, uns zu suchen, dann weiß er nicht, wo wir hingegangen sind.«

»Komm, Carrie, wir müssen uns beeilen! Cory sieht uns zu – er will, daß wir aus diesem bösen Haus der Großmutter entkommen. Er betet gerade für uns, daß wir es schaffen und die böse Großmutter uns nie wieder einschließen kann.«

Hinter Chris her ging es im Eiltempo über gewundene Wiesenpfade, durch nasses Gras, über Zäune und auf Seitenstraßen. Und genau, wie ich es geahnt hatte, fand Chris, ohne einmal zu zögern, den Weg zurück zu dem kleinen Haltepunkt, der nur ein Blechdach auf vier Pfosten und eine morsche grüne Bank war.

Als wir schließlich unter diesem Blechdach standen, keuchend und erleichtert, kam auf der Straße ein Postbote in einem offenen Wagen vorbei. »Na, wo geht's denn so früh hin?« rief er uns zu. »Wollt wohl nach Charlottesville?«

»Ja, genau dahin«, erklärte Chris.

»Hübsches kleines Mädchen habt ihr da«, meinte der Postmann. »Aber gut aussehen tut sie ja nich' gerade. Bißchen blaß, die Kleine.«

»Sie war lange krank«, versicherte ihm Chris. »Aber jetzt geht es ihr bald wieder besser.«

Der Postbote nickte uns zu und schien dieser Prognose zu vertrauen. »Na, da kommt er, der Fünfuhrfünfundvierzig. Macht's gut, ihr drei.« Er tippte an seine Mütze.

Wir lösten unsere Fahrkarten im Zug. Vom Zugfenster aus, auf dem Weg nach Charlottesville, sahen wir noch einmal Foxworth Hall auf dem Hügel. Chris und ich konnten kein Auge von dem Haus lassen, das da düster am Hang zu hocken schien. Unsere Blicke hingen besonders an den Dachfenstern mit den Schieferplatten davor.

Dann wandten sich meine Augen den Fenstern im zweiten Stock des Nordflügels zu, ganz am hinteren Ende. Ich stieß Chris an, als die schweren Vorhänge sich teilten und die schattenhafte Gestalt einer großen alten Frau auftauchte, nach uns Ausschau hielt ... und wieder verschwand.

Natürlich konnte sie den Zug sehen, aber sie konnte niemanden erkennen, der darin saß, nicht auf diese Entfernung. Trotzdem drückten Chris und ich uns instinktiv tiefer in die Sitze.

»Ich frage mich, was sie so früh da oben sucht«, flüsterte ich Chris zu. »Sie hat uns das Essen doch nie vor halb sieben gebracht.«

Er lachte bitter. »Oh, das ist sicher nur wieder einer ihrer Versuche gewesen, uns bei irgendeiner Sünde zu erwischen.«

Vielleicht, aber ich hätte viel darum gegeben, ihre Gefühle zu kennen, als sie unsere Zimmer verlassen fand, die Kleider aus den Schränken verschwunden. Und auch über ihr keine Schritte, keine Stimmen, niemand, der die Dachbodentreppe herunterkam – wenn sie überhaupt nach uns rief.

In Charlottesville kauften wir uns Tickets nach Sarasota. Wir mußten zwei Stunden warten, bis der Greyhound-Bus nach Süden fuhr. Zwei Stunden, in denen John in seine schwarze Limousine springen konnte und den langsamen Zug mit Leichtigkeit einholen.

»Mach dir nicht zuviel Gedanken darüber«, sagte Chris. »Du weißt nicht, ob er etwas über uns weiß. Sie wäre dumm, wenn sie ihn eingeweiht hätte, aber er könnte clever genug sein, selber hinter ihr Geheimnis zu kommen.«

Wir überlegten uns, daß die beste Art, irgendwelchen Verfolgern aus dem Weg zu gehen, sein würde, uns ständig auf den Beinen zu befinden. Also verstauten wir unser Gepäck in einem Schließfach und wanderten bis zur Abfahrt des Busses durch die Stadt. Hier gingen die Dienstboten von Foxworth Hall einkaufen, und das hätte uns an jedem anderen Tag Sorgen machen müssen, aber nicht an diesem. Es war Sonntag.

Mit unseren schlecht sitzenden Kleidern, unserem komisch geschnittenen Haar und unseren bleichen Gesichtern müssen wir wie Besucher von einem anderen Planeten ausgesehen haben. Aber niemand starrte uns an, wie ich es befürchtet hatte. Wir wurden einfach als Teil der menschlichen Rasse akzeptiert, nicht merkwürdiger als die meisten anderen auch. Es war ein gutes Gefühl, wieder unter vielen Menschen zu sein, so viele verschiedene Gesichter zu sehen.

Unschlüssig blieben wir an einer Ecke der Hauptstraße stehen. Cory sollte hier irgendwo in der Nähe beerdigt liegen. Wie gerne hätte ich ihm Blumen auf das Grab gelegt. Aber das mußte warten. Jetzt mußten wir erst einmal schnell weit, weit weg von hier, um Carrie nicht noch mehr in Gefahr zu bringen... erst einmal raus aus Virginia und dann zu einem Arzt.

Da zog Chris den Papierbeutel mit der toten Maus und den Berlinern aus der Jackentasche. Sein stummer Blick traf meinen. Er hielt den Beutel vor mich hin und prüfte meinen Gesichtsausdruck, fragte mit seinem Blick: Auge um Auge?

Schließlich wandte er den Blick ab und sagte: »Wir können zur Polizei gehen und ihr unsere Geschichte erzählen. Die Stadt wird sich um dich und Carrie kümmern. Man wird euch in ein Waisenhaus schicken oder zu Pflegeeltern. Was mich angeht, so weiß ich nicht...«

Chris redete nie mit mir, ohne mich anzusehen, wenn er nichts zu verbergen hatte – nun kam diese besondere Sache, mit der er nicht heraus wollte, bevor Foxworth Hall hinter uns lag.

»Okay, Chris. Wir haben die Flucht geschafft, also heraus damit. Was hast du mir bis jetzt noch verschwiegen?«

Er senkte den Kopf, als Carrie sich enger an uns drängte, obwohl ihre Augen vor Faszination weit aufgerissen waren, während sie dem regen Autoverkehr zusah und den Menschen, die an uns vorbeieilten und von denen ihr einige zulächelten.

»Es war Mammi«, sagte Chris mit gesenkter Stimme. »Erinnerst du dich daran, wie sie sagte, daß sie alles tun würde, um die Gunst ihres Vaters zurückzugewinnen und in sein Testament aufgenommen zu werden? Ich weiß nicht, was er alles von ihr verlangt hat, aber ich weiß, was sich die beiden auf dem Sofa vorletzte Nacht darüber erzählt haben. Cathy, ein paar Tage bevor er starb, ließ unser Großvater eine Klausel in sein Testament aufnehmen, die sich speziell auf Mammi bezog. Sie besagt, daß unsere Mutter, falls sich jemals herausstellen sollte, daß sie Kinder aus ihrer ersten Ehe hat, und sogar, wenn sie in ihrer zweiten Ehe welche bekommen sollte, alles – alles, auch die Kleider, den Schmuck, die Autos – verliert, was er ihr hinterlassen hat. Und Mammi dachte, er hätte ihr verziehen. Er vergab nicht, und er vergaß nichts. Noch aus dem Grab strafte er sie weiter.«

Ich riß schockiert die Augen auf, als sich das Puzzle zusammenfügte. »Du meinst, Mammi...? Es war Mammi und nicht die Großmutter?«

Er zuckte die Achseln, als sei es ihm gleichgültig, aber ich wußte genau, daß es das nicht war. »Ich habe diese alte Frau neben ihrem Bett inbrünstig beten gehört. Sie ist böse, aber ich zweifle sehr, ob sie selbst Gift über die Berliner gestreut hätte. Sie würde sie uns bringen und uns davor warnen, Süßigkeiten zu essen, in der Gewißheit, daß wir sie trotzdem aßen.«

»Aber Chris, es kann nicht Mammi gewesen sein. Sie war auf ihrer Hochzeitsreise, als wir zum erstenmal die Berliner bekamen.«

Er lächelte bitter und verächtlich. »Klar. Aber das Testament wurde vor neun Monaten verlesen, und vor neun Monaten war Mammi wieder zurück. Nur unsere Mutter profitiert vom Testament des Großvaters – nicht unsere Großmutter – die hat ihr eigenes Vermögen. Sie hat uns nur jeden Tag die Berliner gebracht.«

So viele Fragen schwirrten mir durch den Kopf – aber da war Carrie, die sich an meine Hand klammerte und zu mir aufblickte. Ich wollte nicht, daß sie erfuhr, was wirklich hinter Corys Tod stand. In diesem Moment drückte Chris mir den Papierbeutel mit den Beweisen in die Hand. »Du mußt entscheiden. Du hast mit deiner Intuition die ganze Zeit schon recht gehabt – hätte ich früher auf dich gehört, wäre Cory noch am Leben.«

Es gibt keinen Haß wie den, der aus verratener Liebe entspringt – mein Innerstes schrie nach Rache. Ja, ich wollte Mammi und die Großmutter hinter Gittern sehen, als verurteilte Mörderinnen – für vier Morde, denn der Versuch zählte auch. Sie würden nur noch graue Mäuse sein in häßlicher Gefängniskleidung, eingeschlossen, wie sie uns so lange eingeschlossen hatten, unter Dieben, Drogensüchtigen, Prostituierten, Mördern. Keine Fahrt mehr zum Schönheitssalon und jeden zweiten Tag zum Friseur – nur einmal in der Woche eine Dusche. Und Mammi würde selbst ihre intimsten Stellen nicht mehr für sich allein haben – kein Luxus, kein Schmuck, keine Kreuzfahrten, wie würde sie darunter leiden. Da würde kein gutaussehender junger Ehemann mehr sein, mit dem sie sich in einem Schwanenbett wälzen konnte.

Ich starrte in den Himmel hinauf, in dem Gott sein sollte – konnte ich es Ihm und Seiner Gerechtigkeit überlassen, die Waagschalen auszugleichen und mir die schwere Last von den Schultern zu nehmen?

Ich empfand es als grausam und ungerecht, daß Chris mir die ganze Last der Entscheidung aufbürdete. Warum?

War es, weil er ihr alles verzieh – selbst den Tod von Cory und ihren Versuch, uns alle umzubringen? Fand er, daß solche Eltern, wie sie sie hatte, einen zu allem treiben konnten, selbst zu Mord? Gab es auf der ganzen Welt genug Geld, daß ich meine Kinder dafür umbringen würde?

Bilder stiegen vor mir auf, trugen mich zurück in jene Zeit, als unser Vater noch lebte. Ich sah uns alle in unserem Garten hinter dem Haus, lachend und glücklich. Ich sah uns am Meer segeln und schwimmen oder in den Bergen beim Skilaufen. Und ich sah Mammi, wie sie in der Küche stand, um für uns ein gutes Essen zu kochen.

Sicher, ihre Eltern hatten alle Wege gekannt, mit denen man ihre Liebe zu uns töten konnte – sie kannte sie. Oder dachte Chris genau wie ich daran, daß unsere Gesichter auf sämtlichen Illustriertentitelseiten des Landes auftauchen würden, wenn wir zur Polizei gingen? Würde dieser traurige Ruhm uns für das entschädigen, was wir verloren? Unser Privatleben – unsere

Zusammengehörigkeit? Sollten wir wirklich riskieren, voneinander getrennt zu werden?

Ich blickte noch einmal zum Himmel.

Gott, der schrieb nicht die Rollen für die armseligen kleinen Schauspieler hier unten. Wir schrieben sie uns selbst – mit jedem Tag, den wir lebten, mit jedem Wort, das wir sprachen, jedem Gedanken in unseren Hirnen. Und auch Mammi hatte sich ihre Rolle geschrieben. Und was für eine traurige Rolle das war! Einmal hatte sie vier Kinder gehabt, die sie in jeder Beziehung für vollkommen hielt. Jetzt hatte sie keine mehr. Einmal hatte sie vier Kinder gehabt, die sie liebten und sie genauso für vollkommen hielten, in jeder Beziehung für die perfekte Mutter – jetzt hatte sie niemanden mehr, der in ihr eine vollkommene Mutter sah. Und sie würde auch nie andere Kinder haben wollen. Die Liebe für das, was man mit Geld kaufen kann, würde sie für immer zur gehorsamen Sklavin des Testaments ihres Vaters machen.

Mammi würde alt werden; ihr Mann war Jahre jünger. Sie würde Zeit haben, sich einsam zu fühlen und zu wünschen, sie hätte alles anders gemacht. Wenn ihre Arme sich vielleicht auch nie wieder danach sehnten, mich zu halten, so würden sie sich doch nach Chris sehnen, und vielleicht auch nach Carrie... und mit Sicherheit würde sie die Babys haben wollen, die wir eines Tages auf die Welt brachten.

Aus dieser Stadt würden wir in einem Bus nach Süden fliehen, um etwas aus uns zu machen. Wenn wir Mammi wiedersehen würden – und ich war sicher, daß sich unsere Wege irgendwann wieder kreuzten –, dann würden wir ihr geradeaus in die Augen sehen und ihr dann den Rücken kehren.

Ich warf den Beutel in den nächsten grünen Abfallkorb, sagte Micky Lebewohl und bat ihn, uns zu verzeihen für das, was wir mit ihm gemacht hatten.

»Liebste Cathy«, rief Chris und streckte mir die Hände entgegen. »Was geschehen ist, ist geschehen. Sag der Vergangenheit Lebewohl und der Zukunft ›Hallo‹! Wir vergeuden sonst nur noch mehr Zeit, nachdem wir doch schon soviel verloren haben. Alles liegt vor uns und wartet auf uns.«

Gerade die richtigen Worte, damit ich mich zurück in der Wirklichkeit fühlte, lebendig und frei! Frei genug, meine Gedanken an Rache zu vergessen. Ich lachte und lief auf ihn zu, um mich in seine ausgestreckten Arme zu werfen. Mit einem freien Arm griff Chris nach Carrie und hob sie zu unseren Köpfen hoch. Er drückte sie an uns und küßte sie auf die blasse Wange. »Hast du das alles gehört, Carrie? Wir sind auf unserem Weg dorthin, wo die Blumen den ganzen Winter über blühen – tatsächlich blühen die Blumen da unten das ganze Jahr über. Ist das kein Grund für dich, mal wieder zu lächeln?«

Ein winziges Lächeln erschien auf den blassen Lippen, die schon fast vergessen zu haben schienen, wie man lächelt. Aber das war erst einmal genug – für heute.

Epilog

Mit großer Erleichterung beende ich hier die Erzählung unserer Anfangsjahre, die zur Grundlage unseres ganzen Lebens werden sollten.

Nach unserer Flucht aus Foxworth Hall machten wir unseren Weg und schafften es immer irgendwie, unseren Zielen und Träumen treu zu bleiben und ihnen näher zu kommen.

Unser Leben war immer stürmisch, aber Chris und ich hatten gelernt, daß wir zu denen gehörten, die solche Stürme überleben. Für Carrie war das anders. Sie mußte erst zu einem Leben ohne Cory überredet werden, selbst als sie längst von Rosen umgeben war.

Aber *wie* wir es schafften zu überleben – das ist eine andere Geschichte.

V. C. Andrews wurde von der New York Times als „erfolgreichste Autorin der 80er Jahre in den Vereinigten Staaten„ bezeichnet. An dieser Stelle möchten wir Ihnen als Leseprobe das erste Kapitel aus V. C. Andrews Roman *Dunkle Wasser* (8655) vorstellen, dem ersten Band der berühmten Casteel-Saga.

Inhalt

Nach dem Tod seiner geliebten Frau verliert Luke Casteel völlig den Boden unter den Füßen. Er gerät auf die schiefe Bahn und läßt seine Kinder allein. Die vierzehnjährige Heaven Leigh muß nun die Sorge und Verantwortung für ihre vier Geschwister allein tragen. Ihre einzige Stütze ist Logan Stonewall, ein einfühlsamer Junge, der die Rolle des großen Bruders und Ratgebers übernimmt.

Heaven Leighs Martyrium beginnt erst richtig, als der Vater alle Kinder an verschiedene Adoptiveltern verkauft. Nun ist ihre ganze Kraft und Stärke gefordert . . .

1. KAPITEL

Damals

Wenn es wahr ist, daß Jesus vor fast zweitausend Jahren für uns am Kreuz gestorben ist, um uns vor allem Bösen zu bewahren, dann galt dies nicht für unsere Gegend, ausgenommen sonntags zwischen zehn Uhr früh und zehn Uhr abends. Zumindest meiner Meinung nach.

Aber wer gab schon etwas auf meine Meinung? Ich dachte daran, wie Vater – zwei Monate nach dem Tod meiner Mutter im Kindbett – Sarah zur Frau genommen hatte und sie ihm den Sohn gebar, den er sich so sehnlich gewünscht hatte, seit ich auf die Welt gekommen war und dem kurzen Leben meiner Mutter ein jähes Ende bereitet hatte.

Damals war ich noch zu jung, um mich an die Geburt dieses ersten Sohnes zu erinnern, der auf den Namen Thomas Luke Casteel jun. getauft wurde. Später erzählte man mir, daß wir zusammen in der gleichen Wiege gelegen, darin wie Zwillinge geschaukelt, gestillt und in die Arme genommen – jedoch nicht gleichermaßen geliebt worden waren. Letzteres mußte mir allerdings niemand erst erzählen.

Ich liebte Tom mit den feuerroten Haaren und den leuchtend grünen Augen, die er von Sarah geerbt hatte. Nichts an ihm erinnerte an Vater. Er wurde allerdings später ebenso groß wie er.

Nachdem mir Großmutter am Tage vor meinem zehnten Geburtstag von meiner richtigen Mutter erzählt hatte, faßte ich den Entschluß, meinem Bruder Tom niemals den Glauben zu nehmen, daß ich, Heaven Leigh Casteel, seine leibliche Schwester sei. Ich wollte die besondere Beziehung zwischen uns, die uns fast zu einer Person verschmelzen ließ, unter allen Umständen bewahren. Seine Gedanken waren beinahe immer die gleichen wie meine, wohl deshalb, weil wir in der gleichen Wiege gelegen hatten. Sehr bald nach seiner Geburt begann unser stilles Einverständnis. Das machte uns außergewöhnlich. Es war uns wichtig, außergewöhnlich zu sein, denn wir befürchteten, daß wir es eigentlich überhaupt nicht waren.

Barfüßig war Sarah über einsachtzig groß. Eine wahre Amazone und die passende Gefährtin für einen Mann, der so groß und stark war wie mein Vater. Sarah war nie krank. Wie Großmutter (die Tom gelegentlich scherzhaft »Mutter der Weisheit« nannte) erzählte, waren Sarahs Brüste nach Toms Geburt so voll und üppig geworden, daß sie mit kaum vierzehn Jahren bereits wie ein Matrone wirkte.

»Und«, fuhr Großmutter fort, »als Sarah niedergekommen war und alles hinter sich hatte, ist sie gleich wieder aufgestanden und hat weitergearbeitet, gerade so, als hätte sie nicht soeben die qualvollsten Schmerzen erlebt, die wir Frauen nun mal klaglos ertragen müssen. Mein Gott, Sarah brachte es doch glatt fertig, zu kochen und dabei einem Neugeborenen das Trinken beizubringen.« Jawohl, dachte ich mir, es ist bestimmt hauptsächlich Sarahs unverwüstliche Gesundheit, die Vater an ihr so anziehend findet. Sonst sagte ihm Sarahs Typ wohl nicht besonders zu, aber man konnte bei ihr davon ausgehen, daß sie nicht im Kindbett sterben und ihn in tiefer, dumpfer Verzweiflung zurücklassen würde.

Ein Jahr nach Tom kam Fanny mit ihren pechschwarzen Haaren und ihren dunkelblauen Augen, die noch vor ihrem ersten Geburtstag fast ganz schwarz wurden. Unsere Fanny war ein richtiges Indianermädchen – braun wie eine Haselnuß – und nur selten mit irgend etwas zufrieden.

Vier Jahre nach Fanny kam Keith, der nach Sarahs frühverstorbenem Vater benannt wurde. Keith hatte bestimmt das hübscheste Haar: ein helles Kastanienbraun. Und man mußte ihn einfach sofort liebhaben – besonders da er ein sehr stiller Junge war, der kaum jemandem Sorgen machte, der niemals jammerte, weinte oder ständig etwas forderte, wie Fanny es die ganze Zeit über tat. Keiths blaue Augen wurden schließlich topasfarben, seine Haut machte dem weißlichen Pfirsichteint Konkurrenz, von dem die Leute behaupteten, daß ich ihn hätte. Allerdings kann ich das nicht so genau sagen, da ich nur selten in unseren trüben Spiegel blickte, der zudem mehrere Sprünge hatte.

Keith entwickelte sich zu einem besonders braven Jungen, der sich an schönen Dingen erfreuen konnte. Als ein Jahr später ein neues Baby auf die Welt kam, saß er oft stundenlang neben dem zarten kleinen Mädchen, das von Anfang an kränkelte. Schön wie ein Puppe war unsere kleine Schwester. Sarah hatte mir erlaubt, daß ich ihr einen Namen geben durfte. Ich nannte sie Jane, da ich zu der Zeit eine Jane auf der Titelseite einer Zeitschrift gesehen hatte, die mir unglaublich schön vorgekommen war.

Jane hatte weiche, rotblonde Locken, große, blaugrüne Augen mit langen, dunklen Wimpern, die oft hilflos zuckten, wenn sie bedrückt in ihrer Wiege lag und Keith anguckte. Keith schaukelte manchmal die Wiege und brachte sie zum Lächeln. Ihr Lächeln war so entwaffnend; es war, als breche die Sonne hinter Regenwolken hervor.

Nachdem Jane geboren war, bestimmte sie unser Leben. Es war uns immer wieder eine willkommene Aufgabe, ein Lächeln auf ihr engelhaftes Gesicht zu zaubern. Es machte mir ein ganz besonderes Vergnügen, sie vom Weinen über ihre rätselhaften Schmerzen abzuhalten und sie zum Lachen zu bringen. Aber Fanny legte es darauf an, mir dieses – wie fast jedes andere – Vergnügen zu verderben.

»Gib sie her«, quäkte sie, rannte über den Hof direkt auf mich zu und trat mir mit ihren langen dünnen Beinen gegen das Schienbein. Dann brachte sie sich schnell in Sicherheit und schrie mir aus sicherer Entfernung zu: »Sie ist unsere Jane! Nicht Toms! *Unsere!* Alles hier gehört *uns*, nicht dir allein, Heaven Leigh Casteel!«

Von da an hieß Jane »Unsere-Jane«. Sie wurde so lange bei diesem Namen gerufen, bis schließlich alle vergessen hatten, daß unser Jüngstes und Liebstes früher nur einen Namen besessen hatte.

Und dann war da noch Vater.

Manchmal gab es Zeiten, da mir nichts lieber auf der Welt gewesen wäre, als meinen einsamen Vater zu lieben, der oft dumpf und vom Leben enttäuscht auf einem Stuhl hockte und Löcher in die Luft starrte. Seine Haare waren ebenholzfarben – das Erbe eines indianischen Vorfahren, der einst ein weißes Mädchen geraubt und es zu seiner Frau gemacht hatte. Seine Augen waren ebenso schwarz wie sein Haar, und seine Haut war im Sommer wie im Winter von einer tiefen Bronzefarbe. Seine glattrasierten Wangen bekamen keine dunklen Schatten, wie das bei schwarzhaarigen Männern oft der Fall ist. Er hatte schöne breite Schultern. Man konnte ihn manchmal im Hof beobachten, wie er Holz hackte, und während er die Axt schwang, das komplizierte Muskelspiel seiner starken Brust und seiner Arme sehen; Sarah, die gerade über einen Waschtrog gebeugt stand, richtete sich einmal auf und sah ihn mit so großer Liebe und so großem Verlangen an, daß es mir fast das Herz zerriß bei dem Gedanken, wie gleichgültig es ihm war, ob sie ihn liebte und bewunderte oder sich jedesmal die Augen ausweinte, wenn er erst frühmorgens nach Hause kam.

Seine düsteren, melancholischen Stimmungen brachten mich manchmal fast dazu, meine gemeinen Gedanken gegen ihn zu vergessen. In dem Frühling, als ich dreizehn Jahre alt war und schon über meine wirkliche Mutter Bescheid wußte, beobachtete ich ihn, wie er zusammengekauert im Sessel saß und in die Luft starrte, als träumte er von etwas; ich stand abseits und sehnte mich danach, die Arme nach ihm auszustrecken und seine Wangen zu berühren – ich hatte noch niemals sein Gesicht angefaßt. Was würde er tun, wenn ich es wagte? Würde er mir ins Gesicht schlagen? Mit Sicherheit würde er brüllen und schreien. Trotzdem hatte ich das große Bedürfnis, ihn zu lieben und von ihm geliebt zu werden, und die ganze Zeit über brannte das quälende Verlangen in mir, meine Liebe und Zuneigung für ihn wie ein Feuer entzünden zu dürfen.

Wenn er mich wenigstens angesehen oder etwas gesagt hätte, um mir zu zeigen, daß er mich ein klein wenig mochte.

Aber er schaute mich nicht einmal an. Er sprach kein Wort mit mir. Ich war Luft für ihn.

Aber wenn Fanny die wackligen Stufen unserer Veranda hochstürmte und sich auf seinen Schoß setzte und dabei lauthals verkündete, wie sehr sie sich darüber freue, daß er wieder da sei, dann küßte er sie. Es gab mir einen Stich, zu sehen, wie er sie in die Arme nahm und über ihre langen, glänzend-schwarzen Haare strich. »Wie geht's, Fanny, mein Mädchen?«

»Hast mir gefehlt, Vater! Mag nicht, wenn du weg bist. Ist nicht schön ohne dich! Bitte, Vater, bleib diesmal!«

»Liebes«, murmelte er, »schön, daß einen jemand vermißt – vielleicht geh' ich nur darum immer wieder fort!«

Es tat weh, zu sehen, wie Vater Fannys Haare streichelte und mich überhaupt nicht beachtete – mehr noch als seine Ohrfeigen und bösen Worte, die ich bekam, wenn ich ihn hin und wieder zwang, mich zu bemerken. Ich lenkte seine Aufmerksamkeit absichtlich auf mich; mit einem riesigen Wäschekorb, in den ich gerade die Wäsche von der Wäscheleine zusammengefaltet hineingelegt hatte, stolzierte ich an ihm vorbei. Fanny grinste mich frech an. Vater würdigte mich keines Blicks und ließ sich nicht anmerken, daß er wußte, wie schwer ich schuftete – obwohl es um seine Mundwinkel zuckte. Wortlos schritt ich an ihm vorbei, als ob ich ihn zuletzt vor zwei Minuten gesehen hätte und er nicht zwei Wochen fortgewesen wäre. Es wurmte mich, daß er mich überging – obgleich ich ihn auch nicht beachtete.

Fanny rührte keine Arbeit an – die erledigten Sarah und ich. Großmutter erzählte Geschichten, und Großvater schnitzte. Vater kam und ging, ganz wie es ihm beliebte; er verkaufte Schnaps für Schwarzbrenner und manchmal brannte er seinen eigenen, was ihm, laut Sarah, das meiste Geld einbrachte. Dabei ängstigte sie sich halb zu Tode, daß man ihn dabei erwischen könnte und er im Gefängnis landen würde – die professionellen Brenner hatten nun einmal kein Verständnis für die zusätzliche Konkurrenz. Er blieb oft ein, zwei Wochen lang verschwunden. Wenn er fort war, ließ Sarah ihre Haare fettig werden und kochte lieblos und schlecht. Kaum aber trat Vater flüchtig lächelnd durch die Tür und warf ihr nur ein paar achtlose Worte hin, so kam Leben in sie; sofort wusch sie sich und zog sich ihre besten Sachen an – sie hatte die Auswahl zwischen drei nicht allzugut erhaltenen Kleidern. Ihr sehnlichster Wunsch, wenn Vater nach Hause kam, war, sich schminken und ein grünes, zu ihren Augen passendes Kleid tragen zu können. Es war leicht zu sehen, daß Sarah all ihre Träume auf den Tag gerichtet hatte, an dem sie sich das leisten konnte, und Vater sie dann endlich so lieben würde wie die arme Tote, die meine Mutter gewesen war.

Unsere Hütte stand hoch oben in den Bergen und war aus uraltem Holz gebaut. Entweder drang Kälte oder Hitze durch die zahlreichen Astlöcher. Die Hütte war niemals mit Farbe in Berührung gekommen und würde es wahrscheinlich auch nie. Sie hatte ein Blechdach, das schon lange vor meiner Geburt verrostet gewesen war. Wie abertausend Tränen war das Wasser über das helle Holz gelaufen und hatte es dunkel gefärbt. Wir sammelten das Wasser in Regenfässern, um es zum Baden und einmal in der Woche zum Haarewaschen zu gebrauchen, wozu wir es dann auf dem alten, gußeisernen Ofen mit dem Spitznamen »Old Smokey« erhitzten. Old Smokey qualmte und spie so viel beißenden Rauch, daß wir ständig husteten und tränende Augen hatten, wenn wir uns drinnen aufhielten und Tür und Fenster geschlossen waren.

Die Hütte bestand aus zwei Räumen, die durch einen zerschlissenen, ehemals roten Vorhang voneinander getrennt waren, der somit eine Art Tür zum »Schlafzimmer« bildete. Unser Ofen diente nicht allein dazu, die Hütte warm zu halten, sondern auch zum Kochen, Backen und – wie gesagt – zum Erhitzen des Badewassers. Einmal in der Woche, vor dem Gottesdienst, wurde gebadet und Haare gewaschen.

Neben Old Smokey stand ein alter Küchenschrank, der Dosen für Mehl, Zucker, Kaffee und Tee enthielt. Allerdings konnten wir uns überhaupt keinen Zucker, Kaffee oder Tee leisten, doch verbrauchten wir Unmengen von Schweinespeck, um Griebenschmalz zu machen, das wir mit unserem Brot aßen. Hatten wir großes Glück, dann fanden wir reichlich Honig und wilde Beeren im Wald. Und in besonders gesegneten Zeiten besaßen wir eine Kuh, die uns Milch gab, und es waren eigentlich immer Hühner und Gänse vorhanden, die uns mit Eiern und am Sonntag mit Fleisch versorgten. Die Schweine liefen frei herum, drängten sich nachts unter unserem Haus eng aneinander und hielten uns mit ihren Alpträumen wach. Vaters Jagdhunde hatten die Hütte zu ihrem Revier erkoren, aber wie alle Bergbewohner wußten wir, wie wichtig Hunde nun mal waren, wenn es um einen beständigen Nachschub von Fleisch und Geflügel ging.

Was wir als unser Schlafzimmer bezeichneten, bestand aus einem großen Messingbett mit einer durchgelegenen, schmuddeligen Matratze. Wenn sich darauf etwas abspielte, quietschten und krachten die Federn. Jedes Geräusch hörte man peinlich laut und nahe; der Vorhang trug wenig dazu bei, irgendeinen Laut zu dämpfen.

In der Stadt und in der Schule verhöhnte man uns als Gesindel und Lumpenpack, »Hillbillies« war noch die freundlichste Bezeichnung. Unter allen Bewohnern der Berghütten gab es keine einzige Familie, die so verachtet wurde wie unsere: die Casteels – der Abschaum der Gesellschaft. Wir waren schließlich auch eine Familie, von deren Söhnen fünf wegen kleinerer und größerer Straftaten im Gefängnis gesessen hatten. Kein Wunder, daß Großmutter nachts weinte und all ihre Erwartungen auf Luke Casteel setzte, in der

Hoffnung, daß er eines schönen Tages der Welt beweisen würde, daß die Casteels nicht zum allerärgsten Lumpenpack gehörten.

Also, ich habe gehört – obwohl ich es kaum glauben kann –, daß es tatsächlich Kinder gibt, die die Schule hassen. Tom und ich hingegen konnten es kaum erwarten, bis es endlich wieder Montag war und wir unserer beengten Hütte mit ihren zwei übelriechenden, engen Räumen und dem stinkenden Abort im Hof entkommen konnten.

Unsere Schule war ein rotes Ziegelgebäude und stand im Herzen von Winnerrow, dem nächstgelegenen Dorf in einem Tal in den »Willies«. Täglich liefen wir die etwa zwanzig Kilometer zur Schule, so als wäre das gar keine Entfernung. Tom ging dann immer an meiner Seite, und Fanny zuckelte hinterher. Sie war bildhübsch und wütend auf die ganze Welt, weil ihre Familie so »stinkarm« war, wie sie es sehr treffend sagte.

»Warum wohnen wir in keinem dieser hübsch bemalten Häuser, wie es die Leute in Winnerrow tun, wo sie auch richtige Badezimmer haben?« quengelte Fanny, die immer jammerte und sich über Dinge beklagte, die wir übrigen akzeptierten, um nicht ganz zu verzweifeln. »Könnt ihr euch das vorstellen? Mit ’nem Badezimmer drinnen. Hab’ sogar gehört, daß einige Häuser zwei oder gar drei haben – jedes mit fließendem Wasser, heiß und kalt, könnt ihr euch das vorstellen?«

Selten war ich einer Meinung mit Fanny, aber darin waren wir uns einig, daß es das Paradies auf Erden sein müßte, in einem geweißelten Haus mit vier oder fünf Zimmern mit Zentralheizung zu leben und nur an einem Hahn drehen zu müssen, um fließend heißes und kaltes Wasser zu bekommen – und über ein Wasserklosett verfügen zu können.

Wenn ich nur an die Zentralheizung dachte, an die Ausgußbecken und das Wasserklosett, bemerkte ich erst, wie arm wir waren. Doch wollte ich nicht daran denken und ebensowenig in Selbstmitleid darüber verfallen, daß mir die ganze Sorge für Keith und Unsere-Jane aufgebürdet worden war.

Als ich nämlich alt genug war und Großmutter schon zu gebrechlich, um mitzuhelfen – Fanny weigerte sich nämlich rundweg, irgend etwas zu tun, auch als sie schon drei, vier und fünf Jahre alt war –, brachte mir Sarah bei, wie man Babys wickelt, füttert und sie in einer kleinen Metallwanne badet. Sarah zeigte mir tausend Dinge. Mit acht Jahren konnte ich Brot backen, Schmalz in der Pfanne erhitzen und Mehl mit Wasser verrühren, bevor ich es mit dem heißen Fett vermischte. Sie lehrte mich Fenster putzen, Boden schrubben und wie man die schmutzige Wäsche auf dem Waschbrett sauber bekam. Auch Tom brachte sie bei, mir zu helfen, so gut es ging, auch wenn die anderen Jungen ihn als »Waschlappen« verspotteten, weil er »Frauenarbeit« tat. Er hätte sich gewiß mehr dagegen aufgelehnt, wenn er mich nicht so geliebt hätte.

Wenn Vater die Nacht zu Hause verbrachte, war Sarah bei ihrer Arbeit munter wie ein Zeisig, sie summte vor sich hin und warf ihm verstohlene Blicke zu, als wäre er ein Verehrer und nicht ihr Ehemann. Der Handel mit dem illegalen Schnaps hatte ihn vollkommen ausgelaugt. Jederzeit konnte irgendwo auf dem einsamen Highway ein Steuerbeamter auf Luke Casteel lauern, um ihn zu seinen Brüdern ins Gefängnis zu werfen.

Ich war wieder mal draußen im Hof beim Wäschewaschen, während Fanny seilhüpfte und Vater Tom den Ball zuwarf, damit er ihn mit dem Schläger – Toms einziges Spielzeug und das Erbe aus Vaters Kindheit – zurückschlagen konnte.

Keith und Unsere-Jane hingen an meinem Rocksaum und wollten mir helfen, die Wäsche aufzuhängen – aber beide reichten nicht bis zur Wäscheleine.

»Fanny, warum hilfst du Heavenly nicht?« fragte Tom ärgerlich und warf mir dabei einen besorgten Blick zu.

»Will nicht!« war Fannys Antwort.

»Vater, warum sagst du Fanny nicht, sie soll Heavenly helfen?«

Vater warf den Ball so fest, daß er Tom beinahe getroffen hätte. Dabei holte Tom mit dem Schläger weit aus, verlor das Gleichgewicht und fiel zu Boden. »Kümmer dich nicht um Weiberarbeit«, sagte Vater und lachte barsch. Er ging auf die Hütte zu, gerade rechtzeitig, denn Sarah rief, daß das Essen fertig sei: »Essen kommen!«

Schmerzgeplagt erhob Großmutter sich von ihrem Schaukelstuhl, und auch Großvater kämpfte sich von seinem hoch. »Alt zu werden ist schlimmer, als ich dachte«, stöhnte Großmutter, als sie endlich aufrecht stand. Sie wollte noch rechtzeitig, bevor alles aufgegessen war, an den Tisch kommen. Unsere-Jane stürzte auf sie zu, um sich von Großmutter an der Hand führen zu lassen. Das war so ziemlich das einzige, was Großmutter noch tun konnte. Sie stöhnte wieder. »Sterben ist wohl doch nicht so schlimm.«

»Aufhören!« fuhr Vater sie an. »Ich komm' nach Hause, um mir's gutgehen zu lassen und nicht um ein Gejammer über Krankheit und Tod zu hören.« Nur wenige Minuten waren vergangen – Großmutter und Großvater hatten es sich gerade in ihren Stühlen bequem gemacht –, als Vater schon Sarahs stundenlang vorbereitete Mahlzeit verschlungen hatte, in den Hof eilte, auf den kleinen Lieferwagen sprang und sich auf und davon machte, Gott weiß wohin.

Leise weinend stand Sarah an der Tür. Sie trug ein »neues« Kleid, daß sie aufgetrennt und anders zusammengenäht hatte, mit neuen Taschen und Ärmeln, aus Stoffresten zurechtgestückelt. Ihr frischgewaschenes Haar schimmerte im Mondschein in einem warmen roten Glanz und duftete nach dem letzten Fliederwasser, das sie besaß. Es war alles umsonst gewesen, denn die Mädchen in »Shirley's Place« hatten echtes französisches Parfüm, richtiges Make-up und nicht nur Puder, wie Sarah ihn auf ihre glänzende Nase getupft hatte. Ich war fest entschlossen, weder eine zweite Sarah noch eine zweite Angel aus Atlanta zu werden. Ich nicht. Niemals.